源氏物語の巻名と和歌

物語生成論へ

清水婦久子 著

和泉書院

凡例

一、源氏物語の本文・和歌には○、その基になった歌（本歌）や本文、源氏物語以前の記事には▽を付けて区別した。紫式部集や紫式部日記など源氏物語と同時代の和歌や記事には◇を付けた。

一、源氏物語本文の引用は、CD-ROM角川古典大観『源氏物語』（底本は大島本）の校訂本文によったが、私に表記を改め、（　）内には、巻名と『源氏物語大成』（一九五三年、中央公論社）の頁数を示した。

一、和歌の引用は、CD-ROM『新編国歌大観』（一九八三年、角川書店）によったが、私に適宜、表記を改めた。

一、和歌の出典は、原則として古いものから順に挙げるが、勅撰集は拾遺集までを先に示し、拾遺集と拾遺抄にある場合は、拾遺抄を先に挙げ、私家集は成立時期によらず、勅撰集の次に示した。後拾遺集以後の勅撰集は、他の歌集にない場合のみ出典を表記した。また、万葉集と平安時代の歌集の両方にある場合は、後者を先に挙げた。万葉集の和歌本文は、巻名のみ原文で示し、そのほかは訓で引用した。

一、伊勢物語・大和物語・宇津保物語・催馬楽・紫式部日記・枕草子・栄花物語・大鏡・更級日記の引用は、『新編日本古典文学全集』（小学館）によったが、私に適宜、表記を改めた。

一、贈答歌を列記する場合、返歌には出典表記を省き「同返し」と示した。長歌は必要部分のみ引用した。

一、巻名は歌のことばを基本とし、掛詞の例も多いので、かな表記が望ましいが、目次・表題の下の［　］内には、その節で論じた巻名を慣用的な漢字表記によって示した。異名も同様に漢字で示し、傍線を施した。

目　次

はじめに

1　五十四の物語

源氏物語の五十四帖には優雅な巻名が付けられている。しかし、古来の物語のどの伝本にも、巻名がそれぞれの巻の本文冒頭などに記されているわけではない。このことから、現代の注釈書やテキストでは、物語本文から巻名を含む文や歌を引用し「巻名はこれによる」と説明するが、この考えは、後世の読者が源氏物語の巻名を物語中のことばや歌によって名付けた、とする説に基づいている。しかし、その説に決定的な根拠があるわけではなく、習慣的に物語中の該当部分を抜き出し説明されてきたに過ぎない。

一方、作者自身が命名し物語を構想したと主張する説もあったが、一部の巻名について論証しただけで、その他の巻名については、なお物語中のことばや歌から名付けられたという説明を踏襲する。作者が名付けたのであれば、物語のことばから抜き出す必要はなく、作者の造語によるか、古歌や故事を基にして名付け、同時に物語を作り上げたと考えるべきだが、十分に検討されないまま長く放置されてきた。

巻名の多くは、古来の和歌を背景とした物語世界を象徴し、登場人物の個性や心情を端的に表している。また、巻名となったことばの多くが源氏物語以前の歌に用例があり、それぞれの和歌が物語の和歌や内容に強い影響を与えている。源氏物語には古歌を基にした「引歌」という（後の本歌取りに相当する）表現が、地の文と和歌の両方に多く見られること、それが物語世界に歴史的文化的な奥行きをもたらしていることは、源氏物語を原文で読む者なら誰でも承知している。そして巻名となったことばが、物語の鍵語《キーワード》になっていることも指摘されてきた。にも関わらず巻名が物語の成立に関わる問題として正面から取り上げられることは多くなかった。

源氏物語を活字本だけで読んでいると気付きにくいが、中世の古写本から近世の木版本に至るまで、源氏物語の本は常に一巻一冊ずつ、全五十四帖揃えば五十四冊で伝えられてきた。「源氏物語」という全体を示す書名の記載はなく、桐壺・帚木・空蝉……手習・夢浮橋と、それぞれの表紙に巻名が必ず記されるが、通し番号は記されない。どの本も、一巻一冊ずつの冊子（巻子本は希少）に仕立てられ、題簽に巻名が記されているか表紙に打ち付け書きされている。つまり内題はないが、外題としての巻名は定着していたのである。巻名がなければ、その冊子が源氏物語のどの部分か見分けられないので、巻名は、早い時期から源氏物語を読むための手引きとして必要とされていたであろう。

現存する源氏物語の最も古い資料は、源氏物語本文の写本ではなく、源氏物語古系図と源氏物語絵巻である。源氏物語古系図には、すでに巻名を挙げながら人物の説明がなされている。最古の源氏系図とされる東海大学桃園文庫蔵の九条家旧蔵「源氏物語古系図」（十二世紀中頃）はじめ、複数の古系図において、「わかむらさきの巻」「すまの巻」といった表記で、「あふひ」「みをつくし」「おとめ《ママ》」「たまかつら」「ふちはかま」「桐壺」「夕顔」「すゑつむはな」「紅葉賀（もみちの賀）」「葵」「榊（さかき）」「よもきふ」「せきや」「松風（まつ風）」「あさかほ」「かゝりひ」「まきはしら」「むめかえ」「ふちのうらは」「若菜」「柏木」「みのり」「たけかは」「こうはい」「はしひめ」「しゐかもと」「さわらひ」「あけまき」「あつまや」「うきふね」「かけろふ」などの巻名が見られる。いずれも現在の巻名と一致する一方、「匂兵部卿」「匂宮」の巻を「薫中将の巻」とし、現在の宿木巻に当たる部分には「やとり木」「かほとり」の二つの巻名が記されている。

また、同じ時代に製作された国宝『源氏物語絵巻』（徳川美術館蔵・五島美術館蔵）の詞書のうち、同筆とされる詞書の冒頭に「よこふえ」「す丶むし」「ゆふきり」「みのり」という巻名が記されている。絵巻と古系図とは、同じ文化圏において製作・享受されていたと推測され、絵巻の詞書に古系図の記述と一致する箇所も認められる。いま私たちは、「絵巻」が物語の年代順に装訂されていたと思ってしまうが、当初から巻物であったのか、その順番がどうだったのかは不明と言わざるを得ない。徳川家に伝来された時点で、すでに絵と詞書に錯簡があり、ある時期には巻物ではなく分けられて保管されていた形跡も報告されている。そんな状況ゆえ、源氏物語の巻々が年代順に配列されていたという証拠も歴史的事実もないのである。むしろ巻毎に享受されていたと見なすべき事例の方が多い。

古来の読者は、紅梅巻と竹河巻のどちらが先か、若紫巻と末摘花巻の前後など、さほど意識しなかったと思われる。藤原定家や源光行・親行が源氏物語の古写本を校訂し整えたとき、物語の順序を明確にする必要があったなら通し番号を記載したはずだが、その痕跡は現存する転写本には見られない。定家が『奥入』を一冊にまとめるとき、あるいは物語本文の一部を抄出して注釈を付けた書が数冊程度にまとめられるときに、初めて巻の順序が問題になったのだと思う。一条兼良の『花鳥余情』以来、年代順に物語の内容を研究した「源氏物語年立」が作成されたのは、源氏物語成立から実に五百年も後のことである。その後も、源氏物語の本は、年立てに従った通し番号が付けられることもなく、以後三百年間（十七世紀までの木版本では）出版されてもなお一巻一冊の形で普及した。

つまり、源氏物語は、巻毎に作られ伝えられてきた五十四の短編の集まりであり、そこに源氏物語の本質がある。あまりにもわかりきったことゆえ、これまで論文では事細かに書かなかったが、巻の順序が議論されたり、成立論においても「後記挿入説」などといった文言が用いられたり、年代順に執筆されたわけではないという新説がもてはやされたりした研究史を振り返ると、その議論の多くが、近代以降の全集などの活字本を前提にした発想だと思われるので、あえて述べておいた。

2 巻名の重要性

現代の小説でも漫画でも、年代順に書かれていないものは多い。伊勢物語も、成立当初から業平一代記に仕立てられていたわけでも、時間通りに配列されていたわけでもないだろう。一般的には編年体で書かれていると説明される栄花物語ですら、時間が前後して語られる例があるのは、歴史を年代順に伝えることよりも物語として仕立てようとした結果である。源氏物語は、短編的な性格を持つ巻が散逸したり順序がわからなくなったりしても、十分に楽しむことができる作品である。「名作」とはそういうものである。菅原孝標女は、摂関家や天皇家の姫でもないのに幸運にも源氏物語を入手し得たが、更級日記で「一の巻から皆見せたまへ」と祈る以前に、源氏物語の一部を断片的に知っていた。それがどの部分であれ、部分を聞いて全体を読みたくなる作品だったということである。

須磨巻で読むのをやめてしまうことを「須磨源氏」「須磨返り」などと言うが、近年は「桐壺源氏」ということばも国語辞典に掲載されている。いずれの場合も、活字本で年代順に読破しようとした努力家ゆえの挫折であろう。須磨巻を丁寧に読んでおけば、あるいは桐壺巻で完結するつもりで読んでおけば、須磨の風景や孤独感が心に残り、桐壺巻の帝の悲しみに共感できたのではないか。長編小説を読破しようと意気込んで先を急ぐあまり、短編の美しさ細やかさを素通りしてストーリィ展開だけで捉えようとすることによる失敗であろう。そして結局、おおまかな噂やあらすじによって読んだ気になり、感動を得られないまま本棚の奥にしまい込む。こうした不幸な文学少年少女を量産してきたのは、巻の順序を堅固なものとし大前提として、最初から読まなければならないように本を仕立てた研究者と出版者の責任もある。

こうした事情であろうか。源氏物語の巻名がいつ、どのように名付けられたのか、物語の成立にも関わるこの問題に正面から取り組む研究はほとんど見当たらなかった。いくつかの巻名について、物語における重要性を丁寧に論証した例や、古注に記された異名と物語の成立について論じた例はあるものの、五十四巻の巻名の大半について検討し、巻名の成立が物語の成立と重なると論証したのは、拙著『源氏物語の真相』（二〇一〇年、角川選書）ほか一連の拙論が最初であると思う。そして、五十四巻および異名まで含むすべてについて検証した研究は本書が初めてである。

昭和前半に賑わった従来の成立論では、巻の順序や巻と巻とのつながりが問題にされたが、これは、完成された長編あるいは光源氏の一代記として年齢順に配列された本（注釈書や活字本）を基準にした議論である。源氏物語の成立を考えるには、巻々のつながりよりも、まず、巻毎の核となる場面や、比較的異文の生じにくい歌がどのように作られたのかを個別に見ていくことが先決であり、巻名はその大きな手がかりになる。源氏物語の巻名は、それぞれの物語の書名に当たる。物語本文中から抜き出して巻名が付けられたのではなく、すでにあった歌語などを基にして名付けられている。そして、古来の歌と物語の内容を比較検討すると、巻名に関わる源氏物語の和歌は、古歌のみならず、新しい時代の特定の文化圏の和歌表現をも積極的に取り入れていることがわかる。

これまで、源氏物語と和歌との関わりと言えば、古注の挙げる歌（引歌）ばかりに焦点を当てた説明が繰り返されてきた。そして、源氏物語の世界が古今集的伝統に依拠していることが強調されるあまり、そこから逸脱した表現については、源氏物語の独自性、あるいは作者の造語として安易に説明される傾向があった。巻名が源氏物語中のことばから名付けられたとされてきたのも、そうした考えに基づくのであろう。

しかし、巻名を中心として、物語と古来の和歌との関係を詳細に検討すると、巻名にまつわる歌や場面が、斎宮女御、一条摂政伊尹、そして多武峰少将高光など、村上天皇の周辺で語り伝えられていた歌語りや、それ以後の新しい歌を踏まえていたことが明らかになった。そして村上天皇と言えば、古来、冷泉院のモデルとされ、その時代のさまざまな史実が源氏物語の準拠とされていることは周知の通りである。このように、物語本文と巻名の依拠したものが、いずれも作者の参照し得た同じ文化圏の作品であれば、巻名と本文とが同時に成立したと考えるのが素直な考え方であろう。

源氏物語の巻名は、万葉集時代から脈々と受け継がれ成長してきた歌語に、新しい時代の斬新な発想と表現を加えて物語の主題（お題）に設定されたものと考えるのが妥当である。これは、詩句に題材を求めた題詠歌や句題和歌、新しい題を設定して競った歌合などに通ずる方法である。

3　本書の方針と構成

本書では、源氏物語の巻名（異名を含めると六十を超える）となったことばすべてを一つ一つ検討し、その時代までに伝えられた様々な歌や歌合との関係を考察することによって、巻の中心となる歌がどのようにして作られたのか、そこからどのような名場面が生まれたのか、個々の物語は何のために作られたのか、さらに、どのようにして長編化したのか、作者とは別に誰が関与し得たのか、といった問題にも迫る。この研究は、表現論、主題論、そして成立論にも及ぶものである。巻名は、源氏物語の成立を明らかにする鍵であり、物語が作られる段階における「題」であったと考えられる。そこで、本書の書名には、歴史との関わりを踏まえて検証する次の課題への可能性を考えて、副題「―物語生成論へ―」を加えた。

本書の構成は、初出における（編者から与えられた、または当時の関心に応じた）論文の題を各章の表題にした。巻毎に巻名の由来を論じる方が親切に見えるかもしれないが、巻毎の論証では他の巻々との関係や特定の歌人との関係など、考察を深めるのに自ずから限界がある。また、十年を超える研究の進展と深化の過程を示すことが必要と考え、初出論文の題目に合わせた構成にした。しかし、それぞれの論については全面的に書き直し、大幅に加筆した。初出で取り上げた同じ巻名と用例を別の論文では別の観点から論じ直したところも多かったので、本書では、重複する部分を省略し論の順序を変え、「(第一章参照)」などと関連の箇所を示した。

紫式部の歌については、できるだけ関連づけない形で論証した。源氏物語との前後関係が不明である上に、物語作者として意識的に同じ歌語を用いたとするには一致する例は決して多くない。これより多くのことばが一致し、物語の内容に深く関連する歌人や歌集は他にもある。従って、紫式部との関係は第十一章で個別に論じた。同様に、同時代の歌人の歌との関連についても原則として取り上げない。これまで、注釈書に引用された歌にない語が源氏物語にある場合、安易に作者の造語だと説明する傾向があった。確かに源氏物語には珍しい語や複合語が多い。しかし、それが源氏物語あるいは式部の歌に特有なのかは、よほど多くの例を集めて検討しなければ確認できない。

歌の出典表記については、様々な可能性を考えて列挙した。源氏物語の作者が得た情報は果たしてどれだったのか、万葉集か古今六帖か、拾遺抄か拾遺集か、勅撰集か私家集か、歌合はどうか、等々、検討すべき問題が多い。個々の歌集の成立や伝本の問題もあり、特定の歌人や歌集との比較だけでは、源氏物語の依拠したものは明らかにし得ないと考えるからである。引用が多く煩雑になったので、巻末には、《巻名の由来となった歌および事柄》をまとめ、巻名ごとに論じた章を記載した。目次にも、その章で論じた巻名を［ ］内に示した。

最後の第十三章「源氏物語生成論へ」では、巻名論の示す展望を、物語生成論にどのようにつながるのかを、初期の巻名を取り上げて試案を交えて論じた。結論とまで言えないが、歴史的事実との関わりが多く含まれているので、その詳細な検証については今後の課題に譲り、第一章から第十二章までの実証的な巻名論から見えてきたことについて自由に論じた。一つの巻名について関心に応じてお読みいただくのもよいが、最初に第十三章を読み物として通読いただいた上で、個々の論証を振り返る、といった読み方もお試しいただきたい。

前著『源氏物語の風景と和歌』(一九九七年、和泉書院)で論じた通り、風景描写、景情一致の風景こそ、以前のどの物語にも成し得なかった活き活きとした物語世界を作り上げた要因であった。そこには、擬人法や聴覚的風景を用いた漢詩文の技法が取り入れられている。従って、巻名においても、漢詩文が背景にあることは常に意識してきた。この点に関して有益な研究が、新間一美の『源氏物語と白居易の文学』(二〇〇三年、和泉書院)や『源氏物語の構想と漢詩文』(二〇〇九年、和泉書院)など一連の論文である。「桐壺」「夕顔」「松風」「蜻蛉」などについて、漢詩との関わりに焦点を当て、巻名と物語構想との関連を詳細に論じている。

本書では、ことばの上での一致を考察したので、漢語との関係に触れるのは、和歌に見当たらない場合のみにとどめた。漢字表記で見ると、源氏物語の巻名は漢語のように思われがちだが、写本においては(古系図や絵巻でも)かな表記が一般的である。そこで和歌を中心として考察してきた結果、ほとんどの巻名の由来が和歌であり和歌の行事であり、多くが歌合を意識したものであったことも確認できた。これは注釈書に引用される歌だけを検討しても見えなかった視点である。同様に、特定の歌人や歌集だけに注目していても見えない。歌合は、年代(多くは月日まで)が特定できる歴史的行事であり、題を与えられて詠む〈題詠〉を原則としている。そこで詠まれた歌(事前に作られた歌もある)を基にして巻名が名付けられたということは、源氏物語の作者が歌合を強く意識していたことの現れである。

このことから、源氏物語の巻名は、歌合・詩合の題に倣って、物語の題として名付けられ、時には天皇や后から与えられ、作者はその「お題」によって物語の歌を作り、物語の場面を作り、巻の物語を肉付けしていったのだと考えたのである。これが、本書の骨子となり、巻名が歌合と密接に関わることから、源氏物語も歌合のように題を与えられて作られたこと、巻名に関わる資料や情報は多くの人々の協力や支援によって得たものと推測した。

4　歌合・題詠との共通点

歌合との関係を特に意識して論じたのは、第十章の基になる中古文学会秋季大会の口頭発表「源氏物語の成立と巻名」（二〇一〇年、立命館大学）である。それまで巻名について様々な視点から何度も論じ、巻名が歌合などの行事に基づくことや準拠と重なる問題だと自覚しながらも、歌合が源氏物語の本質にどのように関わるのかを十分に説明できていなかった。巻名が物語の「お題」であるという言い方は初期の学会発表や論文でもしていたが、歌合との直接の関係を確認し得た時にあらためてその意味の大きさがわかった。この研究は、萩谷朴の労作『平安朝歌合大成』（一九五六年、山之内印刷　増補新訂は、一九九五年、同朋舎出版）がなくては不可能だっただろう。

また、巻名が歌語や歌の行事から名付けられた一方で、漢語のようにも表記し得ることはどのように説明がつくのか。この問題については、橋本不美男の『王朝和歌史の研究』（一九七二年、笠間書院）と『王朝和歌　資料と論考』（一九九二年、笠間書院）が有益である。和歌研究者にとっては必須論文と思われるが、これが巻名の成り立ちについての解明につながった。二書すべての論に助けられたが、中でも、詩題と歌題が同題で詠まれたという指摘は、唐詩に例があるのに歌に例の見られない「薄雲」や「桐壺」が巻名となったことの説明がつく。これによって、和文である物語の題としては、漢語の翻訳語ではなく和歌のことばを用いて表し、同時に漢字の二文字か三文字でも表し得ることば――それが源氏物語の巻名として設定された、という結論を得た。紅葉賀・花宴・薄雲・藤裏葉・夢浮橋などは、そのままでは和歌に例が見られないので、読者命名説の根拠にもされた。拙論ではそれを「二語の組み合わせ」という未熟な表現で説明していたが、橋本の説明に従えば、それらは「二字題」「三字題」に当たる。橋本の論考によって、源氏物語の巻名が歌語と詩語の両面の性格を有している理由も解明できた。兼題や探題によって歌題・詩題の同題で詩歌が作られたこと、二つ以上の題を組み合わせた二字題・三字題が与えられたことなど、和漢を同列に扱う文化を背景として、源氏物語にも、和漢両面の要素を取り入れた巻名が与えられた、と考えるに至った。本書において目次や表題のあとの［　］内に慣用による漢字表記で示したのは、和漢並立の文化を意識したからだが、本来は歌のことばであり、かな表記にしてはじめて掛詞や重層的な意味を知ることができる。

紫式部が漢詩文を得意としていたから物語を作り得たと説明されることが多いが、作者の個人的素養の問題だけで源氏物語の特質が説明できるわけではない。周囲の支援があってはじめて作者の素養は発揮される。そもそも、なぜ紫式部が必要とされたのか、なぜ男性の作家ではなかったのか。和歌と漢詩の文化を融合しつつ、なお和歌のことばを多用した和文で書く必要があったのは、后がねである藤原道長の娘たちを最初の読者として想定していたからだと私は考える。后の好みや教養を熟知し、教育効果を考えれば、后の傍に仕えることのできる女性の物語作家である必要があった。巻名の研究を通して、物語の役割や歴史的意義にまで考えが及んだが、いま簡単に結論を述べておく。

源氏物語の巻名は、歌合の歌題と同じく、物語を製作するための〈お題〉であり、それぞれの巻の物語は、題詠歌と同じく、題に基づいて物語が構想され、歌物語と同様に歌を発端にして場面が作られた。そして物語が肉付けされ、初期の物語から後の物語へと受け継がれ長編化していった――と想定する。

第一章　源氏物語の和歌的世界

源氏物語の巻名の多くは、物語中の和歌のことばと一致する。それぞれの巻名は作者が付けたものか、後世の読者によるものなのかを明確に示す文献は見当たらない。しかし、巻名を含む和歌の意味を十分に理解すると、そのことばが古来の和歌の伝統を受け継ぎながら物語の主題に関わる鍵語となっていることがわかる(1)。また、巻名の多くが同時に登場人物の愛称にもなっているが、そのことばは、物語全体における人物の役割を端的に表している。

本章では、物語において女君の呼び名にもなった巻名を中心に取り上げ、和歌から物語がどのように作られたのか、古歌と物語世界との関係について考察する。

一、帚木・空蟬物語の主題と巻名　［帚木・空蟬］

巻名「帚木《ははきぎ》」の由来として、『河海抄』『花鳥余情』は、次の源氏の歌「帚木の……」だけを挙げる。

○帚木の心を知らで園原の道にあやなくまどひぬるかな（帚木巻、七八）

○数ならぬふせ屋に生ふる名の憂さにあるにもあらず消ゆる帚木（同返し）

また、室町時代の源氏物語入門書『源氏小鏡』では、この巻名の由来について「歌を名とせり」としている。

しかし、ただ歌に用いられただけではない。「帚木」という歌語の意味することが、物語の内容や女君の性格と深く関わっているのである。右の贈答歌の前提には、次の歌がある。

▽園原やふせ屋に生ふる帚木のありとてゆけどあはぬ君かな（左兵衛佐定文歌合、二八、坂上是則　古今六帖、五、三〇一九　新古今集、恋一、九九七、坂上是則、第四句「ありとは見えて」）

『綺語抄』以下、多くの歌学書が、この歌（第四句「ありとは見れど」）を取りあげ、帚木を「とほくて見ればあるやうにて、近くて見ればあらぬ」木であると説明している。源氏物語以前の例としては、他に次の歌がある。

▽こずゑのみあはと見えつつ帚木のもとをもとより見る人ぞなき（人麻呂集、二八八）

▽ゆかばこそあはずもあらめ帚木のありとばかりは音づれよかし（馬内侍集、一九〇　後拾遺集、雑一、八七七、馬内侍）

後世の歌でも同様の詠み方をしているが、「園原」「ふせ屋」「あるにもあらず」などの表現を用いた帚木巻の二首は、是則歌を意識して作られたものであろう。

源氏物語の和歌が古歌を基にして作られていることは、定家の『奥入』や『河海抄』以来、常に指摘されてきた。そして、このことをもって源氏物語が和歌を基にした世界を作っていると言うのは簡単だが、ここでは、古歌と源氏物語の歌とを比較し、伝統的な和歌の世界を基盤とした物語世界の作り方についてさらに踏み込んで考えてみたい。

是則歌では、「ありとてゆけどあはぬ君」が「帚木」のようだと詠んでいた。この発想を受けて源氏による贈歌「帚木の心を知らで……」では本歌の「あはぬ君」を「帚木」に重ね、「君の心」の意味で「帚木の心」とまとめてしまった。本歌において「君」は、詠み手にとって「ありとてゆけどあはぬ」遠い存在であったのに対して、源氏の歌では、帚木に見立てられた女君の「心」にまで思いを馳せている。また、本歌の詠み手は「君」を見ているだけであったのに対して、源氏の歌では「あやなくまどひぬる」我が身の感情と行動を客観的で具体的に表している。

つまり、源氏の歌には、「帚木」の生えた「園原」を「まどふ」男の姿が描かれていて、それが物語の幻想的な場面を作り出しているのである。一方、女による返歌「数ならぬふせ屋におふる……」には、本歌の表現と共通する「あるにもあらず消ゆる」という帚木の性格に、「数ならぬ」というもう一つの意味を加える。男が「まどひぬる」我が身を詠んだのに対して、女は我が身の上の「憂さ」を詠むことで応じている。「伏せ屋」は、万葉集などで「貧しい小さな家」という意味で用いられていた語である。是則歌の場合には、その意味が希薄で、ただ信濃の地名として理解されることも多いが、やはり粗末な家を意味していたはずである。源氏物語の歌では、そうした歌語の歴史を踏まえて、受領の後妻である女の身の上を表す語として用いたのである。女の返歌では「帚木」に「数ならぬ」というもう一つの意味を加え、我が身の「憂さ」を詠んだ。

帚木巻の贈答歌は、この巻で繰り返し語られる「身」や「宿世」を嘆く女心と、その気持ちを理解できずに戸惑う源氏の姿とをそれぞれ表す。「帚木」という古歌のことばを、歌の贈答に一時的に利用しただけではなく、物語に描こうとする男と女の関係を端的に言い表す語として用いたのである。従って、巻名「帚木」は、源氏物語の贈答歌に由来する以前に、古歌に由来していたことになる。片桐洋一は『歌枕歌ことば辞典』で、是則の歌について「（先の贈答歌の）本歌となり、『帚木』という巻名の由来にもなった」と説明する。(2)また、藤岡忠美が指摘したように(3)に帚木伝説が物語の背景にあったとすれば、なおさら巻名の由来は、物語内部ではなく源氏物語以前に遡って求めるべきであろう。

さて、ここで女の詠んだ「数ならぬ」「名の憂さ」という心情は、この巻において繰り返し表される。まず、源氏と過ごした夜に女が詠んだ歌、

○身の憂さをなげくにあかであくる夜はとり重ねてぞ音もなかれける（帚木巻、七二）

に示される。そして、その後も「心得ぬ宿世うちそへりける身を思ひ続けて伏したまへり」「身のおぼえをいとつ

きなかるべく思へば」などの文が見られる。先の贈答歌の直前にも、女の気持ちが次のように語られている。

○心のうちには、いとかく品定まりぬる身のおぼえならで、過ぎにし親の御けはひとまれるふるさとながら、たまさかにも待ちつけたてまつらば、をかしうもやあらまし、しひて思ひしらぬ顔に見消つも、いかほどに知らぬやうにおぼすらむ、と心ながらも胸いたくさすがに思ひみだる。とてもかくても、今はいふかひなき宿世なりければ、無心に心づきなくてやみなむ、と思ひはてたり。（帚木巻、七七）

つまり、先の「帚木」を詠んだ贈答歌は、「身」「宿世」を嘆く女心と、その気持ちを十分に理解できずに戸惑う源氏の姿をそれぞれに表した歌であったことが知られる。「帚木」を巻名とするこの巻の物語の主題は、その歌語本来の意味と、それをさらに明確にした物語の歌によって端的に表されていたと言ってよいだろう。この女君は次の巻の歌によって一般には「空蝉」とされるが、関屋巻頭で「かの帚木」と呼ばれるように、この呼称もまた女の性格にふさわしい。むしろ、男である源氏が「園原の道にまどふ」と詠んでいるだけに、二人の恋路の困難さをうまく表している歌語であったと言える。

「帚木」とよく似た意味は、実は、「空蝉」の巻名と歌にも見られる。

○空蝉の身をかへてける木のもとになほ人がらのなつかしきかな（空蝉巻、九四）

○空蝉の羽におく露の木がくれて忍び忍びにぬるる袖かな（同、九五　伊勢集、四四二）

物語では、源氏の歌「空蝉の身をかへてける……」を受け取った女が、「この畳紙の片つ方に」左の歌を書き付けたとなっているが、この左の歌「空蝉の羽におく露の……」は、源氏物語作者の作ではなく、伊勢集（西本願寺本）に見られる歌である。源氏物語では古歌の一部を引用したり、古歌を基にした表現を多く用いているが、このように、古歌一首をそのまま用いた例は他には見られない。

源氏物語の作者が女流歌人伊勢を特に意識していたことは、桐壺巻からうかがえる。帝が長恨歌の絵を漢詩や和歌とともに鑑賞する場面は次のように書かれていた。

○心にくき限りの女房四五人さぶらはせたまひて、御物語せさせたまふなりけり。このころ、明け暮れ御覧ずる長恨歌の御絵、亭子院の書かせたまひて、伊勢、貫之によませたまへる大和言の葉をも、唐土の詩をも、ただその筋をぞ、枕言にせさせたまふ。（桐壺巻、二五）

この「長恨歌の御絵」は、伊勢集の詞書に、

▽長恨歌の屏風を、亭子院のみかど書かせたまひて、その所によませたまひける（伊勢集、五二詞書）

とある屏風絵に相当する。また、その伊勢の長恨歌屏風歌、

▽玉すだれ明くるも知らでねしものを夢にも見じとゆめおもひきや（伊勢集、五五）

を引歌として利用もしている。

○ともし火をかかげつくして起きおはします。右近の司のとのゐ申しの声聞こゆるは、丑になりぬるなるべし。人目をおぼして夜の御殿に入らせたまひても、まどろませたまふことかたし。あしたに起きさせ給ふとても、明くるも知らでとおもほし出づるにも、なほ朝まつりごとはおこたらせ給ひぬべかめり。（桐壺巻、一八）

「ともし火をかかげつくして起きおはします」「まどろませ給ふことかたし」は、長恨歌の詩句「秋燈挑尽未成眠」をうまく和文翻訳したものである。そして伊勢歌の第二句「明くるも知らで」を、長恨歌の詩句「春宵苦短日高起従此君王不早朝」に依った「あしたに起きさせ給ふとても」「なほ朝まつりごとはおこたらせ給ひぬ」の間に挟む形で引いている。伊勢の歌がその詩句を基にしていたことを踏まえての引歌である。このことから、空蟬巻においても、源氏物語の作者が伊勢の「空蟬」の歌を題材にして新しい物語を作ろうと意識していたと考えてよいだろう。

伊勢はこの歌で、蟬の抜け殻が露に濡れて埋もれるように、私の袖も忍び泣きに濡れていますと詠んでいるが、伊勢集には、他に「うつせみ」という語が二例見られる。

▽桜花としにかへねどうつせみの世をためしにて散るにざりける（伊勢集、三一八）
▽うつせみの思ひに声したえざらばまたも雲間に露は置くらん（同、四七六）

「桜花……」の歌では、「うつせみの世」という表現で、散る桜に象徴される無常の世、はかない命といった意味を表している。同様の表現は万葉集にも多く見られるが、万葉集歌の場合には「虚蟬」の文字を当ててあっても「現世」（うつそみ）として用いており、平安時代になって「蟬の抜け殻」の意味が強まり、さらに伊勢の「うつせみの思ひに声し……」のように、蟬そのものの意味に転じる例も見られる。伊勢は、先の「空蟬の羽に置く露の木がくれて……」の歌において、万葉歌とは様相の異なる、蟬の抜け殻に露のかかる光景を描きつつ、忍び泣く女心を詠んだ。源氏物語空蟬巻では、あえてこの歌をそのまま用いることによって、万葉集に多く詠まれた「空蟬」の歌の無常観や嘆きを、袖をぬらす女の心情に置き換えて表そうとしたのであろう。伊勢の歌には、空蟬の羽を連想させる袖が詠まれているだけであるが、その袖をぬらす源氏物語の女は、この歌を書き付ける時に、

○ありしながらのわが身ならばと、取り返すものならねど（空蟬巻、九五）

と、現実の身の上「現身（うつそみ）」を嘆いている。

空蟬の幻想的な風景を詠んだ伊勢の歌は、この物語の世界を作るために大きな働きを担っているが、この物語の中心は、「空蟬の羽」と「袖」との重ね合わせから、女の脱ぎ捨てた「薄衣」を源氏が持って帰ったところにある。後撰集に、次の贈答歌が見られる。

つらくなりにける男のもとに、今はとて装束など返しつかはすとて

▽今はとてこずゑにかかる空蟬のからを見むとは思はざりしを（後撰集、恋四、八〇三、平中興女）
▽わすらるる身をうつ蟬のから衣かへすはつらき心なりけり（同返し、八〇四、源巨城）

蟬の殻と「唐衣《から》」の唐とをかけているだけではなく、蟬の殻を衣装に見立てている。また、「うつせみ（空蟬）」に

「身を憂つ」とかけて詠んでいる。源氏物語空蟬巻の設定は、この贈答歌からの影響でもあろう。夕顔巻における後日談で、源氏は伊予に下る空蟬に衣を返すが、そこで女は次の歌を詠んでいる。

○蟬の羽もたちかへてける夏衣かへすを見てもねはなかりけり（夕顔巻、一四五）

この歌は、先の後撰集歌および次の歌を基に作られていると考えられる。

▽なく声はまだ聞かねども蟬の羽のうすき衣はたちぞ着てける（天徳四年内裏歌合、夏、二一、大中臣能宣　拾遺集、夏、七九、大中臣能宣）

空蟬巻の贈答歌に戻って考えてみよう。源氏の側から見れば、「なほ人がらのなつかしきかな」と、抜け殻の中身（女）を求めていて、この後撰集の贈答歌の発想により近い。しかし、その女自身にしてみれば、万葉集に詠まれた「うつそみ」、伊勢の歌に詠まれた「ぬるる袖」の方に傾斜する。このように、源氏物語空蟬巻の物語は、古くから伝えられてきた歌語「うつせみ」という語の心象を限りなく生かしたものと言える。男にとって「人がらのなつかしき」存在を表す一方で、我が身の宿世を嘆く女の性格を表す最適なことばであった。さらに、物語の季節を夏に設定することによって、実際の蟬のイメージをも重ね合わせている。巻の最後が伊勢の歌だけで結ばれていることの効果は、これらの設定によって存分に発揮されている。先の帚木巻においても、歌語「帚木」が我が身の憂さを嘆く女の姿を表していた。そして、男が実際に手に取ることのできない女の存在のはかなさを表している点においても共通している。つまり、「帚木」「空蟬」は、この名を持つ二巻の恋物語の主題を端的に示す巻名であり、歌語なのである。

同じ女君の物語が、なぜ帚木巻の後半から始まっているのか。雨夜の物語と空蟬の物語で二巻に分けた方が長さのバランスがよいのに、なぜこのような分け方になっているのか。――この疑問から、源氏物語の執筆順序や成立論、そして並びの巻の論などが生じた。玉上は、空蟬物語を二巻に分けたのは「帚木の古歌によって構想した帚木の巻、空蟬の古歌によって構想した空蟬の巻、と、種を示したかったからだ」と説明した。[4]一方、岩下光男は、もともと帚木巻に合冊されていた空蟬物語が別の巻に分断されたとし、その理由を「巻名をつけ、整理を加える必要からなされた」と推測した。[5]室伏信助は、「なぜ、この区切りの悪い部分で巻を断ち切ったのであろうか。人物造型を中心に表現性を追跡してきた視座からは解き得ない、異質の、謎を秘めた問題である。」と述べ、岩下説を「当時の物語の形成を結集過程の動態として捉え直す必要性を論じたものとして魅力的」だと評価した。[6]岩下と室伏の論は、もとは一巻であった帚木巻と空蟬巻が後に分断されたとの推測が前提となっている。しかし、その推測に根拠があるわけではなく、ただ「区切りの悪い部分で巻を断ち切った」印象によるもので、それこそ、室伏いわく「人物造型を中心に表現性を追跡してきた視座」に他ならない。人物の行動やストーリィを中心に捉える限り、確かに帚木・空蟬の二巻の分け方は不自然に見える。

ところが、古来の歌に詠まれてきたことば（歌語）と、そのことばが表す世界を中心にして捉え直してみると、「帚木」「空蟬」の二巻は、最初から別の巻だったのではないかと思えてくる。特定の一首の古歌からそれぞれの巻の物語が構想されたとする玉上説とは少し異なるが、複数の古歌に詠まれてきた意味の深い歌語・歌ことばを、歌題ならぬ物語の題として設定し、それを物語化したと考えるとどうだろうか。そもそも源氏物語の人物造型が、ことごとく和歌的発想を基盤としているから、生きた人間としての女（空蟬）が先に構想されたのではなく、歌語「帚木」と「空蟬」にふさわしい人物として描かれたと考えると、二巻の分け方は本来の形態ということになる。この二つの巻名には、複数の共通点がある。いずれも古歌が深く関わっていること、その古歌における意味に別の意味を加えていること、そして、二つのことばの心象が似ていることである。歌語「帚木」と「空蟬」はいずれも、一つの贈答歌に用いられただけのことばではなく、物語全体の構想に大きく関与している。空蟬という女が「身の憂さ」や「宿世」を嘆いていたこと、それが源氏の愛を受け入れない理由であったこと、そして男にとって女が手に取ることの出来ないはかない存在であったことは、この物語の主題とも言える。そして二つの巻名は、身分違いの男と女の関係を端的に示している。

二、夕顔物語の主題と巻名　［夕顔］

夕顔巻で詠まれた歌について、私は通説と異なる解釈を主張してきた。すでに拙著『源氏物語の風景と和歌』『光源氏と夕顔―身分違いの恋―』で詳述したが(7)、源氏物語の和歌的世界の特徴をもっともよく表している例なので、この問題に即して説明しておきたい。「夕顔」は、「帚木」「空蟬」と異なり、歌語として定着してはいなかった。このことから、従来の諸説は、女が詠んできた歌、

○心あてにそれかとぞ見る白露の光そへたる夕顔の花（夕顔巻、一〇四）

について、和歌の伝統とはまったく切り離して、専ら男（源氏）の正体を「心あてに」言い当てたものと解釈した。しかし、古来の和歌の例を検討すると、諸説がいずれも誤りであることがわかる。

「夕顔」は確かに和歌に詠まれることのないことばであったが、この歌はすべて和歌の伝統的な表現に従って作られている。古来指摘されてきたように、歌の構造は、同じ句で始まる名歌に倣っている。

▽心あてに折らばや折らむ初霜の置きまどはせる白菊の花（古今集、秋下、二七七、凡河内躬恒）

他の説を採る研究者は、この歌の形と最初の句だけを真似ていると説明してきたが、それだけではない。「初霜」と「白露」、「白菊の花」と「夕顔の花」の対応に注目してみる。すると、白い花の上に白い水滴（霜・露）のある風景を詠んでいる点で、二首の歌が一致していたことに気づく。このことから、「心あてにそれかとぞ見る」もまた「心あてに折らばや折らむ」に対応していることがわかる。そして、本歌において「折る」対象が「白菊の花」

であるから、夕顔の歌の「それかとぞ見る」対象も「夕顔の花」であったと推測できる。

また、「心あてに」「それかとぞ見る」の用例を和歌に求めると、そこに共通する世界のあることがわかる。

▽梅の花それとも見えず久方のあまぎる雪のなべて降れれば（古今集、仮名序　同、冬、三三四、よみ人しらず

拾遺集、春、一二、柿本人麻呂）

▽わが背子に見せむと思ひし梅の花それとも見えず雪の降れれば（後撰集、春上、二二、よみ人しらず）

▽心あてに見ばこそわかめ白雪のいづれか花のちるにたがへる（後撰集、冬、四八七、よみ人しらず）

▽月夜にはそれとも見えず梅の花香をたづねてぞしるべかりける（古今集、春上、四〇、凡河内躬恒）

白い「雪」や「月夜」にまぎれて「梅の花」が「心あてに見ばこそわかめ」「それとも見えず」と言う。いずれの場合にも、さえぎる白い景物のせいで、その奥にある「それ」（白い花）が見定め難くなっている風景が描かれているのである。これは、先に見た白菊の歌の「まどはせる」白い風景とまったく同じ発想である。

つまり、夕顔の歌は、白い花を確かに「それ」だと確認したい（見たい）と願う古歌の詠み方に従った、きわめて伝統的な作り方をした歌なのである。新しいのは「夕顔」だけである。夕顔という新しい語を用いたから和歌の伝統を逸脱しているのではなく、その素材ゆえにかえって伝統を重んじたと考えるべきであろう。しかも、源氏はこの歌の前に「をちかた人にもの申す」とつぶやいている。その本歌である旋頭歌、

▽うちわたすをちかた人にもの申すわれ　そのそこに白く咲けるは何の花ぞも（古今集、旋頭歌、一〇〇七、よみ人しらず）

においても、「をちかた」（遠方）ゆえに確認し得ない「そのそこに白く咲ける花」を何かと問うていた。そして、諸注は見落としているが、この歌には、次の返歌があった。

▽春されば野辺にまづ咲く見れどあかぬ花　まひなしにただ名のるべき花の名なれや（同返し、一〇〇八、よみ人

しらず）
この二首は求婚問答歌であり、男が、白い花の精に名を問い、女は何の見返りもなく名のることはできないと答えたものであった。夕顔巻の源氏のつぶやき「をちかた人にもの申す」は、この問答を意識した引歌であり、それを聞きつけた夕顔の宿の女は、問答歌に倣って歌で花の名を答えたのである（第三章参照）。そのため、女から積極的に誘いの歌を贈ってきたのでも、単なる挨拶の歌でもなかったのである。

夕顔の歌の解釈は、この女君の性格を理解する上で焦点となる。通説に従って「男の正体を言い当てた歌」だと解釈してきた結果、この女は男には内気に見せて実は娼婦性がある（円地文子）などと敷衍されたが、伝統的和歌表現を踏まえて源氏のつぶやきに答えた歌なら、女の性格と矛盾しない。むしろ、源氏が心惹かれたのは、住処にふさわしくない女の教養と機知に対してであった。「夕顔」は和歌に詠まれることはなかったが、源氏物語において確かに歌語となった。白菊や白梅に代わる白い花としての役割だけではない。平安時代の夕顔は、観賞用の妖艶な白花夕顔（ヨルガオ科）ではなく、干瓢の材料となる丸いウリ（ふくべ）あるいは瓢箪（ひさご）の花である。つまり野菜の花である（第九章参照）。その夕顔が瓜の花として「光」に見立てられた高貴な男に愛される。この巻全体において、「夕顔」の心象は、物語の構成とこの女君の造型に深く関わっている。

「あやしき垣根に咲く」夕顔とは対照的に、高貴な六条の女君の邸には「朝顔」が咲いていた。源氏がその邸の女房を朝顔に見立てた歌を詠んだことも、夕顔の造型と無関係ではない。朝顔の歌は、

▽おぼつかなたれとかしらん秋霧の絶え間に見ゆる朝顔の花（古今六帖、六、三八九五）

を代表として、「朝顔」がはかなさの象徴とされ、「霧」によってほのかにしか見えないと詠まれてきた。六条の女君の邸でかわされた贈答歌でも、その歌の伝統を踏まえたやりとりが交わされた。

○さく花にうつるてふ名はつつめども折らで過ぎうきけさの朝顔（夕顔巻、一一〇）

○朝霧の晴れ間も待たぬけしきにて花に心をとめぬとぞ見る（同返し）

一方、夕顔の歌に対する源氏の返歌、

○寄りてこそそれかとも見めたそかれにほのぼの見つる花の夕顔（夕顔巻、一〇五）

でも、花を見分けがたい理由を「たそかれ」ゆえであったと言った。明らかに朝顔の歌を意識した詠み方である。朝と夕の違いだけでなく、花の咲く場所が違う。朝顔は貴人の邸に観賞用として植えられる。源氏の二条院にもあり、後に朝顔宮と呼ばれる式部卿の姫君である前斎院に見立てられる。かたや夕顔は「かうあやしき垣根に咲く花」とされた通り、みすぼらしい家に身を寄せていた。

帚木・空蟬と同様、夕顔の物語でも、男と女の関係が和歌に明確に表されている。出会いの場面では「光そへたる夕顔の花」と、女は男の「光」（威光）を受けたと詠んでいたが、最後の贈答歌では、次のように交わす。

○夕露にひもとく花は玉ぼこのたよりに見えしえにこそありけれ（夕顔巻、一二〇）

○光ありと見し夕顔のうは露はたそかれ時のそら目なりけり（同返し、一二一）

通説では、「ひもとく」を男が覆面の紐をといて顔を見せることと誤解し、「そらめ」を男の顔を見間違っていたと解している。しかし、歌において「ひもとく」は恋人や夫婦が袴の紐を解いてうち解けることを表すことばである。この贈答歌は、男が「白露の光そへたる」よりも親密な「夕露にひもとく花」という関係を望んだのに対して、女が以前に「光そへたる」と見たことは誤りでした、と返したものである。つまり、求愛する男に対してその愛を疑ってみせる女という、恋人たちの贈答歌の典型的なやりとりになっている。男が「夕露に……」の歌に続けて言った「露の光やいかに」は、女の「白露の光そへたる」を受けて「いかに（花にそへたるか）」と問うたものであり、女は、夕顔の上に露の光がかかっていると見たのが間違いだったと訂正したのである。

源氏物語中の多くの女君は自然界にある様々な物にたとえられ、それが各々の呼称として定着する。夕顔の君などはその典型である。歌に詠まれた「夕顔」を源氏の顔などと解する通説の読みでは、源氏物語の基本的な表現世界を正しく捉えたことにならない。歌に詠まれた「夕顔」は「あやしき垣根に咲く」瓜の白い花であり、その花のようにはかなく亡くなる女君を見立てたものでなければならない。和歌一首にたまたま用いられた夕方の顔といった単純な意味に置き換えられることばではない。風景とことばと人物像とは、源氏物語の世界、和歌の世界において深く関わっている。女の詠んだ「心あてにそれかとぞ見る白露の光そへたる夕顔の花」の歌は、源氏の姿を、夕顔の白い花を一層真っ白にまぶしく輝かせる「白露の光」にたとえるが、それはまさに自然界にある白い花と白露の光の風景なのである（古今集との関係については第三章で詳述する）。

夕顔の歌は、白い花を「それ」と確認したいと詠んだ古歌の表現を受け継いだもので、古歌と異なるのは、白い花が菊でも梅でもなく「夕顔」であることだけであった。下の句の「光そへたる夕顔の花」は、男の「光」（威光・情け）を受けた卑しい「夕顔の花」という意味を表しており、これはまさに身分違いの恋という主題に一致する。帚木・空蟬の二巻では、女は我が身の宿世を嘆いて男から逃れたが、この夕顔巻の女もまた我が身の上を思い、男の愛を信じることができなかった。これは、女の詠んだ歌に表れている。

○さきの世の契り知らるる身の憂さにゆく末かねてたのみがたさよ（夕顔巻、一一八）

ここでも、空蟬の詠んだ歌「身の憂さをなげくにあかであくる夜はとり重ねてぞ音もなかれける」（前掲）と同様に、我が身の上を嘆く「身の憂さ」という語がある。一方、男の方は行く先もわからず「まどふ」という頼りなさである。贈歌である男（源氏）の歌を二首挙げてみよう。

○うばそくがおこなふ道をしるべにて来む世も深き契りたがふな（夕顔巻、一一八）

○いにしへもかくやは人のまどひけむわがまだ知らぬしののめの道（同、一一九）

男は我がゆくべき道を「うばそくがおこなふ道をしるべにて」と言い、「わがまだ知らぬ」とする。強い意志を持って突き進むのならともかく、「まどひ」ながらの道行きは、女の「身の憂さ」を晴らしてくれるものではない。

源氏の歌「いにしへも」を受けて、女は次の歌を返す。
○山の端の心も知らでゆく月はうはの空にて影やたえなむ（夕顔巻、一一九）
この歌について、通説では「山の端」を源氏、「月」を女自身としているが、これもまた、当時の一般的な和歌表現から判断すると適切ではない。むしろ逆に、「山の端」を待つ女、「月」を高貴な男（源氏）と解するべきである。この「月」は明け方の「いさよふ（ふらふらと漂う）月」であり、源氏自身が先の歌「いにしへも……」で詠んだ通り、「しののめ（東の明け方の空）の道」を「まどひ」ながらゆく男の姿と一致している。(8) 帚木巻においても、男は「帚木の心を知らで園原の道にあやなくまどひぬるかな」（前掲）と詠んでいた。「帚木の心を知らで」と「山の端の心も知らで」という表現の一致だけではなく、「身の憂さ」を嘆く女と「まどふ」男の物語という点においても、帚木・空蟬・夕顔の三巻は、古来「帚木三帖」とされてきたことにふさわしく、共通性を持った巻々であることが知られる。そして、その主題と言うべきものを表していたのが、それぞれの巻名であり、和歌および和歌表現なのであった。

三、「花散里」の意味　〔花散里〕

「花散里」は、物語の歌から抜き出しただけの浅いことばではなく、物語世界を形成する重要な鍵語である。そして源氏物語の巻名である前に、万葉集以来の歌語であった。花散里巻の物語は、女の住まいを橘の花散る里に見立て、源氏を、橘の香りに誘われて昔語りをするために慕い寄るほととぎすに見立てた物語である。その短い話の背景には、多くの歌がある。「花散里」と呼ばれる女君の存在は、最初からその役割が明確に設定されていた。

○このころ残ることなくおぼし乱るる世のあはれのくさはひには、思ひ出でたまふにはしのびがたくて、五月雨の空めづらしく晴れたる雲間に渡りたまふ。（花散里巻、三八七）

「五月雨の空めづらしく晴れたる雲間」すなわち憂欝な梅雨の季節に会いたくなり、源氏の世の中の憂さをもまぎらわしてくれる存在、として紹介される。これに続いて語られる中川の女とのやりとりも、目的とする花散里の方での語らいに直接関わっている。

○過ぎがてにやすらひたまふ折りしも、ほととぎす鳴きてわたる。もよほし聞え顔なれば、御車おしかへさせて、例の惟光入れたまふ。

をちかへりえぞ忍ばれぬほととぎすほのかたらひし宿の垣根に（花散里巻、三八八）

源氏はこの郭公を、ただ自然の景物としてではなく、自らに重ねてとらえている。物語の文では、まず客観的に「鳴きてわたる」郭公を描き、次に源氏が「もよほし聞こえ顔」だと感じたと述べる。この「もよほし」とは人を誘うという意味である。源氏が中川の家の前で、立ち寄ろうかと迷っている丁度その時、郭公が鳴いてその家に入って行った。それがまるで自分を誘っているような様だったので、源氏はその家に歌を贈った。源氏は郭公に誘われたような気がしたからこそ、「をちかへり……」の歌で、自らを郭公と重ねて表したのである。この歌は、紫式部の曾祖父である兼輔の歌を基にしている。

▽いにしへのこと語らへばほととぎすいかに知りてか古声のする（古今六帖、五、二八〇四　兼輔集、三二）

兼輔集（第四句「いかにしてかは」）の詞書では、

▽はやうあひしれりける人のものがたりなどしけるほどに、ほととぎすの鳴きければ

とあって、語らう人と郭公とは別のものとして詠まれていた。これに対して源氏の歌では、ほととぎすが「かたらふ」として、自身と郭公を重ねて「語らひし宿」に詠みかける。和歌だけではない。「過ぎがてにやすらひたまふ」

のは源氏であり、その横を「もよほしきこえ顔」に「鳴きてわたる」郭公と、光景としては別のものとして描いている。しかし、友則の歌、

▽夜やくらき道やまどへるほととぎすわが宿をしも過ぎがてになく（古今集、夏、一五四、紀友則）

による「過ぎがてに」という和歌表現によって、源氏の姿とほととぎすとを重ねて表したのである。

中川の女からの返歌においても、郭公と源氏とが重ねられている。

○ほととぎすことゝふ声はそれなれどあなおぼつかなさみだれの空（花散里巻、三八八）

この場合、「それ」は「ほととぎすの声」を指す。人事の意味としては、源氏の（お供の者の）声であるが、何の用で訪ねてきたのかがわからない、と気まぐれの訪問を咎めているが、王朝人の愛した「ほととぎすの声」をもっとはっきり聞きたいという願望が前提となっている。この歌は、次の歌が基になっている。

女の物見にまかりたりけるに、こと車かたはらに来たりけるに、ものなどいひかはして後につかはしける

▽ほととぎすはつかなる音を聞きそめてあらぬもそれとおぼめかれつつ（後撰集、夏、一八九、伊勢）

この歌では、「それ」と確認しにくいことを、はっきりしない意味の「おぼめく」という語で示している。中川の女の歌では「おぼつかな」としているが、物語の文章では、歌の前に「（女たちは）おぼめくなるべし」とあり、前の「過ぎがてに」の前にも「おぼめかしくやと」とあった。これらの文章でも、伊勢の歌を媒介にして郭公の存在が意識されていたことがうかがえる。

こうしてたどりついた麗景殿女御の邸では、古歌を踏まえて、郭公に「たちばな」を加えた風景を作っている。

○かの本意の所は、おぼしやりつるもしるく、人目なく静かにておはするありさまを見たまふも、いとあはれなり。まづ女御の御方にて、昔の御物語など聞えたまふに、夜ふけにけり。二十日の月さし出づるほど、いとど木高きかげども木暗く見えわたりて、近き橘の香りなつかしくにほひて、女御の御けはひ、ねびにたれどあく

まで用意あり、あてにらうたげなり。すぐれてはなやかなる御おぼえこそなかりしかど、むつましうなつかしきかたにはおぼしたりしものを、など思ひ出できこえたまふにつけても、昔のことかきつらねおぼされて、うち泣きたまふ。ほととぎす、ありつる垣根のにや同じ声にうち鳴く。したひ来にけるよとおぼさるるほども、えんなりかし。いかに知りてか、など、しのびやかにうち誦じたまふ。

　橘の香をなつかしみほととぎす花散る里をたづねてぞとふ

いにしへの忘れがたきなぐさめには、なほ参りはべりぬべかりけり。（花散里巻、三八九）

引歌「いかに知りてか」によって、先の「をちかへり」歌の本歌が兼輔歌であったことを明らかにする。そして、源氏の来訪の目的が兼輔歌に詠まれた「いにしへのこと語らふ」ことであったと言う。伝統的な歌語「花散里」に、昔を懐かしんで語り合う場所という意味を加えたのである。

問題の「花散里」は、次の古歌による。

▽橘の花散る里のほととぎすかたらひしつつ鳴く日しぞおほき（古今六帖、六、四四一七　万葉集、巻八、一四七七、第四句「片恋為《かたこひし》乍《つつ》」）

▽橘の花散る里にかよひなば山ほととぎすひびかざらむかも（赤人集、二五七　万葉集、巻十、一九八二、第五句「将令響鳴《とよもさむかも》」）

▽ほととぎすなきとよむなる橘の花散る里をみん人もがな（家持集、八三）

いずれも「橘の花散る里」と続けて詠むのに対して、源氏の歌「橘の香をなつかしみ」では、「五月待つ」の歌を踏まえて、昔の人を思い出させる懐かしい「橘の香」を加えている。[9]「近き橘の香りなつかしくにほひて」は、次の歌を基にしている。

▽五月待つ花橘の香をかげば昔の人の袖の香ぞする（古今集、夏、一三九、よみ人しらず）

橘については「香りなつかしくにほひて」、麗景殿女御の人柄は「むつましうなつかしきかた」とする一方、源氏は、女御との語らいに「昔のことかきつらねおぼされ」、ここを「いにしへの忘れがたきなぐさめ」と感じる。そして「橘の香をなつかしみ」の歌において、源氏は自身を郭公にたとえ、この場所を「花散里」とした。文章においても、源氏と郭公の両方に「うちなく」という同じ語が用いられている。郭公を擬人化するのは、古来の和歌でも一般的であったが、ここではそれをさらに進めて、登場人物の関係を郭公と橘に見立てた独自の物語世界を作っているのである。

「花散里」ということばは、一般的には女御の妹の三の君の呼称として用いられているが、源氏の歌にも示されている通り、物語では源氏の父君桐壺院との思い出を語り合う場所という意味であった。朝顔や夕顔の場合と異なり、橘そのものの性格と女君個人の性格との重ね合わせではなく、源氏が昔を偲んで訪ねる場所といった意味を持っている。麗景殿女御の詠歌、

○人目なく荒れたる宿は橘の花こそ軒のつまとなりけれ（花散里巻、三九〇）

における「橘の花」も、女君の比喩というよりも「昔の人の袖の香ぞする」花としての橘に重きを置いている。この場面において、麗景殿女御邸は「かの本意の所」とされ、「まづ女御の御方にて」昔物語をしているが、妹の三宮についてはただ「西面」とされるのみである。つまり、物語において「花散里」とは、源氏にとって昔語りのできる女御の住まいを、和歌のことばで郭公の慕い寄る里として表したものであり、後世の読者が花散里と呼ぶ女御の妹三の君個人を指し示す呼称ではなかったのである。これは、須磨巻においても同様である。

○かの花散里にも、おぼし通ふことこそまれなれ、心細くあはれなる御ありさまを、この御かげに隠れてものしたまへば、おぼしなげきたるさまも、いとことはりなり（須磨巻、三九六）

○花散里の心細げにおぼして、常に聞こえたまふもことわりにて、かの人も今ひとたび見ずはつらしとや思はむ

とおぼせば、その夜は、また出でたまふものから、いとものうくて、いたう夜ふかしておはしたれば、女御、かく数まへたひて、立ち寄らせたまへること、とよろこび聞こえたまふさま、書き続けむもうるさし。いといみじう心細きありさま、ただこの御かげに隠れて過ぐいたまへる年月、いとど荒れまさらむほどおぼしやられて、殿のうちいとかすかなり。月おぼろにさし出でて、池広く木深きわたり、心細げに見ゆるにも、住み離れたらむいはほの中おぼしやらる。西面は、かうしもわたりたまはずやと、うちくしておぼしけるに、あはれ添へたる月影の、なまめかしうしめやかなるに、うちふるまひたまへるにほひ、似るものなくて、いと忍びやかに入りたまへば、すこしゐざり出でて、やがて月を見ておはす。またここに御物語のほどに、明け方近うなりにけり。（須磨巻、四〇四）

主人の女御個人を「女御」、妹の三の君（花散里）を「かの人」、その人の居場所は「西面」と、意識に応じて使い分けている。これらの場面において、「花散里」ということばは、常に源氏がこの姉妹の存在を思いやる場合に用いられていることに注意したい。「帚木」「空蟬」が源氏にとって手に取ることのできない存在であったのと同じく、「花散里」もまた、他の誰にでもなく源氏にとって、昔を懐かしみ慕い寄る「里」なのであった。

源氏と花散里との関係は、花散里巻では、橘の花散る里に昔を懐かしみ慕い寄る郭公に見立てられるものであった。この巻の仕立て方や表現方法のすべてが和歌的であると言ってよいだろう。この関係を、生身の人間の個人的な関係として説明することは難しいが、和歌に詠まれる郭公と花散里に見立ててみると、麗景殿女御とその妹の三宮という二人の居る場所が源氏にとって優しく懐かしい空間であったことが実感されるであろう。

四、「むすぼほる」朝顔　［朝顔・乙女］

巻名となった古歌のことばが、物語の登場人物の心情と現在の状況を巧く表している例は多い。たとえば「朝顔」は、代表的な歌語であるが、古歌を利用するだけにとどまらず、朝顔巻の贈答歌において、古歌とは異なる心情がそれぞれの立場から表現されている。源氏は、若い頃に見た朝顔宮が忘れられず、わざわざ盛りの過ぎた朝顔を選び、「見しをりの」の歌に添えて朝顔宮に贈った。

○とく御格子まいらせて、朝霧をながめたまふ。枯れたる花どものなかに、朝顔のこれかれはひまつはれて、あるかなきかに咲きて、にほひもことにかはれるを、折らせたまひてたてまつれたまふ。（朝顔巻、六四三）

○見しをりのつゆ忘られぬ朝顔の花のさかりは過ぎやしぬらむ（朝顔巻、六四四）

○秋はてて霧のまがきにむすぼほれあるかなきかにうつる朝顔（同返し）

「花のさかりは過ぎたのでしょうか」と問う源氏の歌に対して、宮の返歌「秋はてて」は、我が身の状況と心境を、晩秋の朝顔にたとえて表したものである。「花の季節も終わって、荒れた家に頑なにこもっていて、いるかいないのか人にはわからないほどの状態で色あせてゆく朝顔―それが私です」という意味で、自分自身の姿を眼前の景物に重ねて詠んだ歌であった。宮は歌の後に「似つかはしき御よそへにつけても、露けく」と続けている。

この歌の本歌は、次の三首と思われる。

▽春日野のなかの朝顔おもかげに見えつつ今も忘られなくに（伊勢集、四一三）

▽おぼつかなたれとかしらん秋霧の絶え間に見ゆる朝顔の花（古今六帖、六、三八九五）

▽もろともにをるともなしにうちとけて見えにけるかな朝顔の花（後撰集、恋三、七一六、よみ人しらず）

十五年も前、源氏と朝顔宮は、初登場の帚木巻において、

○式部卿の姫君に朝顔たてまつりたまひし歌などを少しほほゆがめて語る（帚木巻、六五）

と噂された。その時に贈った歌や姫君との出会いについては、これ以上書かれていないが、ここでは「春日野の」や「おぼつかな」などの歌を想像すれば足りる。「秋霧」に見え隠れしていた若き朝顔の姿を「おもかげに見えて今も忘られなくに」とするこれらの古歌を受けて、源氏は「朝顔」を今も「つゆ忘られぬ」と詠んで贈ったのである。なお、源氏の贈歌については別に論じる（第八章参照）。

一方、宮からの返歌では、後撰集歌のように「うちとけ」るどころか、ただ籬に「むすぼほれ」て衰えていくと答えた。この「むすぼほる」という語の意味について、諸注や辞書では、花が小さく萎むことと心が沈むことをかけていると説明されるが、この解釈は、歌語「むすぼほる」の意味を正確に捉えたものとは言えない。次の例から、「むすぼほる」は「とく」の反対語で、頑な心と状態を示すことばであることがわかる。[10]

▽春くれば柳のいともとけにけりむすぼほれたるわが心かな（拾遺集、恋三、八一四、よみ人しらず）

○朝日さす軒の垂るひはとけながらなどかつららのむすぼほるらむ（末摘花巻、二二二）

○うちとけてねもみぬものを若草のことあり顔にむすぼほるらむ（胡蝶巻、七九九）

あとの二首は源氏の歌で、末摘花と玉鬘、「むすぼほる」女君に対して「うちとけ」てほしいと願った歌である。この女君たちと同様、源氏にうちとけることのできなかった朝顔宮は、「秋はてて」の歌において、自分の殻に閉じこもり、ますます頑なになってゆく我が心を、眼前の朝顔の花の姿に託して詠んだのである。

ところで、紫式部にも、同じ意味で用いた「むすぼほる」の例がある。

◇みよしのは春のけしきにかすめどもむすぼほれたるゆきのした草（紫式部集、五九）

また、朝顔については、朝顔巻の歌および文章と一致する表現「あるかなきかに」が見られる。

◇おぼつかなそれかあらぬか明けぐれのそらおぼれする朝顔の花（紫式部集、四）

◇いづれぞと色わくほどに朝顔のあるかなきかになるぞわびしき（同返し、五）

このことから、源氏物語の朝顔巻と密接な関係のあることは間違いないが、その前後関係が不明であるから、ここでは事実だけを挙げておきたい（第十一章参照）。

源氏は、賢木巻でこの女君について「まして朝顔もねびまさりたまふらむかし」（三五八）と想像し、最後に朝顔巻で「見しをりの」と詠んでよこした。源氏は朝顔宮の若い頃に何かのはずみで朝の顔をかいま見たのであろう。帚木巻において「式部卿の姫君に朝顔たてまつりたまひし歌などを、少しほほゆがめて語る」（前掲）と、女房達の噂話だけにとどめ、詳細について物語では語られていない。その代わりに、十五年の時を経て、宮が自らの運命を象徴する歌を詠むことによって、この恋物語は幕を閉じる。最後の朝顔巻での贈答歌を活かすためには、出会いの場面での具体的な歌の引用もこれ以上の説明もむしろ不要であった。帚木巻において語られた噂話を語った時、源氏物語の作者がどのように朝顔宮の物語を発展させるつもりであったのかはわからない。しかし、朝顔巻で宮自身に詠ませた歌において「むすぼほる」という別の歌語を加えることによって、「朝顔宮」と呼ばれる女君の性格が伝統的な歌語「朝顔」の持っていた「おぼつかなさ」や「はかなさ」という心象をはるかに越えた、さらに意味の深い「朝顔」へと発展させたことは確かである。これは、もとは歌語でなかった「夕顔」を、白い花を詠む伝統的表現を加えることによって新しい歌語「夕顔」を生み出したのと同様、きわめて高度な方法と言ってよいだろう。

源氏は、「見しをりのつゆわすられぬ」の歌の前に、

○人知れず神のゆるしを待ちしまにここらつれなき世を過ぐすかな（朝顔巻、六四二）

とも詠み、長い年月を思って「神さびにける年月の労かぞへられはべるに」（六四二）とも言っている。源氏は朝顔の歌において、花の季節の終わりを問いかけ、自らの恋に終止符を打ったのではないだろうか。

これと似た歌が、次の乙女巻に見える。

○をとめ子も神さびぬらし天つ袖ふるき世の友よはひ経ぬれば（乙女巻、六九八）

源氏が五節の舞姫を見て、「昔御目とまりたまひし乙女の姿をおぼし出づ」（六九七）と、恋人であった昔の五節の舞姫に贈った歌である。巻名「をとめ」の由来とされる歌であるが、やはり古歌が基になっている。

▽天つ風雲のかよひ路ふき閉ぢよ乙女の姿しばしとどめむ（古今集、雑上、八七二、良岑宗貞）

▽をとめ子が袖ふる山のみづがきの久しきよより思ひそめてき（拾遺集、雑恋、一二一〇、柿本人麻呂　万葉集、巻四、五〇四）

源氏が思い出した「昔御目とまりたまひし乙女の姿」は、明らかに「天つ風」の歌を意識したものである。かつて若い源氏は、舞姫を見て「乙女の姿しばしとどめむ」と願ったのであろう。そして今、年月を経て「をとめ子も神さびぬらし」と問う。先の朝顔巻の「神さびにける年月の労」と「見しをりの……」の歌の心情を、ここでも相手を変えてくり返しているのである。

この巻の物語は、主として息子夕霧の恋と苦悩が語られている。そのため、源氏が昔を偲ぶこの歌に巻名「乙女」が詠み込まれているのは、巻全体の物語にそぐわない気がするが、この巻には「をとめ」の歌がもう一首ある。

○ひかげにもしるかりけめやをとめ子が天の羽袖にかけし心は（乙女巻、六九九）

息子の夕霧が、今の舞姫（惟光の娘）に贈った歌である。このように、巻名「をとめ」は、青春の恋を軸とする父から息子への世代交代を意味していたのである。朝顔巻で終わりを告げた源氏の青春は、この乙女巻で息子夕霧の初々しい恋に受け継がれる。源氏はこのあと六条院を造営して安定した中年期を迎える。夕顔の忘れ形見「玉鬘」を得て、「長き思い」を果たすのもこの時期である。「朝顔」や「をとめ」は女君の顔や姿を指すことばであるが、そのことばの背景には、それぞれに青春の恋を歌った古歌があった。そして、そのことばが巻名となった物語においては、中年になった源氏が青春の日々を懐かしむ意味となっているのである。

五、「玉かづら」の意味　［玉鬘］

玉鬘巻で登場する女君は、後世の読者によって「玉鬘（の尚侍）」と呼ばれる。「玉かづら」という語は、名所（地名）ではないが、深い意味を持つ歌のことばとして、古来「歌枕」とされ、『能因歌枕』では「たまかづらとは、かくといふ。かづらなり」と記されている。

○恋ひわたる身はそれなれど玉かづらいかなる筋をたづね来つらむ（玉鬘巻、七五一）

源氏が玉鬘と初めて対面した後に詠んだ歌である。この「玉かづら」について、諸注や辞典では、髪に付けるかづら（かもじ）の美称とし、「筋」は髪の毛筋で「玉鬘」の縁語と言う。また、「つる草を頭にかけたりして長寿を寿ぐ」ことから「玉のように美しいつる草」のこととも説明される。つまり、髪に付ける「鬘」と蔓性植物の「葛」とは相通ずるものであり、それゆえに、この巻名の表記が「玉葛」「玉鬘」の二種類が伝えられているのであろう。玉鬘という呼び名と巻名はこの歌による、と書かれた書物に、「玉かづら」の意味を説明したものはない。口語訳を読んでも、「玉かづら」が何を意味するのか、なお不明確である。

しかし、古来の歌の例を確認すると、「玉かづら」には、歌の伝統を踏まえた深い意味のあることが明らかになった。万葉集の例では、狭い谷間に生える「玉かづら」の実体が示され、「たえぬ」「長し」という「玉かづら」の縁語が、つる草の形状から発したものであったことがわかる。これに対して、「かけ」という語の枕詞となる例は、つる草としての実体から離れる。古今集以後の例では「玉かづら」はつる草としての実体から遠ざかり、髪飾りや付け髪を表す「かづら」を「玉かづら」と置き換える和歌の方が主流になってゆく。このように詠み方は変わっても、「玉かづら」のすべての歌に共通して詠まれているのは、思いなどが長く続き忘れない、事あるごとに思い出す（がなかなか会えない）という心情である。このことから、「玉かづら」が表面的なことばの上から「長し」や「絶えぬ」（「絶ゆ」ではなく常に否定形であることに注意）に掛かっていたのではなく、つる草の性格と結びついて用いられていたことがわかる。これは、「玉かづら」の実態から離れた「影」「懸け」と詠む歌においても同様である。

すなわち「玉かづら」ということばは、つる草が細く長く繋がって生えるごとく、会えない人を忘れず、長き思いを絶やすことのない心を連想させる歌枕だったのである。貫之歌でたびたび見られる「おもかげ」という語は、「懸け」から「影」が引き出されただけではなく、会うことのできない人の面影を追い求めて忘れないという歌枕「玉かづら」の意味と深く結びついた表現なのであった。つる草の形状を表わし、そこから長き思いを連想させる和歌と、同じく細く長い黒髪に寄せて詠む和歌とは、その詠み方はまるで異なるように見えるが、いずれの場合にも「玉かづら」ということばによって共通する世界を表している。

源氏物語には、先の玉鬘巻の歌の他に、蓬生巻に二例ある。やはり和歌の例である。

○わが御ぐしの落ちたりけるを取り集めてかづらにし給へるが、九尺余ばかりにていときよらなるを、をかしげなる箱に入れて昔の薫衣香のいとかうばしき一壺具して賜ふ。

絶ゆまじき筋をたのみし玉かづら思ひのほかにかけ離れぬる

玉かづら絶えてもやまじゆく道の手向の神もかけて誓はむ（蓬生巻、五三二）

末摘花は、親しい侍従が筑紫に下るというので、自慢の髪で鬘（かつら）を作り、餞別として贈る。「絶ゆまじき……」は末摘花の歌で、「絶ゆまじき」「かけ」は「玉かづら」の縁語、またあとの歌は侍従の返歌で、「神」に「髪」を掛け、遠く離れても互いに忘れまいと誓うのである。

源氏物語の「玉かづら」は、いずれも「すぢ」という語とともに詠まれている。この二つのことばは同時に用いられることが多く、「すぢ」という語が「玉かづら」の細く長い様を一層強めている。「すぢ」は、方面や性質といった意味があるが、「いと末遠く」「絶え間がち」など、細くて頼りない様や長く遠い時間を連想させる語でもある。蓬生巻の「絶ゆまじき」の歌には、侍従ただ一人を頼りに細々と堪えてきた末摘花の切ない思いが込められている。この歌に対する侍従の返歌には「すぢ」という語はない。「玉かづら」の蔓のごとく長い心は「絶えてもやまじ」と、神（あなたが下さったこの髪）にかたく誓うからである。

万葉集にも多く見られる古い歌語だが、次の贈答歌の影響が大きい。

▽おもほえぬすぢにわかるる身を知らでいと末遠くちぎりけるかな（斎宮女御集、一五九）

▽玉かづらかけはなれたるほどにても心通ひは絶ゆなとぞ思ふ（同返し、一六〇）

美しい蔓草「玉かづら」の生命力を身につけ、そのことばを発することで、遠く離れても忘れないことを誓う。「かづら」（蔓草《つる》）は、女性の髪飾りにされたり、また長い髪に見立てられ、人との別れには、餞別として蔓草や髪を髪飾りに仕立てた「玉かづら」を贈った。

以上の意味を踏まえて、源氏の「恋ひわたる」歌を詳しく訳すと次のようになる。

「長く恋い慕ってきた我が身は相変わらずだが、細く長い蔓草のように途切れることのなかった忘れ形見（忘れ難み）は、どんな縁をたどってここまで来たのだろうか」

「恋ひわたる」（ずっと慕い続けている）「身はそれなれど」（わが心はかわらない）と、歌語としての「玉かづら」を受け継いだ歌になっている。その上の句は、玉鬘巻の冒頭文に呼応している。

○年月隔たりぬれどあかざりし夕顔をつゆ忘れたまはず、心々なる人のありさまどもを見たまひかさぬるにつけても、あらましかばと、あはれにくちをしくのみおぼし出づ。（玉鬘巻、七一九）

源氏は二十年間、夕顔のことを（蔓草のように細く長く）忘れなかったと言うのだ。その忘れ形見である娘は今どこにいるのか、というところから、舞台は九州に飛び、その後は、玉鬘一行の話になる。源氏物語の作者は、この姫君を、確かに「玉かづら」という歌語にふさわしい女性として作り上げたのである。

この巻頭文は、十五年前に当たる末摘花巻の冒頭に酷似している。

○思へどもなほあかざりし夕顔の露におくれしここちを年月経れどおぼし忘れず（末摘花巻、二〇一）

末摘花巻では、この思いから末摘花に会うが、玉鬘巻では、その忘れ形見その人に出会う。玉鬘巻で、源氏は次のように語る。

○あはれに、はかなかりける契りとなむ年ごろ思ひわたる。かくて集へたる方々のなかに、かのをりの心ざしばかり思ひとどまる人なかりしを、命長くて、わが心長さをも見果つるたぐひ多かめるなかに、いふかひなくて、右近ばかりを形見に見るはくちをしくなむ。思ひ忘るる時なきに、さてものしたまはば、いとこそ本意かなふここちすべけれ。（玉鬘巻、七四四）

夕顔とのことを、「年ごろ思ひわたる」（長年思い続けてきた）と言い、その心を「わが心長さ」「思ひ離るる時なき」とも語っている。この「心長さ」ということばは、葛《かづら》のつるの長さを連想させ、「思ひ離るる時なき」という表現も、古歌に詠まれた「玉かづら」の示す心情に一致する。また、源氏の歌の「すぢ」という語は、縁や血筋の意味と蔓の形状を表し、歌のことば「玉かづら」における「心長さ」や物語の年月の重みを強調している。

つまり、「玉かづら」とは、源氏の詠歌に枕詞として用いられただけではなく、源氏にとって夕顔の忘れ形見であるという女君の特性（役割）を的確に表していたことばだったのである。(11)

右近は、玉鬘と再会したことを次のように報告した。

○はかなく消えたまひにし夕顔の露の御ゆかりをなむ見たまへつけたりし（玉鬘巻、七四三）

この「夕顔の露のゆかり」を、源氏の「心長さ」から捉えると「玉かづら」となる。て「ゆかり」は「すぢ」ということばに置き換えられる。そして「夕顔」もまた蔓草であった。

○きりかけだつものに、いと青やかなるかづらの、ここちよげにはひかかれるに、白き花ぞ、おのれひとり笑みの眉開けたる。（夕顔巻、一〇一）

「青やかなるかづら」に「白き花」の夕顔の「ゆかり」ならば、玉鬘巻における「玉かづら」にはつる草のイメージが重ねられていると考えてよいだろう。夕顔の花によそえられた母親・夕顔は、その白い花が一晩で萎れてしまうように、八月十六夜、源氏の目の前で急死した。その蔓草の「すぢ」（血縁という意味を含む）に引かれて、源氏のもとにやってきた娘を「玉かづら」（美しい蔓草）と呼ぶのは、夕顔の娘ながら、たくましく美しく成長した蔓草の「忘れ形見」を端的に言い表したことばである。

以後、玉鬘はその名の通り、長い間、源氏物語の女君として活躍し、光源氏亡き後（竹河巻）も物語に登場し続ける。ウリ科で干瓢の材料となる夕顔という植物もまた、花こそはかないが、その蔓は丈夫で生命力がある。玉鬘の人物造型は、その蔓草の生命力と深く関わっている。伝統的な和歌のことばは、源氏物語の和歌一首に取り入れられただけではなく、巻名となって、物語の構想や登場人物の造型にも貢献していたのである。

空蟬、夕顔、花散里、朝顔など、巻名であると同時に女君の呼称にもなっていることばは、それぞれの女君の性格や立場を表している。「玉鬘」もまた、この歌枕の約束事に則り、源氏が長く忘れずに思い続けてきた夕顔の忘れ形見という、物語のヒロインとしての役割を端的に表すことばだったのである。それでこそ、その役割を果たし得る女君が登場し、源氏の夕顔への「長き思い」を確認する物語にふさわしい巻名であったと言える。これらの巻名もまた、物語中の歌に由来するというよりも、古歌のことばから名付けられたと考えるべきであろう。

注

（1）拙著『源氏物語の風景と和歌』（一九九七年、和泉書院　二〇〇八年、増補版）
（2）片桐洋一『歌枕歌ことば辞典』（一九八三年、角川書店）
（3）藤岡忠美「源氏物語の源泉Ⅱ和歌」（一九七七年、有精堂出版『源氏物語講座八』）
（4）玉上琢彌『源氏物語評釈第一巻』（一九六四年、角川書店）三三四〜六頁
（5）岩下光男『源氏物語とその周辺』（一九七九年、伊那毎日新聞社）
（6）室伏信助「空蟬物語の方法—帚木三帖をめぐって」（一九八〇年、有斐閣『講座源氏物語の世界一』）
（7）注（1）の『源氏物語の風景と和歌』第六章「光源氏と夕顔」・『同　増補版』増補編第一節「『光源氏と夕顔』補訂」、『光源氏と夕顔—身分違いの恋—』（二〇〇八年、新典社新書）において、諸説の検討とともに詳述した。
（8）注（7）と同じ。「いさよふ月」については、注（1）の『増補版』増補編第二節「源氏物語における『いさよひ』の風景」（初出は、「青須我波良」五一号）で詳述した。本書第十章「コラム1《いさよひの月》」参照。
（9）万葉集巻十七の「橘のにほへる香かもほととぎすなくよの雨にうつろひぬらむ」（三九三八）「ほととぎす夜声なつかしあみささば花はすぐともかれずなかなむ」（三九三九）などの影響もあるのかもしれない。
（10）注（1）の『源氏物語の風景と和歌』第二章第三節「朝顔巻の女君」
（11）注（1）の『源氏物語の風景と和歌』第五章第三節「歌枕『玉かづら』と源氏物語」

第二章　源氏物語の巻名と古歌

源氏物語の歌のことばは、古来の和歌に用いられたことだけで無意味に使われているのではない。物語の登場人物の感情に合致し、背景となる場面を設定した上で、古歌の世界を踏まえつつ、その物語世界にもっともふさわしい和歌を詠ませている。巧みに作られた物語世界の中で詠まれた歌は名歌となる。歌枕の背景に多くの説話があるように、源氏物語の和歌で用いられたことばが後に歌語として認められるのは、ことばの背景に、伝統的和歌を基盤とした物語世界を抱えているからであろう。前章で見た「玉鬘」のように、歌枕として定着した歌語が物語に仕立てられた例は多い。古歌の伝統を単純に引用したものより、多くの歌の世界を組み合わせて作られる場合が多いと思われる。以下、物語の巻名および内容と古歌との関係を考察する。

一、巻名の由来

源氏物語の巻名は、誰が付けたものか明らかではない。池田亀鑑は『源氏物語事典』の総記「三、巻名と巻序」において、古い文献に見られる巻名とその異名について説明した後、次のように結んでいる。(1)

これらの巻名は誰がつけたか、おそらく作者自身の命名ではあるまい。はじめは一の巻、二の巻というふうに呼ばれていたのが、後に今のような優雅な巻名が、何人かによって案出され、それが次第に行われるようになったものと思われる。『更級日記』に「源氏の一の巻云々」とあるのも、一証とされよう。また巻名に異名が相当多いという点も、傍証とならぬでもない。しかし『栄花物語』の巻名は、この物語の影響を受けていると思われるから、作者自ら命名したものでないとしても、その成立はかなり古いと見なければなるまい。これに対して、玉上琢彌は『源氏物語評釈』において、「『源氏物語』の巻名は作者がつけた」と主張した。(2) 手習巻の「夕霧の御息所」や須磨巻の「花散里」という人物呼称は、それぞれの巻を執筆する時すでに「夕霧」「花散里」という巻名があったことを示すと説明、また、桐壺巻から関屋巻に至るまでの「連続と変化の妙」の具体例を示した上で、次のように述べる。

この連続と対照と変化とは、容易に作れるものではない。読者が、その巻の本文から語をえらびながら、こういうふうに五十四を並べることは不可能だ、と言ってよかろう。むしろ作者が、巻名の連続と変化とを考えながら、次に書く物語を構想していった、と見るほうがよかろう。

いずれが正しいのだろうか。

『河海抄』や『花鳥余情』は、物語中の歌に巻名のことばがあると、「以歌為巻名也」として〈巻名の由来〉を示す。『花鳥余情』は桐壺巻頭の注で、五十四帖の巻名を「凡五十四帖の巻の名に四の意あり。一には詞をとり、二には歌をとる。三には詞と歌との二をとる。四には歌にも詞にもなきことを名にせり。」という四種類に分類する。この「詞をとり」といった言い回しは、〈巻名の由来〉が物語本文にあるとする考えが前提となっている。先の『源氏物語事典』の池田説はこの考えによるもので、その巻に見えずとも別の巻に例があれば物語から名付けられたと認定し、「これらに対して、夢浮橋という巻名は、全然趣を異にし、その由来について古来諸説がある。」と、「夢浮橋」だけを例外として扱っている。

確かに、巻名のことばの例の現れ方には、表Ⅰの通り四種類が認められるが、これは単なる現象にすぎない。そのことと、巻名が何に由来していたのかということは別の問題である。むしろ、巻名となったことばが、源氏物語成立当時どのように用いられていたかを考えてみるべきであろう。和歌に用いられることば（歌語）か日常のことばなのか、公の行事や史実に基づくのか、といったことの方が、巻名の由来と呼ぶにふさわしい。

〈表Ⅰ　巻名のことばの物語中の例〉　　＊その巻になく、別の巻にあるもの

a物語中の歌に例のあることば

帚木、空蟬、末摘花、葵、賢木、花散里、澪標、薄雲、玉鬘、行幸、横笛、夕霧、御法、幻、橋姫、椎本、宿木、東屋、浮舟

b物語歌と地の文の両方にあることば

夕顔、須磨、明石、関屋、朝顔、乙女、初音、胡蝶、螢、常夏、篝火、藤袴、若菜、柏木、鈴虫、竹河、総角、早蕨、蜻蛉

c物語の地の文にあることば

桐壺、紅葉賀＊、花宴＊、蓬生＊、野分、真木柱＊、梅枝、藤裏葉、紅梅、手習

dどちらにも例のないことば

若紫、絵合、匂兵部卿、夢浮橋

たとえば「藤裏葉」の場合、「藤裏葉の、とうちずんじたまへる」（藤裏葉巻、一〇〇二）とあるだけだが、これは明らかに歌の一句を口ずさんだものである。また、「梅枝」の場合、「（催馬楽の）梅枝いだしたる、いとをかし」（梅枝巻、九八〇）の文を巻名の由来とする説明が一般的だが、それだけでは、この巻名の意味はわからない。これは物語の場面を飾る一時的な引用ではなく、巻全体の物語世界に大きく関わっている。物語中の歌では、「梅枝」という歌語を用いるのではなく、「花の枝」「うぐひすのねぐらの枝」ということばに置き換えられ、「散りすぎた

る梅の枝」とされる白梅と六条院の紅梅とを対照的に表したものである（第六章参照）。同じく催馬楽の「竹河」「総角」を巻名とした物語においても、そのことばがどのように受け継がれ用いられているかを考えるべきであろう。

物語の内部に由来を求めるのは、完成された源氏物語本文から抜き出されたという先入観による。仮に作者やその周辺の人物が巻名を付けたとすると、その時の物語は未完成であった可能性すらある。また、巻名となることばから物語が構想されたのなら、物語本文を〈巻名の由来〉とするのではなく、そのことばを〈物語の由来〉と考えなければならない。

源氏物語の巻名の多くは、古歌と深く関わっている。これは、引歌研究からも容易に想像されるはずだが、巻名の成立に関わる問題として扱われることは少ない。引歌と本歌との関係を綿密に検討すると、当時もっとも尊重されていた和歌が物語の基盤となっていたことが実感されるが、これは巻名についても同様である。表Ⅱに示す通り、五十四の巻名のうち八割までが、源氏物語以前に伝えられていた古歌にことばの例がある。また、古歌に見あたらないことばＢの中には、間接的に古歌と関わる場合があり、その他、現存しない古歌に用いられていた可能性もあるだろう。

〈表Ⅱ　巻名のことばの古歌における例〉

Ａ古歌に例のあることば（歌語）

帚木、空蟬、夕顔、若紫、末摘花、葵、賢木、花散里、須磨、明石、澪標、蓬生、関屋、松風、朝顔、乙女、玉鬘、初音、胡蝶、螢、常夏、篝火、野分、藤袴、行幸、真木柱、梅枝、藤裏葉、若菜、柏木、鈴虫、夕霧、御法、幻、竹河、橋姫、椎本、総角、早蕨、宿木、東屋、浮舟、蜻蛉

Ｂ古歌に見あたらないことば（二語の組み合わせ・歌集の詞書に用例）

桐壺、紅葉賀、花宴、薄雲、絵合、横笛、紅梅、匂兵部卿、手習、夢浮橋
用例が確認できたものだけでも、これだけの巻名が古歌に例がある。単に和歌に用例があるというだけではない。物語の主題や人物の役割に深く関わって用いられたのが源氏物語の巻名であった、ということに注目したい。

二、神事と巻名　［葵・賢木］

巻名「葵」は、賀茂の祭でかざしに用いられる葵を表している。左大臣の姫君である光源氏の正妻は、この葵巻ではじめて源氏と心を交わし、その直後亡くなる。その原因となったのは、「葵」をかざす賀茂祭で六条御息所一行との「車争い」であった。そしてこの女君は、後世の読者によって「葵の上」と呼ばれる。これらのことから、巻名「葵」は光源氏の正妻「葵の上」を中心とする物語の意味と思われがちである。巻名の由来を記した『源氏小鏡』にも、その趣旨の説明が見られる。しかし、葵の上は、物語中においては一度もそのように呼ばれることはなく、「……の上」あるいは「上」と称されたこともない。また、夕顔や空蟬が後の物語で「夕顔の露におくれたまひ……」「空蟬の尼君」などとされるのとは異なり、「左大臣の姫君」や「北の方」と称されるのみで、「葵」という語がこの女君に関わって用いられることもない（第四章五参照）。

「あふひ」は、この物語においては、次の贈答歌に見られる語である。

○はかなしや人のかざせるあふひゆゑ神のゆるしのけふを待ちける（葵巻、二九一）

○かざしける心ぞあだにおもほゆる八十氏人になべてあふひを（同返し）

源氏と紫の上が女車に相乗りして祭見物に出かけた。そこに来合わせた源典侍が、「よしある扇のつまを折り」（檜扇の端を折って）「はかなしや」の歌を書いてよこしてきた。男女が逢うことを神も許してくれるという葵の祭りに

ちなんで、源氏が他の女と同車していることを妬んだ源典侍の歌に対して、源氏が誰にでもなびく典侍を「八十氏人になべてあふ」と返したのである。後撰集に、この場面の基になったと思われる贈答歌がある。

賀茂祭の物見侍りける女の車にいひ入れて侍りける

▽ゆきかへる八十氏人の玉かづらかけてぞたのむあふひてふ名を（後撰集、夏、一六一、よみ人知らず）

▽ゆふだすきかけてもいふなあだ人のあふひてふ名はみそぎにぞせし（同返し、一六二、よみ人知らず）

これらの歌にも示されている通り、「あふひ」は、祭りにかざす葵の葉であるとともに人に「逢ふ日」の意味をも含んでいる。音が一致していることによる掛詞というだけではなく、祭りの日はまさに人に逢う日でもある。そして、葵巻においても、源氏と紫の上ははじめて二人で外出し、典侍とも出会った。源典侍との贈答歌の表面的な意味だけをとらえていると、「葵」がこの巻の物語全体にふさわしい巻名であるようには見えないが、男女が「逢ふ日」であるという歌語の意味を考えると、この巻の物語の主題の一つがここに表されていたことに気づく。

源典侍の歌の「人のかざせるあふひ」とは、自分ではなく他の人（ここでは紫の上）が源氏と同車して逢っていることを意味し、このことを祭の当日は「神のゆるし」があると詠んでいるのである。ここでは源典侍という厚かましい女を詠み手として設定してあるが、源氏が現に逢っている女が、この巻の後半で結婚する紫の上その人であったことに注目したい。周囲の人々もまた、源氏が同車している女が誰であろうかと気をもんでいる。このことは何を意味するのであろうか。源氏は紫の上を祭見物に連れ出すことによって、世間の人々にこの女君の存在を示した（お披露目を意味する）と考えられる。

源氏はこの日、紫の上の髪を自ら削いで、そのあと祭見物に出かけている。外出前のあわただしい時に、源氏はなぜこのような面倒なことをしたのだろうか。その謎を解く鍵は、髪削ぎの際に源氏と紫の上の間で交わされた贈答歌にある。

○はかりなき千ひろの底のみるぶさのおひゆく末は我のみぞ見む（葵巻、二九一）
○千ひろともいかでか知らむ定めなく満ちひる潮ののどけからぬに（同）
源氏の歌の「おひゆく末は我のみぞ見む」は、一生をお世話しようという宣言、すなわち婚約を意味する。『万水一露』にも、能登永閑説として次の記述が見られる。

我のみぞ見んとは、源の我物になし給心也。はゞかりもなく、いつまでもおひたち行すゑを御らんじ給はんといへる也。（版本『万水一露』により、句読点濁点を施した）

紫の上は、源氏のこの歌に対して「満ち干る潮ののどけからぬ」と答え、相手の愛情の深さを疑ってみせたのである。歌の前には次のような文章がある。
○そぎ果てて、千ひろと祝ひきこえたまふを、少納言あはれにかたじけなしと見たてまつる（同、二九〇）
先の贈答歌とこの祝い言に見られる「千尋《ちひろ》」について、諸注ではただ髪の伸びることを言うと説明している。しかし、古来の和歌の例を見ると、髪の長さには関わらず、末長きことや心の深いことを願う場合に用いる歌語であったことがわかる。
▽みなわなすもろき命もたく縄の千ひろにもがと願ひ暮らしつ（万葉集、巻五、九〇七）
▽伊勢の海の千ひろの底も限りあれば深き心を何にたとへん（古今六帖、三、一七五七）
▽わたつみの千ひろの底と限りなく深き思ひといづれまされり（忠岑集、一一〇）
源氏は「千ひろと祝ひ」、それに続く贈答歌で二人の行く末と源氏の心の深さを詠んでいるから、この「千ひろ」は、婚約のための祝い言と考えるのが自然であろう。源氏の歌の「みるぶさ」もまた、「海松」と「見る」とをかけて恋の歌に用いられる歌語である。紫の上の乳母である少納言が「あはれにかたじけなしと見た」のも、髪削ぎそのものに対してではなく、それが婚約としての儀式であったからと考えるのが自然である。源氏の言った「君の

御《み》ぐしはわれそがむ」についても、単なるせりふと言うよりも、儀式のための歌（の二句）を唱えたもので、そのことが求婚を意味していたと考えることができる。源氏はこの髪削ぎに先だって、紫の上付きの童女たちに対して、繰り返し「女房」と呼びかけている。これは、紫の上を大人の女として扱おうとしたことの現れでもあろう。ちなみに、江戸時代の有職故実書『貞丈雑記』でも、成人を表す髪削ぎの儀式では夫となる男が妻となる女の髪を削ぐ、と記されている。(3)

このように考えてみると、葵の上の喪が明けてすぐに紫の上と結婚の儀を内々に行ったことも納得できる。この巻の物語の中で源氏と紫の上との結婚は、葵の上の死とともに大きな意味を持っている。そして、問題の「あふひ」の語は、葵の上と六条御息所との間に車争いのあった御禊の日ではなく、紫の上と祭見物に出かけた日に詠まれた歌で用いられた。従って、「あふひ」とは、賀茂祭にかけて、源氏と紫の上の「逢ふ日」を意味していたと考えることができる。源氏の正妻について、後世の読者が「葵の上」と称しても、源氏物語の文章においては決してそのように呼ばなかったのは、祭にかざす「葵」という植物と源氏の正妻との間に結びつきがなかったからに他ならない。

「紅葉賀」と「花の宴」が宮中の秋と春の行事で対になっていたのと同様、「あふひ」と「さかき」もまた対になっている。「あふひ」が、賀茂祭でかざしに用いる葉であったのに対して、次の巻の名「賢木」もまた、神事に用いる常緑樹である。ただし、現在の神事に用いられる榊とされる種類に限定するものではなく、広く神事に用いる樹を「賢木」「坂樹」と表記してサカキと称した（三省堂『時代別国語大辞典』）。

▽天香山《あまのかごやま》の五百箇《いほつ》の真坂樹《まさかき》を掘《ねこじ》にし……天香山の真坂樹を鬘《かつら》に為《な》して（日本書紀、巻一、神代上）

▽久方の天の原より生《あ》れ来たる神の命《みこと》は奥山の賢木の枝に白香つく木綿とりつけて（万葉集、巻三、三八二）

そのためだろう、源氏物語の巻名も、国字「榊」の表記とともに「賢木」と記された本が多い。以下、巻名には広義の「賢木」を用いる。

「さかき」は、この巻では二箇所に表れる。最初は、六条御息所が娘斎宮に同行して伊勢神宮に下る前に、源氏が野の宮を訪ねた場面である。

○さかきをいささか折りて持たまへりけるを差し入れて、変わらぬ色をしるべにてこそ、い垣も越えはべりにけれ。さも心うくと聞こえたまへば、

神垣はしるしの杉もなきものをいかにまがへて折れるさかきぞ

と聞こえたまへば、

をとめ子があたりと思へばさかき葉の香をなつかしみとめてこそ折れ（賢木巻、三三六）

ここでは、次の歌が基になっている。

▽ちはやぶる神のい垣も越えぬべし今は我が身のをしけくもなし（万葉集、巻十一、二六六三　拾遺集、恋四、九二四、柿本人麻呂　古今六帖、二、一〇六五）

▽ちはやぶる神垣山のさかき葉はしぐれに色もかはらざりけり（後撰集、冬、四五七、よみ人しらず）

▽さかき葉の香をかぐはしみとめくれば八十氏人ぞまとゐせりける（神楽歌、採物、榊　拾遺集、神楽歌、五七七）

万葉歌は、伊勢物語七十一段に、伊勢斎宮の使いの話の一つとして、下の句「大宮人の見まくほしさに」（一三〇）として入れられている。いずれの本文を基にしたのかはともかく、神をも畏れぬ恋の思いとして「神のい垣も越えぬべし」が、当時一般に流布していたことが知られる。源氏はこの句を用いた上に、常緑樹である榊の特性を利用して、変わらぬ心を示したのである（第九章参照）。

この巻には、もう一箇所、源氏が榊を贈った場面がある。巻の後半、賀茂斎院に就いた式部卿姫君（朝顔宮）に対して、源氏は「なれなれしげに、唐の浅緑の紙に、榊にゆふつけなど、神々しうしなして参らせたまふ」（三五

八）のであった。ここでの二人の贈答歌では、「さかき」の語はなく、代わりに、榊に付けた「ゆふだすき（木綿襷）」が見られる。先の万葉集歌の「賢木の枝に白香つく木綿とりつけて」の様である。

○かけまくはかしこけれどもそのかみの秋おもほゆるゆふだすきかな（賢木巻、三五七）

○そのかみやいかがはありしゆふだすき心にかけてしのぶらむゆゑ（同、三五八）

この場合には榊の特性を持ち出す必要もなく、「ゆふだすき」を「かけ」ることと、心にかけることとを重ねた。いずれにしても、神事にことつけて恋心を訴える手法は同じで、源氏のそうした行動に対して、物語の語り手は、次のように述べている。

○野の宮のあはれなりしこととおぼしいでて、あやしう、やうのものと神うらめしうおぼさるる御くせの見苦しきぞかし（賢木巻、三五八）

神をも畏れぬ源氏の行動は、巻の最後の朧月夜密通発覚事件の伏線のようにも思える。この巻では、藤壺の出家という大事件があり、実の子である東宮や紫の上のことも語られる。物語全体として、世の中が源氏の不遇に向いてゆくのである。

三、歌枕と巻名　［須磨・明石・澪標］

「須磨」と「明石」にも、古歌が深く関わっている。物語中の「須磨」の例を挙げる。

○かの須磨は、昔こそ人のすみかなどもありけれ……（須磨巻、三九五）

○おはすべき所は、行平の中納言の、藻塩たれつつわびける家居近きわたりなりけり（同、四一三）

○松島のあまの苫屋もいかならむ須磨の浦人しほたるるころ（同、四一五）

○うきめかる伊勢をの海士を思ひやれ藻塩たるてふ須磨の浦にて（同、四一八）

○須磨には、いとど心づくしの秋風に、海は少し遠けれど、行平の中納言の、関吹き越ゆると言ひけむ浦波、よるよるはげにいと近く聞こえて……（同、四二一）

最初に「かの須磨は」と、源氏の謫居先を唐突に書き出す。「かの」という言い方から、古来の和歌によく詠まれてきた名所・歌枕「須磨」と理解される。そして「行平の中納言の」以下の文によって、その須磨により明確な意味が加えられた。「藻塩たれつつわびける」は、次の歌を指している。

▽わくらばに問ふ人あらば須磨の浦に藻塩たれつつわぶと答えよ（古今集、雑下、九六二、在原行平）

この歌の詞書には、

▽田村の御時に、事にあたりて津の国の須磨といふ所にこもりはべりけるに、宮のうちにはべりける人につかはしける（同、詞書）

とあるが、行平が実際に須磨に下向したという史実は確認できない。源氏物語の須磨は、古今集などに記された説話を基にしていたのであろう。「行平の中納言の、関吹き越ゆると言ひけむ浦波」も、次の歌を基にしたものと思われる。

▽旅人はたもと涼しくなりにけり関ふき越ゆる須磨の浦風（続古今集、羇旅、八六八、在原行平）

▽いくたびか同じねざめになれぬらん苫屋にかかる須磨の浦波（玉葉集、旅歌、一二二二、在原行平）

物語中の歌では「しほたるる」「藻塩たる」などと、行平歌を意識した表現をたびたび用いる。「須磨」という巻名は、単なる地名というよりも、行平歌およびその説話に基づいて名付けられたと考えてよい。

巻名「明石」は、文のことばにもあるが、和歌の三例に、この物語における特徴が表れている。

○ひとり寝は君も知りぬやつれづれと思ひあかしの浦さびしさを（明石巻、四五八）

○旅衣うらがなしさにあかしかね草の枕は夢もむすばず（同）

○なげきつつあかしの浦に朝霧の立つやと人を思ひやるかな（同、四七七）

いずれも、地名「明石」と「明かし」とを掛けている。須磨で詠まれた「しほたる」が流離を嘆いていたのとは異なり、「思ひ明かし」「明かしかね」「なげきつつ明かし」と、独り寝をする源氏が寂しく夜を明かす意味を表している。これらの歌の背景には、やはり古歌がある。

▽ほのぼのとあかしの浦の朝霧に島がくれゆく舟をしぞ思ふ（古今集、羈旅、四〇九、よみ人知らず）

古今集の左注で人麻呂作と伝えられる歌である。徐々に明けてゆく朝の風景を「ほのぼのと明かし」と描いており、すでにこの歌において「明石」と「明かし」とが掛けられていた。源氏物語では、この「あかし」を、独り寝の寂しさを表すことばとして利用したのである。この巻名もまた、単なる地名ではなく、古歌を基にして別の抒情性を加えたことばとして用いられていたことが知られる。

「帚木」「空蟬」「夕顔」は、それぞれ源氏と女君との関係を表していた。この「須磨」「明石」は、源氏が「藻塩たる」所であり、夜を「明かし」た所である。いずれも、登場人物の心情や立場を表し、物語の主題の一つを示している。〈歌枕〉とは、須磨や明石のように、歌に詠まれた名所・地名を意味するのが一般的であるが、平安時代においては、地名に限らず一定の約束事と心象を持った歌のことばをも意味していた[4]。源氏物語の巻名には、こうした歌枕によるものが多く見られる。「帚木」「空蟬」もその一つであり、他に「澪標」「玉鬘」などがある。

「澪標《みをつくし》」とは、「水脈《みを》つ串」とも表記し、浅い港などで舟の進路を知らせるための杭を意味する。澪標の物語は、源氏一行と明石の君が難波で遭遇する話である。源氏の盛大な住吉詣を避けて明石一行が難波に舟を移動し、源氏は翌日になって惟光からその事実を聞いて哀れに思い、難波の堀江のわたりで、「今はた同じなにはなる」と口ずさみ、次の歌を詠んだ。

○みをつくし恋ふるしるしにここまでもめぐりあひけるえには深しな（澪標巻、五〇二）

澪標巻の巻名の由来として、『河海抄』は、この歌を挙げるが、それ以前に源氏がつぶやいた古歌があった。

▽わびぬれば今はた同じなにはなるみをつくしても逢はむとぞ思ふ（後撰集、恋五、九六〇、元良親王　拾遺集、恋二、七六六、元良親王）

物語の文で直接引用されるのは右の歌だけであるが、この場面の背景には複数の古歌があった。

▽君こふる涙のとこにみちぬればみをつくしとぞ我はなりぬる（古今集、恋二、五六七、藤原興風）

▽なにはがた何にもあらずみをつくしふかき心のしるしばかりぞ（後撰集、雑一、一一〇三、大江玉淵女）

源氏の歌が元良親王や興風の歌と同じく恋の歌であったのに対して、明石の君の返歌、

○数ならでなにはのこともかひなきになどみをつくし思ひそめけむ（澪標巻、五〇三）

は、「何にもあらず」と詠んだ玉淵女の歌のように、「数なら」ぬ我が身を嘆く歌になっている。これは、帚木三帖における源氏と女の歌との関係に似ている。

また、「玉かづら」は、古くから歌枕とされており、歌学書は、その約束事として「かく」「ながし」などの語とともに用いると記している。しかし、髪かざりを意味する「玉鬘」と蔓草の「玉葛」という二通りの表記が見られるこのことばが、具体的に何を意味しているかは明らかでなかった。物語では、源氏の歌、

○恋ひわたる身はそれなれど玉かづらいかなる筋をたづね来つらむ（玉鬘巻、七五一）

に見られるが、諸注は「つる草や花などを、髪の飾りとしたもの（「玉」は美称）で「すぢ」の序」などとするのみであった。そこで古来の用例を検討すると、「玉かづら」ということばは、蔓草が細く長くつながる様を、長く続く思いに見立てて表す歌枕であることが明らかとなった（第一章参照）。

これまで見た巻名のことばとそれを用いた和歌には、いずれも、源氏と女君の双方の気持ちが表されている。源

氏にとって、「帚木」「空蟬」は手に取ることのかなわぬ女、「夕顔」はその実体をはっきりと捉えがたい女、そして「澪標」は身を尽くして逢いたいと思うがままならぬ女を、それぞれ意味する。これに対して、女の側からは、源氏との身分・境遇の違いを思って「身の憂さ」を嘆く意味として用いられた。「蓬生」の場合は、待ち続ける女とそれを探し出し訪ねる男の関係を示している。また「花散里」は昔語りをするために訪れる懐かしい場所という意味の歌語であり、「須磨」は「藻塩たれつつわぶ」所、「明石」は寂しく独り寝をする所を意味する。そして、「若紫」は最愛の人藤壺の「紫のゆかり」となる少女を、「玉鬘」は亡き恋人夕顔の忘れ形見を、それぞれ源氏の立場から捉えたことばであった。

四、「関屋」と「関や」　［関屋］

蜻蛉日記にはすぐれた歌が多く見られる。源氏物語に多用される引歌という手法を最初に用いたのも蜻蛉日記であるとされる(5)。源氏物語の作者は、道綱母の表現方法に倣って、引歌表現を多用したのであろう。巻名の一つ「関屋」は、蜻蛉日記の歌に用例が見られる。

▽逢坂の関や何なり近けれど越えわびぬればなげきてぞ経る（蜻蛉日記、上）

この歌では、第二句の「や」が助詞として用いられ、「関屋」の意味は特に含まれていない。一方、源氏物語の歌、

○逢坂の関やいかなる関なればしげきなげきの中をわくらむ（関屋巻、五五〇）

の場合は、その前の場面で「関屋」とあるので、その意味をも含んでいると思われる。

○関屋よりさとはづれ出でたる旅すがたどもの、色々のあをのつきづきしきぬひ物、くくり染めのさまも、さる方にをかしう見ゆ（同、五四八）

この場面の「関屋」と歌の「関や」とは、単にことばの音が一致するだけではなく、風景としても重なっている。空蟬の一行が「関屋よりさとはづれ出でた」のは、それまで源氏の盛大な行列を避けて「関山」の杉木立の下に隠れていたからである。その箇所を引用する。

○殿は粟田山越えたまひぬとて、御前の人々、道もさりあへず来こみぬれば、関山に皆下りゐて、ここかしこの杉の下に車どもかきおろし、木《こ》隠れにゐかしこまりて過ぐしたてまつる。（関屋巻、五四七）

空蟬が詠んだ歌の「繁きなげきの中を分くらむ」と詠んだのは、「嘆き」に「木」を掛けて、この杉木立の「木隠れにゐかしこまりて過ぐし」たためで、二人の出会う「逢坂」の名にふさわしくないと感じたからである。この「木隠れ」は、次の古今集歌をも意識しているのであろう。

▽君が代に逢坂山の石清水木《こ》隠れたりと思ひけるかな（古今集、雑体、一〇〇四、壬生忠岑）

蜻蛉日記の場合には、実際の逢坂の関とは関わりなく、兼家がことばの上で二人の逢瀬を願ったものにすぎない。道綱母も、自分との逢瀬は、逢坂より越えにくい勿来《なこそ》の関のように困難だと返している。

▽越えわぶる逢坂よりも音にきく勿来をかたき関と知らなむ（蜻蛉日記、上）

このように、ことばの上だけで用いられていた歌枕「逢坂の関」を、源氏物語では、二人が実際にすれ違う場所として設定した。しかも皮肉なことに、女の側は「繁きなげ木」の中で、その出会いを見送ることになる。この「しげきなげき」という表現もまた、蜻蛉日記の歌に見られる。

▽などかかるなげきはしげさまさりつつ人のみかるる宿となるらむ（蜻蛉日記、上）

▽思ふてふわが言の葉をあだ人のしげきなげきにそひてうらむな（蜻蛉日記、上）

姉とその夫とが転居するのをうらんで、道綱母が「などかかる……」と詠んだ。それを受けて、姉の夫為雅が「思ふてふ……」と返したのである。この「なげき」にも「木」の意味が含まれ、「かるる」に離ると枯るとが掛けられている。為雅の返歌の「言の葉」もまた、その「繁き投げ木」の縁語である。日記の文章を見る限り、この場面に「繁き木」があるように思えないので、これらの縁語・掛詞は、「なげき」「かるる」を言うための表現手段として持ち出されただけのことばであったと思う。これに対して源氏物語では、文字通り、「繁き木」の中に嘆きつつ見送る女がいた。その嘆きの中で「逢坂の関やいかなる」とうらみがましいことばが出たのである。

蜻蛉日記の二組の贈答歌は、いずれも、古今集歌の表現を受け継いだものである。まず、「なげき」に木の意を掛けて詠むことは、誹諧歌に三首続けて見られる。

▽ねぎ言をさのみ聞きけむ社こそはてはなげきの森となるらめ（古今集、雑体、一〇五五、讃岐）

▽なげきこる山とし高くなりぬればつら杖のみぞまづつかれける（同、一〇五六、大輔）

▽なげきをばこりのみ積みてあしひきの山のかひなくなりぬべらなり（同、一〇五七、よみ人知らず）

これが後に一般的な和歌表現となり、まもなく「しげきなげき」という句も見られるようになる。

▽なげきのみしげき深山のほととぎす木隠れゐても音をのみぞ鳴く（大和物語、六十五段）

▽をりはへて音をのみぞ鳴くほととぎすしげきなげきの枝ごとにゐて（後撰集、夏、一七五、よみ人知らず）

源氏物語の作者は、先の蜻蛉日記の歌のみならず、これらの和歌をも意識していたのであろう。関屋巻の「関山に皆下りゐて……木隠れにゐかしこまりて過ぐし」という文は、右の大和物語の「しげき深山」「木隠れゐても」などとも共通する。「しげきなげき」でほととぎすが鳴く、と詠む和歌が多いのを受け、源氏物語では人々が「繁き木立にゐ隠れ」る様子を具体的に描いてみせた。その状況の中で詠まれた空蟬の「なげき」の歌は、単なる恨み言を越えて、読者の憐れみを誘う。

「逢坂」は歌枕として広く詠まれていた。「逢坂の関」と言えば、百人一首に親しんだ現代人は、まず、

▽これやこの行くもかへるも別れては知るも知らぬも逢坂の関（後撰集、雑一、一〇八九、蟬丸）

を連想するが、当時の多くの読者は、古今集の歌をまず連想したであろう。

▽逢坂の関しまさしきものならばあかず別るる君をとどめよ（古今集、離別、三七四、難波万雄）

▽逢坂の関にながるる石清水言はで心に思ひこそすれ（古今集、恋一、五三七、よみ人知らず）

ことばの上だけで用いることの多かった「逢坂の関」を題材にして、源氏物語の作者は、作り物語の自由さゆえ、男と女がすれ違う物語の舞台に仕立てた。これだけなら、誰もが思いつくことだが、風景とことば、和歌と心情とを緊密につなぐことは容易ではない。同じ源氏物語でも、他の例では、これほどに「逢坂」と物語場面との関わりが深くはない。

○ゆく方をながめもやらむこの秋は逢坂山を霧な隔てそ（賢木巻、三四一）

○年月を中に隔てて逢坂のさもせきがたくおつる涙か（若菜上、一〇七一）

前者では、源氏のいる都との間を隔てる地名として、後者は、古来の用法と同じく、同音から連想される歌ことばとして用いている。宇津保物語の和歌に見られる「逢坂」の例も、物語の場面とは何の関わりもない。これらの歌では二人の逢瀬に関所があるという意味で用いられた。関屋巻では、その「逢坂の関」という歌枕を題材にして、古今集から蜻蛉日記へと受け継がれたことばの奥行きを最大限に生かした物語を形成している。

関屋巻の物語では、その「逢坂の関」つまり障害が、二人の決定的な身分によるものとして、通り過ぎる男と「ゐ隠れる」女のすれ違いによって表す。この時の女君の嘆きは、葵巻の車争いの際の六条御息所、澪標巻の住吉詣での明石の君と、源氏物語でたびたび繰り返される主題である。

先に見た「みをつくし」という巻名もまた、自由に逢えないことを嘆く源氏と、身分の低さを嘆く明石の君の気持ちをそれぞれに表すことばであった。澪標巻の場合と同様、関屋巻においても、源氏は、

○わくらばにゆきあふ道を頼みしもなほかひなしや潮ならぬ海（関屋巻、五四九）

と詠み、二人のすれ違いだけを嘆くが、空蟬の方は「逢坂の関やいかなる関なれば」と、明石の君の「なにはのこともかひなきに」によく似た発想の歌を詠んでいる。

国宝『源氏物語絵巻』（徳川美術館蔵）において、この関屋の場面は、珍しく大画面の風景画として描かれている。これは、単に名所歌枕が題材になっていたからではないだろう。その画面は、琵琶湖をはるかに望み、山々を描いた雄大な山水画であるが、その山の間に、通り過ぎる源氏一行と、道端に控える空蟬一行を大きく描いている。この不自然な構図は、人物の心情に重点を置く『源氏物語絵巻』の製作者が、この関屋の場面を抒情的な名場面として評価していたことを意味していると思う。現存する『絵巻』の詞書は、空蟬の独詠歌、

○ゆくと来とせきとめがたき涙をやたえぬ清水と人は見るらむ（関屋巻、五四八）

までで終わっている。この歌もまた、先の古今集歌「逢坂の関にながるる岩清水言はで心に思ひこそすれ」を基にしている。「ながるる」は、「流るる」と「泣かるる」とをかけているので、「関に泣かるる」を受けて「せきとめがたき涙」としたのである。この独詠歌に「逢坂」のことばは用いられていないが、確かに古今集の「逢坂の関」を詠んだ歌を基にしていたのである。

前章で述べた通り、空蟬の物語である「帚木」「空蟬」という二つの巻名には、共通する心象があった。女が「身の憂さ」や「宿世」を嘆いていたこと、それが源氏の愛を受け入れない理由であったこと、そして男にとって女が手に取ることの出来ないはかない存在であったこと――これらは、この物語の主題と言えるが、二つの歌語が、その意味をそれぞれに表していた。そして、その後日譚を語る関屋巻の巻名もまた、源氏と空蟬との決定的な身分の差を象徴していたのである。

五、古歌から巻名へ　［若紫・蓬生・胡蝶］

「若紫」という巻名は、諸注が「歌にも詞にもなき」とし、物語中の歌に見られる「紫」と「若草」を組み合わせたと説明されることが多い。しかしこれも、伊勢物語の歌、

▽春日野の若紫のすり衣しのぶの乱れ限り知られず（伊勢物語、一段）

や、それを基にした歌に見られた。「紫のゆかり」の物語は、伊勢物語（四十一・四十九段）などの古歌を前提としている。つまり、物語中にはない「若紫」という巻名も古歌から生じたことばであった（第七章参照）。

同じく物語中に例がない「蓬生」について、諸注は、物語に「蓬」という語が頻出することと、源氏の詠んだ次の歌を挙げるのみである（第四章参照）。

○たづねてもわれこそとはめ道もなく深き蓬のもとの心を（蓬生巻、五三六）

源氏が荒れた常陸宮邸を訪ねる時に詠んだ歌である。この歌が巻名の由来とされるが、歌の「深き蓬のもと」から「蓬生」は生じ得ない。『河海抄』が「蓬生事」の例として挙げた次の歌が基になったと考えるべきであろう。

▽いかでかはたづね来つらん蓬生の人も通はぬわが宿の道（拾遺抄、雑上、四五八、よみ人しらず　拾遺集、雑賀、一二〇三、よみ人しらず　高光集、三六）

歌語「蓬生」は、自分の荒れた家「わが宿」を卑下して言うことばである（第八章参照）。この歌を、荒れた宿で男を待つ末摘花の気持ちを表したものと想定してみる。すると、この歌が先の源氏の歌と贈答歌のような関係になることに気づく。「たづね来つらん」と「たづねても……とはめ」、「蓬生」と「蓬のもと」、「人も通はぬわが宿の道」と「道もなく」が、それぞれ対応する。

常陸宮邸の前を通りかかった源氏は、「藤の花の香り」に誘われ、松の木立にこの邸を思い出した。そのあと末摘花に逢った時、源氏と末摘花は次の歌を交わす。

○藤波のうちすぎがたく見えつるは松こそ宿のしるしなりけれ（蓬生巻、五三七）

○年を経て待つしるしなきわが宿を花のたよりにすぎぬばかりか（同、五三八）

この歌の前に、「いかでかはたづね来つらん」（何を目印に尋ね当てて来られたのか）と問いかけた古歌を（末摘花の気持ちとして）挿入してみる。すると、「待つ」の意味を込めた「松」が「宿のしるし」だったから、私は「蓬生の」宿を「尋ね来」たのですと、より明確な返事の歌になる。そして、末摘花が「花のたよりにすぎぬばかりか」と愚痴っぽい歌を返した意味も理解しやすくなる。このように、巻名「蓬生」は、常陸宮邸の荒廃ぶりを表すだけではなく、古歌に詠まれた世界を基にして、「待つ女」末摘花の心情を端的に表している。「蓬生」という鍵語が巻名として示されたことによって、読者は古歌「たづねても……」を思い出し、寡黙な末摘花の嘆きに心を傾けることになる。

問題とすべきは、その巻名が物語中にあるか否かではなく、そのことばがどのような世界を背景として成り立っているかということである。「蓬生」の場合、荒れた宿で待ち続ける女と、それを尋ねて行く男の物語にふさわしい巻名であり、似たことば「蓬が門」や「蓬がもと」では不十分である。「若紫」も、幼い「若草」をかいま見た貴公子が「紫のゆかり」として引き取る物語という意味を表している。それぞれ、物語の内部の一つの文や歌だけでは、これほどの深く広い意味を表すことはできない。これらのことばの背景には、大切に受け継がれてきた和歌の伝統があり、一首以上の古歌がある。

「こてふ」は、古来の歌では「こてふに似たり」という慣用句で、「来いといふ」誘いのことばを意味していた。

▽わが宿の梅咲きたりと告げやらば来云似有《こてふににたり》散りぬともよし（万葉集、巻六、一〇一六）

▽こてふにも似たるものかな花すすき恋しき人に見すべかりけり（拾遺集、雑秋、一一〇三、紀貫之　拾遺抄、秋、一〇九、よみ人知らず）
▽月夜よしよしと人につげやらばこてふに似たりまたずしもあらず（古今集、恋四、六九二、よみ人しらず）
▽こてふにも似たるものからあきの夜の月のこころをしらずもあるかな（延喜御集、一八）

元来はもっぱら慣用句「来てふに似たり」として用いられてきたのだが、ここには「胡蝶」の意味は含まれておらず、ただ、景物（この場合は、梅とすすき）が人を誘うようだという意味で用いている。特にすすきは手招きする姿からの連想であろう。これに対して、物名歌を好んで詠む物語的歌集の歌、

▽春のとふ心づかひをたづぬれば花のたよりにこてふなりけり（仲文集、八）

において、初めて「こてふ」に「蝶」の意味が加えられた。

一方、胡蝶の舞を意味する「こてふ」の用例は、宇津保物語に見られる。

▽八人の童、四人は孔雀の装束す。四人はこてふ。左右に立ち出でて、いとをかしう舞ふに（楼の上・下）

源氏物語胡蝶巻の「鳥、蝶にさうぞきわけたる童べ」（七八五）も四人ずつなので、同じ状況である。ただ、この宇津保物語の「こてふ」は、胡蝶の装束をした童の舞を意味するだけで、その前後には和歌もなく、歌語としての「こてふ」の例も見られない。それに対して源氏物語の地の文では、「胡蝶」ではなく、「鳥、蝶」として迦陵頻伽の舞と胡蝶の舞を表すのみである。従って、この場合も、「胡蝶」という巻名が物語本文から抜き出されたのではなく、作者が、宇津保物語にも見られた「胡蝶」ということばを主題にして、歌語の「こてふ」と「胡蝶の舞」とを合わせて六条院世界を描いたのである（第六章参照）。漢詩における「胡蝶」（文華秀麗集、嵯峨天皇）、「荘周夢為胡蝶」（荘子斉物論）からの連想もあろうが、源氏物語の地の文であえて「胡蝶」とせず、和歌で「こてふ」を用いたところに、作者が物語の主題を漢詩文よりも和歌から取材しようとしていた意識が表れている。

六、歌語の組み合わせ　［薄雲・朝顔・夕顔・藤裏葉・夢浮橋］

巻名の中には、Bに分類したように二つの語を組み合わせたものがある。古歌に例のある「若紫」「松風」などもそうだが、古注が特殊としてきた巻名のほとんどが、二つ以上の語の組み合わせになっている。古歌に例のない「薄雲」もまた「薄＋雲」の組み合わせである。

○入り日さす峰にたなびく薄雲はもの思ふ袖に色やまがへる（薄雲巻、六一八）

「うすぐも」は、源氏以前の歌には見あたらず、「雲」を「薄し」と表した例は、

▽くたみ山夕居る雲の薄からばわれは恋ひなむ君が目をほり（万葉集、巻十一、二六八二）

のみである。しかし後世になると『和歌初学抄』にも挙げられ、定家の歌にも見られる。また、唐の詩には「薄《はく》雲《うん》」という語が多く見られる。これらのことから、古今集の哀傷歌、

▽深草の野辺の桜し心あらば今年ばかりは墨染めにさけ（古今集、哀傷、八三二、上野岑雄）

▽墨染めの君がたもとは雲なれやたえず涙の雨とのみふる（同、八四三、壬生忠岑）

▽草深き霞の谷に影かくし照る日の暮れし今日にやはあらぬ（同、八四六、文屋康秀）

などの発想と表現を踏まえ、薄衣《うすぎぬ》の意味をも含んだ「うすぐも」という語ができたと思われる（第三章参照）。源氏物語には「薄墨衣《うすずみごろも》」「薄紅梅《うすこうばい》」「薄鈍《うすにび》」「薄氷《うすごほり》」などの合成語が多く見られ、このうち「薄氷《うすごほり》」は、漢詩から句題となった「薄氷《はくひょう》」が歌ことば「うすごほり」になる。これと同様、源氏物語の作者は、漢語に端を発した「うすぐも」を用いて歌を作り、物語の哀傷場面を作ったと考えてよいだろう。[6]

「夕顔」も、源氏物語の和歌ではじめて用いられたことばだとされてきた。この場合は、「夕＋顔」という二語を

組み合わせただけでなく、「朝顔」との対比において名付けられたと考えられる。「朝顔」という語の初出は、紀伊守の女房達が語る噂話「式部卿の宮の姫君に、朝顔たてまつりたまひし歌などを」（帚木巻、六五）においてであるが、ここでは「朝顔」の物語がこれ以上に語られることはなかった。次に「朝顔」が出てきたのは夕顔巻で、六条の女君の邸に咲く朝顔を折り取らせる場面である。「朝顔」は、夕顔と対照的な女君の邸に咲く花であり、その女房（中将の君）の比喩とされた。

○さく花にうつるてふ名はつつめども折らで過ぎうきけさの朝顔（夕顔巻、一一〇）

○朝霧の晴れ間も待たぬけしきにて花に心をとめぬとぞ見る（同）

この段階ではまだ、「朝顔」という歌語を物語の主題とする予定はなかったかもしれない。六条御息所と朝顔宮の造型が明確に区別されたのは葵巻以後のことであるから、夕顔巻では、式部卿宮の姫君が想定されていた可能性もあるだろう。

葵・賢木の二巻で「朝顔の姫君」と呼ばれた姫宮が、朝顔巻において詠んだ歌、

○秋はてて霧のまがきにむすぼほれあるかなきかにうつる朝顔（朝顔巻、六四四）

では、朝顔宮の頑なな心情を表している。これは、古来の「朝顔」の心象とは明らかに異なる（第一章参照）。巻名は平凡だが、盛りを過ぎた朝顔の物語に仕立てたところは、夕顔を題材にした物語に匹敵する斬新さと言える。

源氏物語発端の巻々の題材として、古歌で詠まれてきた「朝顔」では話題性に乏しい。そこで選ばれたのが「夕顔」であったと思う。能因本枕草子の本文に[7]「夕顔は、花の形も朝顔に似て、いひ続けたるにいとをかしかりぬべき花の姿に、実のありさまこそいとくちをしけれ」とあるように、朝顔と夕顔とはたびたび対比されてきた。漢詩には、朝に咲く花を「朝栄」、夕方に咲く花を「夕穎《せきえい》」とする例があり[8]、和歌でも「朝」と「夕」とを対比した例は多い。赤染衛門にも、次の歌がある。

あさがほゆふがほ植ゑてみしころ

◇昼間こそなぐさむかたはなかりけれあさゆふかほの花もなきまは（赤染衛門集、四一一）

夕顔巻の冒頭で「六条あたりの御忍びありきのころ」とし、二人の女君を対照しながら語られる夕顔巻は、

▽春日野のなかの朝顔おもかげに見えつつ今も忘られなくに（伊勢集、四一三）

▽おぼつかなたれとかしらん秋霧の絶え間に見ゆる朝顔の花（古今六帖、六、三八九五）

と詠まれた「朝顔」の風情を意識して作られたと考えられる。巻名を詠み込んだ贈答歌、

○心あてにそれかとぞ見る白露の光そへたる夕顔の花（夕顔巻、一〇四）

○寄りてこそそれかとも見めたそかれにほのぼの見つる花の夕顔（同返し、一〇五）

は、諸注が誤解するような特殊な歌ではない。むしろ、朝顔の歌の他に、古今集・後撰集に見られる白い花の見定めがたい風景を詠んだ常套表現を受け継いだものであった（第一章・第三章参照）。

そして、実は、源氏物語以前の歌の中にも、「夕顔」の由来となり得る例はあった。

▽朝顔は朝露負ひて咲くといへど暮陰《ゆふかげ》にこそ咲きまさりけれ（万葉集、巻十、二一〇八　古今六帖、六、三八九六、第二句「朝露おきて」）

▽朝顔の朝露おきてさくといへど夕がほにこそにほひましけれ（人麻呂集、九七）

同じ歌で表記・本文が異なる異伝歌である。『八雲御抄』の「夕顔」の項にも、人麻呂集と同文でこの歌が挙がるので、この歌を、平安時代の和歌における「夕顔」の例と見ることはできる。また、「朝顔」が「夕影」によって咲きまさると詠まれた万葉集歌は、そのままの本文でも十分に「夕顔」という巻名の由来になり得る。そして、漢詩の「夕潁《せきえい》」を翻訳すると「夕顔」になる。似た語に「夕ばへ」があるが、源氏物語において「夕ばへ」が用いられているのが玉鬘の比喩「なでしこ」と「山吹」についてであることも参考になる。

また、源氏と夕顔との最後の贈答歌、

○光ありと見し夕顔のうは露はたそがれ時のそら目なりけり（同返し、一二一）

○夕露にひもとく花は玉ぼこのたよりに見えしえにこそありけれ（夕顔巻、一二〇）

は、次の贈答歌を踏まえている。

▽二人して結びしひもを一人してあひ見るまではとかじとぞ思ふ（同返し）

▽我ならで下ひもとくな朝顔の夕影待たぬ花にはありとも（伊勢物語、三十七段）

▽下ひものゆふ日もうしや朝顔の露けながらをうせんとぞ思ふ（同返し）

▽下ひものゆふ日に人を見つるよりあやなく我ぞうちとけにける（朝光集、四八）

朝光集の贈歌では、「下紐」が「ゆふ」の枕詞であり、「夕日に人を見」「うちとけ」を導く。その返歌では、同じ句をくり返して「朝顔の露」と言う。これらは、夕顔巻の「夕露に」歌の基になっている。伊勢物語の贈歌の「朝顔の夕影待たぬ花」を転化すると、「夕露にひもとく花」になる。また、源氏が夕顔の四十九日に詠んだ歌、

○泣く泣くも今日はわがゆふ下ひもをいづれの世にかとけて見るべき（夕顔巻、一四四）

が、伊勢物語三十七段の贈答歌を踏まえていることは明らかである（第七章参照）。

このように、二つ以上の語の組み合せと考えてみると、最後の「夢浮橋」という巻名も、決して特殊な例ではなかったことになる。似た例として、「藤裏葉」の成り立ちを考えてみよう。「藤の裏葉」の場合は、源氏物語でも、「藤の裏葉の、とうちずんじ」と、引歌であることを示して本歌を想起させる。

○藤の裏葉の、とうちずんじたまへる、御けしきをたまはりて、頭の中将、花の色濃くことに房《ふさ》長きを折りて、客人《まらうど》の御さかづきに加ふ。（藤裏葉巻、一〇〇二）

これは、諸注の挙げる後撰集歌の他に、万葉集歌をも基にしている。

▽春日さす藤の裏葉のうらとけて君し思はば我もたのまむ（後撰集、春下、一〇〇、よみ人知らず）

▽春へさく布治能宇良葉《ふぢのうらば》のうらやすにさ寝る夜ぞなき児ろをし思へば（万葉集、巻十四、三五二五）

このように、源氏物語の時代には、その成語「藤裏葉」を持つ歌が伝わっていた。一方、このことばは、

▽人ごとのたのみがたさはなにはなる葦のうら葉のうらみつべしな（後撰集、恋五、九四三、よみ人しらず）

▽秋されば置く白露にわが門の浅茅が浦葉《うらば》色づきにけり（万葉集、巻十、二一九〇）

などの例からも明らかな通り、もとは「藤の」と「裏葉」（末葉）との組み合わせによることばであった。

さて、物語中に例のない「夢浮橋」についてはどうか。『河海抄』では次のように記す。[9]

此物語の巻名桐壺より手習にいたるまでは或詞の字をとりてなづけ、或歌の心をもちて号せり。しかるを此巻を夢浮橋と題する事詞にもみえず歌にもなし。古来の不審也。もし夢のうきはしといふ詞是よりはじまれり。夢のわたりのうきはしとある歌につきていへる歟。

先の「若紫」は「紫」と「若草」、「蓬生」は「蓬がもと」など、「詞の字をとりてなづけ」たものであるのに対して、「夢浮橋」は「詞にもみえず歌にもなし」と、特殊な例と見なしている。

しかし、源氏物語第一部の最後の巻名「藤の裏葉」と同様に、源氏物語最後の巻名「夢の浮橋」もまた、和歌に頻出する「ゆめの」と、不安定な様を表す歌語「うきはし」との組み合わせであった。現に、神代記および、それを基にした古今集仮名序の「天の浮橋」や、歌にも「人の心の浮橋」という例がある。

▽伊弉諾尊《いざなぎのみこと》・伊弉冉尊《いざなみのみこと》、天の浮橋の上に立たして、共に計らひて曰はく（日本書紀、巻一、神代上）

▽あまのうきはしのしたにて女神男神となりたまへる事をいへる歌なり（古今集、仮名序）

▽へだてける人の心の浮橋をあやふきまでもふみみつるかな（後撰集、雑一、一一二一、四条御息所女）

▽浮橋のうきてだにこそ頼みしかふみみてのちはあとたゆなゆめ（朝光集、一）

そして、夢浮橋巻では「いと浮きたるここち」「夢のここち」「夢のやうなることども」とくり返される。物語内部から巻名を抜き出すまでもなく、「天の浮橋」の「天の」を「夢の」に置き換えた「夢浮橋」という巻名を主題として、源氏物語最後の物語を作ったと考えてよいだろう（第四章参照）。

また、薄雲巻に次の文章がある。

○はつかに、あかぬほどにのみあればにや、心のどかならず立ち帰りたまふも苦しくて、夢のわたりの浮橋か、とのみうちなげかれて（薄雲巻、六一二）

「夢のわたりの浮橋かとのみうち嘆かれて」は、「夢のわたりの浮橋か」の句を持つ歌が古歌になければ成り立たないので、その歌が巻名「夢浮橋」の由来の一つであった可能性も高い。

▽世の中は夢のわたりの浮橋かうちわたりつつものをこそ思へ（出典不明）

最初に『源氏釈』が挙げた歌である。古注の引用する出典不明歌には信用に値しない例も多いので、これが本文通りかどうか確かではないが、少なくとも「夢のわたりの浮橋か」という句を持つ歌が源氏物語の時代に伝えられていたことは間違いない。従って「夢浮橋」という巻名も、古歌から生じた可能性が高い(10)。

以上のように、巻名の多くは、物語以前に伝えられていた古歌から付けられたと考えられる。逆に、後世の読者が名付けたとする積極的な理由は見あたらない。巻名がそれぞれの物語世界を象徴している例が多く、たびたび源氏物語の読みに指針を与えてくれる。巻名が物語の主題のすべてを表しているとまでは言わないが、そのことばを含む歌や文章が物語の重要な部分であることは間違いない。巻名について、諸注が申し合わせるように、物語中のどこに例があるかを示すのみで、その意味や本歌との関わりを明確に説明することは少ない。誰の命名によるかはともかく、源氏物語の伝本の長い歴史において常に本文に添えられてきた巻名の存在をもう少し重視するべきではないだろうか。源氏物語の作られた時代が、何よりも歌のことばを大切にする時代であったことを考えてみると、巻名を扱う意義は自ずから明らかであろう。

注

（1）『源氏物語事典下』（一九五六年、東京堂出版）「総記」の「三、巻名と巻序」池田亀鑑執筆。
（2）玉上琢彌『源氏物語評釈第二巻』（一九六五年、角川書店）二五〜八頁
（3）倉田実『紫の上造型論』（一九八八年、新典社）、拙稿「源氏物語の和歌的世界―歌語と巻名―」（二〇〇〇年、風間書房『源氏物語研究集成9』）、拙著『源氏物語版本の研究』（二〇〇三年、和泉書院）第六章第二節
（4）片桐洋一『歌枕歌ことば辞典』（一九八三年、角川書店）
（5）鈴木日出男『古代和歌史論』（一九九〇年、東京大学出版会）第五編第三章「引歌の成立」
（6）「薄雲巌際出」（何遜）、「薄雲蔽秋曦」（韓愈）、「薄雲巌際宿」（杜甫）、「薄雲不蔽山」（蘇東坡）などに見られる。詩題にも一字題（一、二字の漢字による熟語）と二字題（三、四字の漢字の組み合わせ、「組題」）がある。
（7）引用は、松尾聡・永井和子訳注『枕草子［能因本］』（二〇〇八年、笠間書院）による。
（8）「朝栄東北傾　夕穎西南晞」（陸機、園葵詩）など。
（9）『河海抄』は、玉上琢彌編『紫明抄・河海抄』（一九六八年、角川書店）による。
（10）岩佐美代子「源氏物語最終巻考」（二〇一一年、三弥井書店『源氏物語の展望10』）は、拙論「源氏物語の巻名の基盤」「源氏物語の巻名の由来」「源氏物語の和歌と引歌」に対して、この巻名が特殊で観念的、象徴的で「機知的で詠歌表現上有効と思われる歌語」だから作者特有の造語だと主張するが、古歌の「夢」と「浮橋」を組み合わせた造語とする点は同じ考え方である。

追記：初出稿では、「夕顔」の歌の例が源氏物語以前に見当たらないとして論じていたが、本書では、万葉集の「暮陰《ゆふかげ》」の異伝「夕がほ」（人麻呂集、九七）の例を入れて、古歌に例のあることば（歌語）に分類した。ただし、初出稿と同様、夕＋顔の二語の組み合わせで成り立っていること、朝顔を転換させたことばとして説明した後に、人麻呂集の

例を挙げて説明する論旨は変えていない。これは、従来の通説や、拙著『源氏物語の風景と和歌』（一九九七年、和泉書院　二〇〇八年、増補版）および『光源氏と夕顔―身分違いの恋―』（二〇〇八年、新典社新書）でも、「夕顔」が古歌に例がないと説明してきたことを受けたものである。

第三章　古今集と物語の形成

平安時代の物語は和歌と無関係には存在しない。特に源氏物語の場合、古今集をはじめとする和歌の発想や表現が、作中歌や引歌に受け継がれているだけではなく、人物造型や風景描写といった物語世界の形成にも関与している[1]。第一・第二の各章では、源氏物語の巻名が、それぞれの物語世界を象徴していること、そのことばを含む歌や文章が物語の重要な部分であることを論じた。また、巻名となったことばの多くが源氏物語以前の和歌やその表現に支えられていることを指摘し、古歌にことばの例のある巻名とない巻名を分類して示した。

源氏物語五十四巻のうち八割に当たることばが、源氏物語以前の古歌に用例のあることはすでに確認済みだが、古歌に見あたらないことばの中にも、間接的に古歌に関わる例が見られる。古歌に用例の見えない「薄雲」や「横笛」が、源氏物語中の和歌に用いられているが、このことだけをもって、源氏物語の和歌が伝統を逸脱していたと言えるだろうか。そうではないだろう。和歌の歴史においても、その伝統は、単に古歌と同じことば・題材を用いることではなく、古歌の表現・発想を基にして、新しさを加える形で受け継がれてきた。この二例の場合も、古今集歌の表現および発想を基に和歌が作られ、物語を形成している。本章では、巻名となったことばを手がかりに、源氏物語において古今集がどのように受け継がれ、物語世界を形成しているかを考察したい。

一、古今集と物語歌　［夕顔］

まず、夕顔の歌と古今集との関わりを明らかにしておきたい。巻名「夕顔」は、物語中で三首の歌に用いられているが、そのうち女の詠んだ最初の歌、

○心あてにそれかとぞ見る白露の光そへたる夕顔の花（夕顔巻、一〇四）

が、自ら男に詠みかけたことや、古来の和歌に例が見られない「夕顔」を用いたことなどにより、和歌の伝統を無視したものとされ、そこから源氏物語の和歌を特殊だと断じる研究者まで現れた。しかし、議論の発端となったこの和歌の表現を検討すると、古今集の表現を尊重した、きわめて伝統的な詠み方をしていたことがわかる。[2] 第一章で述べたことと重なるが、古今集的表現から逸脱する例とされてきた夕顔の歌ゆえ、あらためて確認しておく。

諸注が指摘する通り、古今集には、この「心あてに……」に形・表現ともによく似た歌がある。

▽心あてに折らばや折らむ初霜の置きまどはせる白菊の花（古今集、秋下、二七七、凡河内躬恒）

夕顔の歌は、明らかに、この躬恒の白菊の歌を意識して作られている。それだけではない。言及する注釈書は見あたらないが、「心あてに」歌の「それかとぞ見る」も、その返歌、

○寄りてこそそれかとも見めたそかれにほのぼの見つる花の夕顔（夕顔巻、一〇五）

における「それかとも見め」という句も、白梅の花を「それとも見えず」と詠んだ古今集歌を基にした表現なのである。

▽月夜にはそれとも見えず梅の花香をたづねてぞしるべかりける（古今集、春上、四〇、凡河内躬恒）

▽梅の花それとも見えず久方のあまぎる雪のなべて降れれば（古今集、仮名序　同、冬、三三四、よみ人知らず）[3]

そして、古今集にはまた、同じ発想において、白菊の歌とよく似た表現の歌がある。

▽梅の香の降り置ける雪にまがひせば誰かことごと分きて折らまし（古今集、冬、三三六、紀貫之）

▽雪降れば木《き》毎《ごと》に花ぞさきにけるいづれを梅と分きて折らまし（同、冬、三三七、紀友則）

躬恒の白菊の歌が「初霜の置きまどはせる」「折らばや折らむ」と詠んだのと同様、「置ける雪にまがひ」「分きて折らまし」とする。この躬恒・貫之とともに古今集の選者であった友則の歌でも、（木と毎を合わせて梅となるという技巧面ばかりが取り上げられるが）白雪のために見定めがたい白梅をどのように折るかに焦点が当てられている。

先の二首が、白梅が月夜や雪で見定めがたいのを「それとも見えず」とあきらめているのに対して、次の歌では、「心あてに」見れば見分けられると詠んでいる。

▽心あてに見ばこそわかめ白雪のいづれか花のちるにたがへる（後撰集、冬、四八七、よみ人しらず）

夕顔の歌は、これらすべての発想と表現を受けて、白い夕顔の花が白露の光のために見定めがたいので、「心あてにそれかとぞ見る」と詠んだものである。白菊の花を霜が「おきまどはせる」ために「心あてに」「折らむ」と詠んだ古今集の躬恒歌の形をそのまま用いたのも、同じく撰者である二人が「分きて折らまし」と詠んだ白梅の歌とつながるものであることを知っていたからであろう。

一方、この夕顔の歌の発端となった源氏のひとりごと「をちかた人にもの申す」も、古今集の旋頭歌による。

▽うちわたすをちかた人にもの申すわれ　そのそこに白く咲けるは何の花ぞも（古今集、雑体、一〇〇七、よみ人知らず）

▽春されば野辺にまづ咲く見れどあかぬ花　まひなしにただ名のるべき花の名なれや（同返し、一〇〇八、よみ人しらず）

男が、春一番に咲く白い花の精に名を問い、花の精に見立てられる女は、何の「まひ」（供物＝見返り）もなく名のることはできない、と答えた。源氏のひとりごと「をちかた人にもの申す」は、単に「うちわたす」歌一首からの部分的借用ではなく、この問答歌二首とその状況を踏まえた引歌である。これを聞きつけた夕顔の宿の女は、問答歌の返答歌に倣って、歌によって白い「花の名」を「夕顔」だと答えた。つまり、女から積極的に誘いの歌を贈ってきたのでも、また単なる挨拶の歌でもなかったのである。

夕顔の女は「花の名」を答えたが、無条件に答えたわけではなく、「白露の光そへたる」（あなた様の光をいただいた）ことに感謝して答えたのである。源氏は、みすぼらしい小家に咲く花の運命を「口惜しき花の契り」と情けをかけた。「露の光」は、単に源氏の美しい姿を意味するだけでなく、高貴な人の威光や情けをも意味している。この求婚問答歌でも、白き花が見定めがたいことを「そのそこに白くさけるは何の花ぞも」と問いかけ、「名のるべき花の名」と返している（第九章参照）。そして、これらの歌すべてに共通するのは、夕顔の花と同じ白い花を題材としているという点である。

夕顔の「心あてに」歌の解釈について、何を比喩するか、勧誘の歌か挨拶の歌なのかなど、長く議論されてきた。しかし、まず重視すべきことは、我々読者がどう読むかではなく、古今集歌が夕顔の物語の基盤となっていたこと、そして、これだけの古今集歌を踏まえた（本歌取りとしてすぐれた）歌が源氏物語において作られていたという事実である。そして、互いの正体がわからないまま恋が進展してゆくという物語の作り方は、まさに「まどはせる」「まがふ」「それとも見えず」「何の花ぞも」と詠んだ古今集歌の世界を受け継いでいる。

百人一首を覚えている現代人は、「心あてに」と聞けば、ただちに躬恒の白菊の歌を連想するだろう。一方、平安時代の人々は、この歌だけではなく、他の多くの古今集歌をも連想したはずである。白菊の歌はむしろ、常套表現となっていた白梅の花の歌の表現・発想を基にして作られた新しい歌であった。これらの歌はすべて、霜や雪によって見定めがたい白い花を、見たい・折りたいと願う気持ちを詠んでいる。夕顔の歌もまた、同じく白い水滴

「白露の光」に包まれた白い花「夕顔」を「心あてにそれかとぞ見る」と詠んだものである。しかも、この歌は、源氏が「一房折りてまいれ」と随身に命じたことを受けている。これは、限りなく古今集を尊重したものと言える。古歌における代表的な歌語「朝顔」との対比も意識されてはいるが、それ以上に、白梅をはじめとする「白き花」の和歌表現が重視されたのである。

夕顔の歌は、単に多くの歌を踏まえていただけではない。伝統的な表現を用いて夕顔という新しい素材を使っただけでもない。古今集歌と比較して最も感心したことは、躬恒の詠作法に倣って新しい歌に仕立てた、その手法である。百人一首によって親しんでいると気づきにくいが、平安時代の人々にとって、躬恒の白菊の歌は、漢詩を基にしたきわめて斬新な歌であったのだと思う。古今集時代、もっとも伝統的な歌は、古今集仮名序にある人麻呂歌と伝承された白梅・白雪の歌であった。白雪のせいで白梅の花を「それとも見えず」とあきらめた人々が多い中で、いや「心あてに」なら見えるのではないかと提案したのが、後撰集のよみ人知らず歌だったのであろう。躬恒は、それ以上に新しい詠み方をした。白梅・白雪の歌の常套表現を、白梅と月夜の歌に変えたのである。闇の中で香りだけが漂うという発想に、月の白い光を合わせて、花の色がわからなくなる光景を描いた。白い花に白い光が当たると、かえって花の種類が見分けがたくなるという例である。白菊の歌では、そこからさらに発展させて、後撰集のよみ人知らず歌の「心あてに」という表現を用いて、白梅・白雪から、大胆に初霜・白菊に転換させた。その大きな転換の方法こそ、夕顔の歌の方法であった。最初の「それとも見えず」を「心あてにそれかとぞ見る」に転換し、白梅・白雪、白菊・初霜の代わりに、夕顔・白露に変えた。これだけなら、白い花と白い水滴ということで共通するだけだが、もう一つ仕掛けがある。躬恒歌の白梅・月夜の組み合わせに倣って、白い花の夕顔に、白露の光を添えたのである。

通説では、男の正体を言い当てた歌だとする古注以来の先入観が邪魔しただけではなく、この白い風景に対する創造力の欠如があった。白い花に白い光を当てるとどうなるか。美しく見えるどころか、白い光が白い花に反射し光が拡散して、花の輪郭、姿が見分けにくくなるのである。「そのそこに白く咲けるは何の花ぞも」という旋頭歌が問答歌で、その返歌が「名のるべき花の名」としていたことを見落としていたことも大きいが、何よりも古今集の複数の歌、仮名序にもある伝統的な歌の存在に気づいていなかったことが問題であった。あらためて万葉集や古今集を見直すと、白梅と白雪の組み合わせは数多くあり、白菊と初霜の歌がいかに特異な歌であったかがよくわかる。その躬恒の冒険こそ、源氏物語の作者が夕顔にさせたことであり、きわめて高度な詠作方法であった。このことに気づいたから、光源氏は詠み手の女君に強く惹かれたのであり、酔狂な色好みだからではなかったのである。これが古今集から学ぶべきことである。

二、古今集との距離　［末摘花］

末摘花巻は、夕顔巻と若紫巻の両方を受けて書かれている。また、夕顔と紫草の白い花に対する紅花、紫草の紫の染料に対する紅い染料、という意味で設定された題である。「末摘花」は、歌語を物語の巻名にした典型的な例だが、歌を知らない者には謎かけのような題である。この巻名および歌もまた、古今集歌が基になっている。

▽よそにのみ見つつ恋せむ紅の末摘花の色に出でずとも（万葉集、巻十、一九九三）

▽人知れず思へばくるし紅の末摘花の色に出でなむ（古今集、恋一、四九六、よみ人知らず）

夕顔が白い花、若紫が紫草（花は白）、そして末摘花が紅花（花全体は鮮黄色）である。つまり、この三巻は花と色からの連想で物語が構成されている。そして、この巻の女君末摘花の人物造型においても、単に紅花（先の赤い鼻）というだけではなく、「色に出でなむ」と、古今集歌で詠まれた性格付けが受け継がれている。末摘花つまりベニバナは最初から紅色ではなく、黄色の色素が灰汁に浸したときに紅色色素に変化し、衣を深紅に染める。このことから、古今集歌で「末摘花の色に出でなむ」（秘めた恋心をいっそ口に出してしまおう）と詠んだのである。源氏もまた、この女君の心がつかめず、もどかしく思う。源氏は、何度も女君の口の重さを嘆き、歌を詠んでいる。

○いくそたび君がしじまに負けぬらむものな言ひそと言はぬ頼みに（末摘花巻、二一三）

○言はぬをも言ふにまさると知りながらおしこめたるは苦しかりけり（同、二一四）

○朝日さす軒の垂るひはとけながらなどかつららのむすぼほるらむ（同、二二二）

「しじま」「おしこめたる」「むすぼほる」と、沈黙・無言を意味することばを繰り返して愚痴を言う。にも関わらず、女君は「ただ、むむとうち笑ひて、いと口重げなる」（同、二二二）様子である。

しかし皮肉なことに、その朝、源氏は、白雪の光に照らされた女君の容貌を目に焼き付ける結果になる。文字通り「末摘花の色に出」てしまったのである。その容貌を思い出して、源氏は後に、

○なつかしき色ともなしに何にこの末摘花を袖にふれけむ（末摘花巻、二二六）

と詠むのだが、源氏はただ女君の容貌を「末摘花」に喩えたわけではない。源氏が「末摘花」を連想したきっかけは、女君から歳暮として贈られた真っ赤な「今様色の」古びた直衣にあった。

○今様色のえゆるすまじく艶なう古めきたる直衣の、裏表《うへ》ひとしうこまやかなる、いとなほなほしう、つまづまぞ見えたる（末摘花巻、二二五）

しかも、この贈り物には、次の歌が添えられていた。

○唐衣きみが心のつらければたもとはかくぞそぼちつつのみ（末摘花巻、二二五）

この歌は、末摘花が自分の意志で詠んだ数少ない歌と思われるが、この歌と赤い直衣ゆえに、源氏は衣の染料としての紅花から歌語「末摘花」を連想し、さらに雪の朝に見た紅い鼻（ベニバナ）をまざまざと思い出した。だから

こそ「末摘花を袖にふれ」たために自らの直衣がこの嫌な紅色に染まった、と詠んだのである。「末摘花」は、単に女君の赤い鼻を連想させるだけのことばではなく、この女君の個性を象徴する「唐衣（からごろも）」という歌語とも関わっていた。末摘花が作る歌と言えば、「からごろも」の歌ばかりである。末摘花は、このあとも、

○着てみればうらみられけり唐衣返しやりてむ袖を濡らして（玉鬘巻、七五五）

○わが身こそうらみられけれ唐衣きみがたもとになれずと思へば（行幸巻、九〇四）

と繰り返し用いる。いつも同じ素材・詠み方にうんざりした源氏は、

○唐衣また唐衣から衣かへすがへすもから衣なる（行幸巻、九〇四）

と詠んだ。確かに、末摘花の歌には、源氏が関心を抱いた夕顔の歌のような意外性や斬新さはないが、ここにも、古今集と源氏物語の関係が表れている。

源氏物語の作者が、古今集をただ単に尊重していたのであれば、末摘花という女君は、源氏の最愛の女君になり得たかもしれない。この「からごろも」の歌は、古今集の歌の詠み方を忠実に受け継いだものだからである。おそらく父常陸宮から古今集を教わった（手習の）時のまま、教科書通りに歌を作ったのであろう。源氏も、末摘花の「着てみれば」の歌を見た後で、次のように語っている。

○古代の歌よみは、唐衣、たもとぬるるかごとこそ離れねな。まろも、そのつらぞかし。さらに一筋にまつはれて、今めきたる言の葉にゆるぎたまはぬこそ、ねたきことは、はたあれ。（玉鬘巻、七五五）

なぜ末摘花は、「唐衣」ばかり詠むのだろうか。参考までに、同じ詠み方をした古今集歌を引用する。

▽唐衣きつつなれにしつましあればはるばるきぬる旅をしぞ思ふ（古今集、羈旅、四一〇、在原業平）

▽唐衣ひもゆふぐれになる時はかへすがへすぞ人はこひしき（同、恋一、五一五、よみ人知らず）

▽君こふる涙しなくは唐衣むねのあたりは色もえなまし（同、恋二、五七二、紀貫之）
▽いつはりの涙なりせば唐衣しのびに袖はしぼらざらまし（同、恋二、五七六、藤原忠房）
▽うれしきを何につつまむ唐衣たもとゆたかにたてといはましを（同、雑上、八六五、よみ人知らず）

他の歌語と異なり、季節を問わず縁語となるものが常に身の回りにあり、「君」「うらみ」など、恋の歌に活用できる。これほど便利な歌語・枕詞は、古今集にも多くはないだろう。この姫君は、「からごろも」という歌語であれば、間違いなく正しい詠み方ができたのである。夫には正月の衣装をお歳暮として贈りなさい、そして「唐衣」の歌を詠んで添えなさい、「唐衣」には「き」「かへす」「たもと」「うらみ」「そで」などの縁語を加えなさい……等々、古代の歌詠みである父常陸宮に教えられたことを、末摘花は堅く守ったのであろう。自由に詠んで間違った詠み方をするよりはよいと考え、源氏いわく「一筋にまつはれて」、「今めきたる言の葉」つまり新しい詠み方をするための努力はしない。古代の物語や古歌だけを慰みにしていた姫君にとって、これは精一杯の教養を示したつもりであった。少しは成長したはずの蓬生巻の独詠歌でも、やはり衣を題材に「たもとぬるるかごと」を詠んでいる。

○なき人を恋ふるたもとのひまなきに荒れたる軒のしづくさへそふ（蓬生巻、五三三）

下の品（実は中の品）の女夕顔は、白い花を詠んだ複数の歌の常套表現を、新しい素材「夕顔」の歌に利用した。その高度な方法は先に述べた通りである。これに比べて、上の品の女君末摘花は、あまりにも型どおりの古代の姫君であった。同じ古今集歌を基にして、これほどにも対照的な女君の物語を作り出した源氏物語の作者は、常に古今集との距離の取り方を考え続けていたのであろう。古今集をどのように受け継ぐか、どのように離れるかが、当時の物語作者、歌人たちの課題であったと言ってもよい。

三、哀傷歌の風景　［薄雲］

古歌に見あたらないことばの中に「薄雲」がある。源氏の独詠歌、
○入り日さす峰にたなびく薄雲はもの思ふ袖に色やまがへる（薄雲巻、六一八）
で用いられたことばである。このことばは、源氏物語以前の和歌に用例が見あたらないばかりか、以後の例でも次の歌がおそらく初出である。
そよくれぬ楢の木の葉に風おちて星出づる空の薄雲のかげ（玉葉集、雑二、二一五五、藤原定家）
従って、源氏物語以前には一般的な歌語でなかった可能性がある。しかし、「夕顔」の場合と異なり、この定家歌を含む多くの例で、「薄雲」は特に源氏物語とは関わりなく用いられているので、後には、一般的なことば（景物）として和歌に用いられるようになったのであろう。

しかし、源氏のこの歌が引き出された時の物語の状況を考えると、このことばは単に薄い雲というだけの意味でなかったことがうかがえる。この独詠歌の直前の文章を引用してみよう。
○をさめたてまつるにも、世の中響きて、悲しと思はぬ人はなし。殿上人などなべてひとつ色に黒みわたりて、もののはえなき春の暮れなり。二条の院の御前の桜を御覧じても、花の宴のをりなどおぼしいづ。今年ばかりはとひとりごちたまひて、人の見とがめつべければ、御念誦堂にこもりゐたまひて、日ひと日泣き暮らしたまふ。夕日はなやかにさして、山ぎはの梢あらはなるに、雲の薄く渡れるが鈍色なるを、なにごとも御目とどまらぬころなれど、いとものあはれにおぼさる。（薄雲巻、六一八）
藤壺女院が亡くなった。人々に慕われていた后の崩御に、世の中は「なべてひとつ色に黒みわたり」、悲しみに暮

れる春であった。源氏は、二条院の桜を見て、古今集の哀傷歌、

▽深草の野辺の桜し心あらば今年ばかりは墨染めにさけ（古今集、哀傷、八三二、上野岑雄）

を引いて「今年ばかりは」とつぶやく。この場面は、後の幻巻で「故后の宮のかくれたまへりし春なむ、花の色を見ても、まことに心あらばとおぼえし」（一四一三）と回想される。「今年ばかりは」「心あらば」の一句だけで、古今集に親しんだ当時の読者は、本歌で詠まれた墨染め色の桜を想像することができたのだが、同時に次の哀傷歌を思い出したはずである。

▽墨染めの君がたもとは雲なれやたえず涙の雨とのみふる（古今集、哀傷、八四三、壬生忠岑）

▽あしひきの山べに今は墨染めの衣の袖はひる時もなし（同、哀傷、八四四、よみ人しらず）

忠岑歌では、墨染め衣のたもとを雲に見立てている。源氏の目には「雲の薄くわたれる」光景が「鈍色《にびいろ》」つまり喪服の色のように映った。源氏はこの雲を「薄雲《うすぐも》」と表し、その色が「もの思ふ袖」に「まがへる」と詠んだのである。いずれも喪服の色「墨染め」である。

また、「かかやく日の宮」藤壺の追悼にふさわしい「入り日さす」風景は、仁明天皇（深草帝）の崩御を詠んだ古今集の哀傷歌、

▽草深き霞の谷に影かくし照る日の暮れし今日にやはあらぬ（古今集、哀傷、八四六、文屋康秀）

における「照る日の暮れし」からの連想もあっただろう。この歌は、桐壺院を偲んで詠まれた歌、

○雲の上の住みかを捨てて夜半の月いづれの谷に影隠しけむ（松風巻、五九六）

の基になった歌でもあるから、薄雲巻でもこの古今集歌を意識していたはずである。薄雲巻の哀傷の場面は、これら古今集の哀傷歌を踏まえて作られていたのである。

この情景はまた、次の古今集歌などから連想された可能性もあるだろう。

▽夕暮れは雲のはたてにものぞ思ふ天つ空なる人を恋ふとて（古今集、恋一、四八四、よみ人知らず）

源氏も「天つ空なる人」を思って夕暮れの雲をながめている。薄雲の歌の「入り日さす峰」に、一日中泣き暮れた源氏の袖と似た色の「薄雲」がたなびいている。「夕日はなやかにさして、山ぎはのこずゑあらはなるに、雲の薄くわたれる」という風景は、実際にあり得る美しい光景であり、それ自体に特別な意味はないように見える。しかし、その光景を目にした源氏には「にび色」（喪服の色）と映ったのである。古今集で「墨染めのたもと」に見立てられた景物「雲」を、物語では、藤壺崩御を象徴する美しい夕暮れの風景に変えて描き、源氏に哀傷歌を詠ませたのである（第二章・第十一章参照）。

さて、ここで注意すべきは、歌語として珍しい「薄雲」ということばを和歌に用いたということである。古来の和歌において「うすき」「うす」は、主として「夏衣」などの生地の薄さや、その「色」の薄さに用いられていた。古今集の例を挙げてみよう。

▽春の着る霞の衣ぬきをうすみ山風にこそみだるべらなれ（古今集、春、二三、在原行平）
▽佐保山のははその色はうすけれど秋は深くもなりにけるかな（同、秋上、二六七、坂上是則）
▽蟬の声きけば悲しな夏衣うすくや人のならむと思へば（同、恋四、七一五、紀友則）
▽蟬の羽の夜の衣はうすけれど移り香こくもにほひぬるかな（同、雑上、八七六、紀友則）
▽蟬の羽のひとへにうすき夏衣なればよりなむものにやはあらぬ（同、雑体、一〇三五、凡河内躬恒）

後の歌になると、様々なものの「薄さ」を詠むようになり、源氏物語の和歌でも「うす氷」（初音巻）の例がある。しかし、宇津保物語の和歌では、ほとんどが衣の生地または色における例であり、後世の和歌の中でもこの例が圧倒的に多い。これが歌語としての一般的用法なのだろう。

後撰集には、「墨染め」の色の濃淡の例も見られる。

▽墨染めのこきもうすきも見る時は重ねてものぞ悲しかりける（後撰集、哀傷歌、一四〇四、京極御息所）

詞書に「法皇の御服《ぶく》なりける時、鈍色《にびいろ》のさいで（布きれ）に書きて人に送り侍りける」とある。これらの例から、源氏物語の和歌における「薄雲」は、単なる自然としての薄い雲という意味だけではなく、春の薄衣と、源氏の着ていた墨染め色の薄さを連想しつつ用いたことばだと考えてよいだろう。この表現は、複数の古今集歌の発想や表現を基に凝縮したものであり、特定の一首の歌だけを基にした歌語や巻名よりもなお、古今集全体を尊重した方法と言える。古今集歌の「唐衣」の表現をそのまま用いた末摘花の和歌を批判し得るのは、こうした高度な本歌取りを物語の中で実践してみせているからに他ならない。

四、撫子から常夏へ　［常夏］

「常夏」という巻名も、古今集歌に由来するが、この場合は、古今集歌からの直接の影響だけではなく、帚木巻において頭中将が語った体験談と三首の歌を踏まえている。

○さる憂きことやあらむとも知らず、心に忘れずながら消息などもせで久しくはべりしに、むげに思ひしをれて心細かりければ、幼き者などもありしに、思ひわづらひて、なでしこの花を折りておこせたりし。（帚木巻、五六）

「さる憂きこと」とは、女が、頭中将の妻（右大臣の四の君）から「情けなくうたてあること」（嫌がらせや脅迫）を受けていたことを指している。そんなこととも知らず、長らく連絡もせずにいた頭中将に、女（後の夕顔）から、瞿麦《なでしこ》の花を添えて、次の歌が送られてきた。

○山がつの垣ほ荒るとも折々にあはれはかけよなでしこの露（帚木巻、五六）

私の家は荒れてもかまわない、幼い娘「撫子《なでしこ》」（愛しい子）が可哀想だから愛情をかけてください、という意味である。しかし、事情を知らない頭中将は、「なでしこ」（娘）よりも、その母親への愛情を優先して、次の歌を返す。

○さきまじる色はいづれとわかねどもなほとこなつにしくものぞなき（帚木巻、五七）

「とこなつ」は「なでしこ」の別名（あるいは、その一品種）である。この歌について、頭中将は「大和なでしこをばさしおきて、まづ塵をだに、など親の心をとる」と説明を加えた。娘「なでしこ」のことはさておき、「塵をだに」と母親「とこなつ」のご機嫌をとったというのである。ここは次の古今集歌を基にしている。

▽あな恋し今も見てしが山がつの垣ほにさける大和なでしこ（古今集、恋二、六九五、よみ人知らず）

▽塵をだにすゑじとぞ思ふさきしより妹とわが寝るとこなつの花（同、夏、一六七、凡河内躬恒）

躬恒の「塵をだに」歌の詞書には、

▽隣よりとこなつの花を乞ひにおこせたりければ、惜しみてこの歌を詠みてつかはしける

とある。隣家から常夏の花を所望されたのに対して、夫婦の寝床の意味を持つ大切な花だから渡せませんと、断る口実に「床」の掛詞を用いた歌であったことがわかる。これによって諸注は、頭中将の歌は、いろいろ咲いている花の色はどれと見分けがつかないが、やはり常夏（妻）に及ぶ花はありません、と解釈している。

しかし、「とこなつ」に「常夏」の漢字を当てるのは、花が長く咲いているからであり、「床」との掛詞以前に、もともと「常」の意味が強い。古今集歌と異なり、帚木巻の歌では「とこなつに」となっていることに注意したい。「とこなつに」は、万葉集の家持歌に、降り積む雪を「とこなつに見れどもあかず」（四〇〇二）「とこなつに消ずてわたる」（四〇〇四）と詠む例があり、花の名とは関わりなく、常《とこ》しえに（いつも）の意味を持っていた。他に「とこしくに」「とこしへに」「とこつ御門」「とことばに」「とこ葉」（後に常葉《ときは》）「とこ初花」など、「とこ」だけで常に、永遠に、といった意味のことばが、万葉集には多数見られる。後撰集にも次の例がある。

▽とこなつに鳴きてもへなんほととぎすしげきみ山になに帰るらむ（夏、一八〇、よみ人知らず）

また、延喜・天暦の時代の前栽合や瞿麦合において「なでしこ」を題にして「とこなつ」の歌を詠むことが行われ、「とこなつ」は「なでしこ」の意味で用いられることが主流となったのであろう（第十章参照）。

帚木巻では、これらの古歌を受けて「とこなつに」と詠み、古今集躬恒の歌の「とこなつの花」に、「永遠に」「一年中」という意味を加え、いつも愛している妻の意味として用いたのである。従って、頭中将は、離れていてもあなたへの愛にまさるものはないと言い、これに対して、女は次の歌を詠み、頭中将の前から姿を消した。

○うち払ふ袖も露けきとこなつにあらしふきそふあきもきにけり（帚木巻、五七）

諸注は、花の常夏に嵐が吹き荒れたとだけ説明するが、「とこなつに」（永遠に）と「床」の意味を合わせ、「とこなつにあらじ」（永遠などではありません）と、夫婦の愛情に「飽き」の来たことを嘆く意味をも含んでいる。また、次の歌をも踏まえている。

▽ひとり寝る床は草葉にあらねども秋来る宵は露けかりけり（古今集、秋上、一八八、よみ人知らず）

▽彦星のまれにあふ夜のとこなつはうち払へども露けかりけり（後撰集、秋上、二三〇、よみ人知らず）

頭中将が「塵をだに」と誓うのとは裏腹に、実際は「まれにあふ夜の床」ゆえに塵を「うち払ふ」「露けき床」だと、女は切り返したのである。この女の歌について、北の方からの脅迫を「嵐吹きそふ」で暗示したとする説明ばかりが目立つが、女の嘆きの大半が、親心のわからない頭中将の薄情さにあったことは、古今集をはじめとする「とこなつ」の歌の例から明らかであろう。

後に事情を知った頭中将は、深く後悔し、次のように語って涙する。

○かのなでしこのらうたく侍りしかば、いかで尋ねんと思ひ給ふるを、今にえこそ聞きつけ侍らね。（帚木巻、五七）

ここで頭中将は、「なでしこ」を幼い玉鬘、「とこなつ」を夕顔について使い分けている。先の古今集歌「あな恋し」が恋の部にあったためか、「大和なでしこ」は日本の成人女性を意味するようになったが、源氏物語では、この古今集歌を引歌とした場合でも、幼な子の比喩として用いている。古今集には、この他にも、

▽われのみやあはれと思はむきりぎりす鳴く夕影の大和なでしこ（古今集、秋上、二四四、素性法師）

という歌があり、この場合は幼な子を恋しく思う父親の気持ちを詠んだと解されている。「なでしこ」という語から考えて、こちらが「大和なでしこ」本来の用法であったと思う。源氏物語の地の文では、帚木巻の物語を受けて「とこなつ」は夕顔、「なでしこ」は娘玉鬘のことを指している。

○かの頭中将のとこなつうたがはしく（夕顔巻、一一五）

○かのなでしこのおひたつ有様（同、一四四）

○かのなでしこはえたづね知らぬを（末摘花巻、二〇六）

○かのなでしこを忘れたまはず（螢巻、八二二）

これに対して源氏物語の紅葉賀巻と葵巻においては、源氏の幼な子（男子）を喩えて詠む歌が見られる。まず、紅葉賀巻では、藤壺との子（後の冷泉帝）を「なでしこ」とする。

○御前の前栽の何となく青みわたれるなかに、とこなつのはなやかに咲きいでたるを折らせたまひて、命婦の君のもとに書きたまふこと多かるべし。

よそへつつ見るに心はなぐさまで露けさまさるなでしこの花

「花に咲かなむと思ひたまへしも、かひなき世にはべりければ」とあり。さりぬべきひまにやありけむ、御覧ぜさせて、「ただ塵ばかり、この花びらに」と聞こゆるを、わが御心にも、ものいとあはれにおぼし知らるるほどにて、

袖ぬるる露のゆかりと思ふにもなほうとまれぬ大和なでしこ（紅葉賀巻、二五〇）

「よそへつつ」歌は、源氏が幼い冷泉院を思いながら藤壺に宛てた歌で、歌に添えた文の「花にさかなむ」は、家持が坂上大嬢に贈った歌やその類歌・異伝歌の歌句を引いたものである。

▽わが宿に蒔之《まきし》瞿麦《なでしこ》いつしかも花に咲かなむなそへつつ見む（万葉集、巻八、一四五二、大伴家持）

▽わが宿にさきしなでしこいつしかも花に咲かなむよそへつつ見む（古今六帖(4)、六、三六一八、大伴家持）

▽音にのみこふれば苦しなでしこの花にさかなむなぞらへて見む（家持集、二九八）

▽わが宿の垣根に植ゑしなでしこは花に咲かなむよそへつつ見む（後撰集、夏、一九九、よみ人知らず）

自分がまいた種で咲いた花を愛する人によそえても、夫婦ではないから甲斐がないと言う。歌で「なでしこ」と言いながら、常しえに愛する人「とこなつ」を思う歌である。王命婦が「ただ塵ばかり、この花びらに」と藤壺を促したのも、源氏にとって藤壺が「とこなつ」であることを知っていたからである。

『花鳥余情』は、源氏の歌「よそへつつ」の箇所で、藤原義孝の母・恵子女王（伊尹室）の歌を引用する。

▽よそへつつ見れど露だになぐさまずいかにかすべきなでしこの花（義孝集、七三）

▽しばしだにかげにかくれぬほどはなほうなだれぬべしなでしこの花（同返し、七四）

義孝集よりも新古今集（雑上、一四九四）の詞書の方がわかりやすいので引用する。

▽贈皇后宮にそひて春宮にさぶらひける時、少将義孝ひさしくまゐらざりけるに、なでしこの花につけてつかはしける　恵子女王

この贈答歌では、子に逢えない母が花を見てもなぐさめられないと詠んだ。源氏物語の紅葉賀巻では、この恵子女王の歌の表現を借りて親心を表す類歌を源氏に詠ませ、地の文において藤壺宮を暗示する「とこなつ」の存在を加えたのである。

後撰集の夏の部には、「わが宿の垣根に植ゑしなでしこは花に咲かなむよそへつつ見む」（前掲）の前後に、「なでしこ」「とこなつ」を詠んだ歌が並べられている。これらの例によると、「なでしこ」と「とこなつ」の使い分けは、源氏物語のように明確ではなかったことがうかがえる。

▽人知れずわがしめし野のとこなつは花さきぬべき時ぞ来にける（後撰集、夏、一九八、よみ人知らず）
▽とこなつの花をだに見ばことなしにすぐす月日も短かかりなん（同、二〇〇、よみ人知らず）
▽とこなつに思ひそめては人知れぬ心のほどは色に見えなむ（同、二〇一、よみ人知らず）
▽色と言へばこきもうすきもたのまれず大和なでしこちる世なしやは（同、二〇二、よみ人知らず）
▽なでしこはいづれともなくにほへどもおくれてさくはあはれなりけり（同、二〇三、太政大臣）
▽なでしこの花ちりがたになりにけりわが待つ秋ぞ近くなるらし（同、二〇四、よみ人知らず）

このうち三首目の「とこなつに思ひそめては」は、永遠に思うという意味を含むが、二首目の「とこなつ」とともに、古今集の「塵をだに」歌に見られた「床」の意味は感じられない。二〇三番の太政大臣（藤原忠平）の歌は、詞書に、

▽師尹朝臣のまだ童にて侍りける、とこなつの花を折りて持ちて侍りければ、この花につけて内侍のかみの方に
　おくり侍りける

とあるから、「おくれてさく」撫子とは、まだ幼いため出世が遅くなることを意味すると思われる。

ところで、この歌の「いづれともなくにほへども」や、四首目の「色と言へばこきもうすきも」は、濃淡の色の花が垣根に群生して咲くことを表している。帚木巻の「さきまじる色は……」には、古くから「さきまじる花は」という異文が伝わる。「色は」の本文が一般的であるが、宗祇の『雨夜談抄』では「花は」の本文を挙げて「さきましる花とは秋の庭のさまなり」としている。現代の諸注では、「色は」の本文に対して、これと同じ説明をする

が、それでよいのだろうか。「さきまじる色」であれば、同じナデシコ科でさまざまな色（赤系の濃淡）という意味になり、その中で「なほとこなつにしくものぞなき」と、トコナツの色が最上だと言っていることになる。(5)

葵巻では、葵の上亡き後に、残された幼な子の夕霧を「なでしこ」としている。
○かれたる下草の中にりんだう、なでしこなどのさき出でたるを折らせたまひて、……
草がれのまがきに残るなでしこを別れし秋の形見にぞ見る
今も見てなかなか袖をくたすかな垣ほ荒れにし大和なでしこ（葵巻、三二一）
源氏が前栽の撫子を折って「草がれの……」と贈り、大宮が「今も見て……」と返したのである。源氏はまた、葵の上を偲んで、次の歌を紙に書き付けた。
○君なくて塵つもりぬるとこなつの露うち払ひ幾夜寝ぬらむ（葵巻、三二七）
ここでも、古今集の躬恒歌と後撰集歌、
▽塵をだにすゑじとぞ思ふさきしより妹とわが寝るとこなつの花（前掲）
▽彦星のまれにあふ夜のとこなつはうち払へども露けかりけり（前掲）
に発した帚木巻の女（夕顔）の歌、
○うち払ふ袖も露けきとこなつにあらしふきそふあきもきにけり（前掲）
における用法を継承し、幼い夕霧を「なでしこ」、「とこなつ」を夫婦の寝床として表している。

このように、源氏物語においては、「なでしこ」と「とこなつ」を、子と母の存在を意味するものという使い分けをしていた。紅葉賀巻では冷泉院と藤壺宮、葵巻では夕霧と葵上、そして帚木巻・夕顔巻・螢巻・常夏巻では玉鬘と夕顔とし、物語世界によって喩えられる人物はそれぞれ異なるが、すべてに共通していたのが、愛しい幼子と、逢うことのかなわぬ母を表していたことである。

さて、巻名に「とこなつ」の用いられた巻ではどうだろうか。

○お前に乱れがましき前栽なども植ゑさせたまはず、なでしこの色をととのへたる、唐の大和の、ませいとなつかしく結ひなして、咲き乱れたる夕ばえいみじく見ゆ。皆立ち寄りて、心のままにも折り採らぬを、あかず思ひつつやすらふ。（常夏巻、八三二）

六条院の夏の町で、源氏が公達を西の対の前まで引き連れてきた場面である。ここでは特に説明はしていないが、「なでしこ」は西の対の玉鬘を暗示し、それを公達が「心のままにも折り採らぬを、あかず思ひつつ」と表現している。「なでしこ」ということばは、紅葉賀巻では冷泉院、葵巻では夕霧をも比喩していたが、これはいずれも和歌の例であり、この時の地の文の「なでしこ」は、花（植物）としてのナデシコを描写するものに限られていた。それに対して、玉鬘の場合の「なでしこ」と夕顔の「とこなつ」だけは、一種の人物呼称として、地の文で繰り返し用いられてきた。玉鬘を主役とする常夏巻においては、植物としてのナデシコの花を描きながら、そこに、玉鬘の比喩としての「なでしこ」の意味を重ねて表している。

このあと、源氏は玉鬘に、「なでしこをあかでも、この人々の立ち去りぬるかな。いかで、大臣にも、この花園見せたてまつらむ」と言う。このせりふの前半は、先の「心のままにも折り採らぬを、あかず思ひつつやすらふ」を言い換えたものであり、前栽の花の描写が玉鬘を意識したものであったことを明らかにしている。また、「いかで、大臣にも」以下で、玉鬘の存在をどのように父大臣に知らせようかと言って、次の歌を詠み交わす。

○なでしこのとこなつかしき色を見ばもとの垣根を人やたづねむ（常夏巻、八三六）

○山がつの垣ほにおひしなでしこのもとの根ざしをたれかたづねむ（同返し）

ここでは、古今集の「あな恋し今も見てしが山がつの垣ほにさける大和なでしこ」とともに、帚木巻の歌、

○山がつの垣ほ荒るとも折々にあはれはかけよなでしこの露（前掲）

○さきまじる色はいづれとわかねどもなほとこなつにしくものぞなき（前掲）を踏まえている。源氏の歌「なでしこのとこなつかしき……」は、内大臣が美しい娘の姿を見ると、その面影に母親夕顔の行方を尋ねるだろう、という意味である。この「とこなつかしき」は、内大臣がかつて「とこなつ」と呼んだ夕顔を懐かしむことと、やはり夕顔を愛した源氏が目の前の玉鬘を常に懐かしく思っていることを表す。それに対して、玉鬘の返歌「山がつの……」では、源氏が「とこなつかし」と言ったことには触れず、「なでしこ」の素性など尋ねてくれないのではと悲観する。

玉鬘は、「とこなつに」愛する夕顔の幼な子という意味で「なでしこ」と呼ばれてきたが、ここに至って、「とこなつ」と「なでしこ」の二つの性格を合わせ持つことになった。古今集や後撰集では、詞書と歌との間で別の言い方をすることはあっても、「なでしこ」と「とこなつ」が一首の中で同時に詠まれる例はなかった。源氏の歌「なでしこのとこなつかしき」は、玉鬘が、夕顔の忘れ形見である「なでしこ」から、女性として愛すべき「とこなつ」に変わったことを意味している（第六章参照）。

五、古今集の享受　［篝火］

この次の巻の名「篝火」もまた、古今集の歌を踏まえている。

▽かがり火にあらぬわが身のなぞもかく涙の川に浮きて燃ゆらむ（恋一、五二九、よみ人知らず）

▽かがり火の影となる身のわびしきは流れて下に燃ゆるなりけり（同、五三〇、よみ人知らず）

源氏物語の「篝火」の場面を引用する。

○わたりたまひなむとて、お前のかがり火の少し消えがたなるを、御供なる右近の大夫を召して、ともしつけさせたまふ。いと涼しげなる遣り水のほとりに、けしきことに広ごり伏したるまゆみの木の下に打ち松おどろおどろしからぬほどに置きて、さし退きてともしたれば、お前の方は、いと涼しくをかしきほどなる光に、女の御さま見るにかひあり。（篝火巻、八五六）

このあと、源氏は、

○かがり火にたちそふ恋の煙こそ世にはたえせぬほのほなりけれ（同）

と詠み、「いつまでとかや、ふすぶるならでも苦しき下燃えなりけり」と言う。これに対して、玉鬘は、

○ゆくへなき空に消ちてよかがり火のたよりにたぐふ煙とならば（同返し、八五七）

と返したのである。

源氏のせりふ「ふすぶるならでも苦しき下燃えなりけり」は、次の歌を引いた表現である。

▽夏なれば宿にふすぶる蚊やり火のいつまでわが身下燃えをせむ（古今集、恋一、五〇〇、よみ人知らず）

諸注は、この場面の引歌として、この「蚊やり火」の歌のみを挙げるが、それでは、この篝火の場面の表現の説明にはならない。古来の注釈書を参照するだけであれば、この箇所は、「かゝり火」と「かやり火」とが一字違いであるため、誤写や勘違いによる引歌かと思ってしまう。しかし、このせりふの「下燃えなりけり」は、先の古今集歌「かがり火の……下に燃ゆるなりけり」をも踏まえている。そして、その歌の直前にあり、同じ発想で詠まれた「かがり火にあらぬわが身の……」をも意識していたことがわかる。白梅と白菊が同じ発想・表現によって詠まれていたのと同様、古今集において、篝火と蚊遣火の歌には「下燃え」という同じ表現がとられている。つまり、同じ「篝火」を用いた表現が古今集にある、というだけのことではない。作者は、こうした古今集の表現を熟知した上で、物語においては、和歌で「篝火」を詠みながら、「蚊遣火」の歌を引歌として用いることで、二つの意味を合わせたのであろう。

古今集と源氏物語との関わりは、単に引歌の一つ一つに対して、その本歌の一首が古今集にあるといったことではない。古今集の中の複数の歌が源氏物語の形成に大きく関与しているのである。現代人は、作者が参考資料として源氏物語に採用したといった捉え方で物語と和歌との関係を考えがちだが、平安時代の人々にとって古今集は「手習い」の教科書であり、かな文学の基本であった。物語の人物造型は、古今集以来の伝統的表現を基にした例が多く、仮に実在の人物がモデルになった場合でも、和歌に詠まれた植物や季節感を素材にして造型・表現されている。物語中の和歌や引歌を個別に見ると、万葉集や後撰集、個人歌集（私家集）、催馬楽など、さまざまな和歌が源氏物語の形成に関与していることがわかる。古今集歌人の中でも、特に貫之や躬恒など、特定の歌人の歌については、別の歌集に収められた歌も参照されていた形跡がある。しかしながら、作者の参照し得たさまざまな（漢詩文を含む）文献とは別に、古今集については、当時の読者が当然知っていたものとして、源氏物語を受け止める必要があるだろう。現代人は、古今集より百人一首を、和歌よりも小説を連想してしまうが、その頭でとらえた源氏物語は、たびたび平安時代の人々の考えるものからずれてしまう。西洋の発想をそのまま古典文学に当てはめることで読み誤った例も目立つ。源氏物語を研究する者は、古今集をはじめとする歌集を（『新編国歌大観』の索引やCD-ROMに頼るだけではなく）じっくりと通読し直し、その表現世界を心に刻み込む必要があるだろう。

注

（1） 上坂信男『源氏物語――その心象序説』（一九七四年、笠間書院）、伊井春樹『源氏物語引歌索引』（一九七七年、笠間書院）、小町谷照彦『源氏物語の歌ことば表現』（一九八四年、東京大学出版会）、後藤祥子『源氏物語の史的空間』（一九八六年、東京大学出版会）、鈴木日出男『古代和歌史論』（一九九〇年、東京大学出版会）川添房江『源氏物語表現史　喩と王権の位相』（一九九八年、翰林書房）、拙著『源氏物語の風景と和歌』（一九九七年、和泉書院　二

〇〇八年、増補版）、拙著『源氏物語の真相』（二〇一〇年、角川選書）等。また、『源氏物語研究集成』（風間書房）第四巻（一九九九年）・第九巻（二〇〇〇年）・第十巻（二〇〇二年）に、和歌と源氏物語に関する論が多数掲載。近年では、『源氏物語の展望』全十巻（二〇〇七〜二〇一一年、三弥井書店）や『源氏物語と和歌』（二〇〇八年、青簡舎）などがある。

（2）注（1）の拙著『源氏物語の風景と和歌』第六章「光源氏と夕顔」（初出は「光源氏と夕顔―贈答歌の解釈より―」一九九三年、「青須我波良」四六号）、同書増補版の増補編第一節、拙著『光源氏と夕顔―身分違いの恋―』（二〇〇八年、新典社新書）などで詳述。また「夕顔」は、万葉集の「朝顔は朝露負ひて咲くといへど暮陰《ゆふかげ》にこそ咲きまさりけれ」（巻十、二一〇八）の異伝歌「朝顔の朝露おきてさくといへど夕がほにこそにほひましけれ」（人麻呂集、九七）の例がある。

（3）古今集仮名序の左注には、柿本人麻呂歌として引用、拾遺集十二番にも、柿本人麻呂の歌として入る。

（4）『新編国歌大観』の古今六帖本文では、第二句が「さきしなでしこ」とあるが、これでは意味が通じないので伝本の誤りであろう。『源氏釈』『紫明抄』『河海抄』は「まきしなでしこ……よそへても見む」で引く。

（5）『和名類聚抄』では「常夏は撫子の異名」とし、日本原産の大和撫子（カワラナデシコ）と渡来の唐撫子（セキチク）・常夏の区別が明確ではなかったが、源氏物語では「唐のも大和のも」とあることから、区別されていたと思われる。『ニッポニカ』（一九九四年、小学館）によると、カワラナデシコは淡いピンク、トコナツは赤色の花であるから、色で見分けられる。

第四章　源氏物語の巻名の由来

源氏物語の巻名の成立については、『日本古典文学大辞典』にも記される通り、後世の読者が名付けたとする説と、作者自身が命名し物語を構想したとする説に分かれている。[1] 現代の注釈書やテキストでは〈巻名の由来〉として、物語本文から巻名を含む文や歌を引用し「巻名はこれによる」と説明している。この考え方は、古注以来、当然のように受け継がれてきたが、果たしてそうだろうか。

すでに見てきた例からも明らかな通り、源氏物語の巻名の多くは、和歌の伝統を背景とした物語世界を象徴し、登場人物の個性や心情を端的に表す。また、巻名となったことばの大半が源氏以前の歌に用例があり、その和歌が物語の内容や表現に強い影響を与えている。このことから、巻名は、物語本文中から抜き出して付けられたのではなく、源氏以前の和歌や歌ことばなどを基に名付けられた可能性が高い。一方、完成された源氏物語内部のことばから後世の読者が名付けたとする説を成り立たせる確かな根拠はない。本章では、物語内部に巻名の由来があるとされてきた従来の説の問題点を検討し、巻名が何に由来していたのかを明確にしておきたい。

一、読者命名説の問題点　［関屋・胡蝶・常夏・蓬生・匂兵部卿・薫中将・匂宮］

まず、読者命名説について検討したい。池田亀鑑は『源氏物語事典』の総記「三、巻名と巻序」において、巻名の最も古い文献『白造紙』と、古写本の『源氏釈』に示された巻名を整理し、巻名とその異名について説明した後、次のように述べる。(2)

巻名の由来はその巻に現れた言葉によるものと、同じく歌によるものと、同じく歌と言葉の両方に根拠があり、その中のどれか分からぬものとの三種ある。第一のものは桐壺、関屋、野分、梅枝、藤裏葉、匂宮、紅梅、手習などであり、第二のものは帚木、空蟬、若紫、葵、花散里、澪標、薄雲、玉鬘、常夏、行幸などであり、第三のものは夕顔、末摘花、賢木、須磨、明石、蓬生、松風、朝顔、少女、初音、胡蝶、螢、篝火、藤袴、若菜、柏木、鈴虫、竹河、総角、早蕨、東屋、蜻蛉などである。別に紅葉賀は他の巻に見えた言葉であり、花宴は桜の宴なる語を転じたものであり、絵合というのは、その巻に書かれている内容の現実的意味によって、つけられたものであるらしい。

このように巻名を四種類に分類した上で、特殊な例として、夢浮橋の巻を挙げる。

これらに対して、夢浮橋という巻名は、全然趣を異にし、その由来について古来諸説がある。この巻名は他の巻々の名称にはあまり見られない、宗教的な意味を含んでいる。

このあと、中世の注釈書に示された「宗教的な意味」について詳しく説明した後、次のように結んでおられる。

これらの巻名は誰がつけたか、おそらく作者自身の命名ではあるまい。はじめは一の巻、二の巻というふうに呼ばれていたのが、後に今のような優雅な巻名が、何人かによって案出され、それが次第に行われるようになったものと思われる。『更級日記』に「源氏の一の巻云々」とあるのも、一証とされよう。また巻名に異名が相当多いという点も、傍証とならぬでもない。しかし『栄花物語』の巻名は、この物語の影響を受けていると思われるから、作者自ら命名したものでないとしても、その成立はかなり古いと見なければなるまい。

問題のあるところに傍線部分を引いた。特に最後の結論部分は、前半の分類についての説明と例外となる巻名に費やした長文の説明に比べると極端に説明不足で、その根拠も弱い。最後に指摘されたように栄花物語の巻名への影響があるなら、なおさら作者に近い人物の命名である可能性が高く、それが作者自身でないということにはならない。また、「夢浮橋」に「宗教的意味」を読み取るのは、注釈書に記された中世の思想によるもので、ことば自体にそうした意味が本当にあったのかどうかという検証をしたものではない。

そもそも、巻名をこのように分類するのは、『花鳥余情』以後の古注の影響が大きい。『花鳥余情』は言う。

凡五十四帖の巻の名に四つの意《こころ》あり。一には詞をとり、二には歌をとる。三には詞と歌との二つをとる。四には歌にも詞にもなきことを名にせり。

池田の説明は、この考え方を踏襲したものと言える。次の表には、『花鳥余情』に従った分類を示した。

〈表Ⅰ　古注による「巻名の由来」〉　　※（　）は池田説による

一「以詞為巻名也」（その巻に現れた言葉によるもの）
桐壺、関屋、野分、梅枝、真木柱、藤裏葉、匂兵部卿（匂宮）、紅梅、手習

二「以歌為巻名也」（同じく歌によるもの）
帚木、空蟬、（若紫）、葵、花散里、澪標、松風、薄雲、玉鬘、行幸、横笛、夕霧、御法、幻、橋姫、椎本、宿木、浮舟

三「以歌幷詞為巻名也」（同じく歌と言葉の両方に根拠があり、その中のどれか分からぬもの）
夕顔、末摘花、賢木、須磨、明石、（蓬生）、松風、朝顔、少女、初音、胡蝶、螢、常夏、篝火、藤袴、若菜、柏木、鈴虫、竹河、総角、早蕨、東屋、蜻蛉

四　その他（別に……）
「此巻に……とつづきたる詞はみえず」～紅葉賀、花宴、蓬生

「……とつづきたる詞はみえず」～若紫、絵合
「此巻は名のみありて其詞はなし」～雲隠
「此巻の名は歌にも詞にもみえざる事也」～夢浮橋

分類に問題のある巻名に傍線、『花鳥余情』と池田説とで相違ある巻名には二重傍線を施した。この分類方法自体にも問題はあるが、それは後述するとして、以下、順を追って、傍線部の巻名について問題点を指摘する。

分類一の「関屋」は、関屋巻の文章「関屋よりさとはづれ出でたる旅すがたどもの」によるとされる。しかし、すぐあとの歌にも、名詞「関」に助詞「や」を加えた「関や」ということばがある。

○逢坂の関やいかなる関なればしげきなげきの中をわくらむ（関屋巻、五五〇）

これは、「逢坂の関」を詠んだ古来の和歌に用いられた「関や」ということばを踏まえたものでもある。

▽いままでに逢坂山のもみぢばのちらぬは関やなべてとめたる（躬恒集、三）
▽逢坂の関や何なり近けれど越えわびぬればなげきてぞ経る（蜻蛉日記、上）

特に蜻蛉日記の歌は、「しげきなげき」という和歌表現とともに、関屋巻の物語造型の基になった歌である。従って、かなで書かれた巻名「せきや」の源氏物語中の用例には、歌の「関や」も含むはずであるから、この分類においては歌およびことばによる三の分類に入れるのが妥当である。『花鳥余情』以後、現代に至るまで、巻名の「せきや」について、関所の建物を意味する「関屋」としてのみ捉えていることについては考え直すべきであろう（第二章参照）。

これと逆に、「胡蝶」は「歌と言葉の両方」にあるとする。しかし、歌にはあるが、そのほかに「胡蝶」ということばはなく、「鳥、蝶にさうぞきわけたる童べ……蝶はこがねのかめに山吹を」（胡蝶巻、七八五）という文章があるのみである。これは胡蝶の舞に違いないが、ことばの例として「胡蝶」とあるわけではなく、同じ意味を表す

というにすぎない。「胡蝶」は、胡蝶の舞の意味だけでなく、「来いと言う」の意味の「こてふ」との掛詞である。
○花園のこてふをさへや下草に秋まつ虫はうとく見るらむ（胡蝶巻、七八六）
○こてふにもさそはれなまし心ありて八重山吹をへだてざりせば（同返し）
紫の上の歌「花園の」は、「秋待つ虫」つまり秋好中宮は、花園の胡蝶が「来《こ》といふ」誘いまでも嫌だと思ってご覧になるのか、と挑発したものである。これに対して秋好中宮の歌「こてふにも」は、二つの町の池を隔てる八重山吹さえなければ、「来といふ」胡蝶の舞に誘われて、私も六条院春の町に行きたいものだと詠んだのである。紫の上が奉納した鳥と蝶の舞を鮮やかに描いた上で、胡蝶ということばと、古歌に詠まれてきた「こてふ」とを巧みに用いて表している（第二章参照）。

　このように巻名には、二つ以上の意味を表した例が多く見られる。先に触れた「せきや」も「関屋」と「関や」の掛詞、「あふひ」は賀茂祭の葵と「逢ふ日」、「明石」は地名と夜を明かすという動詞を掛ける。「玉鬘」は思い出の品となる髪飾りと長く延びる蔓草の意味を兼ね備える。「篝火」も古歌に詠まれた「蚊遣火」と「篝火」の歌の両方を受け継いでいる。「行幸《みゆき》」は、行幸《ぎょうこう》と雪が降る光景を掛け、「蜻蛉」はもやの陽炎と虫の蜻蛉を合わせて表す。いずれも掛詞を用いたり複数の歌の表現を合わせることで重層的な意味を表している。巻名の漢字が複数伝えられるのも、どちらが正しいかではなく、かな文学の特性を活かして両方の意味を備えているということである。

「常夏」も「歌と言葉の両方」にあると分類されるが、常夏巻には、次の歌があるだけである。
○なでしこのとこなつかしき色を見ばもとの垣根を人やたづねむ（常夏巻、八三六）
『花鳥余情』では「以歌詞幷歌為巻名但詞にはなてしことあり一物二名なり又歌にはなてしこのとこなつかしきとあり」とする。「なでしこ」ということばが巻の文中にあり、それが常夏と同じ花の別名であるから、両方にことばがあるとしたのであり、厳密ではない。そこで現代の注釈書の中には、

○さきまじる色はいづれとわかねどもなほとこなつにしくものぞなき（帚木巻、五七）
○うち払ふ袖も露けきとこなつにあらしふきそふあきもきにけり（同返し）
○かの頭中将のとこなつうたがはしく（夕顔巻、一一五）

など、別の巻のことばによると説明するものも見られる。

次に、『花鳥余情』と池田説とで異なる二重傍線部の巻名を見ていこう。「蓬生」については、『花鳥余情』で「此巻に蓬生とつづきたる詞はみえず」とする通り、蓬生巻にこのことばはなく、ただ、「しげき草蓬をだにかき払はむものとも……しげき蓬は軒をあらそひて生ひのぼる」（五二二）、「昔のあとも見えぬ蓬のしげさかな……さらにえわけさせたまふまじき蓬の露けさになむ」（五三五）などの文があり、源氏の歌でも、

○たづねてもわれこそとはめ道もなく深き蓬のもとの心を（蓬生巻、五三六）

とあるのみである。従って、池田が「歌と言葉に根拠があり」と述べるのは、ことばの用例はないが、「蓬生」の基になる「深き蓬」が文にあり、「蓬のもと」が歌にある、ということになる。また、現代の注釈書の中には、

○かかる御使ひの蓬生の露わけ入りたまふにつけてもいと恥づかしうなむ（桐壺巻、一二）
○年ごろの蓬生をかれなむもさすがに心細くさぶらふ人々も（若紫巻、一八八）
○かかる蓬生にうづもるるもあはれに見たまふるを（横笛巻、一二七七）

の用例を挙げて、これによって名付けたと説明するものもあるが、蓬生巻との関連はない。

「若紫」については、『花鳥余情』で「若紫とつづきたる詞はみえず」とある通り、源氏物語にこのことばはない。にも関わらず、『花鳥余情』では、次の歌によるとし、多くの注釈書がこれに従っている。

○手につみていつしかも見む紫の根にかよひける野辺の若草（若紫巻、一八〇）

この歌によって「若紫」という巻名が出来たというのである。池田は、これを受けたのであろうが、何の説明もな

く、ただ「歌によるもの」の中に分類するのは不適切である。

「匂兵部卿」の場合、池田の挙げる「匂宮」であれば、「その巻に現れた言葉」には当たらない。物語本文には、

○例の、世人は、にほふ兵部卿、かをる中将と聞きにくく言ひ続けて（匂兵部卿巻、一四三七）
とあるが、「匂宮」の例は見あたらないのである。にも関わらず「匂宮」とするのは、中世以後の注釈書などにこの巻名が記されてきたからだが、この巻には、「匂兵部卿」とともに「薫中将」という巻名も古くから伝えられる。三つの巻名が出てくる文献・注釈書を成立年代順に挙げてみよう。

薫中将………九条家本『光源氏系図』・帝塚山短大本『光源氏系図』・『源氏釈』・『奥入』・『紫明抄』・『河海抄』

匂兵部卿……『白造紙』・『源氏釈』・『奥入』・『紫明抄』・『河海抄』・『花鳥余情』・『種玉編次抄』・『一葉抄』・・『岷江入楚』・『万水一露』（写本・版本両系統とも）・『源氏小鏡』（同上）・『源氏物語竟宴記』

匂宮…………『源氏物語願文』・『弄花抄』・『細流抄』・『孟津抄』・『湖月抄』・『首書源氏物語』・『源氏鬢鏡』

平安末期書写とされる最古の源氏古系図である九条家旧蔵『源氏古系図』（東海大学桃園文庫蔵）と、同系統の『光源氏系図』（帝塚山大学蔵）では、匂兵部卿巻のことをすべて「かほる中将巻」と記している[3]。また、十二世紀の注釈書『源氏釈』では「かほる中将」を表題として「にほふ兵部卿」と傍記し、『奥入』では「匂兵部卿」の表題に「このまき一の名かほる中将」と記す。十四世紀の『紫明抄』と『河海抄』においても、「匂兵部卿」を表題として「一名薫中将」と記す。このことから、もっとも古い形が「薫中将」の可能性もある。ともあれ、古くから「匂兵部卿」とともに「薫中将」が別名として伝えられていたことがうかがえる（第十二章参照）。

それに対して、現代のテキストや注釈書などでは「匂宮」と記すことが多い。しかし、この巻名の初出は、もっとも古い例でも鎌倉時代の『源氏物語願文』[4]である。そのほかは、三条西家系統の注釈書『弄花抄』、『細流抄』、『孟津抄』にはじまり、その影響を受けた絵入り版本『源氏物語』（『絵入源氏物語』）、『湖月抄』、『首書源氏物語』

などの版本に記されたことによって普及した。つまり、「匂宮」が平安時代における原形であった可能性は低いのである。

「匂兵部卿」や「薫中将」と異なり、「にほふみや」は歌の一句になる。「匂宮」が主流になったのは連歌が盛んになった時期に当たるので、巻名を連歌の付句とする場合の都合が優先されたのではないかと想像される。例えば、連歌付合《つけあい》を記した増補系『源氏小鏡』の匂兵部卿巻の最後に「匂宮」を詠み込んだ巻名歌が記載されている(5)。

匂ふ宮春の桜のかほるとも後は落ち葉の小野の山風

こうした例のあることからも、源氏物語巻名歌や連歌・俳諧の流行と巻名が変化したことには少なからぬ関わりのあったことが想像される。

二、古注における「巻名の由来」の意味

古注および池田説に共通する「巻名の由来」説では、いずれも巻の中でのことばの有無を問題にし、歌と詞（ことば）とを分けて考えている。しかし、源氏物語の巻名がどのように出来たかということなら、巻名が物語中のことばから抜き出されたかどうか、そのことばから派生し得たかどうかを考えるべきであろう。また、物語中の歌にあるかどうかは、そのことばが歌ことば（歌語）かどうかを区別するものではないのだろうか。しかし、これらの説では、そうしたことを明らかにするための分類になっていない。物語からことばが抜き出されたのなら、「蓬生」「若紫」「胡蝶」の用例がそのままの形で物語中にあるはずで、似たことばから派生した場合でも、「深き蓬」や「蓬のもと」から「蓬生」、「若草」と「紫」から「若紫」、「蝶」から「胡蝶」が生じ得たかどうかを考えるべきであろう。

その不十分さゆえか、一般の読者が利用する現代のテキストでは、こうした分類の代わりに、巻のはじめに、そのことばが含まれる部分を引用し、「巻名はこれによる」とだけ説明する。しかし、『日本古典文学大辞典』をはじめ、源氏物語の巻名について説明した入門書や研究書の類となると、申し合わせたようにこの分類を挙げる。右に挙げたように、個々の分類にも曖昧な点があるが、それ以上の問題点は、それらの分類に入らない例外として説明される巻名の存在である。右の表で「その他」としたものである。例外があるのなら、この分類自体に問題があるはずなのに、例外の理由として「宗教的な意味」などの説明を加えたり、特殊だと言って片づける。これは中世における注釈態度としては一般的であっても、現代においては到底学問的な態度とは言えない。単に、古注以来伝えられた説の意味を考えずにそのまま踏襲したにすぎない。

古注が歌と詞に分けて巻名を分類したことには、その時代特有の理由があったと思う。中世の注釈書が「巻名の由来」をどのように捉えていたのかを考えてみたい。この時代、源氏物語の巻名の由来が問題になるのは、和歌の詠作のためである。とりわけ、古くから行われていた歌合や、ちょうど『花鳥余情』成立と同じ頃に盛んになる連歌など、集団和歌活動における源氏物語の位置づけが大きい。

最も早い時期の有名な例としては、六百番歌合の俊成の判詞がある。花宴巻の歌に出てきた「草の原」ということばを用いた歌に対して「草の原聞きよからず」と難じた方人を批判し、「源氏見ざる歌詠みは遺恨のことなり」と述べた。これは、単に俊成が源氏物語を讃えたというだけではない。歌の出来で判定されるのならまだしも、源氏物語の歌のことばを見落としていたことだけで歌人として失格だというのである。以後、源氏物語は歌人達に尊重され、注釈が盛んになる。『源氏釈』や『奥入』など初期の注釈書に引歌だけが記されているのも、和歌を最重視する時代ならではの特徴である。『花鳥余情』は、花宴巻の注で俊成の言を引用し、「大かた源氏などを一見するは歌などによまんためなり」と述べる。中世の注釈者は、源氏物語のことばが歌の題材になり得るかどうかに大きな関心を持っていたのである。中でも巻名は、最も尊重すべき歌題であり、最低限の教養でもあった。中世の人々が巻名を歌に詠むとき、巻名が源氏物語中の歌にあれば歌語と見なして安心して歌に詠み込むことができる。「草の原」を知らずに批判されたのは、そのことばが花宴巻にあっただけではなく、歌に詠まれていたからでもある。また、源氏以前の和歌に例のない巻名を歌に詠む場合であれば、歌人達は源氏物語でどのように用いられていたかを知っておく必要があっただろう。

巻名の由来・出所が問題になるのは、源氏物語巻名歌という形式が契機になったと思われる。巻名歌の早い例として、寺本直彦は、院政期の「寄源氏恋」と題された一連の歌を挙げる(6)。

うらみてもなをたのむかなみをつくしふかきえにあるしるしとおもへば（長秋詠草、中、三五四）

みせばやな露のゆかりの玉かづら心にかけてしのぶけしきを（千載集、恋四、八七一、よみ人知らず）

あふさかの名をわすれにし中なれどせきやられぬは涙なりけり（同、八七二、同）

人しれず物をぞ思ふ野分してこす吹く風に隙は見ねども（源三位頼政集、下、四一二）

あふことはかたびさしなるまき柱ふす夜もしらぬ恋もするかな（清輔集、二七三）

あふとみる夢さめぬればつらきかなたびねのとこにかよふまつかぜ（平忠度集、七六）

おもひかねこひなぐさめのゐあはせにきみがすがたをうつしつるかな（経正集、八四）

つれもなき人のまそでと思はばやこてふに似たるのべの尾花を（言葉和歌集、恋下、二一二、経正朝臣）

はは木木のありしふせやを思ふにもうかりし鳥のねこそわすれね（太皇太后宮小侍従集、一一四）

いずれも一一七〇～八〇年代の詠作である。寺本は、これらの巻名に一つも重複がないことから、俊成の関わった最初の三首と歌林苑会衆の関わる後半の六首の歌会が同一の機会に分担して詠ぜられた可能性を指摘する。また、権中納言藤原実材（文永四年（一二六七）没）の母の歌集には「源氏の名の続歌、人人のよみはべりしをり」に、それぞれ巻名を題とした九首の歌群がある。「続歌」は人々が集まって探題によってまとまった歌を詠むもので、源氏物語の巻名を複数の歌人が題を探って詠んだと推定される。これらを初めとして、以後さまざまな「源氏物語巻名歌」が作られる。中でも定家作と伝えられる「源氏物語巻名歌」は、文安六年（一四四九）頃の注釈書「山頂湖面抄」などに記されている。この巻名歌の実態について、寺本は、連歌寄合《よりあい》ではないかと推定する。新古今集などの本歌取りと異なり、巻名歌の場合には源氏物語のことば全般ではなく、巻名のみに格別の関心を寄せる。安居院澄憲・聖覚の「源氏表白」にも巻名が詠み込まれ、後の謡曲にも強い影響を与える。

こうした現象は、源氏物語の巻名が歌題であると同時に歌語として尊重されるようになったことを意味している。とりわけ、集団で詠み合う連歌の場合、源氏物語の深い知識より、特定の場面を想起し即興でことばを選ぶ。また、夢浮橋に宗教的な意味を見出す注釈には、源氏供養との関わりが考えられる。つまり、中世における〈巻名の由来〉とは、源氏物語にとっての巻名の成立を意味するのではなく、連歌の題材としての源氏物語巻名が物語のどの部分から出て来たのかという意味であったと考えられる。歌にあるか否かというのも、ことばの用法を知るためであろう。

江戸時代に普及した慶安三年（一六五〇）出版の絵入り版本『源氏物語』の別冊『源氏目案』序文には、五十四巻の〈巻名の由来〉が詳しく記されている。これは九条稙通の『孟津抄』からの引用で、さらに遡れば『花鳥余情』を典拠とするが、その中から特に巻名の由来の部分のみを取り出して記載し、「絵入源氏」本文の題箋にその分類が記載された点に注目したい(7)。これは、編者山本春正が歌人であったためもあるが、版本の読者層が、和歌・連歌・俳諧などの題材として源氏物語巻名に関心を持っていたことを意識したものでもあるだろう。この傾向は後の版本にも受け継がれ、万治三年（一六六〇）出版の『源氏鬢鏡』になると、『源氏小鏡』から巻名の由来のみを抜粋した文と巻名を詠み込んだ俳諧の発句を挿絵とともに掲載する。さらに、近世・近代を通じて最も普及した延宝元年（一六七三）の『湖月抄』「発端」でも巻名を四種に分類して列挙している。

現代の研究者が揃ってこの分類を挙げるのは、源氏物語読解に用いた『湖月抄』の強い影響があると思われる。(8)が、中世〜近世の人々の巻名への関心と、源氏物語の巻名自体の成立の問題とは切り離して考えなければならない。巻名を説明した現代の書物でも総じてこの分類を挙げるが、『花鳥余情』の言う「以歌為巻名也」が〈巻名の成立〉を示しているという先入観は払拭したい。

先に見たように、「匂兵部卿」が「匂宮」に変わる時代と、巻名の由来が注釈書に記されるようになる時代が一致していることにも意味はあるだろう。注釈書の多くは連歌師によるから、注釈書に見られる「巻名の由来」は連歌の付合のためであろう。花山院長親の耕雲本跋歌、三条西実隆の「詠源氏物語巻々和歌」、九条稙通の「源氏物語竟宴和歌」などの巻名歌が知られるが、それらは同時に、同じ人物による『源氏小鏡』、『細流抄』、『孟津抄』とも直接つながる。現代的な発想によって、これら注釈書に記された巻名の由来・出所が源氏物語の巻名の成立を示すものとする考え方はあらためるべきであろう。

三、作者命名説の問題点　［若紫・空蝉］

次に作者命名説について検討する。玉上琢彌は『源氏物語評釈』若紫巻の巻頭で、「『源氏物語』の巻名は作者がつけた」と主張した。(9)

この語「わかむらさき」は『伊勢物語』初段に初めて見える。『後撰集』に、「武蔵野は袖ひづばかり分けしかど若紫は尋ねわびにき」（巻十六、雑歌二、一一七八）と「まだきから思ひこき色にそめむとや若紫の根を尋ぬらむ」（巻十八、雑歌四、一二七八）という二首が見える。ともに、題しらず、読人しらず、である。この『後撰集』の歌も、『伊勢物語』の歌に依るものである。

また、桐壺巻から関屋巻に至るまでの「連続と変化の妙」の具体例を示した上で、次のように述べる。

この連続と対照と変化とは、容易に作れるものではない。読者が、その巻の本文から語をえらびながら、こういうふうに五十四を並べることは不可能だ、と言ってよかろう。むしろ作者が、巻名の連続と変化とを考えながら、次に書く物語を構想していった、と見るほうがよかろう。

そこで説明された通り、巻名「若紫」は、若紫巻の物語に大きな影響を与えた伊勢物語初段とその歌、

▽春日野の若紫のすり衣しのぶの乱れ限り知られず（伊勢物語、一段）

などに由来すると考えるのが自然であろう（第七章参照）。

玉上は、池田が当初巻名がなかった根拠にされた更級日記の「一の巻」についても、

『源氏物語』で「一の巻」と言ったのは更級日記だけで他書には見られず、「二の巻」「三の巻」などという呼び方は全然みられない。

と述べ、この記述の特殊性を指摘して、読者命名説を退ける。そもそも更級日記のこの記述は、「この源氏の物語、一の巻よりして、みな見せたまへ」と、源氏物語を最初から順に読みたいという孝標女の願望を記した部分だから、巻名があったとしても「桐壺巻から」などと書く必要のなかった所である。従って、この記事が巻名の有無を判断するための外部徴証にはならない。

玉上の説明のうち、多くの巻名に適用できるのは、巻名の「連続と変化の妙」の説明である。

さて、巻中の歌や語に拠り所を求めて、これらの巻名を案出することは、あるいは後人にも可能であるかもしれぬ。しかし、巻々の名を第一巻から眺め渡せば、連続と変化の妙に気づくであろう。「桐壺」に「帚木」と木を続け、「帚木」「空蟬」「夕顔」とはかないものを植物動物植物と並べ、「夕顔」「若紫」「末摘花」と草の

名を続けて白と紫と紅の花を並べ、その紅から「紅葉賀」と移り、それに対して「花の宴」と、秋の紅葉に春の花、賀に宴を対せしめ、その「花の宴」から「葵」「賢木」と草木を続け、「葵」に加茂、賢木に伊勢を暗示し、これら緑の草木を紅葉と花の前二巻に対せしめ、その線をさらに延ばして「花散里」と源氏の落胆を象徴し、落胆のあまり京を離れて「須磨」「明石」に行き、京に帰ってからは「澪標」に大阪を、「蓬生」に京の田舎を、次の「関屋」になると西の大阪に対し東の逢坂を対せしめるのである。

魅力的な説明であり、基本的には、この説に賛同する。ただし、その説明の中に、重要なところできわめて残念な部分がある。古来の説と同様、巻名がなお源氏物語内部つまり「巻中の歌や語に拠り所を求めて」名付けられたと説明された点である。また、次のようにも言う。

巻名は、その巻の歌もしくは文から命名される。他の巻に出る語による「紅葉賀」、巻中の語を少しく変えた「花宴」「蓬生」「常夏」「絵合」。「雲隠」と「夢浮橋」の二つは、歌にも文にも見えないが、この例外はおのずから意味があろう。前者は光る源氏の物語の最後であり、後者は源氏物語全編の最後である。「若紫」は歌にも文にも見えず、その巻中に見える「若草」の語を変えたとしては、変え方が特殊すぎる。「花宴」は「桜の宴」から、「蓬生」は「よもぎ」から、「常夏」は「なでしこ」から出ているのであって、同一物を呼び変えたにすぎない。

この説明では、このあと「若紫」が伊勢物語に由来すると主張されることとの間に矛盾が生ずる。また「同一物を呼び変えたにすぎない」との説明には、先に挙げた池田説と共通する曖昧さがある。しかも、若紫・帚木・空蟬以外の巻々の説明では、巻名の出典ではなく、作者の構想の問題として説明した。

『源氏物語』の作者は、第一巻「桐壺」の前半を「長恨歌」によって構想した。第二巻「帚木」の巻の後半を古歌（「園原や伏屋に生ふる帚木のありとて行けどあはぬ君かな」古今六帖）により、第三巻「空蟬」の巻は古歌（「空蟬のはにおく露の木がくれてしのび〳〵に濡るる袖かな」伊勢集）によって構想した。第四巻「夕顔」の巻は、源融の河原院霊怪談によって構想した。これら四巻は、それぞれ依る所がある。少なくともその巻の見せ場は、先行作品に依って構想した。そして、その、依った所の先行作品を、作者は、ある所に至って明示する。

このうち帚木巻と空蟬巻とが古歌によって構想したという説明については、若紫巻の場合と同様に、それぞれの巻名が古歌から出来たと言い換えることが可能である。しかし、桐壺巻の前半を「長恨歌」によって、夕顔巻を源融の河原院霊怪談によって構想したというのは、巻名の問題ではない。

玉上は、帚木巻後半が古歌「園原や……」（古今六帖、第五、三〇一九）によっていると言うが、この歌の意味は後半だけでなく、中の品の女との身分違いの恋を語る帚木巻の物語全体に及んでいる。古歌のことば「帚木」が巻の主題になっているのである。「空蟬」の場合も、「空蟬のはにおく露の……」（伊勢集、四四二）によって構想されただけではない。源氏物語空蟬巻の物語では、後撰集の贈答歌、

▽今はとてこずゑにかかる空蟬のからを見むとは思はざりしを（後撰集、恋四、八〇三、平中興女）

▽わすらるる身をうつ蟬のから衣かへすはつらき心なりけり（同返し、八〇四、源巨城）

などにおける「空蟬」の意味をも踏まえて、女の脱ぎ捨てた衣を返す物語を作っている。いずれの場合も、巻名の意味・心象が物語の主題や人物の関係と一致している（第一章参照）。

このように、古歌を基にして名付けられた巻名が一つでもあるのなら、他の巻名もまた、物語内部からではなく、源氏物語以前の歌などを出典として名付けられたと考えることができるし、その立場からの説明が必要であろう。作者が名付けたのなら、完成した源氏物語から抜き出す必要はなく、むしろ物語完成以前に名付けられた可能性が高いからである。

古注および池田説では、巻名のすべてをとりあえず分類して説明している。それに対して玉上説を支持する立場から五十四の巻名すべてにわたって論じたものは見あたらない。新潮日本古典集成『源氏物語』の解説(10)でも、「巻名は当然作者によって、この物語の成立の時に付されたものと考えるべきである」としながらも、各巻の最初に、たとえば「帚木巻という巻名は、巻末に近い源氏と空蟬との贈答の歌により」などと説明しているところは、物語の歌から巻名が名付けられたという考え方にとらわれたものと言える。巻名を名付けたのが作者だとするなら、その他の巻名についても、源氏以前の作品に由来を求め、その作品が物語製作にどのような影響を与えたかを検討する必要がある。

玉上は、作者命名説の有力な根拠として、須磨巻の「花散里」、手習巻の「夕霧の御息所」という呼称が、須磨・手習の巻執筆の時すでに花散里・夕霧の巻名があったことを示すと説明した。

第五十三帖「手習」巻に、「かの夕霧の御息所のおはせし山里よりは今すこし入りて、山にかたかけたる家なれば」とある。この「夕霧の御息所」は、「夕霧」の巻に出てきた「御息所」の意で、落葉の宮の母御息所のことだ、と解しなくてはならない。

また、「須磨」の巻で「花散る里」と呼ばれるのは、光る源氏の愛人の一人、なき桐壺院の麗景殿女御の妹君のことであるが、これは直前の「花散里」の巻に出る女御の意に解しなくてはならない。「花散里」の巻の中で「花散る里」の語を用いて光る源氏が歌によんだのは、姉の麗景殿女御なのであるから。

すなわち、「手習」の巻を執筆する時、「夕霧」の巻名は確かにあったのであり、「須磨」の巻を執筆する時「花散里」の巻名は確かにあったのである。とすれば、この二巻のみ巻名があって、ほかは巻名がなく、第四十二巻、第四十三巻というふうに呼ばれていたのだが「夕霧」「花散里」にならって後人が巻名を案出したのだ、とは考えにくい。それほど、五十四の巻名は、いろいろな条件を満足さす優れた命名なのである。

このうち問題があるのは、「花散里」という呼称の意味である。玉上が証拠として挙げる須磨巻の「かの花散里にもおはし通ふことこそ」（三九六）の「花散里《はなちるさと》」は、果たして巻名だろうか。

「花散里」ということばは、源氏にとって、父君桐壺院との思い出を懐かしんで語り合う場所を意味する。従って、本来その「里」の代表者は、桐壺院をよく知る姉の麗景殿女御であった。ところが須磨巻を経て、昔語りをする相手は姉から妹の三の君に代わり、時の移り変わりとともに、妹が源氏の懐かしく思う女君という役割を担うようになる。しかし、「花散里」ということばの意味そのものが変わるわけではない。須磨巻でも「花散里にもおはし通ふ」とあって、花散里巻に出てきた女君個人の呼称という意味ではなく、その語本来の、源氏が昔を偲んで訪ねる場所の意味と考えられる（第一章参照）。従って、この場合の「花散里」は、巻名を意味するのではないから、作者命名説の根拠としては不十分と言える。

四、巻名と古歌

『河海抄』や『花鳥余情』は、物語中の歌に巻名のことばがあると、「以歌為巻名也」として〈巻名の由来〉を示す。『花鳥余情』は桐壺巻頭の注で、五十四帖の巻名を「凡五十四帖の巻の名に四の意あり。一には詞をとり、二には歌をとる。三には詞と歌との二をとる。四には歌にも詞にもなきことを名にせり。」という四種類に分類する。この「詞をとり」といった言い回しは、〈巻名の由来〉が物語本文にあるとする考えが前提となっている。

確かに、巻名のことばの例の現れ方には、四種類が認められるが、これは、後世の歌人たちが、源氏物語中の歌のことばなら安心して歌に用いることができ、そうでない場合はどの場面に用いられたのかを知るために利用されたのであろう。そうでなければ、この分類に意味はない。巻名と和歌との密接な関係を前提として、そのもとの由来、本歌にまで辿る困難さ煩雑さもあり、とりあえず源氏物語中の用例のありかのみを示したのではないか。それを現代の研究者が読者命名説だと誤解してしまった――実情はそういったところであろう。

「巻名の由来」というなら、むしろ、巻名となったことばが、源氏物語成立当時どのように用いられていたかを考えてみるべきであろう。たとえば和歌に用いられたことば〈歌語〉か日常のことばだったのか、公の行事や史実に基づくのか、といったことの方が、〈巻名の由来〉と呼ぶにふさわしい。物語の内部に由来を求めるのは、完成された源氏物語本文から抜き出して名付けたという先入観による。仮に作者やその周辺の人物が巻名を付けたとすると、その時の物語は未完成であった可能性すらある。また、巻名となることばから物語が構想されたのなら、物語本文を〈巻名の由来〉とするのではなく、そのことばを〈物語の由来〉と考えなければならない。

源氏物語の巻名の多くは、古歌と深く関わっている。これは、引歌研究からも容易に想像されるはずだが、巻名の成立に関わる問題として扱われることは少ない。引歌と本歌との関係を綿密に検討すると、当時もっとも尊重されていた和歌が物語の基盤となっていたことが実感されるが、これは巻名についても同様である。表Ⅱに示す通り、五十四の巻名のうち八割までが、源氏物語以前に伝えられていた古歌にことばの例がある。

〈表Ⅱ　巻名のことばの古歌における例〉

A古歌に例のあることば〈歌語〉

帚木、空蟬、夕顔、若紫、末摘花、葵、賢木、花散里、須磨、明石、澪標、蓬生、関屋、松風、朝顔、乙女、玉鬘、初音、胡蝶、螢、常夏、篝火、野分、藤袴、行幸、真木柱、梅枝、藤裏葉、若菜、柏木、鈴虫、夕霧、御法、幻、竹河、橋姫、椎本、総角、早蕨、宿木、東屋、浮舟、蜻蛉

B古歌に見あたらないことば〈二語の組み合わせ・歌集の詞書に用例〉

桐壺、紅葉賀、花宴、薄雲、絵合、横笛、紅梅、匂兵部卿、手習、夢浮橋

この分類に大きな意味があるわけではない。Aは、そのままの形で古歌に用例があるもの、Bには、二つの歌語を組み合わせてできたことばや、歌の行事や歌合などに見られることばを示した。暫定的にBに入れたことばの中には、現存しない古歌に用いられていた可能性もあるだろう。古注の分類では、物語中の歌にあるかどうかを基準にしていたが、地の文にしか見られないことばでも、それが古歌の引用である場合は多い。従って、こうした例をAに入れて歌語に由来するものと見なした。すべての巻名の表記は、習慣的に二、三文字の漢字で表されているから、漢詩文を典拠としていたように見えるが、実は和歌のことばが大半である。漢字で示す習慣がいつからあるのか不明ながら、源氏物語の本文はかな表記であり、写本の題簽に記された巻名もかなで記されることが多い。写本を作った古人も、和歌に由来すると考えていたのだろう。

五、人物呼称と巻名

ここで、巻名とも深く関わる女君の呼称の成り立ちについて触れておきたい。現在一般に用いられている登場人物の呼称は、物語中で用いられた呼称とは別に、後世の読者、とりわけ「源氏古系図」などに記された呼び名を踏襲した例とが混在している。巻名と人物呼称が一致する「夕顔」「末摘花」「花散里」「玉鬘」「朝顔」が物語の歌にある一方で、「葵の上」のように、物語中に例の見られない呼称もある。

人物呼称は、物語内部に例があれば作者の命名であり、例がなければ後世の読者の命名と考えればよい。簡単な話である。そして、古系図においては、現代の呼称とは異なる、時代にふさわしい呼称が記されている。典型的な例が、宇治の中の君に対して古系図で「故郷（ふるさと）離るる中の君」や「昔に通ふ中の君」などとした例である。最も多いのが、巻名を冠した呼称である。「薄雲女院」「総角大君」の例があり、浮舟と末摘花は、古系図ではそれぞれ「手習三君」「蓬生君」とされる。また、夕顔は古系図では「夕顔の上」とされている。「上」を貴人の正妻の称だという通説があるが、実は、夕顔が、娘・玉鬘の乳母や女房から「上」と呼ばれた例が玉鬘巻にある。逆に、「明石の上」「葵の上」の物語中の例はないが、古系図ではそう呼ぶ。つまり、源氏物語および平安文学における呼称の法則と、古系図や現代の呼称の法則とは一致しない。「紫の上」の場合は、螢・藤袴・真木柱・若菜など後半の巻々において多数の用例がある。そして、この呼称によって、紫の上が正妻か否かが議論されることが多い。しかし、平安時代の作品の用例を検討すると、「上」は、物語の場（語り手との位置関係）によって対象の変わる呼び名であり、「母上」や「姉上」など、多くはその家の女主人に対して用いる待遇性の強い呼称であることが明らかである。(11)

紫の上の場合、「上」と呼ばれるのは、明石の姫君を引き取り、養母になった頃からである。蓬生巻に見られる「二条の上」は、末摘花の常陸の宮邸からの呼び名で、二条院の奥様といった意味、「春の上」は六条院の他の町から見た呼び名で、「南の上」は、北側にある夏の町からの呼び名、「対の上」という呼び名もまた、寝殿を舞台とする物語での呼び名である。このことばだけを取り上げ、紫の上は正妻から格下げされたなどという議論がなされるのは、日本語の呼び名が邸や場における「殿様、奥方」「ご主人、奥様」などの待遇表現を主流として来たことを考慮していないからである。源氏物語でも、男ならまず官職だが、家庭にあっては「大殿」「殿」、女の場合には「上」、子どもたちは「君」「若君」「姫君」であり、恋愛の場では、そうした身分や立場を離れて「男君」「女君」と呼ばれる。なお、「紫の上」という呼称は、夕霧や玉鬘などの話題の直後に限って見られるから、「紫のゆかり」の「上」といった意味合いが認められる。

「葵の上」は、「紫の上」にちなんで、後世の読者が名付けた呼び名である。葵巻で源氏と初めて心を交わし、息子（後の夕霧）を産んで亡くなるからだが、物語では一度も「上」と呼ばれていない。仮に両親の住む左大臣邸を出て独立していれば、夕霧の母として「上」と呼ばれる機会があったかもしれないが、左大臣邸に源氏が通う場では「姫君」「大殿の君」、夕霧の母親として「大将の君の母君」などと呼ばれる。「葵」という巻名とこの女君とは関わりが薄く、「葵」との掛詞「逢ふ日」は、むしろ紫の上との婚約・結婚を意味する（第二章参照）。ただし、この女君と六条御息所の一行が車争いをする賀茂の祭で祭人が葵の葉を頭にかざすこと、また、現に女同士が「逢ふ日」の車争いで正妻が六条御息所の物の怪に取り殺されることから、後世の読者は、この悲劇の人に「葵の上」と名付けたのだろうが、ここから後世「正妻の称」と誤解されるに至った。

作者は、物語の中で官職や立場に応じて呼び名を順次変化させている。そういう文化であり、だからこそ古系図のような、巻毎の昇進に応じた記述が後世には必要となった。源氏物語全巻に統一して、結果から名付けた（夕霧のごとき）人物呼称は、源氏物語の成立時点にはなかったものである。

それに対して、巻名は、源氏物語以前にあることばの中から、物語の題として名付けられ、作者はそのことばを題材とした物語を作った、と推測する。「若紫」や「蓬生」の例がある通り、巻名の場合には、物語における用例の有無によってその成り立ちが決まるものではない。巻名が後世の読者によって物語中のことばを抜き出して名付けられた、とする考え方は、人物呼称が後世の読者によって、物語の歌のことばなどから名付けられた例の多いことと混同したのであろう。

六、巻名の異名について　［輝日宮・壺前栽・桜人・法師］

池田亀鑑は、冒頭に引用した『源氏物語事典』の総記において、読者命名説の根拠として「巻名に異名が相当多いという点も、傍証とならぬでもない」と述べた。果たして、異名の存在は読者命名説を裏付けるのだろうか。そこで、古注に見られる巻名の異名についても考察しておきたい。まず、桐壺巻の巻名の異名として、古くから「輝く日の宮」と「壺前栽」が伝わる。藤原定家自筆『奥入』の桐壺と空蟬の箇所に、それぞれ次の記載がある。[12]

桐壺
このまき一の名　つぼせんざい
或本分奥端有此名謬説也
一巻之二名也

うつせみ
二のならびとあれど、はゝ木ゝのつぎ也。ならびとは見えず。
一説には、二　かゞやく日の宮　このまきなし。
ならびの一　はゝ木ゞ　うつせみはおくにこめたり。
二　ゆふがほ　（私に、句読点・濁点を付けた）

大島本『奥入』では、「ならびといふべくも見えず」「このまき、もとよりなし」「うつせみはこのまきにこもる」とあるが、大筋は同じであろう。この巻名が、物語中のことばから後世の読者が名付けたとする立場は、桐壺巻の次の文章を基にしたと説明する。

○世の人、光る君と聞こゆ。藤壺ならびたまひて、御おぼえもとりどりなれば、かかやく日の宮と聞こゆ（桐壺巻、二四）

しかし、それ以前に、この物語の構想そのものが、天照大神の神話を踏まえ、現に続日本後紀に「日の宮」ということばの例が見られる。そして、この巻名であれば、「光る君」に対応するので、「源氏の物語」発端の巻名の一つであった可能性もあるだろう（第五章参照）。

もう一つの異名である「壺前栽」は、『河海抄』にも見られる。(13)

桐壺は淑景舎也。此所曹司たるによりて光源氏の母御息所を桐壺の更衣といふ仍巻名とせり

一名壺前栽　詞に御前のつぼせんざいのさかりなるとあり。

奥入云或説此巻分奥端有桐壺々前栽名云々

是謬説なり只一巻二名也桐壺者正説壺前栽者異説也云々

「仍巻名とせり」という文言は、巻名が物語のことばから名付けられたとする考え方の最も早い例である。しかし、この巻名は、読者命名説の「傍証」どころか、源氏物語以前の歌集に由来がある。

壺前栽の宴せさせ給ふに、人にかはりて

▽月かげのいたらぬ庭もこよひこそさやけかりけれ萩の白露（元輔集、七二）

これは、康保三年（九六六）閏八月十五夜内裏前栽合で、近江介藤原国光が詠んだ歌とされる。この前栽合の様子は栄花物語（巻一「月の宴」）にも記され、本文でも「月の宴」とある。それを「壺前栽の宴」としていることに注目したい。このことばは、野分巻において「御前の壺前栽の宴もとまりぬらむかし」として出てくるが、桐壺巻でも、やはり野分の段のあとで、次の文章が見える。

○御前の壺前栽の、いとおもしろき盛りなるを御覧ずるやうにて（桐壺巻、一六）

この前栽合の歌とその状況が、野分の段の月の風景の構想につながったと思われる。物語のこの場面から巻名「壺前栽」を抜き出しても、物語の主題を表すことにならない。それよりも、安子中宮亡き後、村上天皇が悲しみの中で行った「壺前栽の宴」（康保三年内裏前栽合）から、桐壺更衣亡き後の帝の様子を表す場面が作られたと考えるべきである（第五章参照）。また、この歌合が物語の源泉であったことを知る者にしか名付け得なかった巻名でもあった。

『白造紙』には「サクヒト　サムシロ　スモリ」という巻名が見られる。それぞれ、桜人、狭筵、巣守のこととされる。また『源氏釈』には、真木柱巻の次に「桜人」の巻についての詳しい記載がある(14)。他の異名と異なり、「桜人」については、本文の一部と引歌が十三箇所あり、この巻の物語本文が伝わっていたことがわかる。出典の明らかな引歌のみ順に列挙する。

▽いにしへになを立ち帰る心かな恋しきことにもの忘れせで（古今集、恋四、七三四、紀貫之）

▽種しあれば岩にも松は生ひにけり恋をし恋はあはざらめやは（同、恋一、五一二、よみ人知らず）

▽えぞ知らぬよし心みよ命あらば我や忘るる人やとはぬと（同、離別、三七七、よみ人知らず）

▽あか月のなからましかば白露のおきてわびしき別れせましや（後撰集、恋四、八六二、紀貫之）

▽わが恋はゆくえもしらず果てもなしあふを限りと思ふばかりぞ（古今集、恋二、六一一、凡河内躬恒）

▽手に結ぶ水に宿れる月影のあるかなきかの世にこそありけれ（拾遺抄、雑下、五七五、紀貫之　拾遺集、哀傷、一三二二、紀貫之）

他の巻々と同様に古今集時代の名歌が引用されているから、源氏物語の一部であった可能性がある。『源氏釈』の見出し本文には「ゆふがほの御手のいとあはれなれば、跡は千歳も」と「宮は、あふを限りになげかせたまふ」など、夕顔の手紙のことや螢兵部卿の嘆きが描かれているので、玉鬘十帖の後日談であろうか。

さて、巻名「桜人」の基になったのは、「梅枝」「竹河」「総角」「東屋」と同様、催馬楽の歌句であった。

▽桜人　その舟止《ちぢ》め　島つ田を　十町《とまち》つくれる　見て帰り来むや　そよや　明日帰り来む　そよや　明日帰り来む　言《こと》をこそ　明日とも言はめ　遠方《をちかた》に　妻ざる夫《せな》は　明日もさね来じや　そよや　さ明日もさね来じや　そよや（催馬楽、呂、桜人）

「桜人」を唄う場面は、乙女巻と椎本巻にも見られるが、薄雲巻では、この歌句によって場面が作られていた。源氏が、姫君を引き取ったあとで「をちかた人」明石の君に逢いに出掛けるときに口ずさんだのが「明日帰り来む」であり、紫の上と次の歌を詠み交わした。

○舟とむる遠方人《をちかたびと》のなくはこそ明日帰り来む夫《せな》と待ち見め（薄雲巻、六一一）

○ゆきて見て明日もさね来むなかなかに遠方人は心おくとも（同返し）

源氏の口ずさみが催馬楽「桜人」であると知る紫の上が、その歌句を引いて歌を送り、源氏は「明日もさね（必ず）来む」と約束したのである。散逸した「桜人」の巻があったとすると、二人の妻を行き来する男の物語だったのだろう。これを後世の読者の補筆とする説もあるが、「桜人」の巻が作られた後に、玉鬘十帖が作られ、「桜人」が削除されたとする説もある。加藤昌嘉は、「桜人」の記事および巻名が記された新旧の文献を丁寧に引用整理して、問題点や諸説を挙げて詳細に検証しているので参照されたい。[15] いずれにせよ、「桜人」の存在も、巻名を読者による命名とする根拠にはなり得ない。

この他、定家自筆『奥入』には、「橋姫　一名うばそく」と記され、源氏物語古系図には、「のりのし」「すもり」「ひわりご」「かほどり」という巻名が見られる（第十二章参照）。このうち「法の師」は、源氏物語最後の薫の歌に詠まれている。

○法の師とたづぬる道をしるべにて思はぬ山にふみまどふかな（夢浮橋巻、二〇六八）

この歌は、次の元輔歌を基にしている。

▽夏山のこぐらき道をたづね来て法の師にあへる今日にもあるかな（元輔集、二四七）

世尊寺伊行の『源氏釈』には、夢浮橋巻の次に「のりのし」と記しているから、夢浮橋巻の異名であったとも考えられる。薫の歌には、この元輔歌に見られないことば「ふみまどふ」がある。そして、「夢浮橋」の由来の歌と思われる次の二首をも踏まえている。

男の、女の文を隠しけるを見て、もとの妻《め》の書きつけはべりける
▽へだてける人の心の浮橋をあやふきまでもふみみつるかな（後撰集、雑一、一一二二、四条御息所女）
たまさかに返り事したる女に
▽浮橋のうきてだにこそ頼みしかふみみてのちはあとたゆなゆめ（朝光集、一）

いずれも、手紙の文《ふみ》と山道や浮橋のような困難で不安定な道をふみ歩むことを掛けてある。

巻名「法の師」は、橋姫巻の異名「優婆塞」に対応するだけでなく、もう一つの巻名「夢浮橋」にもつながっていたのである。「優婆塞」である八の宮に導かれて宇治の姉妹に出会った薫が、「法の師」である横川の僧都に導かれて浮舟に文《ふみ》を送る。宇治十帖の発端と結びにふさわしい巻名と言える。これと同様、現在の巻名である「橋姫」と「夢浮橋」ということばもまた対応している（第六章参照）。これらの異名にも、現存の巻名と同様、それぞれ源氏物語以前の歌集に由来となる歌やことばがあり、物語の内容に深く関わっている。そして、異名の由来になり得た歌や歌語りも、源氏物語本文や他の巻名の典拠と同じ文化圏のことばである。このことから、異名は、物語構想の段階で出てきた巻名の候補の一つであった可能性がある。つまり、巻名の異名の存在は、源氏物語の作者が名付けた証拠になっても、後世の読者が名付けた証拠にはなり得ないのである。なお、ここで取り上げなかった異名については、第十二章において論じる。

以上、断片的に「巻名の由来」に関わる問題点を挙げてきたが、それぞれの巻名についてさらに詳細な検証が必要であろう。物語内部におけるそのことばの位置づけ、歌語の歴史、準拠との関係、異名の成立、源氏古系図の問題など、それぞれ別の観点から考える一方で、全体を総合的に捉えた論証も必要である。源氏物語の成立に関わる巻名として異名や並びの巻が取り上げられて久しいが、すべての巻名を、読者が名付けたとする先入観によって軽んじるのではなく、物語の構想や成立に関わる重要な問題として再検証する余地があるだろう。ここでは、さまざ

まな問題を列挙することで、従来の「巻名は物語のことばや歌による」とする説を無批判に受け入れてきたことに疑問を投げかけておきたい。

注

（1）『日本古典文学大辞典』（一九八四年、岩波書店）「源氏物語」執筆は秋山虔・阿部秋生・篠原昭二。

（2）池田亀鑑『源氏物語事典下』（一九五六年、東京堂出版）総記「三、巻名と巻序」

（3）池田亀鑑『源氏物語大成巻七研究資料編』（一九五六年、中央公論社）は、九条家本の書写年代を、裏書きや紙から平安末期書写と推定した。常磐井和子『源氏物語古系図の研究』（一九七三年、笠間書院）は、多数の源氏系図を比較調査し、九条家本が最古の系統の古系図であることを認定し、同系統の系図である近世中期の秋香台本源氏系図を紹介し、源氏物語の巻名表記や人物呼称を比較し、源氏系図の最も古い形態の特徴として巻名「薫中将」の記載を指摘した。拙著『帝塚山短期大学蔵「光源氏系図」影印と翻刻』（一九九四年、和泉書院）で、帝塚山短大蔵（現在は帝塚山大学蔵）『光源氏系図』が、近世書写ながら九条家本と祖本を同じくする系図で、九条家本の欠損を補う善本と紹介した。九条家本は、『東海大学桃園文庫影印叢書第七巻』（一九九一年、東海大学出版会）、伝為氏本系図は『源氏物語大成巻七』（前掲）による。

（4）桃園文庫蔵『光源氏抜書』（稲賀敬二『源氏物語の研究　成立と伝流』一九六七年、笠間書院）

（5）伊井春樹『源氏物語注釈史の研究』（一九八〇年、桜楓社）。片桐洋一編『異本源氏こかゞみ』（一九七八年、和泉書院）では「……春の桜とかほるとも……小野の山里」、東京都立中央図書館蔵『伊行源氏釈』（一九七七年、風間書房『源氏物語の探求第三輯』、伊井春樹による翻刻紹介）にも巻名「匂宮」の表題で同じ歌が見える。

（6）寺本直彦『源氏物語受容史論考』（一九七〇年、風間書房）前編第二章第三節・後編第二節。

（7）拙著『源氏物語版本の研究』（二〇〇三年、和泉書院）で詳述。

（8）近代以降は、『湖月抄』原本やその活字翻刻ではなく、明治二十三年刊行の猪熊夏樹補注『増訂源氏物語湖月抄』や、それをさらに改訂した昭和二年刊行の有川武彦校訂『増注源氏物語湖月抄』を指すことが多い。

（9）『源氏物語評釈第二巻』（一九六五年、角川書店）若紫巻「この巻を読む前に」
（10）新潮日本古典集成『源氏物語二』（一九七六年、新潮社、石田穣二・清水好子校注）
（11）拙著『源氏物語の風景と和歌』（一九九七年、和泉書院）第一章第四節「人物呼称『上』と語り」（初出は「源氏物語の人物呼称―「うへ」と語りの問題―」一九八二年、笠間書院『源氏物語の人物と構造』）
（12）定家自筆『奥入』は、注（3）の『源氏物語大成巻七研究資料編』による。
（13）『河海抄』は、玉上琢彌編『紫明抄・河海抄』（一九六八年、角川書店）による。
（14）『源氏釈』は、注（3）の『源氏物語大成巻七研究資料編』による。
（15）加藤昌嘉『揺れ動く『源氏物語』』（二〇一一年、勉誠出版）第Ⅲ部「散逸『桜人』巻をめぐって」

第五章　桐壺・淑景舎・壺前栽

これまで確認してきた通り、源氏物語の巻名は、物語本文から後世の読者が抜き出したものではなく、その物語の主題を端的に表す語として設定された〈題〉であったと考えられる。どの巻名も、物語中における用例の有無にかかわらず、その巻の物語の主題を表している。これは巻名の異名についても同様である。そして五十四巻の大半が、源氏物語以前の和歌を由来としているが、「桐壺」の場合、漢詩に由来しており、漢語から歌語となった松風や薄雲と比べても、特殊な例と言える。以下、桐壺巻の巻名および異名と物語の生成との関係を考察する。

一、「桐壺」と「淑景舎」　［桐壺］

巻名「桐壺」について、『河海抄』は次のように記している。

桐壺は淑景舎也。此所曹司たるによりて光源氏の母御息所を桐壺の更衣といふ仍巻名とせり

一名壺前栽　詞に御前のつぼせんざいのさかりなるとあり。

奥入云或説此巻分奥端有桐壺々前栽名云々

是謬説なり只一巻二名也桐壺者正説壺前栽者異説也云々

ここでは四つの事柄が記されている。1、「桐壺は淑景舎」であるということ。2、ここを曹司にしていたため光

源氏の母が「桐壺の更衣」と呼ばれたこと。3、それにより巻名としたこと。4、巻名の異説（異名）として「壺前栽」を挙げ、その説について定家の『奥入』の説を示す（第四章参照）。このうち2の「曹司」は、青表紙本諸本の「御つぼね」を言い換えたものではなく、河内本諸本の「御さうし」を見出し本文としたものである。

1と2の説明は、物語本文で「御つぼねは桐壺なり」とあり、後に「桐壺の更衣」と呼ばれることを示しているから、何の問題もないように見える。しかし「桐壺」ということばには、特有の現象が見られる。桐壺巻をはじめ源氏物語において、「桐壺」と「淑景舎」とが併用されている。それに対して、「藤壺」「梅壺」「梨壺」の唐名「飛香舎」「凝華舎」「昭陽舎」の例は見あたらないのである。和文で書かれた物語だから和名を用いるというのであれば、「桐壺」のみでよいはずなのに、なぜ「淑景舎」が出てくるのだろうか。二つのことばの用例を挙げてみよう。

○御つぼねは桐壺なり。あまたの御かたがたを過ぎさせたまひて、ひまなき御前渡りに（桐壺巻、七）

○母后、「あな恐ろしや、春宮の女御のいとさがなくて、桐壺の更衣のあらはにはかなくもてなされにしためしもゆゆしう」とおぼしつつみて（同、二二）

○うちには、もとの淑景舎を御曹司にて、母御息所の御かたの人々まかで散らずさぶらはせたまふ。（同、二八）

○桐壺には、人々多くさぶらひて、驚きたるもあれば（花宴巻、二七二）

○母君に語らふやう「桐壺の更衣の御腹の源氏の光る君こそ、おほやけの御かしこまりにて、須磨の浦にものしたまふなれ……」（須磨巻、四二九）

○この大臣の御宿直所は、昔の淑景舎なり。梨壺に春宮はおはしませば、近隣の御心寄せに何事もきこえたまひて（澪標巻、四九八）

○この御かたは、昔の御宿直所、淑景舎をあらためしつらひて、御まいりのびぬるを（梅枝巻、九八三）

ここまでの「淑景舎」は、三例とも「もとの」「昔の」とあり、そこを源氏の宿直所にした例である。諸注は、「淑景舎」と「桐壺」とを同一の建物だと説明するが、果たしてそれでよいのだろうか。

右のうち、二例の「桐壺の更衣」は、会話文であるが、同じ会話文でも、源氏が女三の宮に語る次のせりふでは、「淑景舎」と言う。

○夕方、かの対にはべる人の、淑景舎に対面せむとていでたつ、そのついでに……（若菜上巻、一〇七五）

これについて、玉上琢彌は「淑景舎」と「固く重く呼ぶ」と説明する。(1) 仮にそうであれば、

○かざしの台は沈の花足、黄金の鳥、銀の枝にゐたる心ばへなど、淑景舎の御預かりにて（若菜上巻、一〇八〇）

なども、「淑景舎」を公的な固い言い回しとして用いた、と考えることができる。夕霧の心中を語る例、

○大将も、淑景舎などのうとうとしく、をよびがたげなる御心ざまのあまりなるに（若菜下巻、一一二九）

もまた、「気近くおはする」「左大将の北の方」（玉鬘）に対して、実の妹ながら近づきがたい明石女御を「淑景舎」と称したのかとも思わせられる。しかしこの考え方だけでは、先に挙げた澪標巻の例において、東宮の「梨壺」を「昭陽舎」としていないのに、大臣（源氏）の宿直所が「淑景舎」とされたことの説明がつかない。

新間一美は「桐と長恨歌と桐壺巻」において、漢詩文との深い関わりを示しながら、「壺」という語が、「蓬壺」という漢語から派生した楼閣を表す語であること、長恨歌の「秋露梧桐葉落時」はじめ、漢詩文で桐が「秋の悲哀」を表すこと、紫の花をつける「桐」が紫のゆかりにつながる更衣の象徴であることなど、殿舎の名として「桐壺」が物語において大きな意味を持つことを論証した。(2) そして、「淑景」が「春のよい光」を意味することばであるから、更衣の「桐壺」と源氏の宿直所を示す「淑景舎」とは、それぞれに大きな意味をもって使い分けられていると説明している。桐壺巻についてきわめて有効な説明と言えるが、それでもなお疑問が残るのは、花宴巻でも、源氏が朝帰りした場所を「桐壺」とし、若菜上下巻で、明石姫君を「淑景舎」と呼ぶことである。

源氏の母が「桐壺の更衣」と呼ばれるのは、桐壺の一部に局（部屋）を与えられただけだったからではないか。

淑景舎は、藤原伊尹や兼家の曹司であった時期もあるから、殿舎全体を更衣が占有していたとは考えにくい。このような状況なら、「桐壺」と「淑景舎」とが完全に重なるとは限らない。そのためだろうか、梅枝巻で「淑景舎」に入った明石の姫君は、若菜上下巻においては「桐壺の女御」ではなく「桐壺の御方」とされる。梅壺（秋好中宮）の場合も「梅壺の御方」、藤壺中宮は「藤壺の宮」とされる。

また、若菜上巻の「桐壺の御方」の二例には共通するイメージがある。

○桐壺の御方は、うちはへえまかでたまはず、御いとまのありがたければ、心やすくならひたまへる若き御心に、いと苦しくのみおぼしたり。夏ごろなやましくしたまふを、とみにもゆるしきこえたまはねば、いとわりなしとおぼす。めづらしきさまの御ここちにぞありける。まだいとあえかなるおほむほどに、いとゆゆしくぞ、たれもたれもおぼすらむかし。からうじて、まかでたまへり。（若菜上巻、一〇七四）

○桐壺の御方、近づきたまひぬるにより、正月朔日より御修法不断にせさせたまふ。大殿の君、ゆゆしきことを見たまへてしかば、かかるほどのことは、いと恐ろしきものにおぼししみたるを（同、一〇八六）

東宮女御になった明石姫君のことである。この二例の間の本文では、同じ姫君を、

○東宮の御方は、実の母君よりもこの御方をばむつましきものに（同、一〇七七）

と、「東宮の御方」としている。にもかかわらず、姫君の懐妊・体調を語る右の文章では「桐壺の御方」と言うのである。これは、桐壺巻で書かれた桐壺更衣の様子、

○その年の夏、御息所、はかなきここちにわづらひて、まかでなむとしたまふを、いとまさらにゆるさせたまはず（桐壺巻、八）

を想起させる書き方である。藤壺の母后が「桐壺の更衣のあらはにはかなくもてなされにしためしもゆゆしう」（桐壺巻、前掲）と言ったのと同様、明石姫君の体調を語る若菜上巻の二例でも「ゆゆし」を繰り返し、後の文では、

源氏に、葵の上のことを思い出させてもいる。若菜上巻で「桐壺の御方」という呼び名を用いたのは、その懐妊の体調を語ることによって、読者にかつての不吉な出来事を思い出させるためであろう。

現代の読者はここで、桐壺の更衣をまず想起する。が、当時の読者なら、仮に「淑景舎」としてあれば、同じ東宮妃で「淑景舎の女御」と呼ばれた女性を思い出したはずである。枕草子でも、人形のように可愛らしいと評された、中宮定子の妹、原子である。長徳元年（九九五）、東宮（後の三条天皇）妃となり、栄花物語・大鏡・枕草子で「淑景舎」「淑景舎の女御」と呼ばれ続けたが、その淑景舎が「桐壺」と呼ばれた例は見あたらない。源氏物語の例と同様、藤壺・梅壺・梨壺の例は頻出するにもかかわらず、なぜ淑景舎のみ、栄花物語で「桐壺」とは称されなかったのだろうか。その理由としては、1、当時の淑景舎に桐の木がなかった（たとえば延喜・天暦の時代にあったが、一条天皇の時代には植えられていなかった）、2、淑景舎と桐壺とは厳密には別の場所を表す（たとえば桐壺は淑景舎の一部を指す）などといったことも考えられる。特に、一条天皇の時代には、内裏が何度も消失したため、一条院を里内裏としていたので、後宮も本来の内裏と異なり、桐壺に該当する建物がなく、桐壺と淑景舎とは時代によっては重ならなかったと考えてよいだろう。

そうした歴史的事実とは別に、3、栄花物語や枕草子が、源氏物語の巻名および人物呼称として通用する「桐壺」という語を避けた、4、逆に、更衣の局を紹介する源氏物語の文章において、原子を表していた「淑景舎」を意識的に避けた、という可能性も考えておきたい。このような理由を想定するのは、源氏物語の時代の人々にとっては記憶に新しい悲惨な事件があったからである。

長保四年（一〇〇二）八月二十余日、東宮妃原子が鼻口から出血して頓死したのである。栄花物語では「聞けば淑景舎の女御うせたまひぬとののしる」（巻七「とりべ野」）とあり、藤原行成も「淑景舎ノ君、東三条東ノ対ノ御曹司ニ於テ頓滅ス」（権記）と記している。吉海直人が指摘する通り[3]、この事件が桐壺更衣の造型に深く関わっていたと思う。むしろ、この事件が契機になって桐壺巻の更衣の物語が作られたのではないだろうか。桐壺更衣は、藤壺宮の母が「あな恐ろしや」と言う通り、「あらはにはかなくもてなされ」亡くなった。その源氏物語に遅れて書かれた栄花物語では、その不吉な「桐壺」を、後に横死する（毒殺されたか）実在の東宮妃の呼び名に冠することを避けたと考えられないだろうか。源氏物語は、この事件が起こった時点で、どの程度まで書かれていたのかはわからない。が、「御つぼねは桐壺なり」で始まる文において、淑景舎に局を持つ更衣が人々の恨みを買って死に至る物語を作ったのは、こうした歴史の事件が直接関与していた可能性をも想定したい。

思えば、原子と定子の兄である伊周の左遷において、栄花物語において「かの光源氏もかくやありけむと見たてまつる」（巻五「浦々の別」）と記されるが、その出来事は、源氏物語須磨巻がおそらく存在しない長徳二年（九九六）のことである。このように、実際の事件が源氏物語須磨巻を生み出し、源氏物語が、その事件を語る栄花物語の文章に影響を与えたことは明らかである。栄花物語では、藤壺・梨壺・梅壺に倣えば、桐の木の有無にかかわらず「桐壺」としてもよい所を、原子の入内から一貫して「淑景舎」とし、源氏物語の主人公の母のイメージが強すぎる「桐壺」の語を避けたのかもしれない。先に挙げた若菜上巻の「桐壺の御方」は、逆にその更衣のイメージを利用した表現であったと考えられる。

この後、若菜上下の巻では、明石姫君について「桐壺」と「淑景舎」の呼び名が混在する。

○寝殿の東面、桐壺は、若宮具したてまつりて、参りたまひにしころなれば（若菜上巻、一一一一）

○きこしめしおきて、桐壺の御方より伝へて聞こえさせたまひければ、まゐらせたまへり（若菜下巻、一一二七）

○大将も、淑景舎などのうとうとしく、をよびがたげなる御心ざまのあまりなるに（同、一一二九）

この場面ではもはや暗い影はない。だからこそ、桐壺更衣のイメージと、同じ東宮女御であった実在の淑景舎女御の存在を意識して併用したのであろう。

二、異名「壺前栽」　［壺前栽］

さて、桐壺巻の巻名の異名について、冒頭の『河海抄』に引用する通り、定家自筆『奥入』（大橋寛治蔵）に「このまき一の名つほせんさい　或本分奥端　有此名　謬説也」と記されている。ある本の桐壺巻「奥端」つまり末尾に「壺前栽」と記されていたということだろう。この語は、靫負命婦が更衣の里から復命した時の帝の様子を語る文章に見える。

○御前の壺前栽の、いとおもしろき盛りなるを御覧ずるやうにて、しのびやかに、心にくき限りの女房、四五人さぶらはせたまひて、御物がたりせさせ給ふなりけり。このごろ、あけくれ御覧ずる長恨歌の御絵、亭子院の書かせ給ひて、伊勢、貫之に詠ませ給へる大和ことの葉をも、もろこしの歌をも、ただ、そのすぢをぞ枕ごとにせさせ給ふ。（桐壺巻、一六）

巻名が源氏物語本文から抜き出して名付けられたとする注釈では、異名「壺前栽」もまた、この文章から抜き出されたと説明される。

しかし、他の巻名について実証してきたのと同様に、異名「壺前栽」にも由来があり、そのことばを基にして、物語の〈題〉として名付けられたと考えられる。「壺前栽」は、梨壺の五人である清原元輔の歌集に用例が見られる。

　壺前栽の宴せさせ給ふに、人にかはりて

▽月かげのいたらぬ庭もこよひこそさやけかりけれ萩の白露（元輔集、七二）

これは、康保三年（九六六）閏八月十五夜内裏前栽合においては、近江介藤原国光が詠んだ歌とされる。同じ歌が、宮内庁書陵部蔵の歌合本文（康保三年内裏前栽合、九）では、第五句が「花の白露」となっている。左右の壺に作り物の花を分けて植え、それを歌題に詠んだ歌会であり、左右に分かれていても勝ち負けを判定するものではなかったらしい。ここで詠まれた三十六首のうち、花の名があるのは、生け花として唯一植えられた女郎花の歌が数首のみで、あとは造花を詠むため具体的な花の名を出さず、「花の色」「花のくさぐさ」「花のにほひ」などとする。作歌を依頼された元輔は、清涼殿の壺前栽に植えられていた萩を題材にして「萩の白露」の歌を詠進したが、実際の歌合では造花であったため、国光は「はき」を「はな」に変えて「花の白露」として詠んだのであろう。

栄花物語は、この歌合を「月の宴」として、次のように記している。

▽康保三年八月十五夜、月の宴せさせたまはんとて、清涼殿の御前に、みな方わかちて前栽植ゑさせたまふ。……劣らじ負けじと挑みかはして、絵所の方には、州浜を絵にかきてくさぐさの花生ひたるにまさりてかきたり。遣り水、巌みなかきて、白銀をませのかたにして、よろづの虫どもを住ませ、大井に逍遥したるかたをかきて、鵜舟に篝火ともしたるかたをかきて、虫のかたはらに歌は書きたり。造物所の方には、おもしろき州浜を彫《ゑ》りて潮みちたるかたをつくりて、色々の造花《つくりばな》をうへ、松竹などを彫りつけて、いとおもしろし。かかれども、歌は女郎花にぞつけたる。……これにつけても、宮のおはしましし折に、いみじくことの栄えありてをかしかりしはやと、上よりはじめたてまつりて上達部たち恋ひきこえ、目のごひたまふ。花蝶につけても、今はただおりゐなばやとのみぞおぼされける。（栄花物語、巻一「月の宴」）

「宮」（安子中宮）亡き後、村上天皇が悲しみの中で行った宴である。この時の状況が、桐壺巻の野分の段の月の風景の構想につながったと考えてよいだろう。物語の一文、

○御前の壺前栽の、いとおもしろき盛りなるを御覧ずるやうにて（桐壺巻、前掲）

から巻名「壺前栽」を抜き出しても、物語の主題を表すことにならない。それよりも、この「月の宴」つまり元輔

集に言う「壺前栽の宴」から、桐壺更衣亡き後、帝が悲しみに暮れる場面が作られたと考えてはどうだろうか。

この時期の村上天皇御製としては、やはり安子中宮を偲んで詠まれた次の歌が有名である。

中宮かくれたまひての年の秋、御前の前栽に露のおきたるを風のふきなびかしけるを御覧じて　天暦御製

▽秋風になびく草葉の露よりも消えにし人をなににたとへん（拾遺抄、雑下、五五三　拾遺集、哀傷、一二八六）

ここで言う「御前の前栽」こそ、桐壺巻の「壺前栽」に当たる。円融院御集にも、次の例が見られる。

▽壺前栽に花なしと聞きたまひて、ひともと菊のおもしろきをまいらせたまひて（一四詞書）

「壺前栽の宴」ということばは、源氏物語では野分巻において、次のように見られる。

○御前の壺前栽の宴もとまりぬらむかし（野分巻、八七六）

野分巻の物語における主上は冷泉帝で、時代設定は、歴史上の天暦の帝、村上天皇とされる。それに対して桐壺巻は、延喜の帝、醍醐天皇の時代を主たる準拠とし、桐壺更衣のモデルについては、長恨歌の楊貴妃や新楽府の李夫人、楊貴妃の前に玄宗皇帝妃であった武恵妃、仁明天皇の女御藤原沢子、そして花山天皇の女御忯子などが指摘されている。

新間は、忯子の四十九日のための願文が李夫人を下敷きにしていることを指摘し、花山天皇が弘徽殿女御忯子を悼んで催した寛和元年（九八五）八月十日内裏歌合の四首もまた、桐壺巻の状況と和歌に似ていると言う。

▽秋の夜の月に心はあくがれて雲居にものを思ふころかな（寛和元年内裏歌合、一、花山天皇）

▽荻の葉における白露玉かとて袖につつめどとまらざりけり（同、七、同）

▽秋来れば虫もやものを思ふらむ声も惜しまず音をも鳴くかな（同、一一、同）

▽秋ごとにことめづらなる鈴虫のふりてもふりぬ声ぞ聞こゆる（同、一二、藤原公任）

確かに、村上天皇と安子よりも、花山天皇と早逝した忯子との関係の方が、桐壺巻の悲劇に状況が似ている。「李

夫人と楊貴妃の物語等唐土の文学から得た発想に、身近に起こった史実、それに最新の歌や願文の文章を重層的に加えて」作られたとする新間説に従いたい。

三、野分の段と村上歌壇〔壺前栽〕

ただ、和歌の表現に限れば、花山天皇の寛和元年内裏歌合よりもさらに似た表現の歌が、村上天皇の時代に集中して見られる。桐壺巻の野分の段で、月の「をかしき」夜、帝が更衣母に贈った歌、

○宮城野の露ふき結ぶ風の音に小萩がもとを思ひこそやれ（桐壺巻、一三）

の本歌として、諸注は、申し合わせたように、

▽宮城野のもとあらの小萩露を重み風を待つごと君をこそ待て（古今集、恋四、六九四、よみ人知らず）

を挙げるが、「壺前栽の宴」のために「月かげのいたらぬ庭もこよひこそさやけかりけれ萩の白露」（前掲）を作った元輔の歌集には、それとよく似た「宮城野の小萩」という句を持つ歌が見られる。

▽恋しくはとけてを結べ宮城野の小萩もたわに結ぶ白露（元輔集、二〇九）

紫式部の外祖父かとされる藤原為信も「宮城野の小萩」を案ずる歌を詠んでいる。(4)

▽宮城野の小萩の若葉末弱み苦しげなりや言の葉の露（為信集、八九）

九条右大臣師輔の息、大納言藤原師氏の歌集、海士手古良集の歌には「露吹き結ぶ」という句が見られる。

▽露結ぶもとあらの萩も末たをになりゆく秋も近づきにけり（海士手古良集、二〇）

▽声よわみ乱るる虫をこがらしの露ふき結ぶ秋のよなよな（同、二一）

桐壺巻の「宮城野の」歌の基になったと思われる表現は、村上天皇時代の和歌活動に集中して見られる。

また、桐壺更衣の母と帝がそれぞれ詠んだ月の歌、

○いとどしく虫の音しげき浅茅生に露おきそふる雲の上人（桐壺巻、一五）

○雲の上も涙にくるる秋の月いかですむらむ浅茅生の宿（同、一八）

の本歌としては、醍醐天皇と、源高明の母である近江更衣との贈答歌が想起される。

　母のぶくにて里に侍りけるに、先代の御ふみたまへりける御返ごとに

▽さみだれにぬれにし袖にいとどしく露おきそふる秋のわびしさ（後撰集、秋中、二七七、近江更衣）

▽おほかたも秋はわびしき時なれど露けかるらん袖をしぞ思ふ（同返し、二七八、延喜御製）

また円融院御集には、次のような歌も見られる。

▽おきそふる露やいかなる露ならむ消えば消えねと思ふ我が身に（円融院御集、二四）

▽光さす雲の上のこひしくてかけはなるべきここちだにせず（同、二六）

これらの表現は、いずれも、新間が指摘する通り、長恨歌などの漢詩を淵源とした常套表現だったのだろう。

ところが、天禄三年（九七二）村上天皇の女四宮とその母徽子女王主催の前栽合では、次の歌が詠まれた。

▽浅茅生の露ふき結ぶこがらしに乱れてもなく虫の声かな（女四宮歌合、一九、但馬君）

海士手古良集の師氏歌「声よわみ乱るる虫をこがらしの露ふき結ぶ秋のよなよな」（前掲）の類語句を多用した上に、「浅茅生」まで加わっている。これは、桐壺帝による二首、

○宮城野の露ふき結ぶ風の音に小萩がもとを思ひこそやれ（前掲）

○いとどしく虫の音しげき浅茅生に露おきそふる雲の上人（前掲）

の基になったと思われる（第六章参照）。

　さらに、この歌合から五年後に詠まれた歌で、更衣の母が帝に返した歌、

○荒き風ふせぎしかげの枯れしより小萩がうへぞしづ心なき（桐壺巻、一六）

の基になったと思われる長歌がある。

　円融院御時、大将はなれ侍りてのちひさしくまゐらで、そうせさせ侍りける　東三条太政大臣

▽あはれわれ　いつつの宮の　宮人と　その数ならぬ　身をなして　思ひし事は　かけまくも　かしこけれども　たのもしき　かげにふたたび　おくれたる　ふたばの草を　吹く風の　荒き方には　あてじとて　せばきたもとを　ふせぎつつ　ちりもすゑじと　みがきては　玉の光を　たれか見むと　思ふ心に　おほけなく　かみつ枝をば　さしこえて　花さく春の　宮人と　なりし時はは　いかばかり　しげきかげとか　たのまれし　すゑの世までと　思ひつつ……（拾遺集、雑下、五七四）

貞元二年（九七七）、藤原兼家が自らの左遷を嘆いて円融天皇に献上した歌である。大鏡（第三）にも、「かかる嘆きのよしを長歌に詠みて奉りたまへりしかば」と記される。「たのもしきかげに再び後れたるふたばの草」は、幼少の円融天皇が応和四年（九六四）安子中宮に、康保四年（九六七）村上天皇に先立たれたことを言い、それを「吹く風の荒き方にはあてじとて」「ふせぎつつ」と主張したのである。一見ありふれた表現のようだが、意外にも共通する例が他には見あたらないのである。

　以上のように、野分の段の和歌は、天暦～天禄期の宮廷を中心に詠まれた村上歌壇の和歌表現を積極的に取り入れて作られたことがうかがえる。作者は、桐壺巻前半の野分の段を構成するに当たり、二つの出来事を踏まえたのであろう。一つは、長恨歌の玄宗皇帝、李夫人の武帝など白居易の漢詩と、それに基づく長恨歌屏風歌などの和歌である。これは、源氏物語の構想の基盤になっている。もう一つは、花山天皇・村上天皇が、亡くなった后（安子・忯子）をそれぞれに偲びながら行った「前栽合」である。巻名の異名「壺前栽」は、その名残であろう。

　桐壺帝が醍醐天皇や宇多天皇を主たるモデルとして造型されていることは、これまで政治や行事の面から考察さ

れてきた通りだが、桐壺更衣の物語は、源氏物語の冷泉帝に比せられる村上天皇の後宮をも想起させる。栄花物語には、「女御たちあまた参りたまへるなかに」（巻一「月の宴」）と、多くの女御更衣が紹介されている。角田文衛『日本の後宮』によると、藤原安子は雷鳴壺、梨壺、藤壺、と移り住み、天暦二年（九四八）以後は弘徽殿に、六条御息所のモデルともされる徽子女王は承香殿、荘子女王は麗景殿、藤原芳子は宣耀殿、そして、按察の更衣と呼ばれた藤原正妃や広幡御息所の源計子は桐壺などに曹司を賜っていたかと推定される。(5)

大鏡に語られた、安子が芳子の美貌をねたんで上の御局で土器を投げつけた事件なども、弘徽殿女御と桐壺更衣の関係に重なる。村上天皇は芳子と、長恨歌を基にした贈答歌、

▽生きての世死にての後の後の世も羽をかはせる鳥となりなむ（村上御集、一〇七）

▽秋になる言の葉だにも変らずは我もかはせる枝となりなむ（同、一〇八）

を交わすが、これも、桐壺巻の「朝夕のことぐさに、羽を並べ枝をかはさむと契らせたまひしに」と重なる。

そして、村上天皇は晩年、安子の妹で式部卿宮重明親王北の方であった登子を寵愛し、重明親王と安子中宮亡き後、登子を登花殿に入れて尚侍にし、栄花物語では「すべて夜昼臥し起きむつれさせたまひて、世の政を知らせたまはぬさまなれば、ただ今のそしりぐさには、この御事ぞありける」（巻一「月の宴」）と言う。これまで聖帝として称えられていた村上天皇が、この期に及んで「世のためしにも」なる理不尽な有様に人々は嘆く。

▽小野宮の大臣などは、「あはれ、世のためしにしたてまつりつる君の御心の、世の末によしなきことの出で来て、人のそしられの負ひたまふこと」と嘆かしげに申したまふ。御方々たまさかにぞ御宿直もある。登花殿の君参りたまひては、つとめての御朝寝、昼寝など、あさましきまで世も知らせたまはずおほ殿ごもれば、「何ごとのいかなれば、かく夜はおほ殿ごもらぬにか」と、けしからぬことをぞ、近う仕うまつる男女申し思ひためる。（栄花物語、巻一「月の宴」）

源氏物語の文章を踏まえた脚色があるにせよ、桐壺帝の姿と重なる。源氏物語では、桐壺更衣の生前、

○人のそしりをもえはばからせたまはず、世のためしにもなりぬべき御もてなしなり。上達部、上人なども、あいなく目をそばめつつ、いとまばゆき人の御おぼえなり。……ある時にはおほ殿ごもりすぐして、やがてさぶらはせたまひなど、あながちに御前さらずもてなさせたまひしほどに……（桐壺巻、五）

と語られ、亡き後も、帝は「なお朝政はおこたらせたまひぬべかめり」とあり、周りの人々は「近うさぶらふ限りは、男女、いとわりなきわざかなと言ひあはせつつ嘆く」のである。そして、聖帝とされた村上天皇は晩年、前栽合など風流な催しに心を傾け、出家を望みながら生涯を閉じる。

桐壺帝が歴代のさまざまな天皇を準拠として想定されるように、桐壺更衣と弘徽殿女御のモデルも、沢子・安子・芳子・登子など、一定してはいない。が、桐壺巻の野分の段の和歌表現が、村上歌壇の和歌を踏まえて作られていることには注意しておきたい。巻名の異名として伝えられてきた「壺前栽」は、村上天皇が行った風流な催しを踏まえて作られた物語部分の、もとの巻名だったと考えられる。[6]

四、「輝く日の宮」と「桐壺」　［輝日宮・桐壺］

桐壺巻と帚木巻の間には、古くから「かかやく日の宮」という巻名が伝えられる。定家は『奥入』で、この巻名を挙げた上で「この巻もとよりなし」と記すが、玉上琢彌は、この巻に、藤壺と源氏との密通や六条御息所の話が書かれていたのではないかと推測した。[7]

従来は、この巻名「輝く日の宮」もまた、次の文章が基になったとされて来た。

○藤壺ならびたまひて、御おぼえもとりどりなれば、かかやく日の宮と聞こゆ（桐壺巻、一二四）

しかし、それ以前に、続日本後紀に掲載された興福寺大法師による長歌に「日の宮」ということばが見られる。

▽天照国《あまてるくに》の日宮《ひのみや》の聖之御子《ひじりのみこ》ぞ瓠葛《ひさかた》の天　梯建《あまのはしたてふ》践み歩《あゆ》み……日宮《ひのみや》の聖之御子《ひじりのみこ》の……（続日本後紀、巻十九、四、興福寺大法師等）

単に、このことばを借りて巻名が出来たというのではない。藤壺をヒロインとする物語の構想そのものが天照大神の神話を踏まえている。そして、この巻名であれば、源氏物語全体の主人公「光る君」に対応するから、藤壺物語の〈題〉になり得たと思う。先に見た「壺前栽」が桐壺巻の前半部分の巻名に相当するのに対して、「かがやく日の宮」は、巻の後半、藤壺入内以後の物語部分の巻名に相当する。

また、他の巻名の多くが村上天皇時代の歌を基にしているように、「壺前栽」「輝く日の宮」もその時代の出来事に深い関わりがある。「壺前栽」は、栄花物語第一巻の巻名にもなった「月の宴」に当たる、村上天皇が晩年に主催された康保三年（九六六）内裏前栽合のことである。一方「ひの宮」は、冷泉天皇の皇女「女二の宮」すなわち尊子内親王が入内してまもなく内裏が焼失したことから「火の宮」という汚名を付けられたことをも踏まえていたと考えてよいだろう。

▽堀河の大臣おはせし時、今の東宮の御妹の女二の宮参らせたまへりしかば、いみじううつくしうともて興じたまひしを、参らせたまひてほどもなく内裏など焼けにしかば、火の宮と世人申し思ひたりしほどに、いとはかなううせたまひにしなん。（栄花物語、巻二「花山たづぬる中納言」）

宮（内親王）で入内して妃になる例は必ずしも多くはなかったことから、「妃の宮」と「火の宮」を掛けて呼ばれたのであろう。この尊子内親王は、栄花物語では誕生の時に「いみじううつくしげに光るやうにておはしましけり」（巻一「月の宴」）と賞賛された。大鏡でも、この逸話が次のように語られる。

▽女二の宮は冷泉院の御時の斎宮に立たせたまひて、円融院の御時の女御に参りたまへりしほどもなく、内裏の

焼けにしかば、火の宮と世の人つけたてまつりき。さて二三度参りたまひて後、ほどもなくうせたまひにき。この宮にご覧ぜさせむとて、三宝絵は作れるなり。（大鏡、師尹伝）

そして、この内親王が出家した永観二年（九八四）に献上されたのが、最初の説話絵巻である『三宝絵詞』であった（第十章参照）が、その翌年、内親王は二十歳の若さで亡くなった。まさに悲劇の内親王であった。

かな表記で「ひのみや」とすると、当時よく知られていた「火の宮」の逸話がまず連想されたであろう。また、一説に言う「妃の宮」の意味も含まれていただろうか。そこに「輝く」を付けることによって、輝かしい「日の宮」天照大神を連想させ、同時に、悲劇の内親王の汚名を返上し、その供養にもなったことだろう。「輝く日の宮」という巻名は、桐壺巻全体のうち後半の、藤壺が入内した後の物語の主題を端的に示している。その「日の宮」物語の前提となる話として、長恨歌を下敷きに（翻案）して、村上天皇の晩年を踏まえた「壺前栽」の物語があったと考えてみたい。桐壺巻は、もとは、更衣なき後の帝の嘆きを描く「壺前栽」の巻と、藤壺入内の後の「輝く日の宮」の巻の二部構成で作られていたのではないか。長恨歌が楊貴妃没後の玄宗皇帝の悲しみをつづる詩であったように、源氏物語では、最愛の妃を失って嘆く帝を描く物語が、村上天皇が安子中宮亡き後の悲しみの中で「壺前栽」の宴を行ったことになずらえて作られた。安子の妹登子を寵愛して人々の顰蹙を買う村上天皇の有様は、長恨歌の「春の宵いと短くして日高けて起く　これより君王朝政したまはず」と重ねられ、宇多天皇の命によって伊勢の詠んだ屏風歌をも加えて脚色された。と同時に、村上歌壇で盛んに詠まれた和歌の新しい表現をも積極的に取り入れて野分の段の物語が作られたのであろう。「輝く日の宮」の巻は、その物語の続編として作られた物語であったと考えられる。その骨子となるのは、父帝の后との密通物語であり、それは伊勢物語の二条后や斎宮との密通よりも衝撃的であった。そのため、すでに長保元年（九九九）藤壺に入内していた彰子を憚り、彰子が養育していた敦康親王の成長に伴って削除されたか、最初の逢瀬は書かれなかったのではないだろうか。

繰り返す通り、源氏物語の巻名は、物語本文から後世の読者が抜き出したものなどではなく、その物語の主題を端的に表す語として設定された〈題〉であったと思う。巻名はそれぞれ、その巻の物語の主題を表している。巻名の異名もまた同様である（第四章・第十二章参照）。「輝く日の宮」という巻名は、桐壺巻全体のうち後半の、藤壺が入内した後の物語の主題を示している。その「日の宮」物語の前提となる話として、長恨歌と村上天皇の晩年を踏まえた「壺前栽」の物語が作られていたのではないか。

紫式部は夫、宣孝を長保三年（一〇〇一）に亡くし、寛弘二年（一〇〇五）頃に中宮彰子に出仕することになった。ちょうどその頃、後宮では、衝撃的な原子頓死事件が起こった。長保四年（一〇〇二）、「壺前栽」と「輝く日の宮」の物語はすでにできていただろうか。原子は淑景舎の女御である。淑景舎は、東宮・居貞親王が住まいとしていた梨壺のすぐ北側に当たるから、東宮妃の住まいとしてはふさわしい。が、仮に帝の妃の住まいならば、帝の住まいである清涼殿からはあまりにも遠く、行き来の道には、数多くの妃の住まいがある。そこに住む身分の低い妃を帝が寵愛すればどうなるか。実在の淑景舎女御が何者かに殺されたように、桐壺更衣も、人の恨みを買って死に至ったという物語になる。ここで大きな意味を持つのが、次の一文である。

○御つぼねは桐壺なり。あまたの御方々を過ぎさせたまひてひまなき御前渡りに、人の御心をつくしたまふもげにことはりと見えたり。まうのぼりたまふにも、あまりうちしきる折々は、打橋渡殿ここかしこの道にあやしきわざをしつつ御送りの人のきぬのすそたえがたく、まさなきこともあり。またある時には、えさらぬ馬道の戸をさしこめ、こなたかなた心をあはせて、はしたなめわづらはせたまふ時も多かり。事にふれて数知らず苦しきことのみまされば、いといたう思ひわびたるを、いとどあはれとご覧じて、後涼殿にもとよりさぶらひたまふ更衣の曹司をほかに移させたまひて上つぼねにたまはす。その恨みましてやらむ方なし。（桐壺巻、七）

更衣を死に至らしめた恨みは、政権争いではなく、ここに書かれたような女同士の恨みによるものだと言うのである。妃たちの女心に焦点を当てるために、清涼殿からもっとも離れた淑景舎を更衣の局に設定したのである。「桐壺」という巻名は、「輝く日の宮」である「藤壺」に対する語であると同時に、帝の寵愛する妃の住まいにふさわしくない奥まった場所として物語の波乱を象徴する鍵語《キーワード》である。歌合の題や歌語としては特殊な「桐壺」という語を物語の〈題〉とするきっかけとなったのが、この物語の執筆中に現実に起こった「淑景舎」事件であったと思う。「淑景舎」と「桐壺」とは、最初に触れた通り、ぴったり重なるものではないのかもしれない。が、淑景舎を連想させながらも「桐壺」と名付けられた時、同じ「壺」を含む巻名「壺前栽」を吸収し、後半の物語の「輝く日の宮」である「藤壺」に代わる悲劇のヒロインを描く「桐壺」の物語が完成した。そこには、長恨歌を含む漢詩文との深い関わりもあっただろう。ともあれ、この「桐壺」という巻名の出現によって、すでに書かれていた物語の二つの巻名「壺前栽」と「輝く日の宮」は不要となり(8)、桐壺巻という一つの物語として生まれ変わった――巻名の異名が伝わってきた背景には、このような源氏物語成立の事情が関わっていたのではないだろうか。

五、桐壺から帚木へ　［帚木］

巻名「夕顔」は「朝顔」との対比から名付けられたと考えられる。夕顔巻において、六条邸の場面が「朝顔」の贈答歌で作られていることも、帚木巻で「式部卿宮の姫君に朝顔奉りたまひし歌」とあるのも、朝顔を意識していたからである。古歌にたびたび詠まれ貴人の邸に植えられる観賞用の朝顔に対して、卑近な野菜の夕顔を物語の〈題〉として女君の造型に用いることで、源氏との身分違いの恋を描いた(9)（第二章参照）。

それと同様、「桐壺」は、「藤壺」との対比で命名されたと思われる。高貴な花「藤」に対して、同じ紫の花でも見劣りする桐を更衣の象徴とし、清涼殿から遠く離れた更衣の局への帝の「ひまなき御前渡り」による波乱を生み出すこととなった。清涼殿にもっとも近い藤壺と、もっとも離れた場所にある桐壺。同じ初夏に咲く紫の花でありながら、華やかに垂れ下がる藤に対して、空に向かって上向きに目立たず咲く桐。桐から藤、そして「若紫」へと、紫のゆかりの物語の発端にふさわしい。ただし、紫草の花色は白であり、その根から紫色の染料がとれる草である。そして紫の上は紫草ではなく、「紫の根に通ひける野辺の若草」（若紫巻）にすぎない。一方、「紫」に喩えられる藤壺女御は、一度たりとも藤の花に喩えられることはなく、ただ後宮の殿舎「藤壺」の妃（宮）の意味として呼ばれる。その理由は、源氏物語が作られた時代、すでに藤が藤原氏の比喩として定着していたのに対して、源氏物語の藤壺は皇族であったからだと思う。

「桐壺の更衣」の場合も、物語本文において桐の花や葉が描かれ、それらに比喩されたわけではなかった。松永貞徳の発句に巻名を詠み込んだ「桐つぼみときめく花や真さかり」があり、その句を掲載した万治三年（一六六〇）版『源氏鬢鏡』の挿絵には、桐の花の咲く大きな木が描かれている。このように、読者に対しては、若紫につながる紫の花として桐から藤へとイメージを喚起させる。しかし物語の表現上では、桐の花も葉もまったく見えないのである。夕顔であれば物語において夕顔の花が描かれ、帚木なら和歌ではっきりと比喩される。にも関わらず桐壺巻にも源氏物語全体にも、植物としての桐は明示されていない。その理由として、現実の内裏の淑景舎には桐が植えられていなかった（琴などの材として切られたか）という事実があったのかもしれない。承久三年（一二二一）に順徳院が著した『禁秘抄』には「桐不見、但荒廃之間毎度有桐」とあり、源氏物語や栄花物語が作られた頃には一条院を里内裏としていたことから、あらためて植えなかった可能性も十分に考えられる。桐の語源は「切り」、成長すると幹から切って琴材にするが、すぐ大きくなる。日本の後宮の壺庭に十メートルを越す桐の木は大きすぎたのであろうか。「荒廃之間毎度有桐」とは、切らずに放置した状態を示すものかもしれない。

玉上琢彌は『源氏物語評釈』で、巻名は作者が名付けたと主張し、次のように説明した(10)。

「桐壺」に「帚木」と木を続け、「帚木」「空蟬」「夕顔」とはかないものを植物動物植物と並べ、「夕顔」「若紫」「末摘花」と草の名を続けて白と紫と紅の花を並べ、その紅から「紅葉賀」と移り、それに対して「花の宴」と、秋の紅葉に春の花、賀に宴を対せしめ、その「花の宴」から「葵」「賢木」と草木を続け、「葵」に加茂、賢木に伊勢を暗示し、これら緑の草木を紅葉と花の前二巻に対せしめ、その線をさらに延ばして「花散里」と源氏の落胆を象徴し、落胆のあまり京を離れて「須磨」「明石」に行き、京に帰ってからは「澪標」に大阪を、「蓬生」に京の田舎を、次の「関屋」になると西の大阪に対し東の逢坂を対せしめるのである。

この連続と対照と変化とは、容易に作れるものではない。読者が、その巻の本文から語をえらびながら、こういうふうに五十四を並べることは不可能だ、と言ってよかろう。むしろ作者が、巻名の連続と変化とを考えながら、次に書く物語を構想していった、と見るほうがよかろう。（『源氏物語評釈第二巻』）

桐壺に続く巻名「帚木」とは、古歌、

▽園原やふせ屋に生ふる帚木のありとてゆけどあはぬ君かな（左兵衛佐定文歌合、不会恋、二八、坂上是則）

で詠まれた通り、遠くで見えるのに近づくと見えなくなる伝承の木である。斉藤正昭は、その実態について、箒状のヒノキの巨木であると言う。[11]『綺語抄』にも、遠くからは他の木より高いためにはっきり見分けられるのに、近づいて森の中に入ると他の木が繁って木の下からは巨木が見えなくなると記されている。右の歌ばかりが歌学書や注釈書で取り上げられるが、次の歌は、その様子を詠んだものと思われる。

▽こずゑのみあはと見えつつ帚木のもとをもとより見る人ぞなき（人麻呂集、二八八）

桐はどうだろうか。西安（かつての長安）には桐の並木があるという。広い場所に植えられた桐の花は、見応えのある美しい光景であろう。新間が示す元稹の「桐花」と白居易の「答桐花」は、唐の広大な風景の中でこそ生きる。日本の後宮の壺庭においては、桐の木もまた十分に巨木と言える。上向きに咲く紫の花は離れた高い位置から見た時に鮮やかに見えるが、木の下からは鑑賞しづらい。壺前栽に植えて花の美しさを鑑賞する「花宴」が行われる藤や梅とは対照的で、桐の花が和歌に詠まれなかったのもそのためかもしれない。しかし、その芳香は特徴的で、紫の花は色あせることなく落ちる。弘徽殿の女御が「なきあとまで人の胸あくまじかりける人の御おぼえかな」と妬む通り、桐壺更衣は美しいまま亡くなり、人々の心に残った。桐の花は春に散り、夏に繁る大きな葉も秋に落ちる。桐壺更衣の母が詠んだ歌「荒き風ふせぎしかげの枯れしより小萩がうへぞしづ心なき」（前掲）の「かげの枯れし」が大きな葉の茂る桐の木が枯れたことを表すとする新間の指摘は、先に引用した兼家歌の「たのもしきかげ」「しげきかげ」からも妥当であろう。

このように考えると、桐壺・帚木・空蟬・夕顔と、はかないものが巻名として並べられ、どのヒロインもはかなく消えてゆくという共通点のあったことに気づく。「桐壺」は、紫の縁で「若紫」につながるだけではなく、「帚木」に先立つ巻名としても、ふさわしいことばだったと言える。桐壺巻末と帚木巻頭の物語のストーリィに空白があるのは、「輝く日の宮」の物語の大半が「輝く藤壺」彰子に憚って書かれなかったとしても、「桐壺」と「帚木」との間には、同じ幻のような木を意味する巻名をもって、以後の巻々の巻名との繫がり以上の関連があったことになる。桐壺巻が完成され、それぞれの物語の〈題〉として自然の景物を巻名とする方針が決まったとき、源氏物語は「光る君」と「日の宮」とを軸とする長編物語として生まれ変わったのではないだろうか。

六、紫式部と桐壺巻　［桐壺］

紫式部は、果たして源氏物語を全巻書き上げたのだろうか。「紫式部は源氏物語五十四帖を書き上げた」などとマスメディアや入門書では説明されるが、その根拠はない。五十余巻を入手し耽読した菅原孝標女も、「むらさきの物語」とは書いているが、作者についての言及はない。従って、これまで巻名と物語の成立を考える際には、できるだけ紫式部個人と結びつけないように心がけて論じてきた。しかし、少なくとも初期の物語に関しては、紫式部が書いたと見なすべきだろう。若紫巻については、紫式部日記の記事によると式部自身の作とせざるを得ない。そして桐壺巻についても、当時の状況から勘案すると紫式部が書いたと想定してよいだろう。そこで以下、紫式部と桐壺巻との関係について、当時の歴史的背景を踏まえて試案を述べたい。

紫式部は夫、宣孝を長保三年（一〇〇一）に亡くし、寛弘二年（一〇〇五）か三年に中宮彰子に出仕することになった。おそらく、その数年の間に、桐壺巻や若紫巻などが書かれたのであろう。帚木三帖と若紫巻のどちらが先に書かれたのかさまざまな意見があるが、桐壺巻はそれらより後になって付け加えられたと考える研究者も多い。その理由としては、桐壺巻全体に描かれた詳しい宮中行事の描写が紫式部の寡婦時代では不可能と思われるため、出仕の後に書かれたと推定されること、巻全体にまとまりがなく、源氏物語全体の長編化を促すために仕立てられた印象の強いこと、などが挙げられる。私自身もかつてはそう考え、拙著『源氏物語の真相』にもそのように書いた(12)。しかし、作者が子育てのため家庭にあっても、道長から依頼されて物語を執筆していたなら事情は変わる。道長が、宮廷を舞台とした天皇と妃の物語を要請したなら、鴻臚館の高麗の相人の話や皇子の元服の儀式など、執筆に必要な資料を提供したであろう。宮廷を作者自身の目で見る機会がなくても、資料提供者があれば不可能とは言えない。逆に出仕後であっても、すべての儀式を実見する機会は得られるものではない。

式部は、夫を亡くしたあと、悲しみをまぎらわすために長恨歌など哀傷の物語を好んで読んでいただろう。桐壺巻の「野分の段」、もと「壺前栽」の巻の中心部分に当たる、靫負命婦が更衣の里から復命したあとの文章において、帝が哀傷の物語ばかりに親しんでいたと書かれているからである。

○御前の壺前栽の、いとおもしろき盛りなるを御覧ずるやうにて、しのびやかに、心にくき限りの女房、四五人さぶらはせたまひて、御物がたりせさせ給ふなりけり。このごろ、あけくれ御覧ずる長恨歌の御絵、亭子院の書かせ給ひて、伊勢、貫之に詠ませ給へる大和ことの葉をも、もろこしの歌をも、ただ、そのすぢをぞ枕ごとにせさせ給ふ。（桐壺巻、一六）

「その筋」とは、長恨歌やその屛風歌などのような哀傷の歌や漢詩文を指す。それらを「枕言」にするとは、哀傷の漢詩文や歌が書かれた本や絵などを、常に枕元に置いて読んだり、女房に物語（朗読）させたりするということであろう。愛する人を亡くした悲しみを癒すのは、楽しい物語よりもむしろ悲しい物語によって共感することであると、作者自身の経験からわかっていたのである。そして、源氏物語以前の物語には漢詩文以外には悲しい物語は伝わらないので、わが手で「その筋」の物語を和文によって書き上げた。基にしたのは、村上天皇や花山天皇が追善供養として行ったと思われる内裏前栽合であり、それによって巻名「壺前栽」と名付けたか、あるいは先に巻名が下賜されたのであろうか。

道長は、すでに中宮となった彰子と后がねの妍子に、完成された哀傷・鎮魂の物語を持たせたのだろう。彰子の夫である一条天皇は、かつての中宮で出家後に皇后となった定子を亡くした。そして、定子の妹で、定子の子・敦康親王の養育係をしていた四の君「御匣殿」を寵愛し懐妊させたが、その四の君もまた長保四年（一〇〇二）六月に亡くなった。彰子は、長保元年（九九九）に入内したが、天皇は定子姉妹を相次いで亡くした悲しみに暮れ、まだ幼かった彰子を妻として十分に愛することはなかった。彰子の懐妊は二十歳になった寛弘四年（一〇〇七）まで待たなければならず、姉妹亡き後、天皇は彰子に敦康親王を託した。道長もこの時期には敦康親王を東宮候補として親身に世話をするが、彰子に皇子が生まれることを切望していた。

そこで道長は、式部の娘が乳離れした頃合いをはかって式部を本格的に出仕させ、天皇を喜ばせる「源氏の物語」を書かせたのだと思う。物語執筆の細かい目的は巻毎に異なると思うが、初期に書かれた「壺前栽」の巻においては、鎮魂と癒しと教育が目的であったと思う。藤原摂関家が政権を独占するようになったが、その背景には道長の妻となる源明子の父・源高明の失脚があった。「源氏の物語」が作られたのは、源氏一族の鎮魂の意味が大きかったと思われるが、同時に、天皇に最も近い立場の人物を主人公とする物語によって天皇が関心をお持ちになり、彰子のところに頻繁にお渡りいただくためもあったと思う。源氏の鎮魂とともに、道長家の繁栄の蔭で亡くなった人々、とりわけ定子姉妹の鎮魂の意味が大きかったと思う。

紫式部が夫を亡くした翌年、一条天皇の御子を宿した四の君が六月に、まだ東宮であった居貞親王（後の三条天皇）の妃・原子が八月に、相次いで亡くなった。いずれも定子の妹であり、道長にとって最大のライバルであった道隆（中関白）家の人々（特に伊周）は政権への機会を失う。一条天皇は定子と四の君の二人を相次いで亡くした。幼くして入内した中宮彰子は人の死をほとんど知らずに育ったので、桐壺帝と光る君の物語は、天皇の悲しみと敦康親王の寂しさを理解し、天皇と皇子を慰めるのに有効だったであろう。壺前栽や桐壺の物語が天皇の悲しみを癒し、同時に天皇との仲を取り持つ役割を果たしたのではないだろうか。

東宮・居貞親王は、最初に入内した二歳年上の宣耀殿女御・娍子（藤原済時の娘）を寵愛していたが、淑景舎の女御・原子も大切にしていた。しかし原子も、妹の四の君が亡くなった二ケ月後に急死した。あまりにも突然の死に人々は驚き、鼻口から出血したことから、毒殺説が有力である。その犯人として疑われたのは、同じ日に病気が回復した宣耀殿女御であった（権記・栄花物語）。汚名は着せられても宣耀殿女御に特段の影響はなかったようだが、その事件に符合するのが、桐壺巻における弘徽殿女御の存在である。村上天皇の中宮安子はその気の強さで弘徽殿女御に似たところもあったらしいが、寛弘七年（一〇一〇）、宣耀殿女御は、妍子の入内を迎える居貞親王の身繕いを手伝って送り出したという。若菜上巻に、女三の宮を迎えた夜に紫の上が源氏を送り出した場面があるが、その模範になった出来事である。このように、一条天皇も三条天皇も、「添ひ臥し」として最初に迎えた年上の女御を愛したのだが、道長は、これら現実とは異なる源氏物語の形――若い后を帝が愛することを望んでいたことだろう。悪評のある最初の女御に対して、新たに入内した若き女御は、それらの事件に関与しない清らかな存在になる。歴史上で彰子が「藤壺」に入るのは、藤原氏の姫であるからふさわしいのに対して、桐壺巻で藤壺に入ったのは先帝の内親王であるから藤の花に喩えられることはない。それでも源氏物語の最高の后の住まいに「藤壺」が選ばれたのは、最上級の御殿だったという理由とは別に、現実の后である彰子を、若く美しい藤壺宮に見立てて「輝く藤壺」と讃える意図もあったのではないだろうか。

壺前栽の物語では、愛する妃（定子・原子）を失った天皇（一条・三条）を慰め、亡くなった妃たちの鎮魂をかなえようとした。壺前栽の宴と呼ばれた康保三年内裏前栽合は、栄花物語では「月の宴」とされ、村上天皇が亡き中宮安子を偲んで行ったと記され、その筆致は、源氏物語の桐壺巻を意識している。栄花物語の第一巻が「月の宴」であることも、源氏物語の第一巻がもとは「壺前栽」の巻であったことを踏まえていたからであろう。

その続編として作られたのが「輝く日の宮」の巻であっただろう。悲しい物語を読んで一時的に癒されても持続しない。悲しみを理解し共有して慰めてくれる優しい人が傍にいれば、次第に悲しみは消える。天皇に見立てられる月を照らしてくれるのは、天照らす女神「日の宮」である。天皇からも亡き后の忘れ形見からも愛される理想的な若い后「輝く日の宮」の存在が必要である。道長の思惑としては、その役割を担うのは、天皇（一条・三条）にとって彰子・妍子でなければならなかったが、世間知らずの幼い姫たちゆえそれほど都合良くはいかない。一条天皇は、定子皇后によく似た実妹の四の君を愛して懐妊させた。密通の物語は、これを踏まえて作られたものだっただろうか。あれほどまでに悲しんでいた桐壺帝は、更衣によく似た若い藤壺を愛し、光る君は幼い紫の上を引き取って教育した。「輝く日の宮」と若紫の物語は、一条天皇と三条天皇にも、亡くなった人や年上の女性ではなく、若く美しい妻を愛してもらいたい、幼い妻を理想の女性に育て上げる楽しみを知ってもらいたい、といった願いを込めて書かれたものだったと思う。

注

（1）玉上琢彌『源氏物語評釈第一巻』（一九六四年、角川書店）
（2）新間一美「桐と長恨歌と桐壺巻」（二〇〇三年、和泉書院『源氏物語と白居易の文学』）
（3）吉海直人「桐壺更衣の再検討」（一九九二年、翰林書房『源氏物語の視角』）
（4）増田繁夫「為信集」解題（一九八九年、角川書店『新編国歌大観第七巻』）、笹川博司「紫式部の祖父と『為信集』（二〇〇五年、新典社『源氏物語の新研究――内なる歴史性を考える』）は、同一人物説を採る。
（5）角田文衛『日本の後宮』（一九七三年、学燈社）
（6）寺本直彦『源氏物語受容史論考続編』（一九八三年、風間書房）第一部第一章第二節「天暦期後宮と桐壺の巻」において、村上天皇の「月の宴」および中宮安子物語が桐壺巻の源泉の一つであることが詳述されている。「壺前栽」が「月の宴」の異名であることに言及がなく準拠論として述べる点は異なるが、結果的に同様の結論となった。
（7）玉上琢彌「源語成立攷」（一九六四年、角川書店『源氏物語研究』）
（8）巻名「壺前栽」は消えたが、物語「壺前栽」の続編として「紅葉賀」「花宴」が作られたと考えられる。
（9）拙著『源氏物語の風景と和歌』（一九九七年、和泉書院　二〇〇八年、増補版）第六章「光源氏と夕顔」、拙著『光源氏と夕顔―身分違いの恋―』（二〇〇八年、新典社新書）などで詳述。
（10）玉上琢彌『源氏物語評釈第二巻』（一九六四年、角川書店）
（11）斉藤正昭「帚木伝承考」（二〇〇一年、笠間書院『源氏物語　成立研究―執筆順序と執筆時期―』）
（12）拙著『源氏物語の真相』（二〇一〇年、角川選書）第三部「源氏物語成立の真相」

追記：本章の初出論文では、彰子入内の後、すでに書かれていた「輝く日の宮」の巻のうち密通を含む多くの部分が削除されたと推測して論じていた。しかし、異名を含む巻名すべてが物語より先に提案されたと推測されるので、巻名「輝く日の宮」の主題で物語が作られたが、密通は書かれず、この巻名が不要になったとする考えとして論を訂正した。

第六章　源氏物語の巻名の基盤

源氏物語の巻名は初めからあったのか、それとも後世の読者が名付けたのか――きわめて素朴なこの疑問に対して、研究者はどのように答えるのだろうか。古来の伝本で巻名が本文内に書かれることはないが、現代のテキストで巻名のないものはない。それだけに、一般の読者や学生に対して、作者が巻名を名付けたとは限らないと説明すると驚かれる。これまで論証してきた結論を言えば、源氏物語の巻名は、当時伝えられていた歌語や歌題などを基にして、物語の〈題〉として名付けられたものだったと考えられる。本章では、これまでの調査・論証を踏まえながら、源氏物語の巻名が何を基盤にしていたのかを考察したい。

一、巻名と宮廷行事　［紅葉賀・花宴］

巻名の設定は、何に依拠していたのか。広い意味での準拠とも言えようが、『河海抄』などが取り上げる史実・行事との関わりではなく、源氏物語の表現・発想の基盤を明らかにしたい。源氏物語の内容や行事を史実と付き合わせ、漢文で書かれた記事との一致を認める作業には、成果はあるものの自ずから限界がある。しかし和歌の場合、伝統を踏まえた一定の形（類型・類句）や詠み方（歌枕などの約束事）があるから、相似の判断は必ずしも難しいことではない。源氏物語の基盤となる和歌は、古注の指摘する引歌だけではない。むしろ、引歌として明示されていないものに、当時の読者と作者との共通理解があったことに注意したい。なかでも源氏物語の巻名に関わる和歌や表現は、その巻の重要な部分であり、物語の主題を示している。作者が巻名を選んだ時、それは物語の構想を描いたのと同じ意味を持つ。巻名と物語構想との前後関係は明らかではないが、少なくとも、物語が完成し流布した後に名付けたものではないだろう。

　すでに確認し得ただけでも、巻名のうち八割までが、源氏物語以前の和歌にことばの例がある。また、和歌に見あたらないことばでも、その多くが歌題や和歌の世界を基にしている。歌語と認められない例のうち、「紅葉賀」の巻名について、諸注は、他の巻に出る語によると説明する。

○源氏の御紅葉の賀のをりおぼしいでられて（花宴巻、二六九）

○朱雀院の紅葉の賀、例の古ごとおぼしいでら（藤裏葉巻、一〇一七）

確かに、紅葉賀巻で行われた行事を指す例ではある。しかし、紅葉賀巻の本文には、「紅葉」は出てきても「賀」とされるだけの事柄は明示されていない。

○木高き紅葉のかげに……いろいろに散りかふ木の葉のなかより、青海波のかかやきいでたるさま、いと恐ろしきまで見ゆ。かざしの紅葉いたう散りすぎて、顔の匂ひにけおされたるここちすれば、御前なる菊を折りて、左大将さしかへたまふ。（紅葉賀巻、二三九）

　この時の行事は、朱雀院の行幸であるが、それが何のための行幸なのかを示す記述は見あたらない。この点を重視した清水好子は、延喜十六年（九一六）三月七日の宇多法皇五十の賀のための朱雀院行幸を準拠とし、行幸の目的が院の「御賀」にあったことを知る作者であればこそ他の巻で「紅葉の賀」と明記し得たのだと論証した。[1]これは、作者が巻名を名付けたとする十分な証拠になる。なお、拾遺集には、延喜十三年（九一三）尚侍満子四十賀の歌と、天暦十一年（九五七）九条右大臣藤原師輔の五十賀を頭中将伊尹が催した時の歌があり、その詞書に「賀」、歌には「紅葉」が見られる。仮に、後世の読者が巻名を花宴巻の物語本文から抜き出したすれば、そこでなぜ「紅葉の賀」とされているのか、読者なら不自然に感じたはずである。この巻名の名付け方は、「蓬」から「蓬生」という巻名を生じさせるよりもさらに飛躍がある。それとは逆に、この朱雀院行幸の目的が、院の「御賀」にあったことを知る人物――すなわち源氏物語の作者であれば、巻名を「紅葉賀」とした上で、花宴巻や藤裏葉巻の本文において「紅葉の賀」と明記し得た、と考えることができる。

『河海抄』や『花鳥余情』は、三月の朱雀院行幸の他に、康保二年（九六五）十月の村上天皇の行幸なども挙げている。また、後撰集と拾遺抄にも次の例がある。

延喜御時内侍のかみの賀の屏風に

▽あしひきの山かきくもりしぐるれど紅葉はいとどてりまさりけり（拾遺抄、冬、一三六、紀貫之　拾遺集、冬、二一五、紀貫之）

女八のみこ元良のみこのために四十賀し侍りけるに、菊の花をかざしにをりて

▽よろづ代の霜にもかれぬ白菊をうしろやすくもかざしつるかな（後撰集、慶賀、一三六八、藤原伊衡）

一条摂政の中将に侍りける時、父の右大臣の賀し侍りける屏風の絵に、松原に紅葉の散りまできたるかた侍りける所に

▽吹く風によその紅葉は散りぬれどときはのかげはのどけかりけり（拾遺抄、賀、一七九、小野好古　拾遺集、賀、二八二、小野好古）

最初の例は、延喜十三年（九一三）尚侍満子四十賀である。後撰集の例は、『河海抄』が「菊挿頭事」として挙げる、延長七年（九二九）醍醐女八宮修子内親王の催した元良親王四十賀である。三首目は、拾遺集でも「一条摂政中将に侍りける時、父の大臣の五十賀し侍りける屏風に」とあり、天暦十一年（九五七）右大臣藤原師輔五十賀を

頭中将伊尹が催した時の屏風歌であることがわかる。いずれも、紅葉賀巻の題材となり得るものである。源氏物語の紅葉賀巻では、上皇の「賀」の行事についての記述は省き、もっぱら紅葉の散る光景の中で青海波を舞う源氏の姿を描くことに徹している。歴史上の行事に基づくことよりもむしろ、後撰集や拾遺抄などに伝えられる紅葉の散る光景を詠んだ和歌とその表現を踏まえて描くことを意識していたことがわかる。特に三首目の屏風歌に詠まれた絵画的な光景の影響がうかがえる。

宇津保物語には、源氏物語の巻名と一致する「紅葉の賀」ということばが見られる。

▽うちの帝、神泉に紅葉の賀聞こし召すべき御消息聞えたまふ（宇津保物語、吹上・下）

「紅葉賀」は、和歌に例の多い「紅葉」と、勅撰集の部立てにもなった「賀」との組み合わせであるが、ことばとしては宇津保物語にあり、行事としては、後撰集や拾遺抄などに記された史実を準拠としている。つまり、この巻名の由来もまた、源氏物語以前の作品に求め得るのである。

「花宴」についても、諸注は、花宴巻の「桜の宴」「藤の宴」と、他の巻のことばによるとする。

○南殿の桜盛りになりぬらむ、ひととせの花の宴に（須磨巻、四三二）

○二条の院の御前の桜を御覧じても、花の宴のをりなどおぼしいづ（薄雲巻、六一八）

○春鶯囀舞ふほどに、昔の花の宴のほどおぼしいでて（乙女巻、七〇四）

しかし『紫明抄』や『河海抄』には次の五例を準拠として詳しい注釈をする。年代順に並べ替えて示す。

延喜御時、藤壺の藤の花宴せさせ給ひけるに、殿上のをのこどもうたつかうまつりけるに

▽藤の花宮の内には紫の雲かとのみぞあやまたれける（拾遺抄、雑上、四〇〇、蔵人国章　拾遺集、雑春、一〇六八、皇太后宮権大夫国章）

飛香舎にて、藤花宴侍りけるに

▽かくてこそ見まくほしけれ万代をかけてにほへる藤浪の花（新古今集、春下、一六三、延喜御製）

康保三年三月に内裏に花宴せさせ給ひけるに

▽桜花今夜かざしにさしながらかくてちとせの春をこそへめ（拾遺抄、賀、一八二、九条右大臣　拾遺集、賀、二八六、九条右大臣、詞書「天徳三年」）

天暦御時花宴歌

▽君が代にうゐつたへたる桜花のどけき陰にたのまるるかな（続後拾遺集、賀、六一六、謙徳公）

同じ御時、梅の花のもとに御いしたてさせ給ひて花宴せさせ給ふに、殿上の男ども歌仕うまつりけるに

▽折りて見るかひもあるかな梅の花けふ九重のにほひまさりて（拾遺抄、雑上、三八五、源寛信　拾遺集、雑春、一〇一〇、源寛信）

先の紅葉賀の準拠と異なり、ここには確かに「花宴」という語があるので、そのまま巻名の由来にもなり得る。新古今集の例と拾遺集の延喜御時の藤の花の宴は、延喜二年（九〇二）である。九条右大臣師輔の詠は、拾遺抄では康保三年（九六六）とあるが、拾遺集において天徳三年（九五九）と改められている。続後拾遺集の例は、康保二年（九六五）に藤原伊尹（謙徳公）が詠んだ歌である。先の紅葉賀の準拠と同様、村上天皇時代に師輔・伊尹父子の関わった行事が挙がっている。最後の梅の花の宴もまた、康保三年（九六六）の行事である。

そして、宇津保物語の吹上・下には、先に挙げた「紅葉賀」の前に、菊の花の宴を催した場面が語られ、その巻頭に「花の宴」という語も見られる。

▽かくて、八月中の十日のほどに、帝、花の宴したまふ（宇津保物語、吹上・下）

つまり、宇津保物語において相次いで「花宴」と「紅葉賀」が行われたのである。宇津保物語には、他にもさまざまな花の宴の例が見られるが、そのうち、次の二例が桜の花の宴である。

▽三月ばかり、お前の花のさかりに、花の宴したまひけるに（同、藤原君）
▽三月中の十日ばかり、花盛りなり。嵯峨の院「花の宴聞こし召さむ」とて（同、国譲・下）
一方、源氏物語花宴巻の記述でも、花宴と紅葉賀とを対照させて描いている。
○二月の二十日あまり、南殿の桜の宴せさせたまふ。……春の鶯さへづると言ふ舞、いとおもしろく見ゆるに、源氏の御紅葉の賀のをりおぼしいでられて（花宴巻、二六九）
源氏物語の作者は、宇津保物語の菊の花の宴を、春の花の宴に置き換えてそれぞれ巻名とし、延喜・天暦の時代に盛んに行われた行事を基にして物語を作り上げたのだろう。
このように、源氏物語の巻名は、源氏物語成立以前に伝えられていた作品や出来事において用いられていたことばを、物語の題として設定したものと考えられる。源氏物語中の出来事が史実を踏まえ、登場人物が歴史上の人物をモデルにしているのと同様、巻名にも基になったことばがあったのである。つまり、『河海抄』や『花鳥余情』が挙げる準拠が、巻名の問題とも深く関わっていたのである。

二、「絵合」という行事とことば　［絵合］

物語に例のない「絵合」という巻名もまた、その時代に行われた行事を基にして名付けられたと想像される。『河海抄』は、「御前にて勝ち負けさだめむと」（絵合巻、五六七）に対して、次の注釈をする。

古来物合勝負常例也
朱雀院寛平菊合　永承六年内裏根合　郁芳門院前栽合
寛子皇后宮扇合　上東門院菊合　正子内親王絵合等也

後拾遺集正子内親王絵合し侍けるにかねの草子にかきて侍ける　さがみ
みわたせば浪のしからみかけてけり卯花さける玉川のさと
但同時しける歌歟如何

朱雀院で催された宇多天皇主催の寛平菊合は、仁和四年～寛平三年（八八八～九一）に行われたもので、菊合の州浜の造型に歌を詠み合わせている。永承六年（一〇五一）内裏根合は、後冷泉主催の菖蒲根合である。郁芳門院前栽合は嘉保二年（一〇九五）、同じく郁芳門院による根合は寛治七年（一〇九三）に催された。寛子皇后宮扇合は寛治三年（一〇八九）、上東門院菊合は長元五年（一〇三二）女院歌合とも言う。そして正子内親王絵合は、永承五年（一〇五〇）に麗景殿女御延子が六歳の娘正子内親王のために主催した絵合であり、最古の絵合とされる。

寛平菊合は、最初の物合という意味で挙げられているのであろうが、他はすべて源氏物語以後の物合である。名称だけなら、「女郎花合」「瞿麦合」「前栽合」など、物を題材にした例は源氏物語以前にも見られる。にも関わらず『河海抄』がそれらを挙げなかったのは、源氏物語で行われた行事「絵合」を、記録に残る最初の例として位置づけようとしていたからではないだろうか。この点について、吉森佳奈子は、次のように述べる。

『源氏物語』の背後に、それをよび起こすような史実があったという指摘は首肯される。しかしそのような例を取り上げ、『源氏物語』以前の歴史と、物語との対応において「準拠」を論じる近代以降のあり方は、『河海抄』の再評価と言いつつ、『河海抄』の挙例の感覚とは異なる。物語とそれ以前の史実が対応する場合「準拠」を言い、しないものを歴史離れと言うのでは、『河海抄』が延喜・天暦を時代の準拠として強く主張する一方で、『源氏物語』以前に例のない記述については、以後の例を挙げる感覚は説明できないであろう。

そして、『河海抄』の例の挙げ方は、「『源氏物語』に史実と同等の意義づけを与える」ことだと説いている。(2)

従って、『河海抄』の指摘する事例だけに頼っていては、源氏物語の依拠していた、本当の意味での「準拠」は知り得ない。正子内親王家絵合を含め、「絵合」の例を、歌集から挙げてみよう。

　ゑあはせに、池水に月うつりたるところあるに
　山の端のかからましかば池水に入れども月はかくれざりけり（入道右大臣集、七〇）

　れいけい殿の女御の御ゑあはせに、つる
　はがへせぬ松のねぐらにむれゐつつちとせを君にみなゆづるなり（伊勢大輔集、七〇）

　正子内親王のゑあはせし侍けるかねのさうしにかき侍ける
　見わたせばなみのしがらみかけてけり卯の花さける玉川の里（後拾遺集、夏、一七五、相摸）

一首目の入道右大臣は、御堂関白道長の次男藤原頼宗で、母は源高明の娘明子である。行事の時期は不明だが、この本文のある尊経閣文庫本の筆者は、藤原公任または源俊頼と伝えられる。仮に公任筆なら、この「絵合」の語が源氏物語に近い時代すでに普通のことばとして認知されていたことになる。二首目と三首目は、同じ永承五年四月二十六日前麗景殿女御延子歌絵合における歌であり、『河海抄』の挙げる三首目で、後拾遺集の詞書が「正子内親王の絵合」とするのは、正子内親王成人後の記録だからであろう。注目すべきは、この歌合の主催者麗景殿女御延子が、入道右大臣頼宗の女という点である。入道右大臣集の表現から推すと、この時の「絵合」は、麗景殿女御主催の絵合とは別の行事であったと思われ、入道右大臣家周辺で絵合が複数回行われたことがうかがえる。

また、これとは別に「左京大夫八条山庄障子絵合」がある。藤原道雅が西八条の山庄で催した歌合で、その名から道雅が左京大夫在任期の寛徳二年～天喜二年（一〇四五～五四）七月の行事と推定される。梅・桜・郭公・菖蒲・納涼・紅葉・雪の障子絵七画題のもとに詠まれた歌を歌合形式にしたもので、ちょうど麗景殿女御絵合と同時代の行事ということになる。これらの「絵合」が、仮に源氏物語の絵合巻の行事を模したものなら、これらの行事の記録や歌集の詞書に、源氏物語に触れる記述があるはずだが、詞書にいきなり「絵合に」と書き出す入道右大臣

集の例を見る限り、「絵合」が、少なくとも摂関家においては、他の物合に準ずることばとして認知されていたと考えてよいだろう。『河海抄』の挙げる例の多くが後朱雀朝の同じ時期に集中しているのは、「絵合」に限らず、さまざまな物合が盛んに行われた時代を示す意図があったのかもしれない。

源氏物語以前にも、物合の例があった。前栽合としては、天徳三年（九五九）斎宮女御徽子女王前栽合、康保三年（九六六）内裏前栽合などがある。後者の前栽合の様子は栄花物語にも記されている。

▽康保三年八月十五夜、月の宴せさせたまはんとて、清涼殿の御前に、みな方わかちて前栽植ゑさせたまふ。……劣らじ負けじと挑みかはして、絵所の方には、州浜を絵にかきてくさぐさの花生ひたるにまさりてかきたり。遣り水、巌みなかきて、白銀をませのかたにして、よろづの虫どもを住ませ、大井に逍遥したるかたをかきて、鵜舟に篝火ともしたるかたをかきて、虫のかたはらに歌は書きたり。（栄花物語、巻一「月の宴」）

「州浜を絵にかきて」「かたをかきて」とある所に「絵合」の下地が見られる。

この他、女郎花合には、昌泰元年（八九八）亭子院主催をはじめ、宇多院および朱雀院主催の例もある。延喜十三年（九一三）醍醐天皇主催の内裏歌合も十番の菊合を行い、天暦九年（九五五）村上天皇主催の内裏歌合は紅葉合に付随したものとされる。これらの呼称には後世のものもあるだろう。しかし、亭子院女郎花合の本文冒頭に「亭子のみかどおりゐさせ給ひてまたの年、をみなへしあはせせさせ給ひけるを」とあり、醍醐天皇内裏菊合の本文冒頭には「延喜十三年十月十三日、御前に殿上のをのこどもきくあはせの歌」とある。また、元輔集の詞書には、「紅葉合」「菊合」の他に「藤の花の宴」や「壺前栽の宴」、そして「扇合」ということばが二例見られる。このことから、「〜合」ということばが特殊なものでなかったことがうかがえる。

源氏物語以前の行事において注目すべきは、「円融院扇合」である。天禄四年（九七三）に円融院と姉の一品宮資子内親王とが催した「円融院一品宮歌合」で、乱碁歌合の勝ちわざ（勝態）・負けわざ（負態）として後日、扇に歌が添えられた。その詞書を部分的に抜き出してみよう。

▽宮の御方にうへおはしまして、乱碁とらせ給ひて勝たせ給へる勝ちわざ、六月十六日にうへせさせ給ふ、梅壺にわたらせ給へるに、殿上人、中少将をはじめて、とりつづきまゐる、南は御すだれよりほかにあげて、袖口どもとり入る、紫檀のおきぐちしたる螺鈿の御箱に檜扇十枚いれさせ給ひて、唐の羅の蘇芳の裾濃のさいでにつつみて、おなじむらごの組して白金を桔梗をみなへしの枝につくりてつけさせ給へり、白金こがねのこ物ただのもさまざまおほかり、扇どものしたに、からの羅を藍色にそめて単衣にてはれる、ぬへるてにて……七月七日、宮、うへの御局にのぼらせ給ひて御負けわざをせさせ給ふものども、藤つぼより殿上人あまたして……おきぐちしたる沈の箱に、唐のこもの錦ををりたてにして、檜扇十枚いとめづらかなるさましていれたり、白銀の扇のさまなどになしてしたるにも、ただ扇さまはこよなくをかし、この同じむらごの組してゆひて、白銀の五葉につけたり。（円融院扇合、一、詞書）

ここに「扇合」ということばはないが、元輔集の「扇合」は、この歌合を指している。そして、歌の題として、

▽下の骨に赤色の織物に二藍に重ねてはれる唐にぬへる（同、三、詞書）

▽赤色の扇に住吉のかたを絵にかきて葦手にかける（同、五、詞書）

などのように、扇の意匠や絵柄が批評の対象になっている点は、源氏物語の「絵合」を引き出す十分な要素がある。

絵合巻を思い起こしてみよう。

○まづ、物語のいできはじめのおやなる竹取の翁に、宇津保の俊蔭を合はせてあらそふ。……絵は巨勢の相覧、手は紀貫之書けり。紙屋紙に唐の綺をばいして、赤紫の表紙、紫檀の軸、世の常のよそひなり。……白き色紙、青き表紙、生なる玉の軸なり。絵は常則、手は道風なれば、今めかしうをかしげに目もかかやくまで見ゆ。

（絵合巻、五六五）

○その日と定めて、にはかなるやうなれど、をかしき様にはかなうしなして、左右の御絵ども参らせたまふ。女房のさぶらひに御座《おまし》よそはせて、北南かたがた分かれてさぶらふ。殿上人は、後涼殿《こうらうでん》の簀子《すのこ》におのおの心寄せつつさぶらふ。左は紫檀の箱に蘇芳の花足、敷き物には紫地の唐の錦、打敷きは葡萄染めの唐の綺なり。……右は、沈の箱に浅香の下机、打敷きは青地の高麗の錦、あしゆひの組、花足の心ばへなどいまめかし。（同、五六八）

意匠を凝らした箱や敷物の素材と色を一つ一つ具体的に明記するところは、天徳内裏歌合のかな日記の記述を踏まえただけではなく、先の扇合の詞書に記された内容と表現をも意識していたのではないだろうか。

記録に残る行事として初出であることを強調するあまり、源氏物語の「絵合」は、その巻名となったことばさえも特殊であるかのように扱われてきたが、このことばはさまざまな物合の一つとして自然に受け止められたと思う。仮に「絵合」ということばが行事の名として用いられるのが初めてでも、当時それが絵を題材とした歌合であるということが直ちに理解され、ことばとして受け入れられたであろう。これは源氏物語成立後ほどなく入道右大臣および麗景殿女御という摂関家ゆかりの歌合において「絵合」が行われたことからも想像できる。描かれた行事の内容を、正子内親王絵合などと比較して、物語絵を合わせたことが源氏物語独自とする説明があるが、源氏物語に描かれたさまざまな出来事に独自性があるのは当然で、「絵合」の場合も、新しいからこそ、物語で描かれる行事を示すことば——巻名として意味があった。

三、村上歌壇の和歌表現　［梅枝・初音］

源氏物語の巻名に、説明を必要とするほど特別なことばはない。むしろ源氏物語の時代に普及し流行していたようなことばかりである。とは言え、単なる日常語や平凡すぎることばではなく、すでに歌語として一定の意味を持っている例や、その背景に何らかの歴史があることばが選ばれている。藤壺ではなく桐壺、若草ではなく若紫、根合ではなく絵合、瞿麦ではなく常夏、蘭ではなく藤袴、白梅ではなく紅梅……等々、それぞれの巻名は選ばれるべくして選ばれたのである。これらの巻名が後世の巻名歌に詠まれて不自然でないのは、そのことばが漢詩文を基にした歌題・句題としての特徴を持つだけでなく、歌語や歌題になし得る要素を有していたからであろう。「紅葉＋賀」「花＋宴」「絵＋合」は歌語と行事名との組み合わせで、この語構成は「夕＋顔」「若＋紫」「松＋風」「薄＋雲」「朝＋顔」などとも共通する。特殊と言うなら、むしろ官職名の含まれた「匂ふ兵部卿」であろうが、桐壺巻に例のある「輝く日の宮」「光る源氏」、あるいは「末摘む花」「花散る里」に準じた名付け方であり、それ自体は特別なものではない。

作者が巻名を名付けたとする根拠になるのが、巻名の源泉に村上歌壇の和歌が多いという事例である。古注の指摘する引歌には古今集時代の歌が多いが、実際は、後撰集時代以降の新しい和歌の表現が多く取り入れられている。百年も昔の延喜の時代は、作者にとっても古典の世界であるが、後撰集から拾遺集時代は、作者やその周辺の人々が生の知識・情報を取り入れた時代に当たる。

巻名「梅枝《うめがえ》」は、弁の少将が催馬楽「梅が枝」を謡う場面で出てくるが、巻名が表すのは、その歌句、

▽梅が枝に来ゐる鶯春かけて鳴けどもいまだ雪は降りつつ（古今集、春上、五、よみ人知らず）

だけではない。この歌で雪と対比されるのは白梅だが、巻名「梅枝」は、白梅と紅梅の両方を表している。まず、薫き物合わせをする六条院に、朝顔宮が薫き物に、梅の枝と文（手紙）を添えて贈ってきた。

○お前近き紅梅さかりに色も香も似るものなきほどに……前斎院よりとて、散りすぎたる梅の枝につけたる御文もてまいれり。（梅枝巻、九七六）

その文には、贈ってきた薫き物と添えられた梅の枝に合う、すばらしい歌が書かれていた。

○花の香は散りにし枝にとまらねどうつらむ袖に浅くしまめや（梅枝巻、九七七）

「散りすぎたる梅の枝」と歌の「散りにし枝」はいずれも盛りを過ぎた白梅の枝を指す。これに対して源氏は、六条院の「紅梅さかりに色も香も似るものなき」枝を折って、同じ紅梅色の紙に歌を書いて返した。

○花の枝《え》にいとど心をしむるかな人のとがめむ香をばつつめど（同返し）

ここでの白梅は朝顔宮、紅梅は明石姫君を比喩している。この場面は、『河海抄』が「高光日記云」として挙げる次の状況を基にしている。

　比叡の山にすみ侍りけるころ、人の薫き物をこひて侍りければ、侍りけるままに少しを梅の花の散り残りたる枝につけてつかはすとて

▽春すぎて散りはてにける梅の花ただ香ばかりぞ枝に残れる（島根大学本拾遺抄、雑上、五八七、如覚法師　拾遺集、雑春、一〇六三、如覚法師　高光集、四三、第一句「春たちて」）

藤原師輔の子息でありながら若くして出家した藤原高光（如覚法師）が、比叡山横川から梅の花の散り残った枝に薫き物をつけて贈ったのである。高光集の詞書では、次のようになっていて、もう少しわかりやすいが、『河海抄』は拾遺集と同じ本文で引用している。

　比叡の山に侍るころ、人の薫き物をこひて侍りけるままに、少し梅の花枝にわづかに散り残りて侍りけるにつけてつかはすとて（高光集、四三詞書）

梅枝巻の趣向は、この高光の歌と状況によっている。「散り過ぎたる梅」は朝顔宮が自身を卑下した表現で、かつて朝顔巻において源氏が宮に贈った歌、

○見しをりのつゆ忘られぬ朝顔の花のさかりは過ぎやしぬらむ（朝顔巻、六四四）

を意識したものであろう。そして、この源氏の歌の下の句もまた、高光の歌、

▽見てもまたまたも見まくのほしかりし花のさかりは過ぎやしぬらむ（高光集、三七）(3)

と一致するから、これも高光歌を利用したものと考えられる（第八章参照）。梅枝巻ではその後、人々は、

○うぐひすの声にやいとどあくがれむ心しめつる花のあたりに（梅枝巻、九八〇）

○うぐひすのねぐらの枝もなびくまでなほ吹きとほせ夜半の笛竹（梅枝巻、九八一）

と詠む。催馬楽「梅が枝」に合わせて詠んだ歌であるが、「うぐひすのねぐらの枝」は六条院の紅梅の枝を指す。『河海抄』はここで一条摂政伊尹の歌を挙げる。

天暦御時に大盤所の前のつぼに鶯を紅梅の枝につくりてすゑて立てたりけるを見侍りて

▽花の色はあかず見るともうぐひすのねぐらの枝に手なふれそも（拾遺抄、雑上、三八四、一条摂政　拾遺集、雑春、一〇〇九、一条摂政）

他に同じ句は見あたらず状況も一致するから、これを基にしていたのであろう。梅枝巻の世界は、高光の白梅の歌と、その兄伊尹の紅梅の歌が基盤となっていたのである。先に見たように、紅葉賀・花宴にも、師輔父子や宇津保物語の影響があるから、源氏物語の世界形成に、師輔一門の歌や歌語り、高光出家にまつわる説話などが基盤の一つとしてあったことは間違いないだろう（第八章・第十章参照）。

初音巻の正月の光景も、同じ時代に宮中で行われた初子《はつね》の行事と和歌を基にしている。

おほ后の宮に宮内といふ人の童なりける時、醍醐のみかどのお前にさぶらひけるほどに、お前なる五葉に

うぐひすの鳴きければ、正月はつねの日、つかうまつりける

▽松の上になくうぐひすの声をこそ初音の日とはいふべかりけれ（拾遺集、春、二二、宮内）

正月初子日、東宮といどみて御わりご調ぜさせ給うて、中宮に参らせたまふとて書きつめさせ給ひける

▽二葉よりけふをまつとはひかるるともひさしきほどをくらべてもみむ（朱雀院御集、一）

む月のはつ子の日、雪のいたくふりたるに、みくしげ殿の女御、松につけて、この女御に

▽うぐひすの音なき声をまつとてもとひしはつねのおもほゆるかな（斎宮女御集、二一二）

初音巻で明石御方が姫君に贈り物を届けてきた時の場面は、これらの歌が基になったと思われる。

○今日は子の日なりけり……童、下仕へなど、御前の山の小松ひき遊ぶ。……北のおとどよりわざとがましくし集めたる髭籠ども、わりごなどたてまつれたまへり。えならぬ五葉の枝にうつる鶯も、思ふ心あらむかし。

年月をまつに引かれて経る人に今日うぐひすの初音聞かせよ、音せぬ里の（初音巻、七六五）

このうち、引歌と思われる「音せぬ里の」の本歌として、『源氏釈』は「今日だにも初音聞かせようぐひすの音せぬ里はあるかひもなし」（出典未詳）を挙げるが、次の類歌も関わりがあっただろう。

▽いつしかとまつに音せぬうぐひすの心のうちのねたくもあるかな（斎宮女御集、一四三）

▽きのふより待てど音せぬうぐひすの声よりさきにわれぞなきぬる（一条摂政御集、九三）

四、斎宮女御歌合の和歌表現　［松風・藤袴・常夏・朝顔］

六条御息所のモデルとされる斎宮女御徽子女王の周辺で詠まれた歌は、源氏物語の形成に深く関わっている。初音の例もそのうちの一つだが、最も有名な例は、貞元元年（九七六）の野宮庚申歌合における名歌であろう。

野宮にて斎宮の庚申し侍りける時に、夜の琴松風に入るといふことをよみ侍りける

▽琴の音に峰の松風かよふらしいづれの緒よりしらべそめけむ（拾遺抄、雑下、五一四、斎宮女御　拾遺集、雑上、四五一、斎宮女御　斎宮女御集、五七）

漢詩文による歌題「松風入夜琴」の「松風」が和歌のことばとして用いられた。賢木巻の野宮の場面の情景描写にも引用されたが、それとは別に「松風」が源氏物語の巻名に設定され、明石の君の物語が作られたのである。

○捨てし家ゐも恋しう、つれづれなれば、かの御形見の琴《きん》をかき鳴らす。をりのいみじう忍びがたければ、人離れたる方にうちとけて少し弾くに、松風はしたなく響きあひたり。（松風巻、五八七）

○身をかへて一人かへれる山里に聞きしに似たる松風ぞ吹く（同）

○ふる里に見しよのともを恋ひわびてさへづることをたれかわくらむ（同）(4)

この巻名は、漢詩と和歌の両方のことば（漢語と和語・詩語と歌語）を合わせ持っており、源氏物語の巻名の特徴をよく表している典型的な例と言える（第十三章参照）。

これと同様、斎宮女御主催の歌合で詠まれた歌が、源氏物語の巻名にたびたび関わっていたことに注目したい。天徳三年（九五九）八月二十三日の斎宮女御主催と推定される前栽歌合(5)で詠まれた歌、

▽武蔵野の草のゆかりに藤袴若紫にそめてにほへる（元真集、七〇）

は、源氏物語の若紫巻と藤袴巻の両方に影響を与えた歌である。

○手につみていつしかも見む紫の根にかよひける野辺の若草（若紫巻、一八〇）

○ねはみねどあはれとぞ思ふ武蔵野の露わけわぶる草のゆかりを（同、一九三）

この二首を含む若紫巻の物語の引歌として指摘されてきたどの歌よりも、元真歌の方がはるかに近い。源氏物語の作者は、古今集歌と伊勢物語によって物語を着想し、巻名を「若紫」と名付けたのであろうが、この他にも数多くの和歌を取り入れている。とりわけ元真の歌には、「武蔵野」「若紫」の語に加え、若紫巻のみならず源氏物語全体の鍵語となる「草のゆかり」が備わっている（第七章・第十一章参照）。藤袴巻にも、若紫巻とよく似た表現が見られる。

○同じ野の露にやつるる藤袴あはれはかけよかことばかりも（藤袴巻、九二〇）
○たづぬるにはるけき野辺の露ならば薄紫やかことならまし（同返し）
この場面では、若紫巻の基になった歌とともに次の歌を引いている。
▽東路の道のはてなる常陸帯のかことばかりもあひ見てしがな（古今六帖、五、三三六〇）
玉鬘は「たづぬるに」歌のあと「かやうにて聞こゆるより、深きゆゑはいかが」と言う。「かこと」は古今六帖の二首により、「紫のゆゑ」を「深きゆゑ」とし、歌では後撰集歌をも踏まえる。基になる歌が若紫巻と一致するのだが、その両者を結ぶのが斎宮女御前栽歌合の元真歌である。藤袴巻が若紫巻を受けるだけでなく、物語の源泉となった歌が共通していたのである。この例も、巻名が作者の命名であったことの根拠となるだろう。

帚木巻の体験談として語られた頭中将と常夏の女（夕顔）との贈答歌、
○山がつの垣ほ荒るとも折々にあはれはかけよなでしこの露（帚木巻、五六）
○さきまじる色はいづれとわかねどもなほとこなつにしくものぞなき（同返し、五七）
○うち払ふ袖も露けきとこなつにあらしふきそふあきもきにけり（同返し）
において、古注は次の歌を挙げる。
▽あな恋し今も見てしが山がつの垣ほにさける大和なでしこ（古今集、恋四、六九五、よみ人知らず）
▽塵をだにすゑじとぞ思ふさきしより妹とわが寝るとこなつの花（同、夏、一六七、凡河内躬恒）
▽彦星のまれにあふ夜のとこなつはうち払へども露けかりけり（後撰集、秋上、二三〇、よみ人知らず）
しかし、これだけでは不十分で、次の歌を踏まえていたはずである。
▽山がつの垣ほのほかに朝夕の露にうつるなでしこの花（女四宮歌合、一五、こもき）
▽秋ふかく色うつりゆく野辺ながらなほとこなつに見ゆるなでしこ（同、一六、藤原高忠）

▽とこなつの露うち払ふよひごとに草のかうつる我がたもとかな（同、九、左衛門君）

この三首は、天禄三年（九七二）八月、斎宮女御が村上天皇皇女規子内親王とともに催した「野々宮歌合」「規子内親王家前栽合」とも呼ばれる女四宮歌合の歌である。初めの二首が「なでしこ」題、三首目は「草のかう」題の歌である。同じ歌合の歌を基に、帚木巻の三首「山がつの……」、「さきまじる……」、「うち払ふ……」が作られたのである。「さきまじる……」歌について、物語では「大和なでしこをばさしおきて、まづ、塵をだに、など親の心をとる」（帚木巻、五七）と、古今集の躬恒歌を基にしたことを明示するが、古注の挙げる古今集や後撰集の三首だけではわかりにくい。女四宮歌合の「秋深く……」歌によって「なほとこなつに」が常に懐かしく思うという意味であることが判明し、帚木巻の「なほとこなつにしくものぞなき」が最愛の妻を常に思う歌であったことがよくわかる。

元真集には、「武蔵野の草のゆかりに藤袴若紫にそめてにほへる」（前掲）と並んで、次の歌が見られる。

▽露むすぶ風は吹くともとこなつの花のさかりに見ゆる秋かな（元真集、七二）

同じ天徳三年（九五九）斎宮女御前栽歌合で、「なでしこ」題の歌である。秋風が吹いても常夏は盛りに見えると詠む。帚木巻の「なほとこなつにしくものぞなき」は、女四宮歌合の歌とともに、この元真歌をも踏まえていたことがうかがえる。

源氏物語の作者は、女四宮歌合の歌の表現を、帚木巻の「うち払ふ袖も露けきとこなつに」の歌に利用した。さらに、次の歌でも、諸注の指摘する歌の他に、「とこなつの露うち払ふよひ」の表現を取り入れている。

○君なくて塵つもりぬるとこなつの露うち払ひ幾夜寝ぬらむ（葵巻、三二七）

また、女四宮歌合には、順の判詞と判歌を源為憲が記録した次の文章がある。

▽あらはなりといはれたる朝顔は霧のまがきにはひかくれぬべき心地して、時の間に思ひしぼみぬべし、秋霧の

立ちふたがる、紫苑は晴れぬ心地してそら目の見せらる、秋風に音にくげなる荻の葉はくだけて思ふ、はかなしともどかれたるとこなつの露は消えかへりむすぼほれたる心地して思ふ（女四宮歌合、詞書）

「あらはなりといはれたる朝顔」とは、「草のかう」題の「とこなつの露うち払ふ」歌に対して、順が、「かみの草は本のくさにて、しものかうのみぞそへたれば、人にかくれんひとの、みのみかくれておもてあらはならん心地しける」と判じたことを指す。草の香を詠み込む歌で、ことばと景物とを顕わに詠んだことを批判したのである。順は、次の判歌を示した。

▽千ぐさのかうつるたもとのありけるをなど朝顔をかくさざりけん（女四宮歌合、一〇の次、判歌）

「朝顔」を「おもてあらは」の比喩とし、先の「霧のまがきにはひかくれぬべき心地」は、朝顔の花が霧の籬に隠れた実景ではなく、花の名を表に出した歌が負けと判定されたことを意味する。あとの「とこなつの露は消えかへりむすぼほれたる心地」も、常夏の露が消える様子を、歌が負けと判定されたことの比喩として表した。この比喩表現を用いて新しい朝顔の情景を作り上げたのが、源氏物語の朝顔の歌である。

○秋はてて霧のまがきにむすぼほれあるかなきかにうつる朝顔（朝顔巻、六四四）

源氏の歌「見しをりのつゆ忘られぬ朝顔の花のさかりは過ぎやしぬらむ」（前掲）に対して、秋が終わっても頑なに垣根にしがみつく朝顔を自分の姿だと答え、うちとけることのない宮自身を象徴した。「むすぼほる」は、「とく」「うちとく」の対義語で、単に萎れているという意味ではなく、景物（花・氷・炎など）が小さく固くなった状態と頑なな心を重ねて表すことばである（第一章参照）。

「朝顔」という巻名は、他の巻名に比べて和歌の用例も多いため一見陳腐に思える。このことばが初期の物語における巻名として選ばれなかったのは、そのためであろう。作者は「朝顔」を物語の主題とはせず、帚木巻において「式部卿の姫君に朝顔たてまつりたまひし歌などを、少しほほゆがめて語る」（六五）と、女房達の噂話だけにとどめた。夕顔巻では、粗末な家に住む「夕顔」とは対照的に高貴な家に住む女（中将の君という女房）の象徴として、六条の女君の邸における「朝顔」の場面を語り、同じく「はかなさ」を象徴する庶民的な野菜の花「夕顔」を主題とする新奇な物語を作った。「朝顔」は、それから十五年の時を経て、源氏が中年にさしかかる時期の話において巻名として選ばれる。単にはかなく消えてゆく伝統的な歌に詠まれた朝顔ではなく、盛りが過ぎてもなお頑なに生き続ける朝顔の宮という、これまでにない朝顔像を作り上げた。その基になった表現が、女四宮歌合の複数の表現であり、源氏の贈歌の基になったのが、前節で見た高光歌の「花のさかりは過ぎやしぬらむ」であった。このことに、同じ文化圏の歌を巻名とし、物語に取り入れようとする積極的な意志が感じられる。

五、新しい和歌表現　［常夏・関屋・胡蝶］

女四宮歌合の「秋ふかく色うつりゆく野辺ながらなほとこなつに見ゆるなでしこ」（前掲）に対して、順は、同じ句「野辺ながら」「なほとこなつ」を用いて次の歌を出してきた。

▽秋もなほとこなつかしき野辺ながらうたがひおける露ぞはかなき（女四宮歌合、判歌、源順　順集、一五二）(6)

この歌は、源氏が夕顔のことを思う「かの頭中将のとこなつうたがはしく」（夕顔巻）の本歌でもある。そして、これと同じ句が、常夏巻の贈答歌にも利用されている。

○なでしこのとこなつかしき色を見ばもとの垣根を人やたづねむ（常夏巻、八三六）
○山がつの垣ほにおひしなでしこのもとの根ざしをたれかたづねむ（同返し）

「なでしこのとこなつかしき」は、頭中将が「とこなつ」と言った夕顔を懐かしむことと目の前の玉鬘を常に懐かしく思うことを表す。この表現の基になったのが、順の判歌「秋もなほとこなつかしき」だったのである。帚木巻の「さきまじる色はいづれと」の歌は、この判歌をも踏まえていたであろう。

朝顔の場合と同様、「なでしこ」も歌題・歌語として一般的であったためか、源氏物語の巻名には採用されていない。その異名とされる（撫子の一品種とも）「常夏」が巻名となったのは、なでしこ・とこなつを詠んだ帚木巻から二十年後の物語においてである。帚木巻の贈答歌を作る時点で、女四宮歌合の順の判歌の歌句「とこなつかしき」を意識していたことは間違いないから、それが常夏巻の構想に結びついたのであろう。これらの歌を基にして作られた常夏巻の歌は、目の前の「なでしこ」（娘）玉鬘を見ながら、二十年前に亡くなった「とこなつ」（愛妻）夕顔を懐かしく思い出す、という意味を表している。

ところで、常夏巻の贈答歌の「もとの垣根」「もとの根ざし」は、和歌に用例がありそうだが、意外にも少ない。源氏物語にも、帚木巻で「もとの根ざしいやしからぬ」とあるだけで、和歌ではこの二首のみである。その中で、この贈答歌と関わりのある歌が、屏風絵歌・障子絵歌などの絵料歌集とも言える尊経閣文庫蔵元輔集にある。

　　せんえう殿の女御のなでしこあはせの和歌

▽ももしきにうつろふこともなでしこのもとの垣根をあせじとぞおもふ（尊経閣本元輔集、一七六）

　一品の宮のあふぎのまけわざに、前栽の五葉のもとにある岩になでしこあり、七月七日

▽よろづ代の岩根に根ざすとこなつにいとどときはの松ぞおひそふ（同、一七七）

一首目は、天暦十年（九五六）五月二十九日に藤原芳子が主催した宣耀殿女御瞿麦合である。二首目は、天禄四年（九七三）五月に円融院と一品宮資子内親王（村上天皇女）が催した乱碁歌合の負態《まけわざ》として出された扇の歌を詠進したものである。前栽の五葉のもとになでしこのある絵が描かれ、内親王を「なでしこ」、天皇家を「常盤の松」に見立てて「もとの垣根」「根ざし」が色あせないことを祝う。常夏巻の贈答歌は、これらの歌を踏まえていると考えられる。

この二例からもわかる通り「根ざし」という語は、松の根を言うのが一般的であった。
▽千世へむと契りおきてし姫松のねざしそめてしやどはわすれじ（後撰集、恋三、七九二、よみ人知らず）
▽としふかくねざしいりえのまつなればおいのつもりはなみやしるらん（忠岑集、九〇）
▽こもりえのみぎはのしたに今日まつとねざしつもれるあやめぐさかな（能宣集、二一四）
▽よろづ代をのべにとききし松なればちよのねざしのことにも有るかな（円融院御集、五九）
後撰集時代の歌、円融院の歌、そして源氏物語でも、「松の根ざし」である。
〇三昧堂近くて、鐘の声、松風に響きあひてもの悲しう、岩に生ひたる松の根ざしも心ばへあるさまなり。前栽どもに虫の声をつくしたり。（明石巻、四六四）
〇荒磯かげに心苦しう思ひきこえさせはべりし二葉の松も、今はたのもしき御生ひ先と祝ひきこえさするを、浅き根ざしゆゑやいかが、とかたがた心つくされはべる（松風巻、五九〇）
〇いづれをも蔭とぞたのむ二葉より根ざしかはせる松のすゑずゑ（藤裏葉巻、一〇一五）
つまり、源氏物語常夏巻の「なでしこ」の「根ざし」という表現は、天皇家を称えた歌合の二首「ももしきに……」「よろづ代の……」を踏まえてこそ成り立つ表現だったと思う。
「とこなつ」と同様、巻名には掛詞や二つ以上の意味を表した例が多い。「明石」は地名と夜を明かすという動詞を掛ける（第二章参照）。「玉かづら」は思い出の品となる髪飾り「玉鬘」と長く延びる蔓草「玉葛」の意味を兼ね備え、源氏の長き思いを辿って巡り会えた忘れ形見という意味を表す（第一章参照）。「かがり火」も古今集歌で詠まれた「蚊遣火」と「篝火」の歌の両方を受け継ぐ（第三章参照）。「みゆき」は、行幸と雪が降る光景とを掛け（第七章参照）、「かげろふ」は陽炎と蜻蛉を合わせて表す（第十二章参照）。「葵」は葵をかざす賀茂の祭の意味とともに、「逢ふ日」との掛詞で和歌に詠まれている（第二章参照）。いずれも掛詞を用いたり複数の歌の表現を合わせることで重層的な意味を表している。

「関屋」も、地の文における、

○関屋よりさとはづれ出でたる旅すがたども（関屋巻、五四八）

だけではなく、空蟬の歌、

○逢坂の関やいかなる関なればしげきなげきの中をわくらむ（同、五五〇）

に巻名「せきや」が含まれ、ここに物語の主題が表されていることに注意したい。空蟬の一行が「関屋より」さっと広がり出たのは、源氏の盛大な行列を避けて「関山」の杉木立の下に「木隠れにゐかしこまりて過ぐし」ていたからである。空蟬の歌「繁きなげきの中を分くらむ」は、「木隠れ」を受けたもので、二人の出会う「逢坂」の名にふさわしくない。つまり、「逢坂の関や何なり」は「逢坂の関なんて何なのさ」という運命の皮肉さを嘆く意味なのである。そして、この場面と歌の基になったのが、蜻蛉日記における「なげき」の歌であった。

▽逢坂の関や何なり近けれど越えわびぬればなげきてぞ経る（蜻蛉日記、上）

▽思ふてふわが言の葉をあだ人のしげきなげきにそひてうらむな（同）

一首目は天暦八年（九五四）の兼家歌、二首目は天暦十年（九五六）の為雅歌である（第二章参照）。

巻名「胡蝶」も、漢字表記だと胡蝶の舞のことと考えがちだが、地の文で胡蝶を示すことばは「鳥、蝶に装束さうぞきわけたる童べ」（七八五）など「蝶」のみである。むしろ和歌の「こてふ」にこそ物語の主題が表れている。

○花園のこてふをさへや下草に秋まつ虫はうとく見るらむ（胡蝶巻、七八六）

○こてふにもさそはれなまし心ありて八重山吹をへだてざりせば（同返し、七八七）

紫の上の歌「花園の」は、「秋待つ」秋好中宮に対して、胡蝶が「来《こ》といふ」誘いまでも嫌だとお思いになるのですか、と挑発したものである。これに対して秋好中宮の「こてふにも」は、二つの町の池を隔てる八重山吹さえなければ、「来といふ」胡蝶の舞に誘われて、私も六条院春の町に行きたいものだと詠んだのである。鳥と蝶の二つの舞いがあるにも関わらず、巻名が「胡蝶」だけになったのは、慣用句「こてふに似たり」として用いられた歌語「こてふ」が誘いのことばであったからに他ならない。宇津保物語には、胡蝶の舞の意味で「こてふ」の語が見られる。源氏物語では、この二つのことばの意味を合わせて用いたのである（第二章参照）。

このような新しい歌語が生まれる背景には、延喜の時代の古歌だけでなく、天暦年間から貞元年間、村上から円融朝の歌壇、特に一条摂政伊尹や斎宮女御を中心とした和歌があった。村上歌壇を中心として繰り広げられた歌合や歌語りが、物語生成の原動力になったことは間違いないだろう。

六、手習の歌　［手習］

源氏物語の終末に近い物語の巻名「手習」は歌語ではない。しかし、常に和歌とともに用いられる用語であった。源氏物語中に用例が多く、手習巻以外の巻名に関わる場面にも見られるので、まず、その場面を五例取り上げて確認したい。一つ目は最も典型的な場面である。

○やがて本にとおぼすにや、手習ひ、絵などさまざまにかきつつ見せたてまつりたまふ。いみじうをかしげに書き集めたまへり。（若紫巻、一九三）

若紫巻において、源氏と紫の上が初めて「草のゆかり」の歌を交わす場面である。

○ねはみねどあはれとぞ思ふ武蔵野の露わけわぶる草のゆかりを（若紫巻、一九三）

○かこつべきゆゑを知らねばおぼつかないかなる草のゆかりなるらむ（同返し）

源氏は、二条院に引き取った紫の上に歌の詠み方や文字の書き方を教えるのである。源氏は「武蔵野といへばかこたれぬ」と紫の紙に書いて謎かけをしたが、十歳ばかりの紫の上は見事な切り返しの歌を返した（第七章参照）。国語辞典でも「手習」が子どもの文字の練習・お習字の意味とされるが、その例としてふさわしい場面である。

しかし、それだけではない。巻名「空蟬」に関わる場面を見てみよう。

○御硯急ぎ召して、さしはへたる御文にはあらで、畳紙に手習ひのやうに書きすさびたまふ。

空蟬の身をかへてける木のもとになほ人がらのなつかしきかな

と書きたまへるを、懐に入れて持たり。（空蟬巻、九四）

源氏がさりげなく畳紙に書いた歌が空蟬の手元に渡ることを予想していた通り、小君が懐に入れて持っていて、姉の空蟬に手渡したのである。

○かの御手習ひ取り出でたり。さすがに取りて見たまふ。（同）

源氏の気持ちは通じた。そして空蟬もまた、その畳紙に歌を書いた。

○しのびがたければ、この御畳紙の片つ方に、

空蟬の羽におく露の木がくれて忍び忍びにぬるる袖かな（同、九五　伊勢集、四四二）

空蟬巻は、この歌で物語本文が終わっている。わざとめかした贈歌ではない、独詠歌を「手習ひのやうに」書いた歌が女心を動かし、女もまた本音を表す歌を書いた。この歌は源氏に伝わっただろうか。小君が気を利かせていれば渡したかもしれないが、ここでは読者に伝わればそれで良い。

末摘花巻にも、源氏が歌を「手習ひすさび」書きする場面がある。やはり巻名「末摘花」に関わる場面である。

○あさましとおぼすに、この文をひろげながら、端に手習ひすさびたまふを、そば目に見れば、

なつかしき色ともなしに何にこの末摘花を袖にふれけむ、

色濃き花と見しかどもなど、書きけがしたまふ。（末摘花巻、二二六）

これは相手の女君に伝えるわけにはいかない。末摘花からの歌と贈り物に愕然として、源氏は思わず真っ赤な衣の色を染める「末摘花」（ベニバナ）を連想したのである（第三章参照）。「そば目に見れば」は、贈り物を届けた大輔命婦の目であり、末摘花の容姿のことを言っているのだと察したのである。

「玉鬘」の歌もまた、源氏は声に出したのではなく、紙に「手習ひ」として書いたものである（第一章参照）。

○硯ひき寄せたまうて、手習ひに、

　恋ひわたる身はそれなれど玉かづらいかなる筋をたづね来つらむ

あはれと、やがてひとりごちたまへば（玉鬘巻、七五一）

この場合も、傍に右近がいて聞いているが、女房相手に歌を詠み上げたわけではなかった。つまり、子どもの習字だけでなく、大人が独白の意味で歌をさらさらと書く場合にも「手習ひ」と言うのであり、源氏物語にはこうした例が非常に多い。

先に見た「初音」の場面にも見られる。正月初子《はつね》の日、小松引きをしている姫君の部屋に、明石の君から歌が届いた。

○年月をまつに引かれて経る人に今日うぐひすの初音聞かせよ、音せぬ里の（初音巻、七六五）

そこで源氏が姫君に「この御返りは、みづから聞こえたまへ。初音惜しみたまふべきかたにもあらずかし」と言い、「御硯とりまかなひ、書かせたてまつりたまふ」。幼い姫君に源氏が硯を用意して教えるのだから、若紫巻の場合と同様、「手習ひ」ということばがあってもよいはずである。しかし、姫君の返歌、

○引き別れ年は経れどもうぐひすの巣だちし松の根を忘れめや（同、七六五）

について「幼き御心にまかせて、くだくだしくぞあめる」と、草子地で語るだけである。むしろ「手習」ということばは、このあと源氏が訪ねたときに見た明石の君の筆跡と歌を際立たせるために用いられる。

○手習ひどもの乱れうちとけたるも、筋変はり、ゆゑある書きざまなり。ことことしう草がちなどにもされ書かず、めやすく書きすましたり。小松の返りを、めづらしと見けるままに、あはれなる古言ども書きまぜて、

めづらしや花のねぐらに木づたひて谷の古巣をとへる鶯

声待ち出でたる、などもあり。（初音巻、七六七）

「小松の返り」とは、姫君からの返歌を言う。離れて暮らす娘から初めて手紙が届いた嬉しさを思わず歌にして書き留めたという風情であり、それを見た相手に本音が伝わる場面である。その筆蹟のすばらしさと歌の内容を見た源氏は、明石の君への同情と愛しさに、正月早々ここに泊まるのであった。

『日本国語大辞典』（小学館、初版・第二版とも）では、「手習い」を文字の練習・お習字の意味とし、その用例として「まゐりたまひて、御手習に」（村上天皇御集）を挙げる。しかし、この場合はお習字といった意味ではない。斎宮女御徽子女王が久しぶりに参内したとき「手習」のように書いた歌を村上天皇がご覧になり、このあと十首もの歌のやりとりが行われる。最初の二首だけ引用しておく。

▽まいり給ひて、御手習ひに

頼みくる人の心のそらなれば雲井の水に袖ぞぬれける

など書きたまへりけるに、内も書かせさせたまひける事ども

かつ見れどなをこそ恋の満ちにけれむべも心の空に見ゆらん（村上天皇御集、四一・四二）

同じ歌群が斎宮女御集（一〇四・一〇五）にもあり、天暦七年（九五三）頃のものと推定される。[7] 徽子は二十五歳、天皇は二十八歳だろうか。子どものお習字どころか、最高の教養をもつお二人の歌の贈答である。天皇は、むしろ徽子の歌の心情と筆跡に心打たれて、次々と歌を交わしたのである。つまり、この「手習ひ」は、空蝉や明石の君の例と同じ意味で用いられていたのである。

先に見た通り、初音巻の場面は、斎宮女御集の歌を基に作られていた。また明石の君の物語である松風巻の基になったのも、斎宮女御の名歌であった。従って、初音巻の明石の君は、村上天皇の御心を引きつけた斎宮女御徽子女王の「手習ひ」を模範として描かれたと考えてよいだろう。『日本国語大辞典』が村上天皇御集の例を挙げたのは、歌集における「手習」の初出としてだろうが、習字の意味の例として適切とは言えない。斎宮女御集にはもう一例ある。

▽服におはしけるに、内よりまどほなりける御かへりに、日ごろおぼし集めたりけるを、御手習ひのやうにて、たてまつらせたまひける（斎宮女御集、一八詞書）

先の例と同様である。歌集にあるのだから、子どもの習字の意味の例がないのは当然としても、「手習」という語が、習字よりも深い意味合いで用いられていたこと、それが、他の巻名の由来にも深く関わっていた斎宮女御の周辺の用語であったことに注目したい。

問題の手習巻について見てみよう。「手習ひ」の用例は源氏物語中に二十七例あるが、宇治十帖では十一例と多い。浮舟巻では、匂宮が浮舟に「手習ひ」してみせた例が三例あり、その思い出のなか浮舟は「手習ひ」として歌を書く。

○硯ひき寄せて、手習ひなどしたまふ。いとをかしげに書きすさび、絵などを見どころ多く描きたまへれば、若きここちには、思ひもうつりぬべし。（浮舟巻、一八七八）

○よべわけ来し道のわりなさなど、あはれ多うそへて語りたまふ。

峰の雪みぎはの氷踏みわけて君にぞまどふ道はまどはず

木幡の里に馬はあれど」など、あやしき硯召しいでて、手習ひたまふ。（同、一八九四）

○手習ひに、

里の名をわが身に知れば山城の宇治のわたりぞいとど住み憂き（同、一八九九）

○心知らぬ御達は、ものへ渡りたまふべければ、つれづれなる月日を経て、はかなくしあつめたまへる手習ひなどを破りたまふなめり、と思ふ。（同、一九一七）

新潮日本古典集成『源氏物語』頭注では、この「手習ひ」を「心に浮かぶ古歌の文句などを筆にまかせて書くこと」とする。匂宮も、自作の歌に続けて古歌の一部を書いている。浮舟にとって手習いは、そのまま匂宮との思い出につながるのである。

斎宮女御の例が源氏物語の「手習ひ」に受け継がれているから、多くの巻名が村上歌壇のことばに基づいている例のうちに入る。しかも、後の巻々が前の物語を受けて書かれているように、この手習巻の巻名は、浮舟自身が回想する浮舟巻における手習いの場面を受けて名付けられていた。この「手習ひ」は高貴な方々が手すさびに歌を書き付ける行為であり、匂宮の「手習ひ」もその延長にある。それが浮舟には強烈な思い出として残っているのである。「里の名を」の歌は、浮舟自身の手習い歌である。このあと浮舟の手習いでは必ず歌が書かれる。

○あさましくものはかなかりける、とわれながら口惜しければ、手習ひに、

身を投げし涙の川のはやき瀬をしがらみかけて誰かとどめし

思ひのほかに心憂ければ、ゆく末もうしろめたく、うとましきまで思ひやらる。（手習巻、二〇〇五）

○はかなくて世にふる川のうき瀬には尋ねもゆかじ二本の杉

と手習ひにまじりたるを、尼君見つけて「二本はまたもあひきこえむ、と思ひたまふ人あるべし」と、たはぶれごとを言ひあてたるに、胸つぶれて面赤めたまへるも、いと愛敬づきうつくしげなり。（同、二〇二〇）

○思ふことを人に言ひ続けむ言の葉は、もとよりだにはかばかしからぬ身を、まいてなつかしうことわるべき人さへなければ、ただ硯に向かひて、思ひあまるをりには、手習ひをのみたけきこととは書きつけたまふ。

なきものに身をも人をも思ひつつ捨ててし世をぞさらに捨てつる

今は、かくて、限りつるぞかしと書きても、なほ、みづからいとあはれ、と見たまふ。

限りぞと思ひなりにし世の中をかへすがへすもそむきぬるかな

同じ筋のことを、とかく書きすさびゐたまへるに、中将の御文あり。（同、二〇三一）

○もののあはれなる折に、今はと思ふもあはれなるものから、いかがおぼさるらむ、いとはかなきものの端に、

心こそうき世の岸を離るれどゆくへも知らぬあまの浮き木を

と、例の手習ひにしたまへるを、包みてたてまつる。（同、二〇三二）

○春のしるしも見えず、こほりわたれる水の音せぬさへ心細くて、「君にぞまどふ」とのたまひし人は、心憂しと思ひはてにたれど、なほそのをりなどのことは忘れず、かきくらす野山の雪をながめてもふりにしことぞ今日も悲しきなど、例の、慰めの手習ひを、行ひのひまにはしたまふ。（同、二〇四一）

一覧しただけで、出家後の浮舟の孤独や心情が心にしみてくる。独り言に当たる独詠歌が、おそらくは声に出して詠まれたのに対して、手習いは歌を紙に書き付けた。斎宮女御や明石の君の「手習ひ」と同様、浮舟は一人で「つれづれ」を紛らわす手段として「手習ひ」をしていた。「なつかしうことわるべき人さへなければ、ただ硯に向かひて、思ひあまるをりには、手習ひをのみたけきこととは書きつけたまふ」（前掲）と、親しく話す人も本音を語れる相手もなく、写経の合間にであろう、ただ毎日、机に向かって歌を書き付けている。

この場面は、後世の絵にもよく描かれるが、まるで石山寺の紫式部のように見える。紫式部がこの巻まで書き進めていたとすると、すでに出家していて、同じように修行の合間に「手習ひ」していたであろう。愛する人を亡くした桐壺帝が、「長恨歌の御絵、亭子院の書かせたまひて、伊勢、貫之によませたまへる大和言の葉をも、唐土の詩をも、ただその筋をぞ、枕言にせさせたまふ」（桐壺巻、二五）と、哀傷の詩歌ばかりに親しんで過ごしておられ

た様子は、紫式部が夫を亡くしたあと同じ状況で過ごしていたから書き得たのだろうと考えた。手習巻でも「同じ筋のことを、とかく書きすさび」と、やはり「筋」という語を用いる。作家なら、辛さを忘れさせてくれるのが、物を書く行為であるが、浮舟は「思ふことを人に言ひ続けむ言の葉は、もとよりだにはかばかしからぬ身」と、わが教養のなさを自覚して、「手習ひ」によって「同じ筋のこと」（尼になった心境）を表したのだろう。

七、物語の始発と結末　［藤裏葉・夢浮橋・法師・椎本・優婆塞・橋姫・壺前栽］

藤裏葉巻で、内大臣（かつての頭中将）は、夕霧と雲居雁の結婚を許す意味で「藤の裏葉の」と誦じた。

▽春へさく布治能宇良葉《ふぢのうらば》のうらやすにさ寝る夜ぞなき児ろをし思へば（万葉集、巻十四、三五二五）

▽春日さす藤の裏葉のうらとけて君し思はば我もたのまむ（後撰集、春下、一〇〇、よみ人知らず）

古注はここで、「君がうちとけてくれるなら我も頼りにしよう」と詠む後撰集歌だけを引歌として挙げるが、子を思う親心を詠んだ万葉集歌をも踏まえていると思う。この例だけでなく、「うらば」には、他に「葦の裏葉」「浅茅が裏葉」の用例もあるから、もとは、藤＋裏葉という二語の組み合わせであったことがわかる（第二章参照）。

諸注が特殊だと言う最後の巻名「夢の浮橋」も、語構成は、第一部最後の巻名「藤の裏葉」と一致する。澪標巻に「夢のわたりの浮橋か」という引歌があるから、少なくともその句を持つ古歌があったことがうかがえるが、この巻名もまた、夢＋浮橋という二つの歌語を組み合わせたものだったと考えてよい。

▽伊弉諾尊《いざなぎ》、伊弉冊尊《いざなみ》、天の浮橋の上に立たして（日本書紀、巻一、神代上）

▽あまのうきはしのしたにて女神男神となりたまへる事をいへる歌なり（古今集、仮名序）

▽へだてける人の心の浮橋をあやふきまでもふみみつるかな（後撰集、雑一、一一二二、四条御息所女）

▽浮橋のうきてだにこそ頼みしかふみみてのちはあとたゆなゆめ（朝光集、一）
▽底ふかくあやふかりける浮橋のただよふえをも何かふみみむ（一条摂政御集、一〇七）

神話の「天の浮橋」から後撰集歌の「人の心の浮橋」ができたように、「夢の浮橋」も作られたのであろう。夢浮橋巻に「浮きたるここち」とともに、「夢のここち」「夢のやうなる」と「夢」が頻出する。この程度の造語は、源氏物語の作者が得意とするところである。また、これらの歌には共通して「ふみみ」るとあり、「橋」の縁語「踏み」と「文」とを掛けてある。これらと同じ表現が、薫が大君に送った歌にも見られる。

○雪深き山のかけ橋君ならでまたふみかよふあとを見ぬかな（椎本巻、一五七五）

そして、夢浮橋巻には、「文」のやりとりがたびたびなされ、最後に、薫の手紙を浮舟に「尼君、御文ひきときて見せたてまつる」とあり、そこに次の歌が書かれてあった。

○法の師とたづぬる道をしるべにて思はぬ山にふみまどふかな（夢浮橋巻、二〇六八）

夢浮橋巻の巻名の異名と伝えられる「法《のり》の師」がここに出てくる。池田亀鑑は、物語に出てくるから「法の師」がもとの巻名かと言うが[8]、私は、物語成立時点で両方の巻名が存在していたと推測している。「法の師」の基になった次の歌も「浮橋」の歌と詠作年代が近いからである。

▽夏山のこぐらき道をたづね来て法の師にあへる今日にもあるかな（元輔集、二四七）

大輔がざうしに、敦忠の朝臣の物へつかはしけるふみをもてたがへたりければ、つかはしける

▽道しらぬ物ならなくにあしひきの山ふみまよふ人もありけり（後撰集、雑三、一二〇五、大輔）
▽しらがしの雪もきえにしあしひきの山ぢをたれかふみまよふべき（同返し、一二〇六、敦忠朝臣）
▽いくたびかふみまどふらんみわの山すぎあるかどはみゆるものから（宇津保物語、藤原君）

後撰集歌の「ふみまよふ」は、敦忠集（一三三・一三四）と朝忠集（一・二）、古今六帖（四二九六）では、いずれも

「ふみまとふ」となっている。「法師《ほうし》」「浮橋」ともに万葉集に用例はあるが、源氏物語「法《のり》の師」の歌と場面は、これらの贈答歌を基にして、元輔歌のことばと形を利用して作ったのであろう。

この「法の師」という巻名は、橋姫巻の異名「優婆塞《うばそく》」とよく似た役割を持っている。薫は、「優婆塞」である八の宮に導かれて宇治に通って「橋姫」に出会い、今また「法の師」である僧都に導かれて横川の山道を惑う。宇治十帖の最初と最後にふさわしく、巻名の異名も対応している。橋姫巻では「優婆塞ながらおこなふ山の深き心」（二五一八）とあり、歌に「優婆塞」は見られないが、このことばは、神楽歌に詠まれている。

▽うばそこがおこなふ山の椎が本あなそばそばしとこよしあらねば（承徳本古謡集[9]、北の御門の神楽歌）

これは、宇津保物語の嵯峨院と菊の宴の二巻にも、神楽歌として「うばそくが」の本文で引用されている。これによって椎本巻の巻名になったが、夕顔巻には次の歌がある。

○うばそくがおこなふ道をしるべにて来む世も深き契りたがふな（夕顔巻、一二一八）

夕顔の物語には神事が深く関わっていると思われるから（第九章参照）、ここも神楽歌を基にして歌が作られたのであろう。夢浮橋巻の「法の師」の歌は、夕顔巻の歌と「法の師」の歌、そして敦忠の贈答歌の状況と表現を組み合わせて作られている。

異名である「優婆塞」と「法の師」が対応しているのに対して、「夢浮橋」という巻名は「橋姫」と対応する。このことから、前者がはじめに巻名の候補（一案）として挙げられていたのが、後に「橋姫」と「夢浮橋」に入れ替えられた、といったことも考えられる。巻名「橋姫」も、物語内の歌、

○橋姫の心をくみて高瀬さすさをのしづくに袖ぞぬれぬる（橋姫巻、一五三〇）

に詠まれているが、もちろんこの歌から抜き出されて巻名が名付けられたのではない。

▽さむしろに衣かたしきこよひもや我をまつらむ宇治の橋姫（古今集、恋四、六八九、よみ人知らず）

などをはじめ、橋姫伝説を基にして物語全体が作られたことは明らかである（第十二章参照）。

注目すべきは、優婆塞・法の師がどちらも男である薫の側から捉えたことばであるのに対して、橋姫・夢浮橋は、女の立場や男との関係を表すことばになっていることである。帚木・空蟬・夕顔・若紫・花散里・澪標・蓬生・関屋でも、女君の役割や立場、源氏との関係を端的に表していたから、その意味では、異名より現行の巻名の方が統一がとれているように思う。源氏物語の初期の物語の巻名と宇治十帖の巻名とを同列に論じてよいとは考えていないが、同様のことが、桐壺巻の異名についても言えるからである。

『奥入』には、桐壺巻に「壺前栽」という異名があると記し、帚木巻の箇所に「輝く日の宮」として「この巻もとよりなし」と記す。「桐壺」という巻名もまた、文中の「御局は桐壺なり」「桐壺の更衣」から抜き出されたのではなく、物語構想の基盤となった重要なことばである。「藤壺」に対比される紫の花と、長恨歌の「秋露《あきのつゆに》梧桐葉《ごとうのはの》落時《おつるとき》」などに基づいた和歌の影響もうかがえる。[10] それに対して「壺前栽」と「輝く日の宮」は、それぞれ桐壺巻全体を表す巻名としてはふさわしくない。桐壺巻は、1桐壺更衣が寵愛され亡くなる話、2帝の悲しみ・野分の段、3藤壺の入内と源氏の元服、の三部構成でできている。このうち2の部分は、長恨歌の翻案や引歌を駆使した名文でつづられているのに対して、1や3はダイジェストのような印象を受ける。そして、もとは、2の巻名が「壺前栽」、3の巻名が「輝く日の宮」だったのではないかと推測する研究者もある。[11]

「壺前栽」ということばは、元輔集の詞書に「壺前栽の宴」として出てくる。栄花物語で「月の宴」とされる康保三年（九六六）閏八月十五夜内裏前栽合である。帝が亡き安子中宮を偲びながら行ったもので、源氏物語の野分の段の準拠の一つと考えられる。「壺前栽の宴」ということばは、源氏物語野分巻でも「御前の壺前栽の宴もとまりぬらむかし」とある。野分巻の主上は冷泉帝で、時代設定は天暦期とされるから、栄花物語の「月の宴」を源氏物語では「壺前栽の宴」と称していたと考えられる。桐壺巻の「御前の壺前栽のいとおもしろき盛りなるを御覧ずるやうにて」（一六）から巻名「壺前栽」を抜き出しても、物語の主題を表すことにならない。それより、「壺前栽の宴」という題によって、桐壺更衣亡き後、帝が悲しみに暮れる野分の段が作られたと考えたい。

また、3の部分は、「輝く日の宮」という題によって書かれた部分であろう。藤壺との密通の話が構想され（あるいはすでに書かれ）ていたかもしれない。しかし、長保元年（九九九）、藤壺に彰子が入内したので、「輝く日の宮」と題された藤壺密通の部分（最初の逢瀬）が破棄されたか、あるいは書くことを控えたのではないか。『奥入』が「輝く日の宮」について「この巻もとよりなし」と記したのは、巻名だけが伝わり物語本文がないことを意味するのだろう。紫式部は夫宣孝を長保三年（一〇〇一）に亡くし、その頃から源氏物語の執筆を始め、まもなく出仕したと推測される。ちょうどその頃、長保四年（一〇〇二）には、栄花物語や枕草子で東宮妃として「淑景舎」と呼ばれ続けた藤原原子が、突然鼻口から吐血して頓死した。桐壺更衣が寵愛され横死する物語には、この事件が直接影響していたと思う(12)。巻名「桐壺」は、「淑景舎の女御」頓死からの連想によって名付けられ、同時に更衣の悲劇が着想され作られたのではないだろうか(13)。物語の成立と巻名、史実を拙速に結びつけるべきでないが、この年代の一致は偶然と思えない。道長の政権獲得が定子・原子の失脚と彰子入内によって成し得たこと、後に源氏物語に倣って道長のための栄花物語が作られたことを思えば、「輝く日の宮」の巻と引き換えに「桐壺」という巻名が選択されたとの想像も許されるだろう（第五章参照）。

帝の更衣寵愛が語られた後、「御つぼねは桐壺なり」（桐壺巻、七）という一文で、当時の読者は、まだ記憶に新しい「淑景舎」事件を思い出して驚愕する。しかし、その次に続く文「あまたの御方々を過ぎさせたまひてひまなき御前渡りに、人の御心をつくしたまふもげにことはりと見えたり」（同）の巧妙な仕掛けに感心したであろう。東宮の居る梨壺に近い場所にいた実在の淑景舎女御と異なり、清涼殿の帝と桐壺（淑景舎）とはあまりにも遠く、行き来の途中の殿舎にいる数多くの女御更衣のうらみをかうのは当然である。ここで源氏物語は、現実の政権抗争とは異なる〈女の物語〉として独自の道を歩む。帝の悲しみに焦点を当てる「壺前栽」と女の苦悩を表す「桐壺」の物語、薫の心情に焦点を当てる「優婆塞」「法の師」と女の悲しみを込めた「橋姫」「夢浮橋」――異名と現行の巻名の関係は、源氏物語全体の主題にも関わっているように思える。

以上に見た通り、源氏物語の巻名は、多くの和歌や語り伝えられていた歌語りから取材したことばによって、物語の主題として設定されたものと想定される。初めは作者が自ら物語を着想したかもしれないが、出仕後は道長や彰子、あるいは一条天皇のような人々から巻名を下賜されて物語を作っていった、とも考えられる。落語家が観客から与えられた「お題」によって落語を新作して披露する――物語作者として、それに近いこともあっただろう。ありきたりの題ではつまらないが、特殊すぎる題では意味が伝わらない。和歌の伝統を踏まえた、当時の人々の共通認識に訴える、しかも目新しい題は何か。作者がそのことばを選んだ時、物語の構想の大半は完成されていたのではないだろうか。源氏物語では、表現技巧や方法として和歌を取り込んでいるのではない。平安時代の物語にとって和歌は基本であり、物語世界は和歌の世界を基盤として成り立っている。源氏物語の世界は、古注が指摘する和歌に依拠するだけでなく、作者の生きていた時代に生で伝えられていたさまざまな和歌や歌語りに支えられている。巻名はそうしたことを、もっともわかりやすい形で私たちに伝えてくれている。

注

（1）清水好子『源氏物語論』（一九六六年、塙書房）第四章
（2）吉森佳奈子『『河海抄』の『源氏物語』』（二〇〇三年、和泉書院）
（3）『新編国歌大観』高光集の底本である西本願寺本では結句「過ぎやしにけむ」だが、宮内庁書陵部蔵本・群書類従本・冷泉時雨亭文庫本などの高光集諸本をはじめ、公任の三十六人撰でも「過ぎやしぬらむ」とある。

（4）第三句「山さとに」を「ふるさとに」とする本も多い。
（5）萩谷朴『平安朝歌合大成二』（一九五七年、私家版　一九七九年、同朋舎）による。
（6）『新編国歌大観』の底本である二十巻本の陽明文庫本では「とほなつかしき」だが、この返歌「とこなつの色もる露をおきながら下にうつろふ物にやはあらぬ」（女四宮歌合、三一、こもき）の詞書に「秋もなほとこなつかしき、かへし」、十巻本歌合や順集に「秋もなほとこなつかしき野辺ながら」とあるので、「とこなつかしき」として挙げた。
（7）山中智恵子『斎宮女御徽子女王　歌と生涯』（一九七六年、大和書房）による。
（8）池田亀鑑『源氏物語事典下』（一九五六年、東京堂出版）総記「三、巻名と巻序」
（9）室城秀之編『うつほ物語』（一九九五年、おうふう）頭注により、承徳本古謡集と教えられた。陽明叢書国書篇『古楽古歌謡集』（一九七八年、思文閣出版）承徳三年（一〇九九）書写本古謡集では「うはそ古か……とこ余し」とあるが、余は尒（に）の誤写と思われる。「承徳本古謡集」の解説（土橋寛）によると信義本神楽歌には「ムバソコカ　オコナフヤマノ　オコナフヤマノ　シヒガモト」と上の句だけを反復した歌詞が記されているという。
（10）新間一美「桐と長恨歌と桐壺巻」（二〇〇三年、和泉書院『源氏物語と白居易の文学』）は「淑景舎」「桐壺」の意味と物語構想との関わりについて漢詩文を基に詳細に論じている。
（11）岡一男『源氏物語の基礎的研究』（一九六六年、東京堂出版）第三部の二、寺本直彦『源氏物語受容史論考続編』（一九八三年、風間書房）第二部第三章第一節「源氏物語目録をめぐって―異名と并び―」など。また寺本は、同書第一部第一章第二節「天暦期後宮と桐壺の巻」において、村上天皇の「月の宴」および中宮安子物語が桐壺巻の源泉の一つであることを詳しく論じている。「壺前栽」が「月の宴」の異名であることに言及がなく、準拠論として述べる点は異なるが、結果的に同様の結論となった。
（12）吉海直人「桐壺更衣の再検討」（一九九二年、翰林書房『源氏物語の視角』）は、その可能性を指摘する。
（13）拙著『源氏物語の真相』（二〇一〇年、角川選書）第三部「源氏物語成立の真相」でも詳述した。

第七章　源氏物語の中の伊勢物語

源氏物語と伊勢物語の関係については、『河海抄』が「光源氏をも安和の左相に比すといへども、好色のかたは道の先達なるがゆへに在中将の風をまねて五条二条の后を薄雲女院朧月夜の尚侍によそへ」と述べた。これを含め、過去の論の多くは、物語の大筋あるいは主題における共通点を取り上げて影響関係を指摘する。しかし実のところ、源氏物語が伊勢物語から受け継いだ最大の要素は、歌を基盤として物語世界を作ることではなかっただろうか。本章では、主として贈答歌に焦点を当てて、源氏物語と伊勢物語との関わりを考察したい。

一、若紫巻と伊勢物語　［若紫］

若紫巻が、伊勢物語を基にしていることは間違いないが、あらためて物語の表現に即して確認しておきたい。まず、若紫巻の初めの尼君と女房との贈答歌と、それを受けて源氏が詠んだ歌を見てみよう。

○おひ立たむありかも知らぬ若草をおくらす露ぞ消えんそらなき（若紫巻、一五八）
○初草のおひゆく末も知らぬ間にいかでか露の消えんとすらむ（同返し）
○初草の若葉の上を見つるより旅寝の袖も露ぞかはかぬ（同、一六三）

この三首には、伊勢物語の四十九段の贈答歌と同じく、第三句に「若草を」、第一句に「初草の」がある。

▽昔、男、妹のいとをかしげなりけるを見をりて、
　うら若みねよげに見ゆる若草をひとのむすばむことをしぞ思ふ
ときこえけり。返し、
　初草のなどめづらしき言の葉ぞうらなくものを思ひけるかな（伊勢物語、四十九段）

また、源氏の歌「初草の若葉の上を」には、伊勢物語の「初草の」歌と共通する「葉」がある。四十九段の歌のうち、男の歌「うら若み」は、業平歌として古今六帖（六、三五四八）に入るが、「初草の」との贈答歌は伊勢物語にしか見られない。また、「若草」の用例は万葉集をはじめ多くの歌集に見られるが、「初草」ということばはこの三首にしか見あたらない。従って、共通する歌句を持つ若紫巻の三首の歌は、伊勢物語四十九段を踏まえて作られたものと考えてよい。

巻名「若紫」は、源氏物語の「本文」としては扱えない。古来の写本・版本いずれにおいても、巻名は物語本文には含まれず、冊子の題簽に記されるのみである。そのことから『花鳥余情』は、源氏の歌、

○手につみていつしかも見む紫の根にかよひける野辺の若草（若紫巻、一八〇）

を挙げて「此歌をもて巻の名とせり」とする。しかし、この歌から「若紫」ということばを導き出すのは困難である。それに対して、伊勢物語の第一段では、若い男が郊外で「女はらから」を「かいま見」て、

▽春日野の若紫のすり衣しのぶの乱れ限り知られず（伊勢物語、一段　業平集、七七）

という歌を詠む。このことから、玉上琢彌は『源氏物語評釈』において、伊勢物語から着想して作者が「若紫」の巻名を名付けたと想定した。[1]『花鳥余情』の説明より妥当性がある（第四章参照）。

ただし、若紫巻は伊勢物語を基にしただけではなく、多くの歌が介在している。古い歌から見ておこう。

▽春日野は今日はな焼きそ若草のつまもこもれり我もこもれり（古今集、春上、一七、よみ人しらず）

▽春日野の雪間をわけて生ひ出でくる草のはつかに見えし君かも（同、恋一、四七八、壬生忠岑）
▽紫の一本ゆゑに武蔵野の草は皆がらあはれとぞ見る（同、雑上、八六七、よみ人知らず）
一首目の忠岑歌は、春日祭に出かけた時に、ちらっと見た若い女性に贈った歌であり、伊勢物語第一段や若紫巻の状況に似ている。三首目は、伊勢物語第一段と同じく「女はらから」の物語である四十一段において、
▽紫の色こき時はめもはるに野なる草木ぞわかれざりける（伊勢物語、四十一段　古今集、雑上、八六八、在原業平）
の後に続けて記された一文「武蔵野の心なるべし」の本歌であり、若紫巻の理解に欠かせない歌である。

源氏は、紫の上を引き取った後に、次の歌を詠む。
○ねはみねどあはれとぞ思ふ武蔵野の露わけわぶる草のゆかりを（若紫巻、一九三）
「ね」（根・寝）「見」「草」は、伊勢物語四十九段の歌、
▽うら若みねよげに見ゆる若草をひとのむすばむことをしぞ思ふ（前掲）
による表現であり、「あはれとぞ」「武蔵野の」は、古今集の「紫の一本ゆゑに」の歌句に倣ったものである。これらの歌に、伊勢物語四十一段の「紫の色こき時は」からの影響はうかがえない。源氏は、紫の上への手習いのヒントとして、「武蔵野といへばかこたれぬ」と、紫の紙に書いて見せた。これは、
▽知らねども武蔵野といへばかこたれぬよしやさこそは紫のゆゑ（古今六帖、第五、三五〇七）
を引いたものだが、幼い紫の上は、
○かこつべきゆゑを知らねばおぼつかないかなる草のゆかりなるらむ（若紫巻、一九三）
と切り返して、源氏を満足させるのである。

ここには伊勢物語と源氏物語との相違が見える。伊勢物語第一段では「春日野の若紫」とあり、古今集でも「春

日野」の「若草」とある。にも関わらず、源氏物語の若紫巻では、春日野を舞台とせず、「春日野」ということばも一切出て来ない。源氏の歌の「手につみて」は、「春日野の若菜」にたびたび用いられる表現だが、「若草」との組み合わせは珍しい。舞台は北山であり、「紫」は古今集の「紫の」歌を踏まえて、常に「武蔵野」のものとされている。また、伊勢物語の第一段では「かいま見」とあるのに、源氏物語の若紫巻では「のぞきたまふ」となっている。つまり、伊勢物語第一段と若紫の物語とは、場面設定こそ似ているが、表現上の一致は意外にも少ない。

さらに、源氏物語では、伊勢物語第一段の後半に添えられた源融の歌、

▽みちのくのしのぶもぢずりたれゆへに乱れそめにし我ならなくに（伊勢物語、一段　古今集、恋四、七二四、河原左大臣）

が引用された例は見あたらない。引歌として古注がこの歌を挙げるのは、「しのぶの乱れ」（帚木巻、三五）と「すり衣」（行幸巻、八八六）だが、これは同じ伊勢物語第一段の「春日野の」歌との関連で挙げてあるに過ぎない。つまり、伊勢物語にある歌やことばを用いていても、伊勢物語から引用したものとは限らないのである。

ところで、紫の上の歌「かこつべき」（前掲）によく似た歌が、より時代の近い藤原実方の歌集にある。

▽かこつべき人もなきよに武蔵野の若紫をなににみすらむ（実方集、一六九）

▽下にのみなげくを知らで紫の根ずりのころもむつまじきゆゑ（同、一七〇）

▽紫の色にいでける花を見て人はしのぶと露ぞつけける（同、一七一）

▽白露のむすぶばかりに花を見てこはたがかこつ紫のゆゑ（同、一七二）

これらは、伊勢物語の歌と、紫の上の歌「かこつべき」の本歌、

▽知らねども武蔵野といへばかこたれぬよしやさこそは紫のゆゑ（前掲）

とを踏まえた贈答歌である。他に類句が見あたらないので、紫の上の歌は、この歌とともに、実方集の贈答歌を基

にした可能性が高い。

藤原実方は、陸奥守へ左遷され、赴任から四年後の長徳四年（九九八）、任地で亡くなった。その原因として、古事談および十訓抄には、藤原行成と殿上にて口論し、一条天皇が実方に「歌枕見て参れ」と命じたという逸話が伝わる。真偽の程はともかく、伊勢物語の主人公のように「東下り」をした実方の説話は、その歌とともに語り伝えられたのだろう。源氏物語には、不遇の死を遂げたり、若くして出家した人物の歌が多く取り入れられ、巻名もそうした歌に関わるものが目立つ。実方には、他にも、次の歌がある。

▽うたた寝のこのよの夢のはかなきにさめぬやがてのうつつともがな（実方集、四五）

これは同じ若紫巻の、源氏と藤壺との贈答歌によく似ている。

○見てもまたあふ夜まれなる夢の中にやがてまぎるる我が身ともがな（若紫巻、一七四）

○世がたりに人や伝へんたぐひなくうき身をさめぬ夢になしても（同返し）

実方集の詞書には「こそぎみといふ子なくなりて」「この亡き人を泣き寝の夢に見て」とあり、亡き子を思う哀傷歌である。一方、若紫巻の源氏は、藤壺密通の後「殿におはして、泣き寝にふし暮らしたまひつ」とある。他に共通する表現が見あたらないことから、若紫巻の藤壺との贈答歌の場面設定に実方の歌が影響を与えていた可能性が指摘されている。(2)

さて、この実方歌「うたた寝の」は、次の歌を基にしていたと考えられる。

▽寝ぬる夜の夢をはかなみまどろめばいやはかなにもなりまさるかな（伊勢物語、百三段　古今集、恋三、六四四、在原業平、業平集、一六）

古今集の詞書では「人にあひてのあしたによみてつかはしける」、業平集では「人のもとよりかへりて、またの日やりし」とあるのに対して、伊勢物語では「心あやまりやしたりけむ、みこたちの使ひ給ひける人をあひ言へりけり」とし、最後に「さる歌のきたなげさよ」と批判的に語り、普通の恋愛ではない、特殊な許されがたい恋愛であると言う。若紫巻の藤壺との贈答歌は、この伊勢物語百三段の状況と歌を受け継いだものと思われるが、その間に、実方歌が関わっていたことがうかがえる。これらの歌に共通する「よ」が、伊勢物語では「夜」だけの意味であったのに対して、実方は「この夜」とともに、なくなった子どもを思って「子の世」とした。それを受けて、若紫巻では、「よ」を「あふ夜」と「世がたり」として、二人の交わらない思いを表したのであろう。

若紫巻の源氏と藤壺の贈答歌については、『河海抄』の「五条二条の后を薄雲女院朧月夜の尚侍によそへ」に当たる例として、密通という同じ主題を語る伊勢物語六十九段との関連がたびたび指摘されてきた。

▽君や来しわれや行きけむ思ほえず夢かうつつか寝てかさめてか（伊勢物語、六十九段　古今集、恋三、六四五、よみ人知らず）

▽かきくらす心のやみにまどひにき夢うつつとはこよひさだめよ（同返し、一二七　同返し、六四六、在原業平）

傍線部「こよひ」は、古今集の多数の本や伊勢物語の一部の本では「よひと」とあり、若紫巻の「世語り」は、「こよひ」よりも「世人」から生じたと考えられる。また、古今集では、「寝ぬる夜の」「君や来し」「かきくらす」の三首が並べられている。よく似た歌句「このよの夢のはかなきに」「うつつ」を有する実方歌「うたた寝の」はもちろん、若紫巻の藤壺との贈答歌もまた、伊勢物語の状況を意識しながらも、伊勢物語の模倣ではなく、古今集の業平歌を基にして再生産したと考えられる。

また、源氏物語以前には次のような歌があった。

▽武蔵野は袖ひづばかりわけしかど若紫はたづねわびにき（後撰集、雑二、一一七八、よみ人知らず）

▽まだきから思ひこき色にそめむとや若紫の根をたづぬらむ（同、雑四、一二七八、よみ人知らず）

▽武蔵野の野中をわけてつみそめし若紫の色はかはりき（九条右大臣集、五）

若紫巻における源氏の二首のうち、
○ねはみねどあはれとぞ思ふ武蔵野の露わけわぶる草のゆかりを（前掲）
の「わけわぶる」は、後撰集の「武蔵野は」歌の「わけ」「たづねわび」による。また、
○手につみていつしかも見む紫の根にかよひける野辺の若草（前掲）
の「紫の根」も、後撰集の「まだきから」歌の「若紫の根」を受けている。しかも、この三首すべてに「若紫」の語がある。このうち、九条右大臣集の「武蔵野は」は藤原師輔の詠歌であるが、源氏の歌「手につみて」と同じく「つみ」（草を摘む）という語がある。

つまり、源氏物語の巻名「若紫」は、後世の読者が源氏物語中の歌によって名付けたものでなく、また、伊勢物語だけを基にして作られたのでもなく、伊勢物語の歌を発端として天暦年間に流行した「若紫」ということばによって、作者が物語の題として名付けたものと考えるべきであろう（第十章参照）。

二、紫のゆかり　［若紫］

伊勢物語と源氏物語との表現上の最大の相違は、「ゆかり」ということばである。周知の通り、若紫の物語は「紫のゆかり」の物語であり、物語中でも、
○あながちなるゆかりもたづねまほしき心もまさりたまふなるべし（若紫巻、一七九）
○かの紫のゆかりたづねとりたまひては（末摘花巻、二一七）
と繰り返されている。しかし、すでに見た、
▽紫の一本ゆゑに武蔵野の草は皆がらあはれとぞ見る（前掲）

▽知らねども武蔵野といへばかこたれぬよしやさこそは紫のゆゑ（前掲）
▽下にのみなげくを知らで紫の根ずりのころもむつまじきゆゑ（前掲）
▽白露のむすぶばかりに花を見てこはたがかこつ紫のゆゑ（前掲）
においては、すべて「紫のゆゑ」とあり、若紫巻において古注が引用する古今集や伊勢物語の歌に「ゆかり」という語は見あたらない。

「ゆかり」ということばは、次の贈答歌が初出である。
▽かれぬべき草のゆかりをたたじとて跡をたづぬと人は知らずや（九条右大臣集、三九）
▽露霜の上ともわかじ武蔵野のわれはゆかりの草葉ならねば（同返し、四〇）
「かれぬべき」は、色好みとされた九条右大臣藤原師輔が、天暦八年（九五四）に亡くなった斎宮雅子内親王を忘れられず、その妹・康子内親王に贈った歌である。康子内親王は同じ醍醐天皇の皇女でも雅子内親王と腹違いであるから、「われはゆかりの草葉ならねば」と切り返したのである。若紫巻の源氏と紫の上のやりとり、
○ねはみねどあはれとぞ思ふ武蔵野の露わけわぶる草のゆかりを（前掲）
○かこつべきゆゑを知らねばおぼつかないかなる草のゆかりなるらむ（前掲）
や、「ゆかり」を「たづね」とする表現は、師輔と康子内親王の贈答歌を基にしたと考えてよいだろう。右大臣師輔は、先に引用した「武蔵野の」歌においても、「武蔵野」と「若紫」を組み合わせて詠んでいるから、伊勢物語の「昔男」に我が身を仮託していたのであろう。

師輔歌の影響であろうか、天徳年間には次の歌も作られている。
▽武蔵野の草のゆかりに藤袴若紫にそめてにほへる（元真集、七〇）
▽紫の色にはさくな武蔵野の草のゆかりと人もこそ見れ（拾遺集、物名、三六〇、如覚法師　義孝集、一二六）

この二首には「武蔵野」「草のゆかり」「紫」という、若紫の物語の鍵語がすべて詠まれている。特に元真の歌には「若紫」という語もある。これは天徳三年八月二十三日に斎宮女御徽子女王が主催した前栽歌合の歌である。また拾遺集の歌は、師輔の孫・義孝の歌集にもあり、拾遺集では師輔の息子で多武峰少将とも呼ばれた高光（如覚法師）の歌と伝えられている。つまり、源氏物語の「紫のゆかり」の物語は、伊勢物語を源泉としながらも、師輔の恋愛と歌をも踏まえて作られたと考えてよいだろう（第八章・第十章参照）。

若紫巻の女房の歌、

○初草のおひゆく末も知らぬ間にいかでか露の消えんとすらむ（前掲）

を受けて、源氏は数年後、次の歌を詠む。

○はかりなき千ひろの底のみるぶさのおひゆく末は我のみぞ見む（葵巻、二九〇）

葵巻で、まだ葵の上健在の時期に、紫の上の髪削ぎをしながら詠んだ歌であり、源氏が紫の上に求婚した歌と見るべきである（第二章参照）。源氏は、若紫巻の歌「初草の」歌で女房が「おひゆく末も知らぬ」と紫の上の行く末を案じたことを受け、この葵巻において「おひゆく末は我のみぞ見む」と答えたのである。だからこそ、少納言の乳母は、この場面で「あはれにかたじけなしと見たてまつる」のである。この歌に対して、紫の上は、男の愛情を疑う切り返しの歌を返す。

○千ひろともいかでか知らむ定めなく満ちひる潮ののどけからぬに（葵巻、二九一）

この歌もまた、若紫巻の女房の歌「初草の」における「いかでか……む」に呼応している。

さて、この紫の上が成長し、明石の君のことを告白した源氏に対して紫の上は、次の歌を詠む。

○うらなくも思ひけるかな契りしをまつよりなみはこえじものぞと（明石巻、四六七）

この歌は、若紫巻の歌の基になった伊勢物語四十九段の女の返歌、

▽初草のなどめづらしき言の葉ぞうらなくものを思ひけるかな（前掲）

を踏まえている。類句は他には見あたらず、明石の君の話題は、若紫巻の冒頭ですでに語られているので、これは偶然ではなく、作者が意識的に対応させたものと考えられる。伊勢物語の「うらなく」が言の「葉」の裏であったのに対して、明石巻の紫の上の歌では明石の浦をも意味する。そして「うらなくも」の第四句「まつよりなみは」は、次の歌を基にしている。

▽君をおきてあだし心をわがもたば末の松山波もこえなむ（古今集、大歌所御歌、一〇九三）

▽契りきなかたみに袖をしぼりつつ末の松山波こさじとは（後拾遺集、恋四、七七〇、清原元輔）

末の松山の「松より波は越えじ」（源氏が浮気心を持たないだろう）の意味を表すと同時に、京に残された自分は「待つより無み」（待つよりほかに仕方ないのに）という意味をかけている（コラム3《末の松山》参照）。

伊勢物語四十九段の「若草を」「初草の」の贈答歌は、若紫巻の尼君と女房の贈答歌に受け継がれ、そこから、葵巻の髪削ぎの歌「はかりなき」に引き継がれ、さらに、明石巻の紫の上の嘆きの歌「うらなくも」にと、同じ本歌から物語の歌が次々と発展的に作られてゆく過程がうかがえる。四十九段の兄の歌「うら若み」は、次の二首にも取り入れられている。

○うちとけてねもみぬものを若草のことあり顔にむすぼほるらむ（胡蝶巻、七九九）

○若草のねみむものとは思はねどむすぼほれたるここちこそすれ（総角巻、一六四五）

ここでは、男の立場から、若々しい女を意味する「若草」を用いて詠んでいる。胡蝶巻では源氏が玉鬘に、総角巻では匂宮が女一宮に詠んだ歌であり、総角巻では、伊勢物語の若草の贈答歌を引用している。

○在五が物語を描きて、妹に琴教えたる所の、「人のむすばん」と言ひたるを見て、いかがおぼすらむ、少し近く参り寄りたまひて（総角巻、一六四四）

○ことわりにて、「うらなくものを」と言ひたる姫君も、されて憎くおぼさる。（同、一六四五）

兄が妹に琴を教えている所が描かれていた「在五が物語」（伊勢物語）の絵の存在を示す例である。（3）

ただし、この場面の「妹に琴教えたる所」は、絵師の創作ではないだろう。そして源氏物語の作者も、伊勢物語四十九段の贈答歌、

▽うら若みねよげに見ゆる若草をひとのむすばむことをしぞ思ふ（前掲）

▽初草のなどめづらしき言の葉ぞうらなくものを思ひけるかな（前掲）

の「ことをしぞ思ふ」「言の葉」に「琴」の意味があると理解していたのだと思う。さらに、伊勢物語と総角巻の歌に共通する「ね」にも、「寝」と若草の「根」に加え、琴の「音《ね》」が込められていたと考えていただろう。次の例のように、歌の「こと」に「琴」をかけて詠む歌が源氏物語には多いからである。

○木枯らしに吹きあはすめる笛の音にひきとどむべきことの葉ぞなき（帚木巻、五四）

○なほざりに頼めおくめるひとことをつきせぬ音にやかけてしのばん（明石巻、四七一）

○あふまでのかたみに契る中の緒のしらべはことに変らざらなむ（同、四七二）

○ふる里に見しよのともを恋ひわびてさへづることをたれかわくらむ（松風巻、五八七）

同様に、胡蝶巻の「ことあり顔に」にも、琴の存在が想定できる。胡蝶巻では琴があると書かれていないが、源氏と玉鬘の場面においては、たびたび琴が見られる。

○をかしげなる和琴のある、引き寄せたまひて、かきならしたまへば（常夏巻、八三三）

○いとしばしばわたりたまひて、おはしまし暮らし、御琴なども習はしきこえたまふ（篝火巻、八五五）

○御琴を枕にて、もろともに添ひ伏したまへり（篝火巻、八五六）

このことから、二人の傍には常に琴があったと考えてよい。実際、当時の生活において、男が姉や妹と間近に接す

る機会を得るには、琴を教える場がもっとも自然であっただろう。

胡蝶巻の歌では玉鬘を「若草」と言う。紫の上を引き取って養育したと同様、玉鬘もまた、源氏が引き取り教育している。紫の上が藤壺の「紫のゆかり」であるのに対して、玉鬘は、「夕顔の露のゆかり」（玉鬘巻）とされた。また、藤袴巻における夕霧と玉鬘の贈答歌、
○同じ野の露にやつるる藤袴あはれはかけよかことばかりも（藤袴巻、九二〇）
○たづぬるにはるけき野辺の露ならば薄紫やかことならまし（同返し、九二〇）
も、若紫巻の歌の本歌と同じ五首を踏まえて作られている（第八章参照）。紫の上系に対する玉鬘系という別伝の物語の女主人公が、ともに「若草」「ゆかり」と称されていることに注目したい。

三、帚木と夕顔　［帚木・夕顔］

伊勢物語第一段と若紫巻との対応は、業平一代記としての伊勢物語と、光源氏の一代記における発端の物語であることを十分に意識したものと考えられる。しかし、ことばの類似は、若紫巻よりもむしろ帚木三帖において目立つ。先に触れた通り、帚木巻の冒頭には、「しのぶの乱れ」という表現がある。
○まだ中将などにものしたまひし時は、内裏にのみさぶらひようしたまひて、大殿にはたえだえまかでたまふ。しのぶの乱れやと疑ひきこゆることもありしかど（帚木巻、三五）
源氏が左大臣邸の姫君（葵の上）に途絶えがちであることを、周囲（特に左大臣家）の人々は「しのぶの乱れ」かと疑っている。この語は他に見あたらないから、伊勢物語の「いちはやきみやび」の「昔男」を連想させる意図もあったのだろう。

「かいま見」ということばも、空蟬巻と夕顔巻に集中して見られる。
○かくうちとけたる人のありさまかいま見などは、まだしたまはざりつることなれば（空蟬巻、八八）
○紀伊の守の妹もこなたにあるか。われにかいま見せさせよ、とのたまへど（空蟬巻、八九）
○ときどき中垣のかいま見しはべるに、げに若き女どものすき影見えはべり（夕顔巻、一〇六）
○まことや、かの惟光が預かりのかいま見は、いとよく案内見とりて申す。（同、一一二）
○尼君のとぶらひにものせむついでに、かいま見せさせよ、とのたまひけり。（同、一一二）
源氏物語には、若紫、橋姫、竹河など、国宝『源氏物語絵巻』（徳川美術館蔵）をはじめとする絵画作品に描かれた「かいま見」の場面が多く見られるが、実は、ことばとして「かいま見」が用いられているのは、この五例と早蕨巻の一例のみである。これらのことばは、帚木三帖における若き貴公子の恋物語を表す鍵語として意識的に利用されたのであろう。

帚木巻には、次の贈答歌がある。
○手を折りてあひ見しことを数ふればこれ一つやは君がうきふし
○うきふしを心一つにかぞへ来てこや君が手を別るべきをり（帚木巻、五〇）
帚木巻の雨夜の物語における四つの体験談のうちの一つである。体験談は、いずれも歌物語の形で、女との贈答歌で物語が作られているが、この歌は、伊勢物語の贈答歌と状況を利用して作られている。
▽手を折りてあひ見しことを数ふれば十といひつつ四つは経にけり（伊勢物語、十六段）
▽年だにも十とて四つは経にけるをいくたび君をたのみ来ぬらむ（同返し）
紀有常の「年頃あひなれたる妻」が尼になって家を出る時に詠み交わした（実際は男の代作だが）歌である。帚木巻の贈答歌もまた、左馬頭が長年連れ添った妻と喧嘩別れする時に詠み交わした歌である。激しく口げんかをして

いるうちに、女は馬頭の「指一つをひき寄せて食ひてはべりし」と言う。それで馬頭は怒って「今日限りだ」と「この指をかがめて」出て来た、その時に左馬頭が詠んだのが「手を折りて」の歌なのである。

この歌は、伊勢物語の歌の上の句をそのまま利用しているが、ただ表現を借りただけではない。この体験談の面白さは、伊勢物語を基にしながらも、滑稽さを加えている点である。伊勢物語を知る読者なら、上の句「手を折りてあひ見しことを数ふれば」まで聞けば、自然に下の句「十といひつつ」を思い浮かべ、指折り数えたあと二人の逢った回数（出来事・思い出）を言うと予想する。(4) ところが左馬頭は、そこで折った「手」（指）の数ではなく、指の傷（歯形）に目を向ける。「これひとつ」とは、傷ついた「指一つ」と、傷をつけた女の欠点を表し、「うきふし」は、痛い指の関節と女の欠点とを、それぞれ掛けて言う。伊勢物語の場合の「手」は月日や回数を数えるための手段にすぎなかったのに対して、ここでは、指折り数えた「手」そのものが歌の中心となった。女の返歌になると、もはや伊勢物語からは離れ、「ふし」「ひとつ」「手」と、手を中心に据えた表現になっている。この話は、伊勢物語の二番煎じではない。「指をかがめ」た動作に「手を折りて」と詠んだ男の機知、これらをうまく受け止めた女の歌、という、すぐれた歌物語になっているのである。

この体験談をはじめ、雨夜の品定めの四つの体験談は、すべて贈答歌を基本として作られている。名も無き男の物語でも、歌と詠まれた状況が良ければ面白い物語を作ることができる、まして光源氏という一人の男を主人公とした歌物語ならば、どれほど魅力的であろうか。帚木巻の体験談は、伊勢物語に次ぐ歌物語を目指して作られたと考えられる。初めから長編小説として作られたのではなく、断片的な物語を集めて、全体として光源氏の一代記となるような物語を目指した――その根本のところは、伊勢物語と同じ方法と言える。源氏物語が伊勢物語を受け継ぐという宣言が、「若紫」という巻名であり、帚木巻の恋愛談義であり、中の品の女との恋を語る帚木三帖であった、と考えてもよいだろう。

夕顔巻における源氏と夕顔との最後の贈答歌、
○夕露にひもとく花は玉ぼこのたよりに見えしえにこそありけれ（夕顔巻、一二二）
○光ありと見し夕顔のうは露はたそがれ時のそら目なりけり（同返し）
の前提には、伊勢物語の三十七段があった。
▽昔、色好みなりける女にあへりけり。うしろめたくや思ひけむ、
我ならで下ひもとくな朝顔の夕影待たぬ花にはありとも
返し、
二人して結びしひもを一人してあひ見るまではとかじとぞ思ふ（伊勢物語、三十七段）
このうち「二人して」の歌には、第四・五句が「吾者解不見直相及者」とある類歌、
▽二人して結びしひもを一人してわれはとき見じただにあふまでは（万葉集、巻十二、二四一九）
があるが、これを二首の贈答歌に分離して物語に仕立てたのだろう。次の贈答歌もこれに倣っている。
▽下ひものゆふ日に人を見つるよりあやなく我ぞうちとけにける（朝光集、四八）
宮の君うちとけたまへるを見て
▽下ひものゆふ日もうしや朝顔の露けながらをうせんとぞ思ふ（同返し、四九）
贈歌では、「下紐」が「ゆふ」の枕詞であり、「夕日に人を見」「うちとけ」を導き、返歌では、同じ句をくり返して「朝顔の露」としている。万葉歌の発想を受け継ぎながらも、下紐を「とく」のとは反対の「ゆふ」ということばを用いて、魂が抜け出ないようにしっかりと紐を結び、お互いの愛を誓った日を思うのである。

これらの贈答歌の発想と表現を基にして夕顔巻は作られている。「夕露に」歌の「ひもとく」を覆面の紐を解いて顔を見せる意味だとする説が広く出回っているが、これは誤解である。歌の「ひもとく」とは、夫婦や恋人がう

ちとけて袴の紐をとき、お互いの魂が抜け出て浮気をしないように固く結び合う風習を踏まえた歌語である。伊勢物語の「我ならで」歌の「朝顔の夕影待たぬ花」を転化させれば、夕顔巻の「夕露にひもとく花」となる。この表現は、男に再会した女が衣（袴）の紐を解いてうちとける姿を、夕方の露によって開く夕顔の花の姿に見立てて表したものである。[5]夕顔巻の歌と物語については、従来いろいろと誤解されて来たが、古歌を基に作られていることを知ると、その解釈は自ずと明らかである。

　夕顔巻の後半部、夕顔の四十九日で源氏が詠んだ歌、

〇泣く泣くも今日はわがゆふ下ひもをいづれの世にかとけて見るべき（夕顔巻、一四四）

もまた、伊勢物語や朝光集の歌を基にしている。「忍びて調ぜさせたまへりける装束の袴を取り寄せさせたまひて」（同、一四三）詠んだ歌である。この歌の「とけて見るべき」は、来世のいつか再び互いに袴の紐を解き、うちとけて逢うことができるだろうか、という意味になる。そして、この「ゆふ」は、亡くなった夕顔の魂が抜け出ないようにと結び留める意味を持つ。夕顔を目の前で亡くした源氏は、恋人同士で誓い合った伊勢物語の男女や朝光・宮の君の関係よりもさらに痛切な願いをもって、今日のために新調した袴の下紐を「泣く泣く」結ぶのであった。夕顔巻では、万葉歌から伊勢物語、朝忠集へと受け継がれた表現を基にして、さらに女との死別という悲しい結末を加えて「ゆふ」「とく」という歌語を効果的に用いた哀傷場面を描いたのである。

四、玉鬘の物語　［玉鬘・螢］

　さて、夕顔物語の後日譚は、娘の玉鬘の登場によって語られる。歌語「玉鬘」の意味については第一章で論じたが、伊勢物語にも関連する話がある。

三十六段では、「昔、忘れぬるなめりと、問ひ言しける女のもとに」に続けて、万葉集の東歌を基にした次の歌がある。

▽谷せばみ峰まではへる玉かづら絶えむと人にわが思はなくに（伊勢物語、三十六段　万葉集、巻十四、三五二八）

「私のことを忘れたのではないか」と問う女に、私の心は長く続く「玉かづら」のようで、決して絶えることはありません、と誓う。これは、玉鬘巻の巻頭文「年月隔たりぬれどあかざりし夕顔をつゆ忘れたまはず」（玉鬘巻、七一九）と、源氏の「わが心長さ」を語る玉鬘の物語の趣旨と合っている。伊勢物語の諸本において、この章段の次にあるのが、先に見た三十七段の「下紐」の物語であるから、あるいはその関連で夕顔と玉鬘の物語が作られたのであろうか。

それとは別に、伊勢物語には「玉かづら」の歌の例が、他に二例ある。

▽人はいさ思ひやすらむ玉かづら面影にのみいとど見えつつ（伊勢物語、二十一段）

▽玉かづらはふ木あまたになりぬれば絶えぬ心のうれしげもなし（同、百十八段　古今集、恋四、七〇九、よみ人知らず）

二十一段も、万葉集に類歌があるから、それを基にしたのであろうか。

▽人はよし思ひやむとも玉かづら影に見えつつ忘らえぬかも（万葉集、巻二、一四九、倭大后）

二十一段では、この歌を詠んだ女が「いと久しくありて、念じわびて」、その後、男と「忘れ草」の歌を贈答する。三十六段と同様、「玉かづら」という歌枕は、忘れ得ぬ人という恋物語の主題として用いられている。百十八段の物語も、古今集の歌によって作られた物語であろう。歌の前に次の文がある。

▽昔、男、久しく音もせで、「忘るる心なし、まゐり来む」と言へりければ、（伊勢物語、百十八段）

長く忘れない思いに加えて、かづらのつるが「はふ木あまた」になる状態を、引く手あまたの男に見立てた物語に仕立ててある。同じ「玉かづら」を用いて、似た物語ながら三種類の物語が作られたのである。

三十九段では、「天の下の色好み」とされる源至が、女車の簾に螢を放つ物語がある。部分を引用する。
▽かの至、螢をとりて、女の車にいれたりけるを、車なりける人、この螢のともす火にや見ゆらむ、ともし消ちなむずるとて、乗れる男のよめる。
　　出でていなばかぎりなるべみともし消ち年経ぬるかとなく声を聞け
かの至、返し、
　　いとあはれなくぞ聞ゆるともし消ち消ゆるものとも我は知らずな（伊勢物語、三十九段）
螢の光で女の姿を見ようとする至に、女車に同乗する主人公の男は、今夜は葬送だから不謹慎だとたしなめた。一方、源氏物語の螢巻では、源氏が、玉鬘の姿を兵部卿宮に見せるため、螢を「うすもの」の衣に包んでいたのを放った。螢巻は他にも、複数の歌や歌語りが基になっているが（第八章参照）、ここの場面と歌ことばの一致には注意しておきたい。
○なく声も聞こえぬ虫の思ひだに人の消つには消ゆるものかは（螢巻、八〇九）
哀悼で人々が泣く声を聞けと詠んだ伊勢物語の歌に対して、同じ「なく声」ということばを用いて、兵部卿宮は螢の「鳴く声も聞こえぬ」と転換させている。同様に、「消つ」「消ゆるもの」という同じことばを使いて、伊勢物語の「ともし火」を自分の恋の「思ひ」（ひ＝火）に変えて詠んだのである。この物語では、亡くなったみこ（崇子内親王）の魂の火と螢の光を重ねているので、螢巻の恋の「思ひ」とは状況が異なる。しかし、三十六段と三十七段が夕顔と玉鬘の物語に関わっていたとすると、この三十九段も玉鬘の物語を生み出す基になっていた可能性を考えてよいだろう。

五、大原野行幸　［行幸］

源氏物語の行幸巻には、大原野行幸の場面がある。

○雪ただいささかづつうち散りて、道の空さへ艶なり。親王たち、上達部なども、鷹にかかづらひたまへるは、めづらしき狩の御装ひどもをまうけたまふ。近衛の鷹飼どもは、まして世に目なれぬすり衣を乱れ着つつ、けしきことなり。（行幸巻、八八六）

○蔵人の左衛門の尉を御使ひにて、雉ひと枝たてまつらせたまふ。仰せごとにはなにとかや、さやうのをりのことまねぶにわづらはしくなむ。

　　雪深き小塩の山にたつきじのふるきあとをも今日はたづねよ

太政大臣の、かかる野の行幸につかうまつりたまへるためしなどやありけむ。大臣、御使ひをかしこまり、もてなさせたまふ。

　　小塩山みゆき積もれる松原に今日ばかりなるあとやなからむ

と、そのころほひ聞きしことの、そばそば思ひいでらるるは、ひがごとにやあらむ。（同、八八八）

『河海抄』が引く『李部王記』の記す延長六年（九二八）の醍醐天皇大原野行幸などを基にして具体的に描写されている。[6] 冷泉帝は、京都の西にある大原野に行幸される。ここで源氏は、物忌みのためと称して不参加を申し出た。それを残念に思った帝が「雪深き」の歌を詠んだのである。

伊勢物語七十六段には、二条の后が「東宮の御息所」と呼ばれていたころに、氏神（大原野神社）に参詣した時に「近衛司にさぶらひける翁」が「人々の禄たまはるついでに」詠んだ歌がある。

▽大原や小塩の山も今日こそは神代のことも思ひいづらめ（伊勢物語、七十六段　古今集、雑上、八七一、在原業平）

九十八段には、太政大臣藤原良房に仕える男が、九月なのに「梅の作り枝に雉をつけて」贈った歌、

▽わがたのむ君がためにと折る花はときしもわかぬものにぞありける（伊勢物語、九十八段、一七三　古今集、雑上、八六六、よみ人知らず）

がある。古今集では「題知らず」、左注では太政大臣良房の歌となっていて、「雉」とは関わらない。ところが伊勢物語では、「ときしも」に「きじ」を詠み込ませ、「花」も梅の作り枝に変化している。

源氏物語の行幸巻で「雉ひと枝」をつけて「雪深き」の歌を贈ったことは、伊勢物語九十八段の他に、師輔の「朱雀院の帝の、狩にみゆきありける御供に、さはることありてえつかうまつりたまはぬに、雉ひとつを枝につけてたまはせたりければ奏したまひける」（九条右大臣集、五八詞書）という事実などをも踏まえているのであろう。

また、源氏の歌「小塩山」は、次の歌を基にしている。

▽大原や小塩の山の小松原はやこだかかれ千代の影見む（後撰集、慶賀、一三七三、紀貫之）

▽きぎすすむ小塩の原の小松原とりはじめたる千代の数かも（実方集、七三）

一首目は、藤原実頼の子の成人の祝賀、二首目は、為任の子の誕生祝いに「雉やるとて」詠んだ歌である。源氏物語の歌は、貫之歌「大原や」が業平の「大原や」を基にしているのを踏まえて作られたのであろう。

行幸巻の「雪深き」のあとの傍線部「太政大臣の、かかる野の行幸につかうまつりたまへるためし」は、仁和二年の光孝天皇芹川行幸で、当時の太政大臣藤原基経が同行したことを意味している。「ふるきあとをも今日はたづねよ」とは、同じ太政大臣である源氏も同行してほしかったと言うのであるが、その芹川行幸で在原行平の詠んだ次の二首を踏まえている。

仁和のみかど、嵯峨の御時の例にて芹川に行幸したまひける日
▽嵯峨の山みゆきたえにし芹川の千代の古道あとはありけり（後撰集、雑一、一〇七六、在原行平）
同じ日、鷹飼ひにて、狩衣のたもとに鶴の形をぬひて、書き付けたりける
▽翁さび人なとがめそ狩衣今日ばかりぞとたづも鳴くなる（同、雑一、一〇七七、在原行平）
「千代の古道あと」は、嵯峨天皇の例にならった行幸であるのに対して、源氏物語では、その光孝天皇の行幸を例としている。歌の表現も、
○雪深き小塩の山にたつきじのふるきあとをも今日はたづねよ（前掲）
では、「嵯峨の山」歌の「古道あと」と、「翁さび」歌の「今日」「たづ」を用いる。また、
○小塩山みゆき積もれる松原に今日ばかりなるあとやなからむ（前掲）
では、「嵯峨の山」歌の「みゆき」「あと」と、「翁さび」歌の「今日ばかり」を用いて歌を作っている。この「今日ばかり」には「今日は狩」の意味も含んでいる。

仁和二年（八八六）芹川行幸は業平没後の出来事であり、伊勢物語の百十四段は、行平の「翁さび」歌を利用して作られている(7)。
▽昔、仁和の帝、芹川に行幸したまひける時、今はさること似げなく思ひけれど、もとつきにけることなれば、大鷹の鷹飼にてさぶらはせ給ひける。すり狩衣のたもとに、書き付けける。
翁さび人なとがめそ狩衣今日ばかりぞとたづも鳴くなる（伊勢物語、百十四段）
後撰集の詞書にある「鶴のかたをぬひて」という状況が、歌の「たづも鳴くなる」をよく活かしているのに対して、伊勢物語では、芹川行幸に「大鷹の鷹飼」として同行した男が「すり狩衣のたもと」に歌を書き付けたことになっている。源氏物語行幸巻の行列の場面では、この伊勢物語の表現を用いて「近衛の鷹飼どもは、まして世に目なれ

ぬすり衣を乱れ着つつ」と描いているが、行幸巻の物語と贈答歌を成り立たせているのは、後撰集の行平歌二首の表現と詞書で語られた状況であった。芹川行幸は十二月であるから、行平歌の「みゆき」にも、行幸巻の歌と同様「深雪」の意味が込められていたと思われる。

以上のように、伊勢物語の複数の物語を背景にして作られていることは確かながら、源氏物語では伊勢物語の場面を模倣することは決して多くない。伊勢物語には独自の世界がすでにあるから、それを源氏物語が語り直そうとはしなかったのであろう。伊勢物語の素材となった歌や史実を基にして、源氏物語では、別の物語世界を再構成・再構築したのである。その中で、若紫の物語と玉鬘の物語は、伊勢物語と同じことばを巻名に用いて長編化をはかっていた。これは、伊勢物語の方法を受け継ぐという意思の表れでもあろう。

伊勢物語では、場面に応じた当意即妙の歌を詠むことを何よりも尊重していた。源氏物語の登場人物が伊勢物語から受け継いだのは、まさにその部分であったと思う。単に、密通の物語を真似たとか場面や人物の設定を模倣したということではなく、恋愛の歌、哀傷の歌を最大限活かす場面を作ろうとしたとき、より過酷なつらい恋愛、許されざる恋を描くことになる。歌から物語が作られるという、現代の小説とはまるで異なる性格を、古代の物語は共通して持っている。

歌によって物語が形成された伊勢物語に対して、源氏物語では、歌のことばや表現を活かすために、詠み手の人物造型と風景を具体的に表した。結果、物語の場面に最もふさわしい歌のやり取りとなったのである。源氏物語が後に歌詠みの手本とされたのは、歌の詠まれた場面がすぐれていたからであろう。「世界に誇る長編小説」というメッセージは、西洋に向けて有効であっても、源氏物語の本性を言い表したものとは言い難い。伊勢物語を規範として発展させた、歌物語としての源氏物語の価値をあらためて見直すべきであろう。

注

（1）玉上琢彌『源氏物語評釈二』（一九六四年、角川書店）
（2）吉見健夫「若紫巻における源氏と藤壺の贈答歌―藤原実方歌との関わりについて―」（二〇〇〇年、武蔵野書院『源氏物語と王朝世界』）
（3）片桐洋一「物語絵と物語の本文―もう一つの場合―」（二〇〇一年、笠間書院『源氏物語以前』）
（4）伊勢物語歌「手を折りて」の第二句が「経にける年を」とする異文もあるが、返歌の「年だにも」から見て、「あひ見しことを」の方が適切と考え、源氏物語の作者が伊勢物語の歌の上の句をそのまま利用したものと判断した。
（5）拙著『源氏物語の風景と和歌』（一九九七年、和泉書院）第六章「光源氏と夕顔」、同『光源氏と夕顔―身分違いの恋―』（二〇〇八年、新典社新書）で、夕顔巻の贈答歌すべてについて論証した。
（6）加藤静子「大原野行幸の準拠と物語化」（二〇〇三年、至文堂『源氏物語の鑑賞と基礎知識　行幸・藤袴』）
（7）山本登朗「行平から『なま翁』へ―伊勢物語百十四段の成立―」（二〇〇一年、笠間書院『伊勢物語論』）

第八章　源氏物語の和歌と引歌

源氏物語は、古今集をはじめとする和歌を多く取り入れて作られている。源氏物語を正しく理解するためには最低限、古今集や後撰集を参照する必要があるのだが、私たちはつい注釈書の引用する歌を中心に考える傾向がある。また、百人一首など自分のよく知っている歌をまず思い浮かべてしまう。しかし、源氏物語の作者と、現代に生きる私たちの知識は、単に多いとか少ないということではなく、明らかに異なっている。作者はもちろん、当時の人々は、漢文の知識が豊富であるといったこと以上に、歌の知識は、古注釈が引用するものよりもはるかに豊富であったと思う。当時の文化が、そもそも和歌を規範とし教養として日頃から親しんでいたのだから当然であろう。作者は、身の回りで詠まれた新しい歌や目新しい流行語、あるいは周囲の人々から伝えられた歌を教養とし、それを新しい物語にしていったと考えられる。源氏物語の巻名にまつわる場面と和歌（その多くが主題を表している）は、村上天皇の時代に流行していた歌のことばや行事、そして歌が詠まれた状況をも踏まえて作られている。以下、すでに見てきた巻名について再検討しつつ、他の巻々についても考察する。

一、歌集から物語場面へ　［螢・空蟬・葵］

螢の巻では、源氏が、求婚者の兵部卿宮を夢中にさせようと、袖に螢を包みかくして暗闇で放ち、玉鬘の美しい容姿をちらっと見せる。

○寄りたまひて、御几帳の帷子《かたびら》を一重うちかけたまふにあはせて、さと光るもの、紙燭《しそく》をさし出でたるか、とあきれたり。螢を薄きかたに、この夕つ方、いと多くつつみおきて、光をつつみ隠したまへりけるを、さりげなく、とかくひきつくろふやうにて、にはかにかくけちえんに光れるに、あさましくて扇をさし隠したまへるかたはらめ、いとをかしげなり。（螢巻、八〇九）

○なく声も聞こえぬ虫の思ひだに人の消つには消ゆるものかは（螢巻、八〇九）

○声はせで身をのみこがす螢こそ言ふよりまさる思ひなるらめ（同返し）

「螢」は、今もあることばなので、歌のことばという認識はないだろう。が、これは、大和物語にもある次の歌を基にしている。

▽つつめどもかくれぬ物は夏虫の身よりあまれる思ひなりけり（後撰集、夏、二〇九、よみ人知らず）

　桂のみこの螢をとらへてといひ侍りければ、童のかざみの袖につつみて

歌には「夏虫」、詞書に「螢」とあるが、これが螢巻の印象的な場面を生み出した。後撰集では、「桂のみこ」孚子内親王が「螢を捕らえて」と言ったのを受けて、男の童がかざみの袖に包んで内親王に思いを訴えた、とも解し得るが、「かざみ」は童女の着るものなので、内親王のもとに来た男が童女のかざみに包んで思いを訴えたと捉えるべきだろう。(1) 一方、大和物語（四十段、五三）では、内親王に通っていた式部卿宮・敦慶親王が、童に螢を捕らえてと命じたのを、童が式部卿宮への思いを詠んだとある。

源氏物語では、源氏は、玉鬘の美しい姿を兵部卿宮に見せて翻弄させ、宮は、それを受けて思いを訴えた。伊勢物語で、源至が女車に螢を放った場面を彷彿とさせる場面である。

▽かの至、螢をとりて、女の車に入れたりけるを、車なりける人、この螢のともす火にや見ゆらむ、ともし消ち

なむずるとて、乗れる男のよめる。

出でていなばかぎりなるべみともし消ち年経ぬるかとなく声を聞け

いとあはれなくぞ聞ゆるともし消ち消ゆるものとも我は知らずな（伊勢物語、三十九段）

兵部卿宮の歌の表現「なく声も聞こえぬ」「消つには消ゆるものかは」は、この二首の表現に似ている。しかし、伊勢物語の場合は、螢の「ともし」を亡くなったみこ（崇子内親王）の魂（はかない命の灯火）と重ねており、恋の「思ひ」に「火」をかける詠み方とはまるで異なる。兵部卿宮と玉鬘との贈答歌は、後撰集の「つつめども」歌と、次の二首を踏まえて作られている。

▽音もせで思ひにもゆる螢こそなく虫よりもあはれなりけれ（重之集、二六四　後拾遺集、夏、二一六、源重之）

▽こがるれどけぶりもたたず夏の日は夜ぞ螢はもえまさりける（好忠集、一五一）

螢の光で美しい姿を一瞬見た兵部卿の宮は、わが思いの火は消せませんと詠み、玉鬘は、だまって身をこがす螢の方が、あなたのように声に出して訴えるより思いの火はまさっています、と切り返す。従って、後世の読者が、源氏物語の場面や歌から「ほたる」ということばを抜き出して巻名としたのではなく、源氏物語の作者が後撰集の歌の状況を基にして物語の場面を作り、巻名も名付けたと考えてよいだろう。このように、源氏物語の巻名に関わる場面は、後撰集時代の歌の世界を基にしている例が多い。

空蟬巻で、蟬の抜け殻のように薄衣を置いて逃げた女の物語の背景にも、後撰集時代の歌があった。源氏は、薄衣を手にして、次の歌を詠む。

○空蟬の身をかへてける木《こ》のもとになほ人がらのなつかしきかな（空蟬巻、九四）

この歌を書いた畳紙を小君から受け取った空蟬は、紙の端に歌を書き付けた（源氏に返してはいない）。

○空蟬の羽におく露の木《こ》がくれて忍び忍びにぬるる袖かな（空蟬巻、九五　伊勢集、四四二）

その時、「ありしながらのわが身ならば」と、現実の身の上を嘆いているから、万葉集の「現身《うつそみ》」の歌に見られる無常観や嘆きを、袖をぬらす女の心情に置き換えて表したと言える。

空蝉の書き付けた歌は、西本願寺本伊勢集にある。源氏物語の歌が伊勢集に混入したと考える研究者もいるが、伊勢集には他にも「うつせみ」を詠む歌が二首あり（第一章参照）、宇津保物語にも似た句を持つ歌、

▽夏蟬の羽に置く露の消えぬまにあふべき君をわかれてふかな（宇津保物語、吹上・上）

があることから、「空蟬の羽に置く露の」歌は、本来、伊勢の歌であったと考えてよいだろう。つまり、空蟬は、自作の歌ではなく、伊勢の歌を思い出して紙に書き付けた場面だと理解できる。

この物語の中心は、「空蟬の羽」と「袖」との重ね合わせから、女の脱ぎ捨てた「薄衣」を源氏が持って帰ったところにある。夕顔巻における後日談で、源氏は伊予に下る空蟬に衣を返して、次の歌を贈る。

○あふまでのかたみばかりに見しほどにひたすら袖の朽ちにけるかな（夕顔巻、一四五）

ここで古注が引用するのは、「あふまでのかたみ」の句が一致する古今集の歌と詞書である。

親の守りける人の娘にいと忍びに逢ひてものら言ひける間に、親の呼ぶと言ひければ、急ぎ帰るとて裳をなむぬぎ置きて入りにける、その後、裳を返すとてよめる

▽あふまでのかたみとてこそとどめけめ涙に浮ぶもくづなりけり（古今集、恋四、七四五、藤原興風）

しかし、それだけではない。後撰集には、次の贈答歌が見られる。

つらくなりにける男のもとに、今はとて装束など返しつかはすとて

▽今はとてこずゑにかかる空蟬のからを見むとは思はざりしを（後撰集、恋四、八〇三、平中興女）

▽わすらるる身をうつ蟬のから衣かへすはつらき心なりけり（同返し、八〇四、源巨城）

蟬の殻と「唐衣」の唐とをかけているだけではなく、蟬の殻を衣装に見立てている。空蟬巻の設定は、この贈答歌

から作られたのだろう。そして、源氏の歌に空蟬が返した歌、
○蟬の羽もたちかへてける夏衣かへすを見てもねはなかれけり（夕顔巻、一四五）
は、右の贈答歌のほかに、次の歌をも基に作られている。
▽なく声はまだ聞かねども蟬の羽のうすき衣はたちぞ着てける（天徳四年内裏歌合、夏、二一、大中臣能宣　拾遺集、夏、七九、大中臣能宣）
歌合の規範となった天徳四年（九六〇）内裏歌合で詠まれた歌である。夕顔巻の最後まで読み進めてきた当時の読者は、ここで空蟬の物語の基になった歌に初めて気づく仕組みになっている。作者は、これらの歌から空蟬の物語を構想し、帚木三帖の最後である夕顔巻の巻末で種明かししたのである（第一章参照）。

このように、源氏物語では、個々の歌に古来の歌のことばや表現を取り入れるだけでなく、歌が詠まれた状況を基にして代表的な物語場面が作られている。物語の題材として、名も無き人々の歌を多く入れて物語的に編集された後撰集はふさわしいものであった。源氏物語は、伊勢物語などを受けて作られているはずだが、伊勢物語を模倣した場面は意外に少ない。むしろ古来の歌を基にして物語を作った伊勢物語の方法に倣って、源氏物語も歌集の詞書などに記された物語的状況を踏まえ、より具体的な物語場面を作ったと考えられる（第七章参照）。

同様の方法は、葵巻の場面にも見られる。
○はかなしや人のかざせるあふひゆゑ神のゆるしのけふを待ちける（葵巻、二九一）
○かざしける心ぞあだにおもほゆる八十氏人になべてあふひを（同返し）
源氏が紫の上と祭り見物にでかけた時に出会った源典侍との間のやりとりである。男女が逢うことを神も許してくれるという葵の祭りにちなんで、源氏が他の女と同車していることを妬んで「はかなしや」と詠んだ源典侍に対して、源氏が誰にでもなびく典侍を「八十氏人になべてあふ」と返したのである。やはり後撰集に、この場面の基に

なった贈答歌がある。

賀茂祭の物見侍りける女の車にいひ入れて侍りける

▽ゆきかへる八十氏人の玉かづらかけてぞたのむあふひてふ名を（後撰集、夏、一六一、よみ人知らず）

▽ゆふだすきかけてもいふなあだ人のあふひてふ名はみそぎにぞせし（同返し、一六二）

そして巻名もまた、この贈答歌によって作者が名付けたものである（第二章参照）。

二、高光物語から巻名へ　［若紫・朝顔・蓬生・梅枝］

若紫の物語は、古注が指摘する伊勢物語や古今集の歌のみならず、多くの歌を基にしている（第七章参照）。そのうち、九条右大臣藤原師輔と康子内親王との贈答歌に注目したい。

▽かれぬべき草のゆかりをたたじとて跡をたづぬと人は知らずや（九条右大臣集、三九）

▽露霜の上ともわかじ武蔵野のわれはゆかりの草葉ならねば（同返し、四〇）

「かれぬべき」は、色好みとされた九条右大臣藤原師輔が、天暦八年（九五四）に亡くなった斎宮雅子内親王を忘れられず、その妹・康子内親王に贈った歌であり、同じ醍醐天皇の皇女でも雅子内親王と腹違いである康子内親王は「われはゆかりの草葉ならねば」と切り返したのである。源氏が紫の上に手習いを教える場面でのやりとり、

○ねはみねどあはれとぞ思ふ武蔵野の露わけわぶる草のゆかりを（若紫巻、一九二）

○かこつべきゆゑを知らねばおぼつかないかなる草のゆかりなるらむ（同返し）

は、師輔と康子内親王の贈答歌を基にしたと思われる。師輔はまた、

▽武蔵野の野中をわけてつみそめし若紫の色はかはりき（九条右大臣集、五）

においても、「武蔵野」と「若紫」を組み合わせて詠んでいるから、伊勢物語の「昔男」に我が身を仮託していたのであろう。源氏物語における「紫のゆかり」の物語は、師輔の恋愛と歌を踏まえて作られたと考えてよいだろう（第十章参照）。

師輔歌の影響であろうか。天徳年間には次の歌も作られている。

▽武蔵野の草のゆかりに藤袴若紫にそめてにほへる（元真集、七〇）

▽紫の色にはさくな武蔵野の草のゆかりと人もこそ見れ（拾遺集、物名、三六〇、如覚法師　義孝集、二六）

この二首には「武蔵野」「草のゆかり」「紫」という、若紫の物語の鍵語がすべて詠まれている。特に元真の歌には「若紫」という語もある。これは天徳三年八月二十三日に斎宮女御徽子女王が主催した前栽歌合の歌である。また拾遺集の歌は、師輔の孫（伊尹の子）である義孝の歌集にもあり、拾遺集では師輔の息子・高光（如覚法師）の歌として伝えられている。

師輔には何人もの子がいるが、中でも、長男の一条摂政（諡は謙徳公）伊尹と、若くして出家した高光の歌を基にした例が、源氏物語には目立つ。藤原高光は、師輔が「かれぬべき草のゆかり」と偲んだ雅子内親王を母とする。応和元年（九六一）横川に出家し、翌年多武峰に移住したことから多武峰少将と呼ばれる。高光の出家後（法名は如覚法師）に詠まれたと思われる歌は、源氏物語の巻名に関わる場面設定にたびたび取り入れられている。

賀茂の斎院を降りて父式部卿宮の喪に服す宮に、源氏は、衰えた朝顔を折り取って歌を贈った。

○とく御格子まいらせて、朝霧をながめたまふ。枯れたる花どものなかに、朝顔のこれかれはひまつはれて、あるかなきかに咲きて匂ひもことにかはれるを、折らせたまひてたてまつれたまふ。（朝顔巻、六四四）

○見しをりのつゆ忘られぬ朝顔の花のさかりは過ぎやしぬらむ（同）

源氏は、頼りなげに咲いて「にほひもことにかはれる」色あせた朝顔をわざわざ選んで添えて、「花のさかりは過ぎ」たのかと問いかけた。衰えた花と歌を女性に贈るのは失礼だと思うだろうが、歌の内容にもっともふさわしい花を選んで贈ることは礼儀に反しない。この歌は、高光の歌と状況を基にしていた。

花のさかりにふるさとの花を思ひやりて言ひやりし

▽見てもまたまたも見まくのほしかりし花のさかりは過ぎやしぬらむ（高光集、三七）

この高光集の詞書に言う「ふるさと」とはどこだろうか。出家前の高光は桃園に邸を持っていた。そこには、（光源氏のモデルともされる）源高明の北の方になった妹・愛宮と、高光の北の方である師氏の娘も住んでいる。かたや、朝顔巻の冒頭では、

○斎院は御服にて下りゐたまひにきかし……長月になりて、桃園の宮に渡りたまひぬるを（朝顔巻、六三九）

と、やや唐突に、前斎院が父宮の喪に服し桃園の宮に移ったことが語られる。つまり源氏が「花のさかりはすぎやしぬらん」と桃園の朝顔の宮に贈ったことは、高光が、桃園に残してきた懐かしい人に歌を贈ったことに準えていたのである。

国宝『源氏物語絵巻』蓬生（徳川美術館蔵）にもある、

○たづねてもわれこそとはめ道もなく深き蓬のもとの心を（蓬生巻、五三六）

の歌は、次の歌に応えるような歌になっている。

▽いかでかはたづね来つらん蓬生の人も通はぬわが宿の道（拾遺抄、雑上、四五八、よみ人しらず　拾遺集、雑賀、一二〇三、よみ人しらず　高光集、三六）

一首の歌の本歌というだけでなく、この歌を基にして蓬生の物語が作られたと考えられる。この歌と源氏の歌は贈答歌のようになっている。「たづね来つらん」に「たづねても……とはめ」、「蓬生」に「蓬のもと」、「人も通はぬわが宿の道」に「道もなく」が対応する。この後の源氏の歌、

○藤波のうちすぎがたく見えつるは松こそ宿のしるしなりけれ（蓬生巻、五三七）

も、蓬生の宿の主の問い「いかでかは」に応える形になっている（第二章参照）。

源氏物語中の「蓬生」の三例は、いずれもその宿の住人のせりふである。

○かかる御使ひの蓬生の露わけ入りたまふにつけてもいと恥づかしうなむ（桐壺巻、一二）

○年ごろの蓬生をかれなむもさすがに心細くさぶらふ人々も（若紫巻、一八八）

○かかる蓬生にうづもるるもあはれに見たまふるを（横笛巻、一二七七）

桐壺巻では更衣母が更衣里を、若紫巻では少納言が按察使大納言邸を、横笛巻も一条御息所がその邸を、それぞれ卑下して訪問客に言ったものである。古来の歌の例も同様で、「いかでかは」歌ではまさに「わが宿」を「蓬生」と言っている。これとは逆に、訪問客である源氏は、「蓬生」と言わず「蓬のもと」としている。朝顔巻の源氏の歌でも同様である。

○いつのまに蓬がもととむすぼほれ雪ふる里と荒れし垣根ぞ（朝顔巻、六四八）

このように、源氏物語では、歌語「蓬生」を、荒れた宿で待ち続ける女の側から捉えた語であることを意識して使い分けている。そして、このことばの深い意味と、この巻の物語の大半が末摘花邸の女房の視点で語られていることとが符合している。従って、源氏物語の作者が、「いかでかは」歌を踏まえ、その歌語「蓬生」を物語の題（＝巻名）として設定したと考えるのが自然であろう。

巻名「蓬生」の由来になった「いかでかは」の歌は、拾遺抄・拾遺集ではよみ人しらずとされるが、高光集の詞書では「多武の峰に侍るころ、人のとぶらひたる返りごとに」と、高光が訪問客に対して詠んだ歌として伝えられる。若紫巻の鍵語をすべて含む「紫の色にはさくな武蔵野の草のゆかりと人もこそ見れ」（前掲）も、高光作と伝えられている。若紫・蓬生という巻名には、源氏物語の時代に語り伝えられていた高光出家にまつわる説話の影響があったものと思われる。

巻名「梅枝」は、弁の少将が催馬楽「梅枝」を謡う場面による、と多くの注釈書が書いている。しかし巻名が表すのは、催馬楽の場面でも、その歌句における光景だけでもない。

○弁の少将、拍子とりて梅が枝いだしたる、いとをかし。（梅枝巻、九八〇）

に出てくるが、そこから抜き出されて巻名が名付けられたのではない。その催馬楽の歌詞、

▽梅が枝に来ゐる鶯　や　春かけて　はれ　春かけて　鳴けどもいまだ　や　雪はふりつつ　あはれ　そこよしや　雪はふりつつ（催馬楽、呂、梅枝）

▽梅が枝に　来ゐる鶯春かけて鳴けどもいまだ雪はふりつつ（古今集、春上、五、よみ人知らず）

において、雪と対比されるのは白梅だが、梅枝巻では、白梅と紅梅の対比が大きなテーマになっている。

まず、薫き物合わせをする六条院に、朝顔宮から薫き物に添えて「散りすぎた」梅の枝と歌が贈られて来た。

○二月の十日、雨少しふりて、お前近き紅梅さかりに、色も香も似るものなきほどに……花をめでつつおはするほどに、前斎院よりとて、散りすぎたる梅の枝につけたる御文もてまいれり（梅枝巻、九七六）

○花の香は散りにし枝にとまらねどうつらむ袖に浅くしまめや（同、九七六）

「散りすぎたる梅の枝」と歌の「散りにし枝」はいずれも盛りを過ぎた白梅の枝を指しているが、この場面の基になっているのが、高光の歌と状況であった。

比叡の山にすみ侍りけるころ、人の薫き物をこひて侍りければ、侍りけるままに少しを梅の花の散り残りたる枝につけてつかはすとて

▽春すぎて散りはてにける梅の花ただ香ばかりぞ枝に残れる（島根大学本拾遺抄、雑上、五八七、如覚法師　拾遺集、雑春、一〇六三、如覚法師　高光集、四三、第一句「春たちて」）

『河海抄』はこの歌を「高光日記云」として挙げている。これは現存する多武峰少将物語ではなく、栄花物語に伝える「高光物語」と考えられる。出家した如覚法師・高光は、比叡山横川から梅の花の散り残った枝に薫き物をつけて人に贈った。梅枝巻の趣向は、この高光の歌と状況によっている。「かばかり」には、「香ばかり」と「これだけ」の意味をかけている。薫き物を贈った相手は、桃園に残した北の方か妹の愛宮であっただろうか。一方、梅枝巻の「散り過ぎたる梅」「散りにし枝」とは、朝顔宮が自身を卑下した表現である。その朝顔の宮に、朝顔巻において源氏は「朝顔の花のさかりは過ぎやしぬらむ」（前掲）と問うた歌を贈ったが、その歌句も、高光が「ふるさと」桃園に贈った歌を利用したものであった。

朝顔宮からの歌「花の香は」に対して、源氏は、六条院の「紅梅さかりに色も香も似るものなき」枝を折って「花の枝に」の歌を返した。

○紅梅襲《がさね》の唐《から》の細長添へたる女の装束かづけたまふ。御返りも、その色の紙にて、お前の花を折らせてつけさせたまふ（梅枝巻、九七六）

○花の枝《え》にいとど心をしむるかな人のとがめむ香をばつつめど（同、九七七）

この場面で、白梅は朝顔宮、紅梅は若い明石姫君を比喩している。

盛りの紅梅をめでて、弁の少将が催馬楽「梅が枝」を唄い、その歌詞「来ゐる鶯」に合わせて、鶯を歌の題材として唱和したのだが、そのうちの一首、柏木が詠んだ歌、

○うぐひすのねぐらの枝もなびくまでなほ吹きとほせ夜半の笛竹（同、九八一）

の「うぐひすのねぐらの枝」は、六条院の盛りの紅梅の枝を指している。この歌句と歌が詠まれた状況は、次の歌を基にしている。

天暦御時に大盤所の前のつぼに鶯を紅梅の枝につくりてすゑて立てたりけるを見侍りて

▽花の色はあかず見るともうぐひすのねぐらの枝に手なふれそも（拾遺抄、雑上、三八四、一条摂政　拾遺集、雑春、一〇〇九、一条摂政）

梅枝巻で「うぐひすのねぐらの枝も」の歌を詠んだのは、このとき頭中将であった柏木である。かたや、「花の色は」の歌を詠んだ天暦十年（九六一）において、後の一条摂政・伊尹の位は、柏木と同じ蔵人の頭《とう》であり、弟・高光の出家はちょうどこの時期に当たる。

つまり、梅枝巻の世界は、高光の白梅の歌と兄伊尹の紅梅の歌を基にして作られていたことがわかる。ここで二首を引用した『河海抄』は、政治の表舞台にいる伊尹と、出家し隠遁している高光、という兄弟の境遇の対比が源氏物語の世界形成に取り入れられていたことを知っていたのだろう。なお、本節で論じた複数の巻名と師輔・伊尹・高光との関わりについては、第十章においてあらためて論じる。

三、桐壺巻から野分、鈴虫、幻へ　［野分・鈴虫・幻］

桐壺巻の野分の段で、月の「をかしき」夜、帝が更衣母に贈った歌、

○宮城野の露ふき結ぶ風の音に小萩がもとを思ひこそやれ（桐壺巻、一三）

の本歌として、諸注は古今集の歌

▽宮城野のもとあらの小萩露を重み風を待つごと君をこそ待て（古今集、恋四、六九四、よみ人知らず）

のみを挙げる。しかし、恋の歌として「露を重み」「風を待つ」と詠む古今集歌と、「露吹き結ぶ風」に、幼な子である「小萩」（光る君）を案ずる桐壺巻の歌とでは、同じ露と萩を題材にしていても、意味はまるで異なる。これに対して、次の歌には、「宮城野の小萩」という句がある。

▽恋しくはとけてを結べ宮城野の小萩もたわに結ぶ白露（元輔集、二〇九）

詞書では「忍びて人すみ侍りける女の親に代はりて」とあるから、「小萩」を娘に喩えたものと考えられる。さらに、その類歌、

▽恋しくはうちとけねかし宮城野の小萩もたわにおける白露（中務集、二三二）

の詞書には「一条殿にや」とあるから、中務の娘に通っていた一条摂政伊尹の歌と想定される(2)。

また、伊尹・高光の叔父で、高光の舅でもある藤原師氏の歌集、海士手古良集の、

▽露結ぶもとあらの萩も末たをになりゆく秋も近づきにけり（海士手古良集、二〇）

▽声よわみ乱るる虫をこがらしの露ふき結ぶ秋のよなよな（同、二二）

には、桐壺巻の歌と同じく「露吹き結ぶ」という句がある。これらはいずれも村上歌壇、とくに九条家ゆかりの人々による歌で、桐壺巻の「宮城野の」歌の基になったと思われる。

また、桐壺巻の野分の段における歌、

○鈴虫の声のかぎりを尽くしても長き夜あかずふる涙かな（桐壺巻、一五）

○いとどしく虫の音しげき浅茅生に露おきそふる雲の上人（同返し）

○雲の上も涙にくるる秋の月いかですむらむ浅茅生の宿（同、一八）

の本歌として、

▽さみだれにぬれにし袖にいとどしく露おきそふる秋のわびしさ（後撰集、秋中、二七七、近江更衣）

▽おほかたも秋はわびしき時なれど露けかるらん袖をしぞ思ふ（同返し、二七八、延喜御製）

が指摘されているが、そのほかに、次の歌も基になったと考えられる。

▽浅茅生の露ふき結ぶこがらしに乱れてもなく虫の声かな（女四宮歌合、一九、但馬君）

女四宮歌合は、天禄三年（九七二）、斎宮女御・徽子女王が村上皇女・規子内親王のために催した前栽合である。この歌では、師氏歌の「露ふき結ぶ」「乱れ」「虫」などの類句を多用した上に、「浅茅生」という語まで加わっているので、後撰集の近江更衣と醍醐天皇の贈答歌とともに、桐壺巻が作られる際に直接影響を受けた歌と考えられる。

この歌合の表現は、帚木巻の頭中将の体験談「常夏」の場面や、それを踏まえた常夏巻、そして朝顔巻など、源氏物語の表現に多く取り入れられている。村上天皇の女御である斎宮女御徽子女王とその娘・規子内親王は、源氏物語の六条御息所と秋好中宮のモデルでもあるが、その斎宮女御の周辺で行われた歌の行事がたびたび源氏物語の巻名に関わっている（第六章参照）。このことは、巻名の命名が作者であることの根拠となる。

桐壺巻の野分の段は、次の文章で始まる。

○野分だちて、にはかに膚寒き夕暮れのほど、常よりもおぼしいづること多くて（桐壺巻、一一）
○闇にくれて臥ししづみたまへるほどに、草も高くなり、野分にいとど荒れたるここちして、月影ばかりぞ、八重葎にもさはらずさし入りたる。（桐壺巻、一二）

桐壺巻のこの場面と野分巻とは深く関わっている。野分巻において、壺前栽の宴が延期したことが語られる。

○御前の壺前栽の宴もとまりぬらむかし（野分巻、八七六）

野分巻における天皇は、冷泉院である。冷泉院のモデルとされる村上天皇の時代に「壺前栽の宴」（元輔集）と言われたのは、栄花物語で「月の宴」と呼ばれた、康保三年（九六六）前栽合のことである。そして、桐壺巻の野分の段こそ、巻名「壺前栽」によって作られた物語であったと思う。桐壺巻の文章にも、「御前の壺前栽の、いとおもしろき盛りなるを」（一六）とあり、桐壺更衣の死を悲しみ月をながめる帝の姿が、栄花物語の第一巻「月の宴」で描かれた、安子中宮を忍びながら月の宴を催す村上天皇の姿に重なっている。そして、野分の段の和歌は、天暦

～天禄期の宮廷が中心に詠まれた村上歌壇の和歌表現が積極的に取り入れられている[3]（第五章参照）。

野分巻の冒頭には、かつて斎宮女御であった秋好中宮の前栽のことが語られる。

○中宮の御前に、秋の花を植えさせたまへること、常の年よりも見所多く、色くさを尽くして、……春秋の争いに、昔より秋に心を寄する人は数まさりけるを……野分、例の年よりもおどろおどろしく、空の色変はりて吹きいづ。（野分巻、八六三）

まず、秋の町の主人である秋好中宮の前栽について語り、次に「春秋の争い」（春秋優劣論）を持ち出して、春の町に視点を移動する。そして、紫の上が前栽を気にして端近にいる場面の文章も、桐壺巻の野分の段を受けている。

○南の殿にも、前栽つくろはせたまひける折にしも、かく吹きいでて、もとあらの小萩はしたなく待ちえたる風のけしきなり。折れ返り露もとまるまじく吹き散らすを、少し端近くて見たまふ。（野分巻、八六四）

傍線部の表現は、桐壺巻の帝の歌の本歌とされる古今集歌、

▽宮城野のもとあらの小萩露を重み風を待つごと君をこそ待て（前掲）

を踏まえている。桐壺巻の「野分の段」と野分巻とは本歌が同じだったのである。

源氏物語では「野分」ということばは、巻頭の地の文にのみ見られ、歌には出て来ない。「風の音」「荒き風」とあるだけである。そして次の歌は明石の君の詠んだ歌である。

○おほかたに荻の葉すぐる風の音も憂き身ひとつにしむここちして（野分巻、八七三）

これは、次の歌を踏まえていただろう。

▽ちかき木の野分は音もせざりきや荻ふく風はたれかききけむ（斎宮女御集、三八）

応和元年（九六一）「堀川殿の北の方」兼通の妻・能子女王から「野分したるつとめて」斎宮女御に贈られてきた歌である。この歌に対する斎宮女御の返歌は伝わらないが、仮に返していれば、明石の君の「おほかたに……」の

ような歌だったのではないだろうか。松風巻や初音巻など、明石の君の歌はたびたび斎宮女御の歌を基にして作られている。ここでも、斎宮女御集の歌のことばから巻名が付けられ、野分の物語が作られたと思われる。

春秋優劣論と言えば、応和三年（九六三）七月、宰相中将であった藤原伊尹が主催した「宰相中将君達春秋歌合」の前例がある。そのうち冒頭から一～六の歌と詞書を引用してみよう。

宰相の中将、君達、春秋くらべたまうて、春をのみをかしきものにしたまひて、秋をば言ふかひもなく心もとなきものにいひなしたまふなり、とて、桃園の宮の御方より、中の十日ばかりのほどに、「おもしろき花どもを折りてまき捨てたまふなることいと心うし」ときこえたまへるに、造り花のいとおもしろきを、これ、いとあはれなればとてたてまつりたまへれば、「花に心をつくる君かな」とて返したてまつれば、松につけて、春の御方より

▽かかる秋をきみにまかせてわれはただのどけき春をまつぞくるしき

かへりごと

▽さく花も人の心ものどかなる春としりせば春をまたまし

かのありし花を、麗景殿の女御御もとに、はるのかたよりたてまつりたまへれば

▽くらぶ山春さく梅のにほひにはよる秋の〔　〕花もなきかな

女御の春の御心よせ深かなりとて、秋の御方より、紅葉、花、虫などを物にいれて

▽花もさく紅葉ももみづ虫の音も声々おほく秋はまされり

とみれば、桜の造り花にうぐひすすゑて、春の宮より

▽野辺ごとに声々みだる虫よりもはつうぐひすのねこそまさらめ

あきの御方、鈴虫をつつみて

▽わづかなる初音ばかりぞ鈴虫はふりゆく声もなほまさりけり（宰相中将君達春秋歌合、一～六）

伊尹の妻である恵子女王の子ども達と、恵子女王の妹で村上天皇の麗景殿女御・荘子女王とが、春と秋にわかれて歌をやりとりした。「春の御方」「秋の御方」といった言い方は、まさに源氏物語の六条院のやりとりと、「春の上」「冬の御方」といった女君たちの呼び名の基になっている。また、「桃園の宮の御方」（恵子女王）が花を折ってよこしてきたことは、梅枝巻で、桃園の朝顔宮から白梅の枝を贈ってきたことと重なる。また、乙女巻において、紫の上は、造り物の五葉の松をつけて、「春をまつ」と詠む歌を秋好中宮に贈ったが、この趣向もまた、この春秋歌合を踏まえたものと考えられる。古くからあった春秋優劣論の問答を、より具体的な景物を詠むことで成り立たせているところは、古来の歌合や問答には見られないものであり、源氏物語の六条院世界の構築に大きな影響を与えただろう。

源氏物語の鈴虫巻の場面や歌も、この春秋歌合から取材されている。

○げに声々聞こえたるなかに、鈴虫の降りいでたるほど、はなやかにをかし。（鈴虫巻、一二九七）

○おほかたの秋をばうしとしりにしをふりすてがたき鈴虫の声（同）

○心もて草のやどりをいとへどもなほ鈴虫の声ぞふりせぬ（同返し）

○今宵は鈴虫の宴にて明かしてむ、とおぼしのたまふ（同、一二九九）

鈴虫を詠む歌は、承平七年（九三七）右大臣藤原恒佐屏風歌における次の例がある。

前栽に鈴虫をはなち侍りて

▽いづこにも草の枕を鈴虫はここをたびとも思はざらなん（拾遺抄、秋、一一二、伊勢　拾遺集、秋、一七九、伊勢）

しかし、鈴を振るということから「ふり（振り）すてがたき」「ふり（古り）せぬ」と言う表現の初出は宰相中将君達春秋歌合の歌「わづかなる……」(六) である。また、花山天皇が弘徽殿女御忯子を悼んで催した寛和元年 (九八五) 八月十日内裏歌合で詠まれた次の歌をも踏まえているのだろう。

▽秋ごとにことめづらなる鈴虫のふりてもふりぬ声ぞ聞こゆる (寛和元年内裏歌合、一二、藤原公任)

公任のこの歌は、桐壺巻の命婦の歌、

○鈴虫の声のかぎりを尽くしても長き夜あかずふる涙かな (前掲)

の本歌でもある。

源氏物語では、秋には乙女巻の秋の歌、春になると胡蝶巻の春の歌を、「秋の御方」である秋好中宮と「春の上」である紫の上とが応酬する。六条院では、四つの町も女主人公も物語の進行も、すべて季節の秩序に合わせてあった。ところが鈴虫巻では、秋に、もとの春の町に鈴虫を放って鈴虫の宴をしようというのである。ここに六条院の四季を基盤とした秩序は崩れるのだが、(4) これこそ、伊尹の春秋歌合で造り物の花や紅葉や鶯や虫を題材にした趣向を受け継ぐものだったのだろう。

紫の上亡き後、源氏は、折々の風物に託して哀傷の思いを歌に詠み、人と語り、一年を過ごす。そして、秋、次の場面がある。

○雲居をわたる雁のつばさも、うらやましくまもられたまふ。(幻巻、一四一九)

そのとき詠んだ歌に、「まぼろし」ということばがある。

○大空をかよふまぼろし夢にだに見えこぬたまのゆくえ知らせよ (同、一四二〇)

この「まぼろし」は、幻影の意味とは別に、空を飛び、あの世とこの世とを行き来するように見える雁をたとえたものである。羽を交わして仲良く飛ぶ雁をうらやましく思う一方、雁が伝言や文「玉づさ」を運ぶという、

▽秋風にはつ雁がねぞきこゆなるたがたまづさをかけてきつらむ (古今集、秋上、二〇七、紀友則)

などの発想を踏まえ、雁を幻に見立て、源氏は紫の上と文を交わし、その魂がどこにあるのかを教えてほしいと願う。この源氏の歌は、桐壺帝の歌を踏まえている。

○たづねゆくまぼろしもがなつてにてもたまのありかをそこと知るべく（桐壺巻、一七）

ここで読者は、「まぼろし」が、長恨歌において楊貴妃の魂を尋ねていった「方士」（幻術士）を意味していたことに気づく。桐壺更衣を嘆き悲しむ帝を描く「長恨歌」の物語から始まった源氏の物語は、「紫のゆかり」を失った源氏の悲しみを延々と語ることで幕を閉じる。桐壺帝は、藤壺宮を得て幸せになるが、光源氏は紫の上生前に女三の宮を得たことで最愛の人を失う。多くの哀傷歌が連ねられたこの巻において、特に「幻」と名付けられたのは、桐壺巻の幻の歌を基にしていたことを読者に知らせるためだったのだろう。

古来の和歌において、「まぼろし」ということばは、幻影という程度の意味であったと思われる。

▽まぼろしのほどとしりぬる心には晴るくる夢とおもほゆるかな（赤人集、一〇一）

▽まぼろしの身とししりぬる心にははかなき夢とおもほゆるかな（千里集、一一二）

「幻世春来夢」を詠んだ句題和歌の異伝歌である。これに対して、次の歌が、幻巻の源氏の歌の本歌と思われる。

対馬守小野のあきみちが妻隠岐が下り侍りける時に、共政の朝臣の妻肥前が詠みて遣はしける

▽沖つ島雲井の岸を行きかへり文かよはさむまぼろしもがな（拾遺集、雑上、四八七、肥前）

幻が文を通わせるとあるから、先の雁の歌の発想と重ねられて、幻巻の場面が作られたのだろう。

一周忌を終え、源氏は、須磨に送られてきた紫の上からの手紙の端に、次の歌を書き付けた後、手紙をすべて焼いてしまう。

○かきつめて見るもかひなし藻塩草同じ雲居の煙とをなれ（幻巻、一四二二）

須磨でも見た藻塩焼く煙に「藻塩草」（手紙）をかけ、その煙と、紫の上の葬送の煙とが同じ雲居の煙になれと詠

むのである。この「藻塩草」「煙」「かきつめ」は、次の歌による。
▽ころをへてかきあつめたる藻塩草煙はいかがならむとすらん（能宣集、三五二）
▽まてがたにかきつむあまの藻塩草煙はいかにたつぞとや君（斎宮女御集、一五五）
▽藻塩草かきつむあまの浦を浅みなびかむ方の風もたづねむ（同、一五六）
藻塩をかき集め積み上げて焼くので「かきあつめ」「かきつむ」とし、手紙を集めて焼く光景と藻塩焼く光景とを重ねて表す。やはり天暦の時代に詠まれた歌が基になっていたのである。

また、幻巻の最後の歌は、
○もの思ふと過ぐる月日も知らぬ間に年もわが世も今日や尽きぬる（幻巻、一四二三）
である。これは、次の歌の上の句をそのまま利用している。
▽もの思ふと過ぐる月日も知らぬ間に今年は今日にはてぬとか聞く（後撰集、冬、五〇七、藤原敦忠　大和物語、九十二段　敦忠集、一三八）
敦忠が恋する人（御匣殿の別当）に逢えないまま大晦日を迎えるときに贈った歌である。それを基に、源氏物語では、「年もわが世」も尽きるという痛切な歌に変えている（「年もわが身」の伝本も多い）。光源氏最後の、辞世の歌とも言うべき重要な歌を、なぜ敦忠の恋の歌の模倣によったのか。敦忠歌は、後撰集では冬の部の巻末に置かれているから、季節を追って語ってきた幻巻の最後ゆえ、後撰集の配列に倣おうとする意図もあっただろうか。源氏は年明けてまもなく出家し嵯峨の御寺にこもったという（宿木巻）。

これと似た歌に、夕顔巻の最後、人との別れをしみじみ詠んだ歌がある。
○過ぎにしもけふ別るるもふた道に行くかた知らぬ秋の暮れかな（夕顔巻、一四六）
この歌は、「斎宮女御」徽子女王が、娘の斎宮規子内親王に付き添って伊勢に下る際に詠んだ歌を模倣している。

▽過ぎにしも今ゆく末もふた道になべて別れのなき世なりせば（斎宮女御集、一七四）

貞元二年（九七七）、村上天皇や中宮との死別を思って、資子内親王との別れに際して送った歌である。状況の類似という点では、敦忠歌の上の句を利用した以上の模倣とも言うべき例で、『河海抄』も「此歌同心也」としている。源氏物語の重要な場面には、斎宮女御の歌、あるいは斎宮女御ゆかりの人々の歌が、たびたび用いられている。単に引歌の本歌であるだけでなく、物語世界の基盤とも言えるものであった。

以上のように、空蟬や朝顔の物語において物語の最後で本歌が種明かしされたのと同様、桐壺巻の基になった事柄や引歌が、はるか後の野分巻や鈴虫巻、幻巻で用いられ、物語が作られる。作者は、物語の構想と同時に、次の物語の構想を思い浮かべ、本歌のことばを新しい巻名として名付けたのである。

四、若紫巻から藤袴、若菜へ　［藤袴・若菜］

藤袴巻に、若紫巻とよく似た表現が見られる。

○同じ野の露にやつるる藤袴あはれはかけよかことばかりも（藤袴巻、九二〇）

○たづぬるにはるけき野辺の露ならば薄紫やかことならまし（同返し）

夕霧は、「同じ野の」歌のあとに「道のはてなる」と続けるが、これは次の歌を引いている。

▽東路の道のはてなる常陸帯のかことばかりもあひ見てしがな（古今六帖、五、三三六〇）

一方、玉鬘は「たづぬるに」歌のあと「かやうにて聞こゆるより、深きゆゑはいかが」と、次の歌を引く。

▽知らねども武蔵野といへばかこたれぬよしやさこそは紫のゆゑ（古今六帖、第五、三五〇七）

夕霧歌の「かこと」から、この歌の「かこたれぬ」につながり、その「紫のゆゑ」から「深きゆゑ」としたのである。この状況に似た歌が、胡蝶巻にも見られる。

○紫のゆゑに心をしめたればふちに身投げむ名やは惜しけき（胡蝶巻、七八五）

六条院の池での華やかな船楽のあと、兵部卿宮が「藤の花をかざして」玉鬘に求婚した。玉鬘を源氏の娘と信じている弟宮は、あなたと血縁のつながり「紫のゆゑ」があるから、この紫の藤と同じ名の淵に身を投げてもよいと詠んだのである。実のところ宮との「紫のゆゑ」はなかったのだが、藤袴巻においては、夕霧とも血縁がないため、玉鬘は「深きゆゑはいかが」と、夕霧の言う強引な「紫のゆゑ」に疑問を投げかけたのであった。

玉鬘の歌は、伊勢物語を基にしたと思われる後撰集歌をも踏まえている。

▽武蔵野は袖ひづばかりわけしかど若紫はたづねわびにき（後撰集、雑二、一一七八、よみ人知らず）

▽まだきから思ひこき色にそめむとや若紫の根をたづぬらむ（同、雑四、一二七八、よみ人知らず）

これらは、いずれも若紫巻の歌の本歌でもある（第七章参照）。つまり、藤袴巻の中心的な歌の本歌が、ことごとく若紫巻と一致しているのであるが、その最大の共通点は「紫」である。

「藤袴」と言えば、古今集では、もっぱらその香りが詠まれ、紫色が問題にされることはなかった。

▽何人か着てぬぎかけし藤袴くる秋ごとに野辺をにほはす（古今集、秋上、二三九、藤原敏行）

▽やどりせし人のかたみか藤袴わすられがたき香ににほひつつ（同、二四〇、紀貫之）

▽ぬししらぬ香こそにほへれ秋ののにたがぬぎかけし藤袴ぞも（同、二四一、素性法師）

匂兵部卿巻でも、薫の香りを「秋の野にぬしなき藤袴ももとの香りは隠れて」（一四三六）と表す。藤袴巻の和歌は、「藤袴」についての古今集の詠み方から逸脱したものと言わざるを得ない。藤袴巻で夕霧は、「らに（蘭）の花のいとおもしろき」を添えて先の歌を玉鬘に贈った。前後の文章でも、藤袴の香りには触れず、贈答歌にも「香ににほふ」とされた香り高い藤袴は見られない。古今集の表現と藤袴巻のこの相違を埋めるのが、若紫巻の基にもなった元真の歌である。
▽武蔵野の草のゆかりに藤袴若紫にそめてにほへる（元真集、七〇）
天徳三年八月二十三日に斎宮女御徽子女王が主催した前栽歌合の歌で、歌合における題は「蘭」である。古今集の「藤袴」と同じく「にほへる」とし、「藤袴」を「若紫」としている。藤袴巻は、斎宮女御前栽歌合のこの先例に倣って作られていたのである。玉鬘の歌「たづぬるに」で、本歌の「若紫」を「薄紫」に変えたのは、「若紫」という語が若紫巻の巻名や紫の上を意味するので避けたのであろう。[5]

藤袴巻と若紫巻の引歌がこのように一致するのは、単なる繰り返しではない。「若紫」の物語と対比することで、玉鬘をもう一つの「ゆかり」（ここでは「ゆゑ」）の物語の女君と印象づける意図があったと思う。巻名「藤袴」も、古今集以来の伝統から派生した新しい意味の加わった歌語「藤袴」によっていたのである。

これと同様、源氏物語全体のうち第二部の初発に当たる若菜上下巻もまた、若紫巻を受けて作られた。若紫巻の巻名の基になった伊勢物語の第一段の舞台は「春日の里」であった。そして、伊勢物語と若紫巻に共通する「若草」よりも「春日」と深く関わっていたのが、「若菜」ということばである。古今集の春の部にも、春日野の若菜摘みを詠む歌が数多く見られる。春の野の若草・若菜と言えば、歌では（春の野からの連想で）春日野とされた。宇津保物語にも「春日詣」の巻がある。そこで詠まれた歌でも、「野辺の若菜」や「飛ぶ火」「野守」など、古今集の春の歌を踏まえた歌が詠まれている。春日大社は藤原氏の氏神であり、宇津保物語で春日詣でをしたのは「藤原の君」と呼ばれた人物である。

古今集の賀の歌に次のような例がある。
▽春日野に若菜つみつつ万代を祝ふ心は神ぞ知るらむ（古今集、仮名序・賀、三五七、素性法師）
▽峰高き春日の山に出づる日はくもる時なく照らすべらなり（古今集、賀、三六四、藤原因香）

素性の歌は、延喜五年（九〇五）藤原定国の四十賀において詠まれた歌であり、因香の歌は、藤原氏の女を母とする東宮が誕生したことを祝った歌である。このように、春日・春日野は、藤原氏との関わりにおいて詠まれる例が目立つ。都が奈良から京都に移った後でも、奈良は、伊勢物語で言われるように単に「ふる里」であるというだけではなかった。春日大社を氏神とする藤原氏が政権を握っている平安時代の文学ゆえに、奈良の春日が出てくるのである。

さて、源氏物語の若菜巻ではどうか。光源氏が四十歳になったお祝いに、玉鬘が「若菜」を贈る場面がある。

○正月二十三日、子《ね》の日なるに、左大将殿の北の方、若菜参りたまふ（若菜上巻、一〇五二）

源氏が今年四十になると語った直後、これまで出番のなかった玉鬘が突然あらわれ、子どもたちを連れて誰よりも先に源氏に若菜を献上する。ここで玉鬘は、次の歌を詠む。

○若菜さす野辺の小松を引き連れてもとの岩根を祈るけふかな（若菜上巻、一〇五三）

この場面では、源氏の前に若菜の膳が並べられ、玉鬘とともに「引き連れて」きた子供たちが同席する。これに応えて源氏は、次の歌を返した。

○小松原末のよはひに引かれてや野辺の若菜も年をつみける（若菜上巻、一〇五三）

この源氏の歌は、次の二首を基にしたと思われる。

▽春日野の若菜ならねど君がため年のかずをもつまんとぞ思ふ（拾遺抄、雑下、五八五、伊勢　拾遺集、賀、二八五、伊勢　伊勢集、六二）

▽春日野におほくの年はつみつれどおいせぬ物は若菜なりけり（同、雑上、三七六、円融院御製　同、春、二〇、円融院御製　円融院御集、二）

これまで出てこなかった玉鬘が、他の女君を差し置いて若菜を献上してきたのは唐突に思える。が、それには理由があった。玉鬘は「藤原の瑠璃君」（玉鬘巻）と呼ばれた藤原氏の姫君であったからで、おそらく春日野の若菜を摘んで、春日大社で祈禱を済ませてきたのだろう。歌で若菜と言えば春日野とともに詠むのが一般的であるにも関わらず、源氏の歌では春日野とは言わず、若菜を摘むことから「年を積む」と言った。数多い若菜の歌の中で、「年はつみ」「年の数をもつまん」と詠んだ伊勢および円融院の歌こそ、若菜の物語の基になった歌と言えよう。伊勢の歌は、延喜十三年（九一三）五条の尚侍（藤原満子）の四十の賀のために民部卿藤原清貫が贈った屏風の歌である。その藤原満子は、兄・藤原定国の四十賀において若菜の屏風を贈り、その時の歌が古今集の素性歌「春日野に若菜つみつつ」（前掲）である。伊勢の歌は、「君がため」とある通り、祝い言である。それに対して、円融院の歌は、中務から贈られた歌に翌年になって返した歌であり、若菜を見て自らの老いを感じて詠んだという点で、源氏の歌に一致する。

この源氏の歌には「若菜」ということばが出て来るが、「春日」ということばはない。その理由は、源氏が、藤原氏とは一線を画した存在として設定されていたからである。若紫巻でも、伊勢物語の「春日野の若紫」を踏まえ、春日との結びつきの強い「若草」を歌に詠みながらも、舞台は京都の北山であり、「紫」は春日野ではなく、常に「武蔵野」であった。それと同様、若菜巻においても、源氏は、藤原氏の領域である「春日」を歌には詠まず、奈良・大和に足を踏み入れることはなかった（長谷寺に行ったのは右近である）。また、藤原氏ゆかりの大原野への行幸に「物忌み」と称して同行しなかったのも、同じ理由によると考えられる。源氏物語の歴史的背景には、常に数十年前の藤原摂関家の行事や歌があるが、「源氏」の物語であることを意識して、あえて藤原氏に関わりの深いことばや舞台を避けていたのだろう。(6)

一方、玉鬘の歌「若葉さす……」（前掲）でも、源氏（六条院）の祝賀ゆえ、春日野とは言わない。型どおりに「君がため」「春日野の若菜」を「摘みけり」と詠むと、藤原氏の姫君と誇示することになり、源氏の娘ではなくなる。「野辺の小松」「もとの岩根」は、子ども達と源氏とを天皇家ゆかりの松の木に喩えて、源氏を親とし、子ども達をその孫としたのである。実のところ、源氏と子ども達に血縁関係はなく、子ども達に天皇家の血筋は遠い（玉鬘の父方の祖母が大宮である）が、あえて源氏の「娘」としてふるまい、「父」を敬ったのである。だからこそ源氏も、「春日野」と言わず、玉鬘の歌を受けて「野辺の若菜」と返したのであろう。これは、庇護していた父親としては何よりもうれしい祝いだが、玉鬘に恋していた男君としては複雑な心境だっただろう。光源氏と玉鬘との恋物語は終わったのである。

「若菜」は春の野で摘むものであり、源氏の恋物語の発端に当たる「若紫」に対して、第二部の冒頭にふさわしい場面設定がなされている。柏木が女三の宮をかいま見た場面は、桜が満開の三月のことである。このかいま見によって、柏木は女三の宮に恋い焦がれ過ちを犯すのだが、若紫巻でも源氏は桜の中で若紫をかいま見て、そのあと藤壺との密通が語られる。「若菜」は、若紫の巻に対応すべく名付けられた巻名であろう（第十二章参照）。

五、物語から後の物語へ　［真木柱・紅梅・竹河］

真木柱巻は、玉鬘求婚譚の最終章として、玉鬘十帖の結びとされている巻である。しかし、巻名が表す物語の場面は、玉鬘の物語ではなく、むしろ、その犠牲となった少女の物語となっている。

○常に寄りゐたまふ東面の柱を人にゆづるここちしたまふもあはれにて、姫君、檜皮色《ひはだいろ》の紙の重ね、ただいささかに書きて、柱の干《ひ》割れたるはざまに、笄《かうがい》の先しておし入れたまふ。

今はとて宿かれぬともなれきつる真木の柱は我を忘るな（真木柱巻、九五一）

○なれきとは思ひ出づとも何により立ちとまるべき真木の柱ぞ（同、九五二）

髭黒が玉鬘と強引に結婚したことで、髭黒の北の方は、娘や息子を連れて実家に戻る。自分が育った家を離れる娘は、嘆いて、柱のひび割れた隙間に歌を書いて差し込んだ。この贈答歌では「真木の柱」となっているのに対して、巻名が「真木柱」であるのには理由がある。巻名の由来は万葉集の歌にあったからである。

▽真木柱つくるそま人いささめのかりほのためと思ひけむやは（万葉集、巻七、一三五五　古今六帖、二）

▽真木柱太き心はありしかどこのあが心しづめかねつも（万葉集、巻二、一九〇）

▽おしてる　難波の国は　葦垣の　ふりにし里と　人みなの　思ひやすみて　つれもなく　ありし間に　うみをなす　長柄の宮に　真木柱　太高敷きて　をす国を　治めたまへば……（万葉集、巻六、九二三）

「真木柱」は立派な家の太い柱を言う。また、「真木柱」の東国方言として「まけばしら」の例もある。

▽まけばしらほめて造れる殿のごといませ母刀自《とじ》おめ変はりせず（同、巻二十、四三四二）

「おめ変はり」は面変わりの方言である。母刀自は主婦であり、立派な真木柱の家のように、母上も面変わりせず達者でいてほしいと願う歌である。髭黒の北の方が物の怪によって有様が変わってしまったことを連想させる。この物語の巻名「真木柱」は、作者が名付けたからこそ、「真木の柱」と変えて歌を作ったのである。姫君が歌を書いたのは、真木（檜などの木）に合わせて檜皮色の紙である。玉鬘との結婚によって妻子と離れた髭黒は、後に姫君の時の様子を聞いて涙を落とす。

○うち嘆きつつ、かの真木柱を見たまふに、手も幼けれど、心ばへのあはれに恋しきままに、道すがら涙おしのごひつつまうでたまへれば、対面したまふべくもあらず。（真木柱巻、九五四）

妻子のいる式部卿宮邸に行くが、もはや手遅れであった。ここにある「真木柱」を巻名にしたというのでは説得力に欠ける。万葉集で詠まれた「家ぼめ」の歌がこの物語の主題となり、物語では繰り返し、髭黒邸と六条院とが対比される。髭黒の家は妻の病いで荒れ放題であったのを、玉鬘を迎えるために修理する。この物語で北の方の代わりに歌を詠み交わしたり、この家に残る女房としてたびたび登場する女房が「木工の君」という木工寮に関わる名で呼ばれていることも、「家」を意識して作られた物語であることを示している。しかし、その家から離れるつらさを詠んだ姫君の歌こそがこの物語の主題であり、その歌を後に父親が見るときに再びもとの「真木柱」という歌語に戻る。男が作る家を支える太い柱の意味としては真木柱なのだろう。光源氏が須磨に旅立つときにも見られる。

○出で入りたまひし方、寄りゐたまひし真木柱などを見たまふにも、胸のみふたがりて（須磨巻、四一六）

紫の上が寄りかかっていた二条院の柱である。須磨巻は、菅原道真が大宰府に下向したときの様を映して書かれているが、真木柱の姫君の歌は、都を去るときの道真の名歌を思い起こさせる。

▽東風《こち》ふかばにほひおこせよ梅の花あるじなしとて春を忘るな（拾遺抄、雑上、三七八　拾遺集、雑春、一〇〇六集　大鏡、時平伝）

結句が似ているだけでなく、この歌のすぐあとにも道真の歌を引いている。となれば、真木柱巻は、万葉集の「真木柱」のみならず、須磨巻の源氏の「真木柱」をも踏まえていることになる。そして、家の「あるじ」が去る代わりに「寄りゐたまひし」女君の惜別の思いを歌に詠む物語に転換したのだろう。そして、寄りかかり慣れ親しんでいた姫君の歌には和語らしい「真木の柱」が選ばれた。

この場面を作る時、作者は後に語るべき物語を構想していただろう。この姫君は、若菜下巻で「かの真木柱の姫君」（一一二九）と呼ばれて、その結婚話が語られる。後日談である紅梅巻においても「真木柱離れがたくしたまひし君」（一四四七）として再登場する。紅梅巻を別人の作であるとする研究者もあるが、それ以前の巻々ですら、紫式部と呼ばれた作家が一人で作った物語かどうかすらわからない。むしろ、紫の上を中心とした物語の別伝として語られてきた玉鬘の物語が中心にすえられた時、さらにその外伝とも言うべき真木柱の物語が作られたとしても何ら不自然ではない。若紫巻から藤袴巻、桐壺巻から野分巻という具合に、前の巻から他の巻々が派生したように、紅梅巻も、梅枝巻から派生してできた物語と考えることができる。梅枝巻では多くの君達が登場し、それぞれに歌を詠んでいる。乙女巻で、源氏の恋から夕霧の幼い恋に世代交代されたように（第一章参照）、梅枝巻では、「散りすぎた」白梅を我が身に見立てた朝顔宮から、「盛りの紅梅」に見立てられた明石の姫君への世代交代があった。また、このときに居合わせた君達のその後を語る物語が作られてしかるべきであろう。その妻になる女君が真木柱の君であった。名も無き姫君が歌を詠むことはない。当然、後の物語の女君になるべく意識的に作られた場面であろう。

その紅梅巻を見てみよう。冒頭に登場する大納言は、梅枝巻で催馬楽「梅が枝」を唄った弁の少将である。白梅と紅梅との対比が主題となった梅枝の物語では、兵部卿宮、源氏、夕霧、柏木について歌を詠んでいる。

○霞だに月と花とをへだてずはねぐらの鳥もほころびなまし（梅枝巻、九八一）

兄の柏木が伊尹歌に倣って「うぐひすのねぐらの枝」としたのを受けて、「ねぐらの鳥」と言った。「紅梅」という巻名は、梅枝巻のこの場面で歌を詠んだ貴公子を思い出す手がかりにもなっている。しかも真木柱は、同じ場面に居合わせた兵部卿宮と結婚し、その忘れ形見が紅梅巻の女君になるのである。もと弁の少将であった大納言は、その娘を匂宮に嫁がせたいと、紅梅の花を折らせて文を贈る。

○この東のつまに、軒近き紅梅のいとおもしろくにほひたるを見たまひて……（紅梅巻、一四五三）

○心ありて風のにほはす園の梅にまづうぐひすのとはずやあるべき（紅梅巻、一四五四）

これを「紅の紙に若やぎ書きて」、若君に持たせた。三十年前の梅枝巻において、源氏は紅梅を詠んだ歌を紅梅の色の紙に書いて朝顔宮に返した。その様子を再現する一方、歌では、そのときに夕霧（宰相中将）が詠んだ次の歌の第一句を用いる。

○心ありて風のよくめる花の木にとりあへぬまで吹きや寄るべき（梅枝巻、九八一）

「紅梅《こうばい》」ということばは、古来、歌に用いられることはなかった。枕草子に「濃きも薄きも紅梅」と書かれていることから、白梅より紅梅が平安人に愛好された、と説明されるのは必ずしも適切ではない。万葉時代から親しまれてきた梅は、和語で呼ばれる「白梅《しらうめ》」であり、「うめ」「むめ」として歌にも多く詠まれてきたのに対して、紅梅は、七世紀に渡来し、平安時代においても、特別な家にしか見られない特別な「うめ」とされていた。

　前栽に紅梅をうゑて、又の春おそくさきければ

▽やどちかくうつしてうゑしかひもなくまちどほにのみにほふ花かな（後撰集、春上、一七、藤原兼輔）

　兼輔朝臣のねやのまへに紅梅を植ゑて侍りけるを、三とせばかりののち花さきなどしけるを、女どもその枝を折りて、簾の内よりこれはいかがと言ひいだして侍りければ

▽春ごとにさきまさるべき花なればことしをもまだあかずとぞ見る（後撰集、春上、四六、藤原兼輔）

四六番の歌には、左注「はじめて宰相になりて侍りける年になん」とある。紫式部の曾祖父・兼輔の家に紅梅があったのは、よほど特別なことであったらしい。大陸から外来してきた紅梅が歌に詠まれるのは後撰集時代以後であり、その多くは珍しい品種として詠まれている。

　紅梅の花を見て

▽紅に色をばかへて梅の花かぞことごとににほはざりける（後撰集、春上、四四、凡河内躬恒）

　紅梅

▽うぐひすの巣作る枝を折りつればこうばいかでかうまむとすらん（拾遺集、物名、三五四、よみ人知らず）

玉鬘の後日談が語られる竹河巻でも、白梅と紅梅が物語の代表的な場面となっている。正月初め、

○御前近き若木の梅、心もとなくつぼみて、うぐひすの初声もいとおぼどかなるに（竹河巻、一四六九）

という場面では、薫と女房との間で、歌が詠み交わされる。

○折りて見ばいとどにほひもまさるやと少し色めけ梅の初花（竹河巻、一四七〇）

○よそにてはもぎ木なりとやさだむらむ下ににほへる梅の初花（同返し）

国宝『源氏物語絵巻』（徳川美術館蔵）竹河一の段に当たる。『絵巻』の詞書では「よそにてはもぎ木なりとやさだむらむ下ににほへる花のしづくを」とある。この「にほひ」を花の香りと説明する注釈書が多いが、適切ではない。折り取った枝の色つやが咲く前の花に生気を送っている、という早春の「梅が枝」を詠んだ歌である。白梅でも、枝の内側と蕾と萼は紅く、その色がほんのりとした初花を色づかせるのである。

それから二十日ばかり後、薫はまたやって来た。

○西の渡殿の前なる紅梅の木のもとに、「梅が枝」をうそぶきて立ち寄る（竹河巻、一四七一）

白梅より時期が遅く咲く紅梅のもとで、薫は「梅が枝」、蔵人の少将が「さき草」、藤侍従は「竹河」をそれぞれ唄う。催馬楽「竹河」の歌詞は次の通りである。

▽竹河の　橋の詰めなるや　橋の詰めなるや　花園に　はれ　花園に　我をば放てや　我をば放てや　めざしたぐへて（催馬楽、呂、竹河）

○竹河のはしうちいでし一節に深き心の底は知りきや（竹河巻、一四七三）

巻名はこの「竹河」から名付けられ、そのことばを薫が歌に詠んで、我が思いを訴える。

「竹河」ということばを、単に催馬楽の曲名とだけ理解していると、つまらない地味な歌に思える。が、先の「若木の梅」の場面と同じく、他人には見えにくい心の内を薫は詠んでいるのである。

また、「竹河」ということばの前提には、伊勢斎宮に関わる歌がある。

▽もみぢばの流るるときは竹河のふちの緑も色かはるらん（西本願寺本躬恒集、五九）

▽神代より色もかはらぬ竹河のよよをば君にかぞへわたらん（順集、二五六）

▽竹河のたもとを見つつ今ぞ知る浮世はかくぞ短かかりける（敦忠集、七四）

いずれも、催馬楽「竹河」と、伊勢の斎宮が潔斎をする「多気川」をかけていて、清らかな乙女（斎宮）のいる永遠に変わらぬ清浄の地を意味している。(7) 躬恒の歌は、延喜十七年（九一七）、伊勢の斎宮（醍醐天皇皇女の柔子内親王）のために国々の名所を描いた屛風の歌で「竹河」の題による。順の歌は、貞元元年（九七六）八月、規子内親王の初斎宮の庚申で詠んだ歌だという。敦忠の歌は恋人であった斎宮雅子内親王に贈った歌である。

源氏物語の竹河巻では、先の薫の歌とその返歌を含み、「竹河」という語が歌で四回も繰り返し詠まれる。

○竹河のはしうちいでし一節に深き心の底は知りきや（竹河巻、前掲）

○竹河に夜をふかさじといそぎしもいかなる節を思ひおかまし（同返し、一四七四）

○竹河のその夜のことは思ひ出づややしのぶばかりの節はなけれど（同、一四九一）

○流れてのたのめむなしき竹河によはうきものと思ひ知りにき（同返し）

竹の縁語「よ」（節の間）を多用する繰り返しは、これまでの源氏物語の歌に比べて安易な印象がぬぐえない。しかし、巻名が斎宮女御や斎宮雅子内親王ゆかりの歌を基にしている点は、他の巻名の由来と同様である。催馬楽「竹河」は、男踏歌の際に唄われるもので、『河海抄』によると、永観元年（九八三）で行われて以後、男踏歌は途絶えたと言う。巻名を「竹河」としたのは、光源氏の物語の後日談であっても、なお円融院時代以前を舞台とした物語だという表明でもあろう。

六、千年前の教養

以上のように、源氏物語の巻名（主題）や物語の場面は、古今集時代の歌を受け継ぐだけではなく、後撰集以後の、歌物語が盛んに作られた、源氏物語成立より数十年前の物語的歌集や歌合で詠まれた新しい表現を基にしている。また、一つの引歌が一つの表現を生み出しただけでなく、そこからさらに後日談が作られていく物語生成の過程をもうかがい知ることができる。源氏物語の和歌や引歌の研究は、物語がどのようにして作られ、長編化されていったのかをも示してくれる。

従来の源氏物語研究においては、物語内部の文章表現を比較するだけで論じるものが多く見られた。物語中の和歌の解釈をするときにも、前後の文章に気をとられて歌そのものを丁寧に読むことを忘れている例も見られる。また、注釈書が引用した歌だけで考えるため、諸注が提示した疑問の解決ができず、同じ議論ばかり繰り返される傾向がある。和歌研究者は、歌の解釈をするのに、注釈書だけに頼り、作品内部の歌だけで論じることはないだろう。その歌人が生きていた時代の歌、背景となる文化を念頭において理解しようと心がける。しかし源氏物語の場合、作品内部に豊富な資料があるためか、注釈書が充実し口語訳も出回っているためなのか、別の作品に資料を求める努力を怠ってきた。歴史の資料を無視する人はさすがにいないだろうが、和歌については、『新編国歌大観』や『私家集大成』など豊富な資料があるのに、源氏物語研究に十分に活用されていない。歌の解釈にも、口語訳に頼る癖があるためか、よく似た表現が他の歌にあっても気づかない。本書で取り上げる歌の詠作状況を十分に理解することは困難を極めるが、源氏物語の作者の教養を知るために、歌は有益な歴史資料である。千年前に作られた文学作品を理解するために、私たちは、千年前の人々の教養に少しでも近づく必要がある。その大きな手がかりが千年前の歌にある。

源氏物語は、今の私たちの目の前では完成された長編小説としてあるが、千年前においては、一つずつ物語を構築して結果的に長編の形になった。その経過をうかがうことができるのが、引歌と本歌との関係である。私たちはつい、物語で何が書かれているか、書かれた事柄が何を意味しているかをまず考えようとするが、その前に、作者が何を題材にしてどのように物語を作り上げ、積み上げていったのかを明らかにしたい。その手がかりとなるのが、物語の各所に取り入れられている引歌である。中でも、巻名に関わる歌や場面は、巻の物語全体の主題になり、物語の主人公の個性を端的に表している。巻名の基になった歌を明らかにすることは、同時に、源氏物語の作られ方、源氏物語の巻々の主題と方法を明らかにすることに他ならない。

注

（1）片桐洋一校注『後撰和歌集』（一九九〇年、岩波新日本古典文学大系）の脚注による。

（2）山口博『王朝歌壇の研究 村上冷泉円融朝篇』（一九六七年、桜楓社）前編第八章「中務家の歌人たち」二九七頁

（3）新間一美「桐と長恨歌と桐壺巻」（二〇〇三年、和泉書院『源氏物語と白居易の文学』）では、桐壺巻の野分の段の歌が、花山院の願文を受けて作られていることを論証する。

（4）拙著『源氏物語の風景と和歌』（一九九七年、和泉書院）第一章第一節「六条院の変容」（初出は、一九七九年、「中古文学」二三号）

（5）源氏物語の作者はこの他「薄雲」「薄鈍」「薄墨衣」など、漢詩に多用される「薄〜」を好んで用いる。

（6）拙稿「平安文学と奈良」（二〇〇六年、「青須我波良」六〇号）、拙著『源氏物語の真相』（二〇一〇年、角川選書）第一部二「源氏と藤原氏」

（7）植田恭代『源氏物語の宮廷文化　後宮・雅楽・物語世界』（二〇〇九年、笠間書院）Ⅲ「催馬楽の響き」

第九章　源氏物語の和歌と稲荷信仰

源氏物語は天皇のゆかりの物語であるため、葵巻・賢木巻はじめ、賀茂・伊勢の神事・信仰についてたびたび語られている。また行幸巻で玉鬘の処遇について語られるところでは、藤原氏の氏神「春日の神」への言及があった。一方、物語のことばの上で出てこなくても、さまざまな民間信仰を背景としていることは予想されたが、源氏物語と稲荷信仰との意外な関係が明らかになった。稲荷信仰や習俗が、本書の課題である和歌と巻名、物語世界に直接関わっていたのである。中でも「夕顔」の物語には、稲荷山にほど近い舞台設定、狐の変化の物語、稲荷で行われていた歌垣との関わり、瓜・瓢（ひさご）の花の枝を折り、歌を書いた白い扇を贈ること、ミアレ神事との相似など、稲荷信仰と関連する事柄が数多く見いだせる。ここで言う稲荷信仰とは、伏見稲荷大社への参詣や、狐と油揚げなどのような現在に広く伝わる民間信仰に至る以前の、原始的、古代的な意味における信仰のことである。「イナリ」（稲生り）は、名のごとく稲作や農耕を司る神である。本章では、植物を巻名とする物語が精霊信仰と深く関わって作られていたことを明らかにする。

一、「しるしの杉」　［賢木］

稲荷山は平安京から間近に見える。また平安時代を通じて、屏風歌にもたびたび詠まれ、稲荷詣も盛んに行われていた。にも関わらず、源氏物語には「稲荷」ということばも光景も出てこない。枕草子にも蜻蛉日記にも大鏡にも稲荷詣の記事があるのに、なぜ源氏物語には稲荷がないのか。その不自然さや理由について、これまで問題にされてきた。(1)しかし、次の場面はどうだろうか。

○榊をいささか折りて持たまへりけるを差し入れて、「変わらぬ色をしるべにてこそ、い垣も越えはべりにけれ、さも心うく」と聞こえたまへば、

神垣はしるしの杉もなきものをいかにまがへて折れるさかきぞ

と聞こえたまへば、

をとめ子があたりと思へばさかき葉の香をなつかしみとめてこそ折れ（賢木巻、三三六）

伊勢斎宮となった娘に付き添って野の宮に入った六条御息所を、源氏が訪ねる有名な場面である。この御息所の歌「神垣は……」の本歌について、古来、諸注釈書では、次の歌を挙げてきた。

▽わが庵は三輪の山もと恋しくはとぶらひ来ませ杉立てる門（古今集、雑下、九八二、よみ人知らず）

「しるしの杉」とは三輪山の「門《かど》」に立つ目印の杉のことであり、賢木巻の歌の「神垣」が野の宮の神域だから、ここには三輪山にある「しるしの杉もなき」場所だというのである。しかし、源氏物語の賢木巻の歌は、三輪山だけを意識した歌だろうか。御息所の歌「神垣は」と同じ句を持つ歌が、藤原為信の歌集に見られる。

稲荷にまうでたるに、雪のいみじうふれば、祠《ほくら》に書く

▽神垣にしるしの杉のなかりせばまどひぬべくもふれる雪かな（為信集、二）

稲荷の社に詣でたときの歌である。三輪山の「しるしの杉」を詠んだ例は多いが、「神垣」と「しるしの杉」をともに詠み込んだ例は、賢木巻の歌と為信歌の二首以外に見当たらない。為信については諸説あるが、紫式部の外祖父とする説が有力であり、為信集の歌が源氏物語の素材として取り入れられている例も報告されている。(2)従って、

賢木巻の歌も、この為信歌を踏まえていた可能性がある。

蜻蛉日記にも、稲荷山の「しるしの杉」を詠む歌がある。

▽九月になりて、世の中をかしからむ、ものへ詣でせばや、かうものはかなき身の上も申さむ、など定めて、いと忍び、あるところにものしたり。ひとはさみの御幣《みてぐら》に、かう書き付けたりけり。

まづ、下の御社に、

　いちしるきか山口ならばここながらかみのけしきを見せよとぞ思ふ

中のに、

　稲荷山おほくの年ぞ越えにける祈るしるしの杉をたのみて

果てのに、

　神々と上り下りはわぶれどもまださかゆかぬここちこそすれ（蜻蛉日記、上）

「下の御社」「中の」「果ての」社に、それぞれ次の歌を書いたうち、中の社に奉納した歌に「しるしの杉」とある。稲荷には、霊験（しるし）の杉を、家に持ち帰って植えて、枯れなければ霊験がある、という伝承があり、蜻蛉日記の注釈書にも、その説明が見られる。しかし、この歌は、三輪山と同様、稲荷山の目印となる杉の木、という意味で問題はない。同じ時代、稲荷山の目印の杉も、歌の題材として定着していた。

ところが、十一世紀半ばに書かれた更級日記には、稲荷の「霊験の杉」が繰り返し出てくる。

うちねぶりたる夜さり、御堂の方より「すは、稲荷より賜はるしるしの杉よ」とて、物を投げ出づるやうにするに、うちおどろきたれば、夢なりけり。（更級日記）

初瀬川たちかへりつつたづぬれば杉のしるしもこのたびや見む（同）

初瀬にて前のたび、「稲荷よりたまふしるしの杉よ」とて、投げ出でられしを、出でしままに稲荷に詣でたら

ましかば、かからずやあらまし。（同）

長谷寺に参拝したとき、稲荷の「しるしの杉」を投げられた夢を見たと記し、後年その出来事を回想し、あのときすぐに稲荷詣をしておけば、今頃こんな不幸にならなかったのにと反省している。

初瀬からは三輪山もほど近い。そして初瀬には、会いたい人に再会がかなうとされる「二本杉《ふたもと》」があった。

▽初瀬川ふる川野辺にふたもとある杉　年をへてまたもあひ見むふたもとある杉（古今集、雑体、旋頭歌、一〇〇九、よみ人知らず）

孝標女は初瀬に詣でたのだから、むしろこの杉を思ってもよいはずである。にも関わらず、初瀬で稲荷の「しるしの杉」を思い出し、その御利益・霊験を祈る。蜻蛉日記以前には一般的ではなかったと思われる稲荷の「しるしの杉」も、孝標女の時代には、それだけ御利益のある杉と考えられていた、ということになるだろう。(3) 源氏物語が書かれたのは十世紀末から十一世紀初めだから、こうした発想が物語の背景にあったと考えてよいと思う。

あらためて冒頭に引用した野の宮の場面を読み直してみよう。源氏のせりふに「い垣も越えはべりにけれ」とある。この本歌として、古注釈書では、次の歌を挙げる。

▽ちはやぶる神のい垣も越えぬべし今は我が身のをしけくもなし（万葉集、巻十一、二六六三　拾遺集、恋四、九二四、柿本人麻呂　古今六帖、二、一〇六五）

神をも畏れぬ恋の思いとして、源氏は「神のい垣も越えぬべし」の句を用いた上に、「榊を折りて」その常緑樹に託して御息所への変わらぬ心を示した。紀貫之は、同じ「い垣」と「越ゆ」を用いて、次の歌を詠んでいる。

▽い垣にもいたらぬとりの稲荷山越ゆる思ひは神ぞしるらむ（貫之集、三九八　二月初午いなりまうで）

ここでは稲荷の「い垣」を詠んでいるから、賢木巻の場面において、三輪山だけを念頭におく説明が成されてきたことは、注釈として不十分だと思う。

源氏が「榊をいささか折りて持たまへりけるを差し入れ」たのを見て、御息所は、

○神垣はしるしの杉もなきものをいかにまがへて折れるさかきぞ（前掲）

と詠んだ。上の句「しるしの杉もなきものを」は、三輪山や稲荷山の杉もないのに、でもよいが、下の句「いかにまがへて折れるさかきぞ」は、折り取って持ち帰る霊験の杉を意識したものと見なしてこそ意味がある。

山上伊豆母は、「しるしの杉」の原像として、神が降臨する木であるヒモロギ（神籬）の古い例である古事記の「五百《いほ》津《つ》真《ま》賢木《さかき》」を挙げ、「マサカキは榊とは限らず〈栄木《さかき》〉すなわち常緑樹の意味で、スギでもヒノキでもクスでもよかったのである」と述べる。[4] また、稲荷の「しるしの杉」伝承の発端となった山城国風土記の逸文では「社之木」とあったものを、伴信友が『験の杉』で「社の木といへるは杉にて、いはゆる稲荷山の験の杉なるべし」と、「杉」に限定したのだと指摘した。つまり、その社の常緑樹であれば、杉に限定する必要はなかったということになる。さらに山上は、この習俗には、神から木を「分与」される山岳信仰と、持ち帰った木を家に植える農耕儀礼の両面に、杉や榊などの枝を折って持ち帰る「ミアレ（御生れ）木」の信仰も加わる、と指摘した。

野の宮の榊を折って御簾から差し入れた源氏の行動は、こうした習俗を踏まえたものと捉えてよいだろう。「この野の宮には三輪山のような目印の杉もないのに」という解釈も成り立つが、「この野の宮には折り取って霊験を受ける杉の木もないのに、あなたは何を間違えて榊を折って来られたのか」という理解を加えた方が、文と歌の両方に「榊をいささか折りて」「折れるさかき」と、枝を「折る」ことを繰り返した意図が伝わってくる。

注釈書に書かれていない場合であっても、特定の歌枕や歌が物語の背景になっていることは多い。注釈書に取り上げる歌や史実は、そのことばや事例の初出であることが多く、賢木巻の場合も、古い三輪山の例だけを挙げていた。三輪山もまた物語中に例は見られないが、読者は注釈書に三輪山の歌が引用されることで、三輪山伝説が物語

の前提になっていると了解してきたにすぎないのである。

二、狐の変化の物語　［夕顔］

夕顔巻においてはどうだろうか。

○六条わたりの御忍び歩きのころ、内裏《うち》よりまかでたまふ御中宿りに（夕顔巻、一〇一）

源氏は、六条あたりに住む女君を訪ねる道中、乳母の見舞いに立ち寄り、五条大路で車を入れるための門が開くのを待っている。こんな所に自分の身分がわかる者などいないだろうと車から顔を出したとき、源氏は、隣の垣根に咲く白い花に目を留めた。ここから、源氏と夕顔との出会いに発展する。

舞台は、稲荷山を見通すことのできる路上での出来事である。内裏より東南に向かう進行方向には稲荷山が間近に見えたはずである。にも関わらず一切その光景が描かれないことが問題にされてきたが、稲荷が物語に出てこない理由の一つは、物語の叙述方法にあると思う。牛車の中にいる源氏には外の景色を見渡すことはできない。物語にある通り、車から顔を出してはじめて垣根の花が見える状況である。徒歩や騎馬の従者から見えたとしても、源氏の目に映らなければ物語の風景にはならない。清少納言が見たものを書いた枕草子との違いはそこにある。

しかし、夕顔の物語には、稲荷信仰が関わると考えるべき要素がいくつもある。まず、この「六条わたり」という舞台設定である。これは、前節で問題にした歌「神垣はしるしの杉もなきものを」（前掲）を詠んだ六条御息所のことである。その和歌には、三輪山の目印の杉のみならず、枝を持ち帰る稲荷の霊験の杉も意識されていたと考えられる。神垣である野の宮において三輪山と稲荷山を連想するのは自然だが、住み慣れた六条京極の旧邸から間近に見えた稲荷山に、御息所がより親近感を抱いたとしても不思議ではない。そして、源氏が夕顔とともに一晩を過ごす「このわたり近きなにがしの院」は、その近くの河原院を準拠とする邸宅であった。

源氏物語に出てこないのは三輪山も同様である。しかし、諸注は、次の文章においても、三輪山神婚説話を踏まえていると指摘する。

○いとことさらめきて、御装束をも、やつれたる狩の御衣《ぞ》をたてまつり、さまを変へ顔をもほの見せたまはず、夜深きほどに人を静めて出で入りなどしたまへば、昔ありけむ変化めきて、うたて思ひ嘆かるれど、人のけはひ、はた手探りにもしるきわざなりければ、誰ばかりにかあらむ、と（夕顔巻、一一四）

夕顔の女に強い感心を抱いた源氏は、身なりをやつして闇の中で夕顔の宿を出入りする。身分を隠さなければ小さな長屋で大騒ぎになるからだが、女は、「手探りにもしるき」高貴な様の男を「昔ありけむ変化めきて」、不気味に思うのである。ここで諸注はまた、「わが庵は三輪の山もと恋しくはとぶらひ来ませ杉立てる門」（前掲）を引用する。三輪山伝説の白蛇「くちなは」や三輪山は、物語中のことばとして現れないが、皇子である源氏のことゆえ、天皇の祖先に関わる話として、作者は意識していたと考えてよいだろう。

右の場面のあと、源氏は「心安き所」に行ってゆっくりしようと誘う。女は、男の正体がわからず「もの恐ろしく」気味悪いと言うと、源氏は、女に次のように言う。

○げに、いづれか狐なるらむな。ただはかられたまへかし。（夕顔巻、一一五）

二人のどちらが狐だろうか、今はだまされていらっしゃい、と言うのである。ここに、狐が人を「はかる」とする考えが見られる。場所は五条大路で、庶民が多く住む地域であり、夕顔の宿では隣の物音や話し声が間近に聞こえる。これでは落ち着けないので、「いざ、このわたり近き所に心安くて明かさむ」と、月明りのなか、女と侍女の右近を連れ出した。その夜「なにがしの院」において、女が物の怪に襲われ気絶したとき、おびえる右近に源氏は言う。

○荒れたるところは、狐などやうのものの人をおびやかさむとて、け恐ろしう思はするならむ。（同、一二四）

今度は、狐が「人をおびやかす」と言う。この物語に妖狐譚が大きく関わっていたことは、すでに新間一美が詳細に論じている[5]。「ものの変化」に三輪山伝説、「狐」で妖狐譚を挙げる古注釈書の説明は、確かに「異類婚姻譚」で繋がる。夕顔は白い衣をまとっていたから白狐を思わせ、物語の表現内容は狐に化けた女の説話と一致する。

ただし、この物語における「狐」は、女に姿を変えていたわけではなく、むしろ狐が人を襲うものと源氏は言っている。まして、稲荷との直接の関わりは確認できない。また、源氏物語の舞台となった十世紀において、狐と稲荷とが結びついていたかどうか、伝承はあっても確かな根拠はないという[6]。

しかし、狐の変化の話とは別に、夕顔物語は、やはり稲荷信仰に関わる習俗を背景として作られていたと考えられる。舞台となった場所柄だけでなく、そこで交わされた歌のやりとりに、稲荷との関わりがうかがえる。何度も論じた場面ではあるが、この問題に即して、あらためて物語の状況と歌の解釈を確認しておく。

源氏は牛車の中から、垣根に咲く白い花に目を留めた。

○きりかけだつものに、いと青やかなるかづらの心地よげにはひかかれるに、白き花ぞおのれひとり笑みの眉開けたる。（夕顔巻、一〇一）

見知らぬ花なので、源氏は、「をちかた人にもの申す」とつぶやいた。それを聞きつけた随身（従者）は、気を利かして、かしこまって次のように申し上げた。

○かの白く咲けるをなむ夕顔と申しはべる。花の名は人めきて、かうあやしき垣根になむ咲きはべりける。（夕顔巻、一〇一）

これを聞いて源氏は、花の運命に同情し、

○口惜しき花の契りや、一房折りて参れ（同）

と随身に命じた。門の中に入って花を折る随身に、家の中から白い袴をはいた可愛らしい童女が現れ、

○これに置きて参らせよ、枝も情けなげなめる花を（同）

と言って白い扇を手渡した。あとで源氏がその扇を見ると、次の歌が、繊細な文字で書いてあった。

○心あてにそれかとぞ見る白露の光そへたる夕顔の花（夕顔巻、一〇四）

この歌について、源氏の正体を「心あてに」言い当て、女から積極的に誘ってきたとする説が広くとられているが、源氏のつぶやいた「をちかた人にもの申す」が、次の求婚問答歌であったことを知っていれば、こうした誤解は生じ得ない。

▽うちわたすをちかた人にもの申すわれ　そのそこに白く咲けるは何の花ぞも（古今集、旋頭歌、一〇〇七、よみ人しらず）

▽春されば野辺にまづ咲く見れどあかぬ花　まひなしにただ名のるべき花の名なれや（同返し、一〇〇八、よみ人しらず）

男が、春一番に咲く白い花の精に名を問い、花の精に見立てられる女は、何の「まひ」（供物＝見返り）もなく名のることはできない、と答えたのであった。夕顔巻の源氏のつぶやき「をちかた人にもの申す」は、単に「うちわたす」歌一首からの部分的借用ではなく、この問答歌二首とその状況を踏まえた引歌である。これを聞きつけた夕顔の宿の女は、問答歌の返歌に倣って、歌によって白い「花の名」を「夕顔」だと答えた。つまり、女から積極的に誘いの歌を贈ってきたのでも、また単なる挨拶の歌でもなかったのである。

旋頭歌の女は「まひなしに」名のりませんと断った。それ対して夕顔の女は「花の名」を答えたが、無条件に答えたわけではない。「白露の光そへたる」（あなた様の光をいただいた）ことに感謝して答えたのである。源氏は、みすぼらしい小家に咲く花の運命を「口惜しき花の契り」と情けをかけた。「露の光」は、単に源氏の美しい姿を意

味するだけでなく、高貴な人の威光や情けをも意味している。

この旋頭歌の「そのそこに白く咲ける」「春されば野辺にまづ咲く」花は、白梅の花だとされている。一方、源氏物語の夕顔の歌「心あてにそれかとぞ見る」も、春の白雪に紛れる白梅を「それとも見えず」や「心あてに」などと詠んだ古歌の常套表現を踏まえたものであった（第一章・第三章参照）。

▽梅の花それとも見えず久方のあまぎる雪のなべて降れれば（古今集仮名序　古今集、冬、三三四、よみ人知らず　拾遺集、春、十二、柿本人麻呂）

▽月夜にはそれとも見えず梅の花香をたづねてぞしるべかりける（古今集、春上、四〇、凡河内躬恒）

▽心あてに折らばや折らむ初霜の置きまどはせる白菊の花（同、秋下、二七七、凡河内躬恒）

▽わが背子に見せむと思ひし梅の花それとも見えず雪の降れれば（後撰集、春上、二二、よみ人知らず）

▽心あてに見ばこそわかめ白雪のいづれか花のちるにたがへる（同、冬、四八七、よみ人しらず）

従来の説では、このうち百人一首に入った躬恒の白菊の歌だけが問題にされ、それ以外はすべて見落されていたが、夕顔の歌は、古今集の旋頭歌とこれらの歌すべてを踏まえて作られていたのである。夕顔の「心あてに」の歌は、古歌の「それとも見えず」と「心あてに」を組み合わせて「心あてにそれかとぞ見る」に転換し、白梅・白雪と白菊・初霜の代わりに、夕顔・白露の組み合わせに変えた。これだけでも白い花・白い水滴となるが、躬恒歌の白梅・月夜に倣って、白い花の夕顔に白露の「光」を添えた。これは、源氏の正体をはっきりとわかった上で、その「光」を讃えた意味になる。これらの歌において、「それ」はすべて白い花（白梅・夕顔）を指している。従って、夕顔の「心あてにそれかとぞ見る」は、源氏の顔をその人と言い当てたものではなく、

白露（あなた様）の光によって白く輝く夕顔の花を、心あてに（おそらく）その花だと思って見ています

といった意味になる。従来の説では車中の男の正体を「心あてに」言い当てたと解釈してきたが、当時の人々の必

須教養であった古今集と後撰集の歌を知れば、誤解であったことに気づくだろう。この歌の高い教養と意図を理解した光源氏は、詠み手の女君がただ者ではないと強く惹かれたのである。

三、旋頭歌と夕顔・玉鬘　［玉鬘・夕顔］

さて、ここで注目したいのは、夕顔物語の発端が、求婚問答の旋頭歌であった、という点である。古今集の雑体の部に、「うちわたす」「春されば」の問答歌の次に、先に触れた「ふたもと杉」の旋頭歌が配列されている。

題知らず　よみ人知らず

▽うちわたすをちかた人にもの申すわれ　そのそこに白く咲けるは何の花ぞも

返し

▽春されば野辺にまづ咲く見れどあかぬ花　まひなしにただ名のるべき花の名なれや

題知らず

▽初瀬川ふる川野辺にふたもとある杉　年をへてまたもあひ見むふたもとある杉

（古今集、雑体、旋頭歌、一〇〇七～一〇〇九）

旋頭歌は、歌垣における片歌（五・七・七）の問答に始まるという。初瀬川の二本杉《ふたもとすぎ》の歌は、男女が出会う歌垣における問答歌の原形を伝えている。根元が一つで二本に分かれている二本杉は、謡曲「玉葛」にも、再会の象徴として描かれる。謡曲の基になったのは、もちろん源氏物語の玉鬘巻である。大宰府から上京した玉鬘（玉葛とも）は、親に会いたいという願いをかなえるため長谷寺に参詣し、懐かしい右近と再会する。

この長谷寺の観音信仰も、枕草子、蜻蛉日記、更級日記に書かれているため、平安時代の女性達の間で盛んに行われていたと説明されるが、源氏物語が作られた十〜十一世紀頃において、大和にある長谷寺への参詣は、藤原摂関家ゆかりの人々を主体としている。京から春日を経て椿市（海石榴市《つばいち》）まで上つ道と呼ばれた街道があったが、そこから長谷寺への道（長谷道）が整備されたのは、おそらく藤原氏によってであろう。「長谷寺縁起」の諸本に、藤原房前が長谷寺創建に絶大なる力を貸したと記すことから、逵日出典は、長谷寺を藤氏建立の寺と考え、「平安初期における長谷寺が、国家の庇護を得て飛躍的に発展するのは、勿論古来の灼かな霊験の数々も無視できないが、藤氏との関係もまた忘れてはならない」と指摘する。長谷寺はもと天皇ゆかりの東大寺の管轄下にあったが、実質的には藤原氏の所轄にあり、正暦元年（九九〇）、藤原氏の興福寺の管轄下に入った。そのためだろう、貴族の長谷参詣が活発になったのは、十世紀後半のことだと言う。(7)蜻蛉日記の道綱の母は、関白兼家の妻であったからこそ、宇治の別荘を中宿りとし、二度の初瀬詣を実現できたのだと思う。

源氏物語正編の物語では、藤原氏の管轄下にある奈良や宇治を舞台とすることはほとんどなく、光源氏は京の洛中と洛北において行動し（須磨・明石は都からの退去あるいは追放とされる）、参詣は明石からの無事の帰還を祝った住吉と、天皇家ゆかりの石山に限られる。長谷寺は、光源氏自身が出向いた場所ではなく、夕顔の侍女の右近が参詣し、生き別れになっていた夕顔の娘・玉鬘を「藤原の瑠璃君」と願文に記して再会を願った寺である。

○例の藤原の瑠璃君と言ふが御ためにたてまつる。よく祈り申したまへ。その人、このころなむ見たてまつりいでたる。その願も果たしたてまつるべし。（玉鬘巻、七四〇）

玉鬘の父親は藤原氏の長となった頭中将であるから、藤原の姫君として祈ったのである。右近の願い通りに、九州から上京した玉鬘との再会がかなった。藤原氏の寺である長谷寺ゆえの御利益であったと言える。

ところが、物語では、初瀬観音よりも、むしろ二本杉と初瀬川の霊験として、右近と玉鬘は、次の歌を詠み交わす。

○ふたもとの杉のたちどを尋ねずはふる川野辺に君をみましや、うれしき瀬にも（玉鬘巻、七四〇）
○初瀬川はやくのことは知らねども今日のあふ瀬に身さへ流れぬ（同返し）

右近の歌「ふたもとの」と、それに続くせりふは、右の「初瀬川」の旋頭歌と次の歌を踏まえている。

▽祈りつつ頼みぞわたる初瀬川うれしき瀬にも流れあふとや（古今六帖、三、一五七〇）

二人の再会がかなったのは、「ふたもと杉」と「流れあふ」初瀬川のおかげであったというのである。事実、右近と玉鬘の再会は長谷寺ではなく、初瀬川の傍の、初瀬詣の宿泊地であった椿市（海石榴市）においてであった。

その海石榴市において、古くから歌垣が行われていたことは、万葉集の問答歌から知られる。

▽紫は灰指すものぞ海石榴市《つばいち》の八十《やそ》のちまたにあへる児《こ》や誰（万葉集、巻十二、三一一五）
▽たらちねの母の召す名をまをさめど路行人《みちゆきびと》を誰と知りてか（同返し、三一一六）

男は女を紫と呼び、染料の色を引き出す灰に自らを喩えて女の名を問い、女は母がつけた名を行きずりの人には答えないと返した。男が女に名を問い、女が名のれば、二人は結ばれる。上田正昭は、万葉集の巻頭歌、

▽籠もよ　み籠持ち　堀串《ふくし》もよ　み堀串《ぶくし》持ち　この岳《をか》に　菜摘ます児　家告《の》らせ　名告らさね　そらみつ　大和の国は　おしなべて　われこそ居れ　しきなべて　われこそ居れ　われこそは告らめ　家をも名をも（万葉集、巻一、一、雄略天皇）

を引用し、「名乗りの状況は、名をあかすことが、求愛する人への承諾であり、また従属ともなった」と述べる。(8)この御製が詠われたのは、泊瀬（初瀬）の朝倉宮で、人々が歌垣によって出会う初瀬、海石榴市（椿市）にほど近い。

初瀬川の二本杉の旋頭歌も、おそらく椿市の歌垣における求婚問答歌で、男女の再会を祈る歌であっただろう。それを本歌として、玉鬘巻では、玉鬘と右近との再会の歌が作られたのだが、この再会こそ、源氏と夕顔（の忘れ

形見）との再会につながるものであった。この娘の呼称「玉かづら」は、再会を果たした源氏の歌による。
○恋ひわたる身はそれなれど玉かづらいかなる筋をたづね来つらむ（玉鬘巻、七五一）
歌枕「玉かづら」は、離れていても忘れない長き思いを表すことばであった（第一章参照）。

夕顔巻の冒頭において、夕顔もまた「いと青やかなるかづら」とされ、はかない白い花と対照的に、丈夫な蔓草を持っていた。一方「玉かづら」は、丈夫で美しい（玉は美称）「かづら」（蔓草）であり、連綿とつながる形状に託して長き思いを詠む歌の例が数多くみられる。玉鬘巻は、次の文章で始まる。
○年月隔たりぬれど、あかざりし夕顔をつゆ忘れたまはず、心々なる人のありさまどもを見たまひかさぬるにつけても、あらましかばと、あはれにくちをしくのみおぼし出づ。（玉鬘巻、七一九）
巻名はその歌枕を基にして名付けられ、夕顔の忘れ形見との再会の物語が作られた。源氏自身もこの巻で「わが心長さ」と繰り返す。以後、玉鬘と呼ばれる女君は、その呼び名の通り、源氏物語の中で長く登場し続ける。

以上の通り、玉鬘との再会をかなえた初瀬観音の「ふたもと杉」「初瀬川」の本歌は、古今集一〇〇九番の旋頭歌であった。かたや、その直前に配列された二首の旋頭歌一〇〇七・一〇〇八番が、夕顔との出会いを引き出す求婚問答歌であった。これは、単なる偶然ではなく、源氏物語の作者が意図したことであろう。

あらためて、夕顔巻で源氏がつぶやいた「をちかた人にもの申す」の本歌である古今集の旋頭歌を振り返る。
▽うちわたすをちかた人にもの申すわれ　そのそこに白く咲けるは何の花ぞも（前掲）
▽春されば野辺にまづ咲く見れどあかぬ花　まひなしにただ名のるべき花の名なれや（同返し）
男が白い花の名を問い、「遠方人《をちかたびと》」である女（花の主）は、「まひ」なしに「ただ名のるべき花の名なれや」と答えた。「まひ」は、神に捧げる御幣物・供物の意味であるから、女は、花の精霊や神の使いとして歌を返していたことになる。

この旋頭歌は、稲荷山において行われていた歌垣における「名のり」の問答歌だったのではないだろうか。この問答は、春の初め、梅の花の咲く頃にかわされた歌であり、それにふさわしい場が稲荷の初午詣である。まだ雪の残る二月初めに行われた。

第一節で挙げた為信の稲荷詣の歌「神垣に……」は、「雪のいみじう」降る初午に詠んだものだろう。運が良ければ、「春されば野辺にまづ咲く」白梅の花を見ることができたが、雪にまぎれて「それとも見えず」とあきらめただろうか。能宣集に、次の歌がある。

二月、初午に稲荷詣する男女ゆきかふ、梅の花のもとに女の休むに、男とどまれるに

▽さしてゆく稲荷の山の過ぎがたみ花のあたりの移り香により（能宣集、一二七）

稲荷山に向かっていた男が、梅の花のもとにいる女を見て歌を読みかけた。稲荷詣に行き交う男女は、「歌垣」の風習にならって歌を詠み交わしたのだろう。伊勢や貫之の「稲荷山」の歌に「ゆきかふ」とあるのも、単に山道で人々が往来するだけでなく、男女が出会う歌垣と関わりがあっただろう。渡邊昭五は、歌集などに伝えられる稲荷の歌垣について具体的に論じた(9)。加納重文も、「京中庶民にとっての歌垣の場は、庶人群衆する二月初午の稲荷詣であった」と述べている(10)。

藤原伊尹の歌集にも、稲荷で出会いのあった女性への歌が収められている。

稲荷にて言ひそめたまたる人、ことざまになりぬと聞きたまて

▽我はなほ稲荷の神ぞうらめしき人のためとは祈らざりしを（一条摂政御集、一六八）

伊尹は、九条右大臣師輔の嫡男である。その貴公子が稲荷で女と出会うというのは、どういう状況だっただろうか。実は、一条摂政御集（益田家旧蔵）の冒頭四十一首は、「大倉史生倉橋豊蔭」という卑官の男に仮託した恋物語の部分である。大鏡の伊尹伝に、

いみじき御集作りて、豊蔭《とよかげ》と名のらせたまへり

とある通り、この歌集によって歌物語を作ろうとしたと推定される。(11) その冒頭の歌こそ、百人一首にある、

▽あはれとも言ふべき人は思ほえで身のいたづらになりぬべきかな（一条摂政御集、一）

であり、詞書によると「言ひかはしけるほどの人は、豊蔭に異ならぬ女」に贈った歌である。これに対して後半の歌は後人の増補とされるが、一六八番歌も、稲荷山を描いた屏風絵によって詠む屏風歌のように、虚構の歌垣の中で出会った女との恋を詠んだ歌と見なすことができる。

四、夕顔の「名のり」［夕顔］

夕顔巻の冒頭、貴公子・源氏も、稲荷山を見渡す「六条わたり」に向かう道中にいた。夕顔物語は、稲荷山の歌垣を意識して作られた物語だったと考えると、この物語への理解が深まる。早春の稲荷で詠われた求婚問答歌を基にして、男が「をちかた人にもの申す」とつぶやいた。それを受けて、女は、夕顔の花の枝を「これに置きて参らせよ」と童女に白い扇を持たせた。この白い扇は、そこに書かれた歌の「白露の光そへたる夕顔の花」という白い光景を表す効果をもたらすが、それだけではなかった。

山上伊豆母は、稲荷のしるしの杉の原形「社の木」とは、もとは〝イネ〟など農作物や植物一般を挿していたと推定した。(12) 平安時代の夕顔は、（江戸時代に渡来する）ヨルガオ科の観賞用の花ではなく、干瓢の材料になるウリ科（つまり食用）の植物、ひさご・ふくべ・瓢箪である。また、その枝は「いと青やかなるかづら」で、これは神事における挿頭《かざし》の「かづら（蔓草・鬘・葛）」に通ずる。そして、夕顔が花の枝とともに贈ってきた白い扇は、作物の枝に神移しをする御生《みあ》れ神事の白い御幣に見立てられる。しかも、その白い扇には、花の名を答える歌が書いてあっ

た。御幣に歌を書くことは、第一節で引用した蜻蛉日記に見られた。稲荷の下中上の社にそれぞれ歌を「ひとはさみの御幣《みてぐら》に、かう書き付けたりけり」（前掲）として、「しるしの杉」の歌を含む自作の歌を御幣に書いて奉納したのである。夕顔の宿の女が、白い扇に歌を書き、夕顔の花の枝を載せて贈ったのは、こうした習慣を踏まえたのであろう。夕顔が瓜の花であることから、豊穣を祈る御生れ神事を意識していたかもしれない。

何気なくつぶやいた旋頭歌に対して、粗末な宿にふさわしからぬ見事な返答・対応をした女に、源氏は強く惹かれ、粗末な狩衣に身をやつして闇の中を通うようになる。そのときの気持ちを次のように述べている。

○女、さしてその人と尋ねいでたまはねば、われも名のりをしたまはで、いとわりなくやつれたまひつつ（夕顔巻、一二三）

女を「その人」（誰か）と尋ね出せなかったので、源氏の方も「名のりをしたまはで」自分の身分を明かさず通ったのである。そして月明かりのなか、「なにがしの院」に女を連れ出し、源氏は自らの正体を明かした。「今だに名のりしたまへ、いとむくつけし」と言ったのに対しては、女は「海士《あま》の子なれば」と、自らの境遇を恥じて最期まで名のらなかった。夕顔亡き後、その素姓を語るとき、右近も「何ならぬ名のりを聞えたまはむ」と言っている。

夕顔の「白き衣」は白狐の化身の表現であり、その前提には、日本霊異記の説話や「任氏伝」、そして今昔物語の「賀陽良藤」などの説話があるだろう。夕顔巻のなにがしの院で源氏が問うた「いづれか狐なるらむ」の答えは、女の方であり、源氏が「昔ありけむものの変化」なら三輪山などの神の化身ということになる。

白い衣をまとう女は、同時に、白い花の精でもあり、稲荷山では梅の花、夕顔巻では夕顔の花に見立てられた。昔物語の形をとる夕顔の恋物語で、白狐の変化とも白い花の精とも思えた女と、「白露の光」か「月影（光）」とも神とも見えた高貴な男との「名のり」が一つの鍵となっていたのである。夕顔の宿の簾から垣根や童女の袴まで、白ばかりで統一されたこの世界は、神垣の神職や御幣の白にも見立てられるであろう。

女が白い扇に書いてきた最初の歌「心あてに……」が、白雪の中の白梅を詠む古歌を本歌としていたことは決して偶然ではなかった。「そのそこに白く咲ける」「春にまづ咲く見れどあかぬ」花の名を問う求婚問答歌は、二月初午の稲荷詣のような場で、立場・身分の異なる男女が「名のり」合う歌垣において詠み交わされた旋頭歌であった。夕顔と源氏との身分違いの恋物語は、「名のり」をしないまま逢瀬を重ね、女はついに夕顔の名を答えただけで、女として「名のる」ことなく散って終わる。女が名のらなかった理由は、後に右近が「何ならぬ名のり」と説明するが、夕顔自身も最後の贈答歌で伝えていた。

○夕露にひもとく花は玉ぼこのたよりに見えしえにこそありけれ、露の光やいかに（夕顔巻、一二〇）

○光ありと見し夕顔のうは露はたそかれ時のそら目なりけり（夕顔巻、一二一）

源氏は、「心安き」なにがしの院で、「夕露に」の歌を詠んで自分の正体を明かした。この歌の「ひもとく」を、覆面の紐をといて顔を見せる意味とする説も誤解である。変装して闇の中を出入りする男が覆面をする必要もないが、和歌で「ひもとく」とは、袴の紐をとくこととうちとけることを表すことばである。この歌の意味は、

いま露（私）によって花（女）がうちとけるのは、通りすがりにいただいた夕顔の枝（蔓）の縁に導かれたからですね

が正しい。諸注は「え」を縁としか説明していなかったが、歌の句「えにこそありけれ」「えにしあれば」では必ず「枝」や「江」が掛詞となっている。(13) 夕顔の枝に縁結びの霊験があったという意味である。そして「玉桙《たまぼこ》」も、単なる道の意味ではなく、参道などで男女が行き交う道、歌垣における歌などに用いられる枕詞である。

「夕露に」の歌に続けて、源氏は「露の光やいかに」と問う。これも通説では、「私の顔はいかがですか」と誤解し、女が「見間違いでした、大したことないわ」と答えた、とする説によって、この女に娼婦性がある（円地文子）などという不当な評価を受けた。「露の光（私の顔）やいかが」ではなく、「露の光やいかに」であるから、露

の光（私の愛情）は「いかに」どのように花に「そへたるか」と聞いているのである。これは、最初に女が詠んできた「白露の光そへたる夕顔の花」を受けている。つまり源氏は、覆面の紐をといて自分の顔の美しさを誇示したわけではなく、自分だけが知り得た女からの歌のことばを用いることによって、あのとき夕顔に「露の光」を添えた男ですよと明かしたのである。

女の返歌は、「夕顔のうは露」を「そら目」だと言うのだから、この歌は、次のような意味になる。

あなた様のお情けのおかげで夕顔に光があると思ったのは黄昏時の見間違いでした

女は、夕顔の花に「白露の光そへたる」ことを感謝して花の名を答えた。しかし、高貴な男の情けによって夕顔に「光ありと見た」などとは失礼なことを申しましたと、自分が夕顔の花に見立てられた今、その時の無礼をわびたのである。

源氏が「うちとけたまへるさま」で正体を明かしたのに対して、女はなお「さすがにうちとけぬさま」だと書かれているから、女が甘えて「あなたの顔に光があったなんて見間違いだったわ」などと言うはずもない。源氏を神の化身かと疑い、実際に「光源氏」その人とわかれば、中流階級なら怖じ気づいてしまう。その女心は、直前の空蝉の物語で受領の後妻が拒否することで示されている。その空蝉は「身のほど」「数ならぬ」を繰り返していた。そして、夕顔の物語は、立場の異なる男女の間で「名のり」をする歌垣の風習を踏まえて作られていたのである。

夕顔の宿のある地域は、庶民が多く住む土地だったこともあり、稲荷の歌垣が自然に想起されたであろう。皇子である源氏自身に稲荷信仰や習慣はなかったとしても、その土地柄から、季節外れながら、初午詣において花の名を問う旋頭歌を思い出して「をちかた人にもの申す」とつぶやいた。女は、その旋頭歌を知っていたから、その返歌「春されば……」に倣って、同じく白梅の花を詠んだ多くの歌を本歌とした夕顔の歌を返したのである。立場・身分の異なる男女が出会う場として、稲荷の歌垣は最もふさわしい場であった。

五、農耕・精霊信仰と夕顔　［夕顔］

ところで、「狐」の字源は、中国の甘粛省蘭州で栽培される大きな瓜が狐の大好物だったからという説がある。狐は、腕の太さほどもある大きな瓜の軟らかい部分を食べるうちに皮に潜り込むので容易に狐を捕獲できた。そのため、春秋時代からその地方（胡の国）の皇帝への献上品目録には狐の毛皮が多く記されていたという。[14]平安時代の夕顔の実は、まさに大きな瓜であり、干瓢の材料となる。五来重は、『稲荷信仰の研究』総論において、狐の古語「ケツネ」が「ケ（食）ツ（の）ネ（根元霊）」とする食物霊であるという考えを示した。[15]となれば、狐の変化かと疑われた女の仮住まいに、夕顔が栽培されていたことも偶然ではなくなる。稲のみならず穀物や野菜全般の実りを祈る農耕信仰において、大きな瓜（ひさご・ふくべ）の成る夕顔は、豊穣を祈る「ミアレ」にふさわしく、数々の植物の名がつけられた源氏物語の巻名の中でも特に土俗的な意味合いを有した植物であった。

また、吉野裕子は、狐が神格化される「三徳」の一つに、狐の座った形と瓠・瓢（ひさご）の形とが相似することを挙げた。瓠つまり瓢箪が、縦に割ると北斗七星を表す柄杓の形になることから尊ばれ、器として神事に用いられたこと、次の神楽歌と「皇大神宮儀式帳」にも瓠《ひさご》が見られることを指摘する。[16]

▽豊竈《とよへつひ》御遊びすらしもひさかたの天の河原に瓠《ひさ》の声する瓠の声する（神楽歌「竈《へつひ》殿遊歌《あそびのうた》」、本）

▽ひさかたの天の河原に豊竈遊びすらしも瓠の声する瓠の声する（同、末）

▽さこくしろ五十鈴の宮に御饌《みけ》立つと打つなる瓠《ひさ》は宮もとどろに（皇大神宮儀式帳、直会の御歌）

▽ももしきの大宮人の愉しみと打つなる瓠は宮もとどろに（同、儛《まひ》の歌）

これらについて吉野は、「瓠形《ひさかた》の北斗という食器を通して、はじめて供饌は祖神に届く。それ故に人は大祭の夜を徹して瓠を打ちはやし、供饌の大神への到達を願ったと思われる。」と説明する。そして「天」「空」にかかる枕詞「久方の」が、もとは「瓠葛」と表記されたのは、瓠が北斗七星の形だからだとも述べる。確かに、「日の宮」の例で挙げた続日本後紀に掲載された興福寺の長歌にも「瓠葛」とあった。

▽天照国《あまてるくに》の日宮《ひのみや》の聖之御子《ひじりのみこ》ぞ瓠葛《ひさかた》の天　梯建《あまのはしたてふ》践み歩《あゆ》み……（続日本後紀、巻十九、四、興福寺大法師等）

こうなると、夕顔は単なる野菜の花ではなくなる。ここに、神事との関わり、特に食物信仰との関わりを強く感じる。さらに、夕顔の「ゆふ」は、ただ「朝」に対することばではなく、神事で用いる白い「木綿《ゆふ》」の意味を含んでいただろう。その花を「ゆふがほ」と称したのは、単に夕方に咲く花というだけでなく、その花の白さと、瓠・瓜の実をつける花の意味で、木綿に見立てられる。白い花を木綿に見立てることは、すでに貫之歌に見られる。

神まつる
▽卯の花の色みえまがふゆふしでてけふこそ神をいのるべらなれ（貫之集、四三九　古今六帖、一、八四、貫之）

卯の花の白い色の光景と木綿幣《ゆふしで》とを見まがう夏の日に神祭りをする。これと同様、夕顔の花は、白い扇に歌を書くことを御幣に見立てただけでなく、「ゆふがほの花」自体を白い木綿に見立てたのである。

瓜について注目すべきは、催馬楽「山城」である。

▽山城の狛《こま》のわたりの瓜作り　ななよやらいしなやさいしなや　瓜作り瓜作りはれ瓜作り　我を欲しといふいか
にせむ　ななよやらいしなやさいしなや　いかにせむいかにせむはれいかにせむ　なりやしなまし瓜立つまで
に　やらいしなやさいしなや　瓜立つま瓜立つまでに（催馬楽、山城、三二）

源氏物語の紅葉賀巻においても、その一節が謡われる。

○瓜作りになりやしなまし、と、声はいとをかしうてうたふぞ、少し心づきなき。（紅葉賀巻、二五六）

「山城の狛のわたり」とは、渡来氏族が瓜栽培の技術を持ち込み瓜畑にしたという木津相楽地区を指す。この歌詞は、渡来人との婚姻をためらう女の気持ちを表したもので、夕顔物語における身分違いの恋や異類婚姻譚に通じる。

また、これを基にした歌も多く見られる。代表的な例を挙げる。

三位国章、小さき瓜を扇におきて、藤原かねのりにもたせて、大納言朝光が兵衛佐に侍りける時、つかはしたりければ

▽音にきく狛のわたりの瓜作りとなりかくなりなる心かな（拾遺集、雑下、五五七、藤原朝光）

▽さだめなくなるなる瓜のつら見ても立ちやよりこむ狛のすきもの（同返し、五五八、藤原国章）

小さな瓜を「扇に置きて」「つかはし」とあるのは、夕顔の枝を「これに置きて参らせよ」と白い扇を随身に渡し、惟光を介して源氏に献上した状況と同じである。瓜の歌では「成る・生る」「立つ」がよく用いられ、それぞれ実り、捧げることを意味する。

そもそも山城風土記の逸文「伊奈利社」には「生子」と書かれていた本文を、伴信友が『験の杉』において「伊祢奈利生」に校訂したとされる。(17)「生子」であれば稲に限らず、「子を生む」と読んで出産の神とも理解できるが、ここではむしろ「生」の「なり」に注目したい。瓜の歌に「となりかくなりなる」「なるなる」と繰り返されるのは、瓜が次々と様々な形を変えて「なる」からである。野菜の豊作を意味するだけでなく、瓜の育つ様が子の成長と重なり、めでたい作物とされただろう。そして、瓜を作り山城国を拓いた渡来氏族の代表格は、稲荷の始祖とされる秦氏であり、稲荷は農耕の神であった。瓜・夕顔と稲荷とはこうして繋がっていたことになる。

この時代、瓜はたびたび天皇家や摂関家に献上され、前掲の「御饌《みけ》立つと打つなる瓠《ひさ》」（皇大神宮儀式帳）とある通り、神にも捧げられた。暑気あたりに効く薬としても重宝されていただろう。「夕顔」の代わりに歌によく詠まれたのが「うり」であったのも、上級貴族達には、夕顔と呼ばれる花よりも、瓜の実に親しみがあったからである。

枕草子の能因本には、次の文がある。

◇夕顔は、朝顔に似て言ひ続けたる、をかしかりぬべき花の姿にて、にくく、実のありさまこそいと口惜しけれ。などて、さはた生ひ出でけむ。ぬかづきなどいふ物のやうにだにあれかし。されど、なほ夕顔と言ふばかりはをかし。（能因本枕草子[18]、七〇段）

花の姿に比べて「実のありさま」は残念で、「ぬかづき」（酸漿《ほおずき》）のように小さければよいが、それでも夕顔という名は良いと言う。枕草子の諸本には「うつくしきもの、瓜にかきたるちごの顔」という有名な一文もある。

夕顔の白い花に惹かれ、その「口惜しき」運命に同情した源氏が「一房折りて参れ」と命じたこと、白梅の花の枝を白い紙に書いた歌とともに贈る（梅枝巻・若菜上巻）ことは、花の美しさに誘われただけの行為に見えるが、食用となる実が成る植物である点で共通している。梅の実については、紫式部日記に、道長が「すきもの」（酸き物・好き者）の歌を詠んだ例がある（第十一章参照）。皇子である源氏は、夕顔という名も瓜も知っていただろうが、生えているのを見るのは初めてで、その白い花は知らなかった。現代で野菜の花を見たこともない人が多いのと同じであろう。

夕顔の白い花は一晩で枯れてしまう（その名を持った女も急死した）が、大きな瓜の実をつけ、丈夫な蔓草は「長き思い」を表すだけでなく、その「筋」が血縁（血筋）を表し子孫を繁栄させる。「玉かづら」は、丈夫で縁起の良い植物の象徴として、初瀬観音の霊験によって、源氏の前に現れた。この娘に再会したとき、源氏が次の歌を詠んだのは、蔓がたぐり寄せた運命を感じたからである。

○恋ひわたる身はそれなれど玉かづらいかなる筋をたづね来つらむ（玉鬘巻、前掲）

同様に、なにがしの院で正体を明かしたときの歌、

○夕露にひもとく花は玉ぼこのたよりに見えしえにこそありけれ（夕顔巻、前掲）

においても、源氏は夕顔の「枝《え》」（蔓）に導かれたと詠んでいた。

このように、夕顔の物語には、稲荷信仰と関連づけられる事柄がいくつもあった。古今集に収められた二組の旋頭歌と夕顔・玉鬘の母娘の物語、白い花・白い扇と御幣・木綿（ゆふ）、夕顔（瓜・瓠）と枝（蔓）を捧げる御生れ神事、狐の変化の物語、稲荷信仰と初瀬や三輪山との類似性など、複数の信仰・習俗と和歌とが複雑に絡み合っている。源氏物語に見られる信仰は、伏見稲荷大社や長谷寺といった神社仏閣を対象とするのではなく、山や川や草木に対する原始的な精霊信仰に特色がある。地名や社の名が物語に現れないから信仰がなかったわけではなく、原始的な意味の信仰があった。それは植物を主とした物語の巻名にも現れている。

六、瓜の歌と巻名「夕顔」　［夕顔］

夕顔の花は、農民や庶民たちにとって珍しいものではなかっただろうが、上級貴族や皇子は、おそらく目にしたこともなかっただろう。染料の材料となる紫草や紅花なら、染色のときに摘み取った紫の根（若紫）や紅花（末摘花）の花びらを目にする機会もあっただろうが、瓜の花は、瓜が成る前の畑に行かなければ見られない。大鏡（道長伝上）によると、瓜は、狛と呼ばれた渡来氏族の拓いた山城南部の地域とは別に、北野や賀茂河原でも栽培されていたという。光源氏は六条京極に至る「中宿り」において、あちこちの小家に夕顔が這いまつわっているのを目にしたのだから、そうした地域の特色がよく現れた場面であった。外に出れば稲荷山が間近に見えた場所である。その地域の人々は、食用のためだけでなく、稲荷の神に奉納したり、貴族に献上するための瓜を栽培していたのだろう。五月五日には必ず早瓜を献上したという記録もある。夕顔の宿の瓜が、食用にできる甘い瓜か、苦いがめでたい容器にもなる瓢箪なのかは不明ながら、白い花だからヘチマやキュウリではない。延喜式や源順の和名類聚抄には、白瓜・青瓜・黄瓜など様々な瓜の種類が記載されているから、親しみのある野菜だったのだろう。

さて、その瓜を、恋の贈答歌の題材にしていた男女がいた。先の歌に出て来た藤原朝光と、小大君である。先の贈答歌で、国章がわざわざ瓜を朝光に贈ったのも、朝光が小大君と関係を持ち、瓜の歌を贈答していたことを知っていたからであろう。拾遺集のその歌を振り返ってみよう。

▽音にきく狛のわたりの瓜作りとなりかくなりなる心かな（前掲、藤原朝光）

▽さだめなくなるなる瓜のつら見ても立ちやよりこむ狛のすきもの（同返し、藤原国章）

朝光は、小大君の他にも多くの女性と恋愛関係にあった。国章が「すきもの」と詠んだのは、瓜が、同じ蔓からでもさまざまな形に成るからであり、小さな瓜を子どもの顔に見立てて「つら」（蔓のづらとの掛詞）と表した。生まれた子の顔がそれぞれ違うのは、朝光が多くの女性と恋愛をした「すきもの」だからだと国章は揶揄したのである。

この贈答より後、小大君が瓜とともに朝光に贈った歌がある。

小さき瓜の黄なるを同じ色の紙に包みて、朝光の少将のがりやるを、聞きたがへて頼平に取らせたれば

▽雲の立つ瓜生の里の女郎花くちなし色はくひぞわづらふ（小大君集、九八）

心ときめきして言ひたりし甲斐なければ、返しもせで、取り返して初めの人のがりやるとて、「我がとな言ひそ」と言ひければ、少将

▽なりどころこまかにいづら白瓜のつらを尋ねてわれならさなむ（同、九九）

「左近の君に」とのたまへりしかば、我と知られにけりとねたくて

▽うりどころここにはあらじ山城のこまかに知らぬ人なたづねそ（同、一〇〇）

傍線部「なり」「こま」「つら」は瓜の縁語である。小大君は「心ときめきして」意中の人、朝光に黄瓜を贈ったのに、間違って別の男に渡してしまったと言うのである。これでは噂になっても仕方がない。そして朝光少将は、瓜を見ただけで小大君だと「知られにけり」というのだから、小大君は瓜に関わりのある家の出身で、あちこちに瓜

を贈っていたのだろうか。[19]

朝光は、関白兼通の子、母は能子女王（有明親王女）である。拾遺集の贈答歌が交わされた「大納言朝光が兵衛佐に侍りける時」は、安和二年（九六九）頃、小大君集における「少将」は天禄元年〜四年（九七〇〜三）と、時期が特定できる。そして朝光には、次の贈答歌があった。

宮の君うちとけたまへるを見て

▽下ひものゆふ日に人を見つるよりあやなく我ぞうちとけにける（朝光集、四八）

▽下ひものゆふ日もうしや朝顔の露けながらをうせんとぞ思ふ（同返し、四九）

巻名「夕顔」の本歌の一つとして、伊勢物語の歌とともに取り上げた歌である（第七章参照）。詞書にある朝光の北の方「宮の君」は、重明親王と藤原登子の息女である。朝光は貞元元年（九七六）に宮の君を離縁した（大鏡・栄花物語）。この贈答歌はそれ以前と推定できるから、先の瓜の歌と同時期のものであることになる。

この贈答歌は、「なにがしの院」でうちとける源氏の様子に重なる。

○夕露にひもとく花は玉ぼこのたよりに見えしえにこそありけれ（夕顔巻、前掲）

「夕露にひもとく」よりも「ゆふ露に紐とく」とした方がわかりやすい。この「ゆふ」は、「とく」の反対語「結ふ」を含んでいる。また、夕顔巻の後半部、夕顔の四十九日で源氏が詠んだ歌にも、同じ表現が見られた。

○泣く泣くも今日はわがゆふ下ひもをいづれの世にかとけて見るべき（夕顔巻、一四四）

夕顔の「ゆふ」は、神事の木綿とともに「結ふ」も含んでいる。三つの掛詞ということではなく、そもそも神事のユフは、賢木（神事に広く用いられる樹）に「結ふ」ことから、語源は同じだろう。また「顔」は瓜の歌では「つら」（蔓）とされた。従って、朝光歌の「ゆふ」が「夕」と「結ふ」とを掛けていること、この歌と朝光の瓜の歌から瓜の花である「夕顔」の歌や物語が作られ、さらに瓠と神事の関係から木綿（ユフ）の意味が加わるのは、ごく自然な流れと言える。朝光集の贈答歌には、他にも帚木巻や夕顔巻の物語に関わると思われる表現が多く見られる。それらは個別に検討すべきことだが、この時代のさまざまな歌語りから、帚木・夕顔の物語が作られていたことは確かであろう。

七、葵巻の扇の歌　［葵］

葵巻において、源典侍が歌を贈ってきた場面を振り返ってみよう。

○よしある扇のつまを折り、

　はかなしや人のかざせるあふひゆゑ神のゆるしのけふを待ちける

注連のうちには、とある手をおぼし出づれば、かの典侍なりけり。（葵巻、二九一）

夕顔と同じく、扇に歌を書いてよこしてきた。夕顔の場合は、夏だから紙を貼った蝙蝠《かはほり》の扇で、その白い紙に書いたのに対して、四月中の酉の日ゆえ、檜扇を持っていた源典侍は、檜の薄板を細い組紐でつないであるから、その端を折って薄板に歌を書き付けたのである。

蜻蛉日記の御幣に似ているのはどちらだろうか。道綱母は、稲荷詣でのあと、賀茂社に詣でたときには、上下の社に「ふたはさみづつ」、次の歌を二首ずつ書いたと記している。

▽神やせく下にやみくづ積もるらん思ふ心のゆかぬみたらし（蜻蛉日記、上）

▽さかき葉のときはかきはにゆふしでやかたくるしなるめなみせそ神（同）

▽いつしかもいつしかもとぞ待ちわたる森のこまより光見むまを（同）

▽ゆふだすき結ぼほれつつなげくことたえなば神のしるしとおもはん（同）

夕顔も源典侍も、祭でかざす植物を歌に詠み、扇に書いて神に捧げる形式をとって光る君に献上したのである。

夕顔は、瓜作りあるいは稲荷に関わりのある人の家に身を寄せていたのだろう。藤原の姫君である玉鬘は、初瀬で右近と再会できた。初瀬は大和であり、瓜作りの狛は平安京の南である。それに対して、「あふ日」の神に守られていたのは、賀茂斎院の後に桃園に移り住んだ朝顔宮と、北山で見いだされ二条に住んだ紫の上であった。源氏と紫の上は「あふ日」の祭に婚約をし、葵巻で結ばれた（第二章参照）。そして藤裏葉巻で、紫の上は賀茂に「みあれ詣で」を行う。斎院であった朝顔宮が賀茂の聖女であることは明らかだが、小山利彦は、紫の上こそ朝顔斎院と並立する女君だと指摘した。[20] 朝顔宮と紫の上とは、どちらも式部卿宮の姫君である。そして朝顔に対して夕顔、紫の上に対して玉鬘とが、それぞれ平安京の南に位置する地域に守られていることと、源氏物語の構成との間に何らかの関わりがあるように思われる。信仰について今これ以上に論じることはできないが、巻名に関わるところだけを簡単に言えば、蔓草の朝顔と夕顔、高貴な紫色の染料の紫の根と神に捧げる瓜の成る白い花、「ゆふ顔」が「木綿」と「結ふ」を含むこと、挿頭にする葵と蔓、等々、植物に神が宿る「御生れ神事」と深い関わりがあるだろう。単なる人物呼称ではないのは当然として、単なる歌ことばでもない。源氏物語の根幹、本質に関わる問題だと考える。かつての成立論における用語を借りると、若紫系の物語が、源氏・皇族に関わりの深い北山と賀茂社から二条を地盤とし、夕顔の物語は、五条以南、秦氏に関わりのある稲荷から洛南、そして玉鬘系の物語が、六条以南、藤原氏に関わりの深い大和の初瀬と春日を地盤としていた、といった構図になるだろうか。

注

（1）高橋文二「『源氏物語』の原風景―鬼と狐と稲荷のことなど―」（一九九三年、「朱」三六号）、安藤徹「不在の稲荷―「源氏物語」の物語社会一面―」（二〇〇三年、「朱」四六号）

（2）笹川博司『為信集と源氏物語』（二〇一〇年、風間書房）
（3）増田繁夫「『蜻蛉日記』に見える稲荷山・稲荷の神」（一九九八年、「朱」四一号）、同「稲荷社の『しるしの杉』」（二〇〇三年、「朱」四六号）
（4）山上伊豆母「『しるしの杉』の原像」（一九七〇年、「朱」一〇号）、同「稲荷信仰の展開」（一九八八年、筑摩書房『稲荷明神　正一位の実像』）
（5）新間一美「源氏物語夕顔の巻と妖狐譚―賀陽良藤の話をめぐって―」（二〇一三年、「朱」五六号）
（6）五来重監修『稲荷信仰の研究』（一九八五年、山陽新聞社）所収、五来重「総論―稲荷の現象学と分類学―」、同「稲荷信仰と荼吉尼天信仰」、久米稔子「狐と稲荷信仰」（同書所収）。松前健「稲荷明神とキツネ」（一九八八年、筑摩書房『稲荷明神』）
（7）逵日出典『長谷寺史の研究』（一九七九年、巌南堂書店）。拙稿「平安文学と奈良」（二〇〇七年、「青須我波良」六〇号）、拙著『源氏物語の真相』（二〇一〇年、角川選書）第一部二「源氏と藤原氏」
（8）上田正昭「名乗りの源流」（一九七〇年、「朱」一〇号）
（9）渡邊昭五「歌垣と稲荷詣の伝存習俗」（一九九四年、「朱」三七号）
（10）加納重文「木幡山越え」（一九九八年、「朱」四一号）
（11）『一条摂政御集注釈』（一九六七年、塙書房）解題（片桐洋一）
（12）注（4）の「『しるしの杉』の原像」
（13）拙著『源氏物語の風景と和歌』（一九九七年、和泉書院）第六章第三節「最後の贈答歌」、拙稿「源氏物語の和歌―縁語・掛詞の重要性―」（「文学」二〇〇六年九・十月号　後に『源氏物語の風景と和歌　増補版』二〇〇八年、和泉書院に収録）で詳述した。
（14）南日義妙『稲荷をたずねて』（一九八〇年、文進堂）所収「狐字の語源の話」
（15）注（6）の五来重「総論―稲荷の現象学と分類学―」
（16）吉野裕子「狐の三徳―稲荷神としての狐―」（一九七八年、「朱」二二号）
（17）菟田俊彦「稲荷伝説の原形」（一九六九年、「朱」七号）

（18）引用は、松尾聡・永井和子訳注『枕草子［能因本］』（二〇〇八年、笠間書院）による。
（19）堤和博「瓜を詠み込む歌」（二〇〇一年、和泉書院『古代中世文学研究論集』）、大木桃子「瓜の歌―催馬楽「山城」と和歌―」（二〇〇八年、「語文研究」一〇五号）
（20）小山利彦「紫の上と朝顔斎院」（一九九一年、おうふう『源氏物語　宮廷行事の展開』）

追記：稲荷信仰については、注に挙げた参考文献の他、伏見稲荷大社発行の雑誌「朱」一～五六号（一九六六～二〇一三年）や山折哲雄編『稲荷信仰事典』（一九九九年、戎光祥出版）など、稲荷に関する多くの論考から学恩を受けた。

第十章　源氏物語の成立と巻名

これまでの論証をまとめると、源氏物語の巻名は、作者が古来の歌や行事によって名付けたものであり、そのことばを題とし核として巻々の物語が作られた、と考えることができる。また、巻名の由来となった歌の多くが、後撰集時代の特定の文化圏で作られた歌であることも明らかになった。本章では、巻名の成立と物語の成立との関係について考察する。これまでに検討した用例についても再検討し、巻名の由来となった歌がどのような場で詠まれたものか、それらの資料を提供したのは誰だったのかを推定したい。

一、巻名の成立

多くの注釈書では、物語本文や歌を引用し、巻名はこれによると説明するが、そもそも、巻名をこのように分類してきたのは、文明四年（一四七二）の『花鳥余情』の影響による。『花鳥余情』が歌と詞に分けて巻名を分類した理由は、和歌の詠作に必要だったからである。とりわけ、巻名を題材に詠む巻名歌や『花鳥余情』と同じ頃に盛んになる連歌の影響が大きい。『花鳥余情』は、花宴巻の注で俊成の言「源氏見ざる歌詠みは遺恨のことなり」を引用し、「大かた源氏などを一見するは歌などによまんためなり」と述べている。中世の注釈者は、源氏物語のことばが歌の題材になり得るかどうかに大きな関心を持っていた。中でも巻名は、最も尊重すべき歌題であり、最低限の教養でもあった。中世の人々が巻名歌を作るとき、巻名が源氏物語中の歌にあれば歌語と見なして安心して歌に詠み込むことができる。逆に、源氏以前の和歌に例のない巻名を歌に詠む場合、歌人達は源氏物語でどのように用いられていたかを知っておく必要があっただろう。

つまり古注における「巻名の由来」とは、源氏物語の巻名がどのように出来たかという成立に関わるものではなく、巻名歌や連歌などの題材としての源氏物語巻名が物語のどの部分に由来するか（索引の代わりになる）という意味なのである。歌にあるか否かというのも、中世の歌詠みたちがことばの用法を知るためだっただろう。第四章で詳述したことではあるが、この点をまず明確に区別しておきたい。

結論としては、源氏物語成立当時すでに巻名があったと主張する玉上琢彌の説に賛同するが、そこで示された根拠は不十分であり、(1)「巻中の歌や語に拠り所を求めて、これらの巻名を案出する」「巻名は、その巻の歌もしくは文から命名される」などと、古来の説と同様、巻名がなお源氏物語内部のことばから名付けられたと説明された点に矛盾も多い。古歌を基にして名付けられた巻名が一つでもあるのなら、他の巻名もまた、物語内部からではなく、源氏物語以前の歌などを出典として名付けられたことを実証し、その立場からの説明が必要であろう。作者が名付けたのなら、完成した源氏物語から抜き出す必要はなく、むしろ物語完成と同時に名付けられた可能性が高いからである。同じく作者命名説をとる新潮日本古典集成『源氏物語』の解説でも「巻名は当然作者によって、この物語の成立の時に付されたものと考えるべきである」とするが、(2)それ以上の説明はない。

ただし、その解説を書いた清水好子は『源氏物語論』第四章「紅葉賀」において、歴史上の院の御賀を基にしていることを知り得た作者でなければ名付け得ないことを根拠として、巻名を作者の命名としている。紅葉賀巻には「紅葉賀」という語がなく、花宴巻と藤裏葉巻で「紅葉の賀」と記されるが、この時の朱雀院行幸の目的は記されていない。この点を重視した清水は、延喜十六年（九一六）三月七日の宇多法皇五十の賀のための朱雀院行幸を準拠とし、行幸の目的が院の「御賀」にあったことを知る作者であればこそ、他の巻で「紅葉の賀」と明記し得たのだと論証したのである。(3) これは、作者が巻名を名付けたとする十分な証拠になる。

仮に巻名となったことばが源氏物語で最初に用いられたものなら、読者が物語から抜き出して名付けたと考えられるが、物語の内部に例のない巻名があり、また、それを含めて、古来の作品に巻名の由来となる例がある。その上、巻名となったことばを基にして物語世界が作られたことも実証できる。巻名となることばが源氏物語以前の歌に例があるものは、計四十四巻である。それらを一つ一つ検討した結果、単に用例があるだけでなく、歌を基にして物語世界が作られていることも明らかになった。古来の歌に例の見当たらない巻々も、二つの歌語の組み合わせや歌の行事が巻名になったものである。そして、巻名の由来となる歌やその状況と、物語の他の部分の引歌や準拠とされる史実とが一致しているのであるから、巻名は作者が名付けたと結論づけることができる。巻名の由来となった歌は、古注釈書が引用する古今集などの歌だけではなく、源氏物語が作られた時代より数十年から半世紀ほど前の歌、多くは、物語で理想とされた天暦の時代の歌である。そして、巻名および物語世界の中心的な場面や歌は、その時代の歌語りや歌合などを基にして作られていたことがわかる。

二、「若紫」の系譜と歌合　［若紫］

典型的な例として、「若紫」の場合について見ておきたい。繰り返すが、源氏物語中には「若紫」ということばの用例はない。歌でも「紫のねにかよひける野辺の若草」や「武蔵野」の「草のゆかり」という表現のみである。

○手につみていつしかも見む紫の根にかよひける野辺の若草（若紫巻、一八〇）
○ねはみねどあはれとぞ思ふ武蔵野の露わけわぶる草のゆかりを（同、一九三）

○かこつべきゆゑを知らねばおぼつかないかなる草のゆかりなるらむ（同返し、紫の上）

諸注は、若紫の物語と巻名が、次の古今集歌と伊勢物語を踏まえていると指摘する。

▽紫の一本《ひともと》ゆゑに武蔵野の草は皆がらあはれとぞ見る（古今集、雑上、八六七、よみ人知らず）

▽春日野の若紫のすり衣しのぶの乱れ限り知られず（伊勢物語、一段）

しかし、この二首には物語の鍵語である「草のゆかり」ということばはない。これに対して、若紫巻の歌の類似表現は、古注が指摘していない歌に複数見られる。

「若紫」の用例は、早い例では、延喜五年～八年（九〇五～八）の本院左大臣時平前栽合にあり、延喜十三年（九一三）三月十三日の亭子院歌合にも見られる。

▽秋の野に色なき露はおきしかど若紫に花は染みけり（本院左大臣時平前栽合、一八、紫苑）

▽武蔵野に色やかよへる藤の花若紫に染めてみゆらむ（亭子院歌合、二九）

いずれも、紫苑と藤が「若紫」色に花を染めたという例である。そして亭子院歌合の歌（躬恒作か）で、藤の花が武蔵野の「紫」に色が「かよへる」としている点は、藤壺の「草のゆかり」として「紫の根にかよひける野辺の若草」とした源氏の歌につながるものと言える。この前提には、古今集の「紫の一本ゆゑに」の発想があるのだろうが、古今集歌のみを引用する注釈書では、源氏物語の歌の成り立ちは十分に説明し得ない。源氏物語の背景には、数多くの歌や歌語りがあり、物語中の歌は、その文化の中で作られたものなのである。

「若紫」は、本来「武蔵野」のものであるから、源氏物語の若紫巻における「武蔵野」は、古今集を受け継いだだけではなく、伊勢物語の「春日野」の「かいま見」を北山に変えて設定したとの説明も適切ではない。「春日野」の「若紫」の例としては、延喜二十一年（九二一）三月の京極御息所歌合の二例がある。[4]

▽今年よりにほひ染むめり春日野の若紫に手でなふれそも（京極御息所歌合、四〇、藤原忠房）

▽ちはやぶる神も知るらむ春日野の若紫にたれか手ふれむ（同、四二、女房）

藤原時平の息女である「京極御息所」褒子が、宇多法皇とともに春日神社に参詣した時に、大和守藤原忠房が献上した歌に対して、伊勢を含む女房が返歌を二首ずつ詠んで歌合に仕立てたものである。忠房の「今年より」歌には「十宮の御車に入れたる」とあり、生まれたばかりの雅明親王を「若紫」に喩えたのであろう。これに返した右方の女房歌「ちはやぶる……」は、忠房歌の句の繰り返しに終わったのに対して、左方の歌「紫に手もこそふるれ春日野の野守よ人に若菜つますな」（四二）が「勝ち」と判定された。

この歌の表現は、褒子の父である時平主催の前栽歌合と、宇多法皇主催の亭子院歌合の「若紫」を受けたものである。亭子院歌合の「若紫」歌の作者は躬恒である可能性が高く、同じ歌合の「かけてのみ見つつぞしのぶ紫にいくしほ染めし藤の花ぞも」（三三）は躬恒の歌である。一方、忠房は、二十首のうち八首を躬恒に依頼したというから、「若紫」は、同じ主催者と歌人、同じ文化圏における歌合で用いられた歌ことばであったことがわかる。

伊勢物語の第一段は、若紫が春日野にないので「男」は「しのぶずり」の狩衣を切り取り、若紫色の乱れ模様を心の乱れに見立てて「春日野の若紫のすり衣」と詠んだのであろう。逆に、古今集の、

▽春日野は今日はな焼きそ若草のつまもこもれり我もこもれり（春上、一七、よみ人知らず）

を、東下りの一場面として物語化するさいに、第一句を「武蔵野は」に変えたのも伊勢物語である。源氏物語の若紫巻は、古今集と伊勢物語だけを受けて作られているわけではなく、古注の指摘していない多くの歌をも踏まえて作られているのである。

若紫巻の歌に似た用例は、後撰集にもある。

▽武蔵野は袖ひづばかりわけしかど若紫はたづねわびにき（後撰集、雑歌二、一一七七、よみ人知らず）

▽まだきから思ひこき色にそめむとや若紫の根をたづぬらむ（同、雑歌四、一二七九、よみ人知らず）

源氏の「手につみて」歌の「露わけわぶる」、「ねはみねど」歌の「紫の根」は、それぞれこの後撰集歌の表現と発想から生まれたものと思われる。

紫式部日記に記された藤原公任のせりふ「このわたりに若紫やさぶらふ」によって、源氏物語に関わる「若紫」ということばは、寛弘五年（一〇〇八）の段階ですでに広く知られていたことがうかがえるが、これは「かの上」とされた紫の上の呼び名である。となれば、伊勢物語の「若紫のすり衣」や二つの歌合における「若紫に染め」のように、色の名称ではなく、後撰集歌のように、野を分けて「たづね」出す紫の若草という意味に近い。そして、後撰集より少し後（天暦八年頃）の九条右大臣・藤原師輔の歌は、若紫巻の物語と歌に直接つながるものと言える。

▽かれぬべき草のゆかりをたたじとて跡をたづぬと人は知らずや（九条右大臣集、三九）
▽露霜の上ともわかじ武蔵野のわれはゆかりの草葉ならねば（同返し、四〇）

この贈答歌は、源氏の「ねはみねど」歌に対して、幼い紫の上が「いかなる草のゆかりなるらむ」と切り返したやりとりの基になったと思われる。この歌を理解するために、師輔の妻とその子女を次に示す。

藤原盛子（武蔵守経邦女「北の方」）天慶六年（九四三）没――伊尹・兼通・兼家・安子（村上皇后）・登子・怤子・高明室
勤子内親王（醍醐天皇四女「四宮」・母「近江更衣」源周子）承平八年（九三八）没　※周子＝源高明の母
雅子内親王（醍醐天皇十女「斎宮」・母「近江更衣」源周子）天暦八年（九五四）没――高光・愛宮（高明室）
康子内親王（醍醐天皇十四女「北の宮」・母穏子中宮）天暦十一年（九五七）没――公季

北の方は藤原盛子で、伊尹・兼家・安子皇后たちの母親であるが、師輔は、醍醐天皇の皇女を次々と娶ったことで知られる。最初は勤子内親王、次にその妹で斎宮となった雅子内親王を愛する。二人は、光源氏のモデルとされる源高明の姉である。師輔は、この姉妹を亡くした後、康子内親王とも結ばれる。師輔の「かれぬべき草のゆかりを」の歌は、雅子内親王のゆかりとして愛した、康子内親王に贈った歌である。同じ醍醐天皇の皇女でも母親の異なる康子は「われはゆかりの草葉ならねば」と切り返したのである。

師輔には、右の贈答歌より前に詠まれたと見られる、次の歌もある。

　　はなれぬ御中にて

▽武蔵野の野中をわけてつみそめし若紫の色はかはりき（九条右大臣集、五）

この歌について、山口博は、武蔵守の娘であった盛子に贈った歌と推測する。[5] しかし、武蔵野の紫をたづねて得たのに同じ野の「若紫」の色が変わってしまったというのだから、勤子内親王の次に妹の雅子内親王を得たことを詠んだ歌であった可能性もある。その理由は、次の歌の存在による。

▽紫の色にはさくな武蔵野の草のゆかりと人もこそ見れ（拾遺抄、雑上、四八二、如覚法師　拾遺集、物名、三六〇、如覚法師　義孝集、一二六）

義孝は師輔の孫（伊尹の子）であるが、兄の挙賢とともに、天延二年（九七四）九月十六日、流行の疱瘡のため兄弟とも死去した。義孝集の詞書には「横川にて、さくなん草を見て」とあることから、比叡山で出家し横川に隠棲した高光（如覚法師）の作と伝えられ、拾遺抄・拾遺集に如覚法師として入る。この歌は、師輔が雅子内親王の「草のゆかり」と詠んだ歌を意識し、師輔の歌の句を踏まえたのであろう。高光は、父母亡き後の応和元年（九六一）に若くして突然出家し周囲を嘆かせた（多武峰少將物語・栄花物語）。高貴な血縁と身分を捨てて横川に隠遁した高光であったからこそ、「さくなん草」（石楠花）を見て、その名「さくなむさ」を詠み込みつつ「紫の色に咲いてくれるな、こうして隠遁している私が武蔵野の草のゆかりと人に知られてしまうから」と詠んだのであろう。

天徳三年（九五九）八月二十三日の斎宮女御徽子女王前栽合のために元真が「蘭」の題で詠んだ歌、

▽武蔵野の草のゆかりに藤袴若紫にそめてにほへる（元真集、七〇）

は、時平歌合や亭子院歌合の流れを汲みながらも、その当時おそらく評判になっていた師輔の恋にまつわる歌語りを踏まえたものだったと思う。「若紫」ということばの背景には、藤の花にかよう高貴な紫に染める色、その染料の材となる根を持つ貴重な草ゆえに武蔵野を「わけて」「たづね」出すこと、そして師輔が次々と内親王を愛した「ゆかり」の物語などがある。源氏物語の「紫のゆかり」の物語と歌は、歌合にも詠まれた「若紫」を発端とし、そのことばを巻名（＝物語の「お題」）として設定し、古今集や伊勢物語のみならず、色好みとして名高い師輔の恋愛と歌をも踏まえて作られていたのである。

三、歌合と歌語り　［帚木・空蟬］

第一章において、和歌的世界の典型的な例として帚木・空蟬について論じたが、ここでは、歌合との関係に焦点を当てて、あらためて検討したい。帚木巻の由来と引歌として、古注以来、次の歌が挙げられる。

▽園原やふせ屋に生ふる帚木のありとてゆけどあはぬ君かな（左兵衛佐定文歌合、一八、坂上是則　古今六帖、五、三〇一九）

確かに、源氏と空蟬との贈答歌、

○帚木の心を知らで園原の道にあやなくまどひぬるかな（帚木巻、七八）

○数ならぬふせ屋に生ふる名の憂さにあるにもあらず消ゆる帚木（同返し）

は、是則の歌を基にして、それぞれ男の気持ちと女の気持ちをうまく表現している。源氏は、本歌「園原や……」と同様、「ありとてゆけどあはぬ君」の心がわからず、女のつれなさを恨み「あやなくまどひ」、女（空蟬）は、「数ならぬふせ屋に生ふる名の憂さ」を嘆き、その身の上ゆえに男に会わないのだと返した。見事な贈答歌である。

諸注は、この本歌を、次の本文と出典で挙げ、坂上是則の歌であることを示す。
▽園原やふせ屋に生ふる帚木のありとは見えてあはぬ君かな（新古今集、恋一、九九七、坂上是則）
しかし、本歌を示すのなら、可能な限り源氏物語以前の出典を挙げるべきで、この歌は、延喜五年（九〇五）四月廿八日の左兵衛佐定文歌合（平定文歌合）において是則が「不会恋」の題で詠んだ歌である。作者のみならず詠作日まで明らかで、先の「若紫」と同様、延喜の時代の歌合から巻名が選ばれていたことも確認できる。この是則歌が後世の歌学書で問題になるのは、「帚木」の実態がわからないだけでなく、歌集のように歌の内容が推測できる詞書がなく、題「不会恋」による題詠歌であったからである。「帚木」の例は、『河海抄』の挙げる、
▽ゆかばこそあはずもあらめ帚木のありとばかりは音づれよかし（馬内侍集、一九〇）
の他にも、次のような歌がある。
▽こずゑのみあはと見えつつ帚木のもとをもとより見る人ぞなき（人麻呂集、二八八）
▽人のするあたれもせずて帚木やきみをおもへどよぞふけにける（古今六帖、四、二一八七）
従って、巻名「帚木」が是則歌だけから名付けられたのではなく、梢は見えるのに間近に行くと確認できない伝承の木「帚木」を題として物語を作ってみてはどうか、といったことで帚木巻が作られたと考えられる。

ストーリィを優先して考える研究者は、空蟬巻が短すぎることから、帚木巻後半の空蟬との出会いのみと前半の雨夜の物語とがもともと別の巻で、帚木巻後半と空蟬巻が一巻だったのではないかなどと推測する。(6) しかし、歌語「帚木」と「空蟬」は、このことばを巻名にした物語全体の構想に大きく関わっている（第一章参照）。同じ女君を、関屋巻では「かの帚木」と呼び、夏の場面では「空蟬の尼衣」などと呼ぶのは、歌語を題として物語が作られた、その物語の女君という意味であり、秋に出会う関屋巻では、夏の虫と薄衣を意味する「空蟬」とは言わない。帚木と空蟬の二巻が古注で「並びの巻」とされたのは、こうした物語の作られ方に関わりがあると思うが、この場合は、

「不会恋」を共通の題としながらも、歌語を基にした「帚木」と「空蟬」という題に分けて別の物語が作られたと考えればよい。このように考えれば、空蟬巻が極端に短いことも不自然ではないだろう。

さて、その題はどの歌に由来があるかと言えば、これも一首の歌だけではない。

○空蟬の身をかへてける木《こ》のもとになほ人がらのなつかしきかな（空蟬巻、九四）

○空蟬の羽におく露の木《こ》がくれて忍び忍びにぬるる袖かな（同　伊勢集、四四二）

あとの歌は、源氏からの文の端に空蟬が書き付けたものであるから、伊勢集の歌をそのまま利用したと考えてよい。一首すべてを引いたまれな例である。これによって、伊勢の歌から物語が作られたことは確かであるが、これだけが巻名の由来ではない。すでに見てきた通り、数多くの歌を背景として、歌語として特色のあることばを選んで物語の題に設定し、物語が作られたと考えるべきである。結果的に短い巻になったが、その完成度は高い。二人の恋の行方が完結していない、ということではなく、「空蟬」という題にふさわしい結末である。しかも、この物語は、秋、源氏が女に衣を返すという後日談に受け継がれるが、これは夕顔巻の巻末に持ち越される。

○あふまでのかたみばかりに見しほどにひたすら袖の朽ちにけるかな（夕顔巻、一四五）

○蟬の羽もたちかへてける夏衣かへすを見てもねはなかりけり（同返し）

この贈答歌と場面は、複数の歌とその状況を基にしている。

親の守りける人の娘にいと忍びに逢ひてものら言ひける間に、親の呼ぶと言ひければ、急ぎ帰るとて裳をなむぬぎ置きて入りにける、その後、裳を返すとてよめる

▽あふまでのかたみとてこそとどめけめ涙に浮ぶもくづなりけり（古今集、恋四、七四五、藤原興風）

つらくなりにける男のもとに、今はとて装束など返しつかはすとて

▽今はとてこずゑにかかる空蟬のからを見むとは思はざりしを（後撰集、恋四、八〇三、平中興女）

▽わすらる身をうつ蟬のから衣かへすはつらき心なりけり（同返し、八〇四、源巨城）

ストーリィ展開だけを見ると、なぜこの後日談を空蟬巻の末尾に加えなかったか不思議に思えるだろうが、「空蟬」という題の物語に、この贈答歌はふさわしくない。歌合では「夏」の題で詠まれる歌語だからである。

▽空蟬のわびしきものは夏草の露にかかれる身にこそありけれ（寛平御時后宮歌合、夏、四三、紀友則）

▽なく声はまだ聞かねども蟬の羽のうすき衣はたちぞ着てける（天徳四年内裏歌合、夏、二一、大中臣能宣）

▽夏衣たち出づるけふは花桜かたみの色もぬぎやかふべき（同、二二、中務）

夏の歌語「空蟬」を巻名にした物語は、夏の物語としてまとめなければならなかった。そして、夏に出会い秋に別れる、というテーマにふさわしい「夕顔」の物語の巻末に、空蟬との別れの場面を置いたのである。人物ごとに物語が完結するのではなく、題を与えられて歌を詠む歌合のように、巻名を重視した物語の構成になっている。夕顔巻の贈答歌のうち「あふまでのかたみばかりに……」は、古今集歌「あふまでのかたみとてこそ」の句と衣を返すという状況に倣ったものだが、「蟬の羽も」と組み合わせた贈答は、天徳四年歌合の番の二首をも踏まえている。

四、桃園の君達

［蓬生・梅枝・横笛］

「蓬生」ということばの早い例は、寛平五年（八九三）以前に行われた是貞親王歌合の二例、

▽蓬生に露のおきしくあきのよはひとりぬる身も袖ぞぬれける（是貞親王家歌合、三五）

▽秋風にすむ蓬生のかれゆけば声のことごと虫ぞなくなる（同、四五）

の他に、新撰万葉集にも二例ある。「若紫」の場合と同様、古来の歌合に見られる歌語を巻名にしたのである。その巻名が付けられた蓬生巻の物語は、荒れた邸の住人の立場から語られている。「蓬生」ということばは、荒れた

宿の住人が自らの住まいを卑下して用いることばである（第八章参照）。そのため、源氏の詠んだ歌、

○たづねてもわれこそとはめ道もなく深き蓬のもとの心を（蓬生巻、五三六）

では「蓬のもと」と言い、「蓬生」とはしていない。この歌は、次の歌に答える形で作られている。

▽いかでかはたづね来つらん蓬生の人も通はぬわが宿の道（拾遺抄、雑上、四五八、よみ人知らず　拾遺集、雑賀、一二〇三、よみ人しらず　高光集、三六）

拾遺抄も拾遺集も、よみ人知らず歌としているが、これは高光集にあり、若くして出家した藤原高光（多武峰少将・如覚法師）の作と伝えられる。源氏物語の作者は、この歌を高光作として取り入れたのだと考えるのだが、それには理由がある。

蓬生巻において、源氏がまさに蓬生の邸に分け入ろうとするとき、邸内の末摘花は、亡き父宮を偲んで次の歌を詠んでいた。

○なき人を恋ふるたもとのひまなきに荒れたる軒のしづくさへそふ（蓬生巻、五三二）

この歌は、次の高光の歌を基にしている。

母宮うせたまてのとし返りて、雨ふる日ひめ君にきこえし

▽ひねもすにふる春雨やいにしへを恋ふるたもとのしづくなるらん（高光集、三）

高光が亡き母宮を偲んで妹の愛宮に送ったものだが、その母宮こそ、師輔が愛した雅子内親王であった。父母を亡くし、兄高光にも出家された愛宮は、異母姉（高明室）没後、源高明の妻になったが、安和二年（九六九）の安和の変で高明が失脚したとき若くして出家したのである。一方、末摘花も父母を亡くし、兄に出家され、夫と頼る光源氏が須磨に下向した。このときの源氏の準拠こそ高明だとされるから、末摘花と愛宮の境遇は一致する。また、愛宮はこのとき桃園に住んでいたので、やはり父母を亡くした朝顔宮の境遇にも似ている。

○見しをりのつゆ忘られぬ朝顔の花のさかりは過ぎやしぬらむ（朝顔巻、六四四）

源氏は、かつて朝顔の花を贈った姫宮に、少し色あせた朝顔の花を添えて「見しをりの」の歌を送った。この歌は、高光がふるさとに送った歌、

花のさかりにふるさとの花を思ひやりて言ひやりし

▽見てもまたまたも見まくのほしかりし花のさかりは過ぎやしぬらむ（高光集、三七）

の歌の下の句をそのまま利用したものである。ここで言う「ふるさと」とは、妹愛宮のいる桃園のことであろう。桃園には、高光の北の方であった師氏の女も住んでいた。一方、源氏物語の朝顔巻の冒頭では、斎院を下りた朝顔宮が父式部卿宮の喪に服し桃園の宮に移ったと語られる。つまり源氏が「花のさかりはすぎやしぬらん」と桃園の朝顔の宮に贈ったことは、高光が桃園に残した妹に歌を贈ったことに準えていたのである（第八章参照）。

源氏の歌に対して、朝顔宮は素直に受け入れ「似つかはしき御よそへにつけても露けく」と、次の歌に添えた。

○秋はてて霧のまがきにむすぼれあるかなきかにうつる朝顔（朝顔巻、六四四）

この歌の表現は、天禄三年（九七二）、斎宮女御徽子女王が催した女四宮歌合の詞書の比喩表現を取り入れたものである（第六章参照）。「むすぼほれ」という語は、朝顔宮の雪の場面でも用いられている。

○いつのまに蓬がもととむすぼほれ雪ふる里と荒れし垣根ぞ（朝顔巻、六四八）

やはり「ふるさと」と言っている。この表現は、蓬生巻の源氏の歌を踏まえる一方、次の歌を基にしている。(7)

▽卯の花のさけるあたりは時ならぬ雪ふる里の垣根とぞ見る（能宣集、二六六　後拾遺集、夏、一七四、大中臣能宣）

能宣が「ある所の歌合」の「卯の花」題で作った歌である。(8)高光歌、女四宮歌合、そしてこの能宣歌と、巻名に関わる歌もそうでない歌も、同じ時代の近い文化圏の歌を基にしていたのである。

高光にまつわる歌語りは、梅枝巻にも用いられていた。

○前斎院よりとて、散りすぎたる梅の枝につけたる御文もてまいれり

花の香は散りにし枝にとまらねどうつらむ袖に浅くしまめや（梅枝巻、九七六）

朝顔宮から薫き物に添えて「散りすぎた」白い梅の枝と歌が届いた。これは次の歌と状況を踏まえている。

比叡の山にすみ侍りけるころ、人の薫き物をこひて侍りければ、侍りけるままに少しを梅の花の散り残りたる枝につけてつかはすとて

▽春すぎて散りはてにける梅の花ただ香ばかりぞ枝に残れる（島根大学本拾遺抄、雑上、五八七、如覚法師　拾遺集、雑春、一〇六三、如覚法師　高光集、四三、第一句「春たちて」）

如覚法師・高光は、比叡山横川から梅の花の散り残った枝に薫き物をつけて人に贈った。朝顔宮からの手紙と趣向は、これに倣ったものである。その梅枝巻の巻名は、催馬楽「梅枝」と、その歌詞を基にしている。

▽梅が枝に来ゐる鶯春かけて鳴けどもいまだ雪はふりつつ（古今集、春上、五、よみ人知らず）

本歌の「梅枝」が早春の白梅であったのに対して、源氏物語の「梅枝」は、散りすぎた白梅の枝と六条院の盛りの紅梅との対比を意味している。

人々は催馬楽「梅が枝」に合わせて歌を詠んだが、そのうち柏木の詠んだ歌、

○うぐひすのねぐらの枝もなびくまでなほ吹きとほせ夜半の笛竹（梅枝巻、九七七）

の「うぐひすのねぐらの枝」という句は、高光の兄・一条摂政伊尹の歌の句を用いたものである。

天暦御時に大盤所の前のつぼに鶯を紅梅の枝につくりてすゑて立てたりけるを見侍りて

▽花の色はあかず見るともうぐひすのねぐらの枝に手なふれそも（拾遺抄、雑上、三八四、一条摂政　拾遺集、雑春、一〇〇九、一条摂政　一条摂政御集、一九四）

柏木はこのとき頭中将であり、その本歌を詠んだ伊尹の位も蔵人の頭であった。高光の出家はちょうどその頃に当たる。散りすぎた白梅と盛りの紅梅を描いた梅枝巻の世界は、出家した高光と都で活躍する伊尹の対比を意識して作られたものと思われる。

さて、柏木の詠んだ歌「うぐひすのねぐらの枝も……」には、伊尹の歌にない「笛竹」が新しい題材となっている。この場面で柏木は和琴を担当し、「宰相の中将、横笛吹きたまふ」とあるのは、夕霧であった。そして、この場面から後の横笛巻の物語が生み出されていく。横笛巻において、一条宮を訪れた夕霧は、柏木が遺した笛を託される。そこで詠んだのが次の歌である。

○横笛のしらべはことにかはらぬをむなしくなりし音こそつきせね（横笛巻、一二七七）

歌に「横笛」が詠まれた最初の例である。その夜、夕霧の夢に柏木が現れて次の歌を詠む。

○笛竹にふきよる風のことならば末の世長きねに伝へなむ（横笛巻、一二七九）

歌における「横笛」は源氏物語が初出だが、「笛竹」の例は後撰集時代以後に複数見られる。そのうち、横笛巻に直接関わりがあると思われるのが、次の二首である。

九条の大いまうちぎみ、うちに御ふえたてまつり給ふに

▽おひそむるねよりぞしるき笛竹の末の世長くならむものとは（能宣集、一〇二　拾遺集、賀、二九七、大中臣能宣）

たかあきらの朝臣にふえをおくるとて

▽笛竹のもとのふる音はかはるともおのが世々にはならずもあらなむ（後撰集、恋五、九五四、よみ人しらず　西宮左大臣集、一二）

能宣集では、師輔が村上天皇に笛を献上する際に添えた歌となるが、拾遺集では、「天暦の御時」に「清慎公」（師

輔の兄・藤原実頼）が笛を献上した時の歌とされている。拾遺集編纂の際、藤原公任が祖父である実頼の記録によって訂正したのであろう。後撰集の歌は、西宮左大臣集では「ふえを人のもとにおかせたまふとて」と、高明が女に送った歌とされている。いずれも人物について異伝があるものの、同じ文化圏の歌を背景として物語が作られていたことが確認できる。

五、行事・歌合から巻名へ　［紅葉賀・花宴・松風・壺前栽・常夏・藤袴］

行事を基にした巻名を確認してみよう。紅葉賀と花宴の例は、宇津保物語の吹上・下の巻に相次いで見られる。

▽うちの帝、神泉に紅葉の賀聞こし召すべき御消息聞えたまふ（宇津保物語、吹上・下）

▽八月中の十日のほどに、帝、花の宴したまふ（同）

これも巻名の由来と言えるが、源氏物語の絵画的な場面は、師輔・伊尹親子が主催した紅葉賀・花宴で詠まれた歌を基にしていた。

　一条摂政の中将に侍りける時、父の右大臣の賀し侍りける屏風の絵に、松原に紅葉の散りまできたるかた侍りける所に

▽吹く風によその紅葉は散りぬれどときはのかげはのどけかりけり（拾遺抄、賀、一七九、小野好古　拾遺集、賀、二八二、小野好古）

「菊の宴」などでも似た歌が詠まれているが、源氏物語の紅葉賀の場面は、伊尹が師輔の五十の賀のために作らせた屏風の絵を再現したものと言ってよいだろう。

花宴の場合も、準拠はいろいろ指摘されている中で、

○二月の二十日あまり、南殿の桜の宴せさせたまふ（花宴巻、二六九）
○南殿の桜盛りになりぬらむ、ひととせの花の宴に……
　いつとなく大宮人の恋しきに桜かざしし今日も来にけり（須磨巻、四三二）
などの記述に近い例として、天徳三年（九五九）内裏での花宴の歌が伝えられている。
　康保三年内裏に花宴せさせ給ひけるに
▽桜花今夜かざしにさしながらかくてちとせの春をこそへめ（拾遺抄、賀、一八二、九条右大臣　拾遺集、賀、二八六、九条右大臣　九条右大臣集、九六）
拾遺抄は「康保三年」とするが、拾遺集詞書の「天徳三年」が正しい。須磨巻の歌は、万葉集歌の下の句「梅をかざしてここにつどへる」を変えた歌、
▽ももしきの大宮人はいとまあれや桜かざして今日もくらしつ（和漢朗詠集、上、二五、山部赤人）
との関係が不明ながら、師輔歌との近似も偶然ではあるまい。

　巻名が古歌のことばや歌の行事を基にして名付けられたこと、その古歌の多くが村上・円融朝の歌に集中していることをすでに繰り返し指摘してきたが、その後の検討において、歌合で詠まれた歌が圧倒的に多いことが確認できた。歌合の場合は、その歌が何年何月にどの題で詠まれたのかを具体的に知ることができる。「若紫」や「蓬生」の例でも示した通り、その初出がいつ、誰の主催で行われたものかが明らかになり、和歌表現の継承や変遷の歴史がより鮮明に見える。

　代表的な例では、松風の巻がある。大堰で源氏を待つ明石の君が形見の琴を少し弾くと、「松風はしたなく響きあひたり」（五八七）という場面で、諸注は次の歌を引用する。

　野宮にて斎宮の庚申し侍りける時に、夜の琴松風に入るといふことをよみ侍りける

▽琴の音に峰の松風かよふらしいづれの緒よりしらべそめけむ（拾遺抄、雑下、五一四、斎宮女御　拾遺集、雑上、四五一、斎宮女御　斎宮女御集、五七）

貞元元年（九七六）、斎宮女御徽子女王が、娘の斎宮規子内親王に付き添った野宮での庚申歌合において、漢詩の詩句「松風入夜琴」を「題」にして詠んだ名歌である。これと似た例は、寛平五年（八九三）の后宮歌合にもある。

▽琴の音に響きかよへる松風はしらべてもなく蟬の声かな（寛平御時后宮歌合、夏、七五）

また、「峰の松風」の句は後撰集の兼輔歌にもある。斎宮女御は、これらの歌を踏まえたのであろう。

夏の夜、深養父が琴ひくをききて

▽みじか夜のふけゆくままに高砂の峰の松風ふくかとぞきく（後撰集、夏、一六七、藤原兼輔）

これらの表現は、賢木巻の野の宮の場面にも引かれ、松風巻の明石の君の物語が作られた。野宮庚申歌合で漢詩によって題が与えられたように、源氏物語においても、古来の歌合で詠まれた歌語「松風」が物語の題として設定され、斎宮女御の歌の情景と舞台を基にして物語が作られた、と考えてよいだろう（第六章参照）。

また、絵合という巻名とその物語は、儀式の進め方や装束の一致から、古来、天徳四年（九六〇）内裏歌合を準拠としてきたが、同じ村上天皇による康保三年（九六六）閏八月十五夜の内裏前栽合をも基にしている。栄花物語では「月の宴」と呼ばれている行事であるが、左方には「絵所の方には州浜を絵にかきて」出し、右方には造物所《つくもの》から彫刻と造花で前栽をかたどったものを出した歌合である。源氏物語の「絵合」はこれに倣ったと考えられる（第六章参照）。さらに、桐壺巻の異名と伝えられる「壺前栽」という巻名も、この前栽合の別名「壺前栽の宴」に基づいている（第五章参照）。

○御前の壺前栽のいとおもしろき盛りなるを御覧ずるやうにて（桐壺巻、一六）

○御前の壺前栽の宴もとまりぬらむかし（野分巻、八七六）

○今宵は月の宴あるべかりけるを止まりてさうざうしかりつるに（鈴虫巻、一二九八）
▽壺前栽の宴せさせたまふに人にかはりて（元輔集、七二、詞書）
そしてこの内裏前栽合から、野分巻や鈴虫巻の場面も作られる（第八章参照）。

常夏の巻では、帚木巻の「なでしこ」「とこなつ」の歌を受けて、源氏が「なでしこのとこなつかしき」と詠む。
○山がつの垣ほ荒るとも折々にあはれはかけよなでしこの露（帚木巻、五六）
○さきまじる色はいづれとわかねどもなほとこなつにしくものぞなき（同、五七）
○うち払ふ袖も露けきとこなつにあらしふきそふあきもきにけり（同、五七）
○なでしこのとこなつかしき色を見ばもとの垣根を人やたづねむ（常夏巻、八三六）
これらの歌の本歌として、古注は、次の三首を挙げる。
▽あな恋し今も見てしが山がつの垣ほにさける大和なでしこ（古今集、恋四、六九五、よみ人知らず）
▽塵をだにすゑじとぞ思ふさきしより妹とわが寝るとこなつの花（古今集、夏、一六七、凡河内躬恒）
▽彦星のまれにあふ夜のとこなつはうち払へども露けかりけり（後撰集、秋上、二三〇、よみ人知らず）
しかし、これだけでは源氏物語の歌は理解できない。源氏物語では、天禄三年（九七二）八月廿八日の女四宮歌合の「なでしこ」題で詠まれた複数の歌をも基にしている。
▽とこなつの露うち払ふよひごとに草のかうつる我がたもとかな（女四宮歌合、九、左衛門君）
▽山がつの垣ほのほかに朝夕の露にうつるなでしこの花（同、一五、こもき）
▽秋ふかく色うつりゆく野辺ながらなほとこなつに見ゆるなでしこ（同、一六、藤原高忠）
▽秋もなほとこなつかしき野辺ながらうたがひおける露ぞはかなき（同、順判　順集、一五二）
ちなみに、同じ女四宮歌合の歌の句は、桐壺巻の歌にも利用されている。

○宮城野の露ふき結ぶ風の音に小萩がもとを思ひこそやれ（桐壺巻、一三）
○いとどしく虫の音しげき浅茅生に露おきそふる雲の上人（同、一五）
▽浅茅生の露ふき結ぶこがらしに乱れてもなく虫の声かな（女四宮歌合、一九、但馬君）

源氏物語の作者は、この歌合の表現に注目し意識していたのであろう。

「なでしこ」を題材にして「とこなつ」の歌を詠む、という源氏物語の趣向は、斎宮女御主催の歌合に倣ったものと思われる。やはり斎宮女御が主催した天徳三年（九五九）八月二十三日の徽子女王前栽合で元真が詠んだ歌、

▽露むすぶ風は吹くともとこなつの花のさかりに見ゆる秋かな（元真集、七二）

も、「瞿麦」という題で「とこなつ」を歌に詠んだ例であり、女四宮歌合もこれを受け継いだものと思われる。

「なでしこ」を題にした「とこなつ」の歌の最も早い例は、延喜五年～八年（九〇五～八）の本院左大臣時平前栽合に見られる。

▽秋の野の花は咲きつつうつろへどいつともわかぬ宿のとこなつ（本院左大臣家歌合、瞿麦、一）
▽おぼつかな秋来るごとに藤袴たがためにとか露の染むらむ（同、蘭、九）
▽おく霜にいくしほ染めて藤袴今はかぎりと咲きはじむらむ（同、蘭、一〇）
▽秋の野に色なき露はおきしかど若紫に花は染みけり（同、紫苑、一八）

この前栽合では、「蘭」の題で「藤袴」の歌、「紫苑」の題で「若紫」の歌がある。また、天徳三年八月二十三日斎宮女御前栽合では、元真は「花すすき、をぎ、蘭、なでしこ、きくのはな、もみぢ」の題で詠作し、「蘭」の題には、武蔵野の「藤袴」が「若紫」に染まったと詠んだ（前掲）。そして源氏物語の藤袴巻は、これらの歌を基にして作られている。また、時平前栽合では「なでしこ、すすき、かるかや、をみなへし、らに、はぎ、山立花、もみぢ、たけ、しをに、ときはぎ、りむだう」が題として提示され、後の前栽合の先蹤となった。

初音や鈴虫の巻名にも、それぞれ基になった歌があるが、応和三年（九六三）七月に行われた「宰相中将伊尹君達春秋歌合」に注目したい。伊尹の北の方・恵子女王と村上天皇の麗景殿女御・荘子女王の姉妹が春秋の優劣を競った歌合である。

　　桜の造り花にうぐひすすゑて、春の宮より

▽野辺ごとに声々みだる虫よりもはつうぐひすのねこそまさらめ（宰相中将伊尹君達春秋歌合、五）

　　あきの御方、鈴虫をつつみて

▽わづかなる初音ばかりぞ鈴虫はふりゆく声もなほまさりけり（同、六）

「春の宮」は恵子女王で「桃園の宮」ともされている。「秋の御方」は荘子女王である。源氏物語の六条院で、紫の上と秋好中宮とが交わした風雅なやりとりや「春の上」といった呼び名は、この歌合を基にしている（第八章参照）。

六、巻名と歴史上の人物

以上のように、巻名に関わる例においては、村上天皇の後宮やその時代の摂関家の人々、中でも、師輔・伊尹・高光・愛宮の親子、斎宮女御徽子女王とその周辺の人々など、特定の人物の歌から物語の歌と場面が作られた例が目立つ。このことについては、従来の人物造型中心のモデル論や準拠論とは別の想定をしてみる必要があるだろう。また、歌合で詠まれた歌のことばを基にしている例の多いことが注目される。とりわけ前栽合は、歌の優劣や判定よりも、具体的な草花などの題を与えられて歌を作るところが最大の特色である。これと同じく、源氏物語においても、目上の人や知識人から風雅な巻名を与えられ、その巻名を題にして巻毎の物語が作られたと考えてみたい。

次頁の【源氏物語関係系図】には、巻名の由来となる歌に関わる人物を記載した。

【源氏物語関係系図】

名前の下の数字は没年

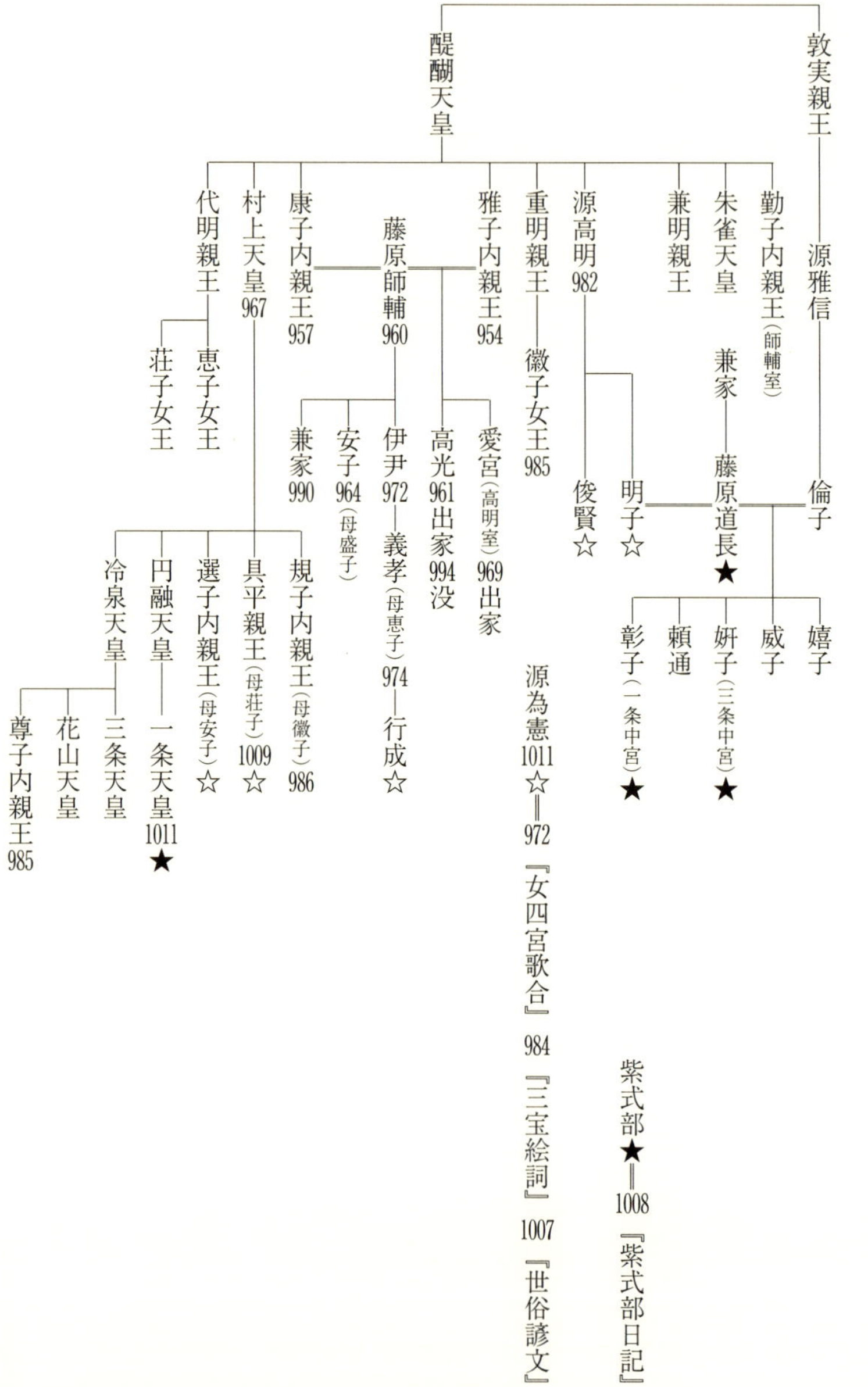
敦実親王
源雅信
倫子
醍醐天皇
勤子内親王（師輔室）
朱雀天皇
兼明親王
源高明 982
重明親王
徽子女王 985
雅子内親王 954
藤原師輔 960
康子内親王 957
村上天皇 967
代明親王
恵子女王
荘子女王
兼家
藤原道長★
明子☆
俊賢☆
愛宮（高明室）969出家
高光 961出家 994没
伊尹 972
義孝（母恵子）974
行成☆
安子 964（母盛子）
兼家 990
嬉子
威子
妍子（三条中宮）★
頼通
彰子（一条中宮）★
規子内親王（母徽子）986
具平親王（母荘子）1009☆
選子内親王（母安子）☆
円融天皇
一条天皇 1011★
冷泉天皇
三条天皇
花山天皇
尊子内親王 985
源為憲 1011☆
972『女四宮歌合』
984『三宝絵詞』
1007『世俗諺文』
紫式部★
1008『紫式部日記』

人物名の下の★は、紫式部日記からうかがえる源氏物語の初期の読者である。歌合の題のように、巻名を与えた人物がいたとすれば、一条天皇と中宮彰子をまず挙げるべきだろう。これまでに考察した範囲で、巻名に関わる歌や資料を提供できそうな人には☆を付けた。

源氏物語の巻名に関わる場面は、後撰集や内裏歌合など村上天皇と歌所別当の伊尹を中心とする歌壇、その弟である高光や愛宮にまつわる歌語り、斎宮女御主催の歌合など、後撰集時代に交流し合った文化圏の歌や説話を基にして作られている。この多くが、源高明ゆかりの人々でもあり、道長の妻・明子は高明と愛宮の娘である。また斎宮女御徽子女王は、村上天皇の妃たちをはじめ、桃園の愛宮や師氏女、朝光の母や妻など、多くの女君との交流があった。伊尹の妻・恵子女王と春秋歌合をかわした荘子女王は紫式部の祖母の姉であり、道長は、頼通の妻に具平親王（母は荘子女王）の娘を選び、式部に仲介を求めた。

また、女四宮歌合をまとめ、「火の宮」と呼ばれた尊子内親王のために『三宝絵詞』を書いた源為憲は、長保五年（一〇〇三）左大臣道長歌合に参加し、寛弘四年（一〇〇七）には頼通のために『世俗諺文』を作る。一条天皇と道長双方ときわめて近い関係にあり、『権記』を残した藤原行成は、伊尹の家督を相続し桃園の邸を受け継いでいる。

これらの人々が関わった歌語りや歌合が源氏物語の巻名の由来なのだから、源氏物語は、作者一人の知識や着想だけで創作されたものではなく、和歌活動が活発に行われた文化的ネットワークの中から生まれたことがうかがえる。従来の研究では、源氏物語の成立を紫式部の人生に結びつけて考える研究が多く見られたが、紫式部日記の筆者が源氏物語を一人で書き上げたのかどうかさえ明らかではない。また、かつてにぎわった成立論のほとんどが、登場人物や物語の記述を比較し論証したものであったために、十分な実証が不可能であった。それよりも、源氏物語の歌やことばを当時の作品とつきあわせてみると、源氏物語がどのような文化圏を背景として作られたのかを明らかにすることができる。中でも、巻名に関わる歌や場面を調査することによって、その基になった歌やことばを題として巻々の物語が作られ、それが別の物語を派生させていく過程をもうかがうことができた。作者は、周りの人々の要望や提案を受けて、この壮大な物語を書き継いでいったのだと考えるべきだろう。また、そのための資料を積極的に提供する協力者も当然いたことだろう。

七、巻名の出典

最後に、現時点でわかっている巻名の由来と思われる歌の出典を挙げる。

A本歌・歌語り（拾遺抄以前）　※引歌との関わり

帚木（平定文歌合・人麻呂集）、空蟬（後撰集・伊勢集）、夕顔（人麻呂集・朝光集・伊勢物語）、若紫（伊勢物語・師輔集・徽子女王歌合）、末摘花（万葉集・古今集）、葵（後撰集）、賢木（人麻呂集・神楽歌）、花散里（万葉集・古今六帖）、須磨（古今集・行平歌）、明石（人麻呂集）、澪標（後撰集）、蓬生（高光集）、関屋（蜻蛉日記）、朝顔（高光集・女四宮歌合）、乙女（古今集）、玉鬘（斎宮女御集）、初音（伊尹春秋歌合・斎宮女御集）、胡蝶（仲文集・宇津保物語）、螢（大和物語・後撰集）、常夏（女四宮歌合）、篝火（古今集）、野分（斎宮女御集）、行幸（後撰集）、真木柱（万葉集）、梅枝（古今集）、藤裏葉（万葉集・後撰集）、若菜（伊勢・円融院）、柏木（大和物語・蜻蛉日記）、鈴虫（伊尹春秋歌合・拾遺抄）、夕霧（万葉集・古今六帖）、御法（万葉集・長能集）、幻（千里集・拾遺集）、紅梅（後撰集・兼輔集）、竹河（催馬楽・躬恒集・順集・敦忠集）、橋姫（古今集・実方集）、総角（催馬楽・実方集）、早蕨（万葉集・能宣集）、宿木（宇津保物語）、東屋（催馬楽）、浮舟（中務集・大弐高遠集）、蜻蛉（後撰集・蜻蛉日記）、手習（斎宮女御集）、夢浮橋（古今集仮名序・後撰集・朝光集・一条摂政御集）

B賀宴・宮廷行事（延喜・天暦）　※準拠との関わり
紅葉賀（宇津保物語）・花宴（宇津保物語）・絵合（天徳内裏歌合・康保三年前栽合）・初音・胡蝶・若菜・御法
C歌合（円融朝以前）　※準拠との関わり・題詠　数字は開催年
寛平后宮歌合893〜空蟬・松風・藤袴・若菜、是貞親王歌合893〜蓬生、
平定文歌合905〜帚木、時平歌合905〜若紫・常夏・藤袴、亭子院歌合913〜若紫、
京極御息所歌合921〜若紫・常夏・行幸・若菜、麗景殿女御歌合956〜若菜
徽子女王歌合959〜若紫・藤袴、天徳内裏歌合960〜絵合、伊尹春秋歌合963〜初音・鈴虫、
康保三年前栽合966〜壺前栽・絵合、女四宮歌合972〜朝顔・常夏・鈴虫、
野々宮庚申歌合976〜松風、頼忠前栽合977〜鈴虫
D神楽歌／催馬楽
賢木・椎本／梅枝・桜人・竹河・総角・東屋
E物語内部（本歌も一致）
壺前栽→野分・鈴虫・幻、若紫→藤袴・若菜、梅枝→横笛・紅梅、帚木→常夏

いずれも、源氏物語の成立時期とされる寛弘年間より下る例は見当たらず、天暦から康保年間以前の歌を中心としている。源氏物語全体の巻々が、ほぼ同じ言語感覚を持つ文化圏を基にして作られていることもうかがえる。また、※で示した通り、引歌の問題、準拠の問題とも密接に関わっている。単に巻名となったことばの用例があるということではなく、表現上の特質といったことだけでなく、物語の作られ方、成り立ちを明らかにする作品を列挙している。従来の研究書や注釈書では、引歌・本歌の出典として勅撰集を示すことが多いが、本書では、その歌が作られた時期や状況が明らかになる歌合などを優先的に示し、拾遺抄にある場合には、拾遺集より先に挙げた。こ

の記載方法は、源氏物語がどのような文化圏によって形成されているのかを、より明確にし得るものと考える。

中でも、Cに示した通り、歌合から取材している例が目立つ。歌合は〈題詠〉を基本とする。左右に分かれて競うことに目が向けられがちだが、題が与えられて詠作することが重要である。前栽合にその傾向が顕著である。そして、源氏物語の巻名は、たびたび歌合で用いられた歌語を基にしている。この事実は、源氏物語の製作においても、題が与えられ、その題を巻名として物語が作られたことを示しているのではないか、と考えたのである。

道長の妻、とくに源明子ゆかりの人々、高明・愛宮・高光らの歌から巻名に関わる歌が作られていることにも、物語製作についてのヒントがあるだろう。源順の『和名類聚抄』は、師輔室・勤子内親王に献上されたものであり、源為憲の『三宝絵詞』は、「火の宮」と呼ばれた尊子内親王のために書かれた（第五章参照）。為憲は、順が判者をした女四宮歌合の詞書を記録した人物だが、頼通のために『世俗諺文』をまとめた。『三宝絵』の文章が栄花物語に取り入れられたのは、為憲が下書を提供したのだろう。これと同様、源氏物語に女四宮歌合の歌と詞が取り入れられたのも、為憲の関与を考えてよいだろう。源高明に関わる資料、例えば高明の『西宮記』、高明の妻になった愛宮とその兄の藤原高光の歌、師輔・伊尹の歌は、道長の妻・明子から提供された可能性もある。蜻蛉日記は、道長の弟・道綱からの提供であろう。

一介の受領層の娘である紫式部一人ではこれだけの資料は入手できない。以前の拙論では、式部の祖母（定方女）が村上天皇の麗景殿女御荘子女王の妹であることとの関わりを述べたが、それだけでは偏りが生ずる。道長が源氏の娘二人と結婚したのは、源氏との縁を重んじたからだが、娘三人を后にした倫子が政治的に繁栄したことで栄花物語に名を残した。それと対照的に、失脚した人々である明子の祖先が源氏物語の題材として名を残したことは、道長文化圏のバランス感覚の反映だったのかもしれない。伊尹の孫であり家督を継いだ桃園の藤原行成は、一条天皇と道長から信頼されていた。あるいは、その行成こそが、師輔や伊尹の公の歌や桃園文化圏の歌を提供し、題（巻名）を提案した人物であったかもしれない。行成は、さまざまな公文書・儀式書・歌集・屏風歌をことごとく清書していた立場でもあり、高明の嫡男である俊賢から目を掛けられていた。さらに、行成自筆の源氏物語の存在が『河海抄』などにも記されているから、最終的に源氏物語を清書した可能性が高い。具体的なことは推測の域を出ないが、巻名の考察によって、紫式部が一人で情報を収集し物語を書き上げたわけではなく、物語の製作に多くの知識人が関与していたことは明らかであろう。

注

（1）「源氏物語の巻名その他―河海抄疏（一）―」（一九六〇年十月「言語と文芸」一九六六年、角川書店『源氏物語研究』）および『源氏物語評釈第二巻』（一九六五年、角川書店）

（2）新潮日本古典集成『源氏物語』（一九七六年、石田穣二・清水好子校注）

（3）『源氏物語論』（一九六六年、塙書房）

（4）花井滋春「伊勢物語と河原院文化圏」（二〇〇八年、竹林舎『伊勢物語虚構の成立』）に、春日野と若紫との結び付きが、京極御息所歌合において「若菜摘み」を介して転移が図られた可能性が論証されている。

（5）山口博『王朝歌壇の研究　村上冷泉円融朝篇』（一九六七年、桜楓社）「藤原師輔伝」で、この歌の師輔集における位置について、「武蔵野」とあることから武蔵守の女盛子への歌群にあるべきと結論づけている。

（6）岩下光男『源氏物語とその周辺』（一九七九年、伊那毎日新聞社）、室伏信助「空蝉物語の方法―帚木三帖をめぐって」（一九八〇年、有斐閣『講座源氏物語の世界第一集』）

（7）源氏物語の歌に近い例として、赤染衛門集の「元輔が昔すみける家のかたはらに、清少納言住みしころ雪のいみじくふりて、隔ての垣もなくたふれて見わたされしに」の詞書のある歌「跡もなく雪ふる里の荒れたるをいづれ昔の垣根とか見る」（一五八）からの直接の影響もあると思われるが、ここでは問題にしない。

（8）萩谷朴『平安朝歌合大成一　増補新訂』（一九九五年、同朋舎出版）において「六七　某年或所歌合」とされ不明とされるが、本歌合で初めて歌題として、「蚊遣火」や「氷」を用いて後世の歌合題に影響を与えたこと、自由に歌題を選定する見識が主催者にあったことなどが指摘されている。

第十一章　紫式部と源氏物語

源氏物語の和歌を解釈するために、紫式部の歌を根拠にして説明されることが多い。しかし、紫式部が源氏物語のどの巻を書いたのか明確ではなく、紫式部日記や家集の大半の歌と物語との前後関係も不明である。また、紫式部でなくても、他にも類歌を作った歌人は数多く存在する。これまで、紫式部の歌をはずして説明してきたのは、作者であるという先入観で見なすことによって源氏物語の歌を見誤ってしまうことを避けるためである。物語の歌と紫式部の歌との表現の一致は確かにあるが、それだけを根拠として正しい結論が得られるわけではない。そこで本章では、源氏物語の作者であるという前提を抜きにして、源氏物語の巻名となったことばを詠んだ歌を、紫式部集、紫式部日記などから抜き出して考察しておきたい。また、紫式部日記から、源氏物語に関する記事を取り上げて、私見を述べておきたい。

一、「雲隠れ」る月　［雲隠］

紫式部の最も有名な歌が、百人一首に入れられた歌である。

早うより童友達なりし人に、年ごろ経て行きあひたるが、ほのかにて、七月十日のほどに、月にきほひて帰りにければ、

◇めぐりあひて見しやそれともわかぬ間に雲隠れにし夜半の月かな（紫式部集、一）

式部集の最初にあることから、これを少女時代の歌と見なすのが通説となっているが、その確たる証拠はない。そして、源氏物語の雲隠巻との直接の関係もない。それよりも、この歌において、人が帰って行ったことを月の雲隠れに見立てていることに注意したい。「雲隠れ」ということばを、人の死を表すのではなく、逢いたいと思っていた人が目の前から姿を消したことに用いている。これは紫式部特有ではなく、万葉集以来の一般的用法である。

次の例は、皇子の崩御を「雲隠」とした例である。

▽百《もも》伝ふいはれの池に鳴く鴨を今日のみ見てや雲隠りなむ（万葉集、巻三、四一九）

▽大皇《おほきみ》の命《みこと》かしこみ大荒城《おほあらき》の時にはあらねど雲隠れます（万葉集、巻三、四四四）

前者は、朱鳥元年（六八六）大津皇子の死、後者は神亀六年（七二九）長屋王の死を悼む歌である。高貴な人の死を直接的に示すのではなく、地上を照らしていた光が目の前から消えることに喩えて表すのである。「高照らす日の皇子」などとされるので、これらの歌の「雲隠れ」は日が隠れることに喩えているのだろう。

平安時代における「雲隠れ」の多くは、月が雲隠れる例として用いられている。源氏物語には「雲隠」の巻があったと伝えられる（第十二章参照）。この巻名によって源氏の死を暗示した、といった説明がなされることが多いが、「雲隠れ」が「源氏の死」を意味するという説明は、厳密には正しくない。幻巻の最後、源氏は出家の準備をした。そして、匂兵部卿宮の巻頭で「光隠れたまひにし」とある。その間には、出家と死がある。

月に見立てられることの多かった光源氏が人々の前から姿を隠せば、それは「雲隠れ」になる。幻巻の最後に、源氏は久しぶりに人前に出た。

○御かたち、昔の御光にもまた多く添ひて、ありがたくめでたく見えたまふを（幻巻、一四二三）

そして辞世の歌を詠む。

○もの思ふと過ぐる月日も知らぬ間に年もわが世も今日や尽きぬる（幻巻、一四二三）

「わが世も」「尽きぬる」とは、世の中から辞することだが、源氏物語の多数の伝本が「わが身も」とするのは、命が尽きることを意味するのだろう。朱雀院のように山に籠もったのに女三の宮を案じて下山してきた例とは異なり、おそらく二度と人前に出なかったのだろう。人々は再び月が現れることを待ち望んでいたが、そのままお隠れになったのである。匂兵部卿巻の冒頭文を確認してみよう。

○光隠れたまひにし後、かの御かげに立ちつぎたまふべき人、ここらの御末々にありがたかりけり。（匂兵部卿巻、一四二九）

「光」「かげ」と、月影に見立てられた存在を意識した表現を用いている。これは明らかに、幻巻の最後を受けた表現であり、その間には物語本文も巻名「雲隠」も必要としない。

末摘花の常陸宮邸で、「いさよひの月をかしきほどに」源氏のあとをつけて来た頭中将は、次の歌を詠んだ。

○もろともに大内山は出でつれど入るかた見せぬいさよひの月（末摘花巻、二〇六）

この歌で源氏は「いさよひの月」に見立てられている。「大内山」は内裏のこと、「入るかた」とは女の家を言う。通説では、「いさよひ」を十六夜と書いて十六日の夜と限定するが、平安時代の用例では、十六日と限定することばではない。十五夜を過ぎると月の出入りが遅くなるので、それをふらふらと漂う月の意味で、万葉集などで「いさよふ月」と言い、その夜のことを古今集以後「いさよひ」と表すようになった(1)（コラム1《いさよふ月》参照）。その月は明け方になって沈むので、人の目には「入るかた」がわからない。これを受けて源氏も自らを月に喩えて返歌する。

○里わかぬかげをば見れどゆく月のいるさの山を誰かたづぬる（末摘花巻、二〇六）

「里わかぬ」（どの里をも分け隔てせず照らす）と、色好みにふさわしい性格付けをして、頭中将の歌に応酬したのである。このあと二人は「一つ車に乗りて、月のをかしきほどに雲隠れたる道のほど、笛吹き合はせて大殿におはしぬ」（二〇六）と、仲良く邸に帰る。

この出来事から数ケ月後、源氏は「八月二十余日、宵すぐるまで待たるる月の心もとなきに」末摘花と初めて逢った。しかし、互いにうちとけることなくまだ暗いうちに源氏は帰宅し、本来は早朝に贈るべき後朝の文を、雨が降り出した夕方になって贈った。源氏の贈った文は、次のような文面であった。

○夕霧のはるるけしきもまだ見ぬにいぶせさそふるよひの雨かな（末摘花巻、二二六）

「夕霧のはるるけしき」とは、末摘花が心を開くことを意味する。女がうちとけない上に雨まで降ってきたのでさらに憂欝になった、と詠んだのである。この歌のあと「雲間待ち出でむほど、いかに心もとなう」と続けている。「雲間待ち出でむ」は、源氏が雲の晴れ間を待って出かけることを言うが、歌の「夕霧のはるるけしき」にも対応している。これに応えて、末摘花からは、源氏を「月」に喩えた歌が返される。

○はれぬ夜の月待つ里を思ひやれ同じ心にながめせずとも（同返し）

この歌を導く源氏の歌「夕霧の……」と、それに続けた文のことば「雲間待ち出でむ」のいずれにも、「月」という語はない。しかし、源氏を月に見立てて理解すると、表現の意図がより明確になる。自身を「月」だとはっきり言うのは控えていても、「月」を暗示していることになる。だからこそ末摘花は、これを受けて「月待つ里」と言ったのである。そして、この捉え方は、春の十六夜に源氏の詠んだ「里わかぬかげをば見れどゆく月のいるさの山を誰かたづぬる」（前掲）とも一致している。

この末摘花巻の贈答歌と同様、歌の中で「月」に見立てると表明されていなくても、その返歌や前後の文から「見立て」の意図がうかがえる例は、他にもある。夕顔巻の四番目の贈答歌である。

○いにしへもかくやは人のまどひけむわがまだ知らぬしののめの道（夕顔巻、一一九）

○山の端の心もしらでゆく月はうはの空にて影やたえなむ（同返し）

この贈答歌は、次の風景の中でかわされたものである。

○いさよふ月にゆくりなくあくがれんことを女は思ひやすらひ、とかくのたまふほどに、にはかに雲隠れて明けゆく空、いとをかし。（夕顔巻、一一九）

通説では、「いさよふ」と「やすらふ」とを混同して、「雲がくれ」が女の死を暗示すると解釈し、女の詠んだ「山の端の……」の歌を、「あなたの心もわからないで、私（月）はふらふらと出て行って消えてしまうのでしょうか」と、その後に来る自らの急死を予見した歌だと説明している。しかし、これはまったくの誤解であり、「山の端」を女自身、「ゆく月」は高貴な男（源氏）の比喩と理解するのが正しい。女（夕顔）は「宵過ぐるほど」に亡くなる。ここは、夜明けで空が明るくなって月影がかき消えてしまう不安を詠んでいるのである。「いにしへも……」の歌で、源氏は「しののめ」つまり東の空の道を「まどひ」出て行こうと言った。女は、いつまでも帰ろうとしない男を「いさよふ月」に重ね、にわかに「雲隠れ」た月影が「明けゆく空」で見えなくなる光景に、この高貴な男の姿もかき消えてしまうのではないかと詠んだのである。この「雲隠れ」にも、人の死の意味はなく、月が隠れたことを光る君（貴人）の姿が消えることに重ねているだけである。

紫式部集では、他にも月影を高貴な人や男の姿にたとえた例がある。

宮の御産屋、五日の夜、月の光さへことに澄みたる水の上の橋に、上達部、殿よりはじめたてまつりて、酔ひ乱れののしりたまふ。盃のをりにさし出づ。

◇めづらしき光さしそふさかづきはもちながらこそ千代もめぐらめ（紫式部集、七七）

またの夜、月のくまなきに、若人たち舟に乗りて遊ぶを見やる。中島の松の根にさしめぐるほど、をかしく見ゆれば

◇曇りなく千歳にすめる水のおもに宿れる月の影ものどけし（同、七八）

何のをりにか、人の返り事に

◇入る方はさやかなりける月影をうはの空にも待ちし宵かな（同、八三）

返し

◇さして行く山の端もみなかき曇り心の空に消えし月影（同、八四）

七七・七八番歌は、敦成親王誕生を言祝ぐ歌であり、「光」「月影」は親王を、「曇りなく千歳にすめる水」は道長家の栄華を表す。七七番の「めづらしき……」は、栄花物語（巻八「初花」）にも引用され、「とぞ、紫ささめき思ふに、四条大納言、簾のもとにゐたまへれば、言ひ出でんほどの超えづかひ恥づかしさをぞ思ふべかめる」と記されている。この「紫」は式部のことである。八三・八四番の歌では、月影を男、「入る方」「山の端」を女の居る所に喩えて表している。いずれも、雲隠れる月を死の比喩とする発想とは無関係である。

須磨巻において、源氏は、亡き桐壺院を月に喩えて次の歌を詠んだ。

○御墓は、道の草しげくなりて、分け入りたまふほど、いとど露けきに、月も雲隠れて、森の木立木深く心すごし。帰り出でむ方もなきここちして拝みたまふに、ありし御面影さやかに見えたまへる、そぞろ寒きほどなり。

なきかげやいかが見るらむよそへつつながむる月も雲隠れぬる（須磨巻、四一〇）

源氏が須磨下向に際して、院の墓に参ったときの歌である。地の文で描写される「雲隠れ」た月の情景と「ありし御面影」とが、「よそへつつながむる」月として重なったのである。

これに対して、同じ須磨巻でも、花散里は光源氏を月に見立てて歌を詠んだ。

○例の月の入り果つるほど、よそへられてあはれなり。女君の濃き御衣に映りて、げにぬるる顔なれば、

月かげのやどれる袖はせばくともとめても見ばやあかぬ光を（須磨巻、四〇五）

「げにぬるる顔なれば」は、次の歌から引いている。
▽あひにあひてもの思ふころのわが袖に宿る月さへぬるる顔なる（古今集、恋五、七五六、伊勢　後撰集、雑四、一二七〇、伊勢）

伊勢の歌の「月」が自然の景物に他ならないのに対して、須磨巻の場面では、月の入り方を源氏が去ることに「よそへ」て捉え、さらにその「光」を袖で包んで止めたいと詠んだのである。源氏もこれに応じて、我が身が須磨に退去することを「月影のしばし曇らむ」と詠んで返す。

○ゆきめぐりつひにすむべき月かげのしばし曇らむ空なながめそ（須磨巻、四〇五）

源氏の存在（そして「月」）を人の心を照らす「光」として受け止める花散里に対して、空にある月が「ゆきめぐり」「すむ」ことを我が身の運命に重ねて表す源氏は、月となって女の待つ里を出入りする存在である。花散里と源氏との関係は、橘の花が散る里と郭公または月という見立てに象徴され、「里」や「宿」という場所を示すことばによって成り立っている。この場面の季節は「花散里」にふさわしい五月ではないが、この女君の存在が、郭公が昔を懐かしみ慕い来る橘の咲き散る里、そして荒れていても月だけは忘れずに巡り来る里、という同様の役割として描かれていることになる（第一章参照）。

須磨から帰京した源氏が久しぶりに花散里を訪ねた場面にも、似た表現が見られる。

○月おぼろにさし入りて、いとどえんなる御ふるまひつきもせず見えたまふ。いとどつつましけれど、端近ううちながめたまふけはひ、いとめやすし。くひなのいと近う鳴きたるを、（澪標巻、四九六）

○くひなだにおどろかさずはいかにして荒れたる宿に月を入れまし（同）

花散里は源氏を「月」として詠んでいるが、この場合も、ただ歌における一時的な比喩にとどまるものではない。「花散里」は、源氏が訪ねる宿として、「くひなのいと近う鳴きたる」「荒れたる宿」として表される。五月雨の季節にも関わらず郭公が慕い寄る橘の花の散る里という風景はないが、その代わりに「月」を入れる「宿」に「水鶏《くいな》」という別の景物を加えて新しい風景を作り出している。源氏はこの歌に、

○おしなべてたたくくひなにおどろかばうはの空なる月もこそ入れ（同、四九六）

と返す。今度は「月」を自身ではなく、一般の男の比喩にすり替えて詠んでいる。

ここでは、戸をたたく水鶏を、訪問する男の比喩とせず、女を「おどろかす」ものとのみ扱っている。「くひな」は和歌において、たたくような鳴き声から、戸をたたく訪問客に見立てられた。一方、紫式部も、水鶏を次のように詠んでいる。

内裏に、水鶏《くひな》の鳴くを、七八日の夕月夜に、小少将の君、

◇天の戸の月の通ひ路ささねどもいかなる方にたたくくひなぞ（紫式部集、六七）

返し

◇槙の戸をささでやすらふ月影に何をあかずとたたくくひなぞ（同、六八）

渡殿に寝たる夜、戸をたたく人ありと聞けど、おそろしさに音もせで明かしたるつとめて、

◇夜もすがらくひなよりけになくなくも槙の戸口をたたきわびつる（同、一二九　紫式部日記）

返し

◇ただならじとばかりたたくくひなゆゑあけてはいかにくやしからまし（同、一三〇　紫式部日記）

澪標巻の場面と同じく、月夜の水鶏を題材としているが、月を見て夜更かしする女のもとに訪問する客のように水鶏が戸を「たたく」ことを詠んだものである。六七・六八の「月」は宮中の人々を暗示しているが、紫式部日記の例では月夜はなく、一晩中戸をたたいた男に対して詠んでいる。この男を道長とする説が一般的で、新勅撰集でも道長の作とするが、月に喩えていないことから、同等の位の男と見なす方がよいのかもしれない。「とばかり」に

は「と思ふほどに」と「戸ばかり」とが掛けられている。いずれの場合も、水鶏を題材にし、男を月に見立てていない。

源氏物語において「くひな」が歌に詠まれるのは、澪標巻のこの場面だけである。しかし、紫式部の歌の例と異なり、澪標巻の水鶏は、むしろ風景に変化を持たせるために加えられた景物にすぎない。紫式部集の「月影」は天上の月を指しているだけだが、澪標巻では源氏の比喩となる「月」こそが主役である。澪標巻の場面は、先に引用した須磨巻の別れの場面に呼応しており、このあと、須磨巻で「空なながめそ」と詠んだことを話題にするが、先の歌と今の歌とでは、同じく「空なる」月を詠んでいても、源氏の意識に大きな違いが見られる。歌の表現だけではない。物語の文章、場面の作り方にも違いが見られる。須磨巻の場面では「月おぼろにさし出でて、池広く木深きわたり、心細げに見ゆる」とあったのに対して、ここ澪標巻では「月おぼろにさし入りて、いとどえんなる御ふるまひつきもせず見えたまふ」とされている。同じ「月おぼろ」であるが、前者では「さし出で」から「入り果つる」まで、月はただ「見る」ものとされていたが、後者では、贈答歌に「月を入れまし」「月もこそ入れ」とあるように、宿に「さし入りて」来る親しみのある月になっている。物語場面の風景もまた、歌に詠まれる登場人物の心と重ねるように作られているのである。

二、紫式部の歌語　［朝顔・常夏・浮舟・行幸・御法・篝火］

源氏物語の朝顔と夕顔の歌を説明するとき必ず引き合いに出されるのが、次の歌である。

方違へに渡りたる人の、なまおぼおぼしきことありて帰りにけるつとめて、朝顔の花をやるとて

◇おぼつかなそれかあらぬか明けぐれのそらおぼれする朝顔の花（紫式部集、四）

返し、手を見わかぬにやありけむ

◇いづれぞと色わくほどに朝顔のあるかなきかになるぞわびしき（同、五）

方違えに来た人とある出来事があって帰ってゆく朝、朝顔を添えて歌を贈った。それに対して、その筆跡を見分けられないうちに朝顔が萎れた、と返してきたのである。この贈歌は、次の歌を基にしている。

▽おぼつかなたれとかしらん秋霧の絶え間に見ゆる朝顔の花（古今六帖、六、三八九五）

そして、源氏物語の朝顔巻の文章と和歌は、式部の歌の表現と一致している。

○とく御格子まいらせて、朝霧をながめたまふ。枯れたる花どものなかに、朝顔のこれかれはひまつはれて、あるかなきかに咲きて、にほひもことにかはれるを、折らせたまひてたてまつれたまふ。（朝顔巻、六四三）

○見しをりのつゆ忘られぬ朝顔の花のさかりは過ぎやしぬらむ（朝顔巻、六四四）

○秋はてて霧のまがきにむすぼほれあるかなきかにうつる朝顔（同返し）

朝顔のはかなさを詠んだ歌が多いなか、源氏物語の朝顔の歌は、晩秋、籬に固くしがみついた朝顔を詠んだ珍しい例であり、それを、頑なな自分自身の比喩としているところに特色がある（第一章参照）。「それかあらぬか」と「あるかなきかに」は通常「かげろふ」に用いられるが（第十二章参照）、朝顔の形容としては、源氏物語と式部集の他に見られない。「むすぼほる」という語も、式部集に例が見られる。

◇みよしのは春のけしきにかすめどもむすぼほれたるゆきのした草（紫式部集、五九）

従って、朝顔巻と紫式部の歌の間に共通点する発想と表現のあることは間違いない。その前後関係はわからないが、女君の心情を、花が萎れて固くなった状態を表す「むすぼほる」を用いて、わが心の頑なさを表す手法は、紫式部の個性の表れと言えるだろう(2)。朝顔は摘み取った瞬間から萎れることは誰でも知っている。だからこそ、紫式部も次の歌を贈ったのである。

世の中騒がしきころ、朝顔を同じ所にたてまつるとて
◇消えぬまの身をも知る知る朝顔の露とあらそふ世を嘆くかな（紫式部集、五三）
「同じ所」とは、前の歌の、八重山吹を「ある所にたてまつれたる」のと同じ高貴な相手である。紫式部集の四・五番の贈答歌も、朝顔が人の顔を喩えていることを問題にするだけでなく、はかない朝顔が時間の経過によって萎れてしまうことを詠んだ贈答歌であった。

巻名「とこなつ」は、夕顔の娘としての玉鬘を「なでしこ」としたのに対して、妻、愛する人という意味に置き換えた歌語であった（第一章参照）。紫式部集にも、詞書に「なでしこ」、歌で「とこなつ」とした例が見られる。

六月ばかり、なでしこの花を見て
◇垣ほ荒れさびしさまさるとこなつに露おきそはむあきまでは見じ（紫式部集、八六）
この歌が基にしているのは、次の二首である。
▽あな恋し今も見てしが山がつの垣ほにさける大和なでしこ（古今集、恋四、六九五、よみ人知らず）
▽彦星のまれにあふ夜のとこなつはうち払へども露けかりけり（後撰集、秋上、二三〇、よみ人知らず）
それだけでなく、これらを基にして作られた帚木巻の歌、
○山がつの垣ほ荒るとも折々にあはれはかけよなでしこの露（帚木巻、五六）
○うち払ふ袖も露けきとこなつにあらしふきそふあきもきにけり（同、五七）
との表現上の一致が認められる。紫式部は、幼い娘を抱えて夫・宣孝に先立たれた。その思いを詠む歌と、娘を抱えて夫から忘れられ心細い思いをしていた夕顔（常夏の女）の気持ちとが重なったのであろう。いずれが先かは不明ながら、同じ作者によるものと考えてよいだろう。それに対して常夏巻の歌や、その本歌と考えられる女四宮歌合の歌との類似性が見られないのは、作られた時期のみならず状況も異なっていたからであろう。

次の歌には、「浮きたる舟」の句が見られる。

　　夕立しぬべしとて、空の曇りてひらめくに

◇かきくもり夕立つ波のあらければ浮きたる舟ぞしづ心なき（紫式部集、二二）

この歌は、近江の海（琵琶湖）を舟でわたった時の頼りない心境を表したものだが、浮舟の物語も、こうした実体験を基にして作られていたのかもしれない。

○橘の小島の色はかはらじをこのうき舟ぞゆくへ知られぬ（浮舟巻、一八九二）

ただし、「浮舟」という歌語自体は、式部に特有のものではない。「身」の「憂き」「浮き」ことを表す歌語「浮舟」は、他の巻名の基盤となった時代の歌に多く詠まれている（第十章参照）。

　行幸巻では「行幸」と「深雪」とが掛詞として用いられ、雪景色の中での行幸が描かれた。この掛詞はすでに、後撰集と伊勢物語（百十四段）に見られる芹川行幸の際の行平歌にも用いられていた。

▽嵯峨の山みゆきたえにし芹川の千代の古道あとはありけり（後撰集、雑一、一〇七六、在原行平）

源氏物語の行幸巻では、このときの行幸と、その先例となった大原野の狩の行幸などを基にして「雉ひと枝」が冷泉院から贈られる場面を作っている（第七章参照）。

○雪深き小塩の山にたつきじのふるきあとをも今日はたづねよ（行幸巻、八八八）

○小塩山みゆき積もれる松原に今日ばかりなるあとやなからむ（同返し）

また、その翌日、源氏と玉鬘は、冷泉帝を「光」に喩えて次の贈答歌をかわす。

○うちきらし朝ぐもりせしみゆきにはさやかに空の光やは見し(3)（行幸巻、八八八）

○あかねさす光は空にくもらぬをなどてみゆきに目をきらしけむ（同返し、八八九）

紫式部の歌にも「みゆき」の語が見られるが、「行幸」の意味はない。

年かへりて、「から人見に行かむ」と言ひたりける人の、「春はとくるものといかで知らせたてまつらむ」と言ひたるに、

◇春なれど白嶺のみゆきいや積もりとくべきほどのいつとなきかな（紫式部集、二八）

春になっても解けない「深雪」の語で、式部はうちとけない心を表している。この歌の前には、次の歌が並ぶ。

暦に、初雪降ると書き付けたる日、目に近き日野岳といふ山の雪、いと深く見やらるれば

◇ここにかく日野の杉むらうづむ雪小塩の松に今日やまがへる（同、二五）

返し

◇小塩山松の上葉に今日やさは峰のうす雪花と見ゆらむ（同、二六）

降り積みて、いとむつかしき雪を掻き捨てて山のやうにしなしたるに、人々登りて、「なほ、これ出でて見たまへ」と言へば

◇ふるさとにかへるの山のそれならば心やゆきとゆきも見てまし（同、二七）

式部は越前にいて初雪を暦に記したその日、すでに深雪が積もっていた日野岳を見て、都の小塩山を思い出した。この連想は、次の歌などによる。

▽大原や小塩の山の小松原はやこだかかれ千代の影見む（後撰集、慶賀、一三七三、紀貫之）

▽きぎすすむ小塩の原の小松原とりはじめたる千代の数かも（実方集、七三）

この二首は源氏物語の行幸巻の歌の本歌でもあるから、行幸巻の場面と歌を作ったのは、やはり紫式部と考えてよいのだろう。初雪を暦に記載した日を「今日」と意識して小塩山を連想するだけでなく、「深雪」ならぬ「うづむ雪」「うす雪」の贈答を交わし、「ゆき」に「行き」と「雪」を掛ける表現の背景には、伊勢物語や後撰集などの知識がある。

二七番の歌は、人々が雪山をご覧なさいと誘ったのに対して、式部は故郷に帰れる名を持つ「かへるの山」（鹿蒜山）なら喜んで行って雪を見ましょうと答えた歌である。この次に置かれたのが二八番歌であり、その配列に従って読むなら、雪景色にうんざりしている式部の気持ちを詠んだ歌と考えてよいだろう。この詞書の「から人を見に行こう」と誘った人について、後の夫・宣孝とする説と父・為時とする説があるが、宣孝が若狭湾に来ていた宋の国の人を見るために都を離れて気楽に出て行ける状況ではなかったから、為時が「から人」と会見したときのことを指すとする説が妥当であろう。(4) 前の歌からの流れを考えても、雪にうんざりして一歩も外に出ようとしなかった式部を慰めようとして父の為時が誘ったと考えるのがよいだろう。

寛弘五年（一〇〇八）四月二十三日から五月二十二日まで土御門殿において法華経三十講が営まれた。現存の紫式部日記には見当たらないが、古本系の陽明文庫本に「日記歌」として、次の歌が見える。

三十講の五巻、五月五日なり。今日しも当たりつらむ提婆品を思ふに、阿私仙よりも、この殿の御ためにや、木の実も拾ひおかせけむと思ひやられて

◇たえなりや今日は五月の五日とて五つの巻にあへるみのりも（紫式部集、一一五）

池の水の、ただこの下にかがり火にみあかしの光あひて、昼よりもさやかなるを見、思ふこと少なくは、をかしうもありぬべきをりかなと、かたはしうち思ひめぐらすにも、まづぞ涙ぐまれける

◇かがり火の影もさわがぬ池水に幾千代すまむ法の光ぞ（同、一一六）

おほやけ事に言ひまぎらはすを、大納言の君

◇すめる池の底まで照らすかがり火にまばゆきまでもうきわが身かな（同、一一七）

一一五番の詞書の「木の実も拾ひ」は、法華経五巻提婆達多品の「採《トリ》レ菓《コノミヲ》汲《ミ》レ水《ヲ》、拾《ヒ》レ薪《ヲ》設《ケ》レ食《ジキヲ》」に由来し、「みのり」は「身」「実り」の掛詞になっている。源氏物語の御法巻の贈答歌、

○絶えぬべきみのりながらぞ頼まるる世々にとむすぶ中の契りを（御法巻、一三八五）
○結びおく契りは絶えじ大方の残り少なきみのりなりとも（同返し）

では、「木の実」に「この身」を掛けて、我が身が絶えることを主題としているのに対して、式部の歌では公事として、我が身のことではなく行事の主催者を言祝ぐものとしている。一一六番の「影も騒がぬ池水」は、敦成親王誕生を祝った歌「曇りなく千歳にすめる水のおもに宿れる月の影ものどけし」（前掲）と同じく、道長家の栄華を表している。道長家の女房として詠む歌と、源氏物語において大臣の家の主たちが詠む歌とでは立場が異なるので違って当然だが、発想の源泉は一致している。

一一六・一一七の贈答歌は、古今集の二首が踏まえられている。

▽かがり火にあらぬわが身のなぞもかく涙の川に浮きて燃ゆらむ（古今集、恋一、五二九、よみ人知らず）
▽かがり火の影となる身のわびしきは流れて下に燃ゆるなりけり（同、五三〇、よみ人知らず）

これも源氏物語篝火巻の本歌だが、篝火巻の場合には、さらに別の歌を合わせている。

○かがり火にたちそふ恋の煙こそ世にはたえせぬほのほなりけれ
　いつまでとかや、ふすぶるならでも苦しき下燃えなりけり。（篝火巻、八五六）
○ゆくへなき空に消ちてよかがり火のたよりにたぐふ煙とならば（同返し、八五七）

このやりとりは、次の古今集歌をも踏まえている。

▽夏なれば宿にふすぶる蚊やり火のいつまでわが身下燃えをせむ（古今集、恋一、五〇〇、よみ人知らず）

「かがり火」ということばだけなら、古今集の「かがり火」歌を基にしたと言えるが、篝火巻は、そこに「蚊やり火」の歌の発想を合わせて苦しい恋の物語を作ったのである。

それに対して、紫式部の「かがり火」の歌は、薄雲巻における贈答歌に近い。

○いさりせし影忘られぬかがり火は身のうき舟や慕ひ来にけむ（薄雲巻、六三一）
○浅からぬ下の思ひをしらねばやなほかがり火の影はさわげる（同返し）
恋の煙を導く篝火巻の重層的な詠み方とは異なるが、紫式部の「うきわが身」（一一七）「影もさわがぬ」（一一六）と同じ発想・表現であることは注目される。源氏物語と紫式部歌に共通して、古今集の「篝火の影となる身の」歌が踏まえられていることがわかる。先に見た通り、式部の身近にいた人々の発想も、源氏物語の表現と一致していた。従って、これらは式部の周辺で共有されていた発想・表現であったと見なしてよいだろう。

三、紫式部の哀傷歌　［薄雲］

夕顔巻において、残された右近が「泣きまどひて、煙にたぐひて慕ひ参りなむと言ふ。」（一三四）と描かれ、源氏の悲しみも、煙の立ち上った空を「むつまし」と眺めて詠む歌で表される。
○見し人の煙を雲とながむればゆふべの空もむつましきかな（夕顔巻、一四一）
これと似た歌が、紫式部集にある。

世のはかなきことを嘆くころ、陸奥に名ある所々かいたる絵を見て、塩釜、
◇見し人の煙となりしゆふべより名もむつましき塩釜の浦（紫式部集、四八）
この歌は、二首の貫之歌を踏まえている（コラム2《塩釜の浦》）。
▽君まさで煙絶えにし塩釜のうらさびしくも見えわたるかな（古今集、哀傷、八五二、紀貫之）
▽しるしなき煙を雲にまがへつつよをへてふじの山は燃えけり（貫之集、六五九）
葵の上の葬送の場面にも、夕顔巻の独詠歌「見し人の煙を雲と」に似た歌がある。

○のぼりぬる煙はそれと分かねどもなべて雲居のあはれなるかな（葵巻、三〇五）

夕顔巻の歌「煙を雲とながむ」は、煙と雲を見まがうからだが、ここでは「それと分かね」（その人の煙と見分けにくい）とし、雲居を「あはれ」と見る。

薄雲巻で、源氏が藤壺の死を悲しむ場面でも、源氏は空をながめている。

○殿上人などなべてひとつ色に黒みわたりて、もののはえなき春の暮れなり。二条の院の御前の桜を御覧じても、花の宴のをりなどおぼしいづ。「今年ばかりは」とひとりごちたまひて、人の見とがめつべければ、御念誦堂にこもりゐたまひて、日ひと日泣き暮らしたまふ。夕日はなやかにさして、山ぎはの梢あらはなるに、雲の薄く渡れるが鈍色なるを、なにごとも御目とどまらぬころなれど、いとものあはれにおぼさる。

入り日さす峰にたなびく薄雲はもの思ふ袖に色やまがへる（薄雲巻、六一八）

ここでは、古今集の哀傷歌が基になっている（第三章参照）。

▽深草の野辺の桜し心あらば今年ばかりは墨染めにさけ（古今集、哀傷、八三二、上野岑雄）

▽墨染めの君がたもとは雲なれやたえず涙の雨とのみふる（同、八四三、壬生忠岑）

▽あしひきの山べに今は墨染めの衣の袖はひる時もなし（同、八四四、よみ人しらず）

▽草深き霞の谷に影かくし照る日の暮れし今日にやはあらぬ（同、八四六、文屋康秀）

「なべてひとつ色に黒みわたり」、源氏の目には「雲の薄くわたれるが鈍色《にびいろ》なる」と映った。いずれも喪服の色「墨染め」である。源氏はこの雲を「薄雲」と表し、その色が「もの思ふ袖」に「まがへる」と詠んだのである。

紫式部集には、薄雲巻の場面とよく似た情景が見られる。東三条院詮子と夫宣孝の喪中、詞書に、

◇去年より薄鈍《うすにび》なる人に、女院かくれさせたまへる春、いたう霞みたる夕暮れに人のさしおかせたる

とある贈答歌であり、長保四年（一〇〇二）、ちょうど源氏物語を執筆していた頃の作である。

◇雲の上も物おもふ春は墨染めに霞む空さへあはれなるかな（紫式部集、四〇）
◇なにかこのほどなき袖をぬらすらん霞の衣なべて着る世に（同返し、四一）

「女院かくれさせたまへる春」が藤壺女院崩御の春と重なる。そもそも「女院」は東三条院詮子が最初であり、藤壺の「女院」はその史実を基にしている。霞を喪服に見立てて「墨染めに霞む空」とした贈歌を受けて、紫式部は、下の句で「霞の衣に覆われる春に」と「世間が喪に服している時に」の意味を懸けて返した。この経験は、女院の崩御という年代の明白な史実によることと、藤壺女院が東三条院を準拠としていることから、薄雲巻の風景、そして巻名「薄雲」の命名に少なからぬ関わりがあると考えてよいだろう。

柏木巻にも似た情景が描かれる。

○空をあふぎてながめたまふ。夕暮れの雲のけしき、にび色に霞みて、花の散りたる梢どもをも、今日ぞ目とどめたまふ。（柏木巻、一二六一）
○この下のしづくにぬれてさかさまに霞の衣着たる春かな（同、一二六二）
○なき人も思はざりけむうち捨ててゆふべの霞君着たれとは（同）
○うらめしや霞の衣たれ着よと春よりさきに花の散りけむ（同）

ここに詠まれた「霞の衣」という歌語は、古今集の行平歌、

▽春の着る霞の衣ぬきをうすみ山風にこそみだるべらなれ（古今集、春上、二三、在原行平）

のように、もとは漢詩に倣い(5)、春を擬人化してその衣装に見立てた表現であった。これに対して柏木巻の三首では、いずれも喪服の意味を含む。中でも三首目の「花の散りけむ」は、亡き柏木の比喩であり、直前の情景「夕暮れの雲のけしき、鈍色に霞みて、花の散りたる梢ども」は、柏木の死を悼む人々の様子を象徴的に表したものである。

この「花の散り」は、古今集歌、

▽桜色に衣は深くそめて着む花の散りなむのちの形見に（古今集、春上、六六、紀有朋）

を踏まえるので、漢詩の「霞色」（紅い色）の影響もあるだろうが[6]、柏木巻では、桜色ではなく「鈍色に霞みて」と喪服の色に見立てている。椎本巻には、

○いづことかたづねて折らむ墨染めに霞みこめたる宿の桜を（椎本巻、一五七八）

という歌もあるから、桜に「墨染めにさけ」と訴えた古今集歌と、それを引いた薄雲巻の「雲の薄く渡れるが鈍色なる」春の情景を受けていることがわかる。そして紫式部の歌「なにかこのほどなき袖をぬらすらん霞の衣なべて着る世に」もまた、これらと同じ表現方法をとっていることに注目しておきたい。なお、源氏物語および紫式部の哀傷歌と古今集・新古今集との関係については、拙論「古今集から物語、物語から新古今集へ―哀傷歌の系譜―」において詳述した[7]。

以上のように、源氏物語と紫式部の発想・表現の類似と、依拠していた和歌の一致は確認できた。これだけの例でただちに源氏物語の全巻を紫式部が完成させた証拠にできるわけではないが、逆に他の人物が手を入れたと考えるべき証拠もない。巻名から物語を作り上げたのが紫式部であると考えることに何ら不都合はない。ただし、繰り返す通り、式部の個人的な思いによって源氏物語を書き上げたとする説明は適切ではない。源氏物語は、あくまでも公事、道長家の人々のため、天皇家のために書き続けたものであり、紫式部日記や紫式部集は、部分的には道長家の記録として、部分的には私的なものが混入したものだと思う。それぞれの成立が明らかでない以上、むやみに結びつけて論じるべきではないが、同時代の歌人の作の中でも両者の類似性はやはり無視できない。そして、紫式部の哀傷歌と源氏物語の哀傷の場面には一致するところが多いように思う。亡くなった人を思う気持ち、残された人を思いやる気持ちは、夫を亡くした紫式部にはよく理解できたであろう（第五章参照）。中でも、薄雲巻の場面については、「女院かくれさせたまへる春、いたう霞みたる夕暮れ」に自分もまた喪に服して「鈍色」を着ていたと

いう身近な体験と公の悲しみとが重なったことを実感として表現し得たものと思われる。

四、紫式部日記からわかること

紫式部日記の記事は、源氏物語の成立に関する根拠としてたびたび取り上げられるが、諸注釈や従来の説明に不十分なところがあるので、私見を述べておきたい。まず、有名な記事から。

◇左衛門の督《かみ》「あなかしこ、このわたりに若紫やさぶらふ」とうかがひたまふ。源氏にかかるべき人も見えたまはぬに、かの上はまいていかでものしたまはむと聞きゐたり。（紫式部日記、寛弘五年十一月一日の記事）

藤原道長の娘で一条天皇の中宮彰子が皇子を出産した。その敦成親王の五十日《いか》の祝賀で、道長邸に人々が集まり、宴の場において、藤原公任と思われる左衛門の督《かみ》（頼通と解する説も）が「このわたりに若紫やさぶらふ」と尋ね、式部は、「源氏にかかるべき人も見えたまはぬに、かの上はまいていかでものしたまはむ」（源氏にゆかりの人もいないのに、どうして紫の上がいるでしょう）と書いた。「若紫」とは、若紫巻で登場する幼い紫の上を指しているはずだが、「若紫」ということば自体は物語中の本文に見当たらず巻名のみに見られる。従って、巻名「若紫」と物語が、すでに宮廷に伝わっていたことがわかる。また、「かの上」の上とは、貴人の正妻という意味ではなく、母上や姉上といった女主人に対する敬称であり（第四章五参照）、紫の上が明石姫君を養育している時期の呼び名である。この記事によって、少なくとも若紫の巻が伝わり、姫君を引き取る薄雲巻までは執筆されていたことがうかがえる。なお、『紫式部日記絵詞』（五島美術館蔵）の本文「源氏にる」を「源氏に似る」の誤りと解して「光源氏様に似た（すばらしいお方）」などとする説が一般的だが、「光源氏」の意味なら「源氏の君」「光る君」「源氏の大将」などとするべきで、敬称のないことから「源《みなもと》氏」一族の意味と解すべきである。つまり、この文章は、道長邸に集まる主立った人々が、「源氏」どころか藤原氏ばかりであることを皮肉ったものと考えることができる。

次の記事では、彰子が還御に先立ち女房達と物語冊子を作ることが書かれている。
◇入らせたまふべきことも近うなりぬれど、人々はうちつぎつつ心のどかならぬに、御前には、御冊子《さうし》作りいとなませたまふとて、明けたてばまづ向かひさぶらひて、色々の紙えり整へて、物語の本どもそへつつ所々に文書き配る。かつは綴じ集めしたたむるを役にて明かし暮らす。（紫式部日記）
一条天皇がまだご存じない新作の巻々を持参しようとしているのだろう。その冊子を、天皇に献上してしまうのではなく、彰子が天皇とともに物語を楽しもうとしているのだと思う。次の記事では、一条天皇が源氏物語を女房たちに読ませていると書かれている。
◇うちの上の、源氏の物語、人に読ませたまひつつ聞こしめしけるに、「この人は、日本紀《にほんぎ》をこそ読みたるべけれ、まことに才《ざえ》あるべし」とのたまはせけるを（紫式部日記）
この場には彰子が天皇の傍にいて、何人かの女房たちと一緒に源氏物語を聞いている。一つしかない新作の物語を同時に楽しむには音読しかなく、周りの女房たちをも楽しませるためには、誰かに読ませて聞くのが効果的である。源氏物語はこうして少しずつ書き継がれて宮中に持ち込まれ、天皇が物語の続きをお知りになりたくて毎日彰子のところにお通いになったのだろう。源氏物語は千夜一夜物語のような役割を担い、彰子と天皇との仲を取り持ったと考えてよいだろう。

次の記事で、式部は彰子に白楽天の楽府を教えていると記している。
◇宮の御前にて、文集の所々読ませたまひなどして……一昨年の夏ごろより楽府といふ書二巻をぞ、しどけなながら教えたてきこえさせてはべる、隠しはべり。（紫式部日記）
人に隠しているのだから、式部の仕事の中心は、彰子の家庭教師ではなく物語の執筆であったと思う。漢詩文の素養ある一条天皇との話題に事欠かないため、漢詩文を取り入れた物語を理解するためにも、彰子はその物語作者から教えを受けたのだろう。こうした努力が実って、彰子は一条天皇にふさわしい理想的な后に成長していった。

次の記事では、道長が式部の部屋を探して、隠しておいた物語を「内侍の督の殿」妍子（彰子の妹）に渡した、とある。

◇局に、物語の本ども取りにやりて隠し置きたるを、御前にあるほどに、やをらおはしまいてあさらせたまひて、みな内侍《ないし》の督《かん》の殿に奉りたまひてけり。よろしう書きかへたりしは、みなひきうしなひて、心もとなき名をぞとりはべりけむかし。（紫式部日記）

どの巻か不明ながら、やはり源氏物語の一部であろう。妍子は、寛弘七年（一〇一〇）、十六歳で東宮居貞親王に入内するので、妍子のお后教育や入内の準備だっただろう。

次の記事では、「源氏の物語」が彰子の御前にあるのを、道長が見て、梅の実を置いた紙に「すきもの」と詠む歌を書いて式部に送ってきた、とある。

◇源氏の物語、御前にあるを、殿のご覧じて、例のすずろごとども出で来たるついでに、梅の下に敷かれたる紙に書かせたまへる。

すきものと名にし立てれば見る人の折らで過ぐるはあらじとぞ思ふ

たまはせたれば、

人にまだ折られぬものをたれかこのすきものぞとは口ならしけむ

めざましう、と聞ゆ。（紫式部日記）

以上の記事から、源氏物語の作者が紫式部であること、スポンサーが道長であること、最初の読者は彰子と一条天皇、そして妍子であったことが推測できる。なお、「源氏の物語」とは、光源氏個人の物語の意味ではなく、源《みなもと》氏の物語と解するべきである。

注

（1）拙著『源氏物語の風景と和歌　増補版』（二〇〇八年、和泉書院）増補編第二節「源氏物語における『いさよひ』の風景」（初出は、一九九八年、「青須我波良」五五号）に詳述した。いまだに誤解されているので、コラム１《いさよひの月》に概略と問題点を記しておく。

（2）拙著『源氏物語の風景と和歌』（一九九七年、和泉書院　増補版は注１）第四章第一節「朝顔巻の女君」で詳述した。

（3）本書で底本としたCD-ROM『角川古典大観』校訂本文では、陽明家本などに従い「うちきえし」とするが、返歌の「きらしけむ」との整合性から、ここでは大島本の「うちきらし」を採用した。

（4）笹川博司「雛なる世界」（二〇一一年、三弥井書店『源氏物語の展望９』）では、この「人」を宣孝としてきた通説に対して、父・為時とする説を採り、『本朝麗藻』巻下・蔵東部（一三一・一三二）に、藤原為時が長徳元年（九九五）に「唐人」と会見した後に作った詩を示して、式部を誘ったのは為時であったと推定している。

（5）渡辺秀夫『平安朝文学と漢文世界』（一九九一年、勉誠社）第一編「『古今和歌集』と漢詩文」

（6）安田徳子『中世和歌研究』（一九九八年、和泉書院）第一章第一節「四季歌材の変遷」によると、平安時代の和製漢詩の「霞」には朝焼けなどの赤い色のイメージが強く、新撰万葉集や古今集の一部に春の現象を表す和語「かすみ」の春のイメージに桜などの花の色を重ねて薄紅色の色彩感を歌に詠んだ例が見られたが、歌語「かすみ」の色を詠じた歌が定着するのは新古今時代になってからとされた。

（7）注（1）の『源氏物語の風景と和歌　増補版』増補編

コラム1《いさよひの月》

葵巻で頭中将と語り合ったときに秘密を打ち明けたという本文、
〇かのいさよひのさやかならざりし秋のことなど、さらぬもさまざまのすき事どもを（葵巻、三〇九）
について、諸注は、末摘花巻で、源氏が最初に訪問した「いさよひの月をかしきほどにおはしたり」は「春」だから、「さやかならざりし秋のこと」を間違いだと言う。葵巻の「かのいさよひ」を末摘花巻の春の「十六夜」だと特定する思い込みによって、この「秋」は作者の失策か、本文の誤写かなど、さまざまな憶測が成されている。問題は、物語本文にあるのではなく「いさよひ」についての諸注の理解である。

多くのテキストが「いさよひ」に「十六夜」という漢字を当てるが、どの例についても十六夜と限定すべき理由はない。順徳院の『八雲御抄』によると、「いさよひ」を十六日と限定したのは藤原定家で、夕顔巻の「八月十五夜」の翌朝に「いさよふ月」とあることを根拠にしたにすぎないとし、「尤不審　凡不可限十六日歟」（八雲御抄、時節部、夜）とする。その通り、万葉集から源氏物語まで、十六日以後の夜更けに出入りする月を「いさよふ月」（ふらふらと漂う月）と形容し、古今集でその語と「宵（よゐ）」を合わせた歌を初出として「いさよひ」という歌語ができた。万葉集には「いさよふ雲」、人麻呂歌には「いさよふ波」の例がある。

月の出入りは、満月以後次第に遅くなるので、暗くなって出る月を「いさよふ月」と言ったが、日の出入りは季節により異なるので、冬から春には十六日か十七日、夏であれば十六日に「いさよひ」とは言わない。古典の常識では、十六夜以後、十七日から十九日の月を、それぞれ「立ち待ち」「ゐ待ち」「伏し待ち」「寝待ち」と表すとされるが、当時の用例を見る限り、具体的な月齢とは必ずしも結びつかない。若菜下巻の女楽の夜を「伏し待ち」とする例も同様で、先に「正月二十日ばかりになれば」とあった。にも関わらず、諸注は「ふしまちの月」によって十九日と限定し、暦日を明記した「正月二十日ばかり」の本文を誤りだと説明する。自然を表すことばというのは、そのように記号的に置き換えられるものではない。むしろ、出の遅い月を待つ者の気持ちや季節による日照時間の違いに応じた表現と考えるべきであろう。この場面は次のように語られる。

○月心もとなきころなれば、灯籠こなたかなたにかけて、火よきほどにともさせたまへり。（若菜下巻、一一五五）

灯籠を用意しても下弦の月の光では心もとなく感じる古代の人々にとって、月齢よりも大きな問題は日没と月の出との時間差であった。正月二十日頃の日没は、現在の時刻で午後五時頃、月の出は九時頃と推定される。月の出を待つ約四時間を「伏し待ち」ということばで表したのであり、「いさよふ月」もまた、空が暗くなっても山の端からなかなか姿を見せない月を待つ人々の気持ちの表れに他ならない。逆に、待つ間もなく月の出る「たちまち」（立ち待ち・忽ち）が、季節によっては十七日より早い場合に用いられることもあっただろう。日の短い季節ほど、月は「心もとなく」「待たるる」光であり、単に月齢だけの問題ではなかったはずである。

従って、末摘花巻の「いさよひの月」も、単純に十六夜の月とするのではなく、十六日以後の夜更けにさまよう月の状態と源氏の行動とを重ねて表すためのことばと理解しなければならない。夜半に出てきて中空に漂う「いさよふ月」は、山の端に隠れる前に夜が明けるので、人の目に「入るかた」を見せない。「いさよひの月」とは、十六夜の月と限定されるものではなく、十六夜以後のふらふらと漂っている宵の月といった意味になる。

諸注が問題にしてきた「かのいさよひのさやかならざりし秋のこと」は、同じ末摘花とのことでも、頭中将が見知っていた春の夜ではなく、頭中将の知らない秋の夜の逢瀬を指していたと考えればよい。秋、末摘花は出の遅い月を待っていたとき源氏の訪問があった。

○八月二十余日、宵すぐるまで待たるる月の心もとなきに星の光ばかりさやけく、……例の忍びておはしたり。月やうやう出でて（末摘花巻、二一一）

仲秋から五、六日後の日没は午後六時前、月は九時半以降に出る。その三、四時間を「宵すぐるまで待たるる月の心もとなきに、星の光ばかりさやけく」と表したのである。この翌朝、末摘花とは互いにうちとけることなく暗いうちに源氏は帰宅し、二条院でまだ寝ていた源氏のもとに、他ならぬ頭中将がやって来た。頭中将は、「こよなき御朝寝かな。ゆゑあらむかしとこそ思ひたまへらるれ」と冷やかす。ここで源氏は、頭中将に秘密を持ったことになる。そして本来は早朝に贈るべき後朝の文を夕方になって贈り、訪問も怠る。そのときの歌、

○はれぬ夜の月待つ里を思ひやれ同じ心にながめせずとも（末摘花巻、二一六）

でも源氏は月にたとえられる（第十一章参照）。

春の「いさよひの月」（源氏）の行動は「さやかならざりし」ではなく、頭中将にとって明らかなことであった。これに対して、源氏が秋に末摘花に逢ったことを頭中将は知らないから、「さやかならざりし秋のこと」となる。紫式部の歌でも「入るかたはさやかなりける月影」と、月の入る方が詠み手にはっきり見えたことを「さやかなりける」と表している。末摘花巻の春の場面では「いさよひの月をかしきほど」に訪問し、頭中将と同車した時には「月のをかしきほどに雲隠れたる道のほど」となっていた。これに対して、秋の場面では「宵すぐるまで待たるる月の心もとなきに、星の光ばかりさやけく」とあった。ことばの上では「いさよひの月」という語はないが、「宵すぐるまで待たるる月」とは「山の端にいさよふ月」に他ならず、「星の光ばかりさやけく」とは「月のさやかならざりし」光景を意味している。

ことばの意味を誤解し限定する思い込みによって、物語作者の失策だと断ずるのは、読者の愚かな横暴である。私たちはもっと謙虚にならなければならない。

コラム２《塩釜の浦》

紀貫之に次の哀傷歌がある。

河原左大臣のみまかりて後、かの家にまかりてありけるに、塩釜といふ所の様を作れりけるを見てよめる

▽君まさで煙絶えにし塩釜のうらさびしくも見えわたるかな（古今集、哀傷、八五二、紀貫之）

河原左大臣・源融亡き後、河原の院に「塩釜」の景勝を作ってあるのを見て詠んだという。伊勢物語には、

▽賀茂河のほとりに、六条わたりに、家をいとおもしろく造りて住みたまひけり。（伊勢物語、八十一段）

と、その状況が語られる。「かたゐ翁」とされる主人公が、次の歌を詠んだ。

▽塩釜にいつか来にけむ朝なぎに釣する舟はここによらなん（同）

翁は「陸奥国にいきたりけるに、あやしくおもしろき所々おほかりけり。わがみかど六十余国の中に、塩釜といふ所に似たる所なかりけり」とし、その塩釜を模した河原院を「めでて塩釜にいつかきにけむとよめりける」と物語は結ぶ。貫之の時代には、その風雅な河原院があったが、後に荒廃し、賀茂川が幾度も氾濫して、かつての面影はなくなる。安法や恵慶などの法師が河原院で「荒れた宿」を題材とした歌を数多く残している。紫式部の哀傷歌にも、「世のはかなきことを嘆くころ、陸奥に名ある所々かいたる絵を見て、塩釜」の詞書がある。

◇見し人の煙となりしゆふべより名もむつましき塩釜の浦（紫式部集、四八）

だが、なぜ塩釜なのか、なぜ河原院では塩釜を模したのだろうか。また「かたゐ翁」つまり昔の人が行ったとなぜ言うのだろうか。単に風光明媚だから、ということだけでないと、私は思う。塩釜は、貞観十一年（八六九）の大津波で壊滅状態になったとされる（日本三代実録）。その前後も富士山が噴火し、京の都を含む全国で大地震が長

く続く。二〇一一年の東日本大震災の復興も進まないが、平安時代の九世紀には特に甚大な被害が続発したという。これは、まさに在原業平の生きていた時代である。業平が実際に行ったかどうかはともかく、「かたゐ翁」が見たという塩釜が荒廃したのを聞いて、源融は河原院に、かつての豊かな塩釜の浦を再現しようとしたのではないだろうか。ただ海岸を再現するだけなら、他の海岸でも良かっただろう。

貫之は、河原院の主人・源融が亡くなったことを「君まさで」と言い、さらに、河原院が模した塩釜の浦がさびしくなってしまったことにも思いを馳せて、どちらも荒廃してしまったことを歌に詠んだのであろう。ただ融のいないことを悲しむのではなく、融が鎮魂の思いで再現した塩釜の浦もさびしく、そこにいた人々の鎮魂も合わせて詠んだのが、この歌だったのではないかと思う。

その後河原院も、賀茂川の氾濫によって、塩釜の浦と同じく水害で荒廃した。河原院は、源融の邸宅から、後に宇多上皇の御所となり、ついには荒廃してしまった栄枯盛衰の象徴というだけでなく、風光明媚な塩釜の浦の海辺や人々の鎮魂の象徴でもあったのではないだろうか。平安時代の人々にとって、塩釜は現実の名所であった以上に、河原院を通じて人々の心に残る歌枕として生き続けたのだろう。紫式部が「世のはかなきことを嘆くころ」に塩釜の絵を見て哀傷歌を詠んだのは、塩釜で多くの人々が亡くなったこと、その塩釜を再現しようとした融も亡くなり、河原院までも荒廃したことなどが背景にあったと考えてよいだろう。河原院文化圏の歌にもそうした側面があったのだと私は考える。源氏物語に塩釜の浦は出てこないが、代わりに、六条院によって河原院を再現した。その六条院が賀茂川の傍にあると書かれていないのは、水害の印象を避けたかったのだろう、洪水を防ぎ、渇水に備えるためか、大きな池を作った。その池水は、融の邸宅（河原院・宇治院・静霞観）において川とつながっていたというから、胡蝶巻で語られる六条院の豊かな池にも賀茂川から水を引いていたと想定してよいだろう。

コラム3《末の松山》

源氏物語には「末の松山」を題材とした歌がある。
○うらなくも思ひけるかな契りしをまつよりなみはこえじものぞと（明石巻、四六七）
○波こゆるころとも知らず末の松待つらむとのみ思ひけるかな（浮舟巻、一九一一）
紫の上が源氏を恨む歌と薫が浮舟を恨む歌である。これらはもちろん、次の歌を基にしている（第七章参照）。
▽君をおきてあだし心をわがもたば末の松山波もこえなむ（古今集、大歌所御歌、東歌陸奥歌、一〇九三）
▽契りきなかたみに袖をしぼりつつ末の松山波こさじとは（後拾遺集、恋四、七七〇、清原元輔）
この二首について、これまで「末の松山」は波が越えない所だと説明されてきた。ところが二〇一一年の東日本大震災の大津波で、名所「末の松山」を波が越えてしまったと、多賀城市長も国文学者も驚いた。たとえば、伊藤守幸「平安文学に描かれた天変地異―「末の松山」と貞観大津波―」（二〇一二年、東京書籍、学習院女子大学編『東日本大震災　復興を期して――知の交響《ハーモニー》』）は、「末の松山」は、これまで「有り得ないことのたとえ」とされてきたが、「あってはならないこと」だったのではないか、と提言している。

この点について、かねて疑問を持っていた。というのも、源氏物語には、次の風景描写があるからである。
○橘の木のうづもれたる、御随身召して払はせたまふ。うらやみ顔に、松の木のおのれ起きかへりて、さとこぼるる雪も名にたつ末のと見ゆるなどを、いと深からずとも、なだらかなるほどに、あひしらはむ人もがなと見たまふ。（末摘花巻、二一二）
「名に立つ末の」は、次の歌を引いている。

▽わが袖は名に立つ末の松山か空より波の越えぬ日はなし（後撰集、恋二、六八三、土佐）

ここで、この歌と先の有名な二首だけを思い出す読者は、なぜこの場面に末の松山が出てくるのかわからない。源氏が末摘花に愛を誓う場面でもない。ここは、次の歌を思い出さなければならない。

▽浦ちかく降りくる雪は白波の末の松山越すかとぞ見る（古今集、冬、三二六、藤原興風　寛平御時后宮歌合、一四三）

先の三首、特に元輔の歌が百人一首にあることで、その先入観によって、「末の松山」は、「あだし心」を持たない愛の誓いの喩えと説明されてきた。しかし、この興風の歌では「白波の末の松山越す」と詠んでいる。海辺の浦近く降っている雪は末の松山を波が越すように見える、という一見美しい光景を描いただけの歌だと受け止められていたように思う。拙論「風景と引歌」（『源氏物語の風景と和歌』第二章第二節）でも、次のように述べた。

興風の歌は、「浦近く降り来る雪」が、東歌で詠まれた「白波の末の松山越す」光景に似ていることから、あり得ないはずのことが現実に起こったかと驚いたと詠んでいる。源氏物語では、雪を白波に見立てた興風歌の発想を受け継ぎながらも、「降り来る」雪ではなく、波が山を越える時に見せるはずの波頭の光景を思わせる、松の木の跳ね上げた雪が弧を描いて落ちる様の見立てとしたのである。

さらに、紫式部は、松の木が雪の重みでぽんと跳ね上げる光景を、越前にいて見知っていたから描くことができたとも述べた。風景の説明としては間違っていないが、「あり得ないはずのこと」と書いていた。

これと同じ説明を、二〇一一年三月十日、私は京都の講座でしていたのだが、その翌日の同時刻、テレビで、防波堤を軽々と越えて迫る大津波と白い雪の光景を見て、わが認識不足に愕然とした。当時まだ東北では、雪が断続的に降り、ときに吹雪いていた。人々は、浦近く降る白い雪を見ては、また大津波が来たかとハッとしたであろう。国文学者が恋の誓いの喩えなどとのんきな説明をしてきたことで、現地の人々が安心していたのではないかと責任を感じ、次の四月の講座で、この問題を緊急報告した。インターネットなどでも末の松山を波が超えたことが話題になっていたが、興風の歌について、都の人だから「末の松山」をよく知らずに詠んだなどといった発言もあった。そうではない。興風は、相模、上野、下総の地方官を歴任していた人物である。歌を詠んだのも、寛平二年（八九〇）の歌合においてである。この頃はまだ震災の影響が大きく、仁和三年（八八七）にも全国で大地震があったという。興風自身、貞観十一年（八六九）の大津波を経験していた可能性が高く、たとえ都にいたとしても馴染みのある土地の被害には心を痛めたであろう。それゆえ歌合では、浦近く降る雪を見てはハッと驚く思いを表したのである。

「末の松山」は、滅多に起きない、あっては困るという意味だと訂正しておきたい。結果論ではなく、歌の解釈を誤ったために人々が油断していたなら、それは国文学に携わる者の責任であった。私たちがよく知っている百人一首の歌とその本歌の東歌だけで判断するのではなく、本当の教養を持っていなければ、間違いは繰り返される。平安時代の人々には、元輔の恋の歌よりも、古今集の東歌と興風の歌の方が広く知られていたはずである。そもそも、この東歌が大歌所御歌として収められたことにも、大きな意味があった。清和天皇の時代、貞観大津波のあった年から御霊会が盛んに行われ、それが祇園祭として現在にも伝わっている。源氏物語の作者は、こうしたことを知った上で「末の松山」を持ち出したのだろう。冒頭に挙げた二首は、いずれも「あだし心」をもたれた者の嘆きを詠んでいる。浮舟巻の薫の歌では「こえじ」ではなく「こゆる」と言い切っている。元輔歌の「袖をしぼる」というのも、ただ涙にぬれることの誇張表現ではなかった。土佐の歌の「わが袖は」「波の越えぬ日はなし」と詠んだのも、津波が末の松山を越え、被害に遭った人々が全身ずぶ濡れで、互いに泣きながら袖を絞り合ったことを意識したものだったのだろう。

第十二章　源氏物語後半部の巻名

歌語から名付けられた巻名が大半であることは、これまでの考察からも明らかだが、本章では、源氏物語後半部の物語について考察する。これらの巻々は、源氏物語前半部の物語を受けて作られていることも多く、巻名の由来も、古歌のみならず、源氏物語前半部の物語にある可能性が高い。前半の巻名のように、十世紀以前の歌を基にしているとは限らず、第十一章で紫式部日記の記事を確認した通り、寛弘五年（一〇〇八）の段階では、まだ執筆中で、おそらく前半部だけが完成していたと思われるからである。また、後半部の巻々には、巻名の異名が数多く伝えられているので、現行の巻名と合わせて異名の問題についても論じる。

一、若菜の巻と異名　［若菜・箱鳥・諸蔓］

第二部の発端となった若菜巻は、他の巻と異なり、上下巻に分けられている。ただ長すぎるから分けただけなのか、それとも別の意図があったのだろうか。若菜上巻には、光源氏の四十の賀を祝う場面と若菜を詠んだ歌がある。

○正月二十三日子の日なるに、左大将殿の北の方、若菜参りたまふ。（若菜上巻、一〇五二）

○沈の折敷四つして、御若菜さまばかり参れり。（同、一〇五四）

「左大将殿の北の方」とは、六条院で源氏に庇護されていた玉鬘である。ここで源氏は次の歌を詠む。

○小松原末のよはひに引かれてや野辺の若菜も年をつみける（同、一〇五四）

この歌にも「若菜」ということばが出て来る。源氏の歌は、次の二首を基にしたと思われる（第八章参照）。

▽春日野の若菜ならねど君がため年のかずをもつまんとぞ思ふ（拾遺抄、雑下、五八五、伊勢　拾遺集、賀、二八五、伊勢　伊勢集、六二）

▽春日野におほくの年はつみつれどおいせぬ物は若菜なりけり（拾遺抄、雑上、三七六、円融院御製　拾遺集、春、二〇、円融院御製　円融院御集、二）

これに対して、若菜下巻には、朱雀院の五十の賀を計画し準備する源氏の様子を語る一節、

○このたび足りたまはむ年、若菜など調じてやとおぼして（若菜下巻、一一四四）

があるのみで、結局その祝賀は延期になり、女二の宮主催の儀式だけがかろうじて行われた。一冊に収まらないから分けられた可能性もあるが、若菜上巻が光源氏の四十の賀、下巻が朱雀院五十の賀を祝う若菜を物語の題として作られたものなら、もともと上下巻が別の巻であったことになる。

『河海抄』には、若菜上巻の最初に「一名はこ鳥」とし、若菜下巻に「此巻一名もろかづら」として、いずれも「当流不用之」とする。(1) そこで、まず「はこ鳥」について見ておきたい。この語は、夕霧が、父源氏を「はこ鳥」に喩えて詠んだ歌に見られるが、どのような鳥かは不明とされる。

○みやま木にねぐらさだむるはこ鳥もいかでか花の色にあくべき（若菜上巻、一一一八）

箱の縁で「あく」とともに用いられる。『河海抄』に「みやま木にねぐらさだむるはこどりの歌故也」とあることから、物語の巻名「はこ鳥」はこれによると説明される。しかし、このことばも源氏物語以前の歌にあり、この巻名もその歌から名付けられたことがうかがえる。古今六帖には「はこどり」「かほどり」の題があり、「はこどり」には、次の三首がある。

▽みやま木に夜はきて鳴くはこ鳥のあけばかはらんことをこそ思へ（古今六帖、六、四四八三）
▽春たてば野べにまづなくはこ鳥の目にもみえずて声の悲しき（同、四四八四）
▽とりかへす物にもがもやはこ鳥の明けてくやしき物をこそ思へ（同、四四八五）
一首目と若菜上巻の夕霧の歌とは第一句も形も似ているが、これ以上に似ているのが藤原輔相の歌である。
▽みやま木に夜はきてぬるはこ鳥の明けてかへらん事ぞわびしき（藤六集、一九）
また斎宮女御集にも、次の贈答歌が見られる。
▽はこ鳥の身をいたづらになしはててあかず悲しき物をこそ思へ（斎宮女御集、一七八）
▽雲の上に思ひのぼれるはこ鳥の命ばかりぞ短かかりける（同返し、一七九）
そして、夕霧の歌と同じく「ねぐら」とした例が実方集にある。
▽はこ鳥の明けての後はなげくともねぐらながらの声を聞かばや（実方集、三一八）
いずれも、現行の巻名の基になった歌と同様、後撰集時代の歌であり、その歌人も、他の巻名の由来とおぼしき本歌の作者と重なる。巻名「はこ鳥」は、これらの歌を基にして名付けられると同時に、「はこ鳥」を題材とした歌が作られ、その歌を核とした物語場面が作られたと考えるべきである。その物語が次第に大きな物語になり、巻名「はこ鳥」が不要となって「若菜」という大きな物語の題として定着した、そう考えることができる。

下巻の異名とされる「もろかづら」という巻名も同様である。『河海抄』は、やはり次の歌によるとする。

○もろかづら落ち葉を何にひろひけむ名はむつましきかざしなれども（若菜下巻、一一八三）

しかし、柏木が詠んだこの歌から巻名が名付けられたのではなく、「もろかづら」という巻名が提案され、この歌と物語が作られたと考えてよいだろう。若菜下巻の内容や主題を考えると、「もろかづら」は確かに物語の構想に関わる重要な鍵語であった。後世の読者は、柏木の詠んだ「もろかづら落ち葉を何に……」の歌から、女二の宮を

「落ち葉の宮」と呼ぶようになった。女三の宮と柏木、女二の宮と夕霧——この次世代の若者たちの明るくはない行く末を語る物語の始発が、この若菜下巻である。「もろかづら」は、二人の女宮を意味している。朱雀院に若菜の祝賀をしたのも、女三の宮ではなく女二の宮であり、光源氏ではなく柏木だけが祝った。このあと女三の宮は尼になり、女二の宮は柏木に先立たれ、夕霧に愛される。物語の内容にふさわしい巻名ではないか。

　この歌の前に、柏木はもう一首、「童の持たまへる葵を見たまひて」、次の歌を詠む。

○くやしくぞつみをかしけるあふひ草神の許せるかざしならぬに（若菜下巻、一一八三）

若菜上下巻を通じて、物語本文に対する和歌の比率がきわめて低い。それだけに、この二首の重みは無視できない。「つみをかす」は、「罪を犯す」「無理に摘む」という二つの意味を持っている。「あふひ」には「逢ふ日」の意味があり、光源氏は紫の上と結婚した（第二章参照）が、柏木の「逢ふ日」は神に背いて罪を犯した。

　ここで思い出すのは、先に見た歌にあった「若菜つみ」という表現である。

○小松原末のよはひに引かれてや野辺の若菜も年をつみける（若菜上巻、前掲）

▽春日野におほくの年はつみつれどおいせぬ物は若菜なりけり（拾遺抄、雑上、円融院　前掲）

四十の賀の源氏の歌は、円融院の歌と同様に、「若菜摘み」と「年を積み」を掛けるものであった。それに対して柏木の歌の「摘み」は「罪」との掛詞になっている。朱雀院の祝賀を催した女二の宮に合わせて柏木も若菜を献上した。柏木は藤原氏であったから、玉鬘と同様に、藤原氏の氏神のある春日野の若菜を献上したのであろうが、その一方で、女三の宮を「摘み」（我が物にして）神に許されぬ罪を犯していた。ここに、「若菜つみ」の別の意味が隠されているように思う。

　春日野の若草を「摘む」という意味で、「若菜」は「若紫」に対応している。柏木が女三の宮をかいま見た場面は、桜が満開の三月のことである。このかいま見によって、柏木は女三の宮に恋い焦がれ過ち「つみ」を犯すのだが、若紫巻でも、源氏は桜の中で若紫をかいま見て、そのあと藤壺との密通が語られる。「若菜」は、若紫の巻に対応すべく名付けられた巻名であろう。振り返ると、若紫巻にも「つみ」ということばが繰り返されていた。

○僧都、世の常なき御物語、後の世のことなど聞え知らせたまふ。わが罪のほどおそろしう、あぢきなきことに心をしめて、生ける限りこれを思ひ悩むべきなめり。まして後の世のいみじかるべき、おぼし続けて、かうやうなる住まひもせまほしうおぼえたまふものから、昼の面影心にかかりて恋しければ（若紫巻、一六〇）

○手につみていつしかも見む紫の根にかよひける野辺の若草（同、一八〇）

僧都の話を聞きながら、藤壺のことに罪を感じて一生かけて償いをしようと悩みながらも紫の上の面影を恋しく思う、若い心の源氏であり、若菜巻の柏木と同様である。

御堂関白記の長保五年（一〇〇三）二月六日の記事と、栄花物語「初花」の冒頭に、次の歌が記されている。

◇若菜つむ春日の野辺に雪降れば心づかひを今日さへぞやる（御堂関白記　栄花物語、巻八「初花」、藤原道長）

◇身をつみておぼつかなきは雪やまぬ春日の野辺の若菜なりけり（同　同、藤原公任）

◇われすらに思ひこそやれ春日野の雪間をいかで田鶴のわくらん（同　同、花山院）

道長は、御堂関白記に、この三首をかな文字（女手）で記している。春日祭の使いとなった頼通「田鶴君」を案じて詠んだ歌である。このうち公任の歌には、他の若菜の歌と異なり、幼子を心配するという意味の「身をつみて」という表現が見られる。

それから七年後の寛弘七年（一〇一〇）、敦成親王と敦良親王を連れて、道長と彰子が賀茂祭を見物した翌日の贈答歌が、やはり栄花物語「初花」にある。この贈答は、後拾遺集や古本説話集にも収められている。後拾遺集の詞書がわかりやすいので、そこから引用する。

後一条院をさなくおはしましける時、祭ごらんじけるにいつきのわたり侍ける折、入道前太政大臣いだき

たてまつりて侍けるを、見たてまつりて後に太政大臣のもとにつかはしける
◇光いづるあふひのかげを見てしかば年経にけるもうれしかりけり（後拾遺集、雑五、一一〇七、選子内親王　栄花物語、巻八「初花」、斎院）
◇もろかづら双葉ながらも君にかくあふひや神のしるしなるらむ（同返し、一一〇八、藤原道長　同、道長　大鏡、師輔伝）

栄花物語では、返歌は「御返し、殿の御前（道長）」とあるが、大鏡では、選子の歌は第三・四句が「見てしより年つみけるも」とあり、「もろかづら」を詠んだ返歌は、「大宮」（中宮彰子）となっている。「葵」「逢ふ日」の掛詞に加えて、大鏡の「つみけるも」本文であれば「摘み」「積み」をも掛詞としている。この二首は、幼い二人の宮を大斎院に逢わせることができた喜びを表したためでたい歌である。

「もろかづら」という語を、このように二人の宮に用いた例は他に見当たらない。
▽あしひきの山に生ふてふもろかづらもろともにこそいらまほしけれ（後撰集、恋二、六九四、よみ人知らず）
▽神つ代のい垣に生へるもろかづらこなたかなたにむけてこそみれ（古今六帖、二、一〇七五）

諸蔓の形状から「もろともに」「こなたかなたに」にかかる枕詞として詠んだものである。道長の歌と柏木の歌の「もろかづら」は、これらの歌とは明らかに詠み方が異なる。「落ち葉」と「ふた葉」、「あふひ」「かざし」「神」といった共通することばを用いた道長の歌のことばは、若菜巻（上下含む）の後半の物語に取り入れられた。二人の宮を意味する「もろかづら」を題として物語が構想されたが、結果として宮が不幸になる物語が作られ、めでたい歌語であった「もろかづら」は物語の巻名にはなり得なかった。そして、藤原氏の子女（玉鬘と柏木）が二人の院（六条院と朱雀院）にそれぞれ贈った「若菜」が巻名として落ち着いたのであろう。

栄花物語などに記された同時代の出来事は、源氏物語の初期の物語に取り入れられることはなかった。しかし若

菜の巻の場合は、紫式部日記の記事によって寛弘五年（一〇〇八）以後に作られたと推測されるので（第十一章参照）、寛弘七年（一〇一〇）の出来事を意識したことは十分に考えられる。そのまま引用することはなくても、巻名が設定される際に、その時期に詠まれた歌の表現が何らかの影響を与え合うことは十分に考えられる。以上の説明・推測は、そうした成立時期との関係を念頭に置いたものであるが、現行の巻名に、同時代の新しい表現が採用された例は見当たらない。

二、光源氏晩年の巻々　［柏木・夕霧・御法］

柏木巻は、柏木の悲恋、破滅、死後の物語で構成されている。国宝『源氏物語絵巻』（徳川美術館蔵）にも、女三の宮の出家、柏木の臨終、薫の五十日、の三場面の詞書と絵が現存する。それぞれに重要な場面であるが、巻名のことば「かしはぎ」が用いられるのは、物語の最後の方で交わされる次の贈答歌である。

○柏木と楓との、ものよりけに若やかなる色して枝さしかはしたるを、「いかなる契りにか、末あへる頼もしさよ」などのたまひて、しのびやかにさし寄りて、

　ことならばならしの枝にならさなむ葉守の神のゆるしありきと（柏木巻、一二六二）

○柏木に葉守《はもり》の神はまさずとも人ならすべき宿の梢か（同返し）

柏木亡き後、女二の宮を弔問した夕霧が、柏木と楓が「枝さしかはしたる」のを見て、「末あへる頼もしさよ」と言い、亡くなった柏木（衛門督）に許されました、今度は私がお世話しましょう、と言った。それに対して、女二の宮の母御息所が、葉守の神（夫）はいなくてもたやすく人を近づけることはできないときっぱり断ったのである。

柏木巻の贈答歌は、大和物語六十八段を基にしている。

▽枇杷殿より、としこが家に柏木のありけるを、折りにたまへりけり。折らせて書きつけて奉りける。

わが宿をいつかは君が楢柴《ならしば》のならし顔には折りにおこする（大和物語、六十八段）

柏木に葉守の神のましけるを知らでぞ折りしたたりなさるな（同返し）

楢は総称で、ここでは「ならがしわ」であるから、楢とも柏とも言った。枇杷左大臣仲平が、俊子の家の木を折ったので「なら」にちなんで「ならし顔に」（なれなれしく）と詠んだ。それに対して仲平は、柏木に葉守の神（あなたの夫）がいるとは知らずに折って失礼しました、と返した。同じ贈答歌が後撰集にあるが、その詞書には「柏木」ではなく「楢の葉」とあり、次の和歌本文になっている。

▽わが宿をいつならしてか楢《なら》の葉をならし顔には折りにおこする（後撰集、雑二、一一八二、俊子）

▽楢の葉の葉守の神のましけるを知らでぞ折りしたたりなさるな（同返し、一一八三、枇杷左大臣）

源氏物語に取り入れられたのは、「柏木に」の句を持つ大和物語の歌の方で、それを基にして巻名が名付けられ、柏木の物語が作られたと考えてよいだろう。

歌語「柏木」は、後撰集時代の歌に多いが、早い例では、次の歌が柏木巻の物語に関わっていると思われる。

中納言敦忠が兵衛佐にて侍りける時にしのびていひはべりけることの世にきこえて侍りければ

▽人知れずたのめしことは柏木のもりやしにけん世にみちにけり（拾遺抄、雑上、四五一、左近少将季縄の女　拾遺集、雑恋、一二二二、右近、第五句「ふりにけり」）

藤原敦忠は延長六年（九二八）に兵衛佐となり、それを右近（季縄女）が「柏木」と言ったのである。ここでは、柏木の森に「漏り」をかけて、人知れずあなたを頼りにしていたのに世に漏れてしまった、と詠んだ。

蜻蛉日記には、この歌語りに倣ったと見られる表現がある。日記の冒頭部分、兼家からの求婚話のところである。

▽柏木の木高きわたりより、かくいはせむと思ふことありけり。（蜻蛉日記、上）

「柏木の木高きわたり」とは、衛府のお役人である高貴な家柄の御方といった意味合いである。右大臣師輔の子息で、天暦五年（九五一）に右兵衛佐となった兼家を指している。季節はちょうど柏木が青々と茂る初夏、兼家は、自らをほととぎすに喩えて歌を贈ってきた。それから数ヶ月後、兼家の夜離れの後、しばらくして兼家から、「雨など降りたる日」に「暮れに来む」と言ってきたので、道綱母が次の名歌を贈った。

▽柏木の森の下草くれごとになほたのめとやもるを見る見る（蜻蛉日記、上　後拾遺集、雑一、九〇三）

道綱母が、兵衛佐を「柏木」として「たのめ」「もり」とする縁語は、先の右近の歌に倣ったのであろう。ここでは「柏木の森の下草」（あなたに頼る私）として、「漏る」を雨が漏る光景を表し、同時に涙に濡れる意味、さらには、当てが外れることをかけている。初夏から秋にかけての柏木の森の実景をわが心情の表現に用いた優れた表現方法である。「くれごと（暮れ毎）」に「たのめ」期待してはがっかりすることを詠んだのに対して、兼家は返歌をせず「みずから来てまぎらはしつ」という。

ところで、衛門の督を「柏木」と称した例は、源氏物語以外に見当たらない。拾遺抄や蜻蛉日記の例と同様、実作の歌では、兵衛の督、佐などを歌で「柏木」とする例が一般的であった。

▽柏木の森だにしげくきくものをなどか御笠の山のかひなき（道綱母集、二〇）

▽柏木も御笠の山も夏なればしげれどあやな人の知らなく（同返し、二一）

▽柏木の森の下草老いぬとも身をいたづらになさずもあらなむ（大和物語、二十一段）

▽柏木の森の下草老いのよにかかる思ひはあらじとぞ思ふ（同返し）

道綱母集の詞書は「さねかたの兵衛の佐にあはすべしときき給ひて、少将にておはしけるほどのことなるべし」、大和物語では「良少将、兵衛の佐なりけるころ、監の命婦になむすみける。女のもとより」とあり、いずれも兵衛佐であり、兵衛督の例も他にあるが、衛門府の役人の例は見当たらない。枕草子にも次の文がある。

▽花の木ならぬは、楓、桂、五葉……柏木、いとをかし。葉守の神のいますらむも、かしこし。兵衛の督、佐、尉などいふもをかし。（枕草子、三七段）

大和物語の歌の句を引用しつつ、兵衛の官人の異名とする認識も、他の歌の例と同様である。

にも関わらず、源氏物語以後、「柏木」を衛門府の役人の別名とする説明がなされるようになった。しかし、亡くなった男君が「柏木」と呼ばれたのは、後世の読者、とりわけ源氏物語古系図などに記されたことによる命名である。私たちは、「柏木」が衛門の督の別名だと思い込んでいるが、柏木巻の歌では官職名をどれほど意識して「柏木」としただろうか。天皇や国を「守る（衛る）」衛府の官人という意味では確かに通じるが、衛門の督だから「柏木」の歌を詠んだ、とする説明については一考の余地がある。基になった大和物語において「葉守の神」とされた夫・藤原千兼が兵衛府や衛門府の官人であったわけでもなく、女を守る木という意味で用いられ、柏が楢の一首ということから「ならし」「ならす」を引き出した。源氏物語における柏木は、柏の木が「枝さしかはし」「末あへる」ことから「頼もしさ」を引き出し、女二の宮を守るべき「たのめる」夫であることの比喩に用いたのである。

源氏物語には、もう一箇所「柏木」が見える。

○雨のうち降りたるなごりの、いとものしめやかなる夕つかた、御前の若楓、柏木などの、青やかにしげりあひたるが、なにとなくここちよげなる空を見いだしたまひて、（胡蝶巻、七九五）

ただ青やかな樹木として、初夏の雨上がりの光景を描いている。従って、ここではまだ後の柏木の物語の構想はなかったと推測される。柏木の物語は、歌語「柏木」を題として作られた物語であり、具体的な歌の場面は大和物語六十八段に倣って作られた、と考えてよいだろう。柏木巻全体においては、衛門督を主役とした物語であるため、巻名「柏木」がこの巻の物語全体の主題になり得たが、そのことによって柏木＝衛門の督という考えが定着してしまった。現代の源氏物語研究あるいは成立論においては、人物を中心として構想や成立を考える傾向が強いために、この巻は柏木と呼ばれた男君の物語だと認識してしまうが、作られた当時において、その認識が前提としてあっただろうか。むしろ逆に「柏木」という題を与えられて、この歌の場面が作られたと考えてみたい。

あらためて大和物語六十八段と柏木巻の贈答歌を見てみよう。

▽わが宿をいつかは君が楢柴のならし顔には折りにおこする（大和物語、六十八段）
▽柏木に葉守の神のましけるを知らでぞ折りしたたりなさるな（同返し）
○ことならばならしの枝にならさなむ葉守の神のゆるしありきと（柏木巻、前掲）
○柏木に葉守の神はまさずとも人ならすべき宿の梢か（同返し）

この贈答歌の焦点は、夫の官職ではなく、「柏木」の葉と「なら」の枝にある。ここで共通する「葉守の神」には女を守る夫の意味があるが、源氏物語の柏木巻の歌の場合には、それに「衛門のかみ」の意味を加えて「葉守のかみ」としたのかもしれない。

しかし、そのことよりも、「葉守」という表現に注目したい。かつて、「葉守の神」であるべき夫は、妻である女二の宮を「落ち葉」と呼んだ。

○もろかづら落ち葉を何にひろひけむ名はむつましきかざしなれども（若菜下巻、前掲）

この歌によって後世の読者は女二の宮を「落ち葉の宮」と呼ぶ。その夫は、妻を守るどころか落ち葉を拾ったと歌に詠んだのである。女二の宮の家の柏木には葉守の神など初めから「まさず」であった。つまり、「もろかづら」の歌と「柏木」の歌は、呼応関係にあることがわかる。第一節において、「もろかづら」は、二人の宮の物語を意味する巻名だと述べたが、若菜下巻の別名だったのではなく、柏木巻の物語が作られる前の題として提案された巻名だった可能性も考えられる。

ところで、国宝『源氏物語絵巻』の夕霧・横笛・夕霧・御法（徳川美術館蔵）の詞書には、冒頭に、それぞれ

「よこふえ」「す丶むし」「ゆふきり」「みのり」と、巻名が明記されている。しかし、それらと同じ書家による筆と推定されている柏木一〜三（徳川美術館蔵）の詞書のうち、柏木一の詞書の第一紙が欠けている。その後半部の七行が、二葉の断簡として伝わり、三行は田中親美の模写、あとの四行は書芸文化院所蔵の断簡である。失われた冒頭部分は、四、五行が書かれていたとおぼしき幅十センチ程度である（下図参照）。そこには、朱雀院が山から下りてきたことが書かれていたはずだが、これが柏木巻の最初の場面であれば、一行目には巻名が書かれていただろう。[2] あるいは、この場面よりさらに前に絵と詞書があったなら、そこに巻名が書かれていたであろう。その巻名は果たして「柏木」だっただろうか。仮に「もろかづら」であったなら、『源氏物語絵巻』の断簡だとは見なされず埋もれているだろう。

巻名？（現存しない）	断簡1　一八・六×五・六（田中親美模写）	断簡2　二〇・九×六・六（書芸文化院蔵）

夕霧は、小野の山荘に移った女二の宮に求愛し、山荘にとどまろうとして次の歌を詠む。

○山里のあはれをそふる夕霧に立ちいでん空もなき心ちして（夕霧巻、一三一四）

霧のせいで立ち去ることができないと詠んだのに対して、宮は、籬の霧も浮ついた人は引き留めませんと詠む。

○山がつの籬を籠めてたつ霧も心そらなる人はとどめず（同返し）

このあと、宮をかき口説き、山荘で夜を明かし、衣をぬらす。

○おほかたはわれぬれぎぬを着せずともくちにし袖の名やはかくるる（同、一三一九）

「ぬれぎぬ」とは、本来は、ただ雨や霧でぬれた衣の意味であったが、古今集以後、現代語の「ぬれぎぬ」と同じ意味が加わる。そして夕霧巻では「ぬれごろも」と「ぬれぎぬ」が、二人の仲を誤解する意味で用いられ、女二の宮の母御息所は、その誤解をしたまま亡くなってしまう。

一晩過ごしながらも逢わなかった夕霧と宮の物語には、基になった歌がある。

▽夕霧に衣はぬれて草枕旅寝するかもあはぬ君ゆゑ（古今六帖、一、六三三　同、四、三〇二五）

これは、万葉集にある人麻呂の長歌、

▽飛ぶ鳥　明日香の河の　上つ瀬に　生ふる玉藻は　下つ瀬に　流れ触らばふ　玉藻なす　かよりかくより　なびかひし　つまのみことの　たたなづく　柔膚すらを　剣太刀　身にそへ寝ねば　ぬば玉の　夜床も荒るらむ　そこゆゑに　なぐさめかねて　けだしくも　あふやと思ひて　玉垂れの　越の大野の　朝露に　玉裳はひづち　夕霧に　衣はぬれて　草枕　旅寝かもする　あはぬ君ゆゑ（万葉集、巻二、一九四、柿本人麻呂）

の最後の部分が独立して短歌として伝えられたのであろう。源氏物語ではその部分から物語が作られ、巻名もここから名付けられたのである。

この他、夕霧という語は、万葉集に多数あり、その表記は「夕霧」五例、「暮霧」「由布義利」「由布義里」各一例である。その中には「夕霧に衣手ぬれて」とする歌（巻十五、三七一三）もある。古今集以後の例は少なく、古今六帖の三例はすべて万葉歌である。そして大江朝綱（江相公）の詩に「夕霧《せきぶ》」の例がある。

▽夕霧《せきぶ》の人の枕を埋《うづ》むことを愁ふと雖《いへど》も　猶朝雲《なほてううん》の馬鞍《ばあん》より出《い》づることを愛す（和漢朗詠集、上、秋、三四二、江相公）

朝綱は後撰集時代に活躍した文章博士である。このような漢語「夕霧」が物語の題として選ばれたのは、光源氏の長男が学問を学んだことと関わりがあるだろうか。前著『源氏物語の風景と和歌』で論じた通り、この巻における風景描写は、擬人法や聴覚的風景の多用など、漢詩文の表現方法に通じる点が多い[3]。そのことから、この物語が対象とした読者は、后がねの姫君ではなく、頼通はじめ藤原氏の子息たちだったのではないか、あるいは、男性が巻名の提案、物語の構想に関与していた可能性も考えられる。

柏木の場合と同様、巻名「夕霧」は古歌から作者が名付けたものであるのに対して、光源氏の息子の呼び名「夕霧」は、彼が詠んだ「山里の……」歌によって後世の読者が名付けた。このように、人物呼称が後世の読者によって名付けられたことと、巻名が名付けられた事情は異なる。巻名を後世の読者による命名とする説が生まれたのは、人物呼称の成り立ちと混同したのだろうが、巻名は源氏物語以前の古歌や歌題を基にして、物語の主題として設定されたものと考えなければならない。

次に、巻名「御法」について考察する。諸注は、次の歌から巻名が名付けられたと説明する。

○絶えぬべきみのりながらぞ頼まるる世々にとむすぶ中の契りを（御法巻、一三八五）
○結びおく契りは絶えじ大方の残り少なきみのりなりとも（同返し）

法華経千部供養のあと、紫の上が花散里と交わした贈答歌である。この歌から抜き出して巻名が名付けられたのではなく、物語全体が、巻名「みのり」を主題として作られており、その中で、この贈答歌が作られたのである。

「みのり」ということばは、続日本後紀と万葉集にも次の例がある。

▽陀羅尼《だらに》の御法《みのり》四《よ》十《そ》巻《まき》を写し繕《ととの》へ護《まも》り成す……（続日本後紀、巻十九、四、興福寺大法師等）
▽商《あき》返しめすとの御法《みのり》あらばこそあが下衣返したまはめ（万葉集、巻十六、三八三一）

万葉集の「御法」は法令という意味だが、訓は共通して「みのり」とする。続日本後紀の例は、まさに陀羅尼経の御法である。源氏物語の地の文にも、漢語の「御法事」の例とは別に、二例見られる。

○仏のいとうるはしき心にて説きおきたまへるみのりも方便といふことありて（螢巻、八一七）
○今日のみのりの縁をも尋ねおぼさば、罪許したまひてよや（藤裏葉巻、九九八）

これこそ漢語「御法」を訓読みしただけのことばに見えるが、同時代の和歌に例がある。

ある人の御れうに、法花経廿八品によせて

◇花の色のよくさに散るがあやしきはひとつみのりのこのみなりけり（長能集、序品、一四八）

◇わが君やいまひとたびやいでますと今日のみのりをささげてぞなく（同、薬王品、一六八）

この歌では、単に仏法を意味するだけでない。「木の実」は、法華経五巻提婆達多品の「採《トリ》レ菓《コノミヲ》汲《ミ》レ水《ヲ》、拾《ヒ》レ薪《ヲ》設《ケ》レ食《ジキヲ》」に由来するが、さらに「この身」を掛け、「みのり」は「身」「実り」の掛詞になっている。この点に、源氏物語の巻名が、仏典からの翻訳ではなく、和歌を基にした意味と特色が見られる。御法巻の贈答歌でも「身」が掛けられ、紫の上の身が絶えてしまうことを詠んでいる。

「みのり」という巻名から生み出されたのは、この贈答歌だけではない。法華経供養の「薪こる讃嘆の声」が止んだとき、紫の上は明石の君と贈答歌を交わした。

○惜しからぬこのみながらも限りとて薪尽きなむことの悲しさ（御法巻、一三八四）

○薪こる思ひは今日をはじめにてこの世に願ふのりぞはるけき（同返し）

ここに「このみ」の語があり、長能の歌と同じく「この身」を掛けて詠んでいる。返歌の「この世」も多数の伝本で「このみ」とある。歌の前にある「薪こる讃嘆の声」とは、僧侶が次の歌を唱えて行道する様を言う。

大僧正行基よみたまひける

▽法華経をわが得しことは薪こり菜つみ水くみ仕へてぞ得し（拾遺集、哀傷、一三四六）

この歌を掲載した三宝絵詞（中巻、十八）には、「此歌ハ或ハ光明皇后ノ読給ヘルトモイヒ又行基丼ノ傳給ヘリトモ云イマタ不詳」（東寺観智院旧蔵本）とあるが、源氏物語の時代には行基の歌として伝わっていたのであろう。また「薪尽き」は、法華経序品に、仏の入滅を意味する「如《シ》二薪尽《キテ》火《ノ》滅《スルガ》一」による。道綱母にも次の歌がある。

▽薪こることは昨日に尽きにしをいざをののえはここにくたさむ（拾遺抄、哀傷、五七二　拾遺集、哀傷、一三三九　道綱母集、三六）

故藤原為雅の供養の帰りに小野に立ち寄って詠んだと言う。この話題と歌は、枕草子（二百八十八段）にも記され、よく知られていたのであろう。この歌では「をの」に薪を伐る斧と小野とが掛けてある。賢木巻や螢巻などにも法華経を基にした表現が見られるが、歌に「御法」「薪こる」が用いられるのは御法巻だけである。この点にも、「御法」という題によって一巻を仕立てようとした意図が明確に見られる。

三、光源氏亡き後の物語　［雲隠・匂兵部卿・薫中将］

御法巻で紫の上が亡くなり、幻巻において哀傷歌を詠みながら一年を過ごした後、光源氏は出家の準備をして物語は幕を閉じる。そのあと匂兵部卿巻の前に、「雲隠」という巻名があったと伝わる。最も古い文献は、正治二年（一二〇〇）頃に書かれたとされる『白造紙』所載の目録である。作者は巻名を記すことによって源氏の死を暗示した、といった説明がなされることが多いが、一巻一冊ずつ伝えられた本において、巻名のみをどこに記したというのか。現在の活字本や江戸時代中期以降の合冊本とは違うのである。巻名だけが表紙に記され本文のない冊子が仮に作られたとしても、それはただちに失われたであろう。巻名がどこかに明記されることが重要なのではなく、巻名は、物語が作られるための題であったのだから、題詠による歌だけが伝わり歌題が残らなかったのと同じ運命を辿ったと考えればよいのではないだろうか。

また、「雲隠れ」ということばは、人の死を表すのではなく、逢いたいと思っていた人が目の前から姿を消したこと、特に天皇や皇子など高貴な方が世の中の人々の前から姿を消したことを、月や日が雲に隠れることに見立てて表すことばである（第十一章参照）。幻巻の最後に、源氏は久しぶりに人前に出た。

○御かたち、昔の御光にもまた多く添ひて、ありがたくめでたく見えたまふを（幻巻、一四二三）

そして辞世の歌を詠む。

○もの思ふと過ぐる月日も知らぬ間に年もわが世も今日や尽きぬる（同）

「わが世も」「尽きぬる」とは、命が尽きることではなく、世の中から辞すること、姿を消すことを意味する。ただし、多数の伝本で「わが身も」とあるのは、命が尽きることを表しているだろうか。いずれにしても、朱雀院のように山に籠もったのに女三の宮を案じて下山してきた例とは異なり、二度と人前に出なかったのだろう。人々は再び光が現れることを待ち望んでいたが、そのままお隠れになったのである。

次の匂兵部卿巻は、光源氏亡き後の物語として語り始められる。

○光隠れたまひにし後、かの御かげに立ちつぎたまふべき人、そこらの御末々にありがたかりけり。（匂兵部卿巻、一四二九）

「光」「かげ」と、月影に見立てられた存在を意識した表現を用いる。これは明らかに、幻巻の最後を受けた表現であり、その間には物語本文も巻名「雲隠」も必要としない。幻巻の続編として誰かが巻名「雲隠」を提案し、作者は、その題にふさわしい物語の構想を練ったが、結局は本文を残さなかった、そして、匂兵部卿巻の巻頭の「光隠れたまひにし後」という一文において、雲隠巻に当たる内容を示した——と考えるのが妥当であろう。つまり、「雲隠」の巻が書かれなかったのではなく、次の匂兵部卿巻の一部が、「雲隠」の巻に相当するという考え方である。古注釈などに伝えられた巻名の異名について、かつて書かれていて散逸した物語の巻名として説明されることが多いが、むしろ、現存の物語の一部を指していた、あるいは物語が作られる時点で与えられた巻名だったのではないかと考えるからである（第四章参照）。

冒頭文において、光る君を月影に見立てて表した上で、その後継者はいないと言う。続編の物語の主人公は、光のない所でも存在が明らかな芳香を持つ男君になる。それはやはり薫なのだろう。ただ、主人公がどちらであれ、この巻の話題の多くが、光源氏礼賛に当てられていることに注意したい。実際の源氏は必ずしも完璧な人物ではなかったのに、この巻で語られる光源氏像は不自然なほどまで繰り返し讃えられている。亡くなった人を偲ぶ気持ちから、良かったところばかりが心に残り話題にする傾向がある。鎮魂の意識はなくとも、それが人間の心情というものであろう。まして光源氏ほど読者を引きつけてきた人物は、有史以来あっただろうか。好き嫌いはともかく多くの人々に影響を与えた人物であったことは間違いないだろう。その人物の出家と死そのものを語る「雲隠」の代わりに、遺された人々の思いを語る鎮魂の物語が作られ、その「かげ」を受け継ぐ人物の登場を語る物語が作られた、それが匂兵部卿の巻だったと位置づけてよいだろう。そして、この巻にも異名が伝えられる。

平安末期書写とされる最古の源氏古系図である九条家旧蔵『源氏古系図』（東海大学桃園文庫蔵）と、同系統の『光源氏系図』（帝塚山大学蔵）では、匂兵部卿巻を「薫中将の巻」と記している。九条家本は、巻頭と巻末が失われ、序文・書名も奥書もないので素性不明ながら、池田亀鑑は、その祖本は院政期に成立したものと推定した。これと同じ構成と本文を持つ系図として、伝後京極良経筆本（福岡市美術館蔵）と伝為氏本（尊経閣文庫蔵）があるが、『光源氏系図』（帝塚山大学蔵）は、九条家本にきわめて近く、細かい表記や朱書きの合点「＼」まで一致する完本である上に、江戸時代前期書写ながら「為氏為家両卿之御系図」を書写校合したとする奥書がある。(4) その『光源氏系図』には、九条家本の欠損部分に当たる①今上の二宮、②匂兵部卿宮の説明部分において、それぞれ次のように記される。

①かほる中将の巻に夕霧のおとゝのなかの君を見て
六条院のしん殿をやすみ所とし給き（光源氏系図、今上二宮）
②かほる中将の巻にくゐんふくして兵部卿宮になり
むらさきのうへやしなひたてまつりし三宮なり

むめのにほひを心にしめたまひき（光源氏系図、匂兵部卿宮）

九条家本と『光源氏系図』が共有する部分では、③六条院、④夕霧左大臣の末尾と、⑤夕霧の娘の東宮女御の部分に、それぞれ次の説明がある。九条家本で引用するが、『光源氏系図』も同文である。

③ひかりかくれたまふよしかほる中将の巻に見えたり

ひかる君とはこま人つけたてまつりけるとそ（九条家本系図・光源氏系図、六条院）

④かほる中将の巻に右大臣大将如元

たけかはにさたいしん　まめ人の大将とも申（九条家本系図・光源氏系図、夕霧左大臣）

⑤かほる中将の巻にとう宮へまいり給（九条家本系図・光源氏系図、東宮女御）

また、十二世紀の注釈書『源氏釈』では「かほる中将」を表題として「にほふ兵部卿」と傍記し、『奥入』では「匂兵部卿」を表題として「このまき一の名かほる中将」と記す。古系図に記された宇治十帖の巻名や人物説明など、現存の物語との違いは見られないので、作者の周辺において薫中将と匂兵部卿の巻名が併存していた可能性もあるだろう。これに対して「匂宮」という巻名は、巻名歌や連歌の影響、人物呼称との混同から変化したもので、原形とは考えにくい。従って本書では、巻名の意味として「匂宮」は使用しない（第四章参照）。

源氏物語の巻名では、その巻で主人公に絡む（相対する）人物の個性や場所を示すことばを選ぶ傾向がある。

○世の人、光る君と聞こゆ。藤壺ならびたまひて、御おぼえもとりどりなれば、かかやく日の宮と聞こゆ（桐壺巻、二四）

これに対応する巻名としては、「輝く日の宮」が伝わるが「光る君」という巻はない。「源氏の物語」のうちの一巻として、主人公と並び称せられる「輝く日の宮」という名の物語が作られ、「桐壺」という巻名で桐壺更衣の物語、「壺前栽」という巻名で帝の悲しみを描く物語が作られた、と考えられる。わかりやすい例では、帚木・空蟬・夕顔・若紫・末摘花・花散里は、女君の個性や主人公に対する役割を示し、紅葉賀・花宴・葵・賢木・須磨・明石・澪標も、「壺前栽」と同様、物語の主題や舞台を表している。薫を続編全体の主人公とするつもりで作った物語であれば、そのうちの一巻に「匂兵部卿」と名付けるのが自然である。これに対して「薫中将」という巻名なら、正編の主人公である光る君に対応する人物を紹介した巻となり、その主題は「光」から「薫」に受け継がれた、という意味になるのだろう。

○例の、世人はにほふ兵部卿、かをる中将と聞きにくく言ひ続けて（同、一四三七）

この二人の人物紹介があって、二つの巻名が伝えられていることが、何を意味しているのか。短編で終わる予定だったのか、など物語の構想や成立に関わる問題なのかもしれない。

二人の呼び名が紹介される前後の文章では、薫の芳香について次のように述べている。

○香のかうばしさぞこの世の匂ひならず、あやしきまでうちふるまひたまへるあたり、遠く隔たるほどの追ひ風に、まことに百歩のほかもかをりぬべきここちしける。……この君のは言ふよしもなき匂ひを加へ、御前の花の木も、はかなく袖ふれたまふ梅の香は、春雨のしづくにもぬれ、身にしむる人多く、秋の野にぬしなき藤袴も、もとのかをりは隠れて……かくあやしきまで人のとがめる香にしみたまへるを、兵部卿の宮なむ、こと事よりもいどましくおぼして、それはわざとよろづのすぐれたるうつしをしめたまひ、（匂兵部卿巻、一四三六）

○御前近き梅のいといたくほころびこぼれたる匂ひの、さとうち散りわたれるに、例の中将の御かをりのいとどしくもてはやされて、言ひ知らずなまめかし。（同、一四四一）

「かをる」と「にほふ」とが繰り返されているが、ここに引かれている和歌を引用しておく。

▽色よりも香こそあはれとおもほゆれたが袖ふれしやどの梅ぞも（古今集、春上、三三、よみ人知らず）

▽梅の花たちよるばかりありしより人のとがむる香にぞしみぬる（同、三五、よみ人知らず）

▽梅の花にほふ春べはくらぶ山やみにこゆれどしるくぞありける（同、三九、よみ人知らず）
▽春の夜のやみはあやなし梅花色こそ見えね香やはかくるる（同、四一、よみ人知らず）
▽にほふ香の君おもほゆる花なれば折るしづくにもけさぞぬれぬる（伊勢集、三三四　古今六帖、一、六〇〇、伊勢、第四句「折れるしづくに」）
▽春雨にいかにぞ梅やにほふらんわが見る枝は色もかはらず（後撰集、春上、三九、紀長谷雄）
▽ぬししらぬ香こそにほへれ秋ののにたがぬぎかけし藤袴ぞも（古今集、秋上、二四一、素性）

これらを含め、当時の歌を見る限り、「かをる」よりも「にほふ」の方が一般的であり、「香（か）」が「にほふ」とする例が多い。次の「にほひのかをる」は珍しい例と言えるだろう。

▽をる人にまぎるる花のけしきをばたれかにほひのかをるとかいはむ（大弐高遠集、一六六）

また、万葉集では、「薫」に「にほふ」と訓を付けている。

▽青丹よし寧楽《なら》のみやこは咲く花の薫《にほふ》がごとく今盛りなり（万葉集、巻三、三三二、小野老）

「にほふ」と「かをる」は、漢詩も含めるときわめて例が多く、それぞれ検討を要するが、この巻名の特色は、兵部卿・中将という官職名が使われている点である。「妃《ひ》の宮」に対応するものと考えても、やはり特例と言える。歌のことばになった「にほふ宮」が巻名として後に定着するのは無理からぬところであろう。巻名「雲隠」との関係、二つの巻名の是非についても考えるべきことは多いが、今は問題点だけを指摘しておきたい。

四、橋姫・椎本と異名　［橋姫・狭筵・巣守・檜破籠・優婆塞・椎本］

宇治十帖の発端となる橋姫巻も、歌語「橋姫」から巻名が名付けられ物語が作られたことは明らかである。(5)

▽さむしろに衣かたしきこよひもや我をまつらむ宇治の橋姫（古今集、恋四、六八、よみ人知らず）

古今集の左注には「または、うぢのたまひめ」とあるが、古今六帖には、「いへとじをおもふ」題に「橋姫」の本文で入り（第五、二九九〇）、「くれどあはず」題には、次の歌が見える。

▽むばたまのよむべはかへるこよひさはわれをかへすな宇治のたま姫（古今六帖、五、三〇二三）

他に「玉姫」の例は見当たらず、奥義抄と袖中抄には、古今集歌とともに、次の歌が挙がる。

▽ちはやぶる宇治の橋姫なれをしもあはれとはおもふとしのへぬれば（奥義抄、五二六）

古今集（雑上、九〇四、よみ人知らず）には、第三句「宇治の橋守」で入る歌である。奥義抄には嫉妬深い女神の説話が記され、詳しい物語が室町時代の「橋姫物語」に受け継がれる。古今集以前にすでに、この話に近い「橋姫伝説」があっただろうが、宇治十帖の物語はその伝説とは少し異なる。

『白造紙』の「源氏の目録」の末尾には、「サクヒト　サムシロ　スモリ」という巻名が見られる。このうち「さむしろ」の出典も「橋姫」と同じ古今集歌であるが、他には、蜻蛉日記に次の歌が見られる。

▽うち払ふ塵のみ積もるさむしろも嘆く数にはしかじとぞ思ふ（蜻蛉日記、中）

▽さむしろの下待つこともたえぬれば置かむ方だになきぞ悲しき（同）

兼家との夜がれが続くとき、兼家の座する「上筵《うはむしろ》」を題材にして独り寝の悲しみを詠んだ歌である。一方、源氏物語に「さむしろ」の例はなく、地の文に「御むしろ」一例、「上むしろ」二例あるのみで、それらは宇治十帖の物語にも独り寝にも無関係な例である。従って、巻名「さむしろ」は、古今集の「橋姫」の歌や蜻蛉日記に見られる独り寝を意味する歌語として、源氏物語の巻名の一候補であったことがうかがえる。

伝為氏筆本源氏物語系図には、「すもり」と「ひはりこ」の巻名が付記されている。(6)「ひはりこ」について、後世の『雲隠六帖』では「雲雀子《ひばり》」という巻名とするが、本来は檜破籠《ひわりご》が正しいと思う。これは、宮廷の祝賀などで贈答品を入れるもので、元輔集にも初子《はつね》の日の例が見られる。初音巻にも明石の君から姫君に「髭籠《ひげこ》ども破籠《わりご》など」が贈られたとある（第六章参照）。宇治十帖に関係する例としては、実方集の例がある。

宇治にこれかれ行くに、かげまさの朝臣、ひわりごのはたに書きておこせたり

▽橋姫に夜半の寒さもとふべきに誘はで過ぐるかり人やたれ（実方集、一二一）

▽橋姫に袖かたしかむほどもなしかりにとまらむ人にたぐひて（同返し、一二二）

宇治にいる実方に、かげまさから檜破籠《ひわりご》が贈られ、その端に橋姫を題材とした歌が付けられていた。それに実方が歌を返したのである。橋姫巻において、薫が宿直人に施しをしたのも同様の趣向である。

○宿直人《とのゐびと》が寒げにてさまよひしなど、あはれにおぼしやりて、大きなる檜破籠やうのものあまたせさせたまふ。

（橋姫巻、一五三二）

実方の場合と異なるのは、薫は寒そうにしていた宿直人を哀れに思って料理を詰めた檜破籠を贈ったのだが、実方集の趣向にならえば、むしろ八の宮や姫君に贈ってもよかったはずである。しかし薫は、「あやしき舟どもに柴刈り積み、おのおの何となき世のいとなみどもに行き交ふさまどもの、はかなき水の上に浮かびたる」（一五三〇）光景を見て、「誰も思へば同じごとなる世の常なさなり。われは浮かばず、玉のうてなに静けき身と思ふべき世かは」（同）と思い続けて、次の歌を書いた文を贈った。

○橋姫の心をくみて高瀬さすさをのしづくに袖ぞぬれぬる（橋姫巻、一五三〇）

「橋姫」から古今集歌を思い出し、「衣かたしき」独り寝する宇治の姫君の姿が想起される。薫は、その姫君を思い、我が身の上も「はかなき水の上に浮かびたる」舟人たちと異なろうかと感じたのである。それを受けて姫君は、自らを「橋姫」だと認めるのではなく、むしろ棹さす「川をさ」だから、濡れた袖が朽ちてしまうと返した。

○さしかへる宇治の川をさ朝夕のしづくや袖をくたしはつらむ（同返し）

そして「身さへ浮きて」と付け加えたのである。この贈答歌は、薫の見た宇治川の光景を受けて交わしたものであり、ここには独り寝の橋姫の姿よりも、むしろ宇治川を渡る舟人たちの不安定な立場が主題とされている。橋姫巻の構想には、古今集のみならず、宇治を好んだ実方の風流なやりとりが踏まえられていたと考えてよいだろう。このことから、「巣守」が橋姫の前半の巻名であったのに対して、「ひわりこ」は、橋姫の後半部分に当たる巻名の候補であった可能性もあるだろう。

実方集には、他にも宇治の歌があり、いずれも古今集の橋姫の歌を踏まえている。

同じ少将と宇治に行きて久しくありて帰り来てまたの日やる

▽橋姫にかたしく袖もかたしかで思はざりつるものをこそ思へ（実方集、五七）

宇治殿にて、水に浮かびたる橋の上にて、これかれうた寝したるに、夜深う目さまして、実方中将、声をかしくてかくなん

▽宇治川の波の枕に夢さめて

といひもはてず、ねおびれ声にて、ある人

夜は橋姫はや寝ざるらん（実方集、一五二）

歌そのものは古今集歌の表現をそのまま受け継いでいるが、詞書の「水に浮かびたる橋の上にて」「うた寝」したことを「波の枕」と表した点は、橋姫巻の光景と心情を引き出す素材となっている。そもそも宇治川は、柿本人麻呂が、天智天皇崩御によって近江の都を離れて再び奈良に戻る時に詠んだ歌、

▽もののふの八十《やそ》氏川《うぢがは》の網代木にいさよふ波のゆくへ知らずも（万葉集、巻三、二六六）

で象徴される歌枕であった。橋姫伝説以上に、波の速さや風の音が物語の構想に大きな影響を与えていることは、かつて拙論「宇治十帖の自然と構想」において詳しく論じた。[7] 橋姫巻の物語の中心となる薫と姫君との贈答歌にお

いても、宇治川の波に漂う不安定な様こそが主題となっており、これが後々の浮舟物語を引き出したのだろう。また、最後の巻名「夢の浮橋」は、「水に浮かびたる橋」で寝ていた実方が「波の枕に夢さめて」と詠んだ歌の情景を巻名にした可能性もあるだろう。直接的に実方集を基にして作ったかどうかというよりも、こうした情景は、宇治に赴き、川の様子や人々の生活を見た（作者を含む）人々の実感であったのだろう。現に、紫式部もまた、琵琶湖を舟で北上する時に同様の体験をして「浮きたる舟」と詠んでいる（第十一章参照）。

さて、巻名の異名のうち物語の成立に関わって問題にされてきた巻名が「巣守」である。この場合、伝為氏本よりも後の源氏系図の一部に「巣守の三位」とされる女君が琵琶の名手であり、その賞で三位を賜ったことなどが記されている。その物語が元々あって散逸したものか後世の補筆なのか、さまざまに議論されてきた。これについては、加藤昌嘉が文献と諸説を紹介し綿密に考察している。(8) ここでは、「巣守」ということばが、橋姫巻の中の君の歌に見られることに注目したい。

○泣く泣くも羽うち着する君なくはわれぞ巣守になりは果てまし（橋姫巻、一五一一）

春の日に池の水鳥が「羽うちかはしつつ」さえずる声を聞きながら、八の宮と大君が自らを水鳥に喩えた歌を詠む。それを受けて、幼い中の君が、父宮がいらっしゃらなければ私は卵のままの「巣守」になったことでしょう、と詠んだのである。このあと姫君たちが箏と琵琶を合奏する場面があり、こうして歌が詠めるほどに成長した姿を描くことで、八の宮の俗聖「うばそく」の生活ぶりを物語る。なお、この歌の第五句は、諸本で「なるべかりける」とあり、その本文の方が適切であろう。

なぜなら、この場面は大和物語を基にしているからである。

▽なき人の巣守にだにもなるべきを今はとかへる今日の悲しさ（大和物語、九十四段）

▽巣守にと思ふ心はとどむれどかひあるべくもなしとこそ聞け（同返し）

醍醐天皇皇子の代明親王が北の方（藤原定方の娘）を亡くし、「小さき君たち」（荘子女王・源重光・保光・延光）を連れて三条右大臣殿（定方邸）に住んでいたのに帰ってしまったので、北の方の姉御息所が、巣守になるべきなのに帰ってはいけないと諭した。それが「なき人の」歌であり、親王（宮）が「巣守にと」歌を返したのである。子どもを守る意味と、卵のままで孵化しないこととの違いはあるが、後者の例は、次の歌に見られる。

▽鳥の子はまだひなながら立ちていぬかひの見ゆるは巣守なりけり（拾遺抄、雑上、四七八、藤原輔相　拾遺集、物名、三八三、よみ人知らず）

いずれも『河海抄』に引歌として挙がる。現存の巻名と同様、「巣守」の語もまた後撰集時代の歌語であり、これらの歌語や歌語りを基にして物語が作られたことは十分に想像できる。

橋姫巻には、この他に「うばそく」という異名も伝えられる。定家自筆『奥入』に「橋姫　一名うばそく」と記されている。貼付された別紙には「優婆塞　一名　橋姫」とあり、いずれが本来の巻名かわかりにくいが、大島本『奥入』では「橋姫」だけなので、「優婆塞」が消えて「橋姫」になったということだろう。この「うばそく」の語は、橋姫巻において薫が八の宮から仏道について教えを請うところに見られる。

○思ひしやうに、優婆塞ながらおこなふ山の深き心、法文など、わざとさかしげにはあらで、いとよくのたまひ知らす（橋姫巻、一五一八）

やはり、ここから巻名が名付けられたのではなく、宇津保物語にも引用される神楽歌から巻名が名付けられたと見なすべきであろう。

▽うばそこがおこなふ山の椎が本あなそばそばしとこよしあらねば（承徳本古謡集[9]、北の御門の神楽歌）

宇津保物語では、「御神楽の日、歌ふ」（嵯峨院）、「神歌仕まつる」（菊宴）としたあと、次の歌詞がそれぞれ記されている。

▽うばそくがおこなふ山の椎が本あなそばそばし床にしあらねば（宇津保物語、嵯峨院　同、菊宴）

そして、この歌の「椎本」を次の物語の巻名にしたことで、「うばそく」という巻名を採らず、宇治の女君の物語全体を表す「橋姫」を巻名にしたと推測できる。

次の椎本巻は、この神楽歌から巻名が名付けられただけではなく、「優婆塞」である八の宮が亡くなったあとの物語が以後の主題となり、「むなしき床」となった「椎本」を巻名としたのであろう。「優婆塞」という巻名は、橋姫巻の異名というよりも、椎本巻の物語が作られる段階における題の一候補であったとも考えられる。

○おはしまししかたあけさせたまへれば、塵いたう積もりて、仏のみぞ花の飾り衰へず、行ひたまひけりと見ゆる御床《ゆか》などとりやりてかき払ひたり。本意をも遂げば、と契りきこえしこと思ひいでて、

　立ちよらむかげと頼みし椎が本むなしき床になりにけるかな（椎本巻、一五七七）

「むなしき床」とは、古来の歌では、寝覚めて見ると隣に愛しい人（子）がいなくなって虚しさを覚える寝床の意味として用いられていた。

▽夢ののちむなしき床はあらじかし秋の野中もこひしかりけり（是貞親王歌合、六二）

女をなくなして家にかへりて、かのすみしところをみて

▽立ちよらむきしもしられずうつせがひむなしき床の浪のさわぎに（兼輔集、一〇五）

子なくなりて、泣き寝の夢さめて、うつつとおぼえつるとて、前の前栽をみて

▽なでしこを夢に見てこそいつしかとあけてむなしきとこなつのはな（為頼集、六四）

これらの歌の発想に加えて、椎本巻においては、優婆塞として仏道に専念してきた八の宮が亡くなり、その寝床も空になったが、仏を祀る床《ゆか》にも塵が積もり空しくなったことを表している。歌のことばを受け継ぐだけでなく、さらにもう一つの意味を加えて、重層的な意味にする、という源氏物語の巻名の特徴がこの巻名にも見られる。

五、宇治の姉妹の物語　［総角・早蕨］

巻名「総角《あげまき》」は、催馬楽「総角」の曲名から名付けられている、と説明される場合が多い。

▽総角や　とうとう　尋《ひろ》ばかりや　とうとう　離《さか》りて寝たれども　まろびあひけり　とうとう　寄りあひけり　とうとう（催馬楽、呂、総角）

▽総角を　早稲田《わさ》にやりて　や　そを思ふと　そを思ふと　そを思ふと　そを思ふと（神楽歌）

物語中の次の歌のことばを抜き出して巻名にした、という説明より適切な説明である。

○総角に長き契りを結びこめ同じところに寄りもあはなむ（総角巻、一五八八）

しかし、ただ催馬楽の曲名と歌詞から物語の巻名としただけでなく、その曲を含む「総角」という歌語を巻名とし主題として、その背景にある世界を合わせて、この巻の物語が作られたと考えるべきだろう。右の歌が詠まれた場面の文章を引用する。

○名香の糸ひき乱りて、「かくても経ぬる」など、うち語らひたまふほどなりけり。結びあげたるたたりの、簾のつまより几帳のほころびに透きて見えければ、そのことと心得て、「わが涙をば玉にぬかなむ」とうち誦じたまへる、伊勢の御もかくこそありけめ、とをかしく聞こゆるも、うちの人は、聞き知り顔にさしいらへたまはむもつつましくて、「ものとはなしに」とか、貫之がこの世ながらの別れをだに心細き筋にひきかけけむもなど、げに古ことぞ人の心をのぶる便りなりけるを思ひいでたまふ。御願文つくり、経、仏供養ぜらるべき心ばへなど書きいでたまへる硯のついでに、客人、

総角に長き契りを結びこめ同じところに寄りもあはなむ

と書きて、見せたてまつりたまへれば、例の、とうるさけれど、

　ぬきもあへずもろき涙のたまのをに長き契りをいかが結ばむ

とあれば、「あはずはなにを」と、恨めしげにながめたまふ。（総角巻、一五八七〜八）

傍線部は、それぞれ次の歌を引いたものである。

▽寄りあはせてなくらんこゑをいとにしてわが涙をば玉にぬかなむ（古今六帖、四、二四八〇、伊勢　伊勢集、四八三）

▽身を憂しと思ふに消えぬ物なればかくても経ぬる世にこそありけれ（古今集、恋五、八〇六、よみ人しらず）

▽片糸をこなたかなたによりかけてあはずは何を玉の緒にせむ（古今集、恋一、四八三、よみ人しらず）

▽あをやぎのいとぞあやしきちる花をぬきてとどむるものとはなしに（家持集、五四）

▽糸による物ならなくにわかれぢは心ぼそくもおもほゆるかな（古今集、羇旅、四一五、紀貫之　拾遺集、別、三三〇、紀貫之　古今六帖、四、二三五〇、紀貫之　貫之集、七六四）

古歌を多用した上に、伊勢、貫之の名まで出す手法はくどいが、「糸」を題材にした歌ばかりを集めている。最初の「かくてもへぬる」も、「経ぬ」と、糸を引き延ばして織機にかける意味の「綜《へ》る」をかけたものである。これらすべてを物知り顔に口に出したわけではなく、大君は「ものとはなしに」と心に思うだけであった。薫の歌「あげまきに」は、催馬楽の「総角」を基に、総角（みづら結い）の少年のように「まろびあひ」を期待して「よりもあはなむ」と求愛したが、大君は、糸を強く縒《よ》り合わせた「総角結び」ではなく、はかない「涙の玉の緒」だから契りを結ぶことはできない、と拒否した。「総角」の二つの意味を組み合わせて場面を作ったのである。

　源氏物語には、もう一箇所、「あげまき」の例がある。蓬生巻で、荒れた常陸宮邸の庭に、馬や牛を飼う童たちがわが物顔に出入りする様を述べた文章である。

〇春夏になれば、放ち飼ふ総角の心さへぞめざましき。（蓬生巻、五二二）

ここには糸をより合わせた総角結びの意味はなく、また催馬楽や神楽の影響も特に見られない。この他に「総角」の例は見当たらず、宇治十帖において初めて「総角」を主題とした物語が作られたのである。その発想の前提には、催馬楽の「総角」がすでに「縒り合はせ」と糸の縁語を用いていることもあるが、直接的には、宇治十帖にたびたび関わる藤原実方の歌が関係していると思う。

　ある女に文やる、返事はせで、あげまきを結びておこせたれば

▽ひろばかりさかりてまろとまろ寝せむそのあげまきのしるしありやと（実方集、一四五）

詞書によると、女に文を送ったら返事の代わりに「総角結び」をよこしてきた。女が「まろ寝」を承諾したと解して、実方は総角の霊験だと喜んだのがこの歌である。ただし、書陵部本実方集の詞書「糸してあげまきを結びて、女のがりやりて、すなはちいひにやりける」（一六）によると、実方は、総角結びとともに歌を贈ったことになる。催馬楽の歌句を積極的に取り入れた恋文であり、薫の歌はこの歌によったものと思われる。それに対して大君は、「まろ寝」につながる「総角」の語を避けて返した。

その夜、薫は大君と御簾越しに対面し、屏風を押し開けて簾の内に入った。そして大君の傍で過ごして思いを訴えるが、結ばれないまま朝を迎える。翌日、大君への移り香に妹の中の君は気づく。次の文は、そのときの大君の心情と様子を描いたところである。

〇総角をたはぶれにとりなししも、心もて尋ばかりの隔ても対面しつるとや、この君もおぼすらむと、いみじく恥ずかしければ、心地あしとて悩み暮らしつ。（総角巻、一六〇〇）

前日の「総角」の歌に対して戯れにお相手したのも、私が望んで「尋ばかり」の隔てでもお逢いしたのだと、妹も思っているだろうなと、大君は恥ずかしく思い悩んだ。薫が望んだ「まろ寝」「まろびあひ」はなくとも、「ひろば

かり」「さかりて寝た」ことに違いはない。その事実に、大君の病は重くなるばかりであった。巻の冒頭の場面で描かれた、一見知的なやりとりが大君の悲劇を生む。巻名「総角」は、この物語の主題として大きな意味を持っている。

総角巻で大君は亡くなる。早蕨巻は、その哀傷の場面から始まる。

○蕨、つくづくし、をかしき籠《こ》に入れて、「これは童べの供養じてはべる初穂なり」とてたてまつれり。手はいとあしうて、歌はわざとがましくひき放ちてぞ書きたる。

君にとてあまたの春をつみしかば常を忘れぬ初わらびなり（早蕨巻、一六七七）

○この春は誰にか見せむなき人のかたみにつめる峰のさわらび（同返し、一六七八）

「さわらび」ということばは、志貴の皇子の名歌で知られる。

▽石そそく垂見の上の左和良妣《さわらび》のもえいづる春になりにけるかも（万葉集、巻八、志貴皇子、一四二二　和漢朗詠集、上、春、一五）

古今集以後は、「もえ」から「わらび」と火をかける歌が増える。

▽さわらびのおひいづる野辺をたづぬれば道さへ見えず空もかすみて（能宣集、三五五）

書陵部本能宣集（二九二）では、第五句が「けぶりて」という火の縁語になっている。次の例も、「燃ゆ」「煙」と、火の縁語が強調されている。

▽さわらびや下にもゆらん霜枯れの野ばらの煙春めきにけり（拾遺集、雑秋、一一五四、藤原通頼）

しかし、源氏物語の早蕨巻では、こうした技巧は避けて、早春の蕨を摘んで慰める歌になっている。これは、歌語「さわらび」の系譜よりも、むしろ「若菜」の歌の系譜を受け継いだものと言える。「若菜」の歌の例は、第一節で見た通りだが、次の歌は、早蕨巻の歌に似ている。

▽ゆきて見ぬ人もしのべと春の野のかたみにつめる若菜なりけり（貫之集、三　古今六帖、一、四四）

▽いつしかと君にと思ひし若菜をば法《のり》の道にぞ今日はつみける（拾遺集、哀傷、一三三八、村上天皇）

貫之歌は、延喜六年（九〇六）の月次屏風「子の日遊ぶ家」の歌である。祝賀の歌であり、この場合の「かたみ」は籠のことである。以後「かたみにつむ」は、若菜の歌の常套表現となった。この同じ句を用いて、早蕨巻では、「かたみ」に「をかしき籠」と亡き人の形見の意味とを合わせて哀傷歌に仕立てたのである。村上天皇御製は、天暦八年（九五四）、天皇が母后・穏子皇太后のために若菜を用意していた矢先に穏子が崩御し、その翌年の一周忌における歌である。めでたいはずの若菜が悲しみのうちに摘むものとなった。題材は異なるが、春の初めの哀傷歌として、源氏物語の作者は心に刻んだことだろう。

なお、聖の歌における「初わらび」は、源氏物語以外の歌に見当たらない（中世以後の例はある）。歌の最後を「なり」で結んでいること、悪筆で文字を続けず放ち書きしたことなど、聖らしい堅苦しさを強調しているので、歌になじまない珍しい語を選んだのだろうか。これを見て、中の君は、美しく優雅に書かれた匂宮の文よりも心を打たれ涙を落としたのである。ちなみに、若紫巻の「初草」という語も、基になった伊勢物語の歌の他には見当たらない。似たことばとしては「初花」があるが、その場合は鑑賞するものであり、「つむ」対象ではない。源氏物語の「初草」「初わらび」は、春の初めに「摘む」ものとして用いられている。この聖の「初わらび」の歌も、中の君の「早わらび」の歌と同様、若菜の歌によく似ている。

▽春日野におほくの年はつみつれどおいせぬ物は若菜なりけり（拾遺抄、雑上、三七六、円融院御製　前掲）

聖の「あまたの春を積み」は、この「多くの年は積み」に通じる。「さわらび」という題を与えられて、作者は一般的な歌の「もゆ」「火」を使用せず、若菜の歌の発想によって哀傷の物語を作ったのである。

六、宿木巻と異名　[宿木・顔鳥]

「宿木」ということばは、次の歌に見られる。

○やどりきと思ひいでずは木のもとの旅寝もいかにさびしからまし（宿木巻、一七六四）

○荒れはつる朽ち木のもとをやどりきと思ひおきけるほどの悲しさ（同返し）

最初の歌は、薫が次の文章のあと、独りごちたものである。

○木枯らしのたへがたきまで吹きとほしたるに、残る梢もなく散り敷きたる紅葉を、踏みわけける跡も見えぬを見わたして、とみにもえいでたまはず。いとけしきある深山木に宿りたるつたの色ぞまだ残りたる。こだになど少し引き取らせたまひて、宮へとおぼしくて、持たせたまふ。（宿木巻、一七六四）

「こだに」については諸説あるが、次の歌に例がある。

▽結びおきしかたみのこだになかりせば何にしのぶの草をつままし（後撰集、雑二、一一八七、源兼忠母乳母）

▽いかにせむしのぶの草もつみわびぬかたみと見てしこだになければ（拾遺集、哀傷、一三一〇、よみ人知らず）

「こだに」は「子だに」「籠だに」の掛詞である。先の「さわらび」の「かたみにつむ」と同じ意味用法である。枕草子の「草は」の段（六三段）に、「こだに」と書かれている。そして宿木巻の場合には、せめてこれだけでも手土産に、という意味をも含むのであろう。ここでの「宿木」は、ヤドリギと呼ばれる寄生植物のことではなく、「深山木に宿りたるつた」を「やどり木」と呼んだのである。二首の歌の本文を「宿り木」「宿木」と漢字で表記することが多いが、「せきや」（関屋・関や）や「あふひ」（葵・逢ふ日）などと同様、かな表記の方がよい。これは、「宿りき」つまり、過去に宿った、という意味を表すために、蔦《つた》を「宿り木」と称したのである。

この贈答歌は、宇津保物語の歌を基にしている。

▽ややもせば枝さしまさるこのもとにただやどりきと思ふばかりを（宇津保物語、楼の上・下）

「このもと」「やどりきと思ふ」という表現の一致がある。宇津保物語の場合、

▽山の高きより落つる滝の、唐傘の柄さしたるやうにて、岩の上に落ちかかりてわき返る下に、をかしげなる五葉の小松、紅葉の木、すすきども、ぬれたるにしたがひて動く。（宇津保物語、楼の上・下）

という光景の中で詠まれた歌だが、「宿り木」に当たる草木は描かれず、「唐傘の柄さしたるやう」と形容された枝を「枝さしまさる」とし、自分を宿り木、枝を広げるように成長するわが子を「このもと」の「こ」に込めて表している。これに対して、源氏物語の宿木巻では、実景として木にかかる蔦を描いていること、宇治の地にたびたび宿った過去を回想する意味が強い。

このあと、弁の尼と薫は、次の歌でそれぞれ「やどり木」を詠んでいる。

○やどり木は色変はりぬる秋なれど昔おぼえて澄める月かな（東屋巻、一八五二）

○われもまた憂きふる里を荒れはてば誰やどり木の陰をしのばむ（蜻蛉巻、一九五七）

一首目は、薫が中の君に送ったことを踏まえて、果物などに紅葉や蔦などを添えて薫に送ったものである。

○尼君のかたよりくだもの参れり。箱の蓋に、紅葉、蔦など折り敷きて、ゆゑゆゑなからずとりまぜて、敷きたる紙に、ふつつかに書きたるもの、くまなき月にふと見ゆれば、目とどめたまふほどに、くだものいそぎにぞ見えける。（東屋巻、一八五二）

あとの歌も、薫が宇治の八の宮邸を偲んで「やどり木」と詠んだのである。宿木巻の「やどり木」の歌を想起させる意図があったのだろうが、この繰り返しは正編の巻名に比べて安易な扱い方に思える。

さて、宿木巻の並びまたは異名として伝えられるのが「顔鳥（かほどり）」である。宿木巻には、次の歌がある。

○かほ鳥の声もききしにかよふやとしげみをわけて今日ぞたづぬる（宿木巻、一七八八）

寺本直彦は『源氏物語受容史論考続編』において、伝為氏本源氏古系図などに「かほとり」と「やとりき」両方の巻名が見えることを指摘し、並びの問題について論じている。[10] その中で、この巻名が「（宿木巻の）歌によっていることは明らかである」と述べている。

しかし、「かほ鳥」という巻名もまた、源氏物語の歌に由来するのではない。早い例では、万葉集に「容鳥」「顔鳥」の表記で「間なくしば鳴く」と詠まれていた。

▽春日を　春日の山の　高くらの　御笠の山に　朝さらず　雲居たなびき　容鳥の　間なくしば鳴く　雲居なす
心いさよひ　その鳥の　片恋ひのみに　昼はも日のことごと　夜はも夜のことごと　立ちて居て　思ひもぞす
る　あはぬ子ゆゑに（同、巻三、三七五）

▽やすみしし　わが大君の　高敷かす　大和の国は　すめろきの……奈良の都は　かぎろひの　春にしなれば
春日山　御笠の野辺に　桜花　木の晩隠れ　顔鳥は　間なくしば鳴く……（万葉集、巻六、一〇五一）

そして、平安時代では次の短歌が広まっていた。

▽容鳥の間なくしば鳴く春の野の草ねの繁き恋もするかも（万葉集、巻十、一九〇二）

古今六帖には、「かほどり」の題で、この歌の異伝歌を含む三首が列挙されている。

▽かほ鳥の間なくしば鳴く春の野の草の根しげき恋もするかな（古今六帖、六、四四八六）
▽あさゐでにきなくかほ鳥なれだにも君にこふれば時をへずなく（同、四四八七）
▽夕されば野べに鳴くてふかほ鳥のかほにみえつつわすられなくに（同、四四八八）
▽音羽山このした影にかほ鳥の見えかくれせしかほのこひしさ（伊勢集、四一七）

このうち万葉集を基にした「かほ鳥の」と、「夕されば」の歌を基にして宿木巻の歌が作られたのであろう。諸注も、この二首を引用している。「夕されば」歌は、真木柱巻にも引用されている。

　◯かほに見えつつなどのたまふも、聞く人なし（真木柱巻、九九六）

玉鬘が髭黒と結婚して六条院を去ったあとに、源氏が玉鬘を偲んでつぶやいた歌句である。宿木巻の歌も、真木柱巻の歌句も、男君が女君の姿形を忘れられずに偲ぶところで連想される歌語である。宿木巻の場合は、大君に似ている浮舟を思う歌になっている。つまり、異名「かほ鳥」も古今六帖の歌および歌題から選ばれた巻名と言える。

九条家本源氏古系図（東海大学桃園文庫蔵）、九条家本と祖本を同じくする『光源氏系図』（帝塚山大学蔵）、そして伝為氏本源氏古系図（前田家蔵）では、「匂兵部卿」「匂宮」の巻名がなく、代わりに「かほる中将の巻」としていた（前述）。そして、宿木巻については、前半を「やとりきの巻」、後半を「かほとりの巻」と区別している。①夕霧六の君、②薫右大将について記した部分を、九条家本で引用してみよう。『光源氏系図』も同文である。

　①やとりきの巻ににほふ兵部卿宮の北方になり給（九条家本・光源氏系図、六君）

　②かほる中将の巻にくゐんふくして四位の侍従ときこへき
　そのとしの秋右近中将おなしき巻に三位してさいしやうになる中将もとのことし\たけかはの巻に中納言
　やとり木の二月のなをし物に権大納言になりて右大将をけんす（九条家本・光源氏系図、薫右大将）

六の君が匂兵部卿と結婚したことは「やとりきの巻に」としている。また薫が権大納言になって右大将を兼任したことも「やとり木の」（『光源氏系図』では「やとりきの巻に」）としている。それに対して、③今上の女二の宮については、『光源氏系図』において次のように記されている。

　③かほとりの巻にかほる大将の北方になり給（光源氏系図、今上の女二の宮）

この部分は残念ながら九条家本では破損し欠けているが、伝為氏本古系図に同様の本文が見られる。

　③かほとりの巻にかうちのさたにてかほる大将をむことり給えり（伝為氏本古系図、今上の女二の宮）

女二の宮と薫が結婚したのは宿木巻の後半部であるから、これらの古系図の表記が誤りでなければ、「かほ鳥の」歌のある巻末までの後半部に、「かほどり」という巻名が付けられていたことになる。帝塚山大学本の奥書には、為家と為氏の系図を写したと記され、序文の「源氏物語の起こり」が伝為氏本と一致するので、為氏の周辺で伝わっていた源氏物語の本では「やどり木」「かほ鳥」の二巻に分かれていた可能性も考えられる。

七、浮舟物語の巻名　［東屋・浮舟・蜻蛉］

巻名「東屋」は、総角の場合と同様、催馬楽「東屋」によると考えてよいだろう。

▽東屋の　真屋のあまりの　その雨そそき　われ立ちぬれぬ　殿戸ひらかせ　かすがひも　とざしもあらばこそ
　その殿戸　われささめ　おし開ひて来ませ　われや人妻（催馬楽、呂、東屋）

ただし、この歌詞を受け継いで作られたのは、光源氏の青春期における逸話である。

○君、東屋をしのびやかにうたひて寄りたまへるに、「おし開いて来ませ」と（紅葉賀巻、一二五七）
○たち濡るる人しもあらじ東屋にうたてもかかる雨そそきかな（同）
○人妻はあなわづらはし東屋の真屋のあまりも馴れじとぞ思ふ（同返し）

中年の女官で人妻でもある源典侍との色めいたやりとりであった。

これに対して、東屋巻では、人妻との交渉ではなく、雨の中で待たされる男に焦点が当てられる。国宝『源氏物語絵巻』（徳川美術館蔵）東屋二として有名な場面である。三条の小家に住む浮舟を訪ねて、宇治から薫がやってきた。突然の訪問に人々は戸惑い、薫は小家の戸の外側で雨にぬれて待たされる。訪問時には、「雨少しうちそそくに、風はいとひややかに吹き入りて、言ひ知らずかをり来れば」（一八四四）とあり、さらに、「雨やや降り来れば、空はいと暗し」（一八四五）と、雨脚は強くなる。薫は「佐野のわたりに家もあらなくに」と口ずさむ。

▽苦しくも降り来る雨かみわのさき狭野のわたりに家もあらなくに（万葉集、巻三、二六七、長忌寸奥麿）

ここでは「雨そそき」が何よりも強調される。薫は雨にぬれる「里びたる簀子の端つ方に」座って、歌を詠む。

○さしとむる葎やしげき東屋のあまりほどふる雨そそきかな（東屋巻、一八四五）

薫は、催馬楽の「われ立ちぬれぬ殿戸ひらかせ」を思い浮かべている。しばらくして、ようやく戸が開く。

○遣り戸といふものさして、いささかあけたれば、「飛騨の匠も恨めしき隔てかな。かかるものの外《と》には、まだ居ならはず」とうれへたまひて、いかがしたまひけむ、入りたまひぬ。（同）

「東屋」「狭野のわたり」「飛騨の匠」と、東国を基盤とする歌ことばを次々と出して、この場面を東国の世界に見立てる仕掛けとなっている。(11) こうして薫と浮舟との関係が始まり、このあと催馬楽「東屋」を基にした三角関係の物語に展開するのである。先の「総角」と同様、催馬楽の世界から独特の物語世界が作られている。

巻名「浮舟」は、「身」の「憂き」「浮き」ことを表す歌語として、他の巻名の基盤ともなっている後撰集時代の歌に多く詠まれていた。(12)

▽荒るる海にとまりも知らぬうき舟に波の静けき浦もあらなん（宇津保物語、吹上・上）

▽こひをのみたぎりておつる涙川身をうき舟のこがれますかな（同、菊宴）

▽数ならぬ身をうき舟はよるべなみひびきのなだのなぐをこそまて（中務集、二三六）

▽よるべなみ風間を待ちしうき舟のよそにこがれしわれぞまさりし（一条摂政御集、一七七）

▽おもひきや　身のうき舟に　のりしより　おほくの月日　こがれつつ……（大弐高遠集、二二九）

▽うき舟にのりてうかるるわが身にはむねの煙ぞ雲となりける（同、二四七）

いずれも「身のうき舟」「身をうき舟」という常套句になっている。

浮舟の物語よりはるか以前、玉鬘巻において、同様の心情が歌に詠まれていた。
○浮島をこぎ離れても行く方やいづく泊まりと知らずもあるかな（玉鬘巻、七二八）
○ゆく先も見えぬ波路に船出して風にまかする身こそ浮きたれ（同）
○うきことに胸のみ騒ぐ響きには響きの灘もさはらざりけり（同、七二九）
ここですでに「憂き」と「浮き」とをかけて、波間に漂う舟のように不安定でつらい身の上を表していた。また、薄雲巻の明石の君の歌にも例がある。
○いさりせし影忘られぬかがり火は身のうき舟や慕ひ来にけむ（薄雲巻、六三一）
玉鬘の場合は、源氏に引き取られて落ち着くことができた。明石の君もこの時はまだ不安定な身の上であったが、後に六条院に入り、最後には「幸ひ人」と呼ばれるようになる。浮舟は出家して落ち着くことができるのだろうか。

「浮舟」ということばは、源氏物語内外の歌に詠まれた歌語を最大限に活かし、この女君の立場と物語における役割を端的に表している。浮舟の人生は、まさに「浮きたる舟」のようであり、繰り返し不安定な身の上を詠んでいる。出家したあとの手習巻でも、同様の思いを書き付けている。
○心こそうき世の岸を離るれどゆくへも知らぬあまの浮き木を（手習巻、二〇三二）
そして「浮舟」の人生を象徴する場面が、絵画にもたびたび描かれる浮舟巻の名場面である。
○いとはかなげなるものと明け暮れ見出だす小さき舟に乗りたまひてさし渡りたまふほど、はるかならむ岸にしもこぎ離れたらむやうに心細くおぼえて、つとつきて抱かれたるも、いとらうたしとおぼす。有明の月すみのぼりて水の面もくもりなきに、「これなむ橘の小島」と申して、御舟しばしさしとどめたるを見たまへば、大きやかなる岩のさまして、されたる常磐木のかげ茂れり。「かれ見たまへ、いとはかなけれど、千歳も経べき緑の深さを」とのたまひて、

年経ともかはらむものか橘の小島の崎にちぎる心は

女も、めづらしからむ道のやうにおぼえて、

橘の小島の色はかはらじをこのうき舟ぞゆくへ知られぬ（浮舟巻、一八九二）

ただ歌の中で「うき舟」と詠んだだけではない。今まさに乗っている不安定な舟は、眺めているだけでも「いとはかなげなるものと」思いつつ「明け暮れ見出だす小さき舟」であった。宇治川の流れは激しく、橋が何度も流されるほどであった。その川を舟で渡ることなど「はるかならむ岸にしもこぎ離れたらむやうに心細く」思える。おびえる浮舟が匂宮に寄り添うのを、宮は「らうたし」と思い、橘の小島の常磐木（常緑）を「千歳も経べき緑の深さを」と言い、「年経とも」の歌で変わらぬ愛を誓う。かたや女は、その歌に切り返すのではなく、あなたの愛も緑も変わらずとも、この「うき舟」そして私の行方はわかりません、と詠むのである。見事な歌と場面である。歌のことばだけで女の来し方行く末を象徴するのではなく、絵画的な美しい場面において、月明かりの中で小さな舟に乗る二人の姿を描くことで、男と女の心のすれ違い、女のはかなく不安定な運命を視覚的に表した優れた風景描写と言える。古来の歌に詠まれ、源氏物語中でも用いられた歌ことば「うき舟」を巻名として作られた物語は、これまでの物語に用いられた歌語「うき舟」をより鮮明にして描いてみせたのである。

巻名「蜻蛉」も、「はかなき」ことの象徴だが、注意しなければならないのは、「かげろふ」が、日の陽炎、古くは「かぎろひ」とされたものと、とんぼのような小さな虫の蜻蛉の両方を表していることである。これまで見てきた巻名の多くが、重層的な意味を有していた。似た意味のことばとしては、「うつせみ」がある。万葉集における「現身（うつそみ）」が、「空蟬」と表記され、短命な蟬のイメージが重ねられ、さらに蟬の抜け殻へと意味が加わる。歌の歴史においては、万葉集時代の「現身」から古今集時代の「空蟬」へと移行したのは、単に変化したのではなく、より深い意味が加わったと考えた方がよい。和歌一首ではその深い意味合いを十分に伝えることはできな

かったが、源氏物語の場合、まさにその移行期でもあり、地の文の風景描写や人物および舞台の設定によって最も深く重層的な世界を作った。「憂き身」を繰り返し「空蟬（蟬の抜け殻）」に「憂し」を込めた「うつせみ」の物語が作られたのである。

「かげろふ」の場合、万葉集から古今集や後撰集の時代に意味が変化したわけではない。源氏物語以前の歌の例では、いずれも陽炎の意味で用いられていたとおぼしく、虫の蜻蛉・蜻蜓とみられる例はほとんど見当たらないのである。新間一美は、漢詩文と和歌における「かげろふ」の例を挙げて詳細に考察している。[13] 私も以前、順徳院による歌学書『八雲御抄』の注釈において「かげろふ」について述べたので[14]、以下、その注釈に触れ、和歌における「かげろふ」について論じる。

『八雲御抄』巻三「枝葉部」では、「かげろふ」に関わる項目が四箇所に分かれている。第一は、時節部「夏」の「かげろふ」で、これは陽炎のことである。第二は、草部「草」の「かげろふ」を草の一首とする説であり、万葉集の「蜻乃小《あきづのを》野《の》尓《に》苅草之《かるかやの》」（三〇七九）を西本願寺本などで「かげろふのをのにかるくさの」と詠んでいる例と、その影響による歌である。問題は、虫部の「蜻蜓」と「遊糸」の二項目である。

「遊糸」の項目では「不可入虫とも事体又似虫入之」とあり、虫か否かが問題にされている。「遊糸」の例は、次の歌の第五句を新撰万葉集（二八七）で「遊糸曾立」と表記した例である。

▽夏の月ひかりをしまず照る時は流るる水にかげろふぞ立つ（寛平御時后宮歌合、七四　興風集、二六）

これは、「夏」の項目の「かげろふ」の用例でもある。また「あそぶいと」の例もある。

▽かすみ晴れみどりの空ものどけくてあるかなきかにあそぶいとゆふ（和漢朗詠集、四一五）

これらは、蜘蛛の糸が浮遊する様を表すことばであるが、歌の詠み方は、以下に見る「かげろふ」と同じである。「蜻蜓」の項目には「夕にのきなどにみだれ飛物也　夕ぐれにいのちかけたると云り」とある。これについて、本書での問題に関わる拙稿を再掲する（改行箇所は「／」で示した）。

奥義抄は「かげろふといふものはありともなくなしともなく、たしかにみえぬもの」と言うのみで、その実体は説いていないが、能因歌枕、綺語抄、和歌童蒙抄、和歌色葉、色葉和難集は、虫のこととする。和歌童蒙抄は「かげろふとは黒きとうぼうの小さきやうなるものの、春の日のうらうらとあるに、ものかげることのやうにてほのめく也」と説明している。／しかし、歌学書に挙げる「かげろふ」の例は全て、陽炎と考えるべきで、虫を意味する用例は未詳。歌題「かげろふ」も、古今和歌六帖、新撰和歌六帖では、第一の天象部の最後にあるが、夫木抄では虫の部に「蜻蛉」とあり、八雲御抄の時代には、これを虫の一種とすることが一般的になっていたことがわかるが、実作においては、黒い虫と特定すべき和歌の例はない。／八雲御抄が言う「夕にのきなどにみだれ飛物也」に当たる例は、新撰六帖「かげろふ」題の「夕暮れののきのかげろふみるままにあはれさだめもなき世なりけり」（四九六・家良）「あはれなり山おろしふくゆふぐれになきかずまさる軒のかげろふ」（五〇〇・光俊）や、源氏物語蜻蛉巻「つくづくと思ひつづけながめ給ふ夕ぐれ、かげろふのものはかなげにとびちがふを　ありと見て手にはとられず見ればまたゆくへもしらず消えしかげろふ　あるかなきかのと例のひとりごち給ふ」があるが、虫と考えるべき例はこの源氏物語の「とびちがふ」のみである。／因に、万葉集の「玉蜻ゆふさりくれはさつひとのゆつきがたけにかすみたなびく」（一八一六）「玉蜻いはかきふちのこもりにはふしてしぬともながなはのらじ」（二七〇〇）など、万葉集の「玉蜻」「珠蜻」「珠蜻蜓」（以上、現在では「たまかぎる」と訓む）「蜻火之」「蜻蜓火之」（同「かぎろひの」と訓む）が、西本願寺本の訓では全て「かげろふの」とあり、歌学書でもこれらの多くが「かげろふの」として伝わっている。「かげろふのそれかあらぬと春雨のふる人みれば袖ぞひぢぬる」（古今・七三一・読人不知）「つれづれのはるひにみゆるかげろふのかげみしよりぞ人はこひしき」（古今六帖・八二七）

（『八雲御抄　枝葉部言語部』研究篇三三〇頁より再掲）(15)

この拙文では、『八雲御抄』の説に対する解説ながら、同時に源氏物語の「かげろふ」の位置づけを述べている。源氏物語以前の和歌において「かげろふ」はすべて陽炎として詠まれていたのに対して、源氏物語によって虫の蜻蛉の意味が加わり、歌学書の混乱を招く原因となった。新撰和歌六帖は寛元元年（一二四三）、夫木抄は十四世紀初めの類題集であり、歌学書と同様、源氏物語の影響を受けている。こうした流れによって、十世紀の日記「かげろふ日記」の書名もまた、『明月記』に記された「蜻蛉日記」の表記が一般的だが、和歌の例と同じく、虫の意味はなく、上巻末の文からは「陽炎日記」とするべきであろう（一部の写本にこの書名がある）。

▽かく年月は積もれど、思ふやうにもあらぬ身をしなげけば、声あらたまるも、よろこぼしからず、なほ、ものはかなきを思へば、あるかなきかのここちする、かげろふの日記といふべし（蜻蛉日記、上）

「あるかなきかの」は、次の歌によるものである。

▽世の中といひつるものかかげろふのあるかなきかのほどにぞありける（後撰集、雑四、一二六四、よみ人知らず）

▽あはれともうしとも言はじかげろふのあるかなきかに消ぬる世なれば（同、雑二、一一九一、よみ人知らず）

▽かげろふのあるかなきかにほのめきてあるはあるともおもはざらなん（宇津保物語、俊蔭）

やはり虫と限定すべき例はないが、陽炎のみにこだわる必要もないだろう。重要なことは「ほのか」「それかあらぬ」「あるかなきか」「たしかにみえぬもの」という特徴であった。

歌学書を惑わせた源氏物語の蜻蛉巻の場面も、この伝統を受け継いでいる。あらためて引用する。

○あやしうつらかりける契りどもを、つくづくと思ひ続けながめたまふ夕暮れ、かげろふのものはかなげにとびちがふを、

　　ありと見て手には取られず見ればまたゆくへも知らず消えしかげろふ

あるかなきかの」と、例の、ひとりごちたまふとかや。（蜻蛉巻、一九八四）

「あるかなきかの」について、諸注は先に引用した複数の歌を挙げる。「あるかなきかの」を重視するなら、「世の中と」の歌に加えて蜻蛉日記も念頭にあっただろう。また「ゆくへも知らず」は、次の歌にのみ見られる。

▽かげろふに見しばかりにや浜千鳥ゆくへも知らぬ恋にまどはん（後撰集、恋二、六五四、源等）

源氏物語の蜻蛉巻が他の「かげろふ」の歌と異なるのは、実体のわからなかった「かげろふ」に実体を与えて描いたところであろう。「かげろふのものはかなげにとびちがふ」の「とびちがふ」を虫と限定し得るかどうか疑問ながら、これによって後世の絵画作品では、ふわふわと飛ぶとんぼのような黒い虫を描いた。この方法は、現し身から空蟬へ、蟬の抜け殻とその中身の女君の人柄へと実体化させた空蟬巻の方法と共通する。そして「ゆくへも知らぬ恋にまどはん」という心情こそ、薫が最後に詠んだ次の歌と一致するものであった。

○法の師とたづぬる道をしるべにて思はぬ山にふみまどふかな（夢浮橋巻、二〇六八）

また、「ゆくへもしらぬ」という歌句は、「かげろふ」よりも鳥について用いられることが多い。

▽わすられむ時しのべとぞ浜千鳥ゆくへも知らぬあとをとどむる（古今集、雑下、九九六、よみ人知らず）

▽浜千鳥あとのとまりをたづぬとてゆくへも知らぬうらみをやせむ（蜻蛉日記、上）

▽とぶ鳥のこころはそらにあくがれてゆくへも知らぬものをこそおもへ（好忠集、四四二）

蜻蛉巻の「とびちがふ」は、鳥のように飛ぶことで行方知れずになる、という実体を「かげろふ」に与えることで、より具体的な風景を描き、同時にこの恋はどこへ行くのかという戸惑いを表した。薫の歌は、浮舟の詠んだ「このうき舟ぞゆくへ知られぬ」に呼応しながらも、両者は決して交わることがなかったのである。

注

（1）『河海抄』は、玉上琢彌編『紫明抄・河海抄』（一九六八年、角川書店）による。

（2）拙著『国宝「源氏物語絵巻」を読む』（二〇一一年、和泉書院）
（3）拙著『源氏物語の風景と和歌』（一九九七年、和泉書院）第二章第三節「夕霧巻の風景」
（4）池田亀鑑『源氏物語大成　巻七　研究資料編』（一九五六年、中央公論社）、常磐井和子『源氏物語古系図の研究』（一九七三年、笠間書院）、拙著『帝塚山短期大学蔵「光源氏系図」影印と翻刻』（一九九四年、和泉書院）に詳述。九条家本は『東海大学桃園文庫影印叢書第七巻』（一九九一年、東海大学出版会）、伝為氏本系図は『源氏物語大成巻七』（前掲）による。
（5）新潮日本古典集成『源氏物語六』の橋姫巻頭では「物語中の歌にもとづくこの巻名」とする一方、同書の頭注では、この古今集歌を「巻名の出所となった歌」としている。混乱を招くが、本書では頭注の説を支持する。
（6）最古の源氏物語古系図とされる九条家旧蔵本「源氏物語系図」および同系統の古系図（秋香台本・帝塚山大学本）には「桜人」「優婆塞」「法師」「巣守」の名は見られない。注（4）参照。
（7）注（3）の拙著『源氏物語の風景と和歌』第一章第二節「宇治十帖の自然と構想」（一九八〇年、「中古文学」二六号）
（8）加藤昌嘉『揺れ動く『源氏物語』』（二〇一一年、勉誠出版）第Ⅲ部「散逸『巣守』巻をめぐって」
（9）室城秀之編『うつほ物語』（一九九五年、おうふう）頭注により、承徳本古謡集と教えられた。陽明叢書国書篇『古楽古歌謡集』（一九七八年、思文閣出版）承徳三年（一〇九九）書写本古謡集では「うはそ古か……とこ余し」とあるが、余は尒（に）の誤写と思われる。「承徳本古謡集」の解説（土橋寛）によると信義本神楽歌には「ムバソコカ　オコナフヤマノ　オコナフヤマノ　シヒガモト」と上の句だけを反復した歌詞が記されているという。
（10）寺本直彦『源氏物語受容史論考　続編』（一九八三年、風間書房）第二部第三章第一節において、顔鳥、諸蔓、法師、壺前栽、輝日宮について、第二節では、桜人、巣守、狭筵について、『源氏物語目録』の記載を検証している。
（11）植田恭代『源氏物語の宮廷文化　後宮・雅楽・物語世界』（二〇〇九年、笠間書院）Ⅲ「催馬楽の響き」
（12）拙著『源氏物語の風景と和歌　増補版』増補編第四節「源氏物語の和歌―縁語・掛詞の重要性―」（初出は、岩波書店「文学」二〇〇六年九・一〇月号）。和歌における「浮舟」から浮舟の造型が作られた過程については、原田敦子「『浮きたる舟』『かひ沼の池』から『浮舟』へ」（二〇〇八年、三弥井書店『源氏物語の展望4』）に詳しい。
（13）新間一美『平安朝文学と漢詩文』（二〇〇三年、和泉書院）、同『源氏物語の構想と漢詩文』（二〇〇九年、和泉書

院）

(14) 片桐洋一編『八雲御抄の研究　枝葉部言語部』（一九九六年、和泉書院）研究篇「蜻蜓」「遊糸」解説（拙稿）。

(15) 引用文中の万葉集歌番号は旧番号による。

第十三章　源氏物語生成論へ

これまでの考察から、源氏物語の巻名は、物語内部のことば（歌や詞）によって後世の読者が名付けたものではなく、物語の成立と同時（または成立以前）に名付けられたことが明らかになった。また、歌合や歌語りなどにおける題や歌語を基にして巻名が選ばれたこと、その基盤が後撰集時代の歌の文化にあること、巻名と物語の成立には多くの人々の協力が必要であったことなども見えてきた。これによって、物語の作者（紫式部に限定しない）や発案者（藤原彰子、一条天皇、あるいは藤原道長など複数想定される）が、〈物語のお題〉として巻名を設定し（依頼主から提示・提案される場合もある）、そのことばを主題として物語を作った、と結論する。本章では、この考え方によって、源氏物語が、何のために、どのように作られたのかを推測してみたい。

一、巻名の付け方

繰り返す通り、巻名の由来は、物語本文ではなく、物語以前の、特に後撰集時代の歌のことば（歌語）や歌合などの行事にあり、それが物語の構想と主題に深く関わっている。五十四の巻名のうち、最も多いのは、歌語が巻名として選ばれ、その歌語から歌と物語場面が作られ、それが肉付けされて巻全体が作られたと想定される例である。古歌に由来し、物語の歌に用いられていた巻名は、三十八あった。そのうち、帚木、空蟬、末摘花、葵、花散里、澪標、松風、玉鬘、胡蝶、行幸、夕霧、御法、幻、橋姫、椎本、宿木、東屋、浮舟の十八例は、物語中の歌のみに見られる。夕顔、賢木、須磨、明石、関屋、朝顔、乙女、初音、螢、常夏、篝火、藤袴、真木柱（歌では「真木の柱」）、若菜、柏木、鈴虫、竹河、総角、早蕨、蜻蛉の二十例は、物語中の歌と地の文の両方に見られる。

従来は、これらの多くが物語以前の和歌に由来しているという説明も認識もなく、源氏物語で初めて歌語として定着したような印象を与えていたが、これらは確かに源氏物語以前にあった歌語（歌ことば）である。また、物語では地の文にしか見られない場合でも、物語以前にすでに歌語であった例もある。蓬生、野分、梅枝、藤裏葉、紅梅は、歌語として定着していたものが巻名となり、それを主題として物語が作られた。このうち梅枝と藤裏葉は、催馬楽と歌句を口ずさんだ（謡った）場面なので、古歌に由来する三十八例に加えるべきものであり、野分と紅梅は、比較的新しい歌（紅梅は物名歌）に詠まれた例なので、源氏物語では地の文のみに用いたのかもしれない。蓬生は、荒れた宿の主が用いる歌語として定着していたため、源氏の歌では使用せず、地の文にのみ見られる。さらに、源氏物語の歌に用いられるが、実は古来の和歌に例が見当たらない巻名もあった。薄雲、横笛である。「薄雲」は唐詩に例が多く、たまたま例が見当たらないだけかもしれない。横笛の場合は、相模の歌の句で「笛竹」とあるのを『和歌童蒙抄』が「横笛」の本文で引用する例もある。

以上、合計四十九巻は、歌語を巻名とした例と認定してよいだろう。また、本書で論じた異名のうち、桜人（さくらひと）、箱鳥（はこどり）、諸蔓（もろかづら）、雲隠（くもがくれ）、巣守（すもり）、狭筵（さむしろ）、優婆塞（うばそく）、顔鳥（かほどり）、法師（のりのし）の九例も、和歌や催馬楽・神楽を基にしていた。それぞれ大半の巻名が歌のことばであったということは、歌から物語を作ろうとする原則のあったことがうかがえる。

しかし例外もある。桐壺、紅葉賀、花宴、絵合、匂兵部卿の五例と、壺前栽（つぼせんざい）、輝日宮（かかやくひのみや）、薫中将（かをる中将）の三例は、歌のことばではなく例も見当たらない。桐壺の「桐」が、長恨歌の

「梧桐」に由来すると考えざるを得ない上に、「壺」もまた漢語であったから、桐壺巻の内容・文章から見て、長恨歌を基にして作ろうとする意思表明と考えてもよいだろう。ただし、漢詩のみに由来するのではない。撫子ではなく常夏、蘭ではなく藤袴を選んだのと同様、桐壺の別名（正式名）「淑景舎」に対する和語として選ばれたと考えてよいだろう。匂兵部卿と薫中将も、歌に例の多い「にほふ」と「かをる」を官職名「兵部卿」「中将」に冠している点は、「光る源氏」と同じ命名法だが、他の巻名に比べるとなじまない。「輝く日の宮」も「花散る里」などと形は似ているが、歌に例が見られない。紅葉賀、花宴、絵合は、『河海抄』以来、宮中の行事を準拠とすることとの関連で注目されてきた巻名でもあった。桐壺巻の異名とされた「壺前栽」も、栄花物語で「月の宴」とされる康保三年内裏前栽合であり、絵合の準拠の一つである。これらは巻名の命名法から逸脱したようにも見えるが、巻名は必ずしも歌語でなくてもよかった。つまり、巻名の由来は、歌語だったかどうかが問題なのではなく、歌題や詩題としてあり得たかどうか、ということだったのである。

歌語を基にした巻名の場合でも、一般的な歌語が巻名に選ばれることは少なく、大半は、特徴のある斬新なことばが巻名になっている。その観点から言えば、和歌に例のない、歌語にはなり得ない巻名もまた、歌題や詩題としてならあり得た、ということではないだろうか。たとえば、歴史の出来事を題とする詠史や、漢詩の一句を題にした句題など、和漢融合の文化の流れにおいて、題詠歌からさらに進めて《題作》とも言うべき方法で物語製作が行われたと考えてみる。すると、これらの巻名はすべて、そのための題として設定、または下賜されたものと見なすことができる。

二、歌題・詩題と巻名

本書において、表題や目次、あるいは論文中で巻名として説明する場合には、歌語であると言いながらも、すべて漢字表記をしてみた。異名については、かな表記で論じられる例も多いが、他の巻名に倣ってあえて漢字表記を試みた。「箱鳥」「顔鳥」「狭筵」はこの表記でよいのか、「筥鳥」「貌鳥」「容鳥」「狭莚」の方が適切なのかもしれない。しかし、例えば「玉鬘」「玉葛」、「朝顔」「槿」などといった複数の表記が見られることは、写本・版本にかかわらず伝本にはごく普通のことであり、かな表記されている例も多い。漢字で巻名が記されていると、読者はそこに漢詩文の強い影響を想像する。しかし、本書で考察した通り、大半の巻名（異名も）は和歌のことばであった。これをどのように考えるべきだろうか。この点について、有益な論考がある。

橋本不美男は『王朝和歌　資料と論考』において、宇多天皇の時代、賦詩の雅宴を好み、その後宴の余情を楽しむ傾向から、詩歌同題による歌の詠進を生むことになったと推測し、賦詩と同題の詠と思われる歌を挙げる(2)。

『古今集』巻第五（秋下、269）にある、

　　寛平御時きくの花よませたまうける

久方の雲のうへにて見る菊はあまつ星とぞあやまたれける

　この歌は、まだ殿上ゆるされざりける時に、めしあげられてつかうまつれるとなむ

の一首は、前述した「重陽後朝」「残菊宴」の折の、賦詩と同題の詠であろう。とくに左注によれば、藤原敏行が昇殿の資格もないのに特に召されて詠んだという。ここに『新撰万葉集』序文にいう「後進之詞人、近習之才子、各献四時之歌、初成九重宴」の表現が理解されると思われるのである。

橋本はこの文に続けて、「寛平御時、花の色霞みにこめて見せずといふ心をよみてたてまつれとおほせられければ　藤原興風」（後撰集巻第二春中・73）や「寛平御時、桜の花の宴ありけるに、雨のふり侍りければ　藤原敏行朝臣」（後撰集巻二春下・110）も、明らかに「観花の宴」における腑詩と同題の詠歌である事を示している、とも指摘している。

源氏物語の巻名が、歌語ばかりで成り立っているのではなく、また、歌語であっても詩題や歌題に似ているのは、こうした習慣を踏まえ、詩句にも見られるようなことばを物語の題として設定したからだと考えることができる。和歌に由来があるにも関わらず、漢詩の詩題のような二文字か三文字の巻名ばかりに統一されているのは、詩題における一字題と、二〜三文字から成る二字題に準じたもので、二つの語の組み合わせによる巻名は二字題に当たるものだったのではないか。歌語が大半であるのも、その中に少し公的行事に基づく巻名があることも、こうした事情によるものであろう。「紅葉の賀」「花の宴」ともに、古歌にこそ例は見当たらないが、宇津保物語の文には例がある。そして橋本が指摘する詩歌同題の初期の形態の名残がこうした巻名だったかもしれない。最後の「夢の浮橋」は、物語中にそのままの形で使用されていないので、古注以来、特別扱いされてきた。しかし「夢の」「浮橋」もまた「藤の」「うら葉」と同様の合成語（二字題に準じた）と考えれば、さほど特殊な巻名ではない。むしろ物語中に例のないことの方が特殊かもしれないが、それは「若紫」も同じである。宇治十帖だけなら、橋姫から始まり、浮舟を経て浮橋で終わる形は見事な構成と言える。

文学史における一般的な説明として、古今集から後撰集の時代に作られた歌物語は次世代には消えて、小説の形式をとる作り物語の時代が到来したとされる。この考え方が、源氏物語の本質を見失う原因だったのではないだろうか。橋本は、先の詩歌同題の説明に続けて、宇多天皇や醍醐天皇が「家集召し」すなわち私家集の献上を命じたことや、公的な意図で編纂された家の集が、後撰集時代には物語的歌集の形に編纂されてゆく過程などを論じている。源氏物語もまた、こうした家集から歌物語への流れ、あるいは詩宴から歌合や歌会への流れと深く関わるものと考えるべきであろう。近代以後の小説の読者として育った私たちは、無意識のうちに源氏物語に小説としての価値を認めるあまり、歌から作り出された歌物語の延長としての物語の作られ方を見落としていたように思う。

巻名について本書で考察してきたことは、源氏物語もまた歌を基にして作られたものであった、ということを証明した。前代の歌物語にしても、歌を中心とした物語という程度の理解ではなく、歌を基にして作られた物語だと見なさなければ、その本質は見えない。源氏物語の中にどれだけ小説的要素があろうとも、漢詩文が公的なものとして尊重され、和歌が人の心を伝えるものとして活きていた時代の作品であったことを忘れてはならない。紫式部という一人の天才が突如現れて世界に誇る長編小説を書いた、というだけでは、何の説明にもならない。源氏物語の作者は確かに天才的な能力を有していた。しかし、突如現れたのではなく、それを要請する注文主と優れた読者がいたことと、数々の幅広い資料や情報を提供する多くの人々の協力によって成し得た一大プロジェクトであったと考えるべきであろう。

三、一条天皇の文化圏

皇位継承権を持たない皇子・源氏を主人公とした物語、という全体の大きな題の物語の中で、巻名は小さな物語の題として作者に与えられたものだっただろう。歌合と同様、源氏物語もまた、一介の女房が個人的に書いたり読んだりした私的なものではなく、天皇家や摂関家において依頼され作られた公的なものだっただろう。村上天皇にも比せられた文化的素養の高い一条天皇が歌合を行わなかったのは、あるいは、次々と題（巻名）を与えて新しい物語（巻）を作らせたからではなかったか。道長が和泉式部や伊勢大輔などの歌人を出仕させたのは、単に和歌サロンを形成するためでなく、歌の詠み方を子女に教育する意図のほかに、歌から物語を作るための教養と機知を要したから、などと考えてみるとおもしろい。文化サロンで知識人を集めて何をしたかったのかを具体的に説明した論は見当たらないが、ただ風雅な催しをすることが目的だったと考えるのでは読みが浅い。

和漢の素養があった一条天皇が、長い在位期間に歌合の主催や勅撰集の編纂を命じなかったのはなぜか。他に文化的な何かをしていたと考えるのが自然であろう。その何かは、公的な行事としてではなく、私的な要素の強い物語製作であったために、公的記録には明記されなかったのだろう。一方、道長は、何のために紫式部、伊勢大輔、赤染衛門、和泉式部といった女流歌人たちを召し抱えたのか。道長の悲願は、娘に皇子を産ませて天皇にすることであり、そのために必要なことは、天皇との関係をうまく保つことであった。脅迫めいた圧力では天皇の心まで支配することはできない。華やかな文化サロンを作ることだけで権力を誇示できたとも考えにくい。もっと実質的な意図があったと考えるべきである。つまり、才女たちに歌や物語を作らせ、それを娘たちに学ばせて理想の后になるための教育をすることが第一の目的だったと考えれば、すべての謎が解ける。また哀傷・鎮魂の物語を作れば、愛する后を無くした天皇を慰めることと同時に、天皇の悲しみを理解できる若い后を育てることもできる。

こうして物語を作る活動は、勅撰集や内裏歌合のような公的なものではなく、道長家の子女のみが所有できたものであり、天皇を引きつけるための機能も有する。ただ完成した物語を天皇のもとに持参するのではなく、天皇や后とが物語の題を考え、物語作者に下賜する、という仕組みを作れば、天皇は自ら文化を高めることに貢献できる。そして、作られた巻々がある程度の役割を終えると、その物語は一般に広く公開され書写されて人々の教育にも役立つようになってゆく。きわめて教養の高い作品でありながら親しみやすい内容であったことから、老若男女に受け入れられ、人々は相手を思いやり、時に物の怪におびえ、争いの少ない宮廷社会を作ることに貢献したのではないか。まさに平安な世の中を作るために勅撰漢詩集から始まるさまざまな文化事業が行われたが、その流れの中に源氏物語も位置づけてよいと思う。勅撰集や漢詩集が公的なものであり、物語が私的なものであるという説明は必ずしも間違っていないが、だからといって、物語が一般の女子のために作られたと見なすのは、（当時の知識人にとっても）高度であった源氏物語の真の内容を知らない者の発言である。

巻と巻とのつながりに多少のずれがあっても問題にはしない。なぜなら、源氏物語は五十四巻すべて同じ読者のために作られたのか、すべて同じ作者が書き上げたのか、それすらもわからないからである。源氏物語の大きな魅力は、ストーリィもさることながら、個々の場面と人物の心情が綿密に表されていることである。後世の絵画作品の題材となった名場面の多くは、単に絵になる場面ではなく、歌の詠み交わされた場面であることも、見落としてはならない。この物語が誰のために作られたのかを考えてみると、現代の小説を娯楽として読むような役割とは別の意味に気づかされる。歌こそ平安時代の高貴な人々のたしなみであり、源氏物語においては、歌集ではわからない歌によるコミュニケーションの取り方を具体的に教えてくれる。高貴な人々の生活、スキャンダルを、一般の人々に向けておもしろおかしく書いたわけではない。

古典とされる文学作品のほとんどが、特定の高貴な読者のために作られたのである。源順は醍醐天皇皇女の勤子内親王のために『和名類聚抄』を作り、源為憲は、冷泉天皇皇女で円融天皇妃であった尊子内親王が出家したとき『三宝絵詞』を作り、その二十年後には、道長の要請で頼通のために『世俗諺文』を作った。すべて一般人のためではなく、高貴な一人のためだったのである。源氏物語もまた、道長の依頼によって彰子のために作られたものだったと考えるのが自然である。[3]

「壺前栽」を題にした物語をという要請に応えて、作者は「野分の段」の物語を作ったのか、天皇が亡き后を偲ぶための物語を所望なさったのが先で、その題材に「壺前栽の宴」を選んだのだろうか。清涼殿の壺庭には萩が植えてあり、秋には月見をしながら内裏前栽合が行われる。その前栽合、別名「月の宴」こそ、かつて「壺前栽の宴」と呼ばれたことを、紫式部は家庭にいて知り得ただろうか。まして、為憲が記録した女四宮歌合の歌や詞書を細部まで知っていたかどうか。式部自身、古今集や後撰集、白氏文集などは所持していたと思われ、夫・宣孝もかなりの蔵書家だったというが、朱雀院御集、斎宮女御集、朝光集、一条摂政御集、高光集、実方集などを、個人ですべて入手し得ただろうか。

藤原行成は、公文書の記録係・清書係の仕事とは別に、道長に依頼され後撰集や天暦御記を清書して贈ったり、彰子入内の際に弘高の描いた歌絵冊子に歌を書いたり、「元輔、能宣やうの古の歌よみの家々の集ども」（栄花物語、巻六「かかやく藤壺」）を書いたりしている。行成が清書した歌集の主である元輔や能宣こそ、後撰集時代の歌合のために数々の歌を作った人物であり、源氏物語の巻名および和歌への影響も大きい。また、その行成自筆の源氏物語があったと伝えられ、行成の孫である伊房の本は『河海抄』などに記されている。このことから、行成は、源氏物語全巻の書写をしたか、少なくとも源氏物語の製作に何らかの貢献、協力をしたと考えられる。巻名の基盤となった歌集や歌合には、一条摂政藤原伊尹の孫として家督を継いだ行成なればこそ入手し得たものも多い。さらに、行成を高く評価し後任として推挙した源俊賢は源高明の嫡男であり、同じく高明の娘で道長の妻である源明子からの提供も考えられる。もう一人の妻である倫子と違って、娘を后にする機会を得られない明子は、情報を提供する代わりに、物語の題を与え、高明を美化する物語を期待する恩恵が受けられたかもしれない。

彰子は、寛弘五年（一〇〇八）十一月に、初めての皇子・敦成親王を出産し、皇子を連れての還御に先立ち、物語の冊子作りにいそしんだ。そして、内裏では、女房に源氏物語を「読ませて」一条天皇とともに楽しんだことが、紫式部日記からうかがえる。ここで全巻が完成していたわけではない。道長が式部の部屋から書きかけの物語を持ち出して、次のお后候補を目指す妍子に与えたというのだから、源氏の物語は、この時期、少しずつ書き継いでいたと考えるべきであろう（第十一章参照）。それまで彰子と一条天皇だけを対象としていた物語を、今後は妍子と三条天皇のためにも書かなければならない。主題はどうするか。式部は一人で源氏物語の想を練っていたわけではなかったと思う。巻名の基になった情報は多岐にわたるだけでなく、天皇や皇族の方々から提供を受けなければ入手し得ないものが大半であった。身近な題材は自分で探すことができても、天皇や中宮から謎かけのように与えられる物語の「お題」すなわち巻名は、歌合の題よりもさらに難しいものばかりであった。

四、鎮魂・哀傷の物語　[桐壺]

源氏物語にはなぜ哀傷の場面が多いのか。前著『源氏物語の風景と和歌』の基になった論で、風景と和歌に着目するきっかけとなったのは、この疑問であった。恋の贈答歌もさることながら、別れと哀傷の場面描写と和歌は卓越している。藤原定家が高く評価し、積極的に自作詠歌に取り入れ模倣したのも、須磨・明石の二巻における孤独の歌と、幻巻の哀傷歌であった(4)。新古今集に入れられた物語関係の歌を確認すると、源氏物語の哀傷の場面に引用された古歌、栄花物語の哀傷歌、そして紫式部の哀傷歌をとりわけ重視していたことが明らかになった(5)。

物語の発端の桐壺巻においていきなり更衣の死が語られ、葵巻で延々と哀傷の歌が綴られ、幻巻では一巻すべて哀傷歌で構成される。桐壺の更衣、夕顔、葵の上、藤壺宮、六条御息所、紫の上、宇治の大君と、次々と女君が亡くなり、遺された主人公が延々と嘆く。そもそも桐壺巻が長恨歌伝を基にして作られているのはなぜなのか。ただ人々に愛された漢詩だからというだけでは説明がつかない。なぜ哀傷の物語がそれほど好まれたのか。なぜ女君はこれほどまでに短命なのか。亡くなった男君は柏木一人である。

歴史に目を向けてみると、まさにこの通りなのであった。その時期の人物系図を示しておく。一条天皇をはさんで右側が道隆家の人々、左側が道長家の人々である。道隆はすでになく、その姫君も長保二年～四年（一〇〇〇～

二）の間に相次いで亡くなった。寛弘五年（一〇〇八）に敦成親王が生まれ、道長が天皇の外戚として実権を握ることから、源氏物語が書かれた時代は道長の栄華の時代と説明される。確かに寛弘五年と六年に彰子は皇子を産み、その皇子が後に天皇になり、寛仁二年（一〇一八）には道長の娘三人がすべて皇后になった。

【一条天皇の後宮・人物系図】

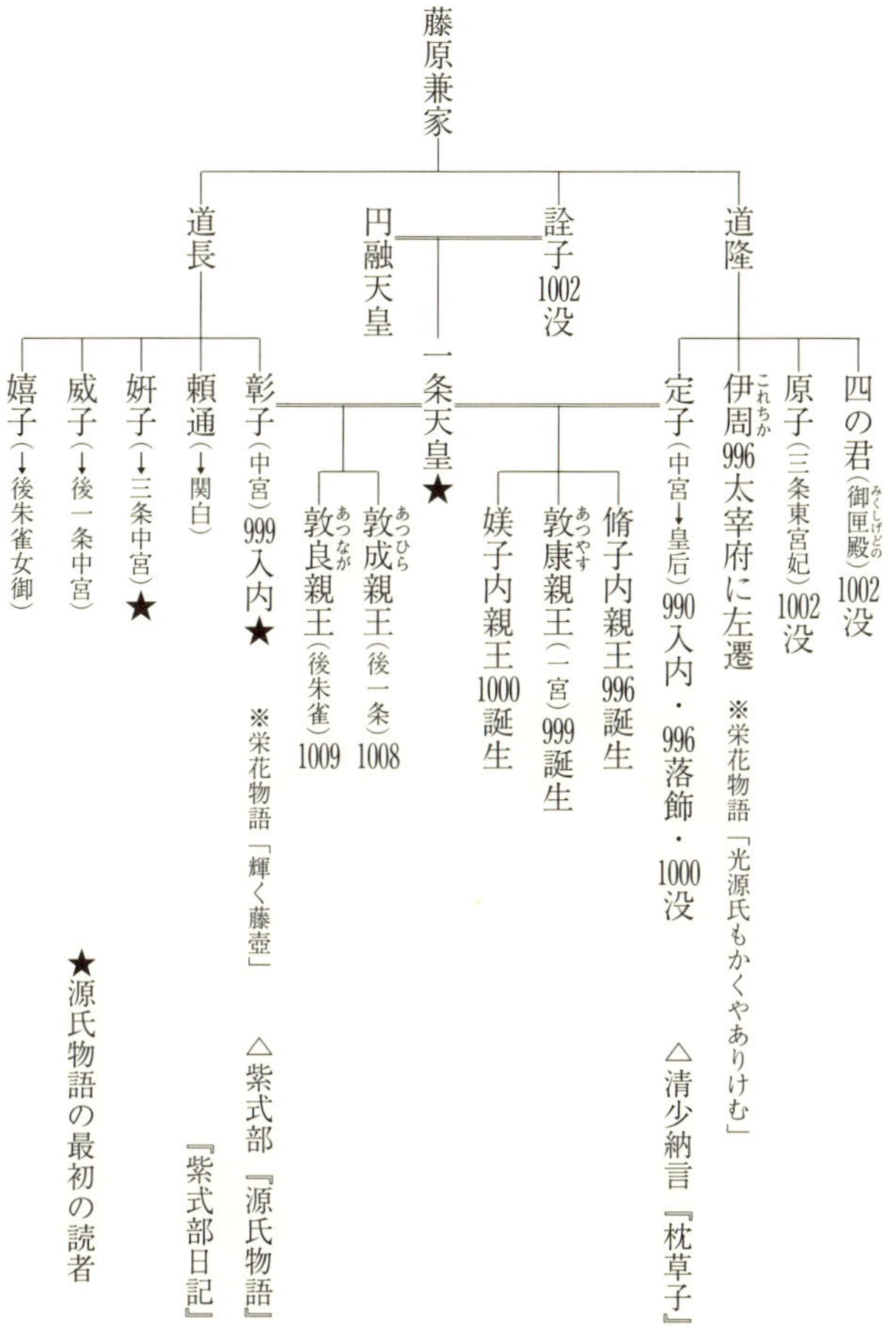

しかし、源氏物語が書かれ始めたと推定される長保二年（一〇〇〇）頃、あるいは紫式部が道長家に出仕した寛弘二年（一〇〇五）の時点ではどうか。彰子が十二歳で入内した長保元年（九九九）、一条天皇は二十歳、中宮定子は二十三歳であった。定子は兄の伊周が失脚したとき剃髪したが、天皇との間に三人の宮が生まれた。長保二年（一〇〇〇）、三人目の媄子内親王を産んで定子は亡くなった。彰子には皇子懐妊の気配もなかった。そのため道長と彰子は、定子の忘れ形見の敦康親王を東宮候補として養育する。

遺された一条天皇と敦康親王の悲しみは、ちょうど源氏物語の主人公たちの悲しみと重なる。一条天皇は定子を亡くしただけではない。定子は、敦康親王の養育を妹の四の君「御匣殿」に委ねたが、定子亡き後、四の君が天皇の寵愛を受けて皇子を懐妊した。しかし、その四の君も長保四年（一〇〇二）に亡くなる。彰子は、愛する人を相次いで亡くした天皇を慰めつつ、わが身に愛を得る必要があったが、十五歳の彰子には力不足であった。そこで書かれたのが、桐壺巻や葵巻などの哀傷の物語だっただろう。物語では数多くの哀傷歌が詠み交わされる。彰子はこの悲話と歌を読んで、愛する人に先立たれた人の深い悲しみを知り、天皇は物語と彰子によって慰められたのだと思う。

桐壺巻の役割の一つは、亡くなった人々の鎮魂であったと思う。村上天皇が催した「壺前栽の宴」、栄花物語では「月の宴」とされる康保三年（九六六）内裏前栽合は、安子中宮を追悼する歌合であった。これを基にして作られた桐壺巻の「野分の段」こそ、長保二年（一〇〇〇）に崩御した中宮定子の鎮魂と、定子を愛し続けた一条天皇の悲しみを癒すために作られた物語だったのではないか。「壺前栽」という巻名が伝わるのは、その名を主題として物語が作られたことを意味しているのではないか。この巻名なら、「紅葉の賀」「花の宴」と同様、宮廷の行事を題にして作られた物語にふさわしい。源氏物語に倣って作られた藤原氏の物語である栄花物語の第一巻が、まさに同じ行事を描く「月の宴」であることは単なる偶然ではないだろう。そして、絵合という行事は、天徳四年（九六

○）内裏歌合を準拠とする一方、「壺前栽の宴」康保三年前栽合もまた、絵所による絵と造物所による彫刻の競い合いである点、まさしく「絵合」の基になった歌合であった。そして、この絵合の物語は、絵の上手な妍子のために書かれた巻だったのではないか。物語においては絵の上手を競い合うものであったが、内裏絵合に先立つ絵合では、伊勢や宇津保などの物語合が行われた。かたや東宮居貞親王（後の三条天皇）の後宮では、妍子は絵を描くのが得意で、相手方の宣耀殿女御娍子は箏が上手であったというから、道長は、式部の部屋から持ち出した物語を妍子に与えたのだと思う。

敦康親王と一条天皇の関係は、源氏物語の桐壺更衣亡き後の帝と光る君との関係に一致する。史実をモデルにしたというより、むしろ天皇を慰める意図で、よく似た境遇の主人公を作ったのだろう。敦康親王の元服について、栄花物語では次のように書かれている。

◇内の一宮、御元服せさせたまひて、式部卿にと思せど……御ざえ深う、心深うおはするにつけても、上は、あはれに人しれぬ私ものに思ひきこえさせたまひて（栄花物語、巻八「初花」）

これが事実かどうかは問題ではなく、この書きぶりが桐壺巻の文章によく似ていることに注目したい。帝は、一の皇子を公的には大切に扱う一方で、光る君を「私ものに」お思いになると言うのである。

○一の御子は、右大臣の女御の御腹にて、寄せおもく、疑ひなきまうけの君、と世にもてかしづききこゆれど、この御にほひには並びたまふべくもあらざりければ、おほかたのやむごとなき御思ひにて、この君をば、私ものに思ほしかしづきたまふこと限りなし。（桐壺巻、六）

そして、光る君は、敦康親王と同じく十二歳で元服する。栄花物語の成立は、道長が亡くなった万寿四年（一〇二七）より数年後と推定されるが、敦康親王元服の寛弘七年（一〇一〇）は、源氏物語が書き続けられている時期であり、その翌年に一条天皇は亡くなる。こうした史実との符合について、現代的発想のモデル論で考えるべきではない。モデルでも偶然でもなく、そうした史実があるからこそ、現実の天皇や親王を励ます意図で、物語において光る君を理想像として美しく描いたのだと、私は考える。

源氏物語と史実との符合は、敦康親王の周辺だけではない。桐壺の正式名称は淑景舎だが、実在の人物で淑景舎と呼ばれた女性が、長保四年（一〇〇二）になくなった。東宮・居貞親王の妃で、定子の妹原子である。桐壺という巻名は、淑景舎女御の鎮魂のために名付けられたのだろう（第五章参照）。しかも、その毒殺の疑いをかけられたのが、居貞親王の最初の妃で一の皇子の母親・宣耀殿女御であった。これも、桐壺巻における弘徽殿女御と桐壺更衣との関係に似ている。宣耀殿女御娍子はその後も居貞親王の寵愛を受け、後に入内する妍子と競う。次の文章は、寛弘七年（一〇一〇）妍子入内のときの記事である。

◇屏風どもはためうぢ・常則などが描きて、道風こそは色紙形は書きたれ（栄花物語、巻八「初花」）

両者の調度を比較し、妍子の調度品について、屏風絵を常則、色紙形の文字を小野道風が書いたと言う。これは、源氏物語絵合巻で、権中納言（もと頭中将）の娘・弘徽殿女御の側で用意された絵が常則、筆跡が道風だとする記述と一致する。

○絵は常則、手は道風なれば、今めかしうをかしげに、目も輝くまで見ゆ（絵合巻、五六五）

絵合という行事は、斎宮女御が絵を上手に描くので、絵を好む冷泉帝が斎宮女御に通うようになったことを発端とする。権中納言は、娘が寵愛されるように絵を集め、また冷泉帝が通う。そこから絵の収集の競い合いに発展した。私は、この絵合の物語から、当時の文化がお后争いと深く関わっていると考えるに至った。

このように、桐壺、紅葉賀、花宴、絵合の四巻は、準拠の問題ともからみ、政治的な意味もあったと思う。これらの巻名は、天皇が提案した可能性もあるだろう。それに対して、歌語を基にして名付けられた数々の巻名は、彰子はじめ后（道長の娘たち）が中心となって、歌合に題を与えるように物語作者に題を与え、それに答えてどんな物語が完成するのかを心待ちにし、次にどの題を提案しようかと考える楽しみになっただろう。そのために后は、天皇と相談しながら、漢詩文や歌集を学び、多くの文献を集め、多くの人々がそのための資料収集をすることによって、宮廷全体が文化的に活性化したのではないかと思う。歌合の中のことばが多く巻名になったのは、歌合の題詠に倣って物語の題を考えたからだろう。

文章を書き上げたのは紫式部一人だったかもしれないが、資料集めの段階からすべて密室で書いていたわけではなかったと思う。依頼主が題を与えるとき同時に貴重な資料も提供し、すばらしい物語になるべく皆で協力したのだと思う。なぜなら、源氏物語は、天皇家と藤原摂関家との絆を強くし、宮廷を平和に保ち、国風文化を高めるための文化プロジェクトだったのだから。そして没落した家の人々にとっては、かつての栄光を歴史に残す機会でもあった。そして、この物語から最もよく学んだのは、やはり中宮彰子であった。彰子は源氏物語を天皇とともに親しみ、わからない漢詩文が出てきたら、物語の作者である式部から教わった。楽府を学んだのも、その一つであろう。その結果であろうか、彰子は国母として人々に慕われ八十七歳もの長寿を全うする。道長が糖尿病の腫れ物や幻覚と物の怪に苦しみながら亡くなったのとは対照的であった。式部は、彰子の学問の家庭教師であることよりも、物語作者として彰子の成長を助け、后として自立するための支援をし続けたのだと思う。

五、帚木三帖の作られ方　［帚木・空蝉・夕顔］

帚木の物語は、歌語「帚木」から作られた。平定文歌合において「不会恋」題を与えられて坂上是則が詠んだ歌に、謎めいた「帚木」という語が詠み込まれた。源氏物語の時代すでに何の木かわからなくなっていたのかもしれないが、歌語としておもしろく、これを「題」にして物語を作ってみよ、と命じられたのだろうか。宮廷が舞台ではなく、紫式部の住まい辺りを舞台としていることや、受領層の作者にでも書くことが可能であった内容から、この巻々は、紫式部が出仕以前に書いたものだとする説がある。しかし、この物語以前には、すでに「壺前栽」「輝く日の宮」「若紫」などが書かれていただろう。桐壺巻で「光る君」と称され「源氏になしたてまつる」ことが決まったあと、若紫巻では、北山の僧都が「この世にののしりたまふ光源氏」と話すなど、すでにその名声が定着していた。帚木巻の冒頭「光源氏名のみことごとしく」は、これを受けて、その裏話、失恋する光源氏の物語を書いたと考えるのが自然である。それが出仕の後か先かはわからない。出仕以前、家庭にあっても、道長からの依頼によって物語を執筆していた可能性もないとは言えないからである。紫式部の道長邸への出仕は、娘の賢子が成長する時期と、家庭にいては書き得ないものを期待されたことなどによると考えられる。

さて、この物語の恋のお相手は、皇子の相手としてふさわしい上の品の姫君や宮中の女性ではなく、粗末な「伏せ屋」に住む「帚木」のような女性が選ばれた。男の立場から詠んだ是則歌を基にして、男と女それぞれの立場から捉え直した歌が作られ、高貴な男の戸惑いと受領層の女の気持ちをよく表している。出生の身分が低いのではなく、現在の境遇が良くないために前向きになれない女性、具体的には、年の離れた受領層の男の後妻、と、物語の構想が完成した。紫式部自身など実在の人物をモデルにしたというよりも、是則の「帚木」の歌から構想された設定と見なすことができる。その出会いを設定するために、まず若く身分の高い男が中の品の女性に関心を向けるようになる必要がある。雨夜の品定めは、そのための準備であると同時に、中の品の作者自身の主張をまじえた恋愛論になっており、後半の源氏の行動をより自然に導くものとなる。

しかも、男達が語った体験談もまた、「帚木」という題にふさわしい話になっている。いずれも女との別れが語られていて、男たちはそれぞれに女心がわからず「道にあやなくまどひぬる」状態であった。とりわけ頭中将の体験談は、常夏の女（後の夕顔）の気持ちを推し量ることができずに行方知れずにしてしまった後悔を語るものであった。これが後の夕顔から玉鬘の物語へとつながるが、その夕顔もまた、帚木の女と同様に「数ならぬ」「名の憂さ」を嘆き、源氏に名のりをしないまま亡くなる。「帚木三帖」とは、単に帚木・空蟬・夕顔の物語が連続しているだけではなく、「帚木」という一貫した主題で作られた物語であることをも意味している。歌語の実態がはっきりしないためにかえって奥の深い巻名となった。

空蟬の物語は、帚木の物語の続きであると同時に、帚木と対になっている。並びの巻とはそういう意味であろう。「帚木」の物語に続きがほしいが、帚木には実態がなく、具体的な場面描写ができない。「空蟬」という題ならどのような物語が書けるか。帚木の物語を喜んだ依頼主から、この題を与えられたかもしれない。「空蟬」と言えば、万葉集時代の「現し身」（現実の身の上）「虚身」（むなしい身の上）などの意味に、蟬の短い命と蟬の抜け殻を合わせる。「帚木」と同様、男にとって実態の見えにくい女性を描こう。「空蟬」という題なら、季節は夏であり、先の帚木の女と同じ女でも、より明確な場面設定ができる。空蟬の語を用いた歌は多いが、桐壺巻で多用する通り、作者は伊勢の歌を高く評価していた。構想の発端は、秘めた恋を詠んだ伊勢の歌であろう。蟬の抜け殻のように衣を置いていった女の物語である。それなら男が寝所に忍び込めばよい。初めてではない。前に一度逢ったことのある相手である。一度でも男の傍で過ごせば、女は高貴な特有の良い香りを覚えているから、夜の闇の中でも男の侵入にいち早く気づき、薄衣を置いて寝所から抜け出す。男はあとに残された衣を「空蟬」のように思って、女の中身「人がら」が懐かしいと詠む。女は男の歌に返歌せず、「空蟬」という語を好んだ伊勢の歌を畳紙に書きつける。ここでようやく伊勢の歌の出番である。内心は男に惹かれる「忍ぶ恋」だから相手に歌を贈らない。物語はここで終わる。その結び方も「空蟬」というはかない巻名にふさわしい。

そして源巨城と平中興女がかわした後撰集の贈答歌を基にして、後に衣を返すところで物語を終える。この贈答歌を直接受けているのは、夕顔巻末の贈答歌であり、ここで初めて空蟬物語の種明かしをする。雨夜の物語では三人の体験談を聞いていただけの光源氏だったが、夕顔巻の物語は、体験談と同様、恋人との別れを主題にした歌物語の続編である。季節は「空蟬」に続く夏から始まる。

帚木巻で「式部卿の姫君に朝顔たてまつりし歌」とした朝顔とは対照的な、和歌ではほとんど詠まれることのなかった「夕顔」を題材として物語を書いた。これも、依頼主から題を与えられたのだろう。「帚木」の実態は今でも謎だが、「夕顔」は、庶民が知っていて高貴な方が知らない花であった。そこで、偶然その花を見た高貴な男が「をちかた人にもの申す」とつぶやくところから物語を始める。こうして、夕顔のイメージそのままの姿と個性を持つ女の物語ができたのだろう。初めから人間的な個性を持つ人物造型ではなく、瓜の花である夕顔の花の精のような女性、一晩で萎れてしまう様は、帚木・空蟬より一層はかないが、より具体的な描写が可能となった。帚木巻の「常夏」の女が「夕顔」となるのは、設定の変更ではない。ともに夏の花であり、「山がつの垣ほに咲ける撫子」（帚木巻）の母親という意味で、「あやしき垣根になむ咲きはべる」とされる夕顔と重なる。花とは対照的に、その「青やかなる蔓（かづら）」の生命力は強い。その娘「玉鬘」が後に登場し、帚木巻を受けるだけでなく、植物を題としたことによって源氏物語の長編化を可能とした。

夕顔の物語については、様々な側面から繰り返し取り上げてきたので複雑になりすぎた。そこで、第九章で初めて論じた稲荷・歌垣・瓜との関連を踏まえて、巻名の成立に関わることを箇条書きでまとめておこう。

1.「一房折りて参れ」という命により、夕顔の枝を折って白い扇とともに貴人に献上した。
これは、社の野菜や樹木など植物の枝葉を折って持ち帰る「御生《みあ》れ」の神事に相当する。
白い扇には、高貴な相手を讃えつつ夕顔の花の名を答える「名のり」の歌が書かれていた。
これは、白い御幣に歌を書いてはさんで稲荷や賀茂の神に捧げた蜻蛉日記の例と一致する。

2.源氏が花の名を問うた「をちかた人にもの申す」は、稲荷の歌垣を意識したものと考えられる。

女の返歌「春にまづ咲く」とあるから、この旋頭歌は二月初午に行われた稲荷の歌垣の歌であろう。「まひなしに」の「まひ」は神事の供物を意味し、旋頭歌の女は稲荷の神の使いとして答えた。夕顔の歌は、その旋頭歌の返歌に倣い、花の精霊や神の使いとして花の名を答えたものである。

3．女は、旋頭歌と同じ白梅の歌の常套句を用いて、夕顔の花の名を答える歌を贈ってきた。「名のり」は歌垣の歌の特徴であり、男が名を問い、女が名のれば求愛に答えたことになる。源氏は「名のり」しないまま女の宿に通い、女は自分の素姓を名のることなく散っていった。物語の鍵となるのが「名のり」であり、身分の異なる男女が歌を詠み交わす歌垣の形を踏まえる。

4．夕顔とは、渡来系氏族が栽培法を持ち込んだ大きな瓜やひさごの成る野菜の花である。催馬楽「山城」に「山城の狛のわたりの瓜作り」とあり、これを基にした瓜の歌が多く作られた。歌に用いられたことば「瓜」の代わりに、その花を意味し「朝顔」と対比されることばを選んだ。瓜は、貴族や神への献上品となったが、その畑や栽培しているところを源氏は見る機会がなかった。瓢《ひさご》が神楽、瓜が催馬楽に詠まれていたことを基に、その花を題材にした夕顔の物語が作られた。

5．任氏伝や日本霊異記、今昔物語などの「狐の変化」の説話が、夕顔物語の下地になっている。稲荷と狐そして源氏物語との相互関係は確認できないが、瓜を介してみると関係がうかがえる。狐の好物が瓜であった説と、瓢の形と狐の座る形との相似から狐が神格化されたとする説がある。

6．巻名の多くが歌合などで詠まれた珍しい歌語を基に、少しひねったことばを物語の題にしている。巻名には掛詞などで二通りの意味を表す例が多く、夕顔は、花の夕影と瓜の花の二つの意味をもつ。実である「瓜のつら」は蔓草の「つら」と「顔」の意味をかけており、瓜の花の顔は「夕顔」となる。

7．「ゆふ」は「夕」「木綿」「結ふ」の意味を合わせ持ち、白い夕顔は白い木綿幣に見立てられる。

朝光の瓜の贈答歌と「下紐の夕日」の歌から、瓜の花である夕顔の物語が連想され作られたか。歌で詠まれた「下紐」を「結ふ」「とく」は、魂を結び止める意味と、男女がうちとける意味がある。

夕顔の物語は、高貴な方の、「夕顔」とは何ですか？「夕顔」はどんな花？といった質問に応えて作られたものではないだろうか。后や天皇は、神事における、また献上品の瓜や瓠を目にされることはあっても、その花「夕顔」をご存じなかった。では、花の精の物語を書いてご覧にいれましょう、と、はかなく控え目な花の物語が作られた、と考えてよいだろう。また、第七章で見た通り、夕顔と玉鬘の物語は、伊勢物語のことばや表現を用いて作られている。「若紫」が伊勢物語の歌と物語から名付けられたこと以上に、帚木三帖と玉鬘十帖においては、伊勢物語の方法を強く意識している。源氏物語の初期の物語は、歌物語から始まったと言ってよいだろう。

六、若紫と中宮彰子　［若紫］

「若紫」は、伊勢物語の例が有名だが、実際にはさまざまな歌を踏まえて物語が作られ、九世紀の本院左大臣時平前栽合・亭子院歌合、そして後撰集時代の歌にも見られる歌語であった（第十章参照）。この物語は、桐壺巻や帚木巻に先立って作られた可能性もある。紫式部が本格的に「源氏の物語」を書き進めたのは、道長に命じられ、彰子のために物語を書かなければならなくなった後のことであろう。ただし、「初めは自分自身のために自由に書いていたが、出仕以後は義務で書かなくてはならなくなり、物語執筆への意欲が失せた」などといった説明に確たる根拠はなく、紫式部日記に、最近は物語を見ても楽しくなくなったと憂鬱な日々を送る姿が書かれたことを基に推測したにすぎない。伊勢物語と古今集しか知らないでいると、作者が自分のために書いたとの解釈も生じるだろうが、実際には、多くの歌合や歌語りを基にして作られており、彰子のためと考えざるを得ないところもあるので、先に述べたように、自宅で執筆していても自分自身のためなどではなかったと思う。

后に先立たれた天皇の悲しみを描く「壺前栽」の巻に当たる部分と、亡き桐壺更衣によく似た女宮が入内する「輝く日の宮」の巻に相当する桐壺巻の後半部は、定子皇后を忘れられない一条天皇を慰めつつ、天皇が彰子のところにお渡りになる機会を増やすことが目的であっただろう。長保元年（九九九）、藤原道長の娘・彰子が十二歳で藤壺に入内した。この翌年、道長は、尼になっていた藤原道隆の娘・中宮定子（二十三歳）を皇后に、彰子を中宮にした。そしてまもなく定子は、幼い敦康親王を遺して亡くなる。定子を深く愛していた一条天皇（二十歳）にとって彰子は幼すぎたが、定子の従姉妹でもあり、定子の忘れ形見・敦康親王との仲がよくなれば、次第に彰子を愛するだろうと期待された。しかし事実は、定子の妹・四の君が敦康親王の世話係をして天皇に愛され、皇子を懐妊する。桐壺巻の後半部分には、幼い光る君が父帝に連れられ通ううちに藤壺と親しくなったとあるが、一条天皇は敦康親王に会っているうちに世話係の四の君（御匣殿）を寵愛するようになったという。つまり、源氏物語の藤壺宮に相当したのは彰子ではなく、当初は定子の妹の方だったのである。そして天皇の皇子を懐妊したまま四の君は亡くなる。

若紫の物語は、亡くなった定子とその妹を忘れられない一条天皇の気持ちを、まだ幼かった彰子に向けさせる意図が大きかったと思う。藤壺は光源氏より四歳ほど年上であり、定子は一条天皇より三歳年上であった。彰子が入内したのは十二歳であり、このとき一条天皇は二十歳、その差は、ちょうど光源氏と紫の上の年齢差に一致する。彰子も定子の従姉妹であるから似ていないはずはない、ただ幼いだけなのだから、かなわぬ恋をあきらめて、少女を思い通りに教育し理想の女性に育てればよいのだ、という一条天皇へのメッセージになっただろう。これは、愛する人を次々と亡くして絶望していた一条天皇にとっても活路となったと私は考える。

紫式部日記の「このわたりに若紫やさぶらふ」は、寛弘五年（一〇〇八）以前に、巻名「若紫」によって作られて天皇が前向きになり、幼かった后が立派に成長して見事に皇子を産んだことを言祝ぐ意味もあったのではないだろうか。この年、敦康親王はすでに十歳になっていたから、源氏物語の読者になったとしても不思議ではない。少なくとも一条天皇は、光る君と敦康親王とを重ね合わせていただろう。一般の読者に向けて天皇家のスキャンダルを書くのではない。一般の人々を対象としない、天皇のため、后のために書かれたからこそ、亡くなった更衣の忘れ形見である皇子の物語にしたのだと思う。

子ができない紫の上が明石の君から姫君を引き取って育てる姿は、敦康親王を慈しむ彰子の良い手本になっただろう。彰子は、この翌年に二人目の皇子を産んだが、その後も敦康親王を慈しんだ。道長が、成長した敦康親王を差し置いて敦成親王のみならず幼い敦良親王までもを東宮にしようとしたのを、彰子が反対したと栄花物語（巻十三「ゆふしで」）に書かれていることについて、美談でありすぎると否定的な見方をする研究者も多い。が、それは母性を知らない人の意見である。まだ実の子がいないときに最初の子として世話をした子、まして従姉妹の子であり、五年以上もっとも可愛らしい時期（三歳から九歳）の成長とともに過ごした者なら、母ならずとも強い愛情を抱くのは当然で、実の子と分け隔てすることはない。紫の上が明石姫君を慈しんだ物語は、彰子がまだ懐妊の兆しもない時期に作られたのではないか。若紫巻に、早くも明石の君の話題が語られるのは、そうした事情とも関係があるかもしれない。

幼い我が子を早々と東宮にすることについて、彰子が急ぐ必要はなかった。急いでいたのは道長であり、彰子は実の子である敦成親王が東宮になったなら、次は立派に成長した敦康親王を、敦良親王はその後で十分だと考えるのが自然である。道長が焦ったのは、自らが糖尿病による幻覚や物の怪（邪気）に苦しめられていたことと、三条天皇が道長に協力的でなく、娘の妍子よりも宣耀殿女御・娍子を寵愛していたこと、敦康親王即位によって伊周や隆家が再起することを恐れていたのであろう。その道長とは対照的に、彰子は、権力に固執することなく我が子の幸せを願う理想的な后に成長し、長寿を全うする。

源氏物語は、不特定多数の読者のためや紫式部自身のために作られたものではなく、道長文化圏の活動の一環として捉えるべき作品である。一人の天才が奇跡的に名作を書き上げたなどと言われるが、その背景には、当時の天皇家・摂関家の事情があったと思う。没落した中関白家の人々を忘れない一条天皇の寵愛と信頼を得るため、光る君と境遇を同じくする、彰子が愛する義理の皇子・敦康親王を励まし慰めるため、道長の娘たちが后にふさわしい女性になるための手引き書として、さらには道長の孫たちが東宮・天皇にふさわしい人になるために、それぞれの理想の姿、生き方をわかりやすい形にして描いてみせる一大プロジェクトが、源氏物語だったのだろう。

七、巻名論から成立論へ

寛弘四年（一〇〇七）の夏、道長は、彰子に皇子が産まれることを切望し、吉野の金峯山に自筆の経巻を埋めた。その翌年、敦成親王が誕生し、道長の栄華が極まり、十年後、道長は娘三人を后にして望月の歌を詠んだ。結果だけを見れば、道長と彰子の人生は順風満帆に見える。しかし、彰子が入内した後、天皇の愛を得て皇子を産むまでに九年もかかったこと、ちょうどその時期に紫式部が出仕し源氏物語が書かれたことを思えば、両者がまるで無関係であったとは思えない。源氏物語の一般の読者である菅原孝標女は、更級日記の中で次のように述べている。

源氏の五十余巻、ひつに入りながら、在中将……などいふ物語ども、一袋とり入れて、得て帰るここちのうれしさぞいみじきや。はしるはしる、わづかに見つつ、心も得ず心もとなく思ふ源氏を、一の巻よりして、人もまじらず几帳のうちにうちふしてひき出でつつ見るここち、后の位も何にかはせむ。（更級日記）

源氏物語を読みふけったことに目を奪われがちだが、ここに大切なことが示されている。孝標女は、紫の上や明石の君にあこがれることはなく、夕顔や浮舟のようになりたいと思っていた。それは夢見がちな受領層の少女としてはごく自然なことである。にも関わらず、后になどなれるはずもない彼女が「后の位も何にかはせむ」と書いたのはなぜか。この記事に見られた出来事は、道長が望月の歌を詠んだと伝えられる三后の時代のことである。孝標女は、彰子や妍子という后の位に、源氏物語が関与・貢献していたことを知っていたからではないだろうか。

源氏物語が作られていた年代は、長保元年（九九九）から寛仁四年（一〇二〇）頃と推測される。紫式部の没年を長和三年（一〇一四）とする旧説により、寛弘五年（一〇〇八）に全巻が流布していたと説明されることがあるが、紫式部日記の記事から、「源氏の物語」は寛弘五年（一〇〇八）の時点で執筆中と見なすべきである。そして彰子が敦成親王を産んで還御する際に冊子作りした物語については、多数で作業しても還御までの短期間で仕上げられる数巻から多くても十巻程度であったと思う。また、紫式部と思われる女房の生存が寛仁三年（一〇一九）の記事に見られるという角田文衞説[6]と、娘の大弐三位賢子の家集に見られる式部哀傷歌によって没年を寛仁四年（一〇二〇）以後とする平野由紀子の推定[7]もある。孝標女が五十余巻を入手した時期が治安元年（一〇二一）なので、それまでに完成していたと考えると、源氏物語の五十四帖（あるいはそれ以上の巻）は二十年ほどかけて作られたと考えてよいだろう。そして、この時期はちょうど、定子が遺した敦康親王の短い人生と一致している。同時に、彰子の入内から道長の栄華が確立するまでの時期でもある。

これまで繰り返してきた通り、源氏物語の巻名は、村上天皇の周辺の歌や行事を基にして名付けられている。そして、物語前半の巻名の名付け方の原則から逸脱した例は、後半の巻々にも見当たらない。巻名の基盤は、後半の巻々に至ってもなお、村上天皇の歌壇、後撰集時代の歌であった。後半の物語は、一条天皇が寛弘八年（一〇一一）に崩御された後に作られたと思われるが、彰子は、天皇亡き後も引き続き村上天皇の歌壇や後宮の歌の文化を受け継いで、歴史に残る新しい物語を作らせたのだろう。薄雲巻が東三条院崩御を基にしたものであるなら、雲隠巻あるいは「光隠れたまひにし後」の物語は、一条天皇亡き後に作られた物語だっただろうか。

一条天皇は勅撰和歌集こそ作られなかったが、源氏物語が勅撰集に代わる作品であったと位置づけることができる。だからこそ、巻名において規範とされたのが後撰集時代の、村上天皇の文化圏だったのではないだろうか。一条天皇が村上天皇に比する聖帝と評価されるのは、源氏物語や和漢朗詠集など、歌物語や私家集が盛んに作られた後撰集時代の文化を越えた新しい作品・文化が次々と作られたことによるが、とりわけ源氏物語の功績が大きい。それは紫式部個人の力量だけではなく、宮廷全体で協力し合って作り上げたものだったと考えてよいだろう。

巻名を研究し始めたとき、私は、後半の物語の巻名の基になった歌が催馬楽などであることから、作者の知識レベルが落ちたのではないかと予想した。しかし考察してみると、宮廷の行事や歌を基にしていた初期の物語に比べて世界観が広がったようにも思える。あるいは、作者の知識ではなく、読者の知識に合わせて難易度を下げることもあったかもしれない。催馬楽の楽譜や曲目が整えられたのは、まさに一条天皇時代、彰子の母倫子の父である源雅信によるというから、正統な情報を基盤とした巻名であったと言える。雅信は正暦四年（九九三）に没したので、その鎮魂の意味もあったなら、第十章で示した関係系図のうち、源氏物語後半部の巻名に関わる歌や資料を提供できそうな人物として倫子も加えるべきであろうか。いずれにしても、考察すればするほど多くの人々の関与が確認され、注釈書の挙げる歌や記事だけで事足りるものではない。

巻名の異名が多く伝わることについて、池田亀鑑は、後世の読者による命名の根拠に挙げた。しかし、現在に伝わる五十四の巻名の由来と同じく、異名として伝わることばもまた、後撰集時代を中心とした歌のことばを基にしたものと実証できた。これまでの研究史において、異名には散逸した物語があったはずだという前提で論じられ、巻名の異名の存在を、物語本文や構成の相違と見なすことが大勢を占めていた。しかし、巻名とその異名が同じ文化圏における歌語や歌題に基づいているとなれば、物語の成立時点ですでにあったことになる。その上、古系図の記述を信じれば、二条為氏など古系図の製作者が所持していた源氏物語においては、現存の宿木巻の後半部が「かほ鳥」の巻であり、匂兵部卿の巻が「薫中将」の巻であったことがうかがえる。

巻名が、物語を作るときの題として設定されたものだったと考えると、異名もまた、現存の物語が作られる段階で提案された巻名の一つであったと見ることができる。つまり、物語創作の段階で設定された巻名の候補のうち、最終的に残ったものが現行の巻名となり、選ばれなかったものが異名として伝わったと想定するのである。

異名が伝わる桐壺（壺前栽・かかやく日の宮）、玉鬘（桜人）、若菜（はこ鳥・もろかづら）、匂兵部卿（雲隠・薫中将）、橋姫・椎本（さむしろ・巣守・優婆塞）、宿木（かほ鳥）は、それぞれ長編的な物語の発端となる巻々であるから、異名の存在は、源氏物語享受の一問題ではなく、物語構想に関わる問題として捉えるべきであろう。その点では、寺本直彦の『源氏物語受容史論考』正続編の研究をあらためて評価したい(8)。享受史の研究は、物語の影響や注釈の歴史を明らかにするだけでなく、作品の本質を明らかにすることにつながる。巻名はもちろん、異名についても、後世の読者によるものという思い込みがある限り、源氏物語の成立も本質も見えてこないのではないだろうか。

巻名は重要である。しかし、巻名がなければ物語として不備だという意味ではない。物語が完成した後には、巻名は、書名や番号と同じ機能を果たし、読者に対しては鍵語であることを示してくれるが、冊子の表紙から題箋がはがれて巻名がなくなっても物語の価値が大きく損なわれるわけではない。巻名は、物語の成立以前、作られる以前に、その題から発想して作られたことを示す点において重要なのである。

巻名論から物語生成論にまで論が及んだのは、巻名が、紫式部個人の好みや趣味による新造語（つまり私的な言語）ではなく、後撰集時代の天皇家や摂関家を中心とした歌の文化に基づいて名付けられたもの（公的な言語）だということが明らかになったからである。歴史の出来事と物語の内容を結びつけても、同様の結論が出たかもしれないが、確実な根拠がなければ偶然の一致や単なる想像に終わる。それに対して、物語の核となる歌の場面が巻名と結びついていること、その前提となる歌合などの情報が個人では到底収集し得ないものであること、その多くが天皇家ゆかりのものであり、滅びた一族や亡くなった人に関わりのある歌語りに集中していることなどが明らかになった今、史実との一致は偶然などではなく、史実に合わせて物語が作られたのだと言える。巻名と和歌と物語の成立が直線的につながる話ではないが、そう考えなければ、これほどの膨大な情報を用いてこれほどまで奥の深い物語が書き続けられたことの説明がつかない。

本書において、何よりも大切にしたのは、一つ一つの物語が作られるその瞬間に立ち会おうとしたことである。その試みが成功したかどうか心もとないが、少なくとも、五十四帖が完成されたものとして、まして活字本としてまとまった作品として見なすことはしていない。作る者の立場になって、作者なら何を材料にし得たのか、どの材料からどのように作り、肉付けしていったのかを、和歌や歴史の出来事を学び、追体験したことを伝えるよう心がけた。本書の最大の特徴はそこにある。結論の是非や適切さ以上に、その発想がすべてだと言ってもよい。

注

（1）新間一美「桐と長恨歌と桐壺巻」（二〇〇三年、和泉書院『源氏物語と白居易の文学』）

（2）橋本不美男『王朝和歌　資料と論考』（一九九二年、笠間書院）第二章一一三頁。同じ趣旨のことを、橋本はすでに『王朝和歌史の研究』（一九七二年、笠間書院）第四章第四節「歌題の生成と展開」他で詳述している。

（3）拙稿「源氏物語の千年」（二〇〇八年、京都文化博物館『源氏物語千年紀展』図録）ほか

（4）拙著『源氏物語の風景と和歌』（一九九七年、和泉書院）第五章第二節五「定家の春の歌」、拙稿「源氏物語の世界」（二〇〇四年、「帝塚山大学芸術文化」八号）ほか

（5）拙著『源氏物語の風景と和歌　増補版』（二〇〇八年、和泉書院）増補編第三節「古今集から物語へ、物語から新

古今集へ—哀傷歌の系譜—」（初出は、二〇〇五年、笠間書院『古今集新古今集の方法』）

（6）角田文衞「実資と紫式部——『小右記』寛仁三年正月五日条の解釈」（一九六六年、角川書店『紫式部とその時代』）

（7）平野由紀子「逸名家集考—紫式部没年に及ぶ—」（二〇〇八年、風間書房『平安和歌研究』）

（8）寺本直彦『源氏物語受容史論考』（一九七〇年、風間書房）および『源氏物語受容史論考続編』（一九八三年、風間書房）。特に後者の第一部では準拠・源泉の問題、第二部では享受の問題として、巻名の異名について論じる。そのうち第一部第一章第二節「天暦期後宮と桐壺の巻」では、村上天皇の「月の宴」および中宮安子物語が桐壺巻の源泉の一つだと指摘している。論証の過程が異なり、「壺前栽」が「月の宴」の異名であることにも言及はないが、拙論と同様の結論である。

《巻名の由来となった歌および事柄》

巻名の由来と思われる和歌・歌語・漢詩および歴史上の出来事を▽で示した。
巻名の由来と思われる例の出典は、代表的な出典名のみを（　）内に挙げた。
源氏物語本文中から、巻名に関わる場面の本文と和歌を抜き出して○を記した。
紫式部集・紫式部日記など、同時代の歌や出来事については◇で示した。
巻名1～54の下に本書で論じた章を示した。異名①～⑬は、任意の箇所に配置した。

1 桐壺《きりつぼ》　五章、十三章

◇淑景舎の女御うせたまひぬとののしる（栄花物語、巻七「とりべ野」）
◇淑景舎ノ君、東三条東ノ対ノ御曹司ニ於テ頓滅ス（権記）
○御つぼねは桐壺なり。（桐壺巻）
○桐壺の更衣のあらはにはかなくもてなされにしためしもゆゆしう（同）
○うちには、もとの淑景舎を御曹司にて（同）

① 壺前栽《つぼせんざい》　四章、五章、六章、十章

▽壺前栽の宴せさせ給ふに、人にかはりて（元輔集、詞書）※康保三年内裏前栽合
○御前の壺前栽の、いとおもしろき盛りなるを御覧ずるやうにて（桐壺巻）
○御前の壺前栽の宴もとまりぬらむかし（野分巻）

② 輝日宮《かかやくひのみや》　四章、五章

▽天照国《あまてるくに》の日宮《ひのみや》の聖之御子《ひじりのみこ》ぞ瓠葛《ひさかた》の天梯建《あまのはしたてふ》践み歩《あゆ》み……日宮《ひのみや》の聖之御子《ひじりのみこ》の……（続日本後紀、巻十九）
▽内裏など焼けにしかば、火の宮と世人申し思ひたりし（栄花物語、巻二「花山たづぬる中納言」）
▽内裏の焼けにしかば、火の宮と世の人つけたてまつりき（大鏡、師尹伝）
○世の人、光る君と聞ゆ。藤壺ならびたまひて、御おぼえもとりどりなれば、輝く日の宮と聞こゆ（桐壺巻）

2 帚木《ははきぎ》　一章、五章、七章、十章、十三章

▽園原やふせ屋に生ふる帚木のありとてゆけどあはぬ君かな（左兵衛佐定文歌合、坂上是則）
▽こずゑのみあはと見えつつ帚木のもとをもとより見る人ぞなき（人麻呂集）
○帚木の心を知らで園原の道にあやなくまどひぬるかな（帚木巻）
○数ならぬふせ屋に生ふる名の憂さにあるにもあらず消ゆる帚木（同返し）

3 空蟬《うつせみ》　一章、四章、八章、十章、十三章

▽空蟬の羽におく露の木《こ》がくれて忍び忍びにぬるる袖かな（西本願寺伊勢集）他、多数
▽今はとてこずゑにかかる空蟬のからを見むとは思はざりしを（後撰集、恋四、平中興女）
▽わすらるる身をうつ蟬のから衣かへすはつらき心なりけり（同返し、源巨城）
○空蟬の身をかへてける木のもとになほ人がらのなつかしきかな（空蟬巻）
○空蟬の羽におく露の木がくれて忍び忍びにぬるる袖かな（同）
○蟬の羽もたちかへてける夏衣かへすを見てもねはなかれけり（夕顔巻）

4 夕顔《ゆふがほ》　一章、二章、三章、七章、九章、十三章

▽朝顔は朝露負ひて咲くといへど暮陰《ゆふかげ》にこそ咲きまさりけれ（万葉集、巻十　古今六帖、六）
▽朝顔の朝露おきてさくといへど夕がほにこそにほひましけれ（人麻呂集）
▽我ならで下ひもとくな朝顔の夕影待たぬ花にはありとも（伊勢物語、第三十七段）
▽二人して結びしひもを一人してあひ見るまではとかじとぞ思ふ（同返し）
▽下ひものゆふ日に人を見つるよりあやなく我ぞうちとけにける（朝光集）
▽下ひものゆふ日もうしや朝顔の露けながらをうせんとぞ思ふ（同返し）
◇夕顔は、朝顔に似て言ひ続けたる、をかしかりぬべき花の姿にて（能因本枕草子、七十段）
○かの白く咲けるをなむ夕顔と申しはべる（夕顔巻）
○心あてにそれかとぞ見る白露の光そへたる夕顔の花（同）

○寄りてこそそれかとも見めたそかれにほのぼの見つる花の夕顔（同返し）
○夕露にひもとく花は玉ぼこのたよりに見えしえにこそありけれ（同）
○光ありと見し夕顔のうは露はたそかれ時のそら目なりけり（同返し）
○泣く泣くも今日はわがゆふ下ひもをいづれの世にかとけて見るべき（同）

5 若紫《わかむらさき》　一章、四章、七章、八章、十章、十三章

▽武蔵野に色やかよへる藤の花若紫に染めてみゆらむ（亭子院歌合、凡河内躬恒）
▽秋の野に色なき露はおきしかど若紫に花は染みけり（本院左大臣家歌合）
▽春日野の若紫のすり衣しのぶの乱れ限り知られず（伊勢物語、一段）
▽武蔵野は袖ひづばかりわけしかど若紫はたづねわびにき（後撰集、雑二、よみ人知らず）
▽まだきから思ひこき色にそめむとや若紫の根をたづぬらむ（同、雑四、よみ人知らず）
▽武蔵野の野中をわけてつみそめし若紫の色はかはりき（九条右大臣集）
▽かれぬべき草のゆかりをたたじとて跡をたづぬと人は知らずや（同）
▽露霜の上ともわかじ武蔵野のわれはゆかりの草葉ならねば（同返し）
▽武蔵野の草のゆかりに藤袴若紫にそめてにほへる（元真集）
○手につみていつしかも見む紫の根にかよひける野辺の若草（若紫巻）
○ねはみねどあはれとぞ思ふ武蔵野の露わけわぶる草のゆかりを（同）
○かこつべきゆゑを知らねばおぼつかないかなる草のゆかりなるらむ（同返し）

6 末摘花《すゑつむはな》　三章

▽よそにのみ見つつ恋せむ紅の末摘花の色に出でずとも（万葉集、巻十）
▽人知れず思へばくるし紅の末摘花の色に出でなむ（古今集、恋一、よみ人知らず）
○なつかしき色ともなしに何にこの末摘花を袖にふれけむ（末摘花巻）
○口おほひの側目より、なほかの末摘花、いとにほひやかにさし出でたり（末摘花巻）

7 紅葉賀《もみぢのが》　六章、十章

延喜御時内侍のかみの賀の屏風に

▽あしひきの山かきくもりしぐるれど紅葉はいとどてりまさりけり（拾遺抄、冬、紀貫之）

一条摂政の……父の右大臣の賀し侍りける屏風の絵に、松原に紅葉の散りまできたるかた……

▽吹く風によその紅葉は散りぬれどときはのかげはのどけかりけり（拾遺抄、賀、小野好古）

▽うちの帝、神泉に紅葉の賀聞こし召すべき御消息聞えたまふ（宇津保物語、吹上・下）

○木高き紅葉のかげに……かざしの紅葉いたう散りすぎて（紅葉賀巻）

○源氏の御紅葉の賀のをりおぼしいでられて（花宴巻）

○朱雀院の紅葉の賀、例の古ごとおぼしいでらる（藤裏葉巻）

8 花宴《はなのえん》　六章、十章

▽延喜二年「藤の花の宴」・天徳三年三月内裏花宴・康保二年天暦御時花宴

▽かくて、八月中の十日のほどに、帝、花の宴したまふ（宇津保物語、吹上・下）

○二月の二十日あまり、南殿の桜の宴せさせたまふ（花宴巻）

9 葵《あふひ》　二章、八章、九章

▽ゆきかへる八十氏人《やそうぢびと》の玉かづらかけてぞたのむあふひてふ名を（後撰集、夏、よみ人知らず）

▽ゆふだすきかけてもいふなあだ人のあふひてふ名はみそぎにぞせし（同返し）

○はかなしや人のかざせるあふひゆゑ神のゆるしのけふを待ちける（葵巻）

○かざしける心ぞあだにおもほゆる八十氏人になべてあふひを（同返し）

10 賢木《さかき》　二章、九章

▽さかき葉の香をかぐはしみとめくれば八十氏人ぞまとゐせりける（神楽歌、採物）

○さかきをいささか折りて持たまへりけるを差し入れて（賢木巻）

○神垣はしるしの杉もなきものをいかにまがへて折れるさかきぞ（賢木巻）
○をとめ子があたりと思へばさかき葉の香をなつかしみとめてこそ折れ（同返し）

11 花散里《はなちるさと》　一章

▽橘の花散る里のほととぎすかたらひしつつ鳴く日しぞおほき（古今六帖、六　万葉集、巻八）
▽橘の花散る里にかよひなば山ほととぎすひびかざらむかも（赤人集　万葉集、巻十）
▽ほととぎすなきとよむなる橘の花散る里をみん人もがな（家持集）
○橘の香をなつかしみほととぎす花散る里をたづねてぞとふ（花散里巻）

12 須磨《すま》　二章

▽わくらばに問ふ人あらば須磨の浦に藻塩たれつつわぶと答えよ（古今集、雑下、行平）
▽旅人はたもと涼しくなりにけり関ふき越ゆる須磨の浦風（続古今集、羈旅、行平）
○かの須磨は……おはすべき所は、行平の中納言の藻塩たれつつわびける家居近きわたりなりけり（須磨巻）
○松島のあまの苫屋もいかならむ須磨の浦人しほたるるころ（同）
○うきめかる伊勢をの海士を思ひやれ藻塩たるてふ須磨の浦にて（同）
○須磨にはいとど心づくしの秋風に海は少し遠けれど、行平の中納言の関吹き越ゆると言ひけむ浦波（同）

13 明石《あかし》　二章

▽ほのぼのとあかしの浦の朝霧に島がくれゆく舟をしぞ思ふ（古今集、仮名序　同、羈旅、よみ人知らず）
○ひとり寝は君も知りぬやつれづれと思ひあかしの浦さびしさを（明石巻）
○旅衣うらがなしさにあかしかね草の枕は夢もむすばず（同返し）
○なげきつつあかしの浦に朝霧の立つやと人を思ひやるかな（同）

14 澪標《みをつくし》 二章
▽君こふる涙のとこにみちぬればみをつくしとぞ我はなりぬる（古今集、恋二、藤原興風）
▽わびぬれば今はた同じなにはなるみをつくしても逢はむとぞ思ふ（後撰集、恋五、元良親王）
▽なにはがた何にもあらずみをつくしふかき心のしるしばかりぞ（後撰集、雑一、大江玉淵女）
○みをつくし恋ふるしるしにここまでもめぐりあひけるえには深しな（澪標巻）
○数ならでなにはのこともかひなきになどみをつくし思ひそめけむ（同返し）

15 蓬生《よもぎふ》 二章、四章、八章、十章
▽蓬生に露のおきしくあきのよはひとりぬる身も袖ぞぬれける（是貞親王家歌合）
▽秋風にすむ蓬生のかれゆけば声のことごと虫ぞなくなる（同）
▽いかでかはたづね来つらん蓬生の人も通はぬわが宿の道（高光集）
○たづねてもわれこそとはめ道もなく深き蓬のもとの心を（蓬生巻）

16 関屋《せきや》 二章、四章、六章
▽いままでに逢坂山のもみぢばのちらぬは関やなべてとめたる（躬恒集）
▽逢坂の関や何なり近けれど越えわびぬればなげきてぞ経る（蜻蛉日記、上）
○関屋よりさとはづれ出でたる旅すがたどもの（関屋巻）
○逢坂の関やいかなる関なればしげきなげきの中をわくらむ（同）
○関山に皆下りゐて……木隠れにゐかしこまりて過ぐしたてまつる。（同）

17 絵合《ゑあはせ》 六章
▽康保三年八月十五夜、月の宴せさせたまはんとて、清涼殿の御前に、みな方わかちて前栽植ゑさせたまふ。……絵所の方には、州浜を絵にかきてくさぐさの花生ひたるにまさりてかきたり。遣り水、巌みなかきて、白銀をませのかたにして、よろづの虫どもを住ませ、大井に逍遥したるかたをかきて、鵜舟に篝火ともしたるかたをかきて、虫のかたはら

に歌は書きたり。造物所の方には、おもしろき州浜を彫りて潮満ちたるかたをつくりて、いろいろの造り花を植ゑ、松竹などを彫りつけて、いとおもしろし。（栄花物語、巻一「月の宴」）
○まづ、物語のいできはじめのおやなる竹取の翁に、宇津保の俊蔭を合はせてあらそふ。（絵合巻）
○その日と定めて、にはかなるやうなれど……左右の御絵ども参らせたまふ。（同）

18 松風《まつかぜ》　六章、十章
▽琴の音に響きかよへる松風はしらべてもなく蟬の声かな（寛平御時后宮歌合、夏）
▽みじか夜のふけゆくままに高砂の峰の松風ふくかとぞきく（後撰集、夏、藤原兼輔）
▽琴の音に峰の松風かよふらしいづれの緒よりしらべそめけむ（野宮庚申歌合、松風入夜琴、斎宮女御）
○身をかへて一人かへれる山里に聞きしに似たる松風ぞ吹く（松風巻）
○ふる里に見しよのともを恋ひわびてさへづることをたれかわくらむ（同）

19 薄雲《うすぐも》　二章、三章、十一章
▽墨染めの君がたもとは雲なれやたえず涙の雨とのみふる（古今集、哀傷、壬生忠岑）
　こぞより薄鈍なる人に、女院かくれさせたまへる春、いたう霞みたる夕暮れに……
◇雲の上も物おもふ春は墨染めに霞む空さへあはれなるかな（紫式部集）
○夕日はなやかにさして山ぎはのこずゑあらはなるに、雲の薄くわたれるがにび色なるを（薄雲巻）
○入り日さす峰にたなびく薄雲はもの思ふ袖に色やまがへる（同）

20 朝顔《あさがほ》　一章、二章、六章、八章、十一章
▽春日野のなかの朝顔おもかげに見えつつ今も忘られなくに（伊勢集）
▽見てもまたまたも見まくのほしかりし花のさかりは過ぎやしぬらむ（高光集）
▽朝顔は霧のまがきにはひかくれぬべき心地して常夏の露は消えかへりむすぼほれたる心地（女四宮歌合、詞書）
◇いづれぞと色わくほどに朝顔のあるかなきかになるぞわびしき（紫式部集）

○枯れたる花どものなかに、朝顔のこれかれはひまつはれて、あるかなきかに咲きて（朝顔巻）
○見しをりのつゆ忘られぬ朝顔の花のさかりは過ぎやしぬらむ（同）
○秋はてて霧のまがきにむすぼほれあるかなきかにうつる朝顔（同返し）

21 乙女《をとめ》　一章

▽天つ風雲のかよひ路ふき閉ぢよ乙女の姿しばしとどめむ（古今集、雑上、良岑宗貞）
○昔御目とまりたまひし乙女の姿をおぼし出づ（乙女巻）
○をとめ子も神さびぬらし天つ袖ふるき世の友よはひ経ぬれば（同）
○ひかげにもしるかりけめやをとめ子が天の羽袖にかけし心は（同）

22 玉鬘《たまかづら》　一章、七章、九章

▽おもほえぬすぢにわかるる身を知らでいと末遠くちぎりけるかな（斎宮女御集）
▽玉かづらかけはなれたるほどにても心通ひは絶ゆなとぞ思ふ（同返し）
○恋ひわたる身はそれなれど玉かづらいかなる筋をたづね来つらむ（玉鬘巻）

23 初音《はつね》　六章

▽松の上になくうぐひすの声をこそ初音の日とはいふべかりけれ（拾遺集、春、宮内）
▽わづかなる初音ばかりぞ鈴虫はふりゆく声もなほまさりけり（宰相中将伊尹君達春秋歌合）
▽うぐひすの音なき声をまつとてもとひしはつねのおもほゆるかな（斎宮女御集）
▽いつしかとまつに音せぬうぐひすの心のうちのねたくもあるかな（同返し）
○年月をまつに引かれて経る人に今日うぐひすの初音聞かせよ、音せぬ里の（初音巻）
○引き別れ年は経れどもうぐひすの巣立ちし松の根を忘れめや（同返し）

24 胡蝶《こてふ》　二章、四章、六章

▽わが宿の梅咲きたりと告げやらば来云似有《こてふににたり》散りぬともよし（万葉集、巻六）
▽こてふにも似たるものかな花すすき恋しき人に見すべかりけり（拾遺抄、秋、よみ人知らず）
▽春のとふ心づかひをたづぬれば花のたよりにこてふなりけり（仲文集）
▽八人の童、四人は孔雀の装束す。四人はこてふ。……いとをかしう舞ふに（宇津保物語、楼の上・下）
○鳥、蝶に装束《さうぞ》きわけたる童べ八人……鳥には銀《しろがね》の花がめに桜をさし、蝶は黄金《こがね》のかめに山吹を（胡蝶巻）
○花園のこてふをさへや下草に秋まつ虫はうとく見るらむ（胡蝶巻）
○こてふにもさそはれなまし心ありて八重山吹をへだてざりせば（同返し）

25 螢《ほたる》　七章、八章

▽かの至、螢をとりて女の車に入れたりけるを、車なりける人、この螢のともす火にや見ゆらむ
　出でていなばかぎりなるべみともし消ち年経ぬるかとなく声を聞け
　いとあはれなくぞ聞ゆるともし消ち消ゆるものとも我は知らずな（伊勢物語、三十九段）
　桂のみこの螢をとらへてといひ侍りければ、童のかざみの袖につつみて
▽つつめどもかくれぬ物は夏虫の身よりあまれる思ひなりけり（後撰集、夏、よみ人知らず）
▽音もせで思ひにもゆる螢こそなく虫よりもあはれなりけれ（重之集）
○螢を薄きかたに、この夕つ方、いと多くつつみおきて、光をつつみ隠したまへりけるを（螢巻）
○なく声も聞こえぬ虫の思ひだに人の消つには消ゆるものかは（螢巻）
○声はせで身をのみこがす螢こそ言ふよりまさる思ひなるらめ（同返し）

26 常夏《とこなつ》　三章、四章、六章、十章、十一章

▽秋の野の花は咲きつつうつろへどいつともわかぬ宿のとこなつ（本院左大臣家歌合、瞿麦）
▽塵をだにすゑじとぞ思ふさきしより妹とわが寝るとこなつの花（古今集、夏、凡河内躬恒）
▽秋ふかく色うつりゆく野辺ながらなほとこなつに見ゆるなでしこ（女四宮歌合、藤原高忠）

▽とこなつの露うち払ふよひごとに草のかうつる我がたもとかな（同、左衛門君）
▽秋もなほとこなつかしき野辺ながらうたがひおける露ぞはかなき（同、判歌、源順）
○山がつの垣ほ荒るとも折々にあはれはかけよなでしこの露（帚木巻）
○さきまじる色はいづれとわかねどもなほとこなつにしくものぞなき（同返し）
○うち払ふ袖も露けきとこなつにあらしふきそふあきもきにけり（同）
○なでしこのとこなつかしき色を見ばもとの垣根を人やたづねむ（常夏巻）

27 篝火《かがりび》　三章、十一章

▽夏なれば宿にふすぶる蚊やり火のいつまでわが身下燃えをせむ（古今集、恋一、よみ人知らず）
▽かがり火にあらぬわが身のなぞもかく涙の川に浮きて燃ゆらむ（同、恋一、よみ人知らず）
▽かがり火の影となる身のわびしきは流れて下に燃ゆるなりけり（同、恋一、よみ人知らず）
◇かがり火の影もさわがぬ池水に幾千代すまむ法《のり》の光ぞ（紫式部集）
◇すめる池の底まで照らすかがり火にまばゆきまでもうきわが身かな（同返し）
○お前の篝火の少し消えがたなるを、御供なる右近の大夫を召して、ともしつけさせたまふ。（篝火巻）
○かがり火にたちそふ恋の煙こそ世にはたえせぬほのほなりけれ
　いつまでとかや、ふすぶるならでも苦しき下燃えなりけり（同）
○ゆくへなき空に消ちてよかがり火のたよりにたぐふ煙とならば（同返し）

28 野分《のわき》　八章

▽ちかき木の野分は音もせざりきや荻ふく風はたれかききけむ（斎宮女御集）
○野分だちて、にはかに膚寒き夕暮れのほど……草も高くなり、野分にいとど荒れたるここちして（桐壺巻）
○野分、例の年よりもおどろおどろしく、空の色変はりて吹きいづ。（野分巻）
○おほかたに荻の葉すぐる風の音も憂き身ひとつにしむここちして（同）

29行幸《みゆき》　七章、十一章
▽昔、仁和の帝、芹川に行幸したまひける時……すり狩衣のたもとに……（伊勢物語、百十四段）
▽朱雀院の帝の、狩にみゆきありける御供に……雉ひとつを枝につけてたまはせ（九条右大臣集、詞書）
　仁和のみかど、嵯峨の御時の例にて芹川に行幸したまひける日
▽嵯峨の山みゆきたえにし芹川の千代の古道あとはありけり（後撰集、雑一、在原行平）
○太政大臣の、かかる野の行幸につかうまつりたまへるためしなどやありけむ。（行幸巻）
○小塩山みゆき積もれる松原に今日ばかりなるあとやなからむ（同）
○うちきらし朝ぐもりせしみゆきにはさやかに空の光やは見し（同）
○あかねさす光は空にくもらぬをなどてみゆきに目をきらしけむ（同）

30藤袴《ふぢばかま》　六章、八章、十章
▽おぼつかな秋来るごとに藤袴たがためにとか露の染むらむ（本院左大臣家歌合、蘭）
▽おく霜にいくしほ染めて藤袴今はかぎりと咲きはじむらむ（同、蘭）
▽武蔵野の草のゆかりに藤袴若紫にそめてにほへる（元真集）
○蘭《らに》の花いとおもしろきを持たまへりけるを
　同じ野の露にやつるる藤袴あはれはかけよかことばかりも（藤袴巻）

31真木柱《まきばしら》　八章
▽真木柱つくるそま人いささめのかりほのためと思ひけむやは（古今六帖、二　万葉集、巻七）
▽真木柱太き心はありしかどこのあが心しづめかねつも（万葉集、巻二）
▽まけばしらほめて造れる殿のごといませ母刀自おめ変はりせず（同、巻二十）
○出で入りたまひし方、寄りゐたまひし真木柱などを見たまふにも、胸のみふたがりて（須磨巻）
○今はとて宿かれぬともなれきつる真木の柱は我を忘るな（真木柱巻）
○なれきとは思ひ出づとも何により立ちとまるべき真木の柱ぞ（同）

○真木柱離れがたくしたまひし君（紅梅巻）
○かの真木柱の姫君（若菜下）
○うち嘆きつつ、かの真木柱を見たまふに、手も幼けれど（同）

③桜人《さくらびと》

▽桜人　四章
こそ　明日とも言はめ　遠方《をちかた》に　妻ざる夫《せな》は　明日もさね来じや　そよや　さ明日もさね来じや　そよや（催馬楽、呂、桜人）
▽桜人　その舟止《ち》め　島つ田を　十町《とまち》つくれる　見て帰り来むや　そよや　明日帰り来む　そよや　明日帰り来む　言《こと》を
○舟とむる遠方人のなくはこそ明日帰り来む夫と待ち見め（薄雲巻）
○ゆきて見て明日もさね来むなかなかに遠方人は心おくとも（同返し）

32 梅枝《うめがえ》

▽梅が枝に　来ゐる鶯　や　春かけて　はれ　春かけて　鳴けどもいまだ　や　雪は降りつつ　あはれ　そこよしや　雪は降りつつ（催馬楽、呂、梅枝）　六章、八章、十章
▽梅が枝に来ゐる鶯春かけて鳴けどもいまだ雪はふりつつ（古今集、春上、よみ人知らず）
▽春すぎて散りはてにける梅の花ただ香ばかりぞ枝に残れる（拾遺抄、雑上、如覚法師）
人の薫き物をこひて侍りけるままに、少し梅の花枝にわづかに散り残りて侍りけるにつけてつかはすとて
天暦御時に大盤所の前のつぼに鶯を紅梅の枝につくりてすゑて立てたりけるを見侍りて
▽花の色はあかず見るともうぐひすのねぐらの枝に手なふれそも（拾遺抄、雑上、一条摂政）
○弁の少将、拍子とりて梅が枝いだしたるほどいとをかし（梅枝巻）
○前斎院よりとて、散りすぎたる梅の枝につけたる御文もてまいれり。（梅枝巻）
○花の香は散りにし枝にとまらねどうつらむ袖に浅くしまめや（梅枝巻）
○花の枝《え》にいとど心をしむるかな人のとがめむ香をばつつめど（同）
○うぐひすのねぐらの枝もなびくまでなほ吹きとほせ夜半の笛竹（同）

33 藤裏葉《ふぢのうらば》　二章、六章
▽春へさく布治能宇良葉のうらやすにさ寝る夜ぞなき児ろをし思へば（万葉集、巻十四）
▽春日さす藤の裏葉のうらとけて君し思はば我もたのまむ（後撰集、春下、よみ人知らず）
○藤の裏葉のとうちずんじ給へる（藤裏葉巻）

34 若菜上《わかなじよう》　八章、十二章
▽春日野におほくの年はつみつれどおいせぬ物は若菜なりけり（拾遺集、春、円融院）
▽春日野の若菜ならねど君がため年のかずをもつまんとぞ思ふ（同、賀、伊勢）
◇若菜つむ春日の野辺に雪降れば心づかひを今日さへぞやる（栄花物語、巻八「初花」、藤原道長）
◇身をつみておぼつかなきは雪やまぬ春日の野辺の若菜なりけり（同、藤原公任）
○正月二十三日子の日なるに、左大将殿の北の方、若菜参りたまふ。（若菜上巻）
○沈の折敷四つして、御若菜さまばかり参れり（同）
○小松原末のよはひに引かれてや野辺の若菜も年をつみける（同）
○若菜参りし西の放出に、御帳立てて、そなたの一二の対、渡殿かけて（同）

④ 箱鳥《はこどり》　十二章
▽みやま木に夜はきて鳴くはこ鳥のあけばかはらんことをこそ思へ（古今六帖、六）
▽みやま木に夜はきてぬるはこ鳥の明けてかへらん事ぞわびしき（藤六集）
▽はこ鳥の明けての後はなげくともねぐらながらの声を聞かばや（実方集）
○みやま木にねぐらさだむるはこ鳥もいかでか花の色にあくべき（若菜上巻）

35 若菜下《わかなげ》　十二章
○このたびたりたまはむ年、若菜など調じてやとおぼして（若菜下巻）

⑤諸蔓《もろかづら》　十二章

▽あしひきの山に生ふてふもろかづらもろともにこそいらまほしけれ（後撰集、恋二、よみ人知らず）
▽神つ代のい垣に生へるもろかづらこなたかなたにむけてこそみれ（古今六帖、二）
◇もろかづら双葉ながらも君にかくあふひや神のしるしなるらむ（栄花物語、巻八「初花」、藤原道長）
○もろかづら落ち葉を何にひろひけむ名はむつましきかざしなれども（若菜下巻）

36柏木《かしはぎ》　十二章

枇杷殿より、としこが家に柏木のありけるを、折りにたまへりけり
▽わが宿をいつかは君が楢柴《ならしば》のならし顔には折りにおこする（大和物語、六十八段）
▽柏木に葉守の神のましけるを知らでぞ折りしたたりなさるな（同返し）
▽柏木の森の下草くれごとになほたのめとやもるを見る見る（蜻蛉日記、上）
○ことならばならしの枝にならさなむ葉守の神のゆるしありきと（柏木巻）
○柏木に葉守の神はまさずとも人ならすべき宿の梢か（同返し）

37横笛《よこぶえ》　十章

九条の大いまうちぎみ、うちに御ふえたてまつり給ふに
▽おひそむるねよりぞしるき笛竹の末の世長くならむものとは（能宣集）
　たかあきらの朝臣にふえをおくるとて
▽笛竹のもとのふる音はかはるともおのが世々にはならずもあらなむ（後撰集、恋五、よみ人しらず）
○うぐひすのねぐらの枝もなびくまでなほ吹きとほせ夜半の笛竹（梅枝巻）
○横笛のしらべはことにかはらぬをむなしくなりし音こそつきせね（横笛巻）
○笛竹にふきよる風のことならば末の世長きねに伝へなむ（同）

38 鈴虫《すずむし》　八章

▽いづこにも草の枕を鈴虫はここをたびとも思はざらなん（拾遺抄、秋、伊勢）

　前栽に鈴虫をはなち侍りて

　あきの御方、鈴虫をつつみて

▽わづかなる初音ばかりぞ鈴虫はふりゆく声もなほまさりけり（宰相中将君達春秋歌合）

▽秋ごとにことめづらなる鈴虫のふりてもふりぬ声ぞ聞こゆる（寛和元年内裏歌合、藤原公任）

○げに声々聞こえたるなかに、鈴虫の降りいでたるほど、はなやかにをかし（鈴虫巻）

○おほかたの秋をばうしとしりにしをふりすてがたき鈴虫の声（同）

○心もて草のやどりをいとへどもなほ鈴虫の声ぞふりせぬ（同返し）

○今宵は鈴虫の宴にて明かしてむ、とおぼしのたまふ（鈴虫巻）

39 夕霧《ゆふぎり》　十二章

▽夕霧に衣はぬれて草枕旅寝するかもあはぬ君ゆゑ（古今六帖、一・四）

▽飛ぶ鳥　明日香の河の　上つ瀬に　生ふる玉藻は　下つ瀬に　流れ触らばふ　玉藻なす……朝露に　玉裳はひづち　夕霧に　衣はぬれて　草枕　旅寝かもする　あはぬ君ゆゑ（万葉集、巻二）

○山里のあはれをそふる夕霧に立ちいでん空もなき心ちして（夕霧巻）

○おほかたはわれぬれぎぬを着せずともくちにし袖の名やはかくるる（同）

40 御法《みのり》　十一章、十二章

▽陀羅尼《だらに》の御法《みのり》四十《よそ》巻《まき》を写し繕《ととの》へ護《まも》り成す……（続日本後紀、巻十九、四、興福寺大法師等）

▽商《あき》返しめすとの御法あらばこそあが下衣返したまはめ（万葉集、巻十六）

◇花の色のよくさに散るがあやしきはひとつみのりのこのみなりけり（長能集、序品）

◇わが君やいまひとたびやいでますと今日のみのりをささげてぞなく（同、薬王品）

○仏のいとうるはしき心にて説きおきたまへるみのりも方便といふことありて（螢巻）

○今日のみのりの縁をも尋ねおぼさば、罪許したまひてよや（藤裏葉巻）
○絶えぬべきみのりながらぞ頼まるる世々にとむすぶ中の契りを（御法巻）
○結びおく契りは絶えじ大方の残り少なきみのりなりとも（同返し）

41 幻《まぼろし》　八章
▽まぼろしのほどとしりぬる心には晴るくる夢とおもほゆるかな（赤人集）
▽まぼろしの身とししりぬる心にははかなき夢とおもほゆるかな（千里集）
▽沖つ島雲井の岸を行きかへり文かよはさむまぼろしもがな（拾遺集、雑上、肥前）
○たづねゆくまぼろしもがなつてにてもたまのありかをそこと知るべく（桐壺巻）
○雲居をわたる雁のつばさも、うらやましくまもられたまふ。（幻巻）
○大空をかよふまぼろし夢にだに見えこぬたまのゆくえ知らせよ（同）

⑥雲隠《くもがくれ》　十一章、十二章
▽百伝ふいはれの池に鳴く鴨を今日のみ見てや雲隠りなむ（万葉集、巻三）
▽大皇《おほきみ》の命《みこと》かしこみ大荒城《おほあらき》の時にはあらねど雲隠れます（同）
◇めぐりあひて見しやそれともわかぬまに雲隠れにし夜半の月かな（紫式部集）
○なきかげやいかが見るらむよそへつつながむる月も雲隠れぬる（須磨巻）
○光隠れたまひにし後、かの御かげに立ちつぎたまふべき人（匂兵部卿巻）

42 匂《にほふ》 兵部卿《ひやうぶきやう》（匂 宮《にほふみや》）　四章、十二章
▽にほふ香の君おもほゆる花なれば折るしづくにもけさぞぬれぬる（伊勢集）
▽をる人にまぎるる花のけしきをばたれかにほひのかをるとかいはむ（大弐高遠集）
○香のかうばしさぞ、この世の匂ひならず、あやしきまで、うちふるまひたまへるあたり、遠く隔たるほどの追ひ風に、まことに百歩のほかもかをりぬべきここちしける。……この君のは言ふよしもなき匂ひを加へ、御前の花の木も、はか

なく袖触れたまふ梅の香は、春雨のしづくにもぬれ、身にしむる人多く、秋の野にぬしなき藤袴も、もとのかをりは隠れて……かくあやしきまで人のとがめる香にしみたまへるを、兵部卿の宮なむ、こと事よりもいどましくおぼして、それはわざとよろづのすぐれたるうつしをしめたまひ（匂兵部卿巻）

○例の、世人はにほふ兵部卿、かをる中将と聞きにくく言ひ続けて（同）

⑦薫《かをる》中将《ちうじやう》　四章、十二章

▽をる人にまぎるる花のけしきをばたれかにほひのかをるとかいはむ（大弐高遠集）

○例の、世人はにほふ兵部卿、かをる中将と聞きにくく言ひ続けて（匂兵部卿巻）

○御前近き梅のいといたくほころびこぼれたる匂ひの、さとうち散りわたれるに、例の中将の御かをりのいとどしくもてはやされて、言ひ知らずなまめかし（同）

43紅梅《こうばい》　八章

　天暦御時に大盤所の前のつぼに鶯を紅梅の枝につくりてすゑて立てたりけるを見侍りて

▽花の色はあかず見るともうぐひすのねぐらの枝に手なふれそも（拾遺抄、雑上、藤原伊尹）

　前栽に紅梅をうゑて、又の春おそくさきければ

▽やどちかくうつしてうゑしかひもなくまちどほにのみにほふ花かな（後撰集、春上、藤原兼輔）

　兼輔朝臣のねやのまへに紅梅を植ゑて侍りけるを、三とせばかりののち花さきなどしけるを……

▽春ごとにさきまさるべき花なればことしをもまだあかずとぞ見る（同、春上、藤原兼輔）

　紅梅の花を見て

▽紅に色をばかへて梅の花かぞことごとににほはざりける（後撰集、春上、凡河内躬恒）

▽うぐひすの巣作る枝を折りつればこうばいかでかうまむとすらん（拾遺集、物名、紅梅、よみ人しらず）

○この東のつまに、軒近き紅梅のいとおもしろくにほひたるを見たまひて

　心ありて風のにほはす園の梅にまづうぐひすのとはずやあるべき（紅梅巻）

44竹河《たけかは》　八章

▽竹河の　橋の詰めなるや　橋の詰めなるや　花園に　はれ　花園に　我をば放てや　我をば放てや　めざしたぐへて
（催馬楽、呂、竹河）

▽もみぢばの流るるときは竹河のふちの緑も色かはるらん（躬恒集）

▽神代より色もかはらぬ竹河のよよをば君にかぞへわたらん（続詞花集、賀、源順）

○竹河のはしうちいでし一節に深き心の底は知りきや（竹河巻）

○竹河に夜をふかさじといそぎしもいかなる節を思ひおかまし（同）

○竹河のその夜のことは思ひ出づややしのぶばかりの節はなけれど（同）

○流れてのたのめむなしき竹河によはうきものと思ひ知りにき（同）

⑧巣守《すもり》　十二章

▽なき人の巣守にだにもなるべきを今はとかへる今日の悲しさ（大和物語、九十四段）

▽巣守にと思ふ心はとどむれどかひあるべくもなしとこそ聞け（同返し）

▽鳥の子はまだひなながら立ちていぬかひの見ゆるは巣守なりけり（拾遺抄、雑上、藤原輔相）

○泣く泣くも羽うち着する君なくはわれぞ巣守になりは果てまし（橋姫巻）

45橋姫《はしひめ》　六章、十二章

▽さむしろに衣かたしきこよひもや我をまつらむ宇治の橋姫（古今集、恋四、よみ人知らず）

▽橋姫に夜半の寒さもとふべきに誘はで過ぐるかり人やたれ（実方集）

▽橋姫に袖かたしかむほどもなしかりにとまらむ人にたぐひて（同返し）

▽橋姫にかたしく袖もかたしかで思はざりつるものをこそ思へ（実方集）

▽宇治川の波の枕に夢さめて　夜は橋姫はや寝ざるらん（実方集）

○橋姫の心をくみて高瀬さすさをのしづくに袖ぞぬれぬる（橋姫巻）

⑨狭筵《さむしろ》　十二章

▽さむしろに衣かたしきこよひもや我をまつらむ宇治の橋姫（古今集、恋四、よみ人知らず）

▽うち払ふ塵のみ積もるさむしろも嘆く数にはしかじとぞ思ふ（蜻蛉日記、中）

▽さむしろの下待つこともたえぬれば置かむ方だになきぞ悲しき（同）

⑩檜破籠《ひわりご》　十二章

宇治にこれかれ行くに、かげまさの朝臣、ひわりごのはたに書きておこせたり

▽橋姫に夜半の寒さもとふべきに誘はで過ぐるかり人やたれ（実方集）

○宿直人が寒げにてさまよひしなど、あはれにおぼしやりて、大きなる檜破籠やうのものあまたせさせたまふ（橋姫巻）

⑪優婆塞《うばそく》　六章、十二章

▽うばそこがおこなふ山の椎が本あなそばそばしとこよしあらねば（承徳本古謡集、北の御門の神楽歌）

▽うばそくがおこなふ山の椎が本あなそばそばし床にしあらねば（宇津保物語、嵯峨院　同、菊の宴）

○うばそくがおこなふ道をしるべにて来む世も深き契りたがふな（夕顔巻）

○優婆塞ながらおこなふ山の深き心（橋姫巻）

46椎本《しひがもと》　六章、十二章

▽うばそこがおこなふ山の椎が本あなそばそばしとこよしあらねば（承徳本古謡集、北の御門の神楽歌）

▽うばそくがおこなふ山の椎が本あなそばそばし床にしあらねば（宇津保物語、嵯峨院　同、菊の宴）

○立ちよらむかげと頼みし椎が本むなしき床になりにけるかな（椎本巻）

47総角《あげまき》　十二章

▽総角や　とうとう　尋《ひろ》ばかりや　とうとう　離《さか》りて寝たれども　まろびあひけり　とうとう　寄りあひけり　とうとう

（催馬楽、呂、総角）

▽総角を　早稲《わさ》田にやりて　や　そを思ふと　そを思ふと　そを思ふと（神楽歌）
▽ひろばかりさかりてまろとまろ寝せむそのあげまきのしるしありやと（実方集）
○総角に長き契りを結びこめ同じところに寄りもあはなむ（総角巻）
○総角をたはぶれにとりなししも、心もて尋ばかりの隔ても対面しつるとや（同）

48 早蕨《さわらび》　十二章

▽石そそく垂見の上の左和良妣のもえいづる春になりにけるかも（万葉集、巻八、志貴皇子　和漢朗詠集）
▽さわらびのおひいづる野辺をたづぬれば道さへ見えず空もかすみて（能宣集）
▽ゆきて見ぬ人もしのべと春の野のかたみにつめる若菜なりけり（貫之集　古今六帖、一）
○君にとてあまたの春をつみしかば常を忘れぬ初わらびなり（早蕨巻）
○この春は誰にか見せむなき人のかたみにつめる峰のさわらび（同返し）

49 宿木《やどりぎ》　十二章

▽ややもせば枝さしまさるこのもとにただやどりきと思ふばかりを（宇津保物語、楼の上・下）
○やどりきと思ひいでずは木のもとの旅寝もいかにさびしからまし（宿木巻）
○荒れはつる朽ち木のもとをやどりきと思ひおきけるほどの悲しさ（同）
○やどり木は色変はりぬる秋なれど昔おぼえて澄める月かな（東屋巻）
○われもまた憂きふる里を荒れはてば誰やどり木の陰をしのばむ（蜻蛉巻）

⑫顔鳥《かほどり》　十二章

▽やすみしし　わが大君の……御笠の野辺に　桜花　木の晩隠れ　顔鳥は　間なくしば鳴く……（万葉集、巻六）
▽春日を　春日の山の……御笠の山に　朝さらず　雲居たなびき　容鳥の　間なくしば鳴く……（同、巻三）
▽容鳥の間なくしば鳴く春の野の草ねの繁き恋もするかも（同、巻十）
▽かほ鳥の間なくしば鳴く春の野の草の根しげき恋もするかな（古今六帖、六）

○かほ鳥の声もききしにかよふやとしげみをわけて今日ぞたづぬる（宿木巻）

50 東屋《あづまや》　十二章

▽東屋の　真屋のあまりの　その雨そそき　われ立ちぬれぬ　殿戸ひらかせ　かすがひも　とざしもあらばこそ　その殿戸　われささめ　おし開ひて来ませ　われや人妻（催馬楽、呂、東屋）

○君、東屋をしのびやかにうたひて寄りたまへるに、「おし開いて来ませ」と（紅葉賀巻）

○たち濡るる人しもあらじ東屋にうたてもかかる雨そそきかな（同）

○人妻はあなわづらはし東屋の真屋のあまりも馴れじとぞ思ふ（同返し）

○さしとむる葎やしげき東屋のあまりほどふる雨そそきかな（東屋巻）

51 浮舟《うきふね》　十一章、十二章

▽数ならぬ身をうき舟はよるべなみひびきのなだのなぐをこそまて（中務集）

▽よるべなみ風間を待ちしうき舟のよそにこがれしわれぞまさりし（一条摂政御集）

▽おもひきや　身のうき舟に　のりしより　おほくの月日　こがれつつ……（大弐高遠集）

▽うき舟にのりてうかるるわが身にはむねの煙ぞ雲となりける（同）

▽こひをのみたぎりておつる涙川身をうき舟のこがれますかな（宇津保物語、菊宴）

○いさりせし影忘られぬかがり火は身のうき舟や慕ひ来にけむ（薄雲）

○橘の小島の色はかはらじをこのうき舟ぞゆくへ知られぬ（浮舟巻）

52 蜻蛉《かげろふ》　十二章

▽世の中といひつるものかかげろふのあるかなきかのほどにぞありける（後撰集、雑四、よみ人知らず）

▽あはれともうしとも言はじかげろふのあるかなきかに消ぬる世なれば（同、雑二、よみ人知らず）

▽かげろふのあるかなきかにほのめきてあるはあるともおもはざらなん（宇津保物語、俊蔭）

○つくづくと思ひ続けながめたまふ夕暮れ、かげろふのものはかなげに飛びちがふを（蜻蛉巻）

○ありと見て手には取られず見ればまたゆくへもしらず消えしかげろふ、あるかなきかの、と（同）

53 手習《てならひ》 六章

▽まいり給ひて、御手習ひに（斎宮女御集）
▽日ごろおぼし集めたりけるを、御手習ひのやうにて、たてまつらせたまひける（同）
○硯ひき寄せて、手習ひなどしたまふ（浮舟巻）
○あやしき硯召しいでて、手習ひたまふ（同）
○手習ひに、里の名をわが身に知れば山城の宇治のわたりぞいとど住み憂き（同）
○はかなくしあつめたまへる手習ひなどを破りたまふなめり、と思ふ（同）
○うちとけて手習ひしけるなるべし、硯の蓋に据ゑて（蜻蛉巻）
○手習ひに、身を投げし涙の川のはやき瀬をしがらみかけて誰かとどめし（手習巻）
○はかなくて世にふる川のうき瀬には尋ねもゆかじ二本の杉、と手習ひにまじりたるを（同）
○ただ硯に向かひて、思ひあまるをりには、手習ひをのみたけきこととは書きつけたまふ（同）
○心こそうき世の岸を離るれどゆくへも知らぬあまの浮き木を、と例の手習ひにしたまへるを（同）

54 夢浮橋《ゆめのうきはし》 二章、六章

▽あまのうきはしのしたにて女神男神となりたまへる事をいへる歌なり（古今集仮名序）
▽へだてける人の心の浮橋をあやふきまでもふみみつるかな（後撰集、雑一、四条御息所女）
▽浮橋のうきてだにこそ頼みしかふみみてのちはあとたゆなゆめ（朝光集）
▽底ふかくあやふかりける浮橋のただよふえをも何かふみみむ（一条摂政御集）
○夢のわたりの浮橋か、とのみうち嘆かれて、箏の琴のあるをひき寄せて（薄雲巻）
○浮橋のもとなどにも、このましうたちさまよふよき車多かり（行幸巻）

⑬**法師**《のりのし》　四章、六章
▽夏山のこぐらき道をたづね来て法の師にあへる今日にもあるかな（元輔集）
○法の師とたづぬる道をしるべにて思はぬ山にふみまどふかな（夢浮橋巻）

《引用和歌索引》

▽十世紀以前の歌、○源氏物語中の歌、◇源氏物語と同時代の歌、□後世の歌

【あ】

【い】

〔う〕

【え】

【お】

〔か〕

【こ】

[ち]

【な】

【ふ】

【へ】

【ほ】

【ま】

【み】

【む】

［め］

［も］

［よ］

【わ】

【を】

初出一覧

各章の表題は、初出の題（副題は省く）によったが、論の内容は全面的に改稿し、大幅に加筆した。

第一章　源氏物語の和歌的世界
　―歌語と巻名―
　風間書房『源氏物語研究集成9』　二〇〇〇年九月

第二章　源氏物語の巻名と古歌
　和泉書院『王朝文学の本質と変容　散文編』　二〇〇一年十一月

第三章　古今集と物語の形成
　風間書房『古今和歌集研究集成3』　二〇〇四年四月

第四章　源氏物語の巻名の由来
　―諸説の問題点―
　帝塚山短期大学「青須我波良」五九号　二〇〇四年三月

第五章　桐壺・淑景舎・壺前栽
　―物語の生成と巻名―
　竹林舎『源氏物語の始発―桐壺巻論集』　二〇〇七年一月

第六章　源氏物語の巻名の基盤
　三弥井書店『源氏物語の展望1』　二〇〇七年一月

第七章　源氏物語の中の伊勢物語
　竹林舎『伊勢物語　虚構の成立』　二〇〇九年一月

第八章　源氏物語の和歌と引歌
　―和歌から物語へ―
　三弥井書店『源氏物語の展望7』　二〇一〇年三月

第九章　源氏物語の和歌と稲荷信仰
　―歌垣・神事から夕顔・玉鬘へ―
　伏見稲荷大社「朱」五七号　二〇一四年二月

第十章　源氏物語の成立と巻名
　三弥井書店『源氏物語の展望9』　二〇一一年三月

第十一章　紫式部と源氏物語　書き下ろし
《コラム1・2・3》　書き下ろし
第十二章　源氏物語後半部の巻名　書き下ろし
第十三章　源氏物語生成論へ　書き下ろし

その他、関連する拙著・拙稿・番組

『帝塚山短期大学蔵「光源氏系図」影印と翻刻』和泉書院　一九九四年六月
『源氏物語の風景と和歌』和泉書院・研究叢書　一九九七年九月
『源氏物語版本の研究』和泉書院・研究叢書　二〇〇三年三月
「源氏物語の巻名と歌語」大阪女子大学大学院「百舌鳥国文」一六号　二〇〇五年三月
『光源氏と夕顔―身分違いの恋―』新典社・新典社新書　二〇〇八年四月
『源氏物語の風景と和歌　増補版』和泉書院・研究叢書　二〇〇八年四月
『源氏の物語とは何か』一～七回放送　関西テレビ☆京都チャンネル　二〇〇八年五～十一月
『源氏物語の真相』角川学芸出版・角川選書　二〇一〇年四月
『国宝「源氏物語絵巻」を読む』和泉書院　二〇一一年四月
「源氏物語の読者たち―成立に関わって―」武蔵野書院「むらさき」五〇輯　二〇一三年十一月

あとがき

源氏物語の巻名が作者による命名であると主張されたのは、玉上琢彌先生である。源氏物語の成立論が盛んな時期、先生ご自身も議論の中心にいらした頃に『源氏物語評釈』の刊行が始まり、「巻名は作者が名付けた」という見出しのもと、伊勢物語の「若紫」から物語が構想されたと論証された。その後も先生は「巻名観照」という題で、澪標などいくつかの巻名の意義についてのご論を発表された。その先生のご指導のもとで六条院に関する卒業論文を仕上げた私は、季節感ある物語の巻名が常に気になっていた。玉上先生ご退職後は、伊勢物語の成立論や古今和歌集の注釈で名高い片桐洋一先生のご指導を受け、片桐先生から『新編国歌大観　第一巻』の拾遺集と拾遺抄、『新編国歌大観　第五巻』の竹取物語から宇津保物語までの和歌すべての原稿作成、そして、陽明叢書『源氏物語』全十六巻の翻刻校正、影印叢書『首書源氏物語』の編集準備と巻末の「近世の『源氏物語』版本の挿絵」解説と、有益かつ重要な仕事を与えていただいた。『源氏物語の風景と和歌』と『源氏物語版本の研究』は、これらの仕事において学んだ結果である。風景と和歌と版本を研究するうち、古代から近世の人々が、小説としての源氏物語よりも、歌のことば、歌の場面、そして巻名を最重視していたことを実感し、巻名すべての調査を始めた。

先学のご尽力のおかげで、今は、完成された『新編国歌大観』が手元にあり、『私家集大成』ともにCD-ROMやネット上でも簡単に検索ができるようになった。歌集を最初から繰って探し出す苦労がなくなり、用例の見落としが少なくなったことはありがたい。また、伊井春樹氏の労作『源氏物語引歌索引』などのおかげで、注釈書がどの歌を引用しているのかを手軽に知ることもできる。それでも、一首ごとの解釈と、歌相互の関係、とりわけ注釈研究の少ない歌集や歌合については自力で考察する以外に方法はない。また、過去の論文で考察した巻名と用例を後の論文の段階で補足し論じ直したため、初出論文を集めて出すには繰り返しや重複が多く、不備ばかり目立った。初出論文をお読み下さった方々から、早く巻名論をまとめてほしいと言われたのだが、容易なことではなかった。

そこで本書では、初出論文をすべて解体して、それぞれの巻名をより深く論じたところにまとめ、他の部分では論証を省略して簡単に触れるといった組み替えをした。また、初期の論と最終的に書き下ろした時点での結論が変化したので、結論部分を書き直した。初期の論では、作者の意志で巻名を名付けたと述べていたが、近年は、目上の人(道長、天皇、彰子)などから巻名を下賜されたと考えている。識者による提案もあっただろう。異名についても、当初は失われた物語の巻名と考えていたが、他の異名を考察した結果、現存の物語が作られる段階における題の一候補と考え、説明を修正した。初出稿とは少し異なるが、これが全巻の考察をとりあえず終えた現時点での考えだとご理解いただきたい。

また、巻名論と直接関わらないが、この機会にどうしても書いておきたいことがあった。貞観大地震・大津波と歌枕「塩釜の浦」「末の松山」の関係についてである。東日本大震災の被害に遭われた現地の人々の思いには遠く及ばないが、国文学研究者として、せめて千年前の歌に込められた真実を読み取らなければならないと考え、コラムとして入れた。

巻名研究を始めた頃から相次いで古典文学にとって様々な記念の年があった。西暦二〇〇〇年のミレニアム記念論集『源氏物語研究集成』には「源氏物語の和歌的世界」、二〇〇五年の古今集成立一千百年記念論集『古今和歌集研究集成』では「古今集と物語の形成」、同じく古今集一千百年新古今集八百年記念論集『古今集新古今集の方法』に「古今集から物語へ、物語から新古今集へ」、そして二〇〇八年の源氏物語千年紀の『伊勢物語　虚構の成立』には「源氏物語の中の伊勢物語」、そして和歌文学会関西例会では源氏物語千年紀特集における口頭発表と、それぞれの記念にふさわしい題を与えられて、論じる機会をいただいた。しかし、それらの拙論は、源氏物語の巧妙な作られ方に遠く及ばない稚拙な《題作》であったため、新しい情報や知識を得ると別の論文に同じ巻名を取り上げることも多かった。その結果、帚木・夕顔・若紫・朝顔・常夏・梅枝などの巻々については、初出で何度も論じただけでなく、本書においても複数の章で取り上げることとなった。中でも夕顔の論は、前著『源氏物語の風景と和歌』と新書版『光源氏と夕顔』によって解決したと思っていたが、伏見稲荷大社発行の「朱」に掲載する論文を考えるうちに、動植物の名が巻名とされたことの意味についてあらためて考えることとなった。

偉大な恩師の学恩はもとより、論文の課題を与えてくださった編者の先生方など、多くの方々の支援があって、無謀とも思えた巻名の研究・考察に広がりと奥行きができた。巻名が物語のことばに由来するという説明が多くの書物に記されているため、巻名は物語の成立と同時（または成立以前）に名付けられたものである、という結論を導くためだけに、本書では、異名を含む六十七の巻名と六百八十首を超える歌を引用して長々と説明する必要があった。五十四巻すべて論じることを目指したので、すでに論じていたものに加えていくうちに、本書の三分の一が書き下ろし論文となった。それぞれ和歌の読みや典拠に関する考察に不十分な点も残るが、全体像を見渡すという意図を何よりも優先し、個々の考察については今後も改訂するつもりである。ご教示いただければ幸いである。

今年、藤原道長の『御堂関白記』が世界記憶遺産に認定されたが、その推薦理由の一つに、源氏物語を書かせた権力者の日記だとする説明があった。紫式部が道長邸に出仕していたことから、源氏物語と道長との密接な関係は明らかだが、その一方で、巷間においては紫式部が個人的な思いで物語を一人で書き上げたという考えも根強い。そうではない。巻名と物語内容を研究した結果、源氏物語が、勅撰集や内裏歌合に匹敵する大事業であったと証明できたからこそ、道長の依頼・注文によって作られたと言いきれるのである。源氏物語の作者が延々と書き継いでいくことができたのも、周囲の人々の協力と支援があってこそだと思う。紫式部の偉大さは否定しないが、当時の環境においてたった一人の力で書ける作品ではない。今後は、周辺の人々がどのような形で作者に協力したのか、読者は果たして誰だったのか、物語と歴史的事実との関係について考えてゆきたい。本書の副題を「物語成立論」としなかったのは、源氏物語の成立にまで及ばないからである。巻々の物語の発端となる巻名について論じた段階であるため「物語生成論へ」と、次なる研究課題を示しておいた。

源氏物語千年紀に、源氏以外の古典の関係者から、源氏物語ばかりが大きく取り上げられるとの嘆きを聞いたが、本書では、源氏物語がそれまでの文化を吸収し昇華して名作としたことを実証したつもりである。名作である背景には、優れた詩歌の文化があった。さまざまな古典の受け皿となり、時代とともに成長し現代にまで伝えてきたのが源氏物語である。おそらく源氏物語は今後とも世界的名作であり続けるだろう。作られた当時の役割とは異なるが、現代においては、源氏物語が日本の伝統文化を未来に、そして世界に橋渡しする役割がある。

本書の刊行は、千年紀の年の前から廣橋社長とお約束していたが、巻名をすべて論じることを目指していたため、長らくお待たせした。ようやく刊行できることに安堵し、いつもながら丁寧に編集して下さった社員の皆様に深く感謝し、結びとしたい。

二〇一三年十二月

清水　婦久子

付記　本書の刊行に際して、平成二十五年度帝塚山学園学術出版助成金を受けた。関係諸氏に感謝申し上げる。

■著者紹介
清水婦久子（しみず　ふくこ）
一九五四年生まれ。帝塚山大学教授。一九八〇年、大阪女子大学大学院文学研究科国語学国文学専攻修士課程修了。二〇〇三年、博士（文学・大阪大学）。
著書
『源氏物語の風景と和歌』（後に増補版）、『源氏物語版本の研究』、『首書源氏物語　絵合松風』、『帝塚山短期大学蔵「光源氏系図」影印と翻刻』、『国宝「源氏物語絵巻」を読む』（以上、和泉書院）、『絵入源氏　桐壺』『絵入源氏　夕顔』『絵入源氏　若紫』（以上、おうふう）、『光源氏と夕顔　―身分違いの恋―』（新典社新書）、『源氏物語の真相』（角川選書）他。

研究叢書445

源氏物語の巻名と和歌
――物語生成論へ――

二〇一四年三月一〇日初版第一刷発行
（検印省略）

著者　清水婦久子
発行者　廣橋研三
印刷所　亜細亜印刷
製本所　渋谷文泉閣
発行所　有限会社　和泉書院
大阪市天王寺区上之宮町七－六
〒五四三－〇〇三七
電話　〇六－六七七一－一四六七
振替　〇〇九七〇－八－一五〇四三

ISBN978-4-7576-0704-0 C3395